이야기의 재해석과

문화콘텐츠
스토리텔링

이야기의 재해석과

문화콘텐츠
스토리텔링

안기수 지음

보고사
BOGOSA

머리말

현대사회는 산업사회를 지나 첨단 정보화사회로 접어들었다. 이에 따른 산업사회의 패러다임도 크게 변화하고 있다. 특히 융·복합적 사회가 진행되면서 인문학적 상상력과 공학적 기술, 예술적 심미안과 경영학적 마인드가 통섭과 융합의 과정을 겪고 있기에 이에 따른 종합적 사고능력을 요구하고 있다. 인문학적 상상력과 심미적 감성 역량이 요구되는 사회로 변화되면서 문화콘텐츠 산업의 생태계가 크게 변화되고 있다.

우리는 지금 소리 없이 움직이는 세상에서 살고 있다. 요란한 소리와 함께 돌아가는 제조업의 산업사회에서 매체를 이용한 첨단 정보화 사회로 사회적 패러다임의 변화를 경험하면서 살고 있는 것이다. 지금 순간에도 우리는 고독한 군중의 한 사람으로 살아가고 있지만, 실제 존재하는 누군가와 정보기기를 앞에 두고 항상 마주하고 있다. 정보기기를 통해서 불특정 다수인들과 소셜커뮤니티를 시공을 초월하여 상호작용하고 있는 것이다. 순식간에 지구의 반대쪽의 사람들과 대화하고 있으며, 정보의 교류는 물론 문물까지도 쉽게 교환하고 있다.

첨단 정보화사회는 더 이상 말이 필요 없는 것처럼 보일 수 있으나 오히려 더 많은 사람들과 대화하면서 살아가고 있다. 많은 이야기들이 만들어지고 있으며, 공유하려는 욕구가 많아지게 된 것이다. 이것은 이야기로 표출되면서 다양한 매체를 통해서 쏟아지고 있다. 이처럼 우리는 지금 이야기의 홍수 속에 살고 있다. 인터넷을 통해 각종 세상사는 이야기가 스토리텔링되고 있는가 하면, TV 드라마와 영화를 통해서 다양한 삶의 군상들이 이야기되고 있다. 뿐만 아니라 광고와 축제, 그리고 정치에도 이야기가 있다. 그러나 이처럼 많은 이야기가 소통되고 있음에도 불구하고 진정으로 사람에게 감동을 주는 매혹적인 이야기는 그리 많지 않다. 이야기가 넘쳐나는 시대에 오히려 진정한 이야기가 필요해지는 이유도 그 때문이다.

이 책에서는 옛 이야기의 재해석과 문화콘텐츠 스토리텔링을 이해시키는 교재로 집필하였다. 특히 문화콘텐츠에서 가장 중요시되고 있는 이야기의 재해석과 스토리텔링에 주목하였다. 그리고 그 자료는 원천자료로서 우리 옛이야기에 주목하였다. 문화콘텐츠 시대에 우리 이야기문학이 화석처럼 박제되어 과거의 모습을 유지한 채 박물관에 전시되는 것이 아니라, 오늘날 사유·인식과 접촉하여 새로움을 획득하는 것이 필요하다. 변모하는 시대적 변화에 적절하고 신속하게 반영할 수 있는 우리 시대만의 새로운 이본(異本)을 창조해야 한다.

우리 이야기는 넘쳐나는 이야기 속에서 삶의 진정성과 보편성을 담지해줄 매우 가치 있는 문화콘텐츠의 원천이다. 우리의 옛 이야기가 오늘날의 문화콘텐츠로 재생산될 때 일정한 재해석 관점을 획득해야 한다. 이를 위해서는 작품의 문제의식과 오늘날 이야기 향유층의 인식을 두루 통찰할 수 있는 재해석이 필요하다. 단순히 옛 이야기의 흥미 요소를 디지털 형식 위에 재현하는 것은 우리 이야기문학을 과거의 틀에 유폐시키는 것과 다름 없는 것이다. 우리 이야기문학과 문화콘텐츠 스토리텔링의 접점을 찾을 때는 매체에 대한 이해 못지않게 고전문학에 대한 이해가 중요하다.

이러한 인식의 전환 속에서 우리는 문화콘텐츠 시대 우리 옛 이야기문학이 스토리텔링될 수 있는 창조적인 방향을 모색해야 한다. 특히 우리 이야기의 보편성과 환상성을 적극적으로 수렴하여 긍정적인 방향으로 재창조해야 할 것이다. 그 과정에서 우리 이야기문학이 지향하는 보편적 가치를 탐색하고, 환상을 통하여 상상력의 세계를 확장하며 기존의 관념을 뒤집어보는 유쾌함을 획득해야 할 것이다. 이것이야말로 우리 이야기문학이 첨단 과학기술이 난무하는 오늘날에도 독창적인 문화콘텐츠를 생산할 수 있는 유효한 가치를 얻는 방법이 될 것이다.

필자의 역량이 부족하여 책의 내용이 집필 의도를 온전히 담아내지는 못한 것 같다. 그렇지만 이 책을 통하여, 우리 이야기가 문화콘텐츠 스토리텔링의 창조적 소재로 거듭나는 데 조금이나마 도움이 되었으면 한다.

별다른 이득 없이 흔쾌히 이 책을 만들어 주신 도서출판 보고사의 김흥국 사장님과 부족한 원고를 한 권의 책으로 탈바꿈시켜주신 편집부에 감사를 드린다.

2024년 6월
저자 씀.

차례

머리말 … 5

제1부
문화와 문화콘텐츠 스토리텔링의 이해

제1장 문화와 문화콘텐츠 ··· 13
　　1. 대중문화의 개념과 범위 ··· 13
　　2. 문화가 소리 없이 세상을 움직인다 ·· 17
　　3. 문화원형의 개념 ··· 20
　　4. 문화콘텐츠의 특성 ·· 25
　　5. 한류와 문화콘텐츠 ·· 36

제2장 문화콘텐츠의 산업화 ··· 42
　　1. 문화콘텐츠 산업의 개념과 범위 ·· 42
　　2. 스토리텔링, 문화콘텐츠, 문화산업의 관계 ······························ 50
　　3. 문화콘텐츠 개발의 과정과 주요 분야 ······································ 52
　　4. 문화콘텐츠 산업의 변화 ·· 61
　　5. 설화의 현대적 수용과 문화콘텐츠화 ·· 64

제3장 스토리텔링의 이해 ·· 75
　　1. 스토리텔링의 소재로서 이야기의 중요성 ·································· 75
　　2. 스토리텔링의 개념과 정의 ·· 76
　　3. 문화콘텐츠 시대의 스토리텔링 ·· 78

  4. 스토리텔링의 유형 ·················· 80

  5. 스토리텔링의 방법 ·················· 90

  6. 챗GPT의 활용과 스토리텔링 ·················· 98

제4장 문화산업과 게임스토리텔링 ·················· 104

  1. 게임스토리텔링 ·················· 104

  2. 인물과 캐릭터 ·················· 108

  3. 게임산업의 전망과 키워드 ·················· 119

  4. 〈홍길동전〉의 게임스토리텔링 방법 ·················· 133

제5장 이야기문학과 스토리텔링이 만나는 자리 ·················· 151

  1. 옛 이야기의 스토리텔링 ·················· 151

  2. 문화콘텐츠의 보고인 설화의 활용 ·················· 153

  3. 시대를 초월한 보편적 이야기 ·················· 155

  4. 대중문화적 속성 ·················· 158

제2부
이야기의 재해석과 스토리텔링

제1장 신성한 이야기 ·················· 165

  1. 단군신화 ·················· 165

  2. 주몽신화·동명왕편 ·················· 167

  3. 가락국기 ·················· 176

  4. 신화와 판타지 ·················· 186

제2장 귀신 이야기 ·················· 196

  1. 최치원 ·················· 196

  2. 아랑 이야기 ·················· 205

　　3. 장화홍련 ··· 207

　　4. 원귀와 공포영화 ··· 224

제3장 요괴·괴물 이야기 ·· 233

　　1. 여우누이 ·· 233

　　2. 두꺼비와 지네 ··· 236

　　3. 도깨비감투 ··· 238

　　4. 구미호 이야기의 영상콘텐츠화 ···················· 242

제4장 영웅 이야기 ··· 248

　　1. 김유신 ·· 248

　　2. 홍길동전 ·· 250

　　3. 박씨전 ·· 271

　　4. 영웅소설의 게임콘텐츠화 ····························· 283

제5장 역사 이야기와 상상력의 만남 ··················· 290

　　1. 만파식적 ·· 290

　　2. 서동요 ·· 292

　　3. 궁예 ··· 293

　　4. 역사와 상상력의 착종, 대장금 ······················ 299

제6장 탐색과 변신 이야기 ······································ 305

　　1. 지하국대적퇴치 이야기 ································· 305

　　2. 금돼지와 최치원 ·· 311

　　3. 구렁덩덩신선비 ··· 314

　　4. 변신이야기와 인간의 욕망 ···························· 316

제7장 신분과 죽음을 초월한 사랑 ·· **321**

   1. 김현감호 ·· 321

   2. 심화요탑 ·· 323

   3. 운영전 ··· 325

   4. 말을 이해하는 꽃, 기생의 문화콘텐츠화 ················· **341**

제3부
문화콘텐츠 스토리텔링의 실습 사례

제1장 고전소설을 소재로 한 창작 뮤지컬 기획 ······················353

제2장 구미호를 활용한 모바일 게임 기획 ·····························361

참고문헌 ··· 387

제1부

문화와 문화콘텐츠
스토리텔링의 이해

문화와 문화콘텐츠

1. 대중문화의 개념과 범위

일반적으로 문화란 한 사회의 주요한 삶의 양식이나 상징체계를 말한다. 사회사상이나 가치관, 행동양식, 삶의 양식 등의 차이와 다양한 관점의 이론적 기반에 따라 여러 가지로 정의할 수 있다. 인간이 주어진 자연환경을 변화시키고 본능을 적절히 조절하여 만들어낸 생활양식과 그에 따른 산물을 모두 넓은 의미에서 문화라고 정의할 수 있다. 이 중에서 일반서민과 밀접하게 관련된 대중문화에 주목할 필요가 있다.

대중문화는 1990년대 이후 본격적으로 논의해오고 있다. 문화연구가들은 대중문화를 비판적으로 다루던 과거의 보수적 시각에서 벗어나 새로운 가능성을 모색하기 시작했다. 이러한 논의는 대중문화를 단순히 대중매체가 쏟아내는 텍스트로 한정하지 않고, 일상의 경험과 의미 속에서 정치성을 찾는 것으로 확장했다. 근대 이전에는 한정된 일부 계급과 계층만 문화를 즐길 수 있었다. 그러나 산업혁명 이후 교육 기회가 확대되고 생활수준이 높아지면서 많은 사람이 문화를 소비하고 누릴 수 있게 되었다. 이처럼 산업화에 따른 경제적, 기술적 변화가 근대 대중사회를 등장시켰고 그 기반 위에 만들어진 것이 대중문화다.

가장 넓은 의미에서 문화는 자연에 대립되는 말이라 할 수 있고, 인류가 유인원의 단계를 벗어나 인간으로 진화하면서 이루어낸 모든 역사를 담고 있는 말이라 할 수 있다. 예컨대, 한 국가나 사회의 개인이나 인간 집단이 자연을 변화시켜 온

물질적 정신적 가치의 결과물인 것이다. 여기에 정치나 경제, 법과 제도, 문학과 예술, 도덕과 종교, 풍속 등 모든 인간의 산물이 포함된다. 그리고 이러한 산물은 인간이 속한 집단에 의해 공유된다.

산업화와 함께 대중문화 형성에 중요한 역할을 한 것은 대중매체다. 영화나 방송, 음반처럼 대중매체를 통해 생산되는 문화적 산물이 대중문화의 주요 부분을 구성하고 있다. 그래서 흔히 대중매체를 대중문화와 같은 뜻으로 사용하기도 하지만 엄밀히 말해 대중매체는 대중문화의 한 부분에 해당한다는 것이 더 정확한 표현이다. 그러나 "대중매체는 그 수용자의 규모가 크기 때문이 아니라 모든 사람이 거기에 동시에 관여하기 때문에 대중매체인 것이다"라고 한 마샬 맥루한(Marshall McLuhan)의 말처럼 대중문화에서 대중매체가 차지하는 영향력은 절대적이다.

대중문화에서 대중매체의 중요성이 커졌다는 것은 문화의 수용자층이 넓어졌다는 문화 민주화의 의미도 있지만, 다른 측면에서는 대중문화가 이윤 추구를 위한 대중매체의 상품으로 전락했다는 의미도 있다. 그 때문에 대중문화는 불특정 다수를 대상으로 하는 획일화된 문화라는 비판을 받기도 한다. 커뮤니케이션의 내용보다 수단이 되는 매체의 특성에 의해 사회가 형성되고, 매체 자체가 사람과 사회에 영향을 미친다는 맥루한의 말에서 알 수 있듯 대중문화와 대중사회, 대중매체는 매우 긴밀하게 관련되어 있다.

이처럼 대중문화란 대중사회를 배경으로 대량생산, 대량 소비되는 문화다. 대중문화를 대중매체에 의해 생산된 텍스트만으로 한정해서는 안 된다. 대중매체를 통해 전달되고 형성된 생활양식이나 사상까지도 포함해야 한다. 그러므로 대중문화는 대중이 소비하는 문화 산물인 텍스트뿐만 아니라 우리 주변의 일상적 삶의 형태와 취향, 일상의 실천과 즐거움, 저항까지도 포괄하는 개념이다.

대중문화를 이해하기 위해서는 우선적으로 대중을 보는 관점을 이해할 필요가 있다. 대중을 영어로 번역하면 'mass' 혹은 'popular'다. 우리말로는 똑같이 대중이지만 'mass'는 양적인 측면을 강조한 집단이나 무리를 뜻한다. 하나의 집단 속에 개성도 가치도 없는 개개인들이 박혀 있다고 보는 것이다. 대중을 경멸적으로 보는 부정적인 단어다.

이에 비해 'popular'가 의미하는 대중은 서로 다른 개개인이 모여 하나의 집단을 형성하는 것이다. 'mass'에 비해 대중을 긍정적으로 보거나 최소한 중립적으로 보는 단어다. 그러므로 대중문화를 'mass culture'로 쓰느냐 'popular culture'로 쓰느냐는 대중문화를 어떤 관점으로 보고 있는지를 나타내게 된다. 우리나라에서는 문화연구가 유행하기 시작한 1990년대 이후로 대부분 'popular culture'라는 용어를 대중문화로 사용하고 있으며 'mass culture'는 'popular culture'의 대중문화와 구별해서 대량 문화라고 번역하기도 한다.

이러한 대중문화의 특성을 보면, 오랫동안 여러 관점에서 논의되었다. 그 논의는 '대중적'이라는 의미와 '문화'라는 의미의 복잡한 조합으로 설명되었다. 이 두 용어가 특정한 역사적, 사회적 맥락 안에서 어떤 이론적인 작업을 통해 연결되었는가가 대중문화 논의의 역사라고 할 수 있다. 그 과정에서 나온 대중문화의 특성은 다음 몇 가지로 요약된다.

첫째, 대중문화는 저급하다. 엘리트주의 관점을 지닌 문화 보수주의자들은 대중문화가 저급하고 야만적이며, 분열성과 파괴성을 가지고 있다고 보았다. 이들에 의하면 사회 성원들은 선천적으로 능력의 차이를 가지고 태어난다. 그러므로 엘리트는 지배할 수 있는 사람이고, 대중은 지배를 받아야 할 사람이다. 지배받아야 마땅한 대중이 전면에 등장한 대중사회는 그 자체가 역사의 퇴보며, 대중문화는 정치적 무질서와 무정부주의의 징후며, 문명의 타락이다. 대중문화 역시 상업적으로 대량생산되기 때문에 질이 떨어지는 저급한 문화로 보는 것은 당연하다.

둘째, 대중문화는 상업적이다. 대중문화는 기본적으로 대량생산되고 소비되어 이윤을 추구하는 상업 문화의 속성을 갖는다. 그 결과 대중문화는 동질적이거나 규격화된 제품을 만들 수밖에 없고, 이 과정에서 텍스트 창작자는 대량생산 공정의 한 노동자로 전락한다. 최대의 이윤 추구를 위해서는 자극적이고 원초적인 문화 생산으로 이어지기 마련인데 이는 곧 폭력성과 선정성을 띤 텍스트를 만들어내게 된다.

셋째, 대중문화는 이데올로기적이다. 비판 이론의 관점에서 대중문화는 지배계급이 대중의 혁명 의식을 마비시키기 위한 목적으로 생산하고 공급하는 것이다. 대중문화는 자본주의 사회를 유지하기 위해 허위적 욕구를 창출하는 허위의식의 근원이며 전체주의의 온상이라고 비판했다. 그들은 대중문화가 현대 자본주의의 물상화(物象化)에 저항할 힘을 원천적으로 제거시킨 문화라고 했다.

　넷째, 대중문화는 민주성을 띤다. 토머스 칸도(Thomas Kando)는 인류 역사가 정치, 사회, 경제적 민주주의를 실현했지만 문화의 면에서 민주주의는 대중매체가 출현한 이후 가능해졌다고 보았다. 발터 벤야민(Walter Benjamin)은 과거에는 특정 개인이나 소수만 향유할 수 있었던 예술을 오늘날에는 기술의 발달로 대량생산이 가능하게 되어 대중도 충분히 즐길 수 있게 되었다고 했다. 대량생산 기술을 단순한 복제 기술이 아니라 문화에서 혁명으로 본 것이다.

　다섯째, 대중문화는 저항성을 띤다. 존 피스크(John Fiske)는 대중문화가 비록 지배계급의 이익을 담고 있더라도 그것을 소비하는 대중의 사회적 정체성을 무시하면 대중적이 될 수 없고 시장에서도 성공할 수 없다고 보았다. 대중문화의 헤게모니적 권력은 저항적인 힘의 존재를 필연적으로 수반하게 된다고 본 것이다. 이는 대중문화가 갈등의 문화며 종속적 계급의 사회적 의미를 수립하는 투쟁을 포함한다는 뜻이다. 피스크가 말하는 '저항'이란 용어는 정치적이고 혁명적인 의미보다는 지배 이념이나 지배 계층이 강제하는 의미 체계에 의해 제시되는 사회적 정체성이나 사회적 통제를 거부하는 일련의 행위를 말한다.

　여섯째, 대중문화는 능동성을 가지고 있다. 대중문화 텍스트의 의미는 텍스트 내에 고정되었거나 내재하는 것이 아니라 대중이 그것을 수용하는 순간에 의미를 얻게 된다. 그러므로 대중문화 수용자는 텍스트의 소비자가 아니라 의미의 생산자다. 대중은 자신이 처한 사회문화적 환경에 따라 그들만의 방식으로 텍스트를 해독한다. 이러한 과정에서 수용자는 단지 수동적 존재가 아니라 텍스트를 능동적이고 창의적으로 해독하는 주체가 된다.

　일곱째, 대중문화는 일상성을 띤다. 어느 시간, 어느 곳에서 누구나 접근 가능한 것이 대중문화다. 대중문화는 대중의 생활 세계 속에 자리한 모든 소재를 포함하기 때문에 내용과 형식 면에서 매우 일상적인 텍스트다. 일상성에 대한 의미 부여는 대중문화에 대한 엘리트주의 관점을 거부하는 데서 비롯된다. 이 관점에서 대중과 엘리트 계급의 타고난 차이는 부정되며, 노동계급의 문화가 가진 건강성과 미학적 가치가 재평가된다.

　대중문화의 주체는 대중을 바라보는 관점에 따라 대중문화의 성격과 특성은 다르게 평가된다. 대중문화를 연구의 대상이나 비평의 대상으로 삼는 사람들은 대상물과 객관적 거리를 유지하고자 한다. 이러한 개인적 관점과 객관적 시각은 대상에 대한 연구와 비평에서 반드시 갖춰야 할 자세다.

그러나 연구와 비평에서 가지는 객관적 거리가 대중문화를 자신과 무관한 별개의 것으로 여기는 것이어서는 안 된다. 오늘날 거의 모든 사람은 대중문화의 영향 아래 놓여 있으며 어떤 방식으로든 그것과 관계를 가지게 된다. 대중문화 생산자든 수용자든, 혹은 연구자든 비평가든 모두 대중문화와 무관하게 살 수 없는 환경이다. 그러므로 대중문화를 객관적으로 평가하고 판단하는 입장에 있다 하더라도 그 자신이 대중문화 수용자의 한 사람이며 우리 모두가 대중문화의 주체임을 인식하고 대중문화를 바라보아야 한다.[1]

2. 문화가 소리 없이 세상을 움직인다

소리 없이 세상을 움직이는 것들이 있다. 21세기 현대사회에서는 지식·문화·정보가 세상을 움직이고 있다. 노동집약적인 자동차, 철강 등의 제조업이 지금까지 우리 산업을 지배해 왔다면 향후 미래사회는 인터넷 혁명이 세상을 변화시킬 것은 자명한 일이다.

이 책이 다루고자 한 문화콘텐츠가 그 영역의 한 부분을 차지한다고 볼 수 있다. 소위 굴뚝 없는 산업으로 명명된 문화산업이 새로운 세상의 패러다임으로 변화시

---

[1] 김창남, 『대중문화의 이해』, 2014, 한울아카데미.
원용진, 『새로 쓴 대중문화의 패러다임』, 2010, 한나래.
이강수, 『현대 매스커뮤니케이션 이론』, 1997, 나남.
Fiske, J., *Understanding popular culture*, 1989; Unwin Hyman, 박만준 옮김, 『대중문화의 이해』, 2005, 경문사.
McLuhan, M., *Understanding media. MIT Press*, 1994; 김성기·이한우 옮김, 『미디어의 이해』, 2002, 민음사.
Storey, J., *An introductory guide to cultural theory and popular culture*, 1993; Harvester Wheatsheaf, 박모 옮김, 『문화연구와 문화 이론』, 1994, 현실문화연구.
[네이버 지식백과] 대중문화(대중문화 비평의 관점과 기술, 2015. 11. 1., 김정은)

켜가고 있다. 이 책에서는 문화콘텐츠를 구성하고 있는 문화적 내용물들과 그것의 창의적 발견이 서로 소통하는 모습을 찾아보고자 하였다.

일반적으로 한 나라가 선진국으로 진입하기 위해서는 정치, 경제, 사회, 문화가 높은 가치로 승화되어야 한다. 이 중에서도 특히 문화는 한 국가와 민족의 유구한 삶의 축적된 결과물로 창출된 것이기에 오랜 전통과 역사를 동반한 국가에서나 가능한 일이다.

그렇다면, 문화란 무엇인가? 문화연구가 레이먼드 윌리엄스는 영어 단어 중에서 가장 정의하기 어려운 단어의 하나가 '문화(Culture)'라고 말했다. 문화라는 단어는 우선 '좋은 취미로서의 문화'(고급스러운 취향)와 '한 사회 및 그 사회와 관련된 모든 것을 지칭하는 넓은 의미로서의 문화'로 나누어 볼 수 있다. 넓은 의미로 보면, 문화는 '사회적 인간이 역사적으로 만들어낸 모든 물질적, 정신적 소산'을 의미한다.

문화의 어원은 라틴어 cultura에서 유래하였다. 문화라는 말에 해당하는 영어 culture나 불어 culture, 독어 Kultur는 모두 이 단어에서 파생한 것이다. 이 단어는 본래 경작, 재배, 육성 등의 의미를 지녔다. 결국 문화라는 말은 '자연 상태의 것에 어떤 인위적인 노력을 가하여 인간들에게 유용하게 만드는 일 혹은 그 결과'라는 의미가 내재되어 있다고 할 수 있다. 다만 인위적인 노력은 그 집단이 처한 지리적·시대적 환경에 따라 달리 나타날 수 있고, 문화가 구현되는 양상 역시 사뭇 다를 수 있다. 그래서 문화라는 말이 주는 의미가 더욱 복잡하고 다양하게 되었는지도 모른다.

또한 문화는 인간적 욕구에 대한 발현과 해소의 과정이다. 문화는 인간이 만들고 향유하는 것이기에 인간의 욕구와 따로 떼어서 생각할 수 없다. 만들어진 것들은 모두 인간의 필요에 따른 것임을 생각한다면 문화가 인간적 욕구를 기초로 정의되는 것은 당연하다고 하겠다.

그런데 인간적 욕구는 순수한 욕구 그 자체로 나타나지 않는다. 혹시 욕구 그 자체로 드러나게 된다 하더라도 그것은 기존의 욕구 발현과 해소의 형식에 대한 반동 혹은 찬동이라는 의미를 가지게 되기 때문이다. 따라서 인간적 욕구의 발현은 동물적 본능의 발현과는 다른 의미를 갖는다.

인간적 욕구는 인간과 세계, 인간과 자연, 인간과 인간이라는 다층위적인 관계성 속에서 지역과 시대에 따라 각기 다르게 발현되고 해소된다. 비슷한 지역과 시대에 살고 있는 인간이라면 누구나 가지고 있는 욕구를 발현, 해소하는 '적절한 어떤 형식'이 소개될 때 공감하게 되고, 그것이 여러 형태로 재생산되어 보편화과정을 거치면서 한 지역 혹은 한 시대의 문화를 형성하게 되는 것이다. 따라서 전 인류가 공통적으로 가지고 있는 문화 혹은 원형은 전체 지구라는 세계와 인간의 욕구라는 관계성 속에서 형성된 것으로 이해할 수 있다. 마찬가지로 다른 기후적 환경과 생태계를 가진 지역에서 다른 문화가 형성되는 것은 당연하다. 그런 뜻에서 문화는 인간적인 모든 욕구를 창조적이고 적절한 형식으로 발현시키고 해소하는 전 과정인 것이다.

21세기에 들어서 지구촌 최대 화두의 하나는 문화이다. 여러 이유가 있겠지만, 문화산업이 무엇보다 인간의 삶과 경제에 끼치는 영향력이 엄청나게 커졌기 때문일 것이다. 세계적으로 굴뚝 없는 21세기 고부가가치의 최고 산업이 문화산업인 것은 틀림없는 이야기이다. 최근에는 제임스 카메론 감독의 영화 〈아바타〉의 흥행이 말해주듯 문화산업은 최고의 고부가가치를 가져다줄 21세기 판도라 상자임을 부인할 수 없을 것이다.

문화는 산업의 여러 분야에 크게 기여하고 있을 뿐 아니라 그 자체가 훌륭한 상품이 되고 있다. 문화 관련 상품을 생산·유통·소비하는 시장의 규모 또한 막대해졌다. 세계의 문화산업 시장은 2014년 8월의 환율로 계산해서 2500조 원을 훨씬 웃도는 규모다. 그 시장의 40% 이상을 점유하고 있는 미국의 문화산업은 군수산업과 함께 미국의 경제를 지탱하고 있다. 이로 볼 때, 많은 나라가 문화산업 육성에 힘을 쏟고 있는 것은 지극히 당연한 현상이라 하겠다.

문화가 우리의 생활에 깊숙이 간여한 것이 어제오늘의 일은 아니지만, 지금처럼 상품으로서 조명을 받은 적은 없는 듯하다. 현대에 와서 문화는 사회의 여러 분야에 영향을 끼치고 있을 뿐 아니라, 문화 그 자체가 상품화·산업화되어 국가 경쟁력의 핵심 동력으로까지 자리를 잡게 되었다. '문화산업' 혹은 '문화콘텐츠'라는 말이 이젠 낯설지 않게 들리는 것도 그런 변화상을 말해주고 있다.

또한 요즘의 문화는 이전과 다른 방식의 매체에서 새로운 기술과 결합되고 있다. 최근 퓨전, 컨버전스, 하이브리드와 같은 용어들이 특별한 여과장치 없이도 익숙하게 들려온다. 이러한 개념의 본뜻은 혼합, 융합, 잡종을 의미하지만, 현재에는 디지털 기술의 발전으로 인해서 새로운 매체와 첨단기술의 결합으로 받아들이고 있다. 휴대폰을 예를 들어 보자. 요즘의 휴대폰은 단순하게 전화를 주고받는 기능만을 수행하지 않는다. 문자와 메일을 보내고, 사진을 찍고 MP3를 듣고, 실시간으로 TV를 시청하고, 영화를 보고, 인터넷에 접속해 정보를 검색하는 등 IT기술과 다양한 매체가 결합되어 있다. 이러한 방식의 핸드폰 사용은 그 자체로도 새로운 문화이지만, 음악, 사진, 영화, 드라마 등 다양한 문화를 향유할 수 있는 새로운 방식이기도 하다.

이렇게 기술의 진보로 문화 패턴과 향유 방식이 변화하는 것을 다시 확인할 수 있는 것은 정보처리 과정이다. 우리는 무수한 정보를 버튼 몇 개만으로 차곡차곡 정리해나가거나, 컴퓨터 하드웨어 및 가상의 공간인 웹상에 저장할 수 있다. 이 과정에서 사용자는 저 먼 공간과 연결되며, 나의 위치를 '저 멀리'에 '위치시킨다'. 디지털로 이루어진 모든 기기를 통해 우리는 정보를 손안에서 주무르며 만지작거리며 선별한다. 분명히 새로운 패러다임으로의 전환이 이루어지고 있는 것이다.

3. 문화원형의 개념

1) 문화원형의 정의

문화원형(Cultural archetype)이란 문학평론의 용어로서, 문학과 사상 전반에 보편적인 개념이나 상황으로 여겨질 만큼 자주 되풀이하여 나타나는 근본적인 상징·성격·유형을 가리킨다. 이는 "집단 무의식"을 정리하여 제시한 심리학자 칼 융(Carl Jung)의 분석심리학에서 차용한 용어인데, 다음 세 가지로 설명할 수 있다.

① Cultural archetype : 정형화된, 대표성을 갖는 문화, 문화적 형태.
② 정형화된, 한 문화권 내 보편적으로 통용되고 이해되는 상징, 의미체계.
③ 특정 문화권 혹은 그 이상의 범위에 존재하는 이야깃거리로서 창작 또는 재창작의 소스를 제공함.

2) 문화원형과 문화콘텐츠

문화원형은 창작의 소재이자, 문화원형에 새로운 스토리텔링으로 재구성한 내용이 새로운 문화콘텐츠로 재탄생된다. 문화가 문화콘텐츠로 만들어 가는 것이다. 그 과정을 보면 다음과 같다.

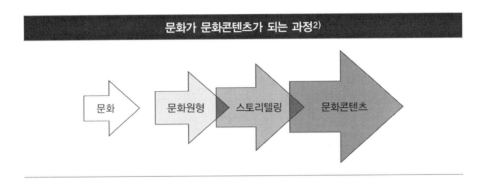

3) 문화원형과 변형

문화원형은 고정되거나 불변한 것이 아니라 끊임없이 재구성된다. 즉 새로운 콘텐츠가 만들어지면서 새로운 콘텐츠가 문화원형으로 재정착될 수 있는 것이다. 우리의 고전은 계속적으로 현대화되면서 패러디되거나 새로운 소통방식을 모색하면서 대중들과 호흡하고 있다.

그러므로 문화산업에서 가장 중요한 핵심은 문화원형에 대한 관심과 연구이다. 콘텐츠에서 '문화원형'이라는 말이 널리 사용되고 있으나 '문화원형'이란 말은 대단히 모호한 개념이라고 할 수 있다. '문화원형'은 '문화'와 '원형'의 합성어라고 할 수 있으므로, 이를 이해하기 위해서는 먼저 문화와 원형의 개념을 파악할 필요가 있다.

문화의 개념 역시 그 범주의 광범위성으로 인해 아직까지 모든 사람이 공통으로 인정하는 정의는 없는 것으로 보인다. 보편적으로 문화란 인류가 자연을 지배하고

---

2) 송원찬 외, 『문화콘텐츠. 그 경쾌한 상상력』, 북코리아, 2010, 28쪽.

순화시키면서 자신의 이상을 실현해 가는 과정에서 얻어낸 철학, 과학, 예술, 종교, 사회, 경제와 같은 모든 산물을 가리키는 말이라고 할 수 있다. 또한 문화는 이러한 보편적인 성질 이외에도 특수성에 근거하여 한 집단의 역사적 생활구조에 연원을 둔 체계로서 언어, 습관, 전통, 제도뿐 아니라 사상과 신앙 등을 통해 집단의 성원들이 공유하고 체현해 온 다원적이고 상대적인 개념도 존재한다.

그렇다면 원형은 무엇인가? 칼 구스타프 융(Carl Gustav Jung)은 원형을 전 인류가 공유하는 집단 무의식의 주된 구조라고 하였고, 마르시아 엘리아데(Mircea Eliade)는 인류의 태초 때에 초자연적 실재들 혹은 신화적 존재들이 계시하여 놓은 삶의 모범답안들의 역사적 정황·문화·인종·계급·민족에 관계없이 보편적으로 존재해왔다고 생각하고, 그 답안지를 원형이라고 하였다.[3] 이러한 원형의 사전적인 의미는 두 가지이다. 하나는 '원형(元型)'으로서 주물이나 조각물을 만들 때, 가장 기초가 되는 형이라는 뜻으로, 이는 언제 어디서나 똑같은 모양의 산출물을 찍어낼 수 있는 기본 틀을 의미한다. 다른 하나는 '원형(原形)'으로서 고유성과 정체성에 초점을 맞추어 본디 모양이라는 뜻으로, 이는 똑같은 모양이 아닌 여러 가지 모습이 나올 수 있는 다양성의 근거이며, 동시에 다양성 안에서 하나의 공통점을 찾을 수 있는 근거라고 할 수 있다. 문화원형이라 할 때의 원형의 의미는 후자의 다양성 속의 공통성의 의미를 지니는 '원형(原形)'이다.

이러한 '문화'와 '원형'의 개념을 바탕으로 문화원형에 대한 연구들이 진행되었는데, 김교빈[4]은 문화원형에는 다음과 같은 개념들이 담겨있다고 하였다.

① 역사적 과정을 거쳐 변형된 모습으로 나타나기 이전의 본래 모습
② 여러 가지 다양한 모습으로 나타난 문화현상들의 공통분모로서의 전형성
③ 지역 또는 민족 범주에서 그 민족이나 지역의 특징을 잘 드러내는 정체성
④ 다른 민족이나 지역의 문화와 구별되는 고유성
⑤ 위의 요소들을 잘 간직한 전통문화

---

3) 배영동, 「문화콘텐츠화 사업에서 '문화원형' 개념의 함의와 한계」, 『인문콘텐츠』 6, 2005.
4) 김교빈, 「문화원형의 개념과 활용」, 『인문콘텐츠』 6, 2005.

즉 전통문화 가운데 그 민족 또는 그 지역의 특징을 잘 담고 있어서 다른 지역, 다른 민족과 구별되며 아울러 여러 가지로 갈라진 현재형의 본디 모습이라고 할 수 있다는 것이다.

배영동[5]은 문화가 변화한다는 속성에 주목하여 문화원형의 개념 역시 문화가 전승되고, 전파되고, 변동한다는 사실을 전제하거나 의식하면서 만들어진 것이라고 하였다. 그는 문화원형의 개념을 몇 가지 측면으로 나누어 살폈는데, 먼저 시간적 측면에서 문화원형은 어떤 문화(문화 요소, 부분 문화, 전체 문화) 형성기에 그 모습을 드러낸 형태, 즉 어떤 문화현상에서 원초적이고 근원적인 형태를 의미한다고 하였다. 다음으로 해당 문화에 영향을 미친 정도의 측면에서 문화원형은 다른 문화에 영향을 많이 미친 형태를 의미한다고 하였다. 마지막으로 문화 실천의 지향성이라는 측면에서 문화원형은 해당 문화의 다양한 실천의 본(本)이 되는 것을 의미한다고 하였다. 또한 배영동은 문화콘텐츠 산업계에서 사용하는 문화원형의 개념을 정리한 바 있는데 이는 다음과 같다.

① 문화산업적 변형과 활용을 의식한 문화개념으로써, 변형되지 않고 활용의 잠재력을 간직한 문화자료
② 무엇을 만들기 위한 소재로 인식된 문화로써, 문화콘텐츠의 소재
③ 문화상품을 의식한 개념으로, 상품의 재료가 될 만한 한국 전통문화 그 자체
④ 한국에서 전형을 갖는 전통문화현상으로써, 가공 상품으로 변형되기 이전의 상태
⑤ 국적이 모호하거나 문화적 뿌리가 심하게 뒤섞인 현대 한국문화보다는 한국적 정체성을 갖는 전통문화
⑥ 한국적 고유성을 간직한 문화현상으로써, 세계적 차원에서 볼 때 다른 나라와 구별될만한 특성을 갖는 한국문화[6]

이러한 연구들을 종합해 볼 때, 문화원형이란 한 지역의 정체성과 고유성을 가진 전형적인 전통문화로서 이는 다른 지역, 다른 민족과 구별되고 또한 여러 가지

5) 배영동, 앞의 논문, 2005.
6) 위의 논문, 2005.

로 갈라져 있는 현재 문화의 본래 모습이며, 디지털매체화 할 수 있는, 즉 콘텐츠화 할 수 있는 소재라고 정의할 수 있다.

문화원형으로 문화콘텐츠를 만드는 다양한 행사들이 이루어지고 있음을 볼 때 우리의 전통문화를 재해석하여 문화콘텐츠를 만드는 작업은 중요하다고 하겠다.

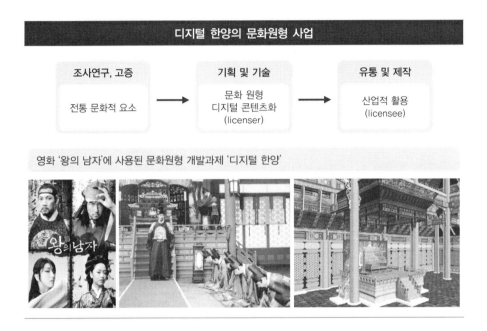

이러한 것을 영화 〈왕의 남자〉의 소재로 활용된 디지털 한양의 문화원형 사업을 통해 제시하면 위의 그림과 같다.

4. 문화콘텐츠의 특성

1) 문화콘텐츠란 무엇인가

문화콘텐츠란 문화적 요소를 지닌 내용물이 각종 대중매체에 담긴 것을 통칭한다. 콘텐츠(contents)는 '내용이나 내용물'을 뜻하는 말로 원래는 서적이나 논문 등의 내용이나 목차를 일컫는 말이었지만, 요즘은 디지털화된 정보를 통칭하게 되었다. 문화콘텐츠는 영화, 방송, 뉴스 등 미디어의 내용이나 게임, CD-ROM 타이틀 등 컴퓨터 관련 각종 저작물의 내용을 지칭하는 말로 광범위하게 사용된다. 우리가 일상적으로 접하는 텔레비전이나 라디오 수신기, 영화관의 스크린 등과 같은 각종 프로그램이나 영화까지 모두 지칭하여 사용하기도 하고, 유무선 통신망 등을 통해 매매되거나 교환되는 디지털화된 정보를 통칭하는 말로 사용하기도 한다.

문화란 말의 용도가 다양하듯이 문화산업이나 문화콘텐츠라는 용어의 개념이나 범주도 간단치는 않다. 우리나라와 중국에서 문화산업(文化産業)이라고 부르는 것을 미국에서는 '엔터테인먼트(entertainment)' 산업이라 부르고, 영국에서는 '크리에이티브(creative)' 산업이라 하는데, 미국은 '오락'에 영국은 '창의적이라는 점'에 큰 의미를 부여한 명칭으로 보인다. 실제 그 용어가 지칭하는 대상도 다소의 차이가 있다. 우리도 혼용해서 쓰고 있지만 일본에서 흔히 쓰는 미디어 산업(media industries) 역시 문화산업과는 개념과 범주에 차이가 있다. 여기에서는 우리의 관련 법규에 정의된 개념을 바탕으로 문화산업과 문화콘텐츠의 개념을 간단히 정리해 보도록 한다.

문화산업이란 문화예술과 관련된 상품이나 서비스를 창출하고 이를 소비자에게 제공하여 이윤을 추구하는 산업이라는 말이 되겠는데, 문화예술의 범위를 '문학, 미술, 음악 등 순수예술을 위시하여 일반대중을 상대로 한 무용, 연극, 영화, TV드라마, 대중음악 그리고 디지털로 새롭게 부각되고 있는 게임, 애니메이션, 캐릭터 부분에 이르기까지 다양한 영역을 포함한 의미를 가지고 있다. 그러나 실제 산업계에서 보는 문화콘텐츠는 일반 대중에게 오락과 감동을 제공하고 그에 대한 대가로 수익을 창출하는 대중문화 콘텐츠를 지칭하는 경우가 많다. 즉 순수예술은 제외하고 기존의 영화, TV드라마, 게임, 애니메이션, 캐릭터 등의 상업성을 지닌 콘텐츠를 대체로 지칭한다.

또한 문화콘텐츠는 '문화적 요소가 체화되어 경제적 부가가치를 창출하는 유·무형의 재화와 서비스 및 이들의 복합체'라 할 수 있다. 여기서 말하는 '문화적 요소가 체화된 것'과 앞에서 언급한 '문화상품' 혹은 '문화예술의 창작물 또는 문화예술용품'과 어떤 차이가 있는지 명쾌하게 선을 긋기는 어려워 보인다. 실제 문화산업과 문화콘텐츠 산업이라는 말이 혼용되고 있는 것도 이런 탓일 것이다. 그러나 문화예술의 범주에 넣고 있는 건축물까지 문화콘텐츠라고 지칭하지는 않고 있으니 문화산업과 문화콘텐츠 산업, 이 두 용어가 의미하는 것이 반드시 일치한다고 말하기는 어렵다. 예를 들어, 영리를 추구하는 어떤 전시관을 문화산업의 범주에 넣는다고 하면 별다른 저항감이 느껴지지 않겠으나, 그것을 문화콘텐츠 산업이라고 부른다면 어딘가 어색함을 느낄 것이다. 그러나 불과 수년 전과는 달리 많은 대상을 콘텐츠라고 부르는 지금의 변화상을 감안한다면, 건축물도 앞으로 콘텐츠라고 불리지 않으리란 법은 없으니 지켜볼 일이다.

'문화콘텐츠(culture contents)'는 21세기에 들어설 무렵 한국에서 특화된 용어다. '문화를 콘텐츠화한다' 혹은 '문화적인 내용물'이라는 의미로 만들어진 용어라고 보면 크게 틀리지는 않을 듯하다. 일반적으로 영화, 게임, 만화, 애니메이션, 캐릭터, 음악, 공연 등 미디어의 성격과 함께 콘텐츠 그 자체의 성격이 더욱 강조되는 콘텐츠와 출판·방송·인터넷·모바일 콘텐츠 등 매체가 강조되는 콘텐츠를 합하여 문화콘텐츠로 지칭하고 있다. 에듀테인먼트는 이상의 다양한 콘텐츠가 교육적으로 이용될 때 지칭되는 콘텐츠이고, 관광이나 축제·전시 등은 각종 콘텐츠를 활용한 산업으로 요즘은 관광콘텐츠, 축제콘텐츠 등으로 불리며 각 지자체의 주목을 받고 있다.

문화콘텐츠는 디지털콘텐츠와 혼용되기도 한다. 이것은 대부분의 문화콘텐츠가 디지털로 만들어지기 때문이다. 문화콘텐츠는 내용물의 특성을 고려한 용어인 데 반하여 디지털콘텐츠는 디지털이라는 저장·유통 방식에 초점을 맞춘 용어이다. 두 용어가 상당 부분 동일 대상을 가리키기도 하지만 용어상 반드시 일치하는 것은 아니다.

이처럼 문화콘텐츠란 용어가 혼란을 일으키는 것은 지금 현재 문화콘텐츠라는 용어가 자기정체성을 확립해가고 있는 진행형의 개념이기 때문이다. 새로운 용어의 등장은 그 개념과 범주를 규정하기 위한 논쟁을 수반한다. 문화콘텐츠의 정체성에 대한 논의의 과정도 마찬가지이다. 문화콘텐츠에 대해 한때의 유행에 불과한 실체가 없는 것이라는 비난도 있고, 서로 관련성이 없는 것들을 집합적으로 묶은 편의적 개념이라는 지적도 있었다. 그럼에도 불구하고 문화콘텐츠라는 용어는 우리 사회에서 지속적으로 사용 범위를 넓히고 있고, 문화콘텐츠에 대한 개념 정의와 무관하게 사회구성원 대부분이 문화콘텐츠를 실체로 인식하고 있다.

대중들이 문화콘텐츠를 실체로 인식하는 가장 큰 이유는 문화콘텐츠라 불리는 새로운 방식의 문화산업을 이전의 문화예술과 다른 새로운 현상으로 변별적으로 인식하고 있기 때문이다. 오늘날 대중문화 소비자들은 디지털 기술과 정보통신의 발전으로 인해 새로운 매체를 통해서 생산·유통되는 문화산업을 향유하고 있다.

매체와 기술의 발전은 그 내용물(콘텐츠)에 직·간접적인 영향을 미친다. 매스미디어의 발전으로 대중문화가 문화의 주류로 등장하였고, 영상매체의 발달로 인해 독서행위를 통한 이성적 감상보다는 시청각을 통한 직관적이고 감성적인 수용이 보편화되었다. 또한 컴퓨터 그래픽 기술이 발전하여 실사로 재현할 수 없는 환상의 세계를 구현할 수 있게 되었고, 인터넷의 등장으로 유저들이 상호작용하는 쌍방향 온라인 게임이 가능해졌다.

이렇게 변화한 문화예술을 기존의 장르로서 명명하는 것은 새로움과 변화의 추이를 반영하지 못하는 것이다. 물론 새로운 방식으로 등장한 문화예술은 여전히 영화이고, 게임이고, 드라마이다. 그러나 오늘날 등장한 새로운 트렌드의 문화예술과 문화산업을 과거와 구분 짓기 위해서는 그 첫 단계로 새롭게 이름을 붙여야 할 필요가 있다. 이에 대한 요청의 결과가 문화콘텐츠란 용어라고 할 수 있는 것이다.

그렇다면 문화콘텐츠는 어떻게 나누어 살펴 볼 수 있을까? 실상 문화콘텐츠라고 한다면 대단히 다양한 분야를 일컫는 용어이기 때문에 분류에 어려움이 따른다. 여기에서는 한국문화콘텐츠진흥원(KOCCA)의 분류를 제시하여 살펴보겠다.

① 문화콘텐츠 시나리오 소재 개발 분야
문화콘텐츠 시나리오 창작소재개발을 위한 역사, 설화(신화, 전설, 민담), 서사무가, 야담 등의 문화유형 비교, 분석, 해설을 재구성하여 디지털표현양식에 맞는 디지털콘텐츠 만들기.

② 문화콘텐츠 시각 및 청각소재 개발을 목적으로 고분벽화, 색채미술디자인, 구전민요, 무가 등 음악, 건축, 무용, 무예, 공예, 복식 등의 문화원형을 디지털복원, 비교, 분석, 해설 및 재구성한 디지털콘텐츠 만들기.

③ 의식주, 관혼상제, 세시풍속, 민속놀이, 민속축제 등 문화원을 비교, 분석, 해설 및 재구성하여 문화콘텐츠 창작에 활용할 수 있도록 한 디지털 콘텐츠 만들기.

• 문화콘텐츠 개념 도식화

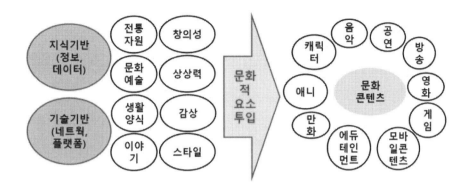

　　이상의 분류에서 알 수 있듯이 모든 이야기는 일단 문화콘텐츠의 1차 자료가
될 수 있다. 이것을 원천자료라고 하는데, 이를 새로운 시각을 통하여 2차, 3차
콘텐츠의 스토리텔링으로 확장하면서 경쟁력을 갖는다. 이때에는 이야기를 만들
어내는 인문학적 상상력과 그것을 가공하는 예술적 심미안 그리고 가공된 텍스트
를 보기 좋게 편집하는 공학적 기술, 콘텐츠를 유통판매하는 경영학적 마인드까지
를 모두 아우를 수 있는 통합적 능력이 요구된다.

　　위의 그림에서 알 수 있는 바와 같이 문화콘텐츠는 그 내용과 형식에 따라 애니
메이션, 영화, 게임, 캐릭터, 만화, 음악, 예술, 출판, e-book, 방송영상, 디자인,
패션, 공예, 에듀테인먼트, 광고 등으로 나누어지며, 유통방식에 따라 무선 인터넷
콘텐츠, 유선 인터넷 콘텐츠, 방송 콘텐츠, 극장용 콘텐츠, DVD, 비디오, PC게임,
아케이드 게임 등 다양한 형태로 구분할 수 있다.

2) 문화콘텐츠의 탄생과 배경

　　현대사회에서 콘텐츠와 문화콘텐츠가 급속히 부각된 이유로는 디지털기술의 발
달로 인터넷이나 DMB, 케이블 등 새로운 매체가 출현한 데에 있다. 이로 인해 콘
텐츠와 문화콘텐츠에 대한 관심이 급증하게 되었다.

　　1990년대 중후반 이후에는 국가적인 차원에서 문화산업의 진흥을 적극적으로

추진하였고, 이에 따른 디지털 기술이 놀라운 속도로 발전하면서, 인터넷이나 휴대폰 등 새로운 매체들이 계속 출현하게 되었다. 그것들은 음성이나 문자, 이미지, 영상 등을 하나로 통합하는 멀티미디어 기능만이 아니라, 정보의 무한한 복제와 변형 및 전송이 가능하다는 특성을 갖고 있다.

특히 21세기를 디지털 시대라고 명명하고 있다. 하나의 소스를 가지고 다양하게 활용한다는 원소스 멀티유즈(one source multi-use)를 본격화하게 해주었다. 그리하여 콘텐츠와 문화콘텐츠가 급속히 부각되기 시작했다.

콘텐츠(contents)란 내용물. 다양하게 활용 가능한 내용물. 곧 영화나 방송, 애니메이션, 게임 등 각종 매체에 담긴 수많은 작품을 말한다. 과거 이것들을 흔히 '대중문화'라고 불렀으나, 요즘은 그것들이 더욱 다방면으로 사용되고 하나의 거대한 산업화가 됨에 따라 많은 사람들이 '콘텐츠'란 신조어를 쓰고 있다.

문화콘텐츠(culture contents)란 다양한 매체. 콘텐츠를 담는 그릇들이자 널리 활성화되는 도구들, 예컨대 출판이나 만화, 방송, 영화, 게임, 캐릭터 등 각종 문화콘텐츠 산업을 말한다. 과거에는 이것들을 '대중매체(문화상품)'이라 불렀으나, 디지털 시대가 되면서 각각의 매체들이 서로 융합되어 거대화, 산업화가 되어감에 따라 사람들은 '문화콘텐츠'란 신조어를 사용하고 있다.

3) 문화콘텐츠의 분야와 개발의 필요성

문화콘텐츠는 문화에 대한 일련의 해석적 작업을 의미한다. 그러므로 개발자는 문화 해석자이자 문화 개발자라고 볼 수 있다. 향유자인 대중은 문화 콘텐츠의 해설자로서 문화적 해석은 항상 획일적이고 동질적이지 않다. 문화적 해석은 누구나 할 수 있는 것으로 문화콘텐츠는 항상 모든 사람에게 열려있는 체제라 할 수 있다.

문화콘텐츠 산업은 창의적인 아이디어가 가치창출의 원천인 사람중심의 산업으로 콘텐츠 상품의 수출은 대외 소비자로 하여금 문화적 금접성을 높여 소비재 수출을 견인하고 문화 확산을 통한 국가 이미지 제고 및 관광객 유치를 확대하는 효과를 가져온다. 이처럼 문화콘텐츠 산업은 지식의 집약체이며, 부가 가치가 높은 서비스 산업으로 일반 제조업과 다른 몇 가지의 특성을 갖는다.

(1) 창구효과(window effect)

창구효과는 상품이 그 본질적 요소는 그대로 유지한 채로 부분적인 변화만을 거쳐 문화산업 혹은 다른 산업의 상품으로 계속 활용되면서 점차 그 가치가 증가하게 되는 효과라고 할 수 있다. 문화콘텐츠 산업은 다른 산업에 비해 산업 연관 효과가 매우 큰 것으로 알려져 있다. 하나의 콘텐츠가 제작되면 이를 다른 산업으로 유통시켜 이익을 더욱 극대화할 수 있는 것이다.

창구효과는 문화산업에서 하나의 프로그램을 서로 다른 시점과 채널을 통해 공급하여 프로그램의 부가가치를 높이는 전략적인 배포방식을 의미한다. 이러한 창구효과는 음반, 드라마, 출판, 영화 등의 문화콘텐츠들이 초기 제작 이후 재생산을 할 때는 한계비용이 거의 발생하지 않는다. 또한 하나의 콘텐츠가 게임이나 만화, 영화, 캐릭터, 소설, 음반 등 다양한 연관 산업으로 전이되어 1차 흥행의 영향력 아래 2차 흥행수익까지 기대할 수 있는 마케팅 효과가 있다.

(2) OSMU(one source multi-use)

OSMU는 하나의 콘텐츠를 게임, 만화, 영화, 캐릭터, 소설, 음반, 장난감 등의 여러 가지 문화상품으로 판매해 부가가치를 극대화하는 마케팅 방식이다. 주지하다시피, 조엔 롤링의 『해리포터』 시리즈는 소설에서 시작해서 영화, 게임, 애니메이션, 음반, 각종 캐릭터 등으로 영역을 옮기며 이익을 극대화하였고, 호그와트 학교의 문장, 마법 가게, 사탕 주머니 등의 캐릭터를 취급하는 전문 상점이 등장하기도 하였다. 즉 하나의 콘텐츠를 시간 차로 다른 채널에 공급하거나 여러 가지 상품 유형으로 만들어내면서 부가가치를 창출한 것이다.

문화콘텐츠 산업 내에서 OSMU를 가장 많이 활용하는 분야가 바로 애니메이션과 웹툰이다. 애니메이션에서는 주인공을 캐릭터로 상품화하여 이를 완구 등으로 연결시키거나 테마파크에서 이용하기도 한다. 웹툰에서는 출판, 만화, 영화, 게임, 애니메이션, 뮤지컬, 브랜드 툰(광고 만화), 캐릭터 상품, SNS 이모티콘, 제조업 라이선스 등의 다양한 장르에 원작으로 쓰이고 있다. 이러한 사례는 원 소스 멀티 유즈의 전략에 따라 하나의 소스가 문화산업 전반에 걸쳐 기반 산업이 될 수 있는 가능성을 보여주고 있다. OSMU가 원본 콘텐츠를 원본과 다른 형태로 변용하여 다변적으로 확장한다는 개념인 반면에 창구효과는 원본 콘텐츠를 수직적으로 유통하는 개념이다.

(3) 고위험 고수익 사업(high risk, high return)

문화콘텐츠 산업은 제작비가 많이 들어가는 영화, 뮤지컬, 애니메이션 등의 공연 영상관련 콘텐츠 산업으로 상당한 고위험을 수반하는 산업이라는 특징이 있다. 물론 위험이 높은 만큼 흥행에 성공하면 높은 수익을 보장받을 수 있지만 실패하면 투자금마저 회수하기 힘들다. 왜냐하면 콘텐츠 상품은 산업의 성격상 일반적인 재화와 비교하여 상대적으로 표준화되기 어려워 정확한 산업의 수요예측이 불가능하기 때문에 생산자는 높은 위험을 감수할 수밖에 없다.

영화를 포함한 문화콘텐츠 산업과 관련한 다양한 위험 중에서 가장 크면서도 중요한 것은 투자 위험과 흥행위험이라고 할 수 있다. 대부분 문화콘텐츠는 총비용에 있어서 제작비와 같은 초기 투자 비중이 매우 크다. 그러나 어떤 작품이 흥행에서 관객확보에 실패할 경우, 이 제작비용이 매몰 비용이 되는데, 매몰 비용은 설비 투자비 등과는 달리 그 사업에 실패함으로써 제품의 가치가 제로에 가깝게 되는 비용이다. 예컨대 매몰 비용은 드라마, 음반, 영화의 흥행에 상관없이 투입해야 하는 비용이다.

영화의 경우, 배우 출연료 등의 제작비는 영화의 흥행에 상관없이 미리 지불해야하는 매몰 비용이다. 반면 흥행에 성공할 경우, 한계비용은 거의 제로에 가깝게 고정되는 반면 한계수익은 비례적으로 증가하여 대규모의 수익을 얻을 수 있다.

(4) 경험재(experience goods)

문화콘텐츠 상품은 소비가 이루어지기 이전에는 상품의 효용이 알려지지 않는 경험재의 속성을 갖는다. 대개 일반 제품이나 서비스와 달리 소비자의 체험을 중요하게 여기는 제품이므로 소비 대중이 직접 경험해 보지 않고서는 상품의 가치를 알기 어렵다. 방송 프로그램, 음반, 영화, 게임, 모바일, 뮤지컬 등 문화상품 대부분은 경험재의 특성을 가지고 있다.

경험재적 속성이 강한 상품일수록 소비에서 정보는 매우 중요하다. 왜냐하면 직접적인 소비행위가 발생하기 전에 효용이 알려지지 않는 콘텐츠 상품의 소비에서 특정 상품에 대한 사전적인 정보는 소비의 불확실성을 훨씬 낮출 수 있기 때문이다. 경험재 상품의 질에 대한 불확실성을 줄이기 위해서 기업에서는 콘텐츠의 일부 내용을 보여주고 경험하게 하는 마케팅 전략을 펼친다. 영화의 예고편, 공연의 TV 연예 프로그램 홍보, 게임 콘텐츠의 일부를 제한적으로 무료로 제공하는 것이 불확실성을 줄일 수 있는 수단이 된다.

또 다른 수단으로는 상품을 소비하기 전에 소비자가 알 수 있는 믿을만한 정보를 상품 내용에 포함하는 방법이다. 대표적인 경우가 '스타 시스템'이다. 널리 알려진 배우나 감독, 제작자를 고용하여 특정 콘텐츠 상품을 제작했을 때 그 자체로 소비의 불확실성을 매우 낮출 수 있다. 특정 영화가 재미있다고 소문이 나면 관객의 수는 기하급수적으로 늘어난다. 즉 콘텐츠 상품의 소비에는 소비자가 그 이후 특정상품을 소비하는 소비자에게 긍정적 또는 부정적 효과를 미치게 되는 것이다.

(5) 규모의 경제

규모의 경제란 산출량이 증가하면 단위당 평균 비용이 감소하는 현상을 의미한다. 문화콘텐츠 산업 중 복제가 가능한 콘텐츠 상품은 초판 제작비용이 전체 비용의 대부분을 차지하고 재판부터는 단순한 복제 비용만 추가되므로 비용이 거의 발생하지 않는다. 따라서 초기 투자 비용인 매몰 비용만 넘어서면 이후의 판매량은 모두 수익으로 돌아오는 특성이 있다. 일반적인 상품의 경우 대량생산을 통해 개당 소요되는 비용을 절감하여 이익을 늘리려는 것이 목적이지만 최근의 추세는 설비를 증강하여 생산비를 절감하는 데 목적을 두고 있다. 이때 대량생산이 아니라 기술혁신을 통해 이익의 증대가 완성되는 것은 규모의 이익이다.

따라서 현대사회에서 고부가가치를 창출할 수 있는 산업분야는 문화산업이라 할 수 있다. 유구한 역사를 자랑하는 우리나라의 경우에 문화원형의 발굴과 이를 다양하게 활용할 수 있는 문화콘텐츠 개발의 필요성이 절실하게 요구되고 있다.

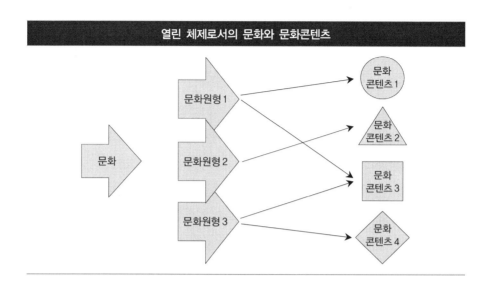

문화콘텐츠 분야는 대단히 많다. 영화, 드라마, 게임, 출판, 만화, 방송, 애니메이션, 캐릭터, 공연, 음반, 전시, 축제, 여행, 디지털콘텐츠, 모바일 등 최소한 16가지 이상의 분야로 세분화할 수가 있다. 디지털 기술이 발달함에 따라 앞으로도 계속 새로운 분야가 생겨날 전망이다.

21세기 디지털 시대는 원소스 멀티유즈 시대이므로 하나의 콘텐츠를 개발하더라도, 이와 같은 각종 문화콘텐츠에 대한 통합적 안목을 가지고 접근해야 한다. 그래야만 시장의 경쟁에서 살아남을 수 있다.

문화콘텐츠 개발이란 문화를 가공하고 윤색하는 과정으로서 개발을 통해 문화콘텐츠를 만들고, 이를 마케팅하여 대중에게 알리고 소통을 하게 된다. 이러한 문화콘텐츠는 우리 생활 깊숙이 자리 잡고 있고, 사회 전반에 영향을 끼치고 있다. 콘텐츠는 많은 사람에게 메시지를 전달하는 의사소통의 수단으로 새로운 문화운동이 될 수 있다. 콘텐츠는 경제적인 파급 효과가 엄청나서 그 질이 높다면 엄청난 경제적 이득을 창출해 낼 수 있다. 나아가 문화콘텐츠는 국가 이미지를 높이기도 한다. 콘텐츠를 통해서 다른 나라 사람들이 그 나라의 문화에 대해서도 관심을 갖고 우호적이 되기도 한다. 2000년대 이후 불어온 한류열풍이 대표적이라 하겠다.[7]

---

7) 전용화 외, 『문화 콘텐츠 산업일반』, 서울특별시교육청, 2019, 31~34쪽 참고.

3) 문화콘텐츠의 특징

(1) 시대성

문화의 토양위에 생성된 다양한 형태의 문화콘텐츠들은 자연히 동시대 인간집단의 생활상을 반영하고 된다. 과거의 출판물이나 광고, 영화 등을 돌이켜보면 나름대로 그 시대의 여러 모습들이 투영되어 있으며, 현재의 다양한 문화콘텐츠들을 분석해 보면 이 또한 현재의 여러 시대상이 반영되어 있음을 알 수 있다.

(2) 상업성

문화콘텐츠는 인간생활의 문화적 요소를 반영시켜 경제적 가치를 창출하는 문화상품이라고 정의할 수 있다. 이때 상품으로서의 가장 중요한 특징은 역시 상업성이라 할 수 있다. 문화콘텐츠는 상업성의 특징이 반영된 문화상품으로서 콘텐츠 제공자가 콘텐츠 이용자로부터 유무형의 재화를 취득할 수 있을 때 문화콘텐츠로 완성된다.

(3) 대중성

문화콘텐츠가 상업성을 확보하기 위해서는 대중이 반드시 필요하며 다수의 대중 확보를 통해 진정한 가치를 얻는다. 즉 사용자가 많으면 많을수록 콘텐츠의 가치가 상승하는 것이다.

(4) 오락성

오락성이 상실된 문화콘텐츠는 대중성을 잃게 되고, 대중성을 잃은 문화콘텐츠는 상업성을 잃게 된다. 상업성이 없는 문화콘텐츠는 지속적으로 발전 할 수 없으므로 오락성은 문화콘텐츠의 큰 특징이라 할 수 있다.

(5) 창조성

창조성은 문화콘텐츠의 대중성 확보 측면에서 오락성과 함께 강조되는 중요한 부분이다. 창조성이 없는 문화콘텐츠는 문화대중의 지지를 받을 수 없으므로 생명력을 상실하게 된다.

5. 한류와 문화콘텐츠

'한류(韓流)'란 1990년대 후반부터 중국을 위시하여 대만·홍콩·베트남 등의 주민, 특히 청소년 사이에서 번지고 있는 가요·드라마·패션·관광·영화 등 한국 대중문화를 향유·소비하는 경향을 말한다. 한류는 1999년 중국 〈북경청년보〉에서 처음 사용한 용어로서 중국 내에서 급부상한 한국 대중문화 콘텐츠의 흐름을 명명하는 과정에서 비롯된 것이다.

한류의 형성배경으로 먼저 한국의 문화산업에 대한 적극적인 투자와 정부지원에 따른 대중문화산업의 성장 및 수준향상을 들 수 있다. 이와 더불어 90년대 중후반부터 국내기업들의 해외 진출 및 현지 언론·기업을 상대로 한 적극적인 홍보·마케팅 전개도 한국에 대한 긍정적 이미지를 제고하는데 도움이 되었다. 한편 아시아 국가들은 경제발전 및 사회·문화의 변화에 따라 다양한 문화콘텐츠에 대한 욕구가 발생하였고, 이를 충족하기 위하여 문화적 공감을 가질 수 있는 우리나라의 대중문화에 대한 관심이 증가하였다.

이러한 배경하에 처음에 드라마·음악·영화 등의 장르에 국한되었던 한류가 게임·패션·한국음식·미용·관광·의료 등으로 확산되고 있다. 특히 2002년 첫 방영된 〈겨울연가〉는 일본에서 큰 인기를 얻으며 한국어 학습 등 한국관련 문화 전반에 대한 관심으로 확대되었다. 〈겨울연가〉는 주인공역을 맡은 배용준에 대한 인기로 이어져 일본에 '욘사마 열풍'을 만들었다. 욘사마 열풍의 주역은 '바비구루', '오바리언' 등으로 지칭되는 중년 여성들이었다. 일본 다이이치생명 경제연구소는 욘사마 열풍의 경제효과를 약 2천 300억 엔으로 평가하였고, '욘플루엔자', '욘겔지수' 등의 사회·문화적 신조어가 유행하기도 하였다.

〈겨울연가〉의 인기에 힘입어 한국 프로그램의 단가가 상승하였고, 유통량이 대폭 증가해 지상파와 케이블, 위성 등을 합쳐 총 29편의 한국 프로그램이 방송되는데 이르렀다. 〈겨울연가〉의 인기는 일본에서 한국 방송 프로그램의 확대뿐만 아니

라 방송과 문화계를 넘어 정치·사회적인
부분에까지 영향을 미치고 있다.

〈겨울연가〉

〈겨울연가〉는 일본인의 한국 사회와 한
국 문화에 대한 전반적인 이해와 친밀도를
높였으며 고이즈미 전 총리의 욘사마 인기
발언, 한글 배우기 열풍에 이어 재일동포
에 대한 제도적 차별의 불합리성까지 부각
되는 등 사회 전반에 걸쳐 광범위하게 영
향을 미치고 있다. 〈겨울연가〉는 지금까지
홀대해왔던 중·장년층 시청자를 위한 순애보 드라마의 재방송과 리메이크 붐을
몰고 왔으며 후지 TV가 재일 한국인이 주인공인 〈동경만경〉을 방영하는 데 일조하
기도 했다.

〈겨울연가〉는 경제효과도 엄청나 NHK의 2003년 결산에 따르면 일본에서 DVD,
비디오, 관련 서적 판매 등 가시적인 효과만 해도 35억 엔에 이른다. 그리고 그
영향으로 한국 배우와 드라마 관련 서적, 화보, 진집, OST 음반도 불타나게 팔리고
있으며 한국 가수의 일본 진출도 활발해지고 있다.

〈겨울연가〉로 인한 한국의 한류에 자극받은 일본 정부는 2004년 봄에 지적재산
본부 콘텐츠전문조사회의 보고서를 기초로 국제경쟁력 강화를 시도하고 있으며
일본 문화부는 '일본영화영상 진흥계획'을 수립해 다양한 방식으로 지원사업을 벌
여나갈 계획을 세웠다.

최근에는 한류가 중국, 일본, 대만 등 아시아 지역에서 동남아, 멕시코, 러시아
등으로 지역이 확산되고, 프랑스, 영국 등 유럽의 여러 나라들에까지 영향을 미쳤
다. K-pop의 세계적인 확산 등은 우리 문화의 우수성은 물론 국가적인 위상을
높이는 계기가 되었다. 한류에 대한 선호계층도 20~30대 젊은 여성층에서 40~50
대 남녀 중년층까지 폭을 넓히고 있다. 멕시코에는 한국가요를 내장한 댄스 시뮬
레이션 게임기 "펌프(Pump It Up)"가 약 1만여 대가 판매·설치되어 30만 명의 마니
아를 형성하였다.

한편 한류의 영향으로 한국인에 대한 호감도나 다양한 인물에 대한 호감도를

국가별 한류현황지수 추이

		한류현황지수 (2020)	한류현황지수 (2021)	한류현황지수 (2022)	한류현황지수 변화율 (22-21)	비고
한류 대중화 단계	말레이시아	3.71	3.67	3.79	3.2%	
	인도네시아	3.80	3.57	3.76	5.3%	
	베트남	3.61	3.71	3.68	-0.8%	
	대만	3.49	3.65	3.64	-0.4%	
	UAE	3.15	3.46	3.61	4.2%	1단계 상승
한류 확산 단계	멕시코			3.44		
	사우디아라비아			3.44		
	중국	3.43	3.51	3.43	-2.0%	1단계 하락
	태국	3.39	3.54	3.41	-3.6%	1단계 하락
	인도	3.20	3.36	3.38	0.6%	
	일본	2.88	3.11	3.32	6.8%	
	브라질	2.98	3.13	3.27	4.4%	
	이집트			3.25		
	튀르키예	3.17	3.06	3.12	2.2%	
	캐나다			3.12		
	카자흐스탄			3.12		
	호주	2.74	3.14	3.00	-4.7%	
	남아공	2.69	2.97	2.99	0.8%	
	영국	2.49	2.87	2.99	4.1%	
	미국	2.77	3.25	2.99	-8.0%	
	아르헨티나	2.75	2.87	2.98	4.0%	
	스페인			2.96		
	독일			2.86		
	이탈리아			2.85		
	러시아	2.82	2.86	2.84	-0.5%	
	프랑스	2.68	2.76	2.81	1.9%	

출처: 한국국제문화교류진흥원

보면 예전에 비해서 높게 나타나고 있다.

한류는 단지 드라마나 가요에 대한 관심과 인기로 끝나는 것이 아니라 이를 토대로 문화산업은 물론 전자, 자동차, IT 등 전 산업에 걸쳐 한국의 브랜드 가치 상승시키는 효과를 가진다. 드라마 〈겨울연가〉의 인기는 한국에 대한 관광 욕구로 이어져 2004년도에 한류관광객 40만 명(관광수입 4천억 원)을 유치하는 원동력이 되었다.

베트남에서는 2004년 배우 김남주가 주연한 드라마 〈모델〉이 방영되어 큰 인기를 얻었다. 드라마의 인기는 배우 김남주에 대한 호감으로 직결되어 그녀를 모델로 한 LG 드봉 화장품에 매출 증대로 연결되었다. 그해 LG 드봉은 베트남에서 세계적 화장품회사인 랑콤을 제치고 시장의 70%를 점유하였다. 그리고 중국에서 한류에 대한 관심은 기업들의 경제적 이윤으로 이어져 LG·삼성 등의 기업들은 중국에서 40% 이상의 매출신장을 이루었다. 또한 2004년 일본 니혼게이자이신문

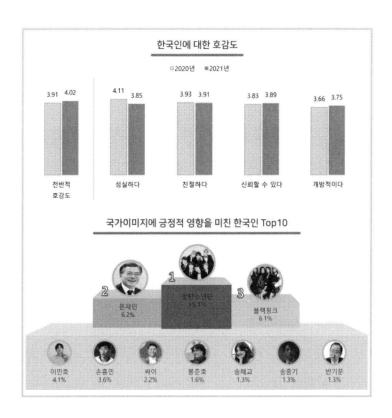

에서는 한류를 2004년 히트상품 1위를 선정하기도 하였다. 이러한 한류의 영향력을 지속하기 위해서는 향후 한류와 디지털 미디어의 융합을 통합 새로운 문화콘텐츠 창출과 다양한 문화 이벤트 개발이 필요할 것이다.

외국인들이 관심 있는 한류 문화콘텐츠 Top 10을 보면 다음과 같다.

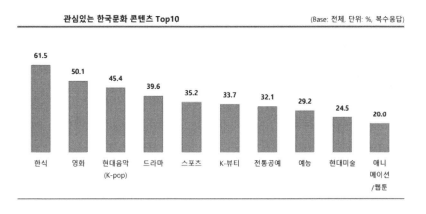

그런데 아시아에서 열풍처럼 번지던 한류가 최근 주춤하고 있다. 한류가 드라마와 가수 배우에 대한 인기로 시작하였기 때문에 이들에 대한 인기가 수그러지자 그 열기도 함께 식고 있는 듯하다. 그런데 사실 이와 같은 현상은 어느 정도 예견된 일이기도 하다.

그 원인은 우리나라의 문화콘텐츠 업계의 경쟁력 부족과 문화콘텐츠의 다양성 부족에서 찾을 수 있다. 우리나라 콘텐츠 창작업계는 외국에 비하여 규모가 영세하고 수익구조가 단순하여 경영 악화에 처하기 쉽다. 더구나 우리나라는 공중파 방송사가 시장을 지배하고 있어 영세한 콘텐츠 창작업계는 경쟁력을 갖추기 어려운 구조이다. 그리고 한류가 방송드라마와 음악 등을 통한 일부 인기연예인의 활약에 집중되고 있어 후속 콘텐츠 부족과 다른 장르로의 파급효과가 미약한 점도 지적할 수 있다. 따라서 방송물 수출의 경우 멜로드라마 위주에서 다양한 장르로의 변화를 모색할 필요가 있다.

또 중요한 원인으로 한류 확산에 따른 아시아 각국의 정서적 거부감을 꼽을 수 있다. 한류는 쌍방적 문화교류보다는 일방적 문화전파 경향을 보이고 있어 현지 정부 및 여론 주도층의 비판과 반발을 야기하고 있다. 중국과 대만 등은 수입제한과 허가절차를 통해서 규제를 시작하였다. 일본에서는 한류에 대해 반감을 갖는 우익 세력들이 노골적으로 한국을 폄하하기도 한다. 특히 야마노 시린이라는 만화가는 〈혐한류〉라는 만화책에서 한국에 대한 왜곡된 사실을 이야기하였는데, 일본 현지에서는 큰 인기를 끌었다.

〈혐한류〉

이러한 문제들은 한류에 대한 종합지원 및 활용체계가 부재하기 때문에 발생하는 것이다. 현재 우리나라는 현지 국가의 사회·문화적 분석이 미흡하고 시장에 대한 정보도 부족하다. 그리고 관련 기관, 단체 간의 네트워크가 적절히 운영되지 못하여 전략적 대응이 미비한 상태이고, 이를 해결하고 조정할 범정부적인 기관이 부재한 상황이다.

이와 같은 한류의 문제점을 극복하기 위한 방

안으로 첫째 한류 세계화를 선도할 핵심 문화산업 인력 양성이 필요하다. 문화콘텐츠 산업의 핵심인력 양성을 위한 CT대학원과 관련 학과 학부를 설치하여야 한다. 그리고 영화, 게임 등 다양한 장르의 '문화산업 아카데미' 운영 및 산·학·연계를 통한 문화산업 특화연구(CRC)가 요청된다. 시급히 문화콘텐츠 전문 인력을 양성할 수 있는 과정을 설치하여 문화콘텐츠 글로벌 리더를 육성하는 것이 한류를 지속할 수 있는 첩경일 것이다.

둘째 문화콘텐츠 창작 기반을 강화하여야 한다. 영화, 방송, 게임 등 다양한 창작소재 개발을 위한 지원을 강화하여야 하고, 문화콘텐츠 콤플렉스, 디지털 매직스페이스 등 창작지원을 위한 기초인프라를 구축하여야 한다. 그리고 중소 디지털 콘텐츠 업체의 비용절감, 품질 향상을 위하여 영상콘텐츠 제작기술, 멀티플랫폼 연동형 기술 등을 공통으로 제공하여야 한다. 이러한 토대를 구축하면 한류 콘텐츠 및 서비스의 디지털화로 인터넷 등 온라인을 통한 한류 확산을 유도할 수 있고, HDTV, DMB, Wibro(휴대인터넷) 등 새로운 매체를 수출할 수 있다.

셋째, 한류에 대한 조사연구를 강화하고, 연구정보에 대한 공유체제를 구축해야 한다. 현지의 정서를 이해하고, 그들의 문화를 배려하면서 우리의 문화상품을 수출하기 위해서는 보다 체계적이고 종합적인 연구와 운영체계가 필요하다.

제2장

문화콘텐츠의 산업화

1. 문화콘텐츠 산업의 개념과 범위

1) 문화콘텐츠 산업의 개념

문화콘텐츠 산업은 문화콘텐츠의 기획, 제작, 유통, 소비 등과 이에 관련된 산업으로 문화예술 상품을 제작 유통하는 산업이라 할 수 있다. 문화콘텐츠 산업은 창의력과 지식의 합작품으로 그 구체적인 분야는 애니메이션, 음악, 게임, 출판만화, 캐릭터, 방송영화, 미디어·엔터테인먼트 등이다.

문화콘텐츠 산업은 오늘날 고부가가치를 창출하는 고속 성장산업으로 각광받고 있다. 최근 들어 세계 거대 미디어들이 전략적인 제휴를 시도하거나 합병하는 사례가 빈번해지고 있는 것도 문화콘텐츠 산업의 중요성을 보여주는 단적인 예라고 할 수 있다. 이러한 경향은 문화콘텐츠 분야에서 이른바 '규모의 경제'가 중요한 것임을 시사하는 것이기도 하다. 그러나 문화콘텐츠 산업이 규모의 경제에 의해 일방적으로 좌우되는 것만은 아니다. 문화콘텐츠 산업은 문화적 내용을 창조적으로 다루는 영역이라는 점에서 섬세한 터치가 요청되는 분야이기도 하다.

문화콘텐츠는 '기술-지식(하이테크)'과 함께 '예술-감성(하이 터치)'이 요청되는 분야이다. 전자가 자본과 협업의 필요성을 제기하는 것이라면, 후자는 창조성과 감성의 필요성을 제가하는 것이라고 할 수 있다. 이제는 인간의 감성, 상상력, 창의력이 새로운 성장동력으로 부상하는 시대인 것이다. Peter Drucker는 이러한 관점에서 '21세기는 문화산업에서 각국의 승패가 결정될 것이고 최후승부처가 바로

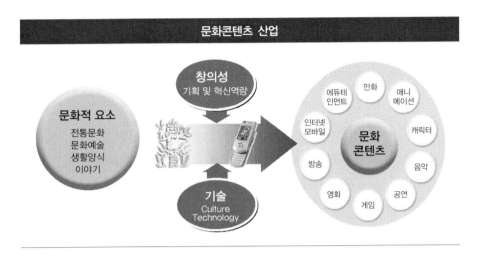

문화산업이다.'라고 말하였다.

　인터넷을 통해서 전 세계가 하나의 네트워크로 연결되기 시작하면서, 그 네트워크를 타고 흐르는 내용물이 더욱 중요하게 되었다. 이른바 문화콘텐츠의 시대가 도래한 것이다. 이 같은 흐름과 더불어 디지털 산업에서 문화콘텐츠가 중요한 위상을 차지하게 되었다. 문화콘텐츠 산업은 시장 규모의 확대만이 아니라 문화산업의 구조변화를 불러오고 있다. 이전의 산업사회의 근간이라 할 수 있는 자본과 기술을 넘어서 지식과 정보가 부가가치 창출의 새로운 원동력으로 작용하고 있는 것이다.

　이러한 경향은 세계 초강대국인 미국의 미디어-엔터테인먼트 산업이 군수산업에 이은 2대 산업을 구축하고 있는 점에서도 확인된다. 문화콘텐츠 산업은 새로운 핵심동력산업으로 부각하고 있으며, 세계 각국은 문화콘텐츠 산업을 미래전략산업으로 채택하여 진흥정책을 활발하게 펼치고 있다.

　우리나라 역시 세계적 변화에 뒤처지지 않기 위해서 문화콘텐츠 산업에 적극적으로 관심을 갖고 투자하여야 한다. 우리나라는 문화콘텐츠 산업의 기반이 되는 인프라와 문화자원을 풍부하게 가지고 있는 국가이다. 먼저 정보통신 인프라를 살펴보면 초고속 통신망 가입자가 1,217만 가구로 보급률 세계1위이다. 인터넷 이용자수는 약 3,158만 명으로 추산되고, 이동전화 가입자는 3,723만 명에 이르고 있다. 이러한 정보통신 인프라는 문화콘텐츠에 용이하게 접근할 수 있는 기반이라 할 수 있다.

그리고 우리나라는 세계적인 IT 기술국이다. 첨단 정보통신 기술의 발달은 문화콘텐츠 제작의 기초가 된다. 우리나라의 디지털 기술의 발전은 디지털 컨버전스를 선도하고 있고, 지상파·케이블·위성방송 등을 디지털화할 뿐만 아니라 무선통신의 급성장으로 유비쿼터스 시대를 견인하고 있다.

또한, 우리나라가 문화콘텐츠 산업을 육성하는 데 있어서 중요한 자원은 풍부한 문화유산이다. 오랜 역사를 가진 우리의 유무형의 문화유산과 풍부한 창작 소재는 문화콘텐츠 산업의 중요한 기반이 될 것이다. 더불어 창의력과 상상력이 뛰어난 국민성이 변화하는 시대의 새로운 감성을 창조하는 원천이 될 것이다.

문화콘텐츠는 예술인 동시에 상품으로서의 속성을 지닌다. 문화콘텐츠 산업에 종사하는 인력은 세계 시장의 거시적인 흐름을 파악하는 한편, 문화콘텐츠 향유자들의 기호를 분석하여 당대의 콘텐츠 트렌드를 정확하게 포착하여야 한다. 문화콘텐츠 산업은 꿈과 감동을 전달하는 산업이라는 점에서 기존의 전통적 산업과는 다른 특징을 지닌다.

첫째, 높은 부가가치를 창출하는 산업이다. 문화콘텐츠 산업은 창의성을 바탕으로 고부가가치를 생산을 하기 때문에 손익분기점 이후의 매출은 대부분 이익으로 회수된다. 제조업과 비교하면 초기 투자비용을 회수하는 손익분기점이후 수익이 기하급수적으로 증가함을 알 수 있다.

둘째, High-Risk, High-Return이다. 문화콘텐츠 산업은 성공하였을 때 고부가가치를 창출할 수 있지만 반대로 성공하지 못했을 때는 투자비용을 회수하기 어려운 산업이다. 문화콘텐츠 산업은 위험성이 높은 대신 흥행에 성공하면 수익도 큰 산업으로, 소수의 히트 작품이 제작업체 수익중의 대부분을 차지하고 있다.

셋째, 탁월한 기획력, 상상력, 창의력을 가진 고급 인력이 필요한 산업이다. 문화콘텐츠는 상상과 창조의 산물이기 때문에 우수한 시나리오와 아이디어를 생산하고 각색하는 창작력과 연출력, 그리고 이들을

김수정 원작의 〈아기공룡 둘리〉

상품화하는 기획력을 갖춘 높은 수준의 인력이 필요하다.

넷째, 원소스 멀티유스(One Source-Multi Use)의 성격이다. 문화콘텐츠 산업은 새로운 매체와 IT 기술을 토대로 하나의 콘텐츠를 다양한 플랫폼에서 제공할 수 있다. 하나의 제품이 만들어져 흥행에 성공하면 다양한 유통창구에서 활용되어 수익원이 창출된다. 김수정 원작의 아기공룡 둘리를 예로 들면, 만화의 성공은 TV 애니메이션과 극장용 장편 애니메이션(아기공룡 둘리의 얼음별 대모험)으로 확대되었고, 이후 캐릭터 상품, 에듀테인먼트 등으로 재생산되었다.

다섯째, 문화콘텐츠 산업은 새로운 경향의 산업이다. 문화콘텐츠 산업은 다매체를 기반으로 하기 때문에 기회가 열려있는 산업이다. 특히 네트워크 효과가 선명하고, 선점효과가 중요한 산업이다. 문화콘텐츠 산업은 단지 제품을 생산 소비하는데 그치는 것이 아니라 '유행'과 '이슈'를 만들며 가치를 확대·재생산한다. 단적인 예로 드라마 대장금의 열풍과 한국 요리에 대한 관심을 들 수 있다.

오늘날은 정보의 디지털화에서 더욱 진전하여 문화콘텐츠의 컨버전스가 진행되고 있다. 즉 시스템과 하드웨어, 콘텐츠의 통합이 이루어지고 있는 것이다. 이러한 조건은 기존의 시장분석에 기초한 경쟁전략뿐 아니라, 오히려 이를 극복할 수 있는 새로운 시장을 창출하는 능력이 요구되고 있다. 즉 시장에 대한 관점은 기존 시장분석에 기초한 타깃시장 설정의 측면에서 벗어나 사업영역 간에, 그리고 온라인과 오프라인간의 통합에 의한 새로운 시장 창출의 관점을 동시에 갖도록 노력해야 한다.

현재 문화콘텐츠 산업도 변화하고 있다. 그 변화는 복합화, 디지털화, 국제화, 전문화 등의 개념으로 설명할 수 있다. 방송과 통신이 융합하고, 유무선 인터넷이 발달하면서 새로운 미디어가 출연하고 이는 콘텐츠의 형식과 내용에 있어서도 다양한 변화를 일으켰다. 이러한 변화는 미디어 환경과 콘텐츠의 제작기술이 디지털화되면서 더욱 가속화하는 경향을 보인다. 미디어와 콘텐츠의 디지털화는 기존 매스미디어의 일방적인 커뮤니케이션만이 아니라 콘텐츠 창작자 혹은 콘텐츠 제공자가 일반대중과 쌍방향적으로 교류, 소통하게 하는 미디어 환경을 만들고 이것이 새로운 형식의 콘텐츠들을 창조하고 발전시키는 기반이 된다. 온라인 게임, 디지털 애니메이션, 캐릭터, 인터넷 콘텐츠 등 새롭게 부각되고 있는 문화콘텐츠들이 이에 속하며 기존에 영화, TV방송물(드라마 등)의 문화콘텐츠들도 대중들의 즉각적이고 직접적인 반응과 평가에 의해 그 성패가 좌우되는 상황으로 바뀌고 있다. 이는 인터넷이 발달한 미디어 환경하에서 대중이 직접적으로 창작자에게 의견을 개진하고 창작물에 대한 구체적인 평가를 내릴 수 있는 매체와 논의의 장이 무한히 확대되어 있기 때문이다. 한편에서 인터넷 등에서 인기를 얻은 일반 대중의 창작물이 메이저 프로젝트로 발전하는 사례도 있다. 최근 사용자가 직접 제작한 콘텐츠 UCC(User Created Contents) 제작 열풍은 전문가 집단이 아닌 일반인들도 기존의 미디어보다 빠르고 의미있는 정보들의 생산해 낼 수 있다는 자신감을 바탕으로 급속하게 확산되고 있다.

또한 미디어가 다양해지고 콘텐츠 사업 영역 또한 다각화되면서 복합적인 기획을 위한 업계간 네트워크 설정이 강화되었고, 이것이 동일한 소재나 콘셉트를 가지고 출판, 게임, 애니메이션, 캐릭터, 영화, 드라마 등 문화콘텐츠 영역 간에 연계해서 동시에 기획과 사업이 추진되는 모델들도 활성화되고 있다. 그리고 해외 공동제작 및 사업 네트워크 구축도 적극 진행되며 국내 문화콘텐츠의 해외진출이 증가되고 있다. 향후 콘텐츠의 유통 및 배급은 국제적인 차원에서도 디지털화된 미디어 환경하에서 손쉽고 광범위하게 진행될 것이고, 창작소재 또한 일국의 범위에 국한되지 않는 문화적 보편성을 지닌 소재들이 늘어날 것으로 보인다.

2) 문화콘텐츠 산업의 범위

우리나라 산업계에서는 문화산업을 곧 문화상품으로 보고 있다. 문화에 경제적 부가 가치를 붙여서 이윤을 창출하는 것이 문화상품이자 문화산업 활동이기 때문이다. 실제로 어떤 가치와 기능을 가진 문화의 일부분을 거래할 수 있는 교환가치로 바꿔놓은 것이 문화상품이다. 다시 말하면, 돈이 되는 문화를 창출하는 과정이 문화산업인 것이다.

문화상품은 문화콘텐츠를 포함하는 개념으로 전통적인 소재와 기법을 활용한 상품까지 함께 일컫는 것이고, 문화산업은 문화상품과 관련된 산업으로 문화콘텐츠 산업보다 훨씬 포괄적인 개념과 범위를 가진 것이다. 즉 문화산업은 영화나 음악, 게임, 애니메이션과 같은 엔터테인먼트의 내용을 기반으로 하고 있다. 여기에서 문화콘텐츠란 인간의 감성, 창의력, 상상력을 원천으로 문화적 요소가 체화되어 경제적 가치를 창출하는 문화상품이라 할 수 있다.

문화상품은 문화유산, 생활양식, 창의적 아이디어, 가치관 등 문화적 요소들이 창의력과 상상력을 원천으로 체계화되어 경제적 가치를 창출하는 것을 말한다. 문화적 요소가 창의성과 기술을 통해 콘텐츠로 재구성되어 유통되면서 고부가 가치를 갖는 상품으로 전환되는 것이다.

문화콘텐츠는 내용에 따라 영화, 애니메이션, 만화, 게임, 음악, 캐릭터, 방송 등의 장르로 분류할 수 있으며, 문자, 음성, 데이터, 이미지, 동영상 등으로 표현된다. 콘텐츠의 유통도 인터넷, 모바일, 방송, DVD, 비디오 등 다양한 매체를 통해 전달되며, 기술발전에 따라 더욱 복잡하고 다양하게 변화될 것이다. 이러한 콘텐츠 구분은 콘텐츠 간의 결합과 통신과 방송의 융합, 미디어 믹스 등으로 그 경계가 모호해짐에 따라 장르별 구분의 의미가 약해지고 있다.

3) 문화콘텐츠 산업의 중요성

문화콘텐츠 산업은 상품을 생산하고 유통한다는 점에서 일반산업과 다를 바 없지만 일반상품과 달리 문화상품은 한 나라의 정서나 가치 등이 종합적으로 함축되어 수용되기 때문에 한 나라의 문화적 정체성을 형성하는데 중요한 역할을 담당한다. 특히 최근 멀티미디어 및 정보통신 기술의 발전과 더불어 지구촌화되어 가는 현실에서 교역의 장벽이 거의 없어지고 결국 문화도 국가 간에 아무런 장벽없이 서로 교류될 것으로 보인다.

이러한 문화적 현실에서 가치관과 문화를 바탕으로 하는 문화콘텐츠 산업 육성은 한 나라의 문화적 정체성을 확보하는데 중요한 것이다. 또한 문화콘텐츠 산업은 국가 이미지와 국가 브랜드파워 증대를 통해 국가 경쟁력 제고라는 가치를 창출하고 있으므로 국가 정책적, 사회적으로 관심과 지원이 지속적으로 필요하다.

이처럼 문화콘텐츠 산업 육성의 전략적 중요성을 인식하고 이에 적절한 정책과 수단이 마련되어 있는 나라들은 경제적으로 유리한 입장에 서게 된다. 반면 문화콘텐츠 산업의 중요성을 인식하지 못한 나라들은 이데올로기나 정치적 혹은 근시 안적 경제 시각 등의 이유로 외국으로부터 문화상품의 수입을 통하여 문화적 침략 을 면할 수 없으며 자국의 문화적 정체성을 유지하기가 쉽지 않게 된다. 문화콘텐 츠 산업은 그 나라의 문화적 정체성과 국가 이미지 제고와 관련이 있기 때문에 이에 따른 경제적 효과 분석이 뒤따라야 할 것이다. 여기에서 문화콘텐츠 산업의 중요성을 설명하기 위하여 고성장산업, 고용창출산업, 고부가 가치 산업, 문화 경 제적 파급효과가 큰 산업 등으로 나누어 설명하기로 한다.

① 고성장 산업

소득이 높아질수록 문화에 대한 욕구가 절실해지면서 콘텐츠와 창작에 바탕을 둔 문화산업이 차세대 성장엔진으로 급부상하고 있다. 우리나라 문화콘텐츠 산업 은 2010년 이후 3-4%대의 경제성장률보다 높은 연평균 6.7%의 성장률을 기록하 고 있다. 특히 국내 문화콘텐츠 산업은 인터넷의 확산과 IT산업의 비약적인 발달 에 힘입어 높은 성장을 지속하고 있다.

② 고용 창출 산업

문화콘텐츠 산업은 생산유발, 경제 영향력, 고용 유발 등에서 제조업과 기타 서 비스업을 추월하고 있다. 고용유발계수는 생산을 10억 원 늘릴 때 신규 노동인력 을 몇 명이나 추가로 취업시킬 수 있는가를 수치화한 것으로 문화콘텐츠 산업의 고용유발계수는 약 10.4명으로 조사돼 재조업 평균인 5.9명의 약 두 배 정도에 달하는 높은 고용유발 효과를 나타내고 있다. 이렇듯 문화콘텐츠 산업의 고용유발 효과가 높아 문화산업 육성이 실업문제 해결에 상당한 기여를 할 수 있음을 나타 내고 있다.

사람이 없는 문화콘텐츠 산업은 불가능하다. 따라서 고용없는 성장이 진행되고 있는 지금에 있어 문화콘텐츠 산업은 고용창출을 위해서도 매우 필요한 산업이다.

③ 고부가 가치 산업

문화콘텐츠의 어떤 제품을 사용하는 소비자가 많으면 많을수록 그 상품의 사용

가치가 더욱 높아질 때 네트워크 외부성, 또는 네트워크 효과가 있다. 드라마, 음악, 게임 등 좋은 평가를 받은 콘텐츠는 이용자가 증가하면 증가할수록 하나의 유행이 형성돼 콘텐츠 소비의 효용을 증대시키고, 이는 또 새로운 소비자를 끌어들이는 역할을 한다.

이로 인해 문화콘텐츠 산업은 해당 상품의 수출 외에 소비재수출, 관광효과 광고효과, 국가 브랜드 개선효과 등 간접 유발효과를 통한 경제적 부가 가치 창출이 다른 사업보다 월등히 높다.

④ 문화 경제적 파급효과가 큰 산업

문화콘텐츠는 국가 이미지 제고에 큰 영향을 미치는데 한류의 예와 같이 문화확산과 수출증대에 크게 기여하고 있다. 성공한 문화콘텐츠를 통해 우리 문화에 대한 호감과 관심이 국가 이미지를 상승시키고, 이런 이미지 상승은 팬시, 의류, 가전제품 등 한국 상품에 대한 선호를 증대시켜 한국 관광이 증가하는 요인이 된다.

한류가 처음에는 대중문화 판매로 시작되어 점차 파생상품 판매, 한국의 일반상품판매, 한국 선호 등으로 파급되고 있다. 대중문화 판매는 외국인들이 드라마, 영화, 게임 등 한국의 대중문화와 한국 스타에 매료되어 열광함으로써 대중문화상품의 수출이 확대된다. 또한 파생상품 판매로는 드리마 관광, 성형, 화장품 등 한국 대중문화 및 한국 스타와 직접적으로 연계된 상품판매가 확대된다.

한국 상품 판매로는 한류의 영향을 받아 외국인들이 한국 제품에 대한 선호도가 높아져 전자제품, 생활용품 등 메이드인 코리아 제품을 구매한다. 나아가 산국선호로 이어지면서 한국의 문화, 생활양식, 한국인 등 한국 전반에 대해 선호하고 동경하게 된다.

한류의 상품들은 유통매체, 지속기간, 스타관련성, 문화장벽 등의 특성에 따라 한류붐 형성 및 문화적 영향력 정도에 서로 차이가 있다. 예컨대 드라마는 대쟁을 대상으로 하는 매스 미디어를 통해 유통되고 연예인 스타와 관련되어 있어 한류붐 형성에 많은 영향을 주고 그 영향력이 장기간 지속된다.

음악은 가수 등 스타 시스템 속에서 마니아적 특성의 소비자 층이 많아 한류붐 형성에 영향력이 크다. 그러나 영화는 스타와 관련되어 있어 영향력은 비교적 크지만 영화 자체에 대한 지속 기간은 단기이다.

문화콘텐츠 산업의 문화적, 경제적 파급효과를 구체적으로 보면, LG전자는 대장금 열품이 일던 중국, 인도네시아, 말레이시아, 싱가포르, 대만, 태국, 베트남 등에서 PDP TV, 에어컨, 세탁기, 냉장고 등 주요 가전제품이 시장 점유율 1위를 차지했다. 이것은 드라마 〈대장금〉의 주인공 이영애를 모델로 기용하여 LG전자의 브랜드 및 제품 이미지를 상승시키고자 했던 판매전략이 효과를 거둔 것이라고 할 수 있다.

이와 같이 문화콘텐츠 산업은 국가 이미지를 제고함으로써 국가 경쟁력 확보에 도움이 되며, 문화산업을 영위하는 기업뿐만 아니라 국내 제품과 결합을 통한 동반성장 효과를 기대할 수 있다. 따라서 문화콘텐츠 산업은 국가의 미래성장동력인 것이다.

2. 스토리텔링, 문화콘텐츠, 문화산업의 관계

이야기의 문화콘텐츠화는 소비를 위한 이야기와 의미의 상품화로 나누어 생각해 볼 수 있다. 문화콘텐츠를 근거로 한 문화산업은 문화콘텐츠를 창작, 제작, 홍보, 유통시킴으로써 가치를 창출하는 시스템으로 구성된다. 즉 이야기 → 문화콘텐츠 → 문화산업으로 연결되며 좋은 이야기는 문화산업의 성패를 가리는 중요한 요소라고 할 수 있다.

문화산업의 특성을 보면, 첫째 문화적 가치를 지닌 산업이다. 문화를 토대로 이루어지기 때문에 한 사회의 정서, 가치관이 함축되어 있다. 둘째, 고용을 창출한다. 콘텐츠산업이 성장하면 할수록 그에 따른 고용인력이 많이 필요하게 되며, 문화산업에 맞추어 개발할 수 있는 인력이 많아진다. 셋째 문화산업은 융합산업이다. 인문학, 예술, 공학, 경영학 등이 총망라된 융복합적 성격을 갖는다. 넷째 문화산업은 지역성이 강하다. 그리고 지역발전에 이바지할 수 있다는 특성을 가지고 있다.

따라서 문화원형으로서 이야기는 가공되기 이전의 원천자료를 의미하며, 문화콘텐츠로 상품화하기 위해서는 모든 분야의 공통점이 이야기에서 출발한다는 점에서 원천자료에 대한 스토리텔링이 중요한 산업이다.

좋은 이야기는 좋은 문화콘텐츠를 만든다. 좋은 이야기란 모든 사람에게 감동을 주는 보편적인 이야기로서 대중들의 사랑을 많이 받는다. 반면에 틀에 박힌 이야기 공식은 좋은 콘텐츠를 만들지 못한다. 모든 사람이 익히 알 수 있고, 판단할 수 있는 이야기는 식상한 이야기로 치부되어 소비자들에게 외면 받기 일쑤다. 그렇다고 해서 많은 부가가치를 창출한 콘텐츠가 꼭 좋은 이야기를 기초로 두고 있지는 않는다. 이 시대의 상품은 개발자와 소비자가 함께하며 만들어지는 것이며, 소비자의 욕구가 일정한 유행을 만들고 있기 때문에 일정한 시대적 흐름과 맥을 같이한다고 하겠다.

그러므로 향후 문화산업의 연구분야는 광범위하며, 그 영역도 다양하다고 하겠다. 이를 세부적으로 살펴보면 다음과 같다.

① 기초원천 분야로서 문화체육 관광산업에 공통적으로 활용되는 기초원천 연구개발 분야를 들 수 있다. 여기에서는 창작(인문학, 사회과학이론, 기획이론, 스토리텔링 등), 제작(제작이론, 영상, CG 등), 새로운 서비스 모델 및 UI유형 등이 여기에 해당된다.

② 첨단콘텐츠 분야로서 콘텐츠 산업 혁신을 위한 콘텐츠 장르에 특화된 연구개발 분야를 말한다. 여기에서는 차세대 게임엔진 등 게임기술, 입체영상 등 영화, 방송, 애니메이션(캐릭터) 기술, 출판/만화, 음악기술, 가상현실기술, 융복합콘텐츠 기술, 기타 새로운 형태의 첨단콘텐츠 기술 등이 해당된다.

③ 문화예술 분야로서 문화예술산업 활성화를 위해 문화예술장르에 특화된 연

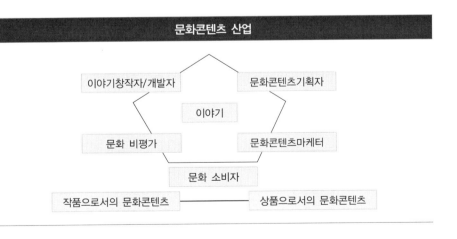

구개발분야를 말한다. 여기에서는 공연, 전시, 공예, 국악, 순수예술, 기타 새로운 유형의 첨단문화예술 등을 연구할 수 있다.

　이처럼 문화콘텐츠의 변화는 무궁무진할 것으로 볼 수 있다. 향후 세계경제는 문화와 기술이 결합된 창조경제시대로 전화될 것이다. 기술과 문화가 결합된 형태이며, 이에 따른 콘텐츠산업은 한국을 창조경제로 전환시키는 신성장동력으로 성장할 것이다. 즉 창의성, 감성, 재능 등 무형자산을 기반으로 성장할 것으로 추정해 볼 수 있다. 이에 따라 콘텐츠 산업 발전의 핵심요소가 되는 것이 문화기술(CT) 즉 게임, 영상, 뉴미디어, 가상세계 등 콘텐츠 산업이 디지털로 진화하게 될 것이다.

3. 문화콘텐츠 개발의 과정과 주요 분야

　문화콘텐츠는 문화적 내용을 만드는 과정이며, 문화를 문화콘텐츠로 만드는 과정이다. 또한 문화를 특정한 내용으로 꾸미고 구성하는 과정이다.

　문화와 문화콘텐츠, 대중이 함께 참여하는 결과물로써의 상품이 문화콘텐츠라 하겠다. 그러므로 문화콘텐츠는 문화원형에 스토리텔링을 가미하여 자본과 기술을 융합한 대중예술의 하나라고 할 수 있다.

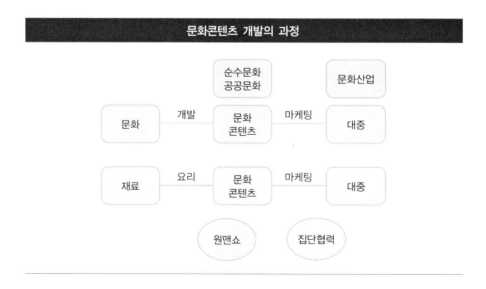

문화콘텐츠 개발의 과정

한편 일반 국민들의 대중예술에 대한 욕구와 향유는 폭발적으로 늘어가고 있는 반면에 이에 따른 국가 차원의 문화정책은 뒤따르지 못하고 있는 것이 현재의 우리나라 문화콘텐츠 현황이라 할 수 있다. 해마다 정책입안자마다 우리나라 문화정책의 3대 목표를 세계 5대 문화산업 강국실현, 동북아의 관광허브, 세계 10대 레저스포츠 선진국 진입을 들고 있으며, 이를 적극 추진하고 있지만 역부족이다.

국내 정부의 문화산업 지원의 문제점을 보면 각 부처별 문화산업 지원사업들이 존재하며 중복지원이 이루어지고 있다. 각 부처별 경쟁이 심화되어 지나친 예산 낭비가 조장되고 있고, 각 부서의 의사결정권자의 독단으로 사업진행이 이루어지고 있다. 소비자 및 기업들의 고충을 절대로 반영하지 않고 있다. 정부기관과 기업은 공생관계이기 보다 서로 간의 불신관계가 형성되었으며, 전국 시도의 공정한 지원정책이 이루어지지 않아 지역 간 불균형이 심화되고 있다.

이러한 문제점이 보완되어 문화콘텐츠 산업이 발전하기 위해서는 몇 가지의 발전방안이 필요하다.

첫째, 법적 제도적 지원이 필요하다. 문화란 단순한 제품이 아니라 한 나라, 한 시대를 대표하는 것이기 때문에 적극적인 지원이 필요하다.

둘째, 적극적인 마케팅 방안을 도입할 필요가 있다. 현재는 기반사업조성 인원으로 인해 문화마케팅 인력이 전무한 상태에 있다. 문화마케팅은 일반 마케팅과의 차별성이 크므로 실무 문화마케팅 연구자가 필요하다. 교육과정 개편을 통해 문화마케팅 인력을 창출할 수 있다. 문화수요자 창출을 위해 여러 가지 마케팅 활동이 필요하다.

셋째, 문화콘텐츠 전문인력의 양성이 필요하다. 대학 및 고등교육에서부터 학과 과정을 개설하고, 전문 교수들을 보강할 필요가 있다. 이에 따른 교육정책의 변화가 필요하며, 체계적인 커리큘럼이 필요하다. 또한 인문사회분야의 연구진이 부족하며 새로운 창작물을 만들어내기 위한 창의성 함량 수업이 필요하다.

이렇게 만들어진 콘텐츠도 매우 다양하게 만들어 유통되고 있다. 유통에 따른 콘텐츠의 유형을 보면, 방송통신형으로는 인터넷 콘텐츠, 모바일콘텐츠, 뉴미디어, 공중파, 케이블 방송, 위성방송 등을 들 수 있으며, 극장형으로는 영화와 공연이 있다. 휴대형으로는 출판, 게임 패키지, 음반 등의 콘텐츠로 나누어 각 매체마다

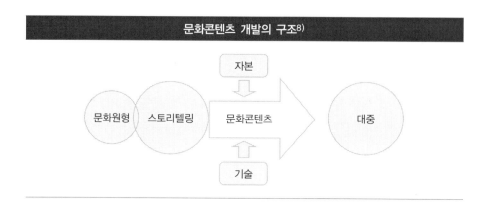

다른 콘텐츠를 만들어 활용하고 있다.

이러한 콘텐츠 개발과정을 통해 만들어진 주요콘텐츠산업 분야를 간추려보면 다음과 같다.[9]

1) 영화콘텐츠

영화산업은 오늘날 대중문화를 이끌어가는 대표적인 콘텐츠라 할 수 있다. 영화란 연속 촬영한 필름의 화상을 스크린에 투사하여 움직이는 영상을 보여주는 것이다. 한마디로 종합예술 산업이다. 시나리오로 구현되는 문학영역과 연기자들의 연기를 통한 연극영역, 그리고 음악, 조명, 미술, 촬영, 편집 등 복합적인 기능들이 모여 하나의 작품을 완성하는 것이다.

이처럼 영화는 당 시대인의 문화의식을 집약적으로 보여주는 종합예술적 콘텐츠이며 흥행에 성공할 경우는 엄청난 부가가치를 창출해 낼 수 있는 노다지가 될 수 있다. 스티븐 스필버그의 〈쥬라기 공원〉은 제작비로 6,000만 달러를 투자하여 25배에 달하는 15억 달러의 수익을 올린 바 있다. 오늘날 영화산업은 〈해리포터〉, 〈반지의 제왕〉, 〈아바타〉와 같은 영화를 통해 알 수 있는 바와 같이 새로운 디지털 기술을 바탕으로 영화인을 사로잡고 있다. 최근에는 인터넷을 통한 다각적 유통망

8) 송원찬 외, 『문화콘텐츠. 그 경쾌한 상상력』, 북코리아, 2010, 15쪽.

9) 강현구 외, 『문화콘텐츠와 인문학적 상상력』, 글누림 문화콘텐츠 총서 2.

| 〈타이타닉〉 | 〈해리포터〉 | 〈반지의 제왕〉 |
| 〈아바타〉 | 〈어벤져스〉 | 〈엑스맨〉 |

을 이용하면서 뉴미디어와 공존하는 영향을 주기까지 한다. 100여 년의 역사를 자랑하는 미국영화가 새로운 디지털 시대를 맞이하여 이미 많은 변모를 이룬 데에 대한 한국 영화 역시 미국 할리우드 영화의 아류에서 벗어나 새로운 콘텐츠 개발을 위하여 많은 노력을 기울이고 있다. 영화는 21세기의 대중문화의 중요한 자리를 확보하게 되었다.

영화는 고부가가치의 산업이다. 1998년 개봉했던 〈타이타닉〉은 제작비 2억 8천만 달러를 들여 영화흥행 사상 최대액인 18억 달러 정도를 벌어들였으며, 통계에 따르면 자동차 100만~150만 대의 수출의 수익과 맞먹는 셈이다. 뒤이어 상영된 〈해리포터〉는 영국에서 2001년에 개봉하여 빅히트를 쳤다. 이 영화는 작가 조앤

롤링의 추리소설을 바탕으로 하여 영화화한 것인데 당대 최고의 판타지물로서 상상을 현실로 만들어낸 걸작품으로 평가받고 있다. 뒤이어 〈반지의 제왕〉은 2002년 뉴질랜드에서 개봉된 영화로서 영국의 소설가 톨킨의 3부작 판타지 소설을 영화한 것으로 제1부 〈반지원정대〉, 제2부 〈두개의 탑〉, 제3부 〈왕의 귀환〉으로 구성되어 있다. 1, 2부는 1954년에 제3부는 1955년에 출간되어 이를 영화화하였다.

『반지의 제왕』은 출간된 이후 세계 판타지 소설의 바이블, 고전으로 평가받을 만큼 전세계적으로 독자들의 사랑을 받았는데, 2001년까지 총 1억 권 이상이 판매되었다. 또 작가 톨킨은 이 작품으로 20세기 판타지 소설이라는 새로운 장르를 크게 발전시켰을 뿐만 아니라 치밀한 소설적 상상력과 섬세하고 탁월한 언어적 감수성을 통해 현대 영문학사에 큰 족적을 남겼다는 평가를 받고 있다.

한편 영화 〈아바타〉는 2009년 12월 전세계에서 동시 개봉한 제임스 카메론 감독의 불록 버스터 할리우드 3D영화다. 그동안 〈터미네이터〉, 〈타이타닉〉 등을 감독한 감독으로 유명하다. 〈아바타〉는 2154년 지구로부터 4.4광년 떨어진 행성(판도라)을 무대로 대체자원을 찾기 위하여 행성을 파괴하려는 지구인과 판도라를 지키려는 원주민 나비족과의 갈등과 전쟁을 중심으로 자신의 아바타를 원격조정하며 나비족에 침투한 지구인 남자 제이크와 나비족 여인 네이티리의 사랑 등을 그리고 있다.

제임스 카메론 감독은 이 영화를 만들기 위하여 1994년부터 구상하여 4년에 걸쳐 제작하였다고 한다. 투여비 총 제작비는 2,900억 원에 이른다. 이모션 캡쳐기술과 가상 카메라를 통하여 CG 캐릭터의 생생한 피부와 표정, 근육의 움직임뿐만 아니라 동공 크기의 변화, 눈썹의 미세한 떨림까지 세밀하게 표현하였다.

국내의 영화산업에서도 다수의 성공사례를 찾아볼 수 있다. 2001년에 개봉한 〈친구〉, 2003년에 개봉한 〈실미도〉, 2004년에 개봉한 〈태극기 휘날리며〉, 2006년에 개봉한 〈괴물〉, 2009년 〈해운대〉, 2012년 〈도둑들〉·〈광해, 왕이 된 남자〉, 2013년 〈7번방의 선물〉·〈변호인〉 등은 한국 영화사의 천만 관객을 동원한 걸작품으로 인정받고 있다. 그리고 2014년 개봉한 〈명량〉은 역대 최단 기록인 12일 만에 천만 관객을 동원하였다. 이 같은 국산 영화의 성공 사례는 앞으로도 계속 이어질 것으로 전망되고 있다.

〈해운대〉	〈도둑들〉	〈광해, 왕이 된 남자〉
〈7번방의 선물〉	〈명량〉	〈범죄도시3〉
〈기생충〉	〈서울의 봄〉	〈파묘〉

영화산업의 성공은 단지 국내 관객 수에 의한 수익 창출에만 그치지 않고, 국외 수출, 인터넷 상영, 촬영지의 관광 명소화 등 다양한 경로의 콘텐츠를 창출할 수 있을 것이다.

2) 방송드라마 콘텐츠

영화콘텐츠와 함께 방송 드라마 콘텐츠는 오랜 세월 동안 대중문화의 선두였다. 특히 인문학적 관점에서 문화콘텐츠 산업에 접근할 때, 방송 드라마에 대한 이해는 필수적이다. 20세기 오프라인 시대까지는 KBS, MBC, SBS 등 지상파 방송에 의해서 주도되었지만 21세기에 들어서는 인터넷과 위성방송을 이용한 본격적인 디지털 방송시대가 열리면서 다양한 채널들이 시청자들에게 다가서고 있다. 수백 개에 이르는 케이블 TV 사업자가 방송드라마 콘텐츠와 직간접으로 연결되어 있기 때문에 방송 드라마의 수요는 앞으로도 계속될 것으로 보인다.

방송산업은 문화콘텐츠 상품의 유통을 담당하는 산업으로 유통의 경로가 된다. 디지털 기술과 통신기술의 비약적인 발전으로 방송산업은 급부상하고 있다. 쌍방향 서비스와 고화질 TV를 실현한 HDTV, 인터넷을 통한 저장형 맞춤 방송 산업인 IPTV 등이 그것이다. 또한 방송은 대중을 바탕으로 다수의 소비자에게 일시에 정보를 전달하기 때문에 그 정보의 가치성에 따른 부가가치의 생성은 매우 엄청난 한 나라의 국가 경쟁력까지 영향을 미칠 수 있는 요인이 된다. 이미 우리는 〈별에서 온 그대〉나 〈태양의 후예〉와 같은 드라마를 통해 산업의 위력을 느낀 바 있다.

2003년과 2004년에 걸쳐 대단한 인기몰이를 했던 〈겨울연가〉와 2004년 최고의 시청률을 기록하며 갖가지 후일담을 남긴 〈대장금〉은 아시아권에 이른바 한류열풍을 일으켰다. 이는 방송 드라마가 국내는 물론이고 해외에서도 막대한 수익을 낼 수 있음을 보여준 것이다.

① 겨울연가

〈겨울연가〉의 총 제작비는 29억 원이지만 방영 이듬해에 이미 100억 원의 수익을 냈다. 이것은 〈겨울연가〉 콘텐츠 자체의 수익이며, 이 외에도 일본, 태국, 싱가

포르, 대만, 미얀마 등 아시아 각 국을 동요시
킨 한류 열풍의 경제적 효과는 수치로 나타
낼 수 없을 정도로 크다. 사실 〈겨울연가〉는
국내보다는 국외에서 더 큰 호응을 받았다.
특히 일본에서의 열풍은 이른바 태풍이었다.
이 드라마의 남자 주인공 배용준은 일본에서
'욘사마'로 불릴 정도로 엄청난 인기몰이를

〈겨울연가〉

하였기에 그의 경제 문화적 파급효과는 수천억 원에 이를 수 있다.

〈겨울연가〉는 한국보다는 특히 일본에서 많은 인기를 얻었다. 〈겨울연가〉가 일본
의 여성 시청자들에게 파고들을 수 있었던 것은 근본적으로 이 드라마가 지닌 대본
에 있다고 한다. 이 드라마는 대부분의 사람이 가지고 있는 첫 사랑의 기억을 아름답
게 재현해 내는 데 성공하였다. 시청자들은 젊은 남녀 주인공들이 펼치는 아름다운
사랑의 서사를 자신의 어렴풋한 기억 속에 간직하였다. 모든 세속적인 가치를 초월
한 첫사랑의 청순함은 이러한 기억들을 서서히 잃어가고 있는 일본열도를 순정의
낭만으로 뜨겁게 달구었다. 여자 주인공 정유진(최지우 분)이 먼 훗날 첫사랑의 남자
와 외모나 습관까지 닮은 제3의 남자를 만나게 된다는 독특한 내용은 첫사랑의
신비한 분위기를 연출하는 데에 일조하였다. 또한 주인공 강준상(배용준 분)의 외모
나 분위기가 그를 일본 여성의 우상으로 자리 잡게 하였고, 눈 내리는 호수, 오래된
학교, 낙엽 진 가로수 길 등의 배경이 드라마의 내용과 잘 맞아떨어져 〈겨울연가〉
콘텐츠는 출판, 음반, 캐릭터 등의 2차 콘텐츠에서도 성공을 거두었다.

② 대장금

MBC 기획 드라마 〈대장금〉은 총 56회로 나누어 방영하였다. 시청률 54%를 기록
한 〈대장금〉은 광고수익, 로열티, 음반 판매 수익 등 총 253억 원의 수익을 창출하였
다. 〈대장금〉은 남존여비의 유교 국가에서 태어나 온갖 우여곡절 끝에 궁중 최고의
요리사가 되고, 다시 조선 최고의 의녀로서 임금의 주치의가 된 실존인물을 다루었
다. 조선 중종 때 '대장금'이라는 대단한 칭호까지 얻어 전설적 인물이 된 장금은
이번 드라마를 통하여 역사적 인물로 새롭게 부각되었다. 그러나 이 드라마가 온전

〈대장금〉

히 사실을 형상화한 것은 아니었다. 〈대장금〉은 일부 사실에다가 많은 부분의 허구를 섞은 서사구조를 통하여 시청자들을 매료시켰다.

〈대장금〉은 두 가지의 중요한 미시 콘텐츠를 가지고 있다. 첫째는 궁중요리를 중심으로 하여 조선시대 음식문화의 모든 것을 보여줬다는 점이다. 요즘 우리 사회에는 웰빙 바람이 불고 있다. 〈대장금〉은 이러한 사회적 조류와 잘 맞아 떨어졌다. 다채로운 궁중요리와 몸에 좋은 한방요양식 등에 쓰인 전통재료와 그 조리법의 소개는 시청자들의 호기심을 자극하기에 충분하였다. 둘째, 조선시대 의학상식과 의녀제도의 상세내용을 알려주었다는 점이다. 조선조 의학은 양의학과는 근본적으로 달랐는데, 1990년대부터 계속되어 온 한의학 열풍은 〈대장금〉의 미시콘텐츠를 부각시켜줬다. 민간에서 행해지는 다양한 전통요리법에 관해 소개하거나 의녀와 의원의 관계에 대한 내용 역시 〈대장금〉의 인기를 급상승시키는 데 일조하였다.

③ 게임콘텐츠

게임은 전국의 수많은 PC방을 중심으로 급속히 신장하고 있는 문화콘텐츠이다. 현대인은 실제 현실의 고달픔에서 벗어날 수 있는 가상현실을 꿈꾸게 되는데, 이러한 가상현실에 대한 동경은 게임 산업발전의 근본적인 동력이다. 오늘날 게임 산업은 실제현실과 가상현실을 적절히 아우르는 혼합현실을 추구한다. 현대인들은 현실도 가상도 아닌 혼합의 현실을 통해 이루지 못한 꿈을 펼치고자 게임프로그램 앞에 선다.

게임의 어원인 'gamen'에는 '즐거움으로 하는 것, 오락'의 의미가 있다. 즉 즐거움을 위해 하는 유희적인 유희적 행위들을 게임이라 하며, 이러한 게임은 개인적인 놀이와 집단적 놀이가 모두 가능하므로 개인성과 집단성이 모두 충족된다고 할 수 있다. 문화콘텐츠

〈스타크래프트〉

산업으로서의 게임은 일반적으로 컴퓨터 프로그램을 이용하여 텍스트를 제공하거나, 영상을 움직여 소비대중과 쌍방향 커뮤니케이션을 해 나감으로써 장해진 게임의 내용을 사용자가 해결하고, 이를 통해 오락적 유희를 얻는 상품을 말한다.

게임콘텐츠는 그것을 개발한 주체의 국적을 초월하여 성공할 가능성을 충분히 가지고 있다. 게임은 그 자체가 스토리텔링에 의존하고 있지만 그 스토리텔링은 그에 걸맞는 입체적인 영상화면에 힘입어 언어적 특수성을 뛰어넘으면서 소비자들에게 곧바로 전달된다. 현대인은 점점 더 많은 시간을 컴퓨터 앞에서 보내게 될 것이다. 컴퓨터를 통한 정보획득이나 통신행위만으로는 인간의 쾌락본능을 충족시킬 수 없다. 현대인들은 컴퓨터를 통하여 더욱 초현실적이며 낭만적인 경험을 얻고자 하는데, 이러한 욕구를 충족시켜줄 수 있는 수단 중 유력한 것이 게임콘텐츠이다. 현대인들은 컴퓨터 게임을 통하여 잃어버린 사랑을 다시 회복할 수 있게 되고, 상상할 수 없이 큰 월척을 낚게도 되며, 살아서는 갈 수 없는 미지의 땅에 발 딛을 수도 있다. 이러한 과정을 통해 인간 삶이 지닌 현실적 한계가 게임 프로그램 속에서 돌파될 수 있다. 한국 온라인 게임 시장에서 인기를 끈 〈스타크래프트〉와 〈리니지〉의 거센 돌풍은 세계적인 주목을 끈바 있다.

4. 문화콘텐츠 산업의 변화

1) 콘텐츠의 융·복합(convergence) 현상

요즘은 매체가 다양해지면서 스마트폰, 스마트 TV, 태블릿 등 새로운 단말기 보급이 확대되고 있다. 이에 따라 방송, 영화, 음악, 인터넷 등 콘텐츠 간 융·복합 서비스가 증가하고 있다. 콘텐츠에서도 웹툰, 웹드라마가 유행하면서 새로운 장르를 탄생시키고 있다.

웹툰은 웹(web)과 카툰(cartoon, 만화)의 합성어로, 인터넷에 출판되는 형식의 만화를 말한다. 웹툰은 만화이긴 하지만 출판만화와 제작, 유통, 소비방식이 전혀 다르다는 점에서 완전히 새로운 장르로 정착하고 있다. 특히 2003년 강풀 작가의 만화에 칸을 없애고, 마우스 스크롤을 내리는 것에 따라 세로 방향으로 이야기가 흘러 내려가도록 하는 연출기법을 적용한 웹툰 〈순정만화〉 연재를 시작해 새로운 바람을 일으켰다.

웹드라마(web drama)는 SNS 드라마, 모바일 드라마, 드라마툰, 미니 드라마 등으로 불리기도 하며, 평균 5-30분가량 스트리밍 방식으로 재생되며 한 편당 제작비는 1-2억 원 수준으로 저렴한 편이다. 특히 웹과 드라마를 결합한 웹드라마는 빠르게 성장하여 한류의 새로운 동력으로 자리 잡고 있다. 네이버 TV캐스트에서 2014년 방송된 웹드라마 수는 총 21편으로 KBS는 다음 카카오와 손잡고 웹드라마 제작과 서비스를 제공하고 있다. 웹드라마 〈간서치열전〉은 누적 재생 건수가 100만 건으로 단편 드라마 시청률 수준으로 시청되었다.

2) 장르의 융합과 탈 장르

문화영역 내 개별 부문들이 상호융합되어 하나의 영역으로 통합되면서 문화콘텐츠 산업의 구조와 시장의 환경 등도 바뀌어 가고 있다. 또한 영화, 게임, 애니메이션, 음악, 캐릭터, 출판, 만화 등 문화콘텐츠 영역뿐만 아니라 통신, 방송 등 IT 산업 전반이 상호작용을 일으켜 하나의 융합된 사업 영역으로 묶이고 있다. 미디어 아트가 결합된 〈미디어퍼포먼스-이상한 나라의 엘리스〉, 문학과 연극이 합쳐진 '낭독극' 및 '낭독극장'의 성행, 국립발레단의 〈컨버댄스〉, 그리고 젊은 미술작가들을 중심으로 번지는 다 장르 자원 예술이 확산되고 있다.

공연계에서는 '무비컬(movie + musical)'이나 '노블컬(novel + musical)'이 열풍인데, 영화, 소설, 뮤지컬 등 다른 매체들이 협력하여 콘텐츠를 제작하는 사례가 점차 늘고 있다.

3) IT 기술과의 접목

최근에는 드론 및 빅데이터, 홀로그램, 스마트워치, 사물 인터넷 등이 문화콘텐츠 사업 분야와 접목할 수 있는 플랫폼 및 제작도구로 활용되고 있다. 드론은 원격 조정용 무선 비행기로서 콘텐츠 제작(뉴스 및 다큐제작) 및 이벤트 행사에 활용되면서 효율적인 영상촬영의 수단으로 이용되어 비용 및 사고 위험에 대한 부담이 줄어들고 있다.

또한 빅데이터는 시대적 흐름이나 유행을 파악해 시청자들에게 전달하는 콘텐츠 제작에 활용하고 있다. 축적된 데이터를 분석해 잠재적인 소비자와 관련된 의미 있는 패턴을 발견하기도 한다. 방송분야에서는 SNS에 남긴 시청자들의 흔적들을 모아 텍스트 마이닝 기법을 통해 데이터를 분석하여 시청자들의 반응이나 프로그램의 사전홍보, 피드백 등에 적극적으로 활용하고 있다. 영화분야에서는 관객의 영화 인지도와 호감도를 분석한 후 소셜 데이터와 연동하여 영화 마케팅 전략을 수립하고 흥행을 예측하기도 한다.

4) B급 문화의 부상

B급 문화는 원래 미국 영화계에서 쓰던 용어로, 1900년대 초반 동시 상영 영화관이 유행하면서 A급 할리우드 영화와 함께 일종의 끼워 팔기용으로 상영한 영화를 B급 영화라고 부르는 것에서 유래하였다.

B급 문화는 저 예산으로 제작한 범죄영화, 인디 음악, 무협지, 판타지 소설, 웹툰 등의 문화상품을 지칭하는데 작품의 예술적 가치보다는 대중적 취향을 쫓는 경향이 있다. B급은 이렇듯 저예산과 저급한 대중 취향을 지칭하는 비하적 의미로 쓰였던 말이지만, 최근에는 매우 새로운 의미로 재해석 되고 있다. 즉 주류 문화에 대한 반감과 새로운 영역으로의 도전이며, 주류 문화가 채울 수 없는 대중의 가려운 구석을 긁어준다는 측면에서 바로 B급 문화만의 독특한 쾌감을 준다.

B급 문화를 지향한다는 싸이의 〈강남스타일〉은 가볍고 코믹한 감성을 반영한 현대사회의 특성을 잘 보여주고 있는 사례이다. B급 문화는 이제 비주류문화라고 말하기 어려울 정도로 전반적인 문화의 트랜드가 되고 있다.

5. 설화의 현대적 수용과 문화콘텐츠화

1) 처용설화 원전 : 처용랑 망해사(處容郎 望海寺)

제49대 헌강대왕 때에는 서울로부터 지방에 이르기까지 집과 담이 이어지고 초가는 하나도 없었다. 음악과 노래가 길에 끊이지 않았고, 바람과 비는 사철 순조로웠다. 이때 대왕이 개운포에서 놀다가 돌아가려고 낮에 물가에서 쉬고 있었다. 갑자기 구름과 안개가 자욱해서 길을 잃었다. 왕이 괴상히 여겨 좌우 신하에게 물으니 일관(日官)이 아뢴다.

"이것은 동해 용(龍)의 조화입니다. 마땅히 좋은 일을 행하여 그 조화를 풀어야 할 것입니다."

이에 왕은 이를 맡은 관원에게 명하여 용을 위해서 근처에 절을 짓게 하였다. 왕의 명령이 내리자 구름과 안개가 걷혔다. 그래서 그곳을 개운포(開雲浦)라고 했다.

동해의 용은 기뻐하여 아들 일곱을 거느리고 왕의 앞에 나타나 덕을 찬양하고 춤을 추고 음악을 연주했다. 그 중의 한 아들이 왕을 따라 서울로 들어가서 왕의 정사를 도우니 그의 이름은 처용(處容)이라 했다. 왕은 아름다운 여자로 처용의 아내를 삼아 머물러 있도록 하고, 또 급간(級干)이라는 관직까지 주었다.

처용의 아내가 무척 아름다웠기 때문에 역신(疫神)이 흠모해서 사람으로 변하여 밤에 그 집에 가서 몰래 동침했다. 처용이 밖에서 자기 집에 돌아와 두 사람이 누워있는 것을 보자 이에 노래를 부르고 춤을 추면서 물러 나왔다. 그 노래는 이러하다.

> 동경 달 밝은 밤에, 밤들이 노닐다가
> 들어와 자리를 보니, 다리가 넷이어라.
> 둘은 내 해이고, 둘은 뉘 해인고.
> 본디 내 해이지만, 빼앗겼으니 어찌할꼬.

그때 역신(疫神)이 본래의 모양을 나타내어 처용의 앞에 꿇어앉아 말했다.

"내가 공의 아내를 사모하여 이제 잘못을 저질렀으나 공은 노여워하지 않으니, 감동하여 아름답게 여기는 바입니다. 맹세코 이제부터는 공의 모양을 그린 것만 보아도 그 문안에 들어가지 않겠습니다."

이 일로 인해서 나라 사람들은 처용의 형상을 문에 그려 붙여서 사악한 귀신을 물리치고 경사스러운 일을 맞아들이게 되었다.

왕은 서울로 돌아오자 이내 영취산 동쪽 기슭의 경치 좋은 곳을 가려서 절을 세우고 이름을 망해사(望海寺)라고 했다. 또는 이 절을 신방사(新房寺)라고 했으니, 이것은 용을 위해서 세운 것이다. (하략)

— 『삼국유사』 기이 권 2, 〈處容郞 望海寺 조〉

2) 처용설화에 대한 학계의 연구

(1) 국어국문학

① 향가 '처용가(處容歌)'에 대한 관심: 처용가는 신라 지방문학의 특질을 보인다: 8구체 향가의 하나로 신라시대 지방문학일 가능성을 보인다.(10구체 향가가 귀족문화인데 비해, 8구체는 지방문학일 가능성, 그리고 희극미를 보이므로 지방문학일 가능성 높다 – 정병욱)

② 처용의 가무(歌舞)에 대한 의미 해석: 처용의 가무는 불교적 포교 활동이다. 호국용(護國龍)의 용자(龍子)인 처용의 춤은 불교적인 교화의 방편으로, "밤드리 노닐다가"는 정치보좌관으로서 교화 가무에 늦도록 종사하다 돌아옴을 보인다. 역신에게 아내를 빼앗긴 것도 자기 아내를 바라문(婆羅門)에게 내주었던 보시태자(布施太子)의 이야기와 상통한다.(황패강) 그러므로 가무를 통해 역신을 물리친 것이 아니라, 불교적 사심(捨心)을 성취했다는 뜻이다.

③ 처용(處容)이란 말의 어학적 분석: 첫째, 처용이란 '사제자'의 뜻이다.(처용을 중고음에 따라 읽으면, '차차웅=자충=처용'이 되므로, '중'으로 보아 사제자로 보는 견해 – 강신항)

둘째, 처용은 '용'이다.(고대국어에서 용을 '치용'으로 읽을 수 있다 – 강신항)

(2) 민속종교학

① 처용설화는 처용 가면을 인격화시키는 과정에서 생겨났다: 처용의 현행음은 제웅이다. '제웅'은 짚으로 사람의 형상을 만들고 제웅직성이 된 사람이나 앓는 사람을 위하여 길가에 대신 버려져서 액을 막거나 산 장례를 지내는데 쓰여지는

제웅

처용가면

대속(代贖)의 주술 인형이다. 처용은 문첩처용지형(門帖處容之形)으로 사악을 물리치는 벽사(辟邪)의 주력을 가질 뿐만 아니라, 일면 제웅으로서 사악을 짊어지고 대신 버려짐으로서 선을 맞이하게 하는 진경(進慶)의 힘을 갖는 복합적인 신격이다.

처용설화는 처용 가면을 인격화시키는 과정에서 형성되었고, 그 이유는 이 가면이 주술적 위력을 지녔기 때문에 이런 가면에 의해 악귀나 잡신을 쫓아내려는 의도로 형성된 것이다.

② 처용설화는 용신제(龍神祭)를 반영한 설화로 볼 수도 있다: 〈처용가 망해사〉조에는 전반부의 처용설화와 함께 그 후반에 남산신, 북악신, 지신 등의 신무설화가 기록되어 있다. ― 산신제(山神祭) 지신제(地神祭)와 함께 기록된 처용설화는 해신제(海神祭) 즉 용신제를 반영한 설화이기도 하다. (이두현)

③ 처용설화는 열병 신을 물리치는 의무(醫巫)주술에 관한 기원설화이다: 처용설화와 후반부 설화를 종교적으로 파악했다. 처용전설을 신성전설(神聖傳說)로써 다루어야 한다. 이는 열병 대신(熱病大神)을 물리치는 의무 주술(醫巫呪術)의 기원에 관한 전설로 파악된다. 이런 점에서 처용설화를 본풀이로 본 견해가 있다. 처용 전승의 절정은 처용이 의무(醫巫)와 문신(門神)이 되는 부분 및 그 전제로서의 구역(驅疫)에 있다. 그러므로 그의 가무는 의무적인 주술인 것이다. 그러므로 처용가는 마땅히 주가(呪歌)로 보아야 한다. (김열규)

④ 처용의 가무는 역신을 물리치기 위한 신라 이전부터 전해지던 제의였다 : 처

용의 노래와 춤은 단순한 문학적 관심이나 오락적 흥미 때문에 된 것이 아니고, 무서운 역신을 몰아내는 주술적 신앙 행위에서 나온 것이다. 종교의 표현 현상에서 보면 제의는 드라마화 되기 마련이다. 그래서 제의의 미디어로서 음악이나 가면 등이 나오게 된 것이다. 처용설화는 신라 이전부터 전해져 오던 처용 신앙을 역사화한 연기설화로서 "신라 헌강왕 때 운운"은 기록자의 편집적 행위일 것이다. (문상희)

(3) 역사학

① 처용은 이슬람 상인의 일원이다: 처용은 용모착의가 괴상하나 자연인으로 신비적인 요소가 보이지 않는다. 삼국유사에 보이는 처용이 용자(龍子)라고 하는 것도 항해와 관련시켜 설명될 뿐 아니라 처용이 출현한 울산만은 당시 수도 전역에 통하는 국제항일 뿐 아니라 내륙교통의 심장부였다. 이는 신

이슬람 상인의 모습과 비슷한 처용탈의 모습

라로 향한 이슬람 상인의 일단이 울산에서 헌강왕의 요청으로 입국하게 되었으며, 처용랑은 그 중의 한 사람으로 보아야 한다. (이용범)

② 처용은 울산 지방 호족의 아들이다: 처용설화는 경주 중앙정권에 의한 지방호족의 포섭공작을 설화화한 것이다. 처용은 헌강왕 때의 울산 지방호족의 아들인 것이다. 그 뒤에 부패와 향락에 젖은 신라 귀족 자제가 처용의 아내를 범했고, 그런 것을 처용이 내버리고 간다는 것은 바로 신라 하대사회의 한 단면을 보여주는 것이라 볼 수 있다. (이우성)

3) 처용설화의 현대적 수용

(1) 전승무용 〈처용무〉

처음 1인무에서 출발한 처용무는 2인무로 되고, 〈악학궤범(樂學軌範, 1493년)〉의 시기에 이르러서는 학연화대 처용무합설(鶴蓮花臺處容舞合設)로 오방처용(五方處容)

처용무

의 일대 종합가무극으로 집성되기에 이르렀다. 처용무는 고려와 조선조까지 전승되면서 구나무(驅儺舞)로서뿐만 아니라, 궁중의 연악무(宴樂舞)와 사대부들의 공사석(公私席) 연악(宴樂)에도 자주 추어졌다.

현재 처용무는 중요무형문화재 제39호로 신라 헌강왕 때 처용설화에서 유래된 가면무용이다. 구나(驅儺)의 뒤에 추던 무용으로 〈악학궤범〉에는 섣달 그믐날 나례에 두 번 씩 처용무를 추었다고 기록되어 있다. 2009년 처용무는 '유네스코 세계문화유산'으로 등재되었다.

(2) 현대시

① 신석초-1

현대의 시인 가운데 처용의 이미지를 직접 시화하는 데 노력한 시인. 그에게 있어 처용은 움직일 수 없는 심미적 경험이여 그의 예술적 세계 속에서 크게 자리하고 있는 힘의 원천이다.

꽃으로도 고운 모란꽃으로/ 열두 대문에 환히 핀/ 함박꽃으로 오너라.
봉황음(鳳凰吟)으로/ 삼진작(三眞勺)으로/ 북전(北殿)으로
보허자(步虛子)/ 학연화대(鶴蓮花臺)/ 영산회상(靈山會上)으로

계면(界面)돌음으로/ 만두삽화(滿頭挿花)/ 칠보홍의(七寶紅衣)/ 오방처용(五方處容)

신라 밝은 달에/ 나후라(羅候羅)의 인고의 하늘/ 밤들어 달빛만 적하여라.
저며논 보릇같은 살갗이/ 역신(疫神)의 손에 문드러지던 때/ 내 가슴에 석류알이 쏟아졌나니

들깨지 마라. 이 꽃 새벽의/ 꿈의 꽃잎으로부터/
환장할 누릴 꿈의 버금의/ 둘레.

구름 갠 바닷가에/ 일곱 마리 용(龍)의 오색(五色) 영롱한/ 비늘이 번뜩거린다.
해가 뜬다.

네 참아라 꽃아 도리(桃李)야/ 역신이야 처용탈만 보면/ 줄행랑이어라
천리를 가리러, 만리를 가리러/ 속거천리(速去千里)하라
나무아미타불(南無阿彌陀佛)

억만세계 겁겁(劫劫)의/ 구슬의 광망으로/
땅아 비추어 오라 / 길 밝혀라 처용아
열두 나라 지은이들/ 장락태평(長樂太平)하랏다.

–신석초 〈처용무가(處容巫歌)〉 전문

【작품해설】

〈처용무가〉에서는 처용가의 전승 중 특히 무가(巫歌)로서의 성격을 불교적 색채로 변용하고 있다. 그리고 처용설화에는 전혀 나타나지 않는 꽃의 이미지를 보이고 있다. 꽃을 통해서 처용을 대치하면서 동시에 꽃의 이미지를 여러 가지로 분화시키고 있는 것이다. 이 갖가지 꽃들은 여러 가지 노래로, 또 이 노래들은 무당의 춤을 표상하는 춤으로 변형시켜 무속적인 이미지를 보인다. 그리고 이 속에 불교 관련 시어(靈山會上, 羅候羅, 南無阿彌陀佛)를 넣어 불교적 색채가 강하다.

② 신석초-2

아아, 이 무슨 가면, 이 무슨 공허한 탈인가.
아름다운 것은 멸하여 가고/ 잊기 어려운 회한의 찌꺼기만
천추에 남는구나 / 그르친 용의 아들이여.

처용

도도 예절도 어떤 관념 규제도/ 내 맘을 편하게 하지는 못한다.

지금 빈 달빛을 안고/ 폐허에 서성이는 나, 오오 우스꽝스런 제웅이여

…(중략)…

오오, 처용, 너는 보는가 / 변화의 격한 물이랑을

눈부신 세월은 그 위를 지나가고/ 너에겐 이제 아무 할 일이 없구나.

너는 너로 돌아가야 하리/ 네 자신의 위치로, 태양처럼

고독한 너의 장소로

지혜의 뜰, 표범가죽이 드날리는/ 그 속으로 /

동이 튼다.

아침 해가 비늘진 물결너머로/ 굽실거리는 용의 허리너머로

솟아오른다.

황금빛 부챗살을 펴고 / 바람꽃을 헤치며

아득한 푸름의 맞단 곳으로 / 붉게 불타는 찬란한 구슬높이

이글이글 뒤끓고 / 진동을 하며

보라색 안개의 가르마 위로 / 징 같은 태양이 솟아오른다.

오오, 광명의 나래 짓이여…

-〈처용은 말한다〉의 일부

【작품해설】

　〈처용은 말한다〉에서는 처용의 이미지를 한층 심화시켜, 원초적인 처용의 가상을 벗기고, 그의 시작 속에 고뇌와 번민으로 자멸해가는 처용을 형상화 하고 있다. 처용을 모티프를 통해 보여주는 이미지의 핵심은 영(靈)과 육(肉)의 끝없는 모순과 회귀, 이와 관련된 인간과 신의 관계, 무형의 것과 유형의 것과의 끊임없는 윤회를 말하고 있는 것이다.

(3) 현대소설

① 김춘수 〈처용〉(1963년 9월. 현대문학에 발표)

나의 성장과정에서 일어난 몇 가지 일화로 요약되는데, 이는 유년시절 모든 것이 혼용되어 있던 상태로부터 남과 여, 선과 악, 미와 추에 대한 분화를 인식하고 그 속에서 갈등하며 성장하는 과정을 보여준다. 제목이 처용이 되는 것은 처용이 존재의 근원지이며 안식처이던 바다를 떠나 바깥 육지로 나옴으로써 인간으로서 겪었던 온갖 갈등을 겪었기에 주인공의 경험과 유사하기 때문인 것이다.

② 윤후명 〈처용나무를 향하여〉(1988년)

상습적으로 가출하는 아내와 그로 인해 의처증을 가지게 된 주인공 나가 심리적인 갈등 속에 일상의 현실과 이를 벗어나려는 자유에의 욕망 사이의 갈등을 그리고 있는 작품이다. 주인공이 꿈꾸는 처용 나무는 한쪽 몸은 땅에 묶이고, 다른 한쪽은 하늘을 향해 뻗으며 온갖 계절의 풍상과 상처를 감내하고 그 안에서 생명을 키워내는 그리고 인내와 포용의 힘으로 역귀를 물리치는 위력을 갖는 나무이다. 이 나무는 현실을 포용하여 자유로워질 것을, 세상 속으로 들어감으로써 세상을 벗어날 것을, 아내의 순결에 대한 집착을 버림으로써 아내를 수용할 것을 요구한다.

③ 윤대녕 〈신라의 푸른 길〉(1994년 가을. 세계의 문학)

주인공 '나'가 서울을 떠나 경주를 거쳐 다시 강릉으로 가는 여행길을 중심으로 이야기 전개이다. 이는 세상에서 바다로 귀환하려는 처용의 이야기. 성과 속, 초월과 현실 사이에 끼어 유랑하는 인간의 운명을 그려냄. 그러나 단순한 일탈, 현실부정이 아니라 그 현실을 감당하고 포용함으로써 진정한 해탈에 이를 수 있음을 깨닫게 되는 과정은 갈등하는 처용에서 포용적인 처용에로의 변모이다.

④ 김소진 〈처용단장〉(1993년 봄. 문예중앙)

주인공 서영태는 아내의 불륜에 접한 처용의 신세인데, 이는 바로 현실의 명예와 권력에 타협해버린 변절을 문제 삼기 위한 장치이다. 그의 대학동창 권희조는 대학시위로 구류를 살고 나와 국문학 박사과정을 밟으며 희곡 〈처용단장〉을 쓰고 있다. 그의 희곡은 처용가를 당시 항간에서 불려졌던 정치 풍자의 도참요로 인식하고, 지식인으로서의 처용이 겪는 고뇌, 결단, 좌절, 변절의 이야기를 구성해낸 것이다. 여기서 처용은 역신에게 아내를 빼앗기고 그 분노와 갈등을 해탈적 태도로 넘어선 초인이 아니라, 권력 앞에서 무력하고 타협적이 된 변절한 지식인의 모습이다. 그리고 권희조는 주인공 서영태를 노골적으로 희곡 속의 처용으로 동일시한다. 이처럼 작가는 고대의 신화적 인물인 처용에게서 해탈로 위장된 허위와 위선, 도피의 탈을 벗겨냄으로써 현재 지식인의 진실과 허위를 문제 삼는다. 그러나 결국 소설 속의 희곡 〈처용단장〉이 나/처용에 대한 풍자로 끝나고 있다면, 김소진의 〈처용단장〉은 해탈을 향해 나아가는 것으로 끝난다.

(4) 영화 〈처용의 다도〉(정용주 감독, 35mm 단편영화, 2005)

2005년 제10회 부산국제영화제 와이드앵글 부문 선재상 수상작.

【줄거리】

아내를 의심하기 시작한 주인공 영민은 급기야 감시카메라를 설치해 아내의 부정한 장면을 목격하게 된다. 그는 언젠가 자신에게 처용의 탈을 건네준 스님을 만나기 위해 경주로 간다. 스님이 권한 차를 마시고 잠을 자고 난 영민은 아내가 부정을 저지르기 전으로 돌아간다. 용서의 미덕을 전하는 "처용가"를 모티브로 하여 의심과 이해, 용서의 과정을 현대적으로 재해석하고 있다.

【연출의도】

의심으로 시작해 그 의심의 함정에 빠져 아내를 독살하려고 한 주인공 영민을 통해 우리 인간의 본성에 접근해 보려고 한다. 이것을 표현하기 위한 가장 중요한 장치로 시간을 거슬러 올라가게 만들어 망각했던 자신의 추잡하고 비도덕적인 모습을 다시 체험하게 한다. 그리고 처용 탈을 써보는 행위와 다도(茶道)의 행위로 용서의 이미지들을 구축해 보려고 한다. 개미는 영민의 또 다른 자아로서 시간의 동시대성을 상징하는 화석 같은 존재로 등장시켜 다른 시공간을 하나로 엮어 보았다. 영상적 표현은 현실은 몽환적 분위기로 판타지인 과거는 리얼한 분위기로 해서 노출된 인간의 추잡함을 잡아보고자 한다.

(5) 지역축제 〈처용문화제〉

울산광역시에서는 처용문화제를 열어 1991년부터 현재까지 진행하고 있다. 최근에는 '처용 월드뮤직페스티벌'을 축제의 중요 레파토리로 넣어 국제적인 축제로 범위를 넓혔다.

• 처용문화제 개최의 배경

처용가에 의하면 처용은 당시 나라 최고의 적이라 할 수 있는 역병(疫病: 전염병)을 용서와 관용으로 물리치는 주인공으로 사회적 병폐를 '관용적 사고'와 '화합'으로 풀어나가는 인물로 나타나고 있다. 이와 같은 처용의 '관용과 화합'의 정신이 울산 시민들의 정신적 지주가 되게 하는 역할을 하는 처용 문화제가 되어야 한다. 이 처용문화제는 울산시민들과 함께 할 수 있는 행사를 집중 개발하고, 세계적인 축제로 발전시키려는 방향을 가지고 있다.

• 행사 개요

개최기간: 매년 10월초

개최지역: 울산 남구 태화강 둔치

주관단체: 처용문화제추진위원회

처용문화제 거리퍼레이드

• 주요 프로그램(과거 2005년의 프로그램 소개)

1) 처용제의 처용 맞이: 처용문화제를 여는 첫 행사로 헌강왕의 개운포 행차부터 처용이 서라벌로 출발하기까지의 내용을 극적 요소를 가미하여 구성한 '처용맞이' 행사이다.

2) 개막식: 처용문화제의 개막을 알리는 다양한 축하무대와 화려한 불꽃놀이. 스페인, 중국 개막식 공연이 있다.

3) 거리퍼레이드: 1,500여 명이 참가 약 1킬로의 행렬을 이루어 울산 시내 중심 지역을 돌아 행사장으로 돌아오는 유래 없는 대단위 거리 퍼레이드이다. 그 중 헌강왕 행렬은 헌강왕, 왕비, 처용무, 어가행렬 등 신라시대의 왕실을 그대로 재현한 화려한 행렬을 이룬다. 그에 이어 탈춤경연대회 참가팀, 태국, 일본 등 국외 민속공연단, 3.1 운동을 재현한 울산역사행렬, 산업체의 행렬, 2002 월드컵 홍보행렬이 뒤따른다.

4) 처용가면 페스티발: 처용문화제의 하이라이트 행사로 무료로 나누어준 가면을 쓰고 관객들과 태화강 특설무대 일대가 하나의 음악과 율동으로 세대간, 지역간, 벽을 허물고 즐길 수 있는 다양한 프로그램을 마련한다.

5) 폐막식, 고복수 가요제: 처용문화제의 폐막을 알리고, 울산 고장 출신의 가수 고복수 선생을 추모하고 선생이 남긴 우리나라 가요사의 발자취를 기리는 고복수 가요제가 열리게 된다.

제3장

스토리텔링의 이해

1. 스토리텔링의 소재로서 이야기의 중요성

21세기 디지털 기술의 발달은 그동안 각자의 영역을 고수해오던 방송과 통신, 컴퓨터 등의 융합현상을 가속화시켰다. 그리하여 미디어, 곧 매체의 종류와 수가 이전과는 비교할 수 없을 정도로 다양해졌다. 즉 다매체 다채널 시대의 도래로 각 종 콘텐츠의 수요가 폭발적으로 늘어가고 있는 것이다.

그런데 이러한 콘텐츠의 수요가 증대하면서 새롭게 주목받고 있는 것이 이야기 (스토리, 원천소스, 원작)이다. 문화콘텐츠에서 이야기란 아직 틀이 정해지지 않는 원 천 소스로서 콘텐츠의 소재이자 뼈대라고 할 수 있다.

원래 이야기는 신화와 전설, 민담 등 구비전승되는 이야기로서 말로 시작되었으 나, 문자가 만들어지면서 동화나 소설과 같은 기록문학으로, 그리고 그림과 이야 기를 결합하여 만화로 발전하였다. 20세기에 들어와서는 매체의 발전으로 영화나 방송 같은 영상물로까지 그 범위를 확대하였다. 이처럼 이야기는 표현 수단만 달 라졌을 뿐 인류의 역사와 함께 계속되어 왔다.

최근에도 이야기는 소설, 동화, 만화, 애니메이션, 영화, 드라마, 게임, 뮤지컬, 전시, 음악, 웹디자인, 가상현실 등 다양한 영역에서 쓰이고 있다. 심지어 광고나 디자인, 상품, 기업경영 등에서도 활용되고 있다. 게다가 이야기는 그 자체로도 막 대한 이윤을 창출할 수 있는 하나의 문화상품이다. 예컨대, 상상과 판타지로 모든 연령층에 골고루 어필한 『해리포터』 시리즈의 경우 8권까지 4억 부에 이르는 판매

부수의 기록하였으며, 매출액만도 3조 원에 이르며, 해리포터가 만들어낸 부가가
치만 해도 300조 원에 이른다.

이야기와 스토리텔링이 지금에 와서 새롭게 주목을 받게 된 이유는 디지털 시대
에 접어들면서 문화산업의 규모가 급속도로 커지고 그 문화산업의 주요 콘텐츠인
영화나 게임, 애니메이션 등의 성패를 좌우하는 것이 바로 스토리이기 때문이다.

이 때문에 세계는 지금 이야기 소재 확보를 위한 치열한 경쟁을 하고 있다. 특히
문화강대국들은 뛰어난 문화콘텐츠를 창작할 수 있는 소재로서 이야기 개발에 주
력하고 있다. 미국의 경우를 보면 자신들이 정복한 인디언 추장의 딸 이야기를 가
져다가 〈포카혼타스〉를 만들고, 〈뮬란〉에서는 중국의 위진남북조 시기의 설화를
차용하여 애니메이션을 만들었다. 또한 시선을 아프리카로 돌려 밀림을 소재로
〈라이온 킹〉을 만들기도 하였다.

반면에 우리나라의 경우에는 오랜 역사와 전통을 가진 민족임에도 불구하고 이
야기 발굴을 소홀히 하고 있다. 아무리 첨단의 IT기술을 가지고 있다 하더라도 이
야기 창작을 소홀히 하게 되면 알맹이가 없는 속 빈 강정이 될 것은 자명한 일이다.
다양한 매체로 전환시킬 수 있는 첨단 기술을 가지고 있더라도 그 안에 담길 내용
물 즉, 이야기가 없다면 무용지물에 불과한 것이다. 특히 우리에게 인문학적 상상
력의 보고라 할 수 있는 우리의 고전인 옛 이야기에 주목하고자 한 이유가 여기에
있다.

2. 스토리텔링의 개념과 정의

일반적으로 스토리텔링의 사전적 의미로는 '이야기하기'를 의미한다. 그러나 문
화콘텐츠에서 스토리텔링은 그 이상의 의미를 가진다. 이인화는 스토리텔링을 '사
건에 대한 진술이 지배적인 담화양식'이라 정의하면서, 그 특징으로 상호작용성,
네트워크성, 복합성 등을 제시하였다. 최혜실은 스토리텔링을 'story', 'tell', 'ing'
가 결합된 것이라고 하면서 이야기성과 현장성, 상호작용성 등을 주요한 특징으로
제시하였다. 또한 박기수는 스토리텔링이란 매체환경의 특성을 적극 반영하고 있

고, 스토리 중심에서 탈피하여 말하기와 상호작용성을 중심으로 한 향유가 핵심이라고 하였다. 또한 김성리는 스토리텔링을 스토리+텔링의 합성어로 보면서 스토리는 이야기이고, 텔링은 매체적 특성과 표현의 방법, 기술적 측면까지 포함하는 개념으로 파악하였다.

스토리텔링은 오늘날에 갑자기 등장한 것은 아니다. 스토리텔링은 본디 '이야기를 들려주는 것', 혹은 '口傳을 말하는 것'을 의미하는 말이었다. 스토리텔링(storytelling)이란 말은 낱말 구조에서도 볼 수 있듯이 이야기(story)를 전달(tell)하는 행위를 지칭하는 것이다. 이야기하기는 인간의 근원적인 욕망이자 인간이 자신의 삶과 세계를 해석하는 방식이다. 즉, 스토리텔링에는 인간이 자신의 목소리를 드러냄으로써 외부와 소통하고자 하는 표현과 전달의 의도가 내포된 것이다.

그런데 문화콘텐츠가 산업으로 기능하는 오늘날 스토리텔링은 단순히 이야기를 전달하는 것 이상의 의미를 가지게 되었다. 광고, 인포테인먼트 등과 같이 지식과 정보를 효과적으로 전달하는 수단으로 스토리텔링이 사용되었고, 영화, 드라마 등과 같이 오락적 기능을 가진 이야기로서 경제적 부가가치를 창출하기 위한 1차 콘텐츠로서 주목받게 되었다. 과거의 문학과 예술로서 심미적 기능을 하던 스토리텔링이 산업화에 따른 시장경제 체제에서 경제적 이윤을 창출하는 새로운 요소로 등장한 것이다.

따라서 스토리텔링은 넓게 보면, 문학적 상상력, 예술적 심미안, 공학적 기술까지를 아우르는 능력이며, 좁게 보면, 재미있고 감동적인 스토리를 만들어내는 능력을 말한다. 즉, 스토리텔링이란 한마디로 '사실이든 상상력의 허구이든 이야기를 매체의 특성에 맞게 표현하는 것'으로, 내용은 물론 기술적 측면까지 모두 포함하는 용어라 할 수 있다. 그렇다면 스토리텔링은 지식과 정보를 단순히 나열한다거나, 논증, 설명, 혹은 묘사의 양식을 취하는 것이 아니라, 사건과 등장인물, 배경이라는 구성요소를 지니고 시작과 중간과 끝이라는 시간적 흐름에 따라 기술해가는 양식이라고 할 수 있다. 신화나 전설 또는 사람 사는 이야기 등을 그냥 담화하는 것이 아니라 서사구조를 갖춘 이야기로 풀어주는 작업이다.

이러한 스토리텔링은 디지털 미디어의 등장으로 다매체화, 다채널화, 전달망의 통합화 등의 현상이 일어나면서 예측할 수 없을 정도로 다양화되고 있다. 전통적인 의미에서의 서사형식으로서의 이야기와는 다른 종류의 이야기하기 형식이 출현하게 된 것이다. 따라서 디지털스토리텔링이라는 단어는 디지털 미디어의 출현을 계기로 새로운 방식으로 등장하게 된 '이야기하기' 방식이다.

디지털스토리텔링은 전통적인 스토리텔링이 가지고 있던 텍스트에서의 이야기 구조와는 다른 양상을 보여주면서 성격이 다르게 변화하였다. 전통적인 텍스트에서의 이야기 방식은 한 명의 화자가 한 명 혹은 다수인을 대상으로 서사구조를 진행시켜나가는 것이다. 이에 비해 디지털시대의 이야기 방식은 한 명의 화자가 필요 없으며 동시에 여러 명의 화자가 등장할 수도 있고, 이야기에 대한 반응과 댓글, 이어말하기, 동시에 말하기 등 다양한 형태로 화자와 청자가 등장하고 참여한다. 앞으로는 화자와 청자의 구분이 무의미한 새로운 이야기 방식이 등장할 날도 머지않았다.

이처럼 디지털스토리텔링에서는 정해진 결말이 있을 수 없고, 이야기, 그 이야기에 대한 댓글, 그 댓글에 대한 댓글의 형태로써 끝없이 댓글을 달아갈 수 있다. 또한 기본적으로 존재하는 이야기의 골격에 끝없이 다른 결말을 상상하고 즐기고 다시 수정하고 만들어갈 수 있기 때문에 결말을 낸다는 것은 어렵고 오픈 엔딩의 형식으로 이야기의 끝이 열려 있을 가능성이 높아졌다. 디지털스토리텔링의 특성은 이와 같이 다기성, 동시성, 상호성, 다중성, 비선형성, 개방성 등으로 설명할 수 있다.

3. 문화콘텐츠 시대의 스토리텔링

오늘날은 디지털 매체를 통한 대량 복제와 인터넷을 기반으로 한 동시 접속이 가능한 시대이다. 기술의 발전과 새로운 매체 환경은 다수의 사람이 동시에 쌍방향 커뮤니케이션을 할 수 있는 다중적 상호작용(Multiple Interaction)을 가능하게 만들었다.[10] 문화콘텐츠의 수용자들은 과거의 예술 향유자와 달리 수동적 입장에서

---

10) 김영석, 『멀티미디어와 정보사회』, 나남출판사, 1997, 53~55쪽.

벗어나 적극적인 참여 주체로 변화하고 있다. 이에 따라 대중의 다양한 욕구에 부합하는 멀티미디어에 담기는 내용물, 즉 콘텐츠에 대한 관심이 필연적으로 급증하고 있다. 이러한 요인 때문에 문화콘텐츠는 태생적으로 산업화를 전제로 한 대중문화의 속성을 가지고 있다. 그간 문화예술의 산업화·상품화는 예술의 독자성 및 진정성과 배치되는 것이라 여겨졌지만 디지털 시대에 들어와서 상품과 예술의 교환 관계가 새로운 패러다임으로 등장하면서 예술작품과 상품의 관계가 점차 모호해지고 있다.

이제 문제는 '기존의 콘텐츠로는 만족하지 못하는 문화콘텐츠 소비자들의 욕구를 어떻게 충족시켜야 하는가?' 하는 것이다. 문화콘텐츠는 문화적 내용을 산업화를 전제로 하여 창조적으로 다루는 영역이다. 문화콘텐츠는 '기술-지식(하이테크)'과 함께 '예술-감성(하이 터치)'이 요청되는 분야이다. 전자는 자본과 협업의 필요성을 제기하는 것이고, 후자는 인간의 감성, 상상력, 창의력이 중시되는 분야이다. 이렇듯 문화콘텐츠는 이전의 문화예술과 달리 다양한 요소들이 결합하여 생산되는 방식을 취한다. 따라서 문화콘텐츠에서는 다양한 분야의 융합과 여러 분야를 수렴하고 상호영향을 주고받는 통섭이 절실히 요청된다.

문화콘텐츠는 문화적 요소를 이해하고 문화를 향유하는 인간을 통찰하는 인문학, 문화적 요소를 창의적으로 창조할 수 있는 예술적 소양, 이를 디지털 매체에 구현할 수 있는 공학적 기반, 최종적으로 산업화에 적용할 수 있는 경영적 마인드가 필요하기 때문에 최소한 인문학, 예술, 공학, 경영학이 융합·통섭되어야 한다.

스토리텔링은 융합과 통섭의 과정에서 각기 상이한 요소를 유기적으로 결합하여 문화콘텐츠를 소비자의 감성에 호소할 수 있도록 만드는 핵심적인 요소이다. 스토리텔링은 일반적으로 이야기라 불리는 서사(敍事)를 기반으로 한다. 여기서 이야기를 서사문학이라는 표현 대신 서사라고 칭한 것은 문학을 포함한 모든 매체에 구현된 내러티브를 가진 구조를 지칭하기 위한 것이다. 곧 문학, 영화, 드라마, 애니메이션, 광고, 게임 등에 구현된 이야기를 서사에 포함시키고자 하는 것이다. 서사는 인간이 세계를 인식하는 근본적인 한 가지 방식이며 인간이 감정에 호소하는 의미전달 구조이다. 이야기는 그 자체가 인간이 세계와 대면하여 형성해가는 삶의 방식을 직접적으로 다루기 때문에 감성이 중요시되는 디지털 시대에 적절한 의미

전달 구조[11]라 할 수 있다.

문화콘텐츠는 교환가치를 등가적으로 가지고 있는 상품이 아니라 인간의 감성과 꿈을 충족시키는 정서적 요소를 지닌 상품이다. 따라서 문화콘텐츠는 이를 소비하는 인간의 감수성에 부합하도록 원천자료를 가공하여 변형·재조직화하여야 한다. 이것은 유희적 기능을 목적으로 하는 문화콘텐츠는 물론 지식과 정보를 기반으로 하는 문화콘텐츠에도 동일하게 작동한다. 이렇게 문화콘텐츠를 창출하는 과정에서 소비자의 수용태도와 반응을 고려하여 매체 특성과 이야기를 재구성하는 것이 문화콘텐츠 시대의 스토리텔링인 것이다.

스토리텔링은 문화콘텐츠에 새로운 생명을 불어넣는 작업이라 할 수 있다. 게임, 에듀테인먼트 등의 문화콘텐츠를 제작할 때 기본 소재와 시청각적 이미지에 스토리를 결합해야 하고, 영화, 애니메이션, 드라마 등을 제작할 때는 이야기를 오늘날 대중의 정서와 취향에 맞추어 이미지와 결합시켜 재조직화하여야 소비자들의 흥미를 유발시킬 수 있다. 오늘날 대중이 원하는 문화콘텐츠는 현대인의 요구와 감각에 맞게 창조되어 현대인의 감성을 자극하는 것들이다. 대중이 시간을 투자하고, 경제적 지출을 감내하면서 문화콘텐츠를 소비하는 것은 일상의 현실에서 일탈하여 여가를 즐겁게 보낼 수 있는 장치를 필요로 하기 때문이다.[12]

4. 스토리텔링의 유형

스토리텔링은 매우 광범위한 분야에서 활용되고 있다. 예컨대 방송과 영화, 게임, 공연 등 각종 문화콘텐츠는 물론이고, 광고나 디자인. 상품, 기업경영, 스포츠 등에서도 활용되고 있다. 심지어는 정치와 교육, 음식, 복식, 주택 등에서도 활용되고 있다. 이들 유형을 제시하면 다음과 같이 분류할 수 있다.[13]

---

11) 최혜실, 『디지털시대의 영상문화』, 소명출판, 2003, 96~97쪽.

12) 이명현, 「멀티미디어 시대의 고전소설 교육의 모색과 전환」, 『문화컨텐츠기술연구원 논문집』 2-1, 중앙대 문화컨텐츠기술연구원, 2006.

13) 정창권, 『문화콘텐츠 스토리텔링』, 북코리아, 2008.

> **엔터테인먼트 스토리텔링** = 소설, 동화, 만화, 드라마, 영화, 애니메이션, 게임, 캐릭터, 공연, 전시
>
> **인포메이션 스토리텔링** = 축제, 테마파크, 다큐멘터리, 에듀테인먼트, 데이터베이스, 인터넷콘텐츠, 가상현실
>
> **기타 스토리텔링** = 광고, 브랜드, 상품, 디자인, 기업경영

1) 엔터테인먼트 스토리텔링

[출판]은 스토리텔링의 기본으로 1차적으로 이야기를 만들어 내는 것을 의미한다. 이야기에는 다양한 분야가 있겠지만 최근 출판계에서 주목하는 것은 판타지와 동화이다. 판타지 출판물로는 영화로도 유명한 『반지의 제왕』, 『해리포터』 등이 있다. 『반지의 제왕』은 중간계의 모든 종족의 운명을 결정지을 절대반지를 둘러싼 선과 악의 대결을 통해 인간 본원에 대한 근원적 메시지를 전달하는 작품으로 작품성과 대중성 모두 뛰어난 작품이다. 이 소설은 영화로 제작되어 천문학적

『반지의 제왕』

인 수익을 얻기도 하였다. 『해리포터』의 경우는 아이들뿐만 아니라 어른들까지 열광시켰으며, 또한 책 자체의 성공과 함께 영화나 캐릭터, 게임, 관광산업 등으로 연계되어 커다란 성공을 거두었다.

특히 출판 중에서도 소설과 동화는 다른 분야와 달리 표현의 제약이 별로 없어서 자신이 원하는 대로 쓸 수 있으며, 이야기 작가로 진출하는 것도 다른 분야에 비해 비교적 용이한 편이다. 다만 동화는 어렵지 않고 쉽게, 특히 어린이의 눈높이에 맞춰 써야 한다. 그렇다고 어린이용이기 때문에 수준이 낮다는 편견을 가져서는 안 된다.

[만화]는 글과 그림의 조합으로 현실과 다른 특별함, 환상이나 유머, 과장 등을 표현하고 있어서, 보는 이로 하여금 현실에서 벗어난 일탈을 경험하게 하고, 유쾌하고 즐거움을 주는 매력을 가지고 있다.

요즘 우리나라도 만화를 어린이들만의 것이라는 편견에서 벗어나 일본처럼 남

〈순정만화〉 연극

녀노소가 쉽게 즐기는 매체로 인식하고 있다. 인터넷 포털 사이트인 다음에서 연재한 만화가 강풀의 〈순정만화〉는 많은 사람들에게 감동을 주었고, 영화와 연극으로 만들어지기도 하였다. 특히 최근에는 만화를 원작으로 하는 영화와 드라마가 제작되어 소비자들의 호응을 크게 얻고 있다.

[**방송**]은 남녀노소와 빈부의 격차 없이 누구나 쉽게 접근할 수 있는 대중매체이다. 그러므로 좋은 콘텐츠만 있으면 그 어느 것보다 성공가능성이 큰 분야이다. 방송은 크게 보도, 교양, 오락, 드라마 등의 프로그램으로 나눌 수 있다. 보도 프로그램은 대표적으로 뉴스를 들 수 있고, 교양 프로그램은 토론이나 시사, 교육, 다큐멘터리 등을, 예능 프로그램은 토크쇼나 버라이어티쇼, 코미디, 스포츠 등을, 드라마는 일일극, 주말극, 미니시리즈, 단막극 등을 들 수 있다. 그 중에서도 드라마는 현대인의 일상생활에서 없어서는 안 될 오락수단으로, 요즘 가장 각광 받는 스토리텔링 분야이다.

[**영화**]도 방송만큼이나 파급력이 큰 분야이다. 특히 영화는 고도화된 기술력을 통해 현실을 넘어선 우주적 차원으로까지 상상력을 무한하게 표현할 수 있다. 그래서 영화는 다채롭고 흥미로운 시도를 해보기에 적합한 장르이다. 2010년 2월에 관객 천만 명을 돌파한 〈아바타〉의 경우는 뛰어난 컴퓨터 그래픽 기술로 미래의 가상현실과 미지의 행성 판도라의 다양한 생명체를 혁신적인 3D입체 영화로 제작하여 관객들의 열렬한 지지를 받았다. 이 영화는 기술적인 부분에서도 탁월하지만 가상현실로 인한 자아와 인격분열에 대한 문제, 그리고 강대국과 제3세계의 관계, 환경파괴와 자연 속에서의 삶 등 오늘날 우리가 직면한 다양한 메시지를 포함한 스토리텔링으로 관객들의 공감을 얻었다.

〈아바타〉 포스터

[**애니메이션**]은 영화보다도 표현의 제약이 더욱 적어서, 창의적이고 개성적인 내용을 자유롭게 펼칠 수

있다. 또한 애니메이션은 국가적·민족적·문화적 장벽
을 뛰어넘어 세계인의 마음까지 움직일 수 있다. 나아가
애니메이션은 강한 캐릭터성을 이용하여 멀티유즈화
도 가능하다. 일본 미야자키 하야오 감독의 많은 애니메
이션들은 오랜 기간 동안 여러 나라에서 사랑받고 있으
며, OST나 캐릭터 상품들도 계속 판매되고 있다. 일본
은 스튜디오 지브리를 만들어 미야자키 하야오 감독이
창조한 많은 캐릭터들을 전시하고 있으며, 그곳은 일본
에서도 인기 관광지에 속한다.

〈이웃집 토토로〉

　[게임]은 이제 어린이와 청소년만이 아니라 어른들까
지 즐기는 대중매체이다. 흥미를 끌만한 캐릭터와 빠른
장면전환, 적절한 효과음 등으로 지루하지 않고 재미있
게 즐길 수 있기 때문이다. 게다가 날이 갈수록 게임은
간단하지 않고 전략을 세워야 하거나 레벨이 다양해지
는 등 많은 생각과 노력을 요구하고 있다.

　게임 산업은 이미 어마어마하게 성장했지만, 앞으로
도 얼마든지 팽창할 수 있는 분야이다. 현재 우리나라
에서 가장 큰 인기를 얻고 있는 게임은 온라인 게임이
나 모바일 게임, 그리고 일본 닌텐도나 소니가 주축이
된 휴대용 게임이다. 향후에도 게임은 탄탄한 시나리

휴대폰 게임 〈애니팡〉

오만 있다면 안정적이고 커다란 시장을 확보해나갈 것으로 보인다.

　[캐릭터]도 요즘 젊은이라면 누구나 하나씩 가지고 있는 문화상품이다. 본디 캐
릭터란 동물이나 식물, 사람의 모습을 간단하게 형상화해서 친근감과 귀여움을 느
끼도록 만든 것이다. 또 캐릭터에는 심술궂음 착함, 개구쟁이 같은 이미지가 함축
적으로 담겨 있다. 그래서 사람들의 눈길을 끌기가 쉽고, 한번 마음을 주면 그 매
력에 계속 빠져드는 특성이 있다. 캐릭터는 만화나 애니메이션, 게임, 공연, 영화,
드라마 등 모든 장르에 존재할 수 있다. 따라서 이를 발굴하여 성공적으로 상품화
하는 것이 캐릭터 산업의 핵심이며, 캐릭터 산업 역시 원소스 멀티유즈 효과를 최

대한 활용할 수 있는 대표적인 산업분야라 할 수 있다.

[공연]에는 음악과 연극, 무용, 국악 등이 있고, 좀 더 세분하면 각종 연주회나 콘서트, 연극, 뮤지컬, 오페라, 발레, 퍼포먼스, 서커스, 마술쇼, 판소리, 창극, 마당극, 인형극 등이 있다. 공연은 영화나 방송과 달리 바로 눈앞에서 펼쳐지는 현장감을 온몸으로 느낄 수 있다는 장점을 가지고 있다. 특히 요즘은 참여형 공연이 늘어나고 있는데, 공연 중에 관객이 직접 무대에 올라가 주인공의 친구 역할을 한다거나 극의 결말을 제시해주기도 한다. 그럼 관객들이 공연에 직접 참여하므로 단수한 수용자의 위치에서 벗어나 능동적인 주체가 될 수 있고, 공연을 더욱 재미있게 즐길 수 있다.

공연은 영화나 드라마보다 대중성이 약간 떨어지긴 하지만, 좋은 콘텐츠만 있으면 수정과 개작을 계속해가며 많은 사람들에게 재미와 감동을 줄 수 있다. 특히 뮤지컬은 영화나 드라마보다 더욱 큰 경쟁력을 가지고 있다. 뮤지컬은 잘만 만들면 10년 이상 장기공연을 할 수도 있고, 기타 영화나 음반, 캐릭터 상품 등으로 제작하여 큰 수익을 올릴 수도 있기 때문이다. 더 나아가 전 세계로 공연을 다니면서 많은 사람들의 환대를 받을 수도 있다.

[음원]도 중요한 문화콘텐츠의 하나이다. 음원은 초기의 제작비용이 많이 들긴 하지만, 손익분기점 이후로 생산 비용이 저렴한 대표적인 고부가가치 산업이다. 최근에는 인터넷 공유 사이트를 기반으로 한 음원 판매와 휴대폰 벨소리 다운로드 등을 통한 수익 창출이 가능하다. 그리고 음악은 소리로 전달되는 고유한 방식 때문에 특별한 언어나 몸짓이 없이도 전 세계 사람들의 감정을 사로잡는다.

2) 인포메이션 스토리텔링

[전시]는 다양한 정보를 통해 관람자에게 어떤 메시지를 전달하려는 것이다. 특히 전시는 시각이나 청각, 후각, 촉각, 미각 등 오감을 자극함으로써, 그 효과가 더욱 강렬하고 오래간다는 장점을 갖고 있다. 또한 최근 전시는 테마를 선정하여 이야기를 만들고, 그 이야기에 따라 전시물을 배치하는 추세이다. 즉, 이젠 전시되는 내용물만이 중요한 것이 아니라 내용물을 어떠한 방식으로 전시하는가 하는

스토리텔링이 중요해진 것이다.

안성 바우덕이 축제 중에서

[축제]는 그 지역의 문화적 특성을 나타낼 뿐만 아니라, 지역주민들에게 애향심을 갖게 하며, 나아가 지역경제의 활성화에도 크게 기여한다. 즉, 축제는 단순한 이벤트가 아니라 그 지역의 문화이자 전통이며 산업인 것이다. 최근 축제도 하나의 아이템을 선정하여 이야기를 만든 뒤, 그 이야기 속에서 축제의 전체 일정을 풀어가는 추세이다. 한마디로 스토리텔링, 곧 이야기가 있는 축제를 만들어가고 있다는 것이다.

안성 바우덕이 축제의 경우는 19세기 말에 바우덕이가 여자의 몸으로 15세의 어린 나이에 안성 남사당패의 대표인 꼭두쇠가 된 이야기를 스토리텔링하여 축제로 만들었다. 이 축제는 바우덕이를 통해서 남사당이라는 전통문화를 부각시켰고, 바우덕이와 남사당의 근거지가 안성이라는 점을 강조하여 안성의 지역 이미지를 새롭게 홍보하였다. 이렇게 이야기를 통해 축제를 풍성하게 하고, 지역의 이미지를 만드는 것이야말로 지역 문화의 활성화에 기여하는 것이다.

[여행]도 사람들의 여가시간이 점차 증가하면서 가능성이 큰 분야로 떠오르고 있다. 하지만 아무리 아름다운 '명소(名所)'라 해도 체험하지 않으면 오래 동안 기억에 남지 못한다. 따라서 최근 여행지들은 여행자들의 기억에 남을 만한 체험을 위한 관광지를 개발하고, 체험의 과정을 스토리텔링하고 있다.

[테마파크]란 일상을 탈피하여 특별한 체험을 할 수 있는 놀이공원을 말한다. 테마파크는 미국이나 일본에선 매우 발달해 있고, 우리나라에서도 점점 관심이 높아지고 있다. 그런데 테마파크를 만드는 데는 기술력뿐만 아니라 매력적인 스토리텔링이 중요하다. 특히 테마파크는 몸으로 직접 체험하며 오랫동안 기억될 수 있는 스토리텔링을 해야 한다.

[에듀테인먼트(edutainment)**]**는 교육(education)과 오락(entertainment)의 합성어로, 놀면서 공부한다는 새로운 방식의 교육콘텐츠이다. 그러므로 에듀테인먼트에선 재미와 지식이 얼마나 잘 조화를 이룰 수 있느냐가 관건이다. 에듀테인먼트의 종류는 온라인과 CD 같은 디지털콘텐츠를 비롯해서 도서나 방송, 공연 등 다양한 형태로

〈마법천자문〉

나타나고 있다. 한국은 다른 어느 나라보다 교육열이 높은 관계로 에듀테인먼트 시장이 갈수록 확대되고 있지만, 그 콘텐츠의 양과 질은 아직도 만족할만한 수준에 이르지 못하고 있는 실정이다. 에듀테인먼트의 종류도 한정되어 있고, 내용도 오락적 혹은 교육적 측면에 너무 치우친 경우가 많다.

이러한 문제점을 비교적 잘 해결한 사례가 마법천자문이라 할 수 있다. 마법천자문은 아울북에서 출간한 어린이 한자 교육콘텐츠이다. 마법천자문은 서유기의 내용을 토대로 손오공을 주인공으로 내세워 이야기와 한자 교육을 결합하였다. 마법천자문은 어린이들에게 선풍적인 인기를 얻어서 장편 애니메이션과 뮤지컬로도 제작되었다. 마법천자문이 인기를 얻은 바탕에는 마법 주문을 한자의 훈음으로 외치는 방식을 사용하여 어린이에게 한자를 쉽게 접근하게 하였고, 서유기와 손오공이라 캐릭터를 어린이의 눈높이에 맞추어서 개발하였기 때문이다. 앞으로는 이러한 에듀테인먼트 분야의 교육콘텐츠가 더욱 활발히 제작되어야 할 것이다.

[데이터베이스]는 각종 문헌이나 영상, 음성자료를 디지털방식으로 정보화해서 종합정인 검색 시스템을 구축하는 것이다. 여기서 정보화는 단순 전산화가 아닌 대중들이 언제 어디서든 쉽게 이용할 수 있도록 만든 것을 말한다. 예컨대 각종의 도서관이나 박물관, 연구소 등의 사이트를 들 수 있다.

[인터넷콘텐츠]란 인터넷을 기반으로 생산, 보급, 유통되는 콘텐츠로, 매우 포괄적인 형태를 띠고 있다. 싸이월드나 네이버, 다음과 같은 포털사이트를 비롯해서 각종의 쇼핑몰이나 정보, 오락 콘텐츠 등을 예로 들 수 있다. 우리나라의 인터넷 보급률은 거의 세계 최고 수준이나. 그 결과 각종 인터넷콘텐츠의 수요가 급증하여 새로운 고부가가치 산업으로 주목받고 있다.

[가상세계]는 게임이나 가상세계 등에서 광범위하게 사용되고 있는 것으로, 최근 사업자들이 활발히 뛰어들고 있어 머지않아 본격적인 성장기에 들어설 것으로 예상된다.

3) 기타 스토리텔링

최근 들어 스토리텔링의 영역은 각종 문화콘텐츠 외에도 광고나 브랜드, 상품, 디자인, 기업경영 등에까지 계속 확장하고 있다. 우선 [광고]는 15~30초 정도밖에 되지 않는 짧은 시간에 모든 것을 이야기하는 상당히 매력적인 스토리텔링 분야이다. 그 범위도 제품이나 서비스에 대한 홍보에서 기업 이미지에 대한 홍보에 이르기까지 대단히 광범위하다.

그런데 요즘은 '이야기가 있는 광고'를 선호하고 있다. 오늘날 사람들은 상품의 품질이나 가격 등에 주목하기보다는, 상품과 관련된 이야기에 주목하는 경향이 있다. 그래서 광고도 단순한 사실의 강조가 아닌, 인물과 사건 등 이야기를 만들어 그 안에 상품을 자연스럽게 등장시키고 있다. 예를 들면 삼성전자의 '또 하나의 가족' 시리즈는 제품 자체를 홍보하기 보다는 전자제품이 가족 안에서 새로운 가족 구성원으로 자리 잡는 과정을 여러 에피소드를 통해서 보여주고 있다. 또한 경우에 따라서는 아들이 게임에 열중하는 상황에서 광고가 종료되고, 다음 내용을 시청자의 공모를 받아 제작하기도 하였다. 이렇게 이야기와 이야기가 연결되고, 화자와 청자가 교차하는 것이야 말로 오늘날 디지털스토리텔링의 가장 특징적인

〈삼성전자 또 하나의 가족 홈페이지〉

2024 대한민국 퍼스트브랜드 대상
8년 연속 에스테틱샵 부문 1위

요소라 할 수 있다.

[브랜드]란 어떤 제품이나 기업의 차별화된 가치 및 인지도로서, 현대사회에서 엄청난 영향력을 갖고 있다. 같은 제품이라 하더라도 브랜드가 있는 상품과 그렇지 않은 상품의 가치는 하늘과 땅 차이이기 때문이다. 현대의 소비자들은 물건을 사는 것이 아니라, 브랜드가 지닌 이미지와 가치를 산다고 해도 과언이 아니다.

대개 브랜드 스토리텔링은 사람들이 쉽게 이해할 수 있는 이야기를 만들어 브랜드에 접목시키는 것을 말한다. 브랜드 스토리텔링에선 제품이나 기업 자체를 강조하기보다, 그 안에 담긴 의미나 이야기를 제공하여 소비자와 브랜드의 교감을 유도한다. 특히 스토리텔링에선 기업의 역사에서 전설처럼 떠도는 이야기나 창업자와 관련된 이야기, 특정 상품이 세상에 나오기까지의 과정이나 그 상품을 이용한 사람들에 대한 이야기 등을 자주 소재로 활용한다.

마찬가지 요즘은 [상품]도 이야기를 만들어 개발하고 마케팅하는 경우가 많아지고 있다. '이야기가 있는 상품' 또는 '상품 스토리텔링'이 바로 그것이다. 세계 최초로 물을 상품화한 프랑스의 생수 '에비앙(Evian)'은 제품의 상품화 과정을 스토리텔링한 것으로 유명하다.

프랑스 혁명이 일어난 1789년, 수십 년에 걸친 정국의 혼란과 어지러움 속에서 눈으로 뒤덮인 알프스 산맥의 산자락에 위치한 마을 에비앙에 신장 결석을 앓고 있던 한 후작이 요양을 하고 있었다. 어느 날 마을의 한 주민으로부터 마을에 있는 한 우물물을 마시면 약효가 있다는 말을 전해 듣고, 그 물을 마신 결과 신기하게도

에비앙 생수

깨끗하게 병이 나았고, 그 후 그는 물에 대한 연구를 거듭한 결과, 그 물이 알프스의 눈과 비가 15년에 걸쳐 녹고 어는 과정을 통해 정화되어 아주 깨끗할 뿐만 아니라, 미네랄이 풍부하다는 사실을 알게 되었다. 이 우물을 소유하고 있던 마을 주민들은 이 말을 전해 듣고 우물물을 팔기로 결심, 드디어 1878년 처음으로 프랑스 정부로부터 공식 승인을 받아 상업화하기에 이르렀

다. 특히 여기서 주목해야 할 것은 판매자가 에비앙이란 생수를 물이 아닌 '약'에 초점을 맞춰 브랜드를 스토리텔링하였다는 것이다.

제이에스티나 보석

[디자인]도 역시 날이 갈수록 스토리텔링과의 접목이 빈번하게 이루어지고 있다. 이야기가 있는 패션이나 장신구, 조형물 등의 디자인이 대표적이다. 최근 국민요정으로 온 국민의 사랑을 받는 피겨 요정 김연아가 착용하여 화제가 되고 있는 주얼리 〈제이에스티나(J.ESTINA)〉를 살펴보자. 제이에스티나는 이탈리아의 공주 Jovanna(조반나)의 이름에서 따왔다. 그가 늘 착용했던 티아라와 애완동물이었던 고양이 제나를 모티브로 한 디자인 라인을 선보이고 있는데, 실존했던 공주를 중심으로 한 제이에스티나의 브랜드 스토리는 많은 여성들로 하여금 환상을 가지게 만들었다. 앞으로는 눈에 확 뜨이는 독보적인 디자인은 물론, 거기에 매력적인 이야기가 담겨 있어야만 비로소 가치 있는 상품이 될 것이다.

끝으로 최근엔 [기업경영]에서도 스토리텔링을 자주 사용하고 있다. 특히 기업경영에서의 스토리텔링은 경영혁신과 비전 전파를 위한 훌륭한 도구를 쓰이고 있다. 요즘 기업의 설명회나 발표회에 가보면 대부분 도표나 숫자를 이용하여 분석적인 설명을 장황하게 늘어놓는 경우를 쉽게 볼 수 있다. 하지만 이런 방식은 주최측의 의도대로 참석자들에게 더 이상의 관심이나 흥미를 끌기에는 어렵다. 그보다는 오히려 캐릭터와 스토리가 있는 재미있는 이야기를 만들어 들려준다면, 보다 쉽게 이해하고 받아들일 수 있을 것이다.

이밖에도 앞으로 스토리텔링을 필요로 하는 분야는 더욱 늘어날 것으로 예상된다. 개인이든 기업이든 현대사회에서 자신을 어필하기에 가장 좋은 방법은 스토리텔링이기 때문이다. 그래서인지 영국은 스토리텔링을 21세기 새로운 국가사업으로 선정하고, 전문 스토리텔러를 양성하는 공립기관만 해도 40개 이상을 두고 있다. 그리하여 '법정에서의 스토리텔링', '교회에서의 스토리텔링' 등 다양한 스토리텔링 방법을 가르치고 있다고 한다.

5. 스토리텔링의 방법

1) 고전의 현대적 수용 - 각색 스토리텔링

스토리텔링은 크게 두 가지 방법으로 나누어 살펴 볼 수 있다. 첫째는 이야기를 새롭게 창작하는 창작 스토리텔링이고, 두 번째는 기존의 이야기를 활용하는 각색 스토리텔링이다. 창작 스토리텔링은 무(無)에서 유(有)를 창조하는 것으로, 배경과 캐릭터, 스토리 등 이야기를 새롭게 만들어내야 하기 때문에 창조적인 작가의 능력을 필요로 한다. 물론 기존의 이야기를 각색하는 것도 오늘날에 적합한 이야기로 재창조하는 과정이기 때문에 창의력과 상상력이 필요하다.

여기서는 이야기문학의 스토리텔링 방안에 대해 살펴보고 있기 때문에 각색 스토리텔링에 대하여 집중적으로 살펴보고자 한다. 각색은 잘 알려져 있거나 아직 알려지지 않은 고전을 현대적으로 변용하여 널리 알리는 것으로, '고전의 현대적 수용'이라고도 한다.

고전은 이미 많은 사람들에게 향유되면서 그 흥행성이나 작품성을 검증받았고, 유구한 역사만큼이나 두터운 지지기반을 갖고 있다. 게다가 날이 갈수록 창작 분야가 한계에 도달하면서 각색의 중요성이 부각되고 있다. 실제로 할리우드 영화의 약 50%가 각색으로 알려져 있다. 많은 수의 할리우드 영화들이 기존의 책이나 만화, TV프로그램, 연극, 뮤지컬, 다른 영화의 리메이크를 바탕으로 제작되어 나오고 있는 것이다.

각색의 대상으로 최근 크게 각광받는 분야는 신화, 전설, 민담 등의 설화를 비롯한 고전서사이다. 고전서사가 문화콘텐츠의 원천자료로 인기를 누리는 이유는 이야기의 환상성과 초월성, 그리고 세대를 뛰어넘는 주제의 보편성이 오늘날까지도 유효하기 때문이다. 또한 고전서사는 우리의 문화원형이 온전히 살아 있는 텍스트이며, 저작권이 없는 원천자료이다. 물론 고전을 콘텐츠화하기 위해서는 많은 연구와 노력이 필요하다. 캐릭터는 물론이고, 당시의 시대상과 원본 등에 대한 연구가 충분히 이루어져야 하는 것이다.

고전서사 중에서 설화는 예로부터 전해져 내려온 신화, 전설, 민담 등을 모두 포괄하는 개념으로 우리 민족의 이야기 원형이라 할 수 있다. 또한 설화는 특이한 장소, 기이한 행적, 비범한 인물 등에 대한 이야기가 많은데, 그 결과 사람들에게 흥미를 주고 공감을 불러일으키기가 쉽다. 뿐만 아니라 설화는 옛 조상들의 지혜와 미덕, 용기를 우리에게 다시 알려주고, 앞으로 나아갈 길을 제시해준다. 그러므로 이러한 설화를 현대인의 정서에 맞게 변형한다면, 비교적 쉽게 성공적인 콘텐츠로 만들 수 있을 것이다.

사실 설화는 시대에 따라 다른 옷을 입고 계속해서 우리 앞에 등장했다. 지금도 동화, 만화, 영화, 드라마, 공연 등에 그 소재나 에피소드, 플롯, 주제 등을 제공하고 있다. 나아가 영웅의 일생 구조나 계모 모티프는 세계의 보편적인 이야기 소재로서, 언제든지 글로벌 콘텐츠가 될 가능성을 갖고 있다.

역사 기록도 또한 콘텐츠의 중요한 소재이다. 우리나라는 오천 년의 역사를 가진 나라인데, 그만큼 역사 속에서 그려내고 싶은 것, 표현해내고 싶은 소재들이 무궁무진하다. 특히 우리나라 사람들은 역사 소재를 이용한 콘텐츠를 즐겨 찾고 있는데, 그래서인지 소설이나 영화, 드라마, 전시 등의 소재를 역사의 기록이나 인물에서 차용하는 경우가 대단히 많다.

특히 고전은 앞에서 언급한 것처럼 저작권이 존재하지 않으므로, 각색자가 곧 저작권자가 될 수 있다. 그리고 고전을 현대적으로 수용해서 활용할 수 있는 분야도 매우 다양하다. 앞에서 설명했듯이 출판과 만화, 방송, 영화, 애니메이션, 게임, 캐릭터, 공연, 음반, 전시, 축제, 여행, 디지털콘텐츠, 모바일 등의 문화콘텐츠, 광고나 브랜드, 상품, 디자인, 기업경영 등에서도 얼마든지 활용될 수 있는 것이다.

지금까지 우리나라에서 고전의 현대적 수용이 이루어진 대표적 콘텐츠를 도표로 제시하면 다음과 같다.

〈표 1〉 춘향전의 영화화

제목	감독	주연배우		제작 연도	특이사항
		이몽룡	성춘향		
춘향전	조천고주 (일본)	최영완	한 룡	1923	무성영화 김조성(변사)
춘향전	이명우	한일송	문예봉	1935	최초 유성영화 음악 홍난파
노래조선	김상진	임생부	이난영	1936	

그 후의 이도령	이규환	독은기	문예봉	1936	이도령이 춘향을 구해준 후에 암행어사 활동을 하면서 겪는 이야기
춘향전	이규환	이 민	조미령	1955	
대춘향전	김 향	박옥진	박옥란	1957	창극
춘향전	안종화	최 현	고유미	1958	
탈선 춘향전	이경춘	박복남	김해연	1960	
춘향전	홍성기	신귀식	김지미	1961	
성춘향	신상옥	김진규	최은희	1961	아시아영화제(8회) 출품/ 베니스국제영화제(22회) 출품
한양에서 온 성춘향	이동훈	신영균	서양희	1963	한양으로 올라간 뒤의 이야기
춘향	김수용	신성일	홍세미	1968	시카고영화제(4회) 출품
춘향전	이성구	신성일	문 희	1971	국내 최초 70미리 영화 각본 이어령
방자와 향단이	이형표	송해	사미자	1972	방자와 향단이가 주인공인 코미디영화 시대배경 1970년대
성춘향전	박태원	이덕화	장미희	1976	
성춘향	한상훈	김성수	이내성	1987	베니스국제영화제(44회) 출품/베를린국제영화제(39회) 출품
춘향뎐	임권택	조승우	이효정	1999	조상현 창본을 대본으로 영화화

〈표 2〉 고전의 영화화

제목	원천자료	감독	주연배우	제작연도	특이사항
스캔들-조선남녀상 열지사	위험한 관계	이재용	배용준 전도연	2003	프랑스 소설을 원작으로 영화화
장화 홍련	장화홍련전	김지운	임수정 문근영	2003	정신질환을 소재로 삼음
황산벌	삼국사기	이준익	박중훈 정진영	2003	황산벌 전투의 이면을 파헤침
혈의 누	신유박해	김대승	차승원 박용우	2005	조선시대 고립된 섬에서 벌어지는 연쇄살인사건
음란서생	고소설관련기록	김대우	한석규 김민정	2006	소설창작을 둘러싼 인간의 욕망을 그림
황진이	황진이이야기	장윤현	송혜교 유지태	2007	북한소설을 원작으로 영화화
궁녀	궁중관련기록	김미정	박진희 윤세아	2007	궁중 안의 궁녀의 자살사건
도사 전우치	전우치전	최동훈	강동원 김윤석	2009	봉인된 전우치가 오늘 서울에 등장함
홍길동의 후예	홍길동	정용기	이범수 김수로	2009	홍길동의 후예들이 대를 이어 의적활동을 함

〈표 3〉 고전의 애니메이션화

제목	원천자료	감독	제작연도	특이사항
돌아온 홍길동	홍길동전	신동우	1995	일본과 합작, 드래곤볼과 유사하여 비판을 받음
성춘향	춘향전	앤디 킴	1999	현대적 감각으로 춘향전을 시각화
별주부 해로	토끼전	김덕호	2001	별주부 해로와 토끼 토레미의 우정을 그림
오세암	오세암 설화	성백엽	2002	엄마를 그리워하는 감이와 길손이의 이야기
오늘이	원천강본풀이	이성강	2003	단편으로 시간과 공간에 대한 사색을 담음
장금이의 꿈	대장금	민경조	2005	대장금의 어린이 용 애니메이션
왕후 심청	심청전	넬슨 신	2005	아버지를 찾는 심청 이야기
천년여우 여우비	구미호이야기	이성강	2007	여우비의 성장과 우정을 그림
한자왕 주몽	주몽	함성욱	2007	주몽을 소재로 한 한자 교육 애니메이션

〈표 4〉 고전의 드라마화

제목	원천자료	주연배우	방송사	방영연도	특이사항
대장금	대장금	이영애, 지진희	MBC	2003	궁중요리와 내의녀의 생활상
해신	장보고	최수종, 채시라	KBS	2004	해상왕 장보고의 일대기
서동요	서동요	조현재, 이보영	SBS	2005	서동의 왕위 등극과정
쾌걸 춘향	춘향전	한채영, 재희	KBS	2005	춘향전의 현대적 해석
주몽	주몽신화	송일국, 한혜진	MBC	2006	주몽의 건국과 사랑 이야기
황진이	황진이	하지원, 김재원	KBS	2006	기생 황진이의 예인의 삶을 형상화
왕과 나	김처선	오만석, 구혜선	SBS	2007	내시 김처선의 운명적 사랑
태왕사신기	광개토대왕	배용준	MBC	2007	광개토대왕의 이야기를 판타지로 재구성
별순검	무원록	유승룡 등	MBC	2007	조선시대 과학수사대
이산	정조	이서진, 한지민	MBC	2007	정조의 왕위 등극과 사랑
일지매	일지매	이준기	SBS	2008	일지매의 의적 이야기
바람의 나라	대무신왕	송일국, 최정원	KBS	2008	대무신왕 무휼의 일대기
쾌도 홍길동	홍길동전	강지환, 성유리	KBS	2008	퓨전 코믹사극을 표방
돌아온 일지매	일지매	정일우	MBC	2009	고우영 원작의 일지매
선덕여왕	화랑세기	이요원, 고현정	MBC	2009	선덕여왕과 미실의 갈등
자명고	삼국사기	정려원	SBS	2009	자명고를 사람으로 해석
추노	추노담	오지호, 장혁, 이다해	KBS	2010	노비를 쫓는 추격자의 이야기

고전서사를 각색하는 방법은 크게 1) 단순각색, 2) 번안, 3) 개작 등으로 나눌 수 있다. 단순각색은 원전을 충실히 재현하는 것으로, 시대적 배경이나 등장인물, 줄거리 등이 원전과 거의 흡사하다. 대표적으로 임권택 감독의 영화 〈춘향전〉을 들 수 있다. 단순각색은 사람들의 흥미나 감동을 유발하기가 쉽지 않다. 하지만 출판계에서 고전을 현대어로 번역하는 작업은 매우 중요한데, 아동이나 청소년, 일반인이 쉽게 읽을 수 있는 현대역본이 지속적으로 필요하기 때문이다. 특히 우리나라는 이 분야의 전문 인력이 턱없이 부족한 실정이다.

번안은 원전의 기본적인 주제의식은 살리되, 인물의 행동이나 대사 등 일부 내용을 변형시키는 것으로, 창극 〈춘향전〉이나 뮤지컬 〈지하철 1호선〉 등을 예로 들 수 있다.

개작이란 원전에 모티프를 두고 있지만 전체적인 흐름만 비슷할 뿐, 시대적 배경이나 인물의 성격이 완전히 다르게 설정된 것을 말한다. 고전의 현대적 수용에선 주로 이 방법이 수용되고 있다.

개작에도 여러 가지 방법이 있는데, 고전에서 스토리라인을 차용하여 현대적 감각에 맞게 활용하는 경우, 캐릭터나 모티프 및 분위기만을 따와서 활용하는 경우 등이 있다. 우선 고전에서 스토리라인을 차용하여 현대적 감각에 맞게 활용하는 경우는, 원전의 전체적인 구조만 차용해오고 나머지는 시청자들의 욕구에 맞게 재창조하는 것을 말한다. 사극 〈서동요〉는 백제의 서동과 신라의 선화공주의 사랑 이야기를 소재로 55부작으로 제작한 드라마이다. 드라마에서는 서동(조현재 분)과 선화공주(이보영 분)의 사랑은 원작과 동일하지만, 태학사 박사인 목라수(이창훈 분)와 무선공녀 연가모(이일화 분) 등 가공의 인물을 등장시켜 서동의 출생의 비밀과

드라마 〈서동요〉 중에서

왕위 등극과정을 새롭게 스토리텔링 하였다. 이렇게 이야기문학에서 소재를 차용한 후 전체적인 이야기는 현대인이 공감할 수 있게 각색하는 것은 이야기 자체에 대한 연출가의(혹은 작가의) 새로운 해석이며 오늘날 시청자들의 변화한 트렌드를 포착하는 작업이다.

마지막으로 개작은 원작의 이야기와는 상관없이 캐릭터나 모티프 및 분위기만을 따와서 활용하는 것이다. 이 경우는 고전에서 필요한 부분만 뽑아서 각색자가 가지고 있는 상상력과 결합하여 새로운 스토리를 만들어 낸다. 예를 들면 영화 〈장화, 홍련〉과 같은 작품이 그렇다. 영화는 원작 고소설 〈장화홍련전〉에서 계모와 전실 자식의 갈등이라는 요소만을 차용하였을 뿐이고, 실제 내용은 원작과 달리 이중인격과 강박관념이 만들어내는 가족 내의 공포에 대한 것이다.

이상으로 살펴 본 각색 곧, 고전의 현대적 수용의 의의를 지적하면 다음과 같다. 첫째, 각색은 잠들어 있던 고전에 새 생명을 불어넣을 수 있다. 고전을 활용하여 새로운 콘텐츠로 개발할 경우, 우리의 문화에 대한 재발견이 가능하며, 또 다음 세대로의 문화적 전승이 이루어질 수 있다. 예를 들어 〈춘향전〉은 워낙 우리에게 익숙한 고전이기도 하지만, 지속적인 각색을 통해 더욱 많은 관심과 사랑을 받는 고전이 되었다. 영화 〈춘향뎐〉은 우리의 춘향전을 세계적으로 널리 알리는 계기가 되었으며, 드라마 〈쾌걸 춘향〉은 청소년 및 어린이들에게도 어필할 수 있는 좋은 결과를 낳았다.

둘째, 우리의 고전을 이용하여 경제적 이익을 창출할 수 있다는 것이다. 특히 요즘 문화콘텐츠는 원소스 멀티유즈가 가능하기 때문에 고부가가치를 올릴 수 있을 뿐 아니라, 그에 따른 고용창출과 문화콘텐츠 산업의 발전에도 크게 기여할 수 있다.

셋째, 만약 글로벌 콘텐츠로 발전했을 경우 우리의 문화를 전 세계에 알리는 계기가 될 것이다. 물론 그러기 위해서는 우리의 고전 가운데 전 세계에 어필할 수 있는 작품들을 발견하고, 또 제대로 개발할 수 있는 기술을 갖추어야 할 것이다. 그와 함께 우리의 고전만이 아니라 외국의 고전도 발굴하여 현대적으로 재구성하면 엄청난 경제적 이익을 얻을 수 있을 것이다.

넷째, 위기를 맞고 있는 인문학의 새로운 '실용적' 대안이 될 수 있다. 지금까지 인문학 수업은 현실이 아닌 주로 교재 속 이야기뿐이었다. 강의 교재로 인생을 사는 것도 아닌데, 현실을 너무 보여주지 않았던 것이다. 이젠 인문학에서도 단순히 이론만 배우는 것이 아니라 실습, 더 나아가 현장까지 겸비한 수업이 이루어져야 한다. 특히 이야기의 소재를 찾고 줄거리를 짜고, 이를 다시 콘텐츠로 만드는 스토리텔링의 과정을 익힐 필요가 있다.

요즘 이야기 산업이 주목받고 있다. 우리나라에선 그에 대한 중요성을 이제야 느끼기 시작했지만, 유럽이나 미국에서는 이미 국가적 차원에서 적극적으로 지원하고 있다. 그리고 요즘 이야기는 인문학뿐만 아니라 경영학, 자연과학, 예술학 분야에서도 차세대 중요한 생존 키워드로 인식하고 있다. 이러한 상황에서 인문학도는 무궁무진한 상상력을 키우는 것과 동시에, 우리나라가 가지고 있는 수많은 원천소스를 잘 활용하여, 대중과 호흡하는 콘텐츠를 기획·제작할 수 있는 실력도 연마해야 한다.

2) 원소스의 멀티유즈화 – 전환스토리텔링

최초로 만들어진 원작을 다양한 매체에서 활용하기 위해서는 전환스토리텔링이 필요하다. 전환이란 인기 있는 원작을 각각의 매체에 맞게 변용하는 것으로, 장르의 변화를 전제로 하고 있다. 한마디로 전환은 성공한 콘텐츠를 멀티유즈화할 때 사용하는 스토리텔링 전략이라 할 수 있다. 전환은 주로 인기 있는 소설이나 만화, 동화 등 출판물을 영화나 애니메이션 드라마, 게임 등 영상물로 재구성하는 경우가 많지만, 최근 들어선 그 반대현상도 자주 일어나고 있다.

원래 전환은 다매체 다채널 시대에 나타난 또 하나의 새로운 문화적 현상이다. 즉, 디지털 시대의 도래로 매체가 늘어나고 장르 간 경계가 사라지면서, 하나의 제대로 된 소스만 있으면 다양한 매체로 활용해서 고부가가치를 올릴 수 있다는 판단에 따라 본격적으로 성행하기 시작한 것이다.

요즘엔 웬만큼 성공한 콘텐츠라면 곧장 다른 매체로 옮겨가고 있는 추세이다. 연극 〈날 보러와요〉는 연극의 성공과 작품성을 기반으로 영화 〈살인의 추억〉으로 전환되어 큰 인기를 얻었다. 이렇게 연극이 영화로 전환되기도 하지만 영화가 뮤지컬이나 드라마로 전환되기도 한다. 연극 〈이〉는 영화 〈왕의 남

〈왕의 남자〉

자〉로, 다시 뮤지컬 〈공길전〉으로 전환되어 큰 성공을 거두었고, 영화 〈친구〉는 곽경택 감독이 직접 연출하여 2009년 MBC에서 주말 미니시리즈로 방영되기도 하였다. 이처럼 최근 성공한 영화나 드라마는 새로운 이익을 창출하기 위해서 다른 매체로 전환되고 있다.

〈올드보이〉

이러한 전환스토리텔링의 방법은 크게 두 가지로 나누어 살펴볼 수 있다. 먼저 원작에 충실하게 전환하는 것으로, 시간적인 규모나 작품의 구조가 비슷한 경우 원작에 크게 손대지 않고 전환할 수 있다. 이때는 원작의 스토리라인을 단지 드라마적인 기승전결의 형식으로 재구성하면 될 것이다.

다음으로 원작을 새롭게 해석하여 재구성하는 것으로, 작품의 스토리라인은 그대로 따르되 극적 전개를 위해 인물의 성격에 변화를 주거나 사건을 첨가 혹은 삭제하는 것이다. 예를 들면 영화 〈올드보이〉가 바로 그런 경우이다. 〈올드보이〉의 원작은 동명의 일본만화이다. 하지만 박찬욱 감독은 만화에서 15년 동안의 감금과 두 남자의 갈등이라는 모티프만 따오고, 나머지는 우리나라의 정서에 맞게 새롭게 스토리텔링 하여 새로운 작품으로 재탄생시켰다. 특히 만화에선 근친상간이 사소한 문제에 지나지 않지만 영화에서는 두 남자가 갈등을 유발하는 근원적인 요소로 등장한다. 또한 복수와 결말의 과정에서도 새로운 근친상간이 등장하면서 충격적인 내용으로 영화가 전개된다. 결말부의 반전도 원작만화에선 밋밋하게 설정되어 있지만, 영화에선 대단히 충격적으로 나타난다.

이처럼 전환할 때는 원작을 단지 영상으로 바꾸어 놓는다는 안이한 자세에서 벗어나 독창적이고 개성적인 새로운 작품을 만들려고 해야 한다. 전환에서 가장 중요한 것은 향유자들이 전환 전후의 작품으로부터 동일한 정체성을 느낄 수 있어야 하며, 동시에 서로 독립적인 스토리텔링을 구사함으로써 그 개별성을 인지할 수 있어야 한다. 즉, 두 작품이 동일한 정체성을 유지하면서도 매체의 특성을 적극 반영하여 장르적 변별성이 확보되어야 한다는 것이다.

시트콤 〈안녕, 프란체스카〉

또한 전환스토리텔링에서는 매체의 특성을 고려해야 한다. 시트콤으로 제작되어 크게 인기를 얻었던 〈안녕, 프란체스카〉는 2008년에 뮤지컬로 무대에 올려졌다. 드라마와 뮤지컬은 모두 뱀파이어 프란체스카와 인간 두일의 사랑 이야기가 중심이다. TV 시트콤에서는 둘의 사랑이 이루어지지 못하고, 뱀파이어와 인간이라는 경계와 진정한 인간다움과 사랑에 대해 이야기한다. 그러나 이러한 비극적 요소는 뮤지컬이라는 매체에 적절하지 못하다. 뮤지컬은 춤과 노래로 관객들에게 흥겨움을 제공하는 것이 중요하다. 그래서 뮤지컬에서는 프란체스카와 두일의 사랑이 마지막에 이루어지도록 스토리텔링하였다.

이것은 두 매체의 특성과도 관련이 있는 것이고, 두 매체가 소비자들에게 소비되는 방식과도 관계가 있다. TV 시트콤은 매주 방영되는 연속물이기 때문에 다양한 에피소드를 이어갈 수 있지만, 뮤지컬은 무대 위에서 한정된 시간 안에 이야기를 완결시켜야만 한다. 그래서 뮤지컬에서는 TV 시트콤의 다양한 이야기를 생략하고 프란체스카와 두일의 이야기에 초점을 맞추게 된 것이다. 이러한 사례를 통해서 알 수 있듯이 원작을 다른 매체로 전환하기 위해서는 매체의 형식과 장르적 특성에 대한 이해가 필수적이다.

6. 챗GPT의 활용과 스토리텔링

오픈AI(OpenAI)가 챗GPT를 출시하고 개발 소스를 공유한 이후, 수많은 생성형 AI 프로그램이 등장했다. 챗GPT가 일으킨 AI 혁명의 바람은 전 세계를 휩쓸고 있다. 과거에는 뛰어난 암기력과 이해력을 중시하여 지식 암기형 교육 과정을 설계했지만, 생성형 AI의 암기력과 이해력은 인간의 상상을 초월한다. 따라서 미래 사회에 주목받을 인재가 가진 핵심역량은 지금과 다를 것이다.

따라서 생성형 AI가 대두된 지금이야말로 이야기
의 원천자료의 재해석을 위한 스토리텔링도 다시 고
민해야 하는 시점이 되었다. 우리는 이제 무엇을 가
르치고, 어떻게 학습해야 할까? 그리고 문화의 원형
자료를 인공지능을 활용하여 보다 체계적이고 광범
위한 스토리텔링의 방법을 다양하게 고민해야 할 것

이다. 4차 산업혁명 이후의 교육과 미래 인재에 대한 통찰을 다시 재검토해야 한다
는 의미이다. 인간이 AI에 휘둘리지 않고 능동적으로 AI를 활용하여 학습자의 역
량을 기를 수 있는 방법을 찾아야 우리 인간이 AI에 휘들러지는 것이 아니라 AI를
생성형으로 조종하며 활용할 수 있는 것이다.

주지하다시피, 코로나19 팬데믹으로 인해 원격 교육이 도입되며 온라인 플랫폼
을 통한 비대면 교육이 활성화되었다. 그리고 현재는 챗GPT와 같은 인공지능 기
술이 등장하여 교육 분야에서의 혁신을 예고하고 있는 바 주의해야 할 몇 가지
사항을 인지할 필요가 있다.

첫째로, 챗GPT와 같은 생성형 인공지능의 답변을 무조건적으로 신뢰하지 말고
참고용으로 활용하고, 필요한 경우 재확인해야 한다. 생성형 인공지능은 거짓 정보
를 생성할 수 있으므로 항상 확인이 필요하다. 나아가 구체적이고 명확한 요구사항
이 담긴 질문을 사용해야 한다. 이렇게 하면 보다 정확하고 유용한 답변을 얻을
수 있다.

둘째로, 학습에 있어서 개별 학생들의 관심과 흥미를 고려하여 수업을 선택하는
것이 중요하다. 개인 맞춤형 교육을 통해 학생 개개인의 학습 속도와 요구에 부합하
는 수업을 제공하면서 일방적인 교육보다 효과적인 학습 경험을 제공할 수 있다.

셋째로, 수업 목표, 방식, 평가 방법 등에 대한 정보를 학생들에게 자세히 설명하
고 명확하게 전달하는 것이 중요하다. 학생들이 수업의 내용과 목표를 미리 파악하
여 준비할 수 있도록 돕는 것이 핵심이다. 특히 온라인 교육에서는 학생들이 직접
학교에 찾아가지 않기 때문에 수업 내용과 일정을 미리 알려주는 것이 필요하다.

넷째로, 온라인 교육에서는 학습 활동에 대한 구체적인 시간 계획을 명시하는
것이 중요하다. 학생들이 학습을 효율적으로 조직하고 시간을 관리할 수 있도록

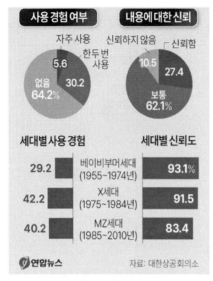

챗GPT 경험조사

도움을 줄 수 있다.

마지막으로, 평가를 학습의 끝이 아닌 시작점으로 활용하여 학생들이 자신의 부족한 부분을 파악하고 개선할 수 있는 기회를 제공하는 것이 중요하다.

생성형 인공지능 프로그램들은 업무의 효율성을 향상시키기 위한 보조 도구로 개발되었다. 따라서 챗GPT와 같은 생성형 인공지능 프로그램의 등장 때문에 우리의 일자리를 잃거나 학습 능력이 저하되는 것을 걱정하기보다는 이런 도구들을 잘 활용함으로써 보다 효율적인 업무 수행과 학습을 진행할 수 있도록 하는 것이 더 중요하다.

코로나19는 우리에게 교육의 본질에 관하여 의미 있는 시사점을 제시했다. 학교에 가서 책상에 앉아 선생님의 수업을 듣는 것에 익숙한 기성세대에게 학생들이 집에서 온라인으로 수업을 수강하는 모습이나 영상 미디어를 활용한 교수방법이나 학습을 통해 교육의 본질을 다시 숙고해 보는 시간을 제공했다. 온라인 수업임에도 불구하고 학교에 나가듯 수업 시간에 맞춰 모든 반이 같은 동영상 강의를 수강하게 된 것이다. 이 상황은 지금까지 교육 시스템 속에 교사 중심 지식전달 위주의 수업 방식이 얼마나 뿌리 깊게 자리 잡고 있는가에 대해 깨닫게 해줬다. 코로나19로 인해 교육 시스템 안으로 깊숙이 들어오게 된 온라인 교육이 학생이 학습의 주체가 될 수 있는 교두보 역할을 하게 된 셈이다.

챗GPT와 같은 생성형 인공지능 프로그램들은 인간과 경쟁하기 위해서 만들어진 것이 아니라 인간이 활용할 도구로 만들어졌다는 걸 잊지 말아야 한다. 따라서, 인공지능 프로그램과의 경쟁에서 이길 방법을 찾기 위해 노력하는 것은 크게 의미 있는 방법이 아니다. 그보다는 인공지능 프로그램들을 어떻게 하면 더 효과적으로 활용할 수 있을지에 대한 방법을 모색하는 것이 더 의미가 있을 것이다. 교육에 있어서도 마찬가지다.

역량중심 성적표는 기존 종이 성적표와 달리 수강 과목명, 성적, 학점 등의 정보들은 하나도 표기되지 않는다. 대신 개인 학생별로 학교에서 지정한 역량의 현황만 보여주게 된다. 또한 학생들이 각 역량을 얻기 위해 어떤 과제물을 제출했고 어떤 프로젝트를 수행했는지를 보여준다. 그리고 디지털 방식이 더해지면서 그에 대한 교육자의 피드백이 어땠는지 등의 정보도 함께 제공해 4년간의 대학생활을 고스란히 들여다볼 수 있다는 장점이 있다.

기존의 교육과정에서는 학생들 개개인의 학습 진도를 고려하기 어려웠다. 그래서 교육자는 평균점수 수준에 맞춰 수업해 왔다. 이런 공교육의 한계점 때문에 학습의 주체가 되어야 할 학생들이 오히려 학습의 객체가 되어버리기 시작했다. 수업에서 배워야 할 내용을 완전히 학

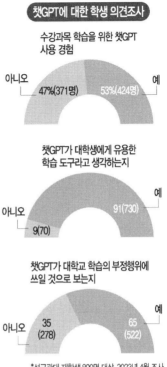

챗GPT에 대한 학생 의견조사

수강과목 학습을 위한 챗GPT 사용 경험

아니오 47%(371명) 예 53%(424명)

챗GPT가 대학생에게 유용한 학습 도구라고 생각하는지

아니오 9(70) 예 91(730)

챗GPT가 대학교 학습의 부정행위에 쓰일 것으로 보는지

아니오 35 (278) 예 65 (522)

*성균관대 재학생 800명 대상, 2023년 4월 조사
〈자료: 성균관대 교육개발센터〉

습하지 못했음에도 불구하고 학기가 끝나는 일도 발생했다. 하지만 챗GPT와 같은 생성형 인공지능 프로그램을 활용하면 학교교육은 교육의 본질을 찾는 방향으로 달라질 수 있다.

AI 기술은 이미 우리 사회 곳곳에 스며들었고, 생성형 AI 프로그램은 저마다의 분야에서 뛰어난 성과를 나타내고 있다. 생성형 AI는 인간이 주기적으로 새로운 데이터를 입력하고 질문하지 않으면 아무것도 할 수 없는 보조 수단일 뿐이다. AI의 일상화는 이미 도착한 미래이며, 우리가 할 일은 AI 기술을 최대한으로 이용하는 것이다. 챗GPT와 생성형 AI 기술이 정확히 무엇이고, 교육자와 학생이 챗GPT를 완벽하게 활용하는 방안이 무엇인지 이해할 필요가 있다.

한편 챗GPT를 스토리텔링에 활용할 때는 정확한 명령어와 함께 작가의 창의적 의도가 정확하게 제시되어야 효과를 얻을 수 있다. 예컨대 챗GPT가 할 수 있는 것과 할 수 없는 것을 정확하게 인지할 필요가 있다.

챗 GPT가 할 수 없는 것을 보면 다음과 같다.

① 명령어가 입력되지 않으면 어떤 업무도 수행할 수 없다.
② 이용자의 질문에 답할 때 사전 훈련과정에서 사용된 데이터를 벗어난 정보를 활용하지 못한다.
③ '할루시네이션' 즉, 잘못된 정보나 허위를 인식하지 못할 때가 있다.
④ 언어로 표현되지 않는 웹사이트 링크와 같은 정보를 인식할 수 없다.
⑤ 질문자의 상황을 유추하거나 분석한 답변은 제공하지 못한다.

또한 챗GPT에 끌려다니지 않기 위해서 지켜야 할 핵심원칙으로는 다음과 같다.

① 오픈 AI의 답변을 맹신하지 않고 참고로만 사용하고 재확인을 해야 한다.
② 구체적이고 정확한 요구사항이 포함된 질문을 해야 한다.
③ 인공지능 프로그램의 관점에 맞춘 질문이 아닌 가장 나다운 말투로 내 눈높이에 맞는 질문을 해야 한다.
④ 내게 필요한 서비스를 제공할 수 있는 인공지능 프로그램을 찾아 원하는 정보를 제공해야 한다.

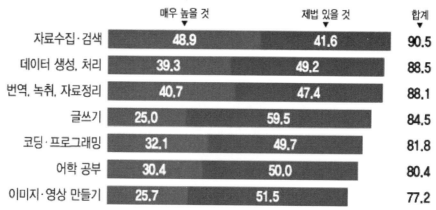

분야별 챗GPT 활용성 예측 (단위: %)

	매우 높을 것 ▼	제법 있을 것 ▼	합계 ▼
자료수집·검색	48.9	41.6	90.5
데이터 생성, 처리	39.3	49.2	88.5
번역, 녹취, 자료정리	40.7	47.4	88.1
글쓰기	25.0	59.5	84.5
코딩·프로그래밍	32.1	49.7	81.8
어학 공부	30.4	50.0	80.4
이미지·영상 만들기	25.7	51.5	77.2

*자료: 한국언론진흥재단 미디어연구센터 온라인 설문조사
그래픽: 이지혜 디자인기자

따라서 우리가 AI를 활용하여 이야기를 재해석할 때는 이야기의 원형으로서의 서사적 특성, 모티프의 유형, 캐릭터의 유형과 특성, 다양한 사건에 대한 정확한 이해, 공간적 스테이지의 설정과 활용, 다양한 보조도구와 몬스터의 이해 등을 해석자가 미리 인지할 필요가 있고, 여기에 필요한 인물, 사건, 배경을 확장하고 첨삭하는 과정에서 AI의 활용이 가능할 것으로 보인다.

제4장

문화산업과 게임스토리텔링

1. 게임스토리텔링

스토리텔링의 사전적인 의미는 이야기하기이다. 모든 이야기의 형식을 지칭하는 광범위한 단어이다. 요즘처럼 문화콘텐츠의 개발이 성행하는 시기의 스토리텔링은 스토리만 존재하는 문화적인 산물에 창의적인 발상을 부여하여 새로운 상품으로서의 문화콘텐츠를 만드는 행위이다. 따라서 스토리텔링은 수요자의 요구에 따라, 이미 존재하는 담론을 창의적인 발상으로 개연성 있는 이야기로 꾸민 후, 설득력 있게 전달하는 말하기 행위나 서술형식을 의미한다. 즉 어떤 이야기를 지니고 있는 화자가 음성과 소품을 활용한 행위로, 청자에게 들려주는 구연동화와 같은 장르를 스토리텔링이라 할 수 있다.

담화를 사건진술의 형식이라고 한다면 스토리는 사건진술의 내용이다. 스토리텔링은 이러한 담화와 스토리를 모두 포괄하는 개념이다.[1] 문화원형을 콘텐츠로 만드는 과정에서 이루어지는 이야기 만들기가 요즘 대표적인 스토리텔링의 사례라고 할 수 있다.

따라서 이곳에서는 매체에 따른 다양한 스토리텔링의 방법을 모색할 수 있으나 게임스토리텔링으로 범위를 한정하여 논의하고자 한다. 게임스토리텔링은 사용자

---

1)　이인화, 『한국형 디지털스토리텔링 - 「리니지 2」, 바츠 해방전쟁이야기』, 살림, 2005, 41쪽.

의 엔터테인먼트를 충족시켜 주기 위하여 이미 존재하는 이야기나 새롭게 창작된 이야기를 담화형식으로 창작하는 행위라고 정의한다. 또한 쌍방향적인 내러티브를 만드는 창작기법인 게임스토리텔링은 게임의 사전제작단계에서 제작단계를 거쳐 마무리 제작단계에 이르기까지, 모든 설계 및 설정에 따른 연출적인 방법론이다.

게임스토리텔링은 컴퓨터시스템에서 인터렉티브한 내러티브를 형성하는 이야기 형식이며, 각 장르별로 시나리오를 만들어내는 창작기술이다. 게임스토리텔링에 대한 많은 관심으로 일찍이 이재홍은 이론적 근거와 창작원리를 이론화시키고 체계화시켜 실무형 게임스토리텔링을 제시해 본 바 있다.[2] 이 글은 게임을 구성하고 있는 4요소인 인물, 사건, 세계관, 인터렉티브 요소를 중심으로 게임스토리텔링을 제시하여 게임에 대한 깊이 있는 연구를 이루었다.

따라서 이야기를 게임화하는 데 무엇보다 선행되어야 할 것은 소설적 서사와 게임의 서사를 이해해야 스토리텔링이 가능하다. 소설적 서사를 게임의 서사로 온전히 전환시켜서 콘텐츠를 만들 수도 있으나 상호작용성이 강한 게임의 서사를 크게 확장시키고 긴장감을 배가시켜주기 위해서는 게임의 서사를 이해할 필요가 있다. 작가의 이야기는 선형적인 속성을 가지고 있지만 제작자의 손을 거치는 순간, 독자들에게 전달되는 이야기는 비선형적인 속성을 갖게 된다. 선형적인 이야기와 비선형적인 이야기의 간극을 얼마만큼 통일성 있게 좁혀가느냐에 따라 게임스토리텔링의 서사성은 좌우되기 때문이다.

게임의 서사는 현실과 가상세계를 넘나드는 환상성이 중심을 이루는 만큼, 풍부한 문학적 상상력이 스토리텔링 기법으로 녹아들어야 한다. 이 시대에는 게임실무에 활용될 수 있는 디지털스토리텔링의 필요성이 그 어느 때보다 절실하게 요구된다. 게임에서 스펙터클과 함께 중요한 것은 긴장감이다. 긴장은 게임의 문학적인 속성인 서사에서부터 촉발된다.[3]

가상세계라는 공간의 삼라만상을 빚어내는 세계관 스토리텔링, 가상공간 속에서 질서정연하게 구성되는 사건들이 퀘스트나 돌발서사 등과 같은 또 하나의 사건

---

2) 이재홍, 「게임스토리텔링 연구」, 숭실대 박사학위논문, 2009.

3) Andrew Darley, 『디지털 시대의 영상문화』, 김주환 옮김, 현실문화연구, 2003, 197쪽.

으로 얽혀져 극적인 상황으로 치닫는 사건스토리텔링, 게임의 꽃인 아이템과 게임의 묘미를 부추기는 퍼즐과 음향효과 등에 각종 게임들의 분석 데이터를 적극적으로 적용할 필요가 있다.

게임스토리텔링은 개연성과 보편성으로 확보된 창작적인 내러티브를 만들어내야 한다. 여기에서 개연성은 콘텐츠의 리얼리티를 획득하기 위한 호소력이며, 보편성은 동서고금을 막론하고 콘텐츠를 신뢰할 수 있는 설득력이다. 그리고 재미요소가 깃든 흥미성과 다른 이야기와의 차별화가 돋보이는 독창성이 확보된 이야기가 구성될 때, 비로소 상품가치가 높은 게임을 탄생시킬 수 있게 된다. 게임스토리텔러가 스토리를 쓴다는 것은 극히 사적인 작업이지만, 결국에는 게임 플레이어들의 만족도를 극대화시켜야 하는 작업이다.[4]

게임에 문학적 상상력을 부여해 주는 주요 문학장르는 소위 대중문학의 부류이다. 순수한 예술적인 가치들을 추구하는 문학을 순수문학이라 한다면, 사회적인 색채가 강하거나 대중을 대상으로 하는 목적성을 띤 문학을 대중문학이라고 한다. 대중문학의 중심을 이루었던 추리소설, SF소설, 괴기소설, 과학소설, 모험소설, 시대소설, 역사소설, 판타지소설 등은 디지털 문화가 활성화되기 전까지 문학계에서 변방의 문학으로 치부되었다. 이러한 다양한 장르의 소설에서 파생되는 서사적 자료와 환상적 요소들은 게임이 지니는 인터렉티브한 내러티브 요소들을 충족시키기에 안성맞춤이다.

특히 소설은 서사를 중심으로 하는 게임의 완벽한 소재이다. 원작의 모든 내용을 완벽하게 구현해 내는 게임이 있는가 하면, 어느 게임은 소설의 세계관만을 획득하기도 한다. 소설이라는 텍스트에서 소재를 획득한 경우, 인물만을 차용할 수도 있고, 사건만을 차용할 수도 있고, 배경만을 차용할 수도 있다는 것이다.

게임은 플레이어에게 휴식과 놀이를 제공하는 유희적인 기능을 갖추고 있다. 지그문트 프로이트(Sigmund Freud)가 제시하는 성격구조의 가장 원초적인 자아라고 할 수 있는 이드(id)는 쾌락의 원리에 의해 작동하기 때문에 현실이나 도덕성에

---

4) 이재홍, 앞의 논문, 26쪽.

대한 고려 없이 쾌락만을 추구한다.[5] 일반적으로 오늘날의 게임은 교훈적인 측면보다 유희적인 측면이 훨씬 많이 강화되어 있다. 이러한 현상은 인간의 본능적인 대결의식과 성취욕에서 비롯되는 원초아적인 쾌감이 게임에서 중요시되기 때문이다.

다음으로는 게임스토리텔링이 가지고 있는 특성을 고려해야 한다. 게임은 소설과는 달리 고도의 긴장감과 급하게 돌아가는 사건의 병치를 어떻게 형상화하느냐가 문제가 된다. 특히 인간사의 선악의 문제는 항상 관심사이며, 보편성을 가지고 있기 때문에 게임스토리텔링의 중요한 방법이 될 수 있다.

인간의 내면세계에 내재되어 있는 선과 악의 대립은 언제나 우리들의 관심의 대상이며, 재미있게 지켜보는 호기심의 대상이다. 특히 고소설에서 결과가 극명하게 드러나는 권선징악적인 설정들은 확고한 목표를 설정해야 하는 게임의 소재로 적합하다고 할 수 있다. 유희적인 기능을 잘 이용한 게임은 스토리의 완성도가 강한 롤플레잉게임이나 어드벤처게임이다.

또한 게임스토리텔링에서 중요한 것은 상호작용성(Interactivity)이라 할 수 있다. 이는 서로 마주보는 두 사람간의 의미교환을 위한 커뮤니케이션을 의미한다. 상호작용성은 게임의 특성 중에서 가장 핵심적인 요소이다. 게임이 영화와 다른 것은 콘텐츠를 감상하는 플레이어가 직접 컴퓨터 내부에서 전개되는 게임의 서사에 개입하여 테크놀로지적인 정보를 활용하는 쌍방향적인 특성 때문이다. 온라인게임의 이야기방식의 특징은 전달자와 수용자와의 뚜렷한 구분이 없다는 것, 즉 상호작용을 통한 이야기 만들어가기라는 점이다.[6]

게임의 스토리텔링은 계속된 사건의 설계에 있다. 게임의 서사는 일반적으로 사건의 인과성과 시간의 연속성에 의해 발전해 나간다. 가상공간에 어떠한 사건을 어떻게 배치하고, 어떻게 연결시켜나가느냐에 따라서 게임은 달라진다. 게임에서 발생되는 사건은 스토리 내부에서 일직선으로 진행되기도 하고, 사슬처럼 연결고리로 이어져서 진행되기도 하고, 엉킨 실타래처럼 숱하게 중첩되어 진행되기도 한

---

5) 노안영 외, 『성격심리학』, 학지사, 2004, 73쪽.
6) 박동숙, 「커뮤니케이션 현상으로서의 온라인 게임 연구를 위한 소고」, 『사회과학연구논총』 1-4, 2000, 93쪽.

다. 이와 같은 사건의 진행은 주제와의 통일성을 배려하여 서사적인 연속성으로 유지되는데 내러티브의 근간을 이루는 큰 줄기의 사건은 미션의 골격을 갖추며 메인 스토리를 주도한다.

다음으로 게임을 스토리텔링하는 데 있어서 사건을 계속적으로 창출하는 것이 중요하다. 그러기 위해서는 먼저 게임에 필요한 사건의 리스트를 미리 작성해 두고, 단계별 사건을 만드는 것이 중요하다. 게임은 소설과는 달리 사건이 단계적으로 다양하게 만들어질 필요가 있기 때문이다. 사건리스트의 작성은 게임의 전체적인 스토리를 구체화시키는 작업이다. 창의적인 발상으로 이야기를 생산하는 초기의 단계만큼 계기성에 중심을 둔 섬세한 스토리텔링이 필요하다.

내러티브의 개입이 강한 게임은 구스타프 프라이타크가 제시하는 '발단-전개-위기-절정-결말'과 같은 5단계 서술구조를 갖는다.[7] 발단은 게임의 오프닝 단계이며, 서사의 기초지식을 알려주는 부분이다. 전개는 등장인물들의 갈등과 분규가 복잡하게 뒤엉키는 과정이며, 사건들이 많아질 경우에는 전개1, 전개2, 전개3…식으로 전개과정을 늘려나갈 필요가 있다. 위기는 전개부에서 일어나는 갈등이 첨예하게 대립되어 드라마의 극적인 반전을 유도하는 동기단계이고, 절정은 갈등과 위기의 최고 정점이며, 테마의 메시지가 드러나는 과정이다. 결말은 사건의 승패가 결정되는 단계를 의미한다. 이러한 5단계 서사구조는 다양한 에피소드들이 연결된 〈WOW〉를 비롯한 MMORPG의 서사에서 많이 발견된다.

2. 인물과 캐릭터

1) 인물과 서사

문화콘텐츠에서 인물과 서사의 관계는 매우 밀접한 관계에 놓인다. 인물이 서사를 끌고 가는 '엔진'이라면, 서사는 인물이 발현될 수 있는 '마당'이라 할 수 있다.

---

[7] 한국현대소설연구회, 『현대소설론』, 평민사, 1994, 79쪽.

인물은 의문과 궁금증을 자아내는 존재이며, 인물은 독자/관객이 서사와 상호작용하듯 교호의 대상이다. 나아가 인물은 독자와 관객이 동일시하거나 미워하는 존재라고 할 수 있다.

또한 인물은 성품의 발현을 통해 특성이 드러나게 된다.

> "성품은 어떤 특성들을 갖지만, 사람은 결국 행위를 통해서 기쁨, 또는 그 반대를 알게 되는 것이다. 연극에서 사람은 〈성품〉을 드러내기 위해서 행동(연기)을 하는 것이 아니다; 그 행동을 보여주기 위해서 성품을 설정하고 인물을 투입한 것이다. 비극의 목적은 바로 그 행동에 있다."
>
> −아리스토텔레스, 『시론』

> "서사적 행위의 목적은 성품을 발견하는 데 있다. 전기문학(傳記文學)은 성품의 엑기스를 드러내는 초상화가 되어야 한다."
>
> −레슬리 스티븐, 『전기』

> "성품이란 사건의 결정을 뜻하는 것 아니겠는가? 사건이란 성품을 드러내는 것이 아니겠는가? … 한 여성이 손을 탁자에 올린 채 일어나서 당신을 응시했다고 했을 때 그것을 두고 우리는 사건이라고 한다. 이런 것이 사건이 아니라면 무엇을 두고 사건이라고 하겠는가? 동시에 이것은 성품의 표현이기도 하다."
>
> −헨리 제임스, 『허구의 예술』

2) 서사와 성품

인물의 성품은 처음부터 모두 드러나게 하기 어려운 반면에 사건은 순차적으로 전개된다. 인물의 성품이 드러난다고 해서 사건이 진행되는 것은 아니다. 사건의 진행상황에 따라서 인물의 성품이 드러나며 발전된다. 인물은 사건에 반응하며 행동하고 말하는 것이 서사를 진행시킨다.

성품의 발현은 서사를 통해서 발현되며. 인물의 성품이 서사진행의 뼈대 역할을 한다. 그러나 인물의 외적묘사는 꼭 인물의 성품과 일치하지 않는다. 인물의 성품을 끌고 가는 장치는 작품 내에 등장하는 인물의 욕망이다. 그리고 이러한 인물의 욕망은 자신의 욕망을 이루려는 캐릭터의 행동양식을 통해서 결정된다.

인물의 욕망이 강하면 강할수록, 욕망의 달성을 위한 현실이 부정적이며 부정적

일수록 인물의 성품은 분명하게 드러난다. 인물의 성품이 드러나면 드러날수록 서사는 극적인 성격을 갖게 된다.

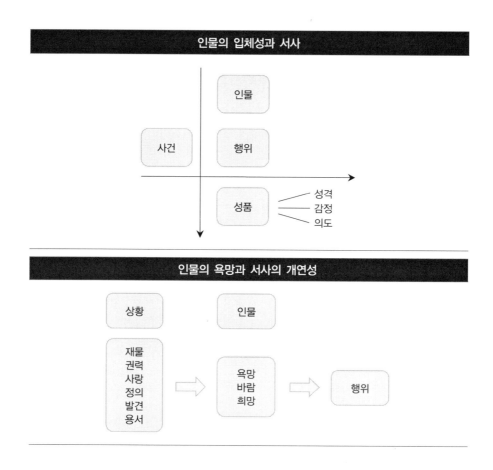

3) '영웅적' 인물의 발현

인물이 맡은 역할과 임무를 통해서 인물의 성품이 발현되는 경우는 영웅 스토리, 신화, 설화 등을 바탕으로 하는 영웅서사의 인물이 가장 많이 등장한다. 영웅이야기의 스토리 라인은 절대선의 추구 〉 영웅적 행위 〉 반영웅의 반격에 의한 좌절 〉 영웅의 재기 〉 절대선의 승리 등의 서사적 축을 통하여 영웅의 위대한 삶의 과정을 상승적으로 보여주고 있다.

이러한 마블 코믹스(Marvel Comics)의 주된 서사구조는 〈슈퍼맨〉, 〈배트맨〉, 〈엑

스맨〉, 〈스타워즈〉, 〈레이더스〉, 〈더 인크레더블〉 등의 액션영화와 애니메이션의
주된 서사가 여기에 해당된다.

4) 인물의 유형

(1) 전형적 인물

전형적인 인물이란 특정 집단이나 부류의 사람을 가장 일반적이고 본질적으로
나타내주는 인물의 재현을 말한다. 주어진 상황, 즉 시공간적인 특수성에서 그 전
형성이 강조되어 서사가 진행된다. 전형적인 인물을 통해서 독자나 관객이 쉽게
이해하고 판단, 평가할 수 있는 근거가 될 수 있기에 인물 유형 중에서 중요한 인
물 창조라 할 수 있다.

> 예 〈섹스 앤 더 시티〉, 마이클 패트릭 킹 제작 HBO 시리즈(1998~2004)
> www.hbo.com
> [등장인물]
> 미란다 : 변호사, 외모에 대한 콤플렉스를
> 가지고 있음
> 캐리 : 유명 칼럼니스트. 쇼핑 중독자.
> 사만다 : 성에 대해 거침없는 타입
> 샬롯 : 귀족적, 올바른 일을 하려는 타입

우리나라에서도 비슷한 성품의 전형화된 인물을 창출하여 작품을 생산해 내었
으나 성공하지는 못하였다. 그 이유는 겉으로 보이는 전형성에 치중하여 스토리텔
링이 잘 이루어지지 않았기 때문으로 보인다. 그러나 우리나라의 고전에 등장하는
인물은 매우 전형성이 강하게 형상화되어 있어서 콘텐츠에서 전형적인 인물창조
는 가능할 수 있다.

(2) 비전형적인 인물

이러한 인물창조는 전형적인 인물이 이야기를 '뻔한 스토리'로 끌고 가는 것에

대한 반기로 창조된 인물이다, 전형적인 인물보다 눈길을 끌고 독자나 관객에게 '서프라이즈'의 요소를 제공해 준다. 예상을 뒤엎고 틀을 깨는 신선함과 재미를 주고, 시각을 변화시켜줄 수 있는 장점이 있다.

〈짱구는 못 말려〉

예 『지킬 앤드 하이드』에서 지킬 박사
예 『더 브레이브(True Grit)』에서 주인공 소녀 14세의
　　매티 로스(Ethan & Joel Coen, 2010)
예 『짱구는 못 말려』에서 짱구(우스이 요시토 만화 원
　　작, 혼고 미츠루 연출[애니메이션], 1991)

(3) 평면적 인물 vs. 입체적 인물

평면적 인물은 복잡하지 않고 일차원적으로, 단순하게 그려진 인물을 말하며, 전형성이 강하고 파악하기 쉽다. 반면에 입체적 인물은 깊이와 복잡성 모두를 지닌 인물로서 전형성이 약하고 파악하기 어렵다. 예측불가능하면 서스펜스와 서프라이즈가 가중되고, 주어진 상황에서 어떤 품성이 나올까 궁금증 자아내게 해야 한다. 그러나 특정한 '타입'이라도 전형성을 깨고 입체감을 줄 때 인물이 살아난다. 예를 들면, 〈007 카지노 로얄〉 마틴 캠블 감독(2006)과 〈007 퀀텀 오브 솔라스〉 폴 해기스 감독(2009)이 여기에 해당된다. 플레이보이와 스턴트맨의 전형성을 벗은 제임스 본드의 복합성을 보여주면서 기존의 007과 성공적으로 차별화시킨 계기가 되었다.

5) 개방적 서사와 캐릭터

(1) 인물/캐릭터 OSMU 상품화

① 캐릭터를 캐릭터로 만드는 것은 캐릭터의 정체성에서 시작된다.
② 캐릭터의 정체성은 서사로 구현된다.
　- 캐릭터의 콘셉트(concept)
　- 캐릭터의 지향이념
　- 예) 디즈니의 지향이념은 "교육"이며, 산리오의 지향이념은 선물을 통한

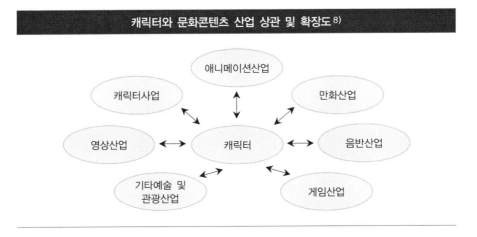

캐릭터와 문화콘텐츠 산업 상관 및 확장도 [8]

웃음을 창출한다.

③ 서사에 의한 캐릭터 지향이념을 실현하여 이를 통한 가치를 재생산할 수 있다.

④ 적절한 미디어 믹스를 통한 캐릭터 성격에 대한 통제와 조절기능을 한다.

⑤ 라이선스의 엄격한 관리를 통한 캐릭터의 이미지를 통제할 수 있다.

(2) 서사의 개방성과 인물/캐릭터

문화콘텐츠의 소스가 되는 콘텐츠와 소비자의 만남은 1차적인 서사의 소통회로가 되며, 캐릭터를 상품화 과정으로 다른 유즈(use)로 재개발 했을 때 2차 서사소통회로가 된다. 그리하여 캐릭터의 가치를 지속시키고 확대재생산해 나간다. 서사를 통한 캐릭터는 또 다른 가치를 창출할 수 있도록 서사가 지속적이고 개방적이야한다.

서사 개방의 내재적 차원은 서사가 지속적이기 위해서 완결구조를 갖지 않는다. 그것은 서사를 통한 연재의 가능성을 염두해 두기 때문인데 서사구조의 반복을 통해서 다양한 매체로의 각색이 가능하다.

한편 서사 개방의 외재적 차원에서 보면, 캐릭터 산업의 요구를 수용할 수 있는 개방성을 들 수 있다. 주인공 캐릭터 외 주변인물의 캐릭터 라이징에 적극적, 개방

---

8) 박기수, 「캐릭터 서사의 창조적 읽기」, 『문화콘텐츠학의 탄생』, 다할미디어, 2005.

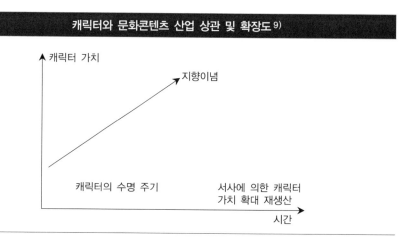

적이며, 주인공의 다양한 캐릭터(변신 등) 구현의 가능성에 개방적이다. 그러므로 인물 중심의 서사는 종결되는 서사가 아니라 구조적으로 반복될 수 있는 서사의 특성을 가지고 있다. 예를 들면, 미니시리즈의 시트콤, 미국 드라마, 연재만화, 애니메이션, 씨퀄(2탄, 3탄)로 재구성할 수 있는 영화가 여기에 해당된다.

6) 캐릭터의 역할과 기능

게임을 구성하고 있는 주된 요소인 주인공을 비롯하여 다양한 몬스터들을 섬세하게 묘사하는 것을 캐릭터 스토리텔링이라 할 수 있다. 캐릭터는 작품의 스토리에 의하여 독특한 개성과 이미지가 부여되는 존재이다. 특히 메인 캐릭터는 게임에서 액션을 취하는 가장 핵심적인 인물이다. 게임스토리를 이끌어가는 책임을 지닌 주인공들이 메인 캐릭터에 속한다. 메인 캐릭터는 긍정적인 면을 가진 경우가 있는가 하면 부정적인 면을 가진 경우도 있다. 그렇더라도 플레이어들의 정서를 사로잡기 위한 역할을 수행하기 위해서라면 독특한 역할을 수행해 낼 수 있도록 스토리텔링해야 한다. 때로는 극적인 대립관계를 스토리텔링하기 위해 메인 캐릭터에게 반드시 적대역을 설정해 줄 필요가 있다.[10]

---

9) 박기수, 위의 책.
10) 이재홍, 앞의 논문, 129쪽.

보조 캐릭터는 주인공을 도와주는 캐릭터로 주인공이 혼자서 목표를 달성하기가 힘든 장애요인들이 많다. 그렇기 때문에 주변 캐릭터들의 도움과 지원을 필요로 하는 구성을 갖추게 된다. 즉 보조 캐릭터는 게임 상에서 주인공의 선택을 도와 활력을 주거나 어려운 상황에 봉착한 주인공에게 조언하여 영향력을 보이는 캐릭터이다. 때로는 주인공이 힘들어하는 일을 나누어 해결하는 역할도 보조 캐릭터의 몫이다. 깊이를 더해가는 캐릭터는 게임 상의 스토리 분위기와 주인공의 주변 분위기를 상황에 따라 적절하게 바꾸어 주는 인물이다. 주인공과 일정한 거리를 유지하며 깊이를 더해주는 캐릭터는 주인공을 보다 정확하게 드러나게 해 주는 역할을 담당한다. 코믹한 연기를 연출한 인물, 작품 내에서 사고를 일으키는 인물 등을 들 수 있다.

테마를 제시하는 캐릭터는 적대 캐릭터가 여기에 해당된다. 권력을 과시하는 캐릭터는 운전기사, 비서, 보디가드, 어시스턴트 등 오른팔이 되는 캐릭터를 말한다. 이상은 린다 시거가 제시한 5가지의 캐릭터의 유형이다. 갈등과 대립이 심화되어 극적인 상황으로 치닫는 스토리의 구조에 적당하게 배치된 캐릭터들의 대표적인 골격이라 할 수 있다. 캐릭터의 성격요소로는 캐릭터의 용모, 스타일, 행위, 표정, 말투, 직업, 취미, 지위, 신분 등으로 묘사되는 외형적인 성격요소와 기질, 사상, 교양 등으로 묘사되는 내면적인 성격요소의 표현력은 캐릭터의 특징을 드러낼 수 있는 중요한 요소이다. 게임 캐릭터의 심리묘사 방법으로는 대화로 표현되는 심리묘사, 무언의 침묵으로 표현되는 표정심리묘사, 행동에서 표현되는 심리묘사, 풍경 및 환경에서 표현되는 심리묘사, 독백으로 표현되는 심리묘사, 배경으로 표현되는 심리묘사 등으로 나눌 수 있다.[11]

뿐만 아니라, 이러한 소설이나 게임에 등장한 인물은 강한 캐릭터로 시각화되어 다양한 콘텐츠로 이용되기도 하고, 그 의미는 크게 확장되기도 한다. 일반적으로 우리에게 익숙한 캐릭터들은 디즈니사에서 '팬시풀한 캐릭터(fanciful character)'로 사용하면서 의미가 확장된 것이라 할 수 있다.

---

11) Toriumi jinzo, 조미라·고재운 역, 『애니메이션시나리오 작법』, 모색, 2001, 250~254쪽.

캐릭터 산업에서의 캐릭터는 만화나 애니메이션, 게임 등에서 생겨나거나 상품, 기업의 창조적 활동에 의해 생겨난 가공의 인물·동물·의인화된 동물 등을 일러스트로 시각화한 것이다. 특정한 관념이나 심상을 전달할 목적으로, 의인화나 우화적인 방법을 통해 시각적으로 형상화되고 고유의 성격 또는 개성이 부연된, 가상의 행위주체를 말한다. 일정한 이미지를 줌으로써 상품에 대한 인센티브를 높일 수 있는 것들의 총체라 할 수 있다.

캐릭터의 속성은 대중문화콘텐츠와 소비자를 매개하는 매개체이자, 독립된 형태로도 존재하고 애니메이션·게임·만화·출판물·완구·드라마·영화·대중가요 등을 공통분모로 매개할 수 있는 결정적 기능을 수행하고 있다. 뿐만 아니라, 머천다이징(merchandising)을 전제로 무형의 가치를 지속적으로 생산하면서 상품에 대한 인센티브, 감성소비를 촉진해 주고 있다.

모든 캐릭터가 올바르고 선한 것만 있는 것은 아니다. 소위 그릇된 캐릭터들도 많이 등장하게 되는데 그 특성을 보면 다음과 같다.

① 차별성이 부족한 경우는 유사 캐릭터와 구별되는 뚜렷한 속성이 있어야 한다.

② 부적절한 형상화로 인하여 미적인 요소가 없거나, 부정적인 컨셉트 또는 시대적 코드와 부합해야 하는 비주얼을 가져야 한다.

③ 부적절한 설정으로 인하여 캐릭터 설정이 타당하지 않으면 안 되므로 '말이 되는' 상황에 맞는 캐릭터 설정이 필요하다.

7) 캐릭터 개발의 의미

(1) 캐릭터의 산업적 속성

캐릭터는 문화산업의 공통분모라 할 수 있다. 즉 다양한 문화콘텐츠로 OSMU하기에 최적의 콘텐츠라 할 수 있다. 또한 캐릭터는 확장성에서 오는 가치창출이 매우 크며, 자기 정체성의 창출과 강화의 문화적 가치가 있는 산업이다. 그리고 브랜드의 차별성 및 변별적 가치를 부여해 주기도 하며, 머천다이징 과정을 통한 확대 재생산으로 부가가치 창출이 매우 크다고 하겠다. 나아가 캐릭터 산업은 문화콘텐츠 산업의 각 분야를 연결하고 상호확장하는 기능을 가지고 있어서 매우 전망이 좋은 콘텐츠 분야라 할 수 있다.

(2) 성공한 캐릭터의 시장성

현재 성공한 캐릭터의 시장성을 보면 〈헬로 키티〉를 예로 들 수 있다. 개발사 산리오는 400여 개의 캐릭터를 개발한 바 있는데 1974년 개발된 "헬로 키티"는 현재까지 연간 매출액의 절반가량 차지할 정도로 크게 성장한 산업이다. 현재 약 2만 개 이상의 상품에 부착되고 있으며, 헬로 키티는 산리오에 연간 10억불의 매출 생성을 가져다준 효자 종목이기도 하다.

(3) 캐릭터 상품화의 논리

캐릭터를 캐릭터로 만드는 것은 캐릭터의 정체성을 확보하는 것인데 캐릭터의 정체성은 서사로 구현된다. 즉 캐릭터의 콘셉트(concept)나 캐릭터의 지향이념으로 구현되어 정착된다. 예를 들면, 디즈니의 지향이념은 '교육'이며, 산리오의 지향이념은 선물을 통한 웃음 창출에 있다.

앞으로 캐릭터를 상품화하기 위해서는 이처럼 서사에 의한 캐릭터 지향이념의 실현을 통하여 가치의 재생산은 물론 적절한 미디어 믹스를 통한 캐릭터 성격에 대한 통제와 조절이 필요하고 하겠다. 또한 라이선스의 엄격한 관리를 통한 캐릭

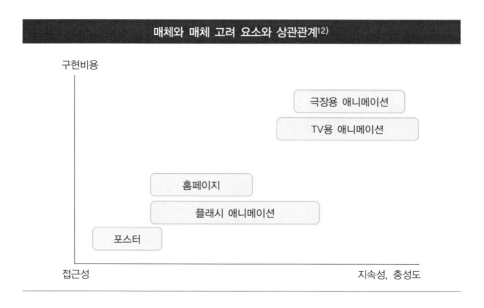

터의 이미지를 통제하고 지적재산을 보호해 주어야 상품화로 성공할 수 있다.

8) 캐릭터 서사의 특성

일반적인 캐릭터의 성공요소로는 ① 디자인 ② 시대성 ③ 친밀성 ④ 역사성 ⑤ 스토리 ⑥ 사회성으로 나누어 볼 수 있다.

캐릭터는 캐릭터 구현의 과정에서 이야기를 통해서 만들어지게 되므로 서사는 캐릭터를 구체화하는 과정이라 할 수 있다. 나아가 캐릭터는 서사를 통해 정체성을 부여받게 되므로 캐릭터와 서사는 상호보완적인 불가분의 관계에 놓인다고 하겠다.

캐릭터 서사는 캐릭터의 가치를 지속적으로 창출할 수 있도록 개방적이어야 한다. 소스가 되는 콘텐츠와 소비자의 만남은 1차 서사의 소통회로가 되어야 하며, 상품화 과정으로 다른 유즈(use)로 재개발했을 때 2차 서사소통회로 활용되어야 한다. 캐릭터의 생명은 그것이 얼마나 지속 가능한 가치를 창출할 수 있느냐가 문제이다.

캐릭터의 가치를 지속시키고 확대재생산할 수 있어야 하며, 또 다른 가치를 창출할 수 있도록 서사가 지속적이고 개방적이야 한다.

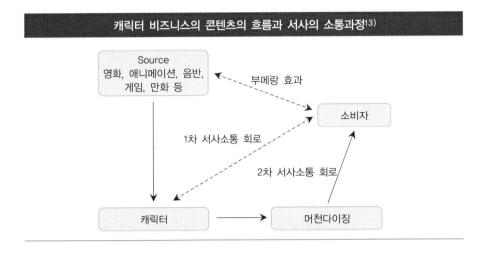

서사 개방의 내재적 차원에서 보면 서사가 지속적이기 위해서는 완결구조를 갖지 않는다. 그것은 연재 가능성을 포함하고 있으며, 서사구조의 반복을 통하여 다양한 매체로의 각색이 용이할 수 있는 가능성을 남겨두고 있는 것이다.

한편 서사 개방의 외재적 차원에서는 캐릭터 산업의 요구를 수용할 수 있는 개방성이 있어야 한다. 주인공 캐릭터 외 주변인물의 캐릭터라이징에 적극적이고 개방적이어야 한다. 주인공의 다양한 캐릭터(변신 등) 구현의 가능성에도 개방적이어야 캐릭터의 발전을 가져올 수 있다.

또한 캐릭터 서사는 구현될 매체와의 상관성을 고려해야 한다. 예컨대 애니메이션, 플래시 애니메이션, 만화 등 매체의 특성에 따른 캐릭터라이징이 고려되어야 하며, 구현비용, 접근성, 지속성, 충성도를 고려한 매체의 선택이 필요하다.

3. 게임산업의 전망과 키워드

한국문화콘텐츠진흥원에 따르면 지난 한 해 동안 2023년 글로벌 게임산업 트렌

---

12) 박기수, 「캐릭터 서사의 창조적 읽기」, 『문화콘텐츠학의 탄생』, 다할미디어, 2005.

13) 박기수, 위의 책.

드에서 다뤘던 주제 중 2024년에도 주목할 필요가 있으며 확장 가능성이 높은 주제 6개를 선정하였다. 이 중에서 게임과 직접 관련된 3개의 키워드를 중심으로 살펴보자. 한국콘텐츠진흥원과 업계 전문가 의견을 수렴하여 선정된 3개 이슈는 '생성형 AI, 콘솔 게임, 게임 IP 시장'이다. 주요 게임산업 키워드를 몇 가지로 요약해보면 다음과 같다.

1) 생성형 AI(Generative AI)

게임산업은 지금까지 발전과 혁신을 위해 새로운 기술을 적극적으로 도입해 왔다. 2023년 산업 전반에 걸쳐 가장 큰 이슈였던 생성형 AI는 2024년 게임산업에서도 빠질 수 없는 핵심 기술이 될 것이다. 생성형 AI는 복잡한 개발 프로세스 대신 이미지, 영상, 음악, 게임 줄거리 등 게임 에셋(Asset)을 쉽게 만들 수 있도록 도와 게임 제작의 생산성을 높이고 게임 산업을 더욱 확대할 수 있는 기술로 주목받고 있다. 게임 업계의 관계자들은 앞으로 생성형 AI를 활용하여 게임 제작 프로세스를 효율화하여 제작 비용을 줄일 수 있을뿐더러 새로운 콘텐츠를 만들어내는 데에도 활용할 수 있을 것으로 기대하고 있다.

베인앤컴퍼니(Bain & Company)에 따르면 '향후 5~10년 이내에 게임 콘텐츠 개발 절반 이상에서 생성형 AI가 활용될 것'으로 보았다. 생성형 AI는 게임의 품질을 개선해줄 뿐만 아니라 개발 기간을 단축하는 데에도 크게 활용될 것으로 보인다. 현재 게임 개발에 생성형 AI를 사용하는 비율은 전체 게임의 5%에 불과하지만 베인앤컴퍼니가 게임업계 경영진들을 대상으로 한 설문조사에 따르면 이들 중 다수가 향후 5~10년 안에 전체 게임의 50% 가량이 생성형 AI를 기반으로 개발될 것으로 전망하였다. 특히, 경영진 대부분은 생성형 AI가 개발 초기 단계인 제작 전, 컨셉 구축이나 기획 단계에서 활발하게 사용될 것이라 기대한다고 밝혔다. 실제로 액티비전 블리자드(Activision Blizzard; 이하 블리자드)는 초기 아이디어 회의를 할 때 자체 이미지 생성 AI인 블리자드 디퓨전(Blizzard Diffusion)을 사용하고 있다. 또한, 베인앤컴퍼니는 게임 줄거리 구축, NPC와의 대화, 게임 에셋과 이용자 생성 콘텐츠(User Generated Content; UGC) 제작 등의 분야에서 생성형 AI가 활용될 것으로 전망했다.

생성형 AI 기술이 빠르게 발전하며 많은 개발사가 이용자 맞춤형 콘텐츠나 게임 에셋 제작 등에 활용하기 위해 투자를 아끼지 않고 있다. 마이크로소프트(Microsoft; 이하 MS)는 2023년 11월 AI 기반 캐릭터와 스토리, 게임 퀘스트를 제작에 특화된 인월드 AI(Inworld AI)라는 AI NPC 개발사와의 제휴를 발표했다. MS는 제휴를 통해 AI 디자인 코파일럿(AI Design Copilot)과 AI 캐릭터 런타임 엔진(AI Character Runtime Engine)이라는 AI 도구를 개발할 계획이다. 개발자는 AI 디자인 코파일럿을 활용해 상세한 대화 스크립트를 제작하고 대화 트리를 구축할 수 있으며, AI 캐릭터 런타임 엔진으로는 이용자 맞춤형 스토리라인을 구축해 새로운 게임 내러티브를 생성할 수 있게 된다. 두 개 도구 모두 개발 단계에 있어 아직은 개발자 전용으로만 제공하고 있지만, MS는 "개발자가 자기 상상력을 더욱 쉽게 실현하고, 새로운 것을 시도하며, 게임의 지평을 넓히는 다양한 실험을 돕기 위한 도구"라며 기대감을 표했다.

국내 개발사 중에서는 넥슨이 생성형 AI 활용에 앞서고 있다. 넥슨 자회사 중 하나인 스웨덴의 엠바크 스튜디오(Embark Studios)가 개발한 〈더 파이널스(The Finals)〉는 게임 내 캐릭터 음성 일부에 TTS(Text-to-Speech) AI가 생성한 음성을 사용했다. 일각에서는 성우들의 일자리를 빼앗는다는 의견도 있었지만, 엠바크 스튜디오는 향후 실제 성우와의 작업을 병행하면서 더욱 발전시켜 나갈 계획이며 생성형 AI는 개발자를 돕는 도구라고 강조했다. 드래곤플라이 역시 신작 〈아도르: 수호의 여신〉에 생성형 AI를 활용했다고 전했다. 구체적인 활용 방안을 공개하지는 않았지만, 캐릭터 수집형 RPG 장르 특성상 일러스트 작업에 이미지 생성형 AI를 적용한 것으로 추정된다. 엔씨소프트도 2023년 8월 자체 개발 거대 언어모델 바르코(VARCO)를 공개했으며 2024년 상반기 중 텍스트와 이미지, 가상 인간을 제작할 수 있는 플랫폼인 바르코스튜디오 서비스를 시작할 계획이라고 전했다.

짧은 시간에 게임산업에 성공적으로 안착한 생성형 AI는 이제 개발사 입장에서 선택이 아닌 필수 기술이 되었다. MS나 유비소프트(Ubisoft), 넷이즈(NetEase) 등 해외 대형 개발사뿐만 아니라 국내 개발사들도 생성형 AI 기술 연구에 지속적인 투자를 이어가고 있다. 통계에 따르면 국내 8대 개발사들의 2023년 1~3사분기 누적

연구 개발비는 1조 5,000억 원대에 이르며 넷마블, 크래프톤도 자체 AI 도구 개발을 위해 매진하고 있는 것으로 알려졌다.

넷마블, 엔씨소프트, 크래프톤, 펄어비스, 카카오게임즈, 위메이드, 더블유게임즈로 대표되는 게임업계가 생성형 AI 개발에 적극적으로 나선 것은 전 세계적인 불황 중 안정적인 발전을 도모하기 위함으로 해석된다. 기존 게임 개발 프로세스에서는 투입되는 시간, 인력, 비용에 비례해 완성도가 높아진다고 여겼으나, 생성형 AI를 적용하면 더 적은 투입으로도 우수한 결과물을 만들 수 있게 되는 것이다. 또한, 새로운 콘텐츠 확보와 제작 주기 단축에도 기여해 개발사 수익성 개선에도 기여할 수 있다. 생성형 AI를 활용한 게임 엔진 개발에 앞서고 있는 유니티(Unity) 수석 부사장 마크 휘튼(Marc Whitten)은 "생성형 AI가 게임산업의 생산성을 최대 100배 가까이 높이며 게임 몰입도를 향상하는 데 활용될 수 있다"며 생성형 AI의 긍정적인 면모를 강조했다.

하지만 생성형 AI를 활용해 만들어진 콘텐츠에 대한 우려의 시선도 존재한다. 가장 큰 우려는 저작권 침해 문제이다. 생성형 AI로 만들어진 콘텐츠는 여러 이미지를 학습하여 만들어진 것이기 때문에 저작권 문제가 발생할 수 있다. 아직 생성형 AI 콘텐츠에 대한 법적 규제가 모호한 만큼 적절한 활용을 위해선 반드시 사람이 마지막에 검수 작업을 거쳐야 한다. 또한, AI 제작 콘텐츠를 '무성의하다'라고 받아들이는 이용자들도 있는 만큼 품질 보증에 대한 기준 마련도 필수적이다. 따라서, 효과적인 생성형 AI 활용을 위해 적절한 관리 감독이 필요하며 게임업계는 기존 인력과 생산성을 동시에 만족시킬 방안을 고민해야 할 것이다.

2) 콘솔 게임

2023년 전 세계 게임 플랫폼별 시장 규모를 보면 다음과 같다.

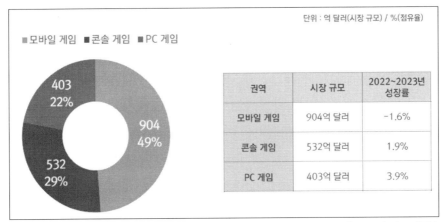

권역	시장 규모	2022~2023년 성장률
모바일 게임	904억 달러	-1.6%
콘솔 게임	532억 달러	1.9%
PC 게임	403억 달러	3.9%

출처: Newzoo(2023.03) 자료 재구성

전 세계적인 콘솔 게임 트렌드는 국내 게임업계에도 긍정적인 영향을 줄 것이라 기대된다. 지금까지 국내 시장은 콘솔 게임 불모지로 여겨져 투자가 많지 않았지만, 개발 역량이 향상되고 시장 개척 필요성이 높아지며 2023년 대형 개발사를 중심으로 다수의 콘솔 게임이 출시되었다. 2024년에도 많은 콘솔 게임들이 출시를 앞두고 있어 더욱 시장이 커질 것으로 전망된다.

한국 콘솔 게임의 약진이 눈에 띈 한 해가 될 것으로 보인다. 지금까지 국내 게임업계는 콘솔 게임이 모바일과 PC 게임보다 수익성이 낮다고 여겨 적극적으로 개발에 나서지 않았다. 하지만 주요 수익원이었던 모바일 게임시장이 포화상태에 이르렀고 가장 주력하던 중국 시장 현지 게임들의 수준이 크게 향상됨에 따라 새로운 수익원 확보가 절실해졌다. 이처럼 최근 국내 개발사들이 다양한 장르, 콘텐츠, 플랫폼 다변화를 통해 신규 시장 진출을 모색하고 있는 중 자연스럽게 콘솔 게임시장으로 눈을 돌리게 된 것이다. 특히, 유럽과 북미의 콘솔 게임시장 점유율을 40% 전후에 육박하면서 시장 확장성과 성장 동력 확보를 위해는 반드시 공략해야 하는 분야가 되었다.

2023년 출시된 국내 콘솔 게임 중 가장 주목할 만한 것은 네오위즈의 〈P의 거짓 (Lies of P)〉라 볼 수 있다. 〈P의 거짓〉은 높은 완성도와 탄탄한 스토리라인으로 2022년 8월 게임스컴(Gamescom)에서 공개되자마자 3관왕에 오르며 정식 출시 전부터 화제를 모았다. 2023년 9월 정식 출시된 〈P의 거짓〉은 출시 한 달 만에 전

세계 누적 판매량 100만 장을 돌파하며 지금까지도 큰 인기를 끌고 있다. 특히, 해외 매출의 90%가 미주와 유럽, 일본 등 콘솔 게임 종주국에서 발생해 유의미한 성과를 거두었다. 또한, 2023년 12월 더 게임 어워즈(The Game Awards)의 최고의 PRG(Best RPG) 상 후보에 오르는 등 호평이 이어지며 국내 콘솔 게임의 가능성을 보여줬다는 평이 이어지고 있다.

2023년 더 게임 어워즈 최고의 RPG 게임 상 후보에 오른 〈P의 거짓〉

출처: The Game Awards

모바일과 PC 게임에 주력하던 넥슨도 콘솔 시장 진출에 앞장서고 있다. 넥슨은 이미 캐주얼 레이싱 게임인 〈카트라이더: 드리프트〉와 대전 액션 게임 〈던전앤파이터: 듀얼〉 등을 콘솔로 출시한 바 있다. 또한, 넥슨의 2023년 최고 흥행작으로 꼽히는 〈데이브 더 다이버(Dave the Diver)〉는 2023년 6월 PC로 정식 출시한 뒤 10월 닌텐도 스위치(Nintendo Swtich) 버전도 출시했다. 〈데이브 더 다이버〉는 하이브리드 해양 어드벤처라는 독창적인 장르와 대중성을 앞세워 국내 최초로 단일 패키지 누적 판매 200만 장을 돌파했고 메타크리틱(Metacritic)에서 평점 90점을 받으며 역대 국내 게임 중 최고 점수를 기록했다.

2023년 더 게임 어워즈 최고의 인디 게임 상 후보에 오른 〈데이브 더 다이버〉

2023년 〈P의 거짓〉과 〈데이브 더 다이브〉로 콘솔 시장에 안착한 네오위즈와 넥슨은 앞으로도 콘솔 게임 투자를 이어갈 전망이다. 네오위즈는 2025년 출시를 목표로 〈P의 거짓〉 후속작 출시 의사를 적극적으로 밝힌 바 있고, 넥슨은 2024년 여름 PC·콘솔 멀티 플랫폼 출시 목표로 루터 슈터(Looter Shooter)2) 장르 신작 〈퍼스트 디센던트(The First Decendant)〉를 개발하고 있는 것으로 알려졌다.

그 외 엔씨소프트, 넷마블, 시프트업 등도 2024년 콘솔 게임 신작 출시를 예고했다. 엔씨소프트는 2023년 국내에 PC 게임으로 먼저 출시한 MMORPG 게임 〈쓰론앤 리버티(Throne and Liberty)〉의 콘솔 버전을 2024년 상반기 공개할 예정이다. 넷마블도 기대 신작인 〈일곱 개의 대죄: 오리진(The Seven Deadly Sins: Origin)〉과 〈파라곤: 디 오버프라임(Paragon: The Overprime)〉을 2024년 내 PC와 콘솔 모두에 출시하겠다고 밝혔다. 소니 인터랙티브 엔터테인먼트(Sony Interactive Entertainment; 이하 SIE) 플레이스테이션5(PlayStation5) 독점 출시 예정인 시프트업의 〈스텔라 블레이드(Stellar Blade)〉도 2024년 4월 출시를 목표로 개발 완성에 집중하고 있는 것으로 알려졌다. 이들 모두 모바일 게임으로 크게 성공을 거둔 바 있어 전 세계의 관심이 모이고 있다.

시프트업의 콘솔 게임 신작 〈스텔라 블레이드〉

출처: The Game Awards

2023년 출시작의 약진으로 자신감을 얻은 한국 콘솔 게임은 2024년 더 많은 신작과 함께 해외 콘솔 게임시장 진출을 앞두고 있다. 초기 단계인 만큼 많은 이익을 얻지 못하더라도 적극적인 진출 시도는 시장 활성화와 해외 시장에서의 경쟁력을 강화하는 데 큰 도움이 될 것이다.

3) 게임 IP 시장

2023년의 불황은 공격적으로 투자하던 게임산업에도 안정적인 수익원의 필요성을 느끼게 했다. 많은 개발사들은 기존 IP를 활용해 불황을 극복하고자 했고 한동안 경기 반등이 어려울 것으로 분석되는 만큼 2024년에도 IP 시장은 주목받을 것으로 예상된다. 원소스 멀티유즈(One Source Multi-Use; OSMU)는 IP 활용 전략의 일환으로, 성공한 게임을 시리즈화하는 것부터 IP 크로스오버(Crossover), 드라마, 영화 등 영상 콘텐츠 제작, 이종산업과의 협업 등 다양한 방면으로 확장되고 있다.

IP 부자로 불리는 블리자드는 2023년 10월 할로윈을 맞아 〈콜 오브 듀티(Call of Duty)〉와 〈디아블로 4(Diablo IV)〉의 IP 콜라보를 발표했다. 이번 콜라보는 〈디아블로 4〉 캐릭터를 〈콜 오브 듀티〉 스킨에 적용한 것으로 〈디아블로 4〉의 대악마 릴리스 스킨이 포함된 게임 패키지를 구매하면 처형 동작과 총기 스킨, 부적 등을 함께 이용할 수 있게 된다. 블리자드는 이외에도 〈오버워치 2(Overwatch 2)〉에 크로스오버 게임 모드를 선보이기도 했다.

한편, 서로 다른 개발사 간 IP 협력 사례도 있다. 일렉트로닉 아츠(Electronic Arts; 이하 EA)의 〈에이펙스 레전드(Apex Legends)〉와 스퀘어 에닉스(Square Enix)의 〈파이널 판타지 7 리버스(Final Fantasy VII Rebirth)〉는 2024년 1월부터 크로스오버 이벤트를 진행한다고 발표했다. 해당 이벤트 기간 동안 〈에이펙스 레전드〉 이용자들은 〈파이널 판타지 7〉의 상징인 버스터 소드가 등장하는 신규 배틀로얄 양식을 즐길 수 있으며, 〈파이널 판타지 7〉 시리즈 주인공을 모티브로 한 유료 스킨 아이템이 다수 상점에 출시될 예정이다.

이 같은 협업은 유독 〈에이펙스 레전드〉의 인기가 높은 일본 지역의 이용자들을 공략하기 위한 전략으로 해석된다. 이처럼 게임 간 IP 크로스오버를 하면 출시된 지 오래된 게임이라도 다시 화제성을 높이고 신작 출시 시 홍보 효과도 볼 수 있어 IP가 많은 개발사에서 자주 진행하고 있다.

〈에이펙스 레전드〉 내 〈파이널 판타지 7 리버스〉 유료 스킨

출처: Apex Legends

2023년은 게임 영상 콘텐츠화도 활발히 진행되었다. 2023년 가장 주목받은 게임 IP 영화는 〈프레디의 피자가게(Five Nights at Freddy's)〉로 개봉 2주 연속 북미 주말 박스오피스 1위를 기록하며 흥행에 성공했다. 영화 제작비는 2,000만 달러(약 270억 원)에 불과했지만 전 세계에서 제작비의 10배가 넘는 2억 2,000만 달러(약 2,970억 원)를 벌어들였으며 앞으로 시리즈로 제작될 예정이라고 한다.

2024년 역시 새로운 게임 IP 영화들이 제작될 것으로 보인다. 닌텐도(Nintendo)의 슈퍼 IP 〈젤다의 전설(The Legend Of Zelda)〉은 2023년 11월 영화화 계획을 발표하였으며, 유명 연출가와 각본가가 참여한 사실이 알려지며 더욱 주목받았다. 국내 게임 중에서는 고전 동화 피노키오를 각색한 세계관이 주목받은 네오위즈의 이 복수의 북미 영화 제작사로부터 영화화 제안을 받은 것으로 전해졌다.

> 메가 히트 IP 활용해 활로 찾아 나선 국내 게임 개발사
> 서브컬처·장수 IP 내세운 한국 게임, 해외에서도 큰 인기 … 영상화, 플랫폼 확대되기도

개발사의 IP 사업 확장은 새로운 수익원을 찾기 위한 노력의 일환이다. 지금까지 국내 개발사들은 해외 개발사들에 비해 IP 사업에서 큰 두각을 보이지 못했지만 2023년에 들어서며 그 노력의 성과가 나타나고 있다. 최근 국내 개발사들은 IP를 바탕으로 한 웹툰과 웹소설, 공연 등 다양한 형태의 사업 확장에 나서고 있으며 게임 속 캐릭터를 활용한 오프라인 팝업 스토어도 선보이는 등 MZ 세대 공략을 위해 앞장서고 있다.

가장 주목할 만한 성과를 내는 분야는 서브컬처 장르이다. 서브컬처는 일본 애니메이션풍 미소녀 캐릭터를 내세워 주로 수집형 RPG 장르로 만들어진 게임으로, 주로 한국, 중국, 일본, 대만 등 동아시아 국가들에서 인기를 끌고 있다. 넥슨의 〈블루 아카이브(Blue Archive)〉가 대표적으로 일본 시장에서 큰 성공을 거둔 국내 IP로 꼽힌다. 2021년 2월 일본에 처음 출시된 이후 지금까지도 앱마켓 인기 게임 상위 순위에 자리하고 있으며 2023년 초 TV 애니메이션화 계획이 알려지기도 했다. 〈블루 아카이브〉는 서브컬처 성지라 불리는 아키하바라를 중심으로 한 오프라인

마케팅과 주기적인 업데이트, 이벤트 등을 진행해 일본 이용자들을 사로잡고 있다.

〈크로스파이어(CrossFire)〉를 개발한 스마일게이트도 IP 확장에도 적극적이다. 스마일게이트는 〈크로스파이어〉가 중국에서 큰 인기를 얻자 2013년부터 게임 대회를 열어 이스포츠로 영역을 확장했다. 2020년에는 게임을 소재로 드라마 '천월화선'을 제작해 방영하였으며, 2021년에는 광저우에 크로스파이어 테마파크를 열기도 했다. 2023년에도 VR 게임 〈크로스파이어: 시에라 스쿼드(CrossFire: Sierra Squad)〉를 출시하는 등 다양한 방면으로 IP를 확장해 나가고 있다.

더현대 서울에 열린 〈메이플스토리〉 팝업스토어

출처: Nexon

인기 IP 개발 통해 장기적 성장과 비용 절감 모두 노려 단타성보다는 오랫동안 랑받는 IP 개발이 필요하다. 이처럼 많은 개발사들이 IP 사업 확장에 주력하며 발굴된 게임 IP 수가 많이 늘어났지만, 아쉽게도 IP 개수 대비 창출되는 수익은 크지 않다고 한다. 한국콘텐츠진흥원에 따르면 2022년 기준 게임업계의 IP 보유 비율은 94.4%에 달해 전체 콘텐츠 산업군에서 두 번째로 높지만, IP 사업 등 부가 매출 비율은 9.5%에 불과한 것으로 나타났다. 물론, 게임산업의 매출액이 높기 때문에 비율이 낮아도 실제 액수는 큰 편이지만 자체 IP를 다수 보유 중인 산업 특성을 고려했을 때 아쉬운 수치이다.

그렇기 때문에 IP 사업에서 성공하기 위해서는 IP를 개발하는 것도 중요하지만 사업화 가능성을 고려해 여러 시도를 해보는 것도 필요하다. 경기가 불확실한 2024년도 2023년과 마찬가지로 새로운 IP를 발굴하기 보단 기존 IP를 활용하는 추세가 이어질 것으로 전망된다. 활용하지 못한 우수 IP가 많은 국내 개발사가 조금 더 다양한 시도를 하는 한 해가 될 수 있길 기대한다.

그렇다면 2024 게임산업에는 어떤 이슈가 찾아올까를 생각해 볼 필요가 있다.

2022년 국내 콘텐츠 산업별 메인·부가 매출 비율

단위 : %

■메인 매출　■부가 매출

	출판	만화(웹툰)	음악	영화	방송	게임	애니메이션	캐릭터	이러닝	콘서트	뮤지컬	전시
부가 매출	9.0%	17.2%	14.9%	28.1%	25.4%	9.5%	10.0%	47.1%	10.1%	6.4%	10.7%	17.2%
메인 매출	91.0%	82.8%	85.1%	71.9%	74.6%	90.5%	90.0%	52.9%	89.9%	93.6%	89.3%	82.8%

출처: 한국콘텐츠진흥원(2024.01) 자료 재구성

① **장르·플랫폼 다변화:** 인디 게임, 서브컬처, 크로스 플레이 게임 등 인디 게임, 서브컬처 등 다양한 장르 게임 인기 지속될 것으로 보인다.

게임업계가 새로운 성장 동력을 찾고 있음에 따라 2024년에도 인디 게임과 서브컬처 등 다양한 장르 게임의 인기가 지속될 것으로 보인다. 2023년은 양질의 인디 게임이 다수 출시된 해로 국내 인디 게임 플랫폼 스토브인디의 출시작과 매출, 이용자, 이용 시간 모두 전년 대비 150% 이상 성장했다. 또한, 중견급 이상의 개발사들 역시 적극적으로 인디 게임 퍼블리싱에 집중하면서 국내 및 세계 시장에서 주목받는 작품이 늘고 있다. 2023년 최고의 인디 게임으로 언급되는 〈산나비〉는 원더포션이 개발하고 네오위즈가 퍼블리싱한 작품으로 스팀에서 최고 등급인 '압도적으로 긍정적(Overwhelmingly Positive)'을 유지하고 있다. 키위웍스의 〈마녀의샘R〉역시 스팀에서 '압도적으로 긍정적' 평가를 받으며 전 세계 이용자들에게 좋은 평가를 받고 있다. 이러한 기세를 이어 나가, 2024년에도 인디 게임에 대한 관심이 지속될 것으로 보인다.

서브컬처 게임의 인기도 지속될 전망이다. 서브컬처는 지난 2020년 호요버스 (HoYoverse)의 〈원신(原神)〉의 성공 이후 주류로 부상했다고 평가되며 2023년 국내 대형 개발사들이 미소녀를 앞세운 서브컬처 게임을 연달아 선보이기도 했다. 하지만, 일각에서는 서브컬처 게임의 상당수가 일본 애니메이션 IP에 의존하고 있으며 팬덤이 형성되어야 하므로 자체 IP로는 성공하기 힘들다는 회의론도 제기되고 있다. 또한, 서브컬처 게임이 대부분 수집형 RPG로 캐릭터성 자체에 의존해 장기적으로 수익을 창출하는 데 어려움이 있기도 하다. 그럼에도 불구하고, 한동안 한국, 중국, 일본, 대만 등을 필두로 한 서브컬처 게임 인기는 지속될 것으로 전망되어 이용자들의 눈높이가 높아진 상태에서 시장 경쟁은 더욱 치열해질 전망이다.

국내 개발사들 역시 이러한 점을 고려하여 크로스 플랫폼 게임 출시를 위해 준비를 하고 있다. 플린트는 〈별이 되어라 2〉를 PC와 모바일에서 모두 사용할 수 있는 크로스 플랫폼 게임으로 출시하였으며, 엔플라이 역시 자사 게임 〈무한의 계단〉에 크로스 플랫폼 기능을 추가했다.

한편, 크로스 플랫폼 게임을 제작하는 건 기술적으로 다양한 고려가 필요한 작업이다. 플랫폼 간 조작성 차이가 나면 한 플랫폼에 게임 이용이 편중되어 버리기 때문이다. 또한, PC와 모바일, 콘솔 이용자마다 특징이 모두 다르기 때문에 성공적인 크로스 플랫폼 게임 개발을 위해서는 각 플랫폼에 맞춘 최적화와 테스트가 반드시 필요하다.

② **기회와 도전과제:** 앱마켓 반독점 소송과 확률형 아이템 규제

2024년에는 모바일 게임 개발사들의 수익성이 개선될 전망이다. 2023년 12월 에픽 게임즈(Epic Games)가 구글(Google)을 상대로 제기한 앱마켓 반독점법 1심 재판에서 승소했다. 2020년 시작된 소송은 에픽 게임즈가 자사 인기 게임 〈포트나이트(Fortnite)〉의 아이템을 자사 홈페이지에서 구글 플레이스토어와 애플 앱스토어에 비해 약 20% 싸게 팔면서 시작되었다. 이에 애플과 구글이 〈포트나이트〉를 앱

마켓에서 퇴출하면서 에픽 게임즈가 반독점 혐의로 소송을 제기한 것이다. 이번 판결에 대해 구글은 항소 의사를 밝혔으나, 같은 달 앱마켓 반독점 위반 혐의로 미국 주 정부와 소비자에 7억 달러(약 9,450억 원)를 지급하는 데 합의한 바 있어 승소 가능성은 높지 않을 것으로 전망된다.

지금까지 구글과 애플은 자사 앱마켓 이용 수수료로 30%를 부과해 왔는데 업계에서는 이번 구글의 패소로 애플과 구글의 앱마켓 독과점 구도가 흔들리게 되었다고 본다. 특히, 소송 중 구글의 반독점 행위가 드러나면서 2024년 미국 법원이 구글에 반독점 행위를 해소하도록 하는 명령할 것으로 알려져 구글 입장에서는 앱마켓 수수료를 폐지하는 등 운영 규정을 바꿔야 할 가능성도 제기되고 있다. 구글의 패소에 영향을 받아 2024년의 애플의 서비스 부문 매출도 예년 대비 크게 낮은 성장률을 보일 것이라는 전망이 우세하다.

두 기업의 독과점을 부정적으로 바라보는 것은 미국 뿐만이 아니다. 이미 유럽 연합은 디지털 시장법(Digital Market Act; DMA)을 시행해 독과점을 단속하겠다는 계획을 보였으며, 한국 역시 구글의 반독점 행위에 대해 421억 5,600만 원의 과징금을 부과한 바 있다. 그렇기 때문에 이번 에픽 게임즈의 승소를 선례로 앱마켓 시장의 독과점이 깨지게 되면 수수료로 상당수를 지불하던 개발사들의 수익성이 크게 개선될 것으로 전망된다.

반면, 전 세계적으로 강화된 확률형 아이템 규제는 게임산업에 큰 도전과제가 될 것으로 보인다. 한국도 2023년 11월 발표한 확률형 아이템 정보공개 의무화에 대한 시행령 일부개정안이 2024년 3월 시행을 앞두고 있다. 그 외에도 게임 서비스 종료 시 이미 사용한 유료 아이템도 환불할 수 있게 하는 내용 등이 담긴 모바일게임 표준약관 개정이 추진되고 있는 것으로 알려졌다. 확률형 아이템 확률 조작에 따른 처벌 사례도 생겼다. 2024년 1월 공정거래위원회는 넥슨에 〈메이플스토리〉와 〈버블 파이터〉에서 확률형 아이템을 판매하며 이용자에게 불리한 구조로 확률을 변경하고도 이를 알리지 않은 채 허위로 공지했다며 과징금 116억 원을 부과하고 시정명령을 내렸다. 이번 넥슨 사례를 계기로 이용자들 사이에서 확률형 아이템의 인식이 더욱 악화되고 있는 만큼 대안 도출이 시급한 상황이다.

확률형 아이템 규제는 우리나라만의 일은 아니다. 유럽연합, 중국 등 대형 시장에서 적극적으로 확률형 아이템에 대한 규제안을 발표함에 따라 이를 활용한 수익 창출은 더욱 어려워질 것으로 보인다. 특히, 일부 국가에서는 확률형 아이템 판매를 전면 금지하는 법안을 추진하기도 해 서비스 금지 등의 경우에도 대처해야 한다. 이처럼 확률형 아이템이 설 자리가 줄어드는 가운데 2024년을 맞이하는 개발사들은 새로운 수익 모델 발굴에 나서야 할 것이다. 〈한국콘텐츠진흥원〉 2024 참고.

4. 〈홍길동전〉의 게임스토리텔링 방법

우리나라 고소설의 대부분은 설화에서 발전하였으며, 유, 불, 도 사상이 융합되어 있다. 여기에 〈삼국지연의〉와 같은 중국의 판타지 소설의 영향을 받아 수많은 영웅소설이 만들어지기도 하였다. 따라서 게임적 서사와 가장 유사성을 보이고 있는 것이 영웅의 활약상을 보여주고 있는 군담이야기이다.

여기에서는 고소설 중에서 〈홍길동전〉에 형상화된 주인공의 캐릭터, 시공간, 사건 등을 게임으로 전환하는 방법을 시도해보자. 특히 소설의 3요소가 일정한 서사 세계에서 주인공으로 하여금 탁월한 영웅성을 발휘하여 새로운 국가를 창건한다는 상승적인 욕망의 구조와 맥을 같이 하고 있는 점에 주목하여 소설적 서사의 흐름을 통해 게임의 서사구조와 접목시켜 그 가능성을 살펴보도록 한다.

게임에 문학적 상상력을 부여해 주는 가장 대표적인 문학 장르에는 조선조시대에 창작되고 향유된 영웅소설과 같은 대중문학이라 할 수 있다. 특히 조선조의 사회성이 강하게 형상화되고 대중을 상대로 신분상승과 군담을 통한 환상적인 일탈의 욕망이 카타르시스를 맛보게 한다는 목적성이 강하게 투영된 영웅소설이야 말로 가장 좋은 게임의 원천자료가 될 수 있다.

1) 〈홍길동전〉의 서사구조와 게임스토리텔링

고소설은 서사구조와 장면의 특질을 모두 가지지만 게임은 서사구조 보다는 장면 전개에 더욱 비중을 둔다는 점에서 차이점을 보인다. 이는 물론 고소설뿐만 아니라 문학이라는 장르가 가지는 일반적인 특질이라고 보아야 할 것이다. 문학, 특히 소설은 사건, 갈등의 개별적 장면, 상황에 머물지 않고 그 의미의 확대 영역과 연결이라는 서사의 연결고리를 가지고 있기 때문이다. 특히 시간의 연속성에 의한 구성은 고소설에서 일관된 특질로 나타난다. 게임의 경우도 마찬가지여서 시간의 역전 현상은 잘 나타나지 않고 대부분의 경우 게임의 장면 혹은 이벤트의 진행이 시간의 흐름에 따른 순차적 진행을 따른다. 결국 고소설과 게임은 시간의 전개방식에서 나름대로의 유사성을 가진다고 할 수 있다.

예를 들어, 게임의 여러 장르들을 들어보면, 시뮬레이션이나 R.P.G 게임, 액션 게임, 어드벤처 게임, 스포츠 게임 등 대부분의 게임이 시간의 흐름에 따른 사건이나 갈등, 문제해결의 진행을 시간의 흐름으로 구성하고 있으며, 고소설 대부분이 시간의 역전을 허용하지 않고, 나름대로 사건전개의 유사성을 지니고 있다. 물론 게임에서 타임머신, 고소설에서 꿈으로의 전환은 새로운 시간성을 가지지만 이 역시 그 전환된 부분에서 시간흐름을 따르며 꿈, 비현실의 세계에서 빠져나온 이후에는 다시 시간적 흐름의 순차적 구성에 따르고 있어 전체적으로 시간 흐름에 따르고 있다.

따라서 〈홍길동전〉의 통시적 서사구조에서 인물, 시공간의 배경, 사건 등의 흥미 있는 소재를 선택하는 것이 우선적으로 중요하다고 하겠다. 〈홍길동전〉에 형상화된 시공간적인 배경은 이원론적인 세계관에 바탕을 두고 있다는 점에서 어느 정도 신화적 배경 속에서 획득되는 스토리텔링을 고려해 볼 수 있다. 이에 따른 주인공에게 부여된 다양한 퀘스트를 창조하여 게임으로 활용하는 일과 홍길동의 영웅적인 활약상, 조정과 제도권에 속한 인물과의 대립과 반목을 거듭하는 다양한 캐릭터, 그들이 사용한 화려한 도술적인 마법과 독특한 아이템 같은 구성요소들을 게임으로 전환하는데 흥미 있는 이야기의 소재가 될 수 있다고 할 수 있다.

〈홍길동전〉이 가지고 있는 흥미 있는 서사구조의 축은 선과 악의 대립구조로 귀결된다. 조선조의 모든 영웅소설이 선과 악의 대립이라는 거대한 서사적 축을 중심으로 갈등과 대립의 치열한 투쟁이 형상화된다는 점에서 맥을 같이한다. 인간의 내면세계에 내재되어 있는 선과 악의 대립은 언제나 우리들의 관심의 대상이며, 재미있게 지켜보는 호기심의 대상이 되기 때문에 영웅소설에서 결과가 뻔하게 드러나는 권선징악적인 설정은 확고한 목표를 설정해야 하는 게임의 소재로 매우 적합한 흥미 있는 콘텐츠의 원천자료가 될 수 있다.

〈홍길동전〉의 이야기가 지향하는 궁극적인 미션은 미천한 인물이 죽을 고비를 수없이 극복하고 영웅이 되어서 정의를 구현하고 이상적인 새로운 왕국을 창건하는 것이다. 그러므로 홍길동이 불우하게 서자로 태어나서 차례로 자객과 요괴를 퇴치하면서 보여준 영웅성을 단계적으로 설정해야 하며, 이러한 상승적인 영웅 캐릭터의 형상화 방안은 전문가에 의한 전략적인 게임기획과 연출에 의해 새롭게 만들어질 수 있는 가능성을 많이 가지고 있다. 또 두 장르 간에는 향유자들의 심리적 욕구의 형상화와 그 해결의 도구로써 공통점을 갖는다는 점에서 〈홍길동전〉의 게임화 가능성을 충분히 고려해 볼 수 있다.[14]

여기에서는 고소설 〈홍길동전〉을 게임으로 전환하기 위한 방안을 살펴보는 것이기에 우선적으로 〈홍길동전〉의 서사구조를 이해하는 것이 필요하다.

〈홍길동전〉의 서사구조를 정리해 보면 다음과 같다.

① 대대명문거족에서 시비(侍婢) 춘섬을 어머니로 하여 서자로 태어났다.
② 태몽에 용이 나타났으며, 점점 자라 8세가 되어 총명이 과인하였다.
③ 재주가 비범하여 나라와 가문이 위태로울까 자객을 시켜 죽이려 했다.
④ 자객과의 싸움을 통해 승리하였다.
⑤ 집을 떠나 도적의 무리를 이끌고 탐관오리와 싸웠으며, 나라에서 보낸 포도대장과 싸워 이긴다.
⑥ 아버지와 형이 잡혀가고 길동은 조선을 떠날 수밖에 없게 된다.
⑦ 백룡의 딸을 납치해간 요괴와 싸워 승리한다.
⑧ 율도국 왕과도 싸워 이기고 승리자가 된다.

---

14) 게임과 〈홍길동전〉은 차이점보다는 유사점이 많이 존재하고 있다. 〈홍길동전〉과 같은 고소설 장르가 현실의 불만족, 부조리 등에 의한 반영의 발로였다고 볼 때, 게임이라는 매체도 그 맥을 같이한다고 하겠다. 게임에도 사회성을 담은 것들이 존재하고, 사회를 담아내는 충실한 거울이라고 볼 수 있기에 그 생성배경 자체가 비슷하다고 볼 수 있고, 과거에 고소설의 주 독자층을 생각해 보아도, 국문소설의 도입으로 하층민과 여성들을 중심으로 퍼져나갔다는 것을 보면, 현실에 대한 불만족을 대리만족시켜주는 욕망의 분출구로 작용했음을 알 수 있다. 게임 역시 욕망의 분출구이고, 당 시대인이 스트레스를 해소하기 위한 수단으로 쓰이고 있다.

⑨ 요괴를 죽이고 백룡의 딸과 혼인한다.
⑩ 헤어졌던 가족과 다시 만나 부귀영화를 누리며 살다가 죽었다.

홍길동의 첫 번째 결핍은 현실세계의 모순이다. 특히 가정에서 서자로 태어난 홍길동은 호부호형을 할 수 없는 당시대의 신분제도가 결핍된 모순이다. 그러나 홍길동은 비록 서자로 태어나지만 용꿈을 통해 훗날 총명한 영웅이 될 것임을 암시받는다. 점점 자라 8세가 되자, 후에 국가와 가정에 큰 재앙적인 존재가 될 것을 염려한 주변 사람들이 홍길동을 죽이려고 음모하게 된다.

더 이상 가정에 머물 수 없었던 홍길동은 자신을 죽이려 했던 주변 사람과 자객을 물리치고 위기에서 벗어난다. 그리고는 가정이라는 공간을 떠나 탁월한 능력을 길러서 무리를 모아 괴수가 되기로 한다. 활빈당은 곧 홍길동이 두 번째 활동하는 공간이자 부조리한 세계와 투쟁할 힘을 규합하는 거듭남의 공간으로 설정된다. 또한 백룡의 딸을 납치해간 지하국 요괴들과 싸워 승리하고 율도국의 국왕과 싸워 승리하여 마침내 왕이 된다. 따라서 〈홍길동전〉은 가정, 활빈당, 율도국으로 세 가지의 서사 공간으로 이동하며, 사건이 크게 확대되면서 전개된다.

〈홍길동전〉에 형상화된 주인공의 인물이 영웅이냐 아니냐의 가치를 따져보기 이전에 홍길동의 활동은 전 세계에 널리 퍼져있는 영웅의 여행구조와 많이 닮아 있음을 알 수 있다. 〈홍길동전〉의 이야기를 게임스토리텔링하기 위해서는 주어진 미션을 찾아 떠나는 주인공의 탐색과정과 영웅화되는 과정에서 겪게 되는 활약상을 얼마큼 흥미와 감동을 주는 이야기로 각색하느냐에 달려있다.

이러한 영웅이야기는 동서양이 큰 차이가 없는 것으로 보고되고 있다. 우리나라의 영웅소설이 가지고 있는 서사구조와 유사한 틀을 가지고 있는 서구의 영웅서사를 이해하고, 게임으로의 스토리텔링을 확장시키는데 참고자료로 활용할 수 있는 서양 영웅의 여행구조를 살펴보기로 한다.

일찍이 크리스토퍼 보글러는 서구 영웅의 여행구조[15]를 다음과 같이 제시하고

---

15) 크리스토퍼 보글러, 『신화, 영웅, 그리고 시나리오 쓰기』, 함춘성 옮김, 무수우, 2005에서 할리우드 영화의 고전적 서사양식으로 "영웅의 여행구조"를 제시하였다. 이러한 도식은 또한 조셉 캠벨의 12가지 영웅신화

있다.

  ① 영웅은 일상생활에서 소개된다.
  ② 그곳에서 영웅은 모험에의 소명을 받는다.
  ③ 영웅은 처음에 결단을 내리지 못하고 주저하다가 소명을 거부한다.
  ④ 그러나 정신적 스승의 격려와 도움을 받는다.
  ⑤ 첫 관문을 통과하고 특별한 세계로 진입한다.
  ⑥ 영웅은 시험에 들고, 협력자와 적대자를 만나게 된다.
  ⑦ 영웅은 동굴 가장 깊은 곳으로 접근한다.
  ⑧ 그곳에서 영웅은 다시 시련을 겪는다.
  ⑨ 영웅은 이의 대가로 보상을 받는다.
  ⑩ 일상생활로 귀환의 길에 오른다.
  ⑪ 영웅은 세 번째 관문을 건너며 부활을 경험하고, 그 체험한 바에 의해 인격적으로 변모한다.
  ⑫ 영웅은 일상생활에 널리 이로움을 줄 은혜로운 혜택과 보물의 영약을 가지고 귀환한다.

이러한 서사를 도표로 제시해 보면 다음과 같은 순환구조로 정리할 수 있다.

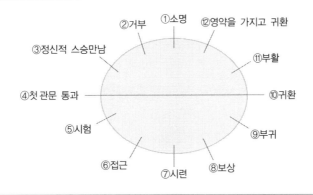

단계와도 같다. 조셉 캠벨, 신화의 힘, 고려원, 1992. 본고에서는 크리스토퍼의 내용을 그대로 재인용하기로 한다.

크리스토퍼의 영웅스토리텔링은 인간 주체의 심리적 성장과정을 반영하고 있다는 점에서 영웅이야기는 그들만의 이야기가 아니라, 우리의 보편적인 성장스토리의 일부이며, 인간의 무의식을 사로잡는 이야기라는 점에서 주목할 필요가 있다. 특히 주인공의 고난과정을 통한 입사관문은 시련과 보상이라는 명확한 목표를 향해가는 주인공의 성장과 보상이 관문통과의 핵심으로 스토리텔링 되고 있다. 따라서 이를 게임으로 활용할 경우에 게임스토리의 선형구조 탐색에 유용하게 활용할 수 있다.

여기에서 서구의 영웅도 홍길동과 다르지 않는 유사한 순환구조를 가지고 있음을 알 수 있다. 영웅은 본인에게 주어진 모든 시련을 이겨내고, 죽음을 극복해 살아남는다. 이때 영웅은 특별한 세계에서 획득한 영약(입공)을 가지고 귀환한다. 그 약(입공)은 타인과 함께 나눌 수 있으며, 또 폐허화된 땅을 치유할 수 있는 힘을 가진다. 영약(입공)은 곧 얽혀있는 이야기의 매듭을 풀어주는 매체인 것이다. 〈홍길동전〉에서 주인공은 서자로 태어난 자신의 부족한 자아의 발견과 부조리한 차별에서 오는 불행에 대한 인지이며, 가정을 떠나 더 큰 주어진 소명을 이루기 위해 길을 떠나고 그 소명을 이룬 뒤에 다시 가정으로 돌아와 모든 갈등을 해결하는 순환구조를 가지고 있다.

2) 〈홍길동전〉의 게임화 가능성

사건을 어떻게 창조하고 구현하는 가는 각각의 인물을 택해서 힘과 능력을 겨루어보는 단순한 액션게임도 있고, FPS 방식의 게임과 RPG가 결합된 형식의 게임도 가능하다. 즉 주인공이 펼치는 다양한 대결과 사건의 변형이 가능하다는 스토리텔링의 방식이 구현될 수 있다. 여기에서 홍길동이 펼치는 '시련'단계의 다양화와 '경쟁'의 구체화가 재미있는 게임으로 전환시킬 수 있는 중요한 요소라고 할 수 있다. 또한 〈홍길동전〉은 선악의 이분법적인 구성으로 이야기를 구성하고, 도술과 액션 등이 많아서 게임어의 눈에 띄는 장면을 쉽게 만들 수 있다.

따라서 〈홍길동전〉을 게임화하기 위해서는 홍길동이 보여주는 영웅담의 사건들을 단계별로 창조하고, 그것의 게임적 성향과 맥을 같이할 수 있도록 재창조를 할 수 있어야 한다. 예컨대 게임의 전 단계와 본격적인 게임단계, 결말단계 등을 창조하여 소설적 서사를 사건으로 각색하여 배치하는 것이 게임으로의 중요한 가능성이라 하겠다.

여기에서 전 단계로는 위의 크리스토퍼가 제시한 영웅의 순환구조에서 ①~⑤단계가 여기에 해당된다. 홍길동의 캐릭터를 보여주고, 왜 홍길동이 싸움에 나서야 하는가, 적과의 전투의 계기, 왜 이와 같은 캐릭터들이 모였는가, 홍길동이 집을 떠나는 것을 결단하지 못하고 주저하거나 소명을 거부하는 부분, 홍길동이 집을 떠나 능력을 청하고 능력을 습득하는 부분, 첫 관문을 통과하여 자신감을 얻어가는 부분이 여기에 해당된다.

본격적인 게임부분은 ⑥~⑨단계라고 할 수 있다. 주인공이 시험에 들고, 적대자와 협력자를 만나고, 관문을 통과하고, 시련을 이겨내는 과정이 게임의 기본적인 플레이 과정이다. 이는 곧 주인공이 관문을 통과하여 승리하게 되는데, 주인공은 관문을 통과하면서 상위 단계로 올라가는 영웅으로서의 성숙단계에 접어드는 것이다. 이 부분은 무한 변수로 사건이 상승적으로 반복될 수 있으며, 반복되면서 사건의 성격이 변형될 가능성이 많다. 이러한 다양한 사건 창조는 플레이어들의 몰입감을 높여준다는 점에서 또한 지루함을 없게 해 준다는 점에서 유용하게 된다, 사건을 상승적으로 창조하면서 레벨을 상승해주며, 어려운 갈등구조를 야기하도록 만들어주는 구조를 만들 수 있다.

〈홍길동전〉은 숱한 적대적인 캐릭터들과 치열하게 싸우며, 통쾌한 쾌감을 준다는 점에서 게임의 유희성과 관련이 깊다. 이러한 유희적인 기준을 가장 잘 이용한 게임에는 스토리의 완성도가 강한 롤플레잉 게임이나 어드벤처 게임이 잘 어울린다.[16] 게임의 플레어들은 스스로 주인공이 되거나 그 입장에 서서 오직 목표를 성취하는데 몰입하여 게임을 진행하기 때문에 사건의 단계적인 설정과 공간을 설정하여 역할분담 게임으로 진행하면 유희적이며 교훈적인 목표를 모두 성취할 수 있는 게임으로 만들 수 있다.

---

[16] 이재홍, 앞의 논문, 43쪽.

〈홍길동전〉은 서사를 중심으로 하는 게임의 좋은 소재가 될 수 있다. 일반적으로 소설이라는 텍스트에서 소재를 획득할 경우, 인물만을 차용할 수도 있고, 사건만을 차용할 수도 있으며, 배경만을 차용할 수도 있다. 또한 차용한 소설의 세계관을 표출하기도 한다. 문학적 상상력만 획득할 수만 있다면 게임으로 스토리텔링하는데 중요하게 활용될 수 있는 자료가 되는 것이다.

따라서 소설을 원천자료로 활용한다는 전제하에서 소설을 구성하고 있는 중요한 세 가지의 요소를 게임스토리텔링으로 전환시킬 수 있는 가능성을 찾아가는 것이 본 논문의 핵심이다.

(1) 캐릭터의 형상화

디지털 스토리텔링의 기술 중에 많은 사람들에게 주목받은 인물은 영웅인물의 캐릭터일 것이다. 디지털 콘텐츠에서 영웅의 일생에 대한 스토리텔링은 서사의 전체적인 흐름에 재미있는 사건을 동반한 긴장과 이완의 반복을 통해서 영웅들의 이야기는 역동적인 인물로 다양하게 형상화되고 있다. 고소설 〈홍길동전〉과 게임의 경우 모두 주인공 캐릭터가 서사의 중심으로 부각된다. 〈홍길동전〉에서 인물의 성격이나 특징은 작가, 시대, 계층, 사상과 많은 연관을 가지고 있지만 전형화된 영웅형 인물의 형태로 나타난다. 주로 선악의 인물로 형상화되는 것이 일반적인데 〈홍길동전〉에서는 義에 죽고 참에 살고자 한 영웅형 인물 창조를 하고 있다. 홍길동은 영웅이자 선인(善人)으로서 서사공간에서 여러 사건을 해결하는 과정에 선악의 이미지를 그대로 가지고 결말에 이른다. 즉 일관된 인물의 유형성을 보여준다. 〈홍길동전〉에서는 주인공이 평면적 성격의 인물, 단편적 성격의 인물로 등장함에 따라 오히려 게임과 가까운 면모를 보이고 있다. 이는 게임에서 일반적으로 나타나는 경향인데, 대개 善人과 惡人의 대결 내지 충돌하는 인물과 이를 저지하는 인물의 형태 등으로 그 캐릭터의 이미지는 굳어져 있다. 또 각각의 특질을 가지고 조력자는 후반부에 가서도 조력자로 남지 전면에 나서지 않는다.

예컨대, 주인공 시점으로 풀어가는 어드벤처나 R.P.G와 같은 게임들의 전개는 주인공의 기본 성격을 어느 정도 굳혀놓고 전개해 나간다.

서사문학 속의 영웅적인 캐릭터를 찾는다면 신화적 주인공에서부터 고소설의 주인공에 이르기까지 무수히 많다. 그중에서도 가장 먼저 영웅캐릭터를 뽑으라고 하면 홍길동을 떠올리게 된다. 홍길동은 최초의 국문소설에 등장한 대중적인 의적 영웅이라는 점, 최근까지 다양한 문화콘텐츠로 활용되면서 홍길동의 캐릭터는 어떠한 영웅상보다 뛰어난 인물로 각인되고 있다.

그러나 이러한 영웅 홍길동이 단 시간에 창조되는 것이 아니며, 오랜 문학적 전통과 창작기법이 후대로 전승되면서 자연스럽게 만들어진 인물이라 할 수 있다. 중세로 넘어오면서 〈삼국사기〉, 〈삼국유사〉, 〈수이전〉에 나타난 '온달', '조신', '최치원'과 같은 인물도 뛰어난 영웅 캐릭터였으며, 작품 내에서도 판타지적인 영웅 인물로 활동한 캐릭터들이다. 이러한 전통적인 영웅 캐릭터들과 수많은 고소설 속의 영웅인물은 게임스토리텔링을 유도할 수 있는 거대한 힘을 가지고 있다는 점에 주목할 필요가 있다. 고소설 〈홍길동전〉에서 홍길동은 스스로 터득한 도술과 문무 지략에 의해 모든 일을 혼자서 해결하는 초인적인 능력을 발휘한다.

〈홍길동전〉의 도술화소는 길동의 영웅적 능력을 표현하는 부분에서 많이 나타난다. 영웅은 보통 사람들과 다른 탁월한 능력을 가진 인물이다. 〈홍길동전〉에서 영웅 홍길동의 특별한 능력은 도술로 나타난다. 홍길동은 초란이 보낸 특재라는 자객의 습격을 받는다. 그러나 길동은 둔갑법과 같은 법술에 능통한 인물이기에 까마귀가 우는 소리를 듣고 점을 쳐서 자신의 위험을 예견하고 도술을 행하여 자객을 처치한다.

홍길동의 영웅 캐릭터를 출생담부터 율도국의 건국까지 형상화하고 있는 과정을 살펴보면 다음과 같다.

> "공이 길동을 낳기 전에 한 꿈을 꾸었는데, 갑자기 우레와 벽력이 진동하며 청룡이 수염을 거꾸로 하고 공을 향해 달려오거늘…"[17]
> "옥동자를 낳았는데 생김새가 비범하여 실로 영웅호걸의 기상이었다. …(중략)… 길동이 8세가 되자 총명하기가 보통을 넘어 하나를 들으면 백 가지를 알

---

17) 〈홍길동전〉, 『한국고전문학전집』 25, 고려대 민족문화연구소, 1996, 15쪽.

정도였다."[18]

"길동이 몸을 감추고 주문을 외니 홀연 한줄기의 음산한 바람이 일어나면서 집은 간 데 없고 첩첩산중 풍광이 굉장하였다. …(중략)… 또 주문을 외니 홀연히 검은 구름이 일어나며 큰비가 물을 퍼붓듯이 쏟아지고 모래와 자갈이 날리었다."[19]

"큰 돌을 들어 수십 보를 걸어가니 그 무게가 천 근이었다."[20]

"길동이 초인 일곱을 만들어 주문을 외며 혼백을 불렀다. 일곱 길동이 한꺼번에 팔을 뽐내며 소리치고 한곳에 모여 야단스럽게 지껄이니 어느 것이 길동인지 알 수 없었다. 여덟 길동이 팔도에 다니며 바람과 비를 마음대로 불러오는 술법을 부려 각 읍 창고에 있던 곡식을 하룻밤 사이에 종적 없이 가져가며…"[21]

"길동이 한번 몸을 움직이자, 쇠사슬이 끊어지고 수레가 깨어져, 마치 매미가 허물 벗듯 공중으로 올라가며, 나는 듯이 운무에 묻혀 가 버렸다."[22]

이러한 홍길동의 영웅적인 캐릭터는 신화를 기본으로 하는 영웅스토리텔링 기법을 활용하고 있으며, 신체적 외모, 성격, 능력, 그리고 후천적 능력 등을 신비하고 탁월한 존재로 형상화하고 있어 전통적인 신화적 영웅상이 보여주고 있는 영웅스토리의 원형이라 할 수 있다. 그 원형이 인간에게 공통적인 상징으로 남아 영웅 이미지 체계를 형성하여 일종의 우리 서사문학에서 영웅의 모델화가 가능할 수 있고, 이는 게임의 영웅 캐릭터로 형상화하는데 원천자료를 제공해 줄 수 있다고 하겠다.

(2) 시공간의 형상화

〈홍길동전〉이 펼치는 시공간은 신이성, 환상성이 특질이라면 게임의 경우 비현실성, 초월계, 상상계가 그 특징이라고 할 것이다. 〈홍길동전〉의 꿈, 비현실적 도술, 능력 등은 모두 서사구조상에 등장하는 요소이다. 이는 현실과의 거리를 두고

---

18) 위의 책, 17쪽.

19) 위의 책, 27쪽.

20) 위의 책, 33쪽.

21) 위의 책, 39쪽.

22) 위의 책, 57쪽.

있다는 것과 비현실계에 대한 반영의 하나이다. 눈에 보이는 현상의 세계만이 존재하는 것이 아니라 현상과 질료의 세계를 넘어선 또 다른 차원의 세계를 인정하고 있다는 것이다. 게임의 경우도 이는 마찬가지여서 굳이 꿈이라는 것이 아니더라도 공간이나 시간의 이동, 환생 등의 장치를 통해 용, 신, 천계, 영혼의 세상 등의 시공간의 신이적 공간을 가지고 있다.

이외에도 텍스트의 내적 공간에 등장하는 도구나 아이템에서도 신이적 특성, 인물, 캐릭터의 이미지 등을 찾을 수 있다. 도구 역시 특정한 의미를 가지고 사용되며 사건이나 인물의 갈등, 문제의 해결이나 연결에서 열쇠의 기능을 가지기 때문이다.

〈홍길동전〉의 서사공간은 가정에서 지하굴로, 지하굴에서 활빈당으로, 활빈당에서 율도국이라는 국가로 이동하는 공간의 이동경로를 보여주고 있다. 이는 파노라마처럼 장면을 순차적으로 넘기면서 볼 수 있는 순차공간으로 형상화하고 있다.

홍길동의 활동지역은 주로 충청도였으며, 당시 활약하던 군도(群盜) 가운데 가장 큰 집단이었다.[23] 홍길동은 엄귀손을 와주(窩主)로 삼아 옥정자(玉頂子)와 홍대 차림으로 첨지(僉知)신분으로 자칭하며, 대낮에도 무기를 가지고 관부를 드나들면서 기탄없는 행동을 자행하였다. 길동이 활빈당의 활동을 통해 위정자를 벌하고 백성을 구휼한다는 것은 탐관오리를 응징하는 동시에 그들보다 뛰어난 능력을 가지고 있음을 의미한다. 활빈당은 재물을 빼앗지 않는다. 그들은 각 읍의 탐관오리의 부정한 재물을 탈취하고, 무죄한 사람을 방면하여 불쌍한 백성을 구휼하는 것을 목적으로 한다. 따라서 이들은 단순한 도적이 아닌 의적으로서 기성체제에 저항하는 집단이 활동하는 공간으로 묘사되고 있다.

〈홍길동전〉은 몇 가지의 공간적인 이동에 따라 사건을 전개해 낼 수 있는 장점이 있다. 주인공인 홍길동의 영웅적인 이야기 뒤에는 당시대의 사회적인 문제의식이 오늘날의 독자에게 흥미소로 작용할 수 있는 여건이 되기 때문이다. 먼저 주인공 홍길동을 중심으로 벌어진 갈등 구조를 살펴보면 ①가정에서의 갈등 ②지하국

---

23) 임형택, 「홍길동전의 신고찰 上」, 『창작과 비평』 42, 창작과 비평사, 1976, 78~82쪽.

요괴퇴치 ③활빈당에서의 갈등 ④율도국 건설과정에서의 갈등으로 나누어 공간 스토리텔링을 창조할 수 있다. 〈홍길동전〉의 공간과 게임으로의 공간설정을 살펴보면 다음과 같이 정리될 수 있다.

순서	〈홍길동전〉	게임 〈홍길동〉	보조도구
① 가정	자객과의 싸움	위기	칼
		도술 극복	
② 지하국	요괴와의 싸움	위기	철퇴, 화살
		전투 극복	
③ 활빈당	괴수와의 싸움	위기	영웅적 육체의 힘, 둔갑술, 축지법
		영웅능력 극복	
④ 율도국	율도국왕과의 싸움	위기	도술
		신위능력 왕이 됨	

다시 ① 가정에서의 갈등은 길동의 살해음모 사건과 길동의 구명과정, 그리고 출가의 내용을 가정공간에서 게임화 할 수 있다. 또한 ② 지하국의 갈등은 요괴와의 치열한 싸움을 통해 승리하고, 인질을 구하는 과정을 게임으로 각색할 수 있다. ③ 활빈당에서의 사건은 해인사를 중심으로 한 전국 팔도를 돌아다니며 빈민을 구휼하는 다양한 사건을 재미있게 스토리텔링할 수 있다. 예컨대 초인 일곱을 팔도의 도적패로 바꾸어 표현한다든지, 이러한 도적들이 길동의 무예와 위용에 이끌려 단합하여 활동을 한다는 설정은 오늘날 게임을 즐기는 사람들에게 흥미적인 사건 전개가 될 수 있다. 적굴에 들어가 괴수가 되는 과정에서의 힘센 도전과 승리과정을 단계적인 사건으로 만들어낼 수 있다.

한편 ④ 이상국가인 율도국을 건설하는 과정에서는 길동이 제도권의 인물들과 투쟁하는 장면을 게임화 할 수 있다. 소설에서는 율도국의 공간이 홍길동이 신분에 대한 불만을 품고 도적의 괴수가 된 후 도적들과 함께 조선을 떠나 정벌한 해외공간이며, 조선 군사와의 치열한 전투장면을 묘사해 낼 수 있다. 예컨대 포도대장 이흡과의 대결, 왕이 길동의 부친과 형을 위협하는 장면과 생포과정 다시 계략과 위기를 극복하고 탈출하는 장면들을 게임의 서사로 스토리텔링할 수 있다. 그리고 제도권에서 병조판서를 지낸 사건과 벼슬을 머리고 세력을 규합하여 율도국에 들어가 현지 거주민들과의 싸움 등을 통해 이상국가를 건설해 나가는 일련의 과정을 흥미있게 게임의 공간으로 창출해 낼 수 있다. 〈홍길동전〉에 등장하는 도적굴에 대한 생생한 공간 묘사를 보면 다음과 같다.

> "길동은 부모와 이별하고 정처없이 떠돌다가 어떤 경치 좋은 곳에 이르렀다. 인가를 찾아 점점 들어가니 큰 바위 밑에 돌문이 닫혀 있었다. 가만히 그 문을 열고 들어가자 평원광야가 나타났는데 그곳에는 수백 호의 인가가 즐비하고, 여러 사람이 모여 잔치를 하며 즐기고 있었으며, 알고 보니 그곳은 도적굴이었다.[24]

한편 율도국 공간은 홍길동이 앞으로 정벌하여 왕이 되고자 하여 조선 왕과 본격적으로 대항하기 위한 계책과 분비를 하는 공간으로 형상화되고 있다.

> "내 이미 조선을 하직하였으니 이곳에 와 아직 은거하였다가 대사를 도모하리라."[25]
> "길동이 매일 이곳을 유위하여 왕위를 빼앗고자 이제 삼년상을 지내고 귀운이 활발하여 세상에 두려운 사람이 없는지라 하루는 길동이 제인을 불너 의논하며 내 당초 사방으로 다닐 때에 율도국을 유의하고 이곳의 머물었으니 이제 마음이 자연 발휘하여 운수 열림을 알지라 그대 등은 나를 위하여 일군을 조발하면 족히 율도국을 치기는 두렵지 아니하리니 엇지 대사를 도모하지 못하리오."[26]

여기에서 고려해야 할 것은 게임에서의 공간스테이지가 소설의 서사공간과는 다르게 창조될 수 있는 가능성을 고려해야 한다. 각 공간에서의 전투가 끝나갈 무렵에 가장 강력한 적을 만나게 되고, 강력한 적과의 전투에서 승리는 캐릭터에게 강력한 힘을 심어주거나 다음 단계로의 진입을 허용하여 또 다른 공간에서의 전투를 예견해 준다. 여기에서 한 스테이지를 통과할 때마다 아이템을 획득하게 하여 플레이의 즐거움을 더해준다. 특히 아이템을 획득하지 못하면 다음 단계에 진입하

---

24) 〈홍길동전〉, 앞의 책, 33쪽.
25) 위의 책, 35쪽.
26) 위의 책, 37쪽.

지 못하며, 아울러 캐릭터의 능력을 증폭시켜주지 못하여 게임을 끝나게 할 수 있다. 기본적으로 아이템의 획득과 그로 인한 캐릭터의 변신은 게임 플레이의 지속성 유무를 만들어 준다. 중요한 것은 플레이어가 영웅이 되는가가 아니라, 플레이어가 플레이를 계속하는가이다. 따라서 플레이를 지속 가능하게 만들어 주는 아이템을 창출하는 일이 중요시 된다.[27]

　게임의 특성은 플렛폼이나 장르에 따라 달라질 수 있기 때문에 가상세계의 공간성과 그래픽적인 표현성과 인터랙티브한 서사성[28]에서 게임의 특성을 고려하여 공간을 창조해야 한다. 평면적이면서 순차적인 소설공간과는 달리 게임의 공간은 가상세계의 공간이자 공용의 공간에서 수많은 플레이어들이 참여하여 게임에 참여하기 때문에 소설공간보다 월등한 역동성과 입체성, 예측하기 어려운 게임의 서사가 펼쳐진다. 게임에서는 피동적인 플레이어는 배제되고 능동적으로 게임을 조작하는 플레이어의 테크놀로지적인 정보력에 의해 게임이 끌려가기 마련이다. 그러므로 게임에서의 최후의 승자는 곧 소설 속에서의 주인공의 영웅성을 체험하면서 스스로 승리자가 되는 이야기 만들기가 필요하다.

(3) 사건의 단계적 설정

　〈홍길동전〉에 나타난 특정 사건의 등장과 게임에서 이벤트의 등장은 기본적으로 차이점이 있다. 〈홍길동전〉에서 사건이나 문제의 발생은 인과관계가 분명한 경우가 대부분이다. 서자의 자식으로 태어났기에 신분상승을 할 수 없고, 천한 대접을 받아야만 했고, 이러한 적서차별로 인해 뒤에 그 대가를 치러야만 하는 굴레를 벗어날 수 없기 때문이다. 게임의 경우도 이는 마찬가지이다. 사건이나 이벤트는 시스템 내지 뒤에 벌어질 전체의 사건, 이벤트에 의해 사건이 이어지고, 사건의

---

27) 배주영·최영미, 「게임에서의 '영웅 스토리텔링' 모델화 연구」, 『한국콘텐츠학회 논문지』 6-4. 2006, 115쪽.

28) 이재홍은 게임의 특성을 공용공간, 그래픽 사용자 인터페이스, 즉시성, 상호작용성, 영속성, 사회화 등 여섯 가지로 특성을 살펴본 바 있다. 이재홍, 「게임스토리텔링 연구」, 숭실대 박사학위논문, 2009, 44~52쪽.

원인 또한 전적으로 인과관계에 의한 것이지 결코 우연에 의한 것이 아니다. 사건에 철저한 인과관계를 갖는 방식에 있어서도 게임은 고소설과 다소의 유사성을 보여준다. 여기에서 인과관계란 사건의 우연적 발생, 우연적 만남과 이별 등의 구성적 인과관계가 아니라 전 단계에서 보여주었던 사건, 복선, 암시 등이 이후의 사건, 갈등, 만남, 이별 등의 요소에 영향을 미치게 되어 나타난다는 것이다.

여기에서 〈홍길동전〉과 게임에서 볼 수 있는 사건은 주인공의 상승적인 능력함양에 있다. 즉 〈홍길동전〉과 게임스토리텔링의 지배적인 요소는 영웅의 모험담에 있다. 게임 플레이어는 미지의 공간을 모험하면서 목적지를 찾아가고, 미지의 보물을 얻고자 한다. 게임은 늘 유저들에게 환상의 공간을 펼쳐놓고, 그 공간 속을 탐험하도록 만든다. 게이머가 게임을 통해서 얻은 경험이란 허구적 공간과 그 공간에서의 사건의 탐험이다. 따라서 게임이 사람들에게 주는 것은 영웅 스토리의 탐험과 대리경험이라 할 수 있다. 영웅스토리가 재미와 즐거움을 주기 위해서는 다양한 사건담과 영웅서사를 얼마나 치밀하고 다양하게 창조하느냐가 중요하다. 그러므로 영웅의 모험담이 극적이지 못하거나 매우 평범해서는 유저들에게 인기를 끌지 못한 것은 당연하다.

영웅의 일생이 펼쳐가고 있는 고귀한 탄생, 그리고 버림받음, 시련과 고난의 연속, 수학과 성숙, 적과의 대결을 통한 영웅성 획득 등은 충분한 재미와 흥미를 주는 중요한 통속적 요소이자 보편적인 대중성을 가진 스토리의 전개라고 할 수 있다. 이러한 영웅서사는 후대로 내려오면서 혹은 다른 유사한 작품을 창조하면서 주인공이 누구와 싸우는가, 무엇을 찾기 위해 싸우는가를 변용하면서 유사한 시리즈를 만들 수 있는 개연성이 있다. 영웅 스토리의 변형과 확대가 가능하다는 의미이다. 똑 같은 구조이지만 단계에 따른 변화 가능성이 스토리의 풍부함을 낳을 수 있는 것이다. 여기에 사건의 설정이 게임에서의 중요한 요소로 대두된다.

사건은 스토리 속에 내재된 주인공의 행위구조라고 할 수 있다. 즉 주인공이 목표를 향해 나아가는 인과적인 플롯이다. 이때에 사건은 스토리 전체에서 볼 때 큰 주제를 향해 나열된 인과적인 의미망이며 앞과 뒤에 의미가 연결되는 계기성을 중요시해야 한다. 그러므로 고소설이 가지고 있는 서사적 특성 중에 우연성보다는 필연성의 스토리전개가 이루어져야 한다. 너무 우연성에 치우친 스토리텔링이 이루어지면 게임의 신뢰성에 큰 문제가 대두되기 때문에 사건의 흐름이 정교하게 만들어지고 진행될 수 있도록 탄탄한 사건구조가 만들어져야 한다.

대체로 하나의 게임에는 단순한 한 가지의 사건을 해결하는 것으로 끝나는 것이 아니라 수십 개 단위의 사건이 발단, 진행, 결과단계로 만들어져 퀘스트 형식으로 이어진다.[29] 반면에 서사의 사건이 많고 갈등구조가 많이 반복되어 나타나도록 형상화된 이야기 구조에서는 본고에서 활용한 발단-(전개1-전개2-전개3---전개n)-위기-절정-결말식으로 진행된다. 이러한 서사구조 속에 주인공이 겪게 되는 사건의 난이도는 초급에서 단계별로 최고의 전투로 연결되는 상승적인 궤도를 따라 가게 되며, 이러한 5단 구조는 다양한 사건들이 창조적으로 끼워들어 갈 여지가 있다. 롤플레잉 게임의 서사구조에서 이러한 형태의 순차적인 사건이 많이 나타난다. 우선적으로 사건을 배치하는 데에는 몇 가지 고려해야할 사항이 있다.

1) 사건의 배치는 시간적인 순서를 논리적으로 따르고 있는가?

2) 인물은 특정한 타입을 따르는가 아니면 안티 타입인가? 어떠한 요소가 타입 또는 안티 타입으로서의 주인공을 만드는가?

3) 사건이 표면적으로 나타난 것이라면 인물의 욕망은 그 배후에 여러 단면 아래에 깔려 있는가? 인물의 성품은 어느 수위에 머물러 있는가?

4) 독자에게 인물에 대한 판단을 할 수 있도록 적절한 정보를 적시에 주고 있는가?

5) 갈등의 설정은 타당하고 설득력이 있는가?

6) 갈등의 해결과 이야기의 종결은 설득력이 있는가?

7) 이야기가 종결되기까지의 과정에서 독자의 궁금증을 자아내는 서스펜스와 놀라움을 제공하는 서프라이즈적 요소가 적저하게 배치되어 있는가?

등을 사전에 고려해야 한다. 한편, 스토리의 구성은 다음과 같은 단계로 설정하여 창조할 수 있다.

일찍이 포스터(Edward Morgan Forster)에 의하면 스토리는 사건 서술의 계기성을

---

29) 이재홍은 내러티브의 개입이 약한 보드게임, 슈팅게임, 액션게임 등의 경우에는 대개 '기-승-전-결'의 4단계 서술구조를 갖게 된다고 보았다. 이재홍, 「World of Warcraft의 서사 연구」, 『한국 게임학회 논문집』 8-4, 한국게임학회, 2008, 49쪽.

의미하고 플롯은 사건 서술의 인과성을 의미한다고 말하며, 플롯이 인과성에 의해 서술되는 사건의 구조라는 것을 밝히고 있다.[30] 그러므로 〈홍길동전〉을 게임으로 전환할 때에 홍길동이 살아간 일대기의 구조 속에서 펼쳐지는 영웅적인 의적의 활약상이 일정한 사건의 흐름에 따라 사건이 배치되고, 사건의 연속성을 통해 보편적인 주제를 이끌어가야 한다.

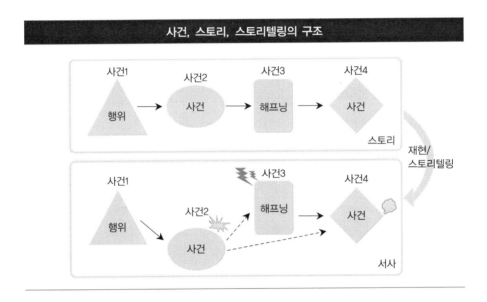

『홍길동전』의 경우를 보면 앞에서 상술한 바와 같이 홍길동을 중심으로 벌어지는 단계적인 사건을 유희적으로 창조해야 한다. 특히 『홍길동전』의 갈등구조가 창조되어 시퀀스가 늘어날 경우에는 아래와 같이 사건4에서 사건15까지의 부분을 스테이지의 전개형식으로 나누어 사건을 다변수로 확장시켜 전개할 수 있다.

---

30) Edward Morgan Forster, 『Aspects of the Novel』, London, 1927.
한국현대소설연구회, 『현대소설론』, 평민사, 1994, 74쪽.

단계적인 사건			적대자	사용도구
가정 위기	사건1	발단	계모와의 싸움	몸
	사건2		이웃과의 싸움	나무
	사건3		자객과의 싸움	칼
산속 위기	사건4		집을 떠나 능력을 함양	진법,검술습득,병서터득
	사건5		도적과의 싸움	화살
	사건6		힘센 도적과의 싸움	일척검
활빈당 위기	사건7	전개1 전개2 전개3 ↓ 전개n	활빈당 졸병	옥지환
	사건8		활빈당의 여러 적수와 만남	손오병서, 일천근의 바위를 들어 올림
	사건9		활빈당 괴수와의 전투	옥주, 갑주, 천리마
요괴굴 위기	사건10		곰과의 전투	보검, 청룡도
	사건11		뿔이 둘인 괴물과 전투	장성검, 신화경
	사건12		힘센 요괴와의 전투	자룡검
해인사 위기	사건13		해인사의 탐관오리1과 전투	환약, 용마
	사건14		해인사의 탐관오리 2와 전투	갑주, 운무갑
	사건15		해인사의 탐관오리 대장과 전투	일광주, 천사마
포도대장과의 전투	사건16	위기	병사들과의 전투	철갑투구, 청룡도, 오초마
	사건17		팔도대장과의 전투	갑옷투구, 삼척보검
	사건18		포도대장과의 전투	황금갑주, 쌍용마구, 용천검
왕실의 최고군사와의 전투	사건19	절정	왕궁병사들과의 전투	삼척신검, 보검
	사건20		병조판서 무리와의 전투	옥함, 둔갑술
	사건21		왕과의 담판	용천검, 풍운경
율도국 정벌전투	사건22	결말	율도국 괴수와 전투 승리	도술, 둔갑술, 천리총마 획득, 천리토산마, 전쟁기계

제5장

이야기문학과 스토리텔링이 만나는 자리

1. 옛 이야기의 스토리텔링

콘텐츠를 향유하는 사람들에게 즐거움을 창출해 낼 수 있는 원천적인 유희요소는 인류의 삶을 묘사하는 보편적인 이야기에 깃들어 있다. 따라서 민족 고유의 전통과 가치관과 정서가 진하게 깔려있는 설화의 이야기에서부터 시작하여 진화를 거듭해온 오늘날의 감동을 주는 옛 이야기를 상상력의 세계로 끌어들이는 작업이 필요하다.

특히, 우리의 긴 역사 속에서 싹을 틔웠던 구비문학, 한문학, 국문문학으로 이어지는 고전문학의 흐름 속에는 창의적인 이야기들이 무한하게 잠재되어 있다. 천지창조, 국가탄생, 시조탄생 등에 얽힌 서사시를 이야기로 담아내는 신화, 지역이나 인물에 얽힌 이야기를 담아내는 전설, 일반 민중들의 흥미로운 이야기를 담아내는 민담 등은 게임의 판타지 요소들을 풍요롭게 해주는 고대 설화문학이다. 중세로 넘어오면서 〈삼국유사〉, 〈삼국사기〉, 〈수이전〉 등에 나타나는 〈온달〉, 〈조신〉, 〈최치원전〉 같은 작품은 영웅적인 캐릭터들의 자료창구라고 할 수 있다. 우리의 고전문학이 가지고 있는 유희요소와 판타지 요소들은 왕성한 문화콘텐츠 스토리텔링을 유도할 수 있는 거대한 힘을 지니고 있다. 사실 우리나라를 배경으로 하거나 동양적인 배경을 취하여 성공한 콘텐츠가 거의 없는 것은 유럽 중세의 판타지 세계에서 벗어나지 못하고 있다는 반증이다.

그러나 우리의 옛 이야기의 가치는 무궁무진하다고 할 수 있다. 문화콘텐츠 속의 고전문학의 가치는 문화콘텐츠의 핵심이자, 원천소스의 자료이기 때문이다.

문화콘텐츠는 상품으로서 어떻게 팔 것인가가 중요한 것이 아니라, 어떻게 만들까가 문제이다. 문화콘텐츠는 캐릭터 하나만 잘 만들면 엄청난 부가가치를 가질 수 있다. 좋은 캐릭터는 만화나 애니메이션, 영화, 음반, 게임, 심지어 에듀테인먼트까지 그 활용방안이 무궁무진하기 때문이다.

지금은 하나의 소스를 가지고 다양한 분야로 활용이 가능한 원소스 멀티유즈 시대이다. 그러므로 결국 문화콘텐츠의 핵심은 바로 '원천 소스'이다. 하나의 제대로 된 소스만 있다면 무한한 수익을 올릴 수 있다. 미국이나 일본, 영국 등 문화콘텐츠 강국들은 원소스 개발에 많은 투자를 하고 있다.

그러나 현재 한국에서는 문화콘텐츠에 대해 가르치는 대학에서도 원소스 개발에 대한 교육을 등한시하고, 제작과 마케팅에만 치우치고 있다. 그러므로 이제는 무엇보다 콘텐츠, 특히 원천소스 개발에 많은 관심을 두어야 한다.

문화콘텐츠의 원천 소스에 속하는 대상으로는 다양하게 찾아볼 수 있다. 문화콘텐츠를 기획하기 위해서는 가장 먼저 해야 할 것이 테마 선정이다. 곧 아이디어나 소재를 찾는 것이다. 콘텐츠의 소재는 무궁무진하다. 우리 주변의 사소한 것에서부터 전문적인 영역에 이르기까지 모든 것이 콘텐츠의 소재가 될 수 있다. 대표적인 원천 소스로는 다음과 같다.

* 전통 문화예술   * 생활사
* 고전문학과 현대문학   * 현대 시사문제
* 설화, 전래 동화   * 스포츠
* 어학(표준어와 사투리 등)   * 에듀테인먼트
* 역사   * 과학

한국적인 것이 가장 세계적이다는 말이 있다. 세계화의 추세 속에서 이제 세계인들은 서로 비슷해지고, 획일화되어 가고 있다. 이러한 속에서 새로운 테마를 찾기는 쉽지 않다. 우리 고유의 전통문화, 한국문학 등을 소재로 하여 현대적으로 새롭게 개발하면 성공적인 문화콘텐츠를 만들어볼 수 있다. 전통문화를 현대적으로 활용할 때 중요한 것은 지금 우리와의 관계이다.

2. 문화콘텐츠의 보고인 설화의 활용

설화(說話)는 말로 된 문학이며, 문자 이전부터 있어 왔던 가장 원초적인 문학형태이다. 그러므로 이 가운데는 당대 민중들의 생활모습과 사유의 세계가 가장 잘 담겨져 있다고 할 수 있다. 즉 설화는 민중들 속에서 태어나 민중과 애환을 같이하며 자라온 가장 민족적, 민중적 문학이요, 당시대 민중들의 의식과 정서를 잘 반영하고 있는 사상의 보고인 것이다. 우리 선조들의 숨결과 호흡이 살아 움직이는 가장 이상적인 문학은 설화라고 할 수 있다. 우리는 설화 문학을 논할 때 신화(神話), 전설(傳說), 민담(民譚) 등이 포함된 용어를 사용한다. 신화와 민담은 근대에 만들어진 명칭이며, 전설이나 설화는 옛 문헌에 흔히 나타나는 명칭이다. 막연히 '전설'은 '전하는 말', '설화'는 '말' 정도로 쓰인 예가 대부분 설화라는 명칭이 오늘날의 의미를 지닌 학술용어로 정착된 것은 대략 1920년대 경으로 학계에서는 추정하고 있다.

설화 속에는 원시시대 우리 선인들이 신앙했던 정령숭배사상(精靈崇拜思想)이나 무격사상(巫覡思想)과 같은 원시종교사상들이 잘 배어 있을 뿐 아니라, 시대의 흐름을 타고 외부세계에서 유입되어온 유(儒), 불(佛), 도(道) 사상들이 우리의 원시종교사상과 잘 조화되어 융합된 모습으로 나타나거나 또는 그 독자적인 세계를 표현하고 있는 모습으로 나타나고 있다.

이들 여러 사상들은 우리 설화문학의 사상적 배경을 이루고 있다. 예컨대 단군신화를 비롯하여 우리 고대 국가들의 건국신화나 암석(巖石)숭배, 영수(靈獸)숭배, 변신(變身), 이혼(離魂), 재생(再生), 환생(還生)설화 등에는 우리 고대인들이 신앙했던 자연숭배사상이나 영혼불멸사상이 폭넓게 드러나고 있어, 이러한 정령숭배사상(Animism)이 우리 원시종교사상의 한 주류를 이루고 있을 뿐만 아니라, 수많은 복술(卜術)설화나 무속(巫俗)신화들은 우리 원시종교사상의 양대 주류 가운데 하나인 무격사상(Shamanism)들을 잘 드러내 주고 있다.

또한 수많은 효행(孝行)설화나 열녀(烈女), 충신(忠臣) 설화에서는 우리의 유교(儒敎)사상의 참 모습을 대할 수 있으며, 또 수많은 사찰연기(寺刹緣起)설화나 불승, 불경관련 설화들을 통해서 불교(佛敎)사상을 접할 수 있고, 또 수많은 신선설화와 도술설화들을 통해서 도교(道敎)사상과 마주할 수 있다.

설화라는 명칭 이전에서는 고담(古談), 고사(故事), 골계(滑稽), 괴담(怪談), 기담(奇談), 기언(記言), 담화(談話), 만담(漫談), 만록(漫錄), 만필(漫筆), 소담(小談), 소설(小說), 소설패기(小說稗記), 속언(俗言), 속담(俗談), 야담(野談), 야사(野史), 야사소설(野史小說), 음담(淫談), 이언(異言), 잡언(雜言), 잡담(雜談), 전기(傳奇), 전설(傳說), 패설(稗說) 등등이라 하여 설화 내용의 다양함만큼이나 다양한 이름으로 일컬어져 왔는데, 이는 대부분 설화를 확대, 축소하여 일컫거나 등위 개념으로 쓴 명칭들이다.

설화는 문자 그대로 '이야기'를 말한다. 그러나 일상 신변잡담을 전부 설화라고 하지는 않는다. 역사적 사실이나 현재적 사실을 말로 전하는 것도 설화의 범주에 넣을 수 없다. 설화는 '일정한 구조를 가진 꾸며낸 이야기'이기 때문이다.

설화의 특징은 구전된다는 데 있다. 설화의 구전은 구절구절 완전히 기억해서 이루어지는 것이 아니고, 핵심이 되는 구조를 기억하고 이에 화자 나름대로의 수식을 덧보태서 이루어진다.

설화의 특징으로 산문성을 빼놓을 수 없다. 다만 설화의 어느 부분에 율문, 즉 노래가 들어갈 수 있는 정도이다. 설화의 구연 기회에는 대체로 제한이 없다. 언제 어느 때나 가리지 않고 이야기를 하고 들을 분위기가 이루어지면 구연할 수 있는 것이 설화이다. 설화는 반드시 화자와 청자의 관계에서 화자가 청자를 대면해서 청자의 반응을 의식하면서 구연된다. 스스로 즐기기 위해서 노래를 할 수 있어도 이야기는 하지 않는다.

구비문학(口碑文學)의 여러 장르들 중에서 문자로 기재될 수 있는 기회를 가장 흔히 가지는 것이 설화다. 설화는 정착시켜 기록문학적 복잡성을 가미하면 소설이 된다. 설화에서 소설(小說)로의 이행은 구비문학이 기록문학으로 바뀌는 현상에서 가장 큰 비중을 차지하는 것이다. 설화는 구비문학에서 가장 먼저 그리고 가장 활발하게 연구된 분야이다. 서구에서는 그림(Grimm) 형제에 의해 구비문학에 관한 학적 연구가 시작된 이래 그 주된 대상은 설화였다.

3. 시대를 초월한 보편적 이야기

오늘날은 서사의 시대라고 할 만큼 이야기가 과잉 공급되는 시대이다. 그러나 문화콘텐츠의 스토리텔링 소재로 적당한 이야기는 부족한 실정이다. 그렇기 때문에 오랜 세월을 거치면서 많은 사람들의 공통된 의식구조를 수렴한 우리 이야기의 원형성에 관심을 가질 필요가 있다. 우리 이야기는 오랜 기간을 거쳐 축적되고 취사선택된 텍스트이기 때문에 오늘날 우리의 정서와 공감대를 형성할 수 있는 보편적인 이야기이다. 그리고 익숙한 서사구조를 바탕으로 다양한 장르로 전환하는 것도 용이하다.

오늘날 수많은 이야기가 난립하고 있지만 인간의 삶에 대해 근본적인 질문을 던지는 경우는 드물다. 그러나 우리 민족의 옛 이야기는 인류의 삶과 더불어 인간의 삶의 방식에 대해 지속적으로 질문을 던지고 그 해답을 모색하였다. 신화는 초기 인류가 세계를 인식하는 방법을 상징과 비유로 이야기한 것이다. 그 내면에 담긴 신화적 세계관은 인간의 보편적 사유방식과 맞닿아 있다. 또한 신화에 나타난 비유와 상징을 위한 상상력은 이성과 과학으로 경계를 구획 짓고 있는 오늘날의 우리에게 흥미와 일탈을 선사한다.

전설과 민담은 신화적 질서가 더 이상 통용되지 않는 시기, 인간이 자신과 자연을 다시 발견하고 이해하며, 스스로의 인식을 확장하는 과정을 보여준다. 이 과정에서 당대 인간이 납득할 수 없는 세계의 경이로움에 압도당하기도 하고, 세계를 개조하기 위하여 인간의 가능성에 신뢰를 보이기도 한다. 그리고 소설은 인간의 불완전성에 주목하여 이상, 현실, 사회, 욕망 등과 불화하는 인간의 본질적 속성에 대해 탐구한다.

이러한 이야기는 시대를 초월하여 인간의 본질에 대한 문제의식을 담고 있다. 여전히 인간은 자신이 알지 못하는 세계 저편에 대해 해답을 구하려 한다. 죽음 이후의 세계, 혹은 우주 저편에 대해 인간은 끊임없이 새로운 신화를 만들면서 상상력의 지평을 확장하고 있다.[31] 인식의 지평이 확대되면서 창조된 새로운 세계는

---

31) 스타워즈와 반지의 제왕과 같은 작품들을 보면 오늘날 우리에 의해 새롭게 창조되는 신화의 한 단면을

우리의 실존과 또 다른 관계를 형성한다. 새로운 세계를 바라보는 시각은 미지의 세계와 존재에 대한 두려움, 경외를 포함하기도 하고,[32] 낙관적으로 우리의 영역을 확장하리라 기대하기도 한다.[33] 한편으로는 인간이라는 존재의 모순과 유한성에 직면하기도 한다.[34]

근본적인 문제의식에 오늘날의 상상력이 착종된 우리 시대의 이야기들은 사실 전적으로 새로운 이야기는 아니다. 여기에는 언제나 우리 이야기의 흔적이 남아있다. 엄밀히 말하자면 우리 이야기의 상상력을 토양으로 삼아 새로운 서사를 창조하고 있는 것이다. 이것은 우리 이야기가 시대를 초월한 보편성의 가치, 곧 인간의 본질에 대한 탐구를 내재하고 있기 때문이다. 이러한 보편적 가치는 우리 이야기의 환상성과 도식성을 기반으로 새로운 매체에 창조적으로 융합되어야 한다.

우리 이야기를 다양한 매체를 통해 지속적으로 반복한 대표적인 사례는 〈춘향전〉이다. 문화콘텐츠는 그 속성상 산업적인 교환가치와 가치지향적인 사용가치를 동시에 추구해야 한다. 그런 의미에서 〈춘향전〉은 '만남–사랑–이별–수난–재회'라는 도식을 따라 진행되는 대중적 애정물로서 산업적 효과를 기대할 수 있고, 동시에 신분상승의 욕망, 남녀의 사랑, 사랑을 억압하는 사회적 장애, 장애를 극복하는 과정에서 나타나는 인간해방의 문제가 복합적으로 어우러져 풍부하고 다양한 의미를 생성하기 때문에 감동과 의미부여라는 측면을 만족시킬 수 있는 문제적 작품이기도 하다.

이와 같은 〈춘향전〉의 풍부한 문제의식과 흥행요소는 진작부터 주목받아 영화, TV드라마, 애니메이션, 만화,[35] 창극, 오페라, 무용극 등 다양한 문화콘텐츠로 재창

포착할 수 있다.

32) 에어리언 시리즈와 같은 작품들은 인간이 우주로 영역을 확대하면서 부딪치게 되는 미지의 존재에 대한 두려움·공포를 보여주고 있다.

33) SF 공상물이나 슈퍼 히어로(Super Hero)가 등장하는 액션물의 경우를 생각해 보면 쉽게 이해된다.

34) 터미네이터 시리즈의 경우 과학의 발전과 인간의 운명에 대한 모순되면서도 비극적인 상황을 설파하고 있고, 매트릭스는 이상과 현실을 가상과 실재와 연결시켜 인간이 가진 존재의 불합리성에 대해 질문을 던지고 있다.

35) 일본에서 〈춘향전〉을 개작한 〈新春香傳〉이 출간되기도 하였다. CLAMP(여성으로 구성된 공동 창작집단)에 의해 개작된 〈新春香傳〉은 만화라는 매체 차이로 인해 원작과 다른 부분이 많지만 춘향, 몽룡, 변학도라는 중심인물과 갈등은 유지되고 있다.

작되었다. 특히 영화의 경우에는 극장용 애니메이션을
포함하여 22편이 제작되었다.[36] 이 중 2000년에 제작된
임권택 감독의 〈춘향뎐〉은 원작의 문제의식을 영상매체
에 재현하기 위하여 조상현의 판소리 창본을 영상과 판
소리 공연을 교차하면서 영화로 재현하였다. 감독은 영
화 전체를 조감할 때 판소리라는 원작의 특성상 부분이
강조되어 서사전개가 매끄럽지 못한 것을 인식하고, 이
를 효과적으로 극복하면서도 〈춘향전〉 원작이 가지는
맛을 살리기 위해 영화 속에 조상현 명창의 판소리 공연
을 직접 노출하는 실험적 방식을 도입하였다.

영화 〈춘향뎐〉

　그리고 〈춘향뎐〉이 단순한 사랑이야기에 그치는 것
을 극복하기 위하여 춘향이라는 인물의 다면적 성격을 강조하였다. 기존의 영화에
서 춘향은 대개 지고지순한 사랑의 화신으로 등장하는 경우가 대부분이었다. 그런
데 이렇게 고정된 한 면을 가지고 살아가는 인물은 실상 외부의 시선에 의해 박제
된 존재이다. 현실의 인간은 완고하면서도 너그러운 면이 있고, 모범적이지만 일
탈하는 부분도 있는 하나의 잣대로 규정하기 어려운 복잡한 존재이다. 춘향도 사
람인 다음에야 요부다운 면도 있고, 포악스럽게 변할 때도 있고, 열녀다운 모습도
가지고 있는 것이 당연한 것이다.

　임권택 감독은 춘향의 이러한 모습을 포착하여 영화에서 복잡다양한 춘향을 형
상화한다. 춘향은 몽룡을 유혹할 때는 조숙한 여성적 매력을 드러내고, 몽룡이 한
양으로 떠날 때는 님을 원망하는 인간적 모습을 보여주며, 변학도에겐 당당히 자
신의 의지를 피력하고, 어사가 되어 돌아온 몽룡에게 전날 밤 자신에게 정체를 알
려주지 않은 것을 따지는 당찬 여성으로 나타난다. 이렇게 복잡 미묘한 춘향의 성
격은 살아 움직이는 생동하는 인물을 창조하는 힘이 되는 것이다.

　〈춘향전〉 원작은 현실과 소망, 몰락과 상승, 약한 자와 강한 자 등의 다양한 양극

---

36)　조희문, 「한국고전소설 〈춘향전〉의 영화화 과정」, 『국제학술대회 논문집』, 반교어문학회·호남사범대학,
　　2006, 65~67쪽.

적 요소를 갖추고 있으며 이들 사이의 관계를 역동적으로 다루기 때문에 모든 계층의 한국인이 두루 관심을 가질 수 있는 보편적인 이야기인 것이다. 임권택 감독은 원작의 개방적인 서사구조에 바로 이러한 생성적인 주제의식을 영화라는 매체로 결합한 것이다. 감독은 원작을 충분히 이해했기 때문에 원작의 특성을 고려하면서 오늘날의 시선을 부여하여 전통적이면서 새로운 이야기를 만들어 낸 것이다. 이것은 〈춘향전〉의 보편성이 변화하는 시대의 추이에 대응할 수 있는 생명력을 가지고 있음을 반증하는 것이고, 오늘날의 상상력을 착종한다면 시대를 초월해서 지속적으로 향유될 수 있다는 것을 보여주는 사례라 할 수 있다.

4. 대중문화적 속성

우리 이야기의 문화적 가치는 다양한 측면에서 살펴볼 수 있겠지만, 대중문화의 측면에서 보면 당대 대중들의 판타지이자 여가 시간의 유희의 대상이라는 점을 꼽을 수 있다. 우리 이야기는 당대인들의 꿈과 욕망을 환상으로 표현하였고, 오랜 기간 이야기를 연행하면서 가장 적합한 방식의 이야기 구조를 찾아 강한 유형성을 만들어 내었다.

우리 이야기가 지니는 환상성과 도식성은 대중문화적 속성을 잘 드러내는 요소였지만, 한편으로는 오래 동안 우리 이야기의 가치를 폄하하는 요인이었다. 식민지시대 민족계몽운동가들은 이러한 성격을 봉건시대의 잔재로 인식하여 우리 이야기를 황당무계한 이야기로 치부하였고, 국문학 연구 초창기 세대들은 사실재현을 기반으로 하는 서구 근대소설의 관점을 받아들여 우리 이야기의 우연성과 환상성을 미학적으로 저열한 것으로 취급하기 일쑤였다.

환상성과 도식성에 대한 비판은 근대 지식인뿐만 아니라 전통사회의 지식인인 유학자들에게도 나타난다. 신화, 전설, 민담의 환상성은 유학자들에 의해서 괴력난신(怪力亂神)으로 치부되어 성현의 가르침과 배치되는 것으로 취급되었고, 고전소설은 허구성으로 인해 사실이 아닌 거짓을 이야기하는 저급한 글쓰기로 인식되었으며, 대중들의 솔직한 감정표현은 도덕을 타락하게 하고 풍속을 저해하는 것이라 여겨졌다.

유교를 국가 이데올로기로 채택한 조선사회의 주류 문학관은 재도지문(載道之文), 곧 유학적 이상을 구현하기 위한 효용적 문학을 중시하는 것이었다. 따라서 조선시대 유학자들은 우리 이야기의 환상성을 황당·괴이한 것으로 파악하였고,[37] 이러한 이야기에 빠져들 경우 자신의 일을 내팽개치는 것은 물론 심지어 재산까지 탕진한다는 것을 경고하였다.[38] 이와 같은 유학자들의 경고는 오늘날의 문화콘텐츠에 대한 우려에 찬 시선을 연상시킨다. 언론에서는 각종 드라마 및 영화의 폭력성·선정성을 경고하고, 판타지소설과 게임에 빠져 가상현실과 현실을 혼동하고 생업을 포기하는 사례를 기사화한다.[39]

공교롭게도 문화권력을 장악하고 있는 지식인들이 우리 이야기와 문화콘텐츠를 바라보는 시선은 유사하다. 이들은 우리 이야기와 문화콘텐츠의 단순한 구조, 평면적 인물, 도식적 이야기, 우연성과 환상성 등과 같은 요소를 저급하다고 비판한다. 이 요소들은 현실에서 불가능한 수용자의 욕망을 충족시킴으로써 현실의 문제를 은폐하는 것이라고 주장한다.

그러나 우리 이야기와 문화콘텐츠에서 도식성과 환상성은 대중성을 확보하는 본질적 요소이다. 도식성과 환상성을 현실도피를 통해 이상화된 삶의 모습을 보여주는 보수적 이데올로기의 산물로 바라보는 것은 우리 이야기와 문화콘텐츠의 장르적 성격을 고려하지 않는 것이다. 우리 이야기와 문화콘텐츠는 대중문화를 기반으로 하는 속성상 대중들의 소망 충족과 관계가 깊은 장르이다. 특정 이데올로기의 시각으로 우리 이야기와 문화콘텐츠를 재단하기보다는 대중들이 우리 이야기와 문화콘텐츠를 수용하는 과정을 주목해야 할 것이다.

---

37) '그밖에 음란하고 황당하며 괴이한 작품이 나오면 나올수록 더욱 기이해지니 실로 천하의 풍속을 어지럽힐 따름이다.'(其他淫褻日荒誕之作 愈出愈奇 足以亂天下風俗耳. 李頤命, 『疎齋集』 권12, 漫錄.)

38) '언번전기(諺飜傳奇)는 탐독해서는 안 된다. 집안일과 길쌈을 게을리 하며, 그것을 돈을 주고 빌려다 읽고, 이에 빠져 혹하기를 마지않아 한 집안의 재산을 기울이는 사람까지 있다.'(諺飜傳奇 不可耽看 廢置家務 怠棄女紅 至於與錢而貰之 沈惑不已 傾家産者有之, 李德懋, 『士小節』 권8, 婦儀, 靑莊館全書.)

39) 이러한 사례를 언급하는 것은 요즘의 현상을 옹호하려는 것이 아니라 우리이야기에 대한 부정적 인식과 오늘날 문화콘텐츠에 대한 우려의 목소리가 놀랄 만큼 닮아있으며, 그 유사성의 밑바탕엔 지식인들의 대중문화에 대한 폄하의 시선이 자리 잡고 있다는 것을 지적하고자 하는 것이다.

우리 이야기를 살펴보면 그 내용이 도식적이고 예측 가능하다는 것을 쉽게 알 수 있다. 이야기를 구조적으로 분석하면 거의 유사한 서사진행을 보이고, 앞으로 주인공의 행적이 어떻게 진행될지 눈에 뻔히 보인다. 자동화된 일상의 익숙함을 낯설게 하여 그 감각을 생생하게 돌려주지는 못할망정 늘 비슷한 패턴의 유사한 이야기가 반복되고 있는 것이다.

그런데 이러한 명백함, 뻔함, 예측 가능함이야말로 대중의 관심을 사로잡는 매우 중요한 전략이고, 대중문화의 중요한 속성이다. 도식성이라는 것 자체가 대중적으로 인기 있는 일련의 패턴을 정립한 것이라 할 수 있다. 도식성이 추구되는 것은 과거로부터 길들여진 체험이 독자의 내부에 형성해 놓은 기대지평으로 인해 독자가 새로 접하는 작품에서도 쉽고 편안한 체험을 추구하기 때문이다.[40] 이러한 기대지평의 확장은 문화콘텐츠 스토리텔링에서도 여전히 유효하다.

그런데 우리 이야기의 도식성은 시대와 장소를 초월하여 인간이 가지는 공통적인 감정에 기반하고 있지만, 문화적 맥락이나 시대적 추이에 따라 새로운 인물 형상과 갈등을 요구하는 경향을 지닌다. 〈춘향전〉을 예로 들면 시대를 초월한 사랑의 가치와 삼각관계 구조는 지속적으로 반복되지만 〈춘향전〉이 재현되는 사회·문화적 환경에 따라 춘향의 성격이나 갈등의 초점이 변화하는 것이다. 그렇기 때문에 도식성은 진부하고 상투적인 이야기의 반복에 그치지 않고 변화하는 시대를 반영하고 새로운 이야기 거리를 수렴하는 스토리텔링의 유희적 요소로 작용할 수 있는 것이다.

환상성은 대중의 욕망과 관련을 가진다. 환상에 대한 충동은 권태로부터의 탈출, 놀이, 환영(幻影), 결핍된 것에 대한 갈망 등을 통해 현실에서 주어진 것을 변화시키려는 욕구에서 기인한다.[41] 즉, 환상이란 사실적이고 정상적인 것들이 갖는 제약에 대한 의도적인 일탈인 것이다. 이러한 환상은 신화 이래 서사의 중요한 요소였지만 근대 리얼리즘 소설이 등장하면서 비판을 받았다.

근대 리얼리즘 이론가들은 경험적 현실과 일치되는 리얼리티를 추구하는 것이

---

40) J.G 카웰티(박성봉 편역), 「도식성과 현실도피의 문화」, 『대중예술의 이론들』, 동연, 1994, 83쪽.
41) 캐스린 흄(한창엽 역), 『환상과 미메시스』, 푸른나무, 2000, 55쪽.

세계를 객관적으로 재현하는 방식이라 주장하였고, 환상적 소재는 사실재현에 입각하지 않은 인과관계가 불명확한 전근대적인 요소로 간주하였다. 미메시스(Mimesis) 중심의 문학관은 지금까지 허구 서사물에 대한 우리의 사고에 깊은 영향을 주어 리얼리티가 결여된 비현실적 이야기들은 근대소설의 수준에 도달하지 못한 함량미달의 작품이라는 편견을 갖게 되었다.

그러나 실상 서사에서 사실재현의 방식과 환상적 상상력은 개별 작품에서 공존하면서 이야기를 지탱하는 대조적이며 상보적인 관계로 작용한다. 서사는 리얼리티와 환상이라는 각기 다른 방식을 통해 진실을 탐구하고 즐거움을 제공한다. 서사물의 종류에 따라 리얼리티와 환상 가운데 한쪽이 우세하게 나타날 수 있으며, 하나의 서사물 안에서 이 두 가지 상상력이 조화롭게 공존하거나 긴장을 유발하며 갈등할 수도 있다.[42]

미메시스를 중심으로 한 '현실/허구, 본질/가상'과 같은 이분법적 사고는 문자 중심의 문화에서 벗어나 다양한 소통방식이 존재하는 멀티미디어 시대인 오늘날에는 그 한계를 노정하고 있다.[43] 오히려 미메시스에 대한 반발로 환상(Fantasy)이 문화와 예술의 주요한 충동으로서 주목받고 있다.

인간은 그 자신의 모순으로 인한 불완전성을 내재하고 있는 존재이다. 인간은 반복되는 현실에 만족하기보다는 더 나은 세계에 대해 동경하고, 지금 그것이 이루어지지 못한다면 현실을 일탈하려는 욕망을 지니고 있다. 이렇게 해소되지 않은 욕망을 풀어내기 위해서는 환상의 세계를 호명해야 한다. 환상의 세계에서는 현실에서 불가능한 일들이 존재할 수 있다. 단순히 우리가 살고 있는 세계관이 아닌 보다 다차원적 세계관을 그릴 수 있고, 상상할 수 있는 힘. 그것이 바로 대중들이 시대를 초월하여 환상을 향유하는 원동력이고, 스토리텔링에 있어서 우리 이야기의 가치일 것이다.

---

42) 박진·김행숙, 『문학의 새로운 이해』, 청동거울, 2004, 40~41쪽.
43) 이명현, 「구미호에 대한 전통적 상상력과 애니메이션으로의 재현: 〈천년여우 여우비〉를 중심으로」, 『문학과 영상』 8-3, 문학과영상학회, 2007, 189~190쪽.

제2부

옛 이야기의 재해석과
스토리텔링

제1장

신성한 이야기

1. 단군신화

『위서(魏書)』[1]에 이렇게 말했다. "지금으로부터 2,000년 전에 단군 왕검[2]이 있었다. 그는 아사달(阿斯達[3]; 경(經)에는 무엽산(無葉山)이라 하고 또는 백악(白岳)이라고도 하는데 백주(白州)에 있었다. 혹은 또 개성 동쪽에 있다고도 한다. 이는 바로 지금의 백악궁이다.)에 도읍을 정하고 새로 나라를 세워 국호를 조선(朝鮮)이라고 불렀으니 이것은 고(高)[4]와 같은 시기였다."

또 「고기(古記)」[5]에는 이렇게 말했다. "옛날에 환인(桓因[6]; 帝釋을 말함)의 서자(庶子) 환웅(桓雄)이란 이가 있었는데 자주 천하를 차지할 뜻을 두어 사람이 사는 세상

---

1) 『위서(魏書)』는 북제(北齊) 위수(魏收)가 왕명을 받아 지은 114권의 책. 조씨의 위와 구별하기 위해서 『후위서(後魏書)』라고도 함.

2) 단군(檀君)은 이 책 원문에는 모두 단군(壇君)으로 되어 있다. 조선의 시조. 환웅의 아들. 태백산 단목 밑에서 났다고 해서 단군(檀君)이라 했다고 한다. 「조선세기(朝鮮世紀)」에 "帝堯氏 帝天下二十有五年 戊辰 檀君 立焉 始都平壤 國號朝鮮 桓雄之庶子 天神桓因之庶子 降于太白之山 檀木之下 因假化合而生子 以生檀樹下 是爲檀君生而神明 後入山不知所終 壽千四百有八歲 國人立廟祠之 題曰朝鮮始祖檀君"이라고 전한다.

3) 단군이 조선을 세울 때의 서울로 지금의 평양 부근에 있는 백악산으로 추정된다.

4) 고(高)는 중국의 요(堯)의 대자(代字)이다. 고려 정종의 이름을 휘(諱)하여 음(音) 비슷한 고(高)로 썼다.

5) 「단군고기(檀君古記)」를 말한다. 「단군본기(檀君本紀)」라고도 한다. 단군의 사적을 기록한 최고의 문헌으로 추정되지만 현재 전하지 않는다.

6) 지금 말로는 하늘이다. 원문 주(注)에 제석(帝釋)을 말한다고 했는데, 이 제석은 범어로서, 사천왕과 삼십이 천을 통솔하면서 불법과 불법에 귀의하는 사람을 보호하며 아수라의 군대를 정벌한다는 하늘의 임금이다. 그러므로 환인이란 즉 하느님을 가리킨 말이다.

을 탐내고 있었다. 그 아버지가 아들의 뜻을 알고 삼위태백산(三危太伯山)[7]을 내려다보니 인간들을 널리 이롭게 해줄 만했다. 이에 환인은 천부인(天符印)[8] 세 개를 환웅에게 주어 인간의 세계를 다스리게 했다. 환웅은 무리 3,000명을 거느리고 태백산(太伯山) 마루턱(곧 太伯山은 지금의 妙香山)에 있는 신단수(神檀樹)[9] 밑에 내려왔다. 이곳을 신시(神市)[10]라 하고, 이분을 환웅천왕(桓雄天王)[11]이라고 이른다. 그는 풍백(風伯)·우사(雨師)·운사(雲師)[12]를 거느리고 곡식·수명(壽命)·질병(疾病)·형벌(刑罰)·선악(善惡) 등을 주관하고, 모든 인간의 360여 가지 일을 주관하여 세상을 다스리고 교화했다.

이때 범 한 마리와 곰 한 마리가 같은 굴속에서 살고 있었는데 그들은 항상 환웅에게 빌어 사람이 되기를 원했다. 이때 환웅이 신령스러운 쑥 한 줌과 마늘 20개를 주면서 말하기를 '너희들이 이것을 먹고 백 일 동안 햇빛을 보지 않으면 곧 사람이 될 것이다.' 했다.

이에 곰과 범이 이것을 받아먹으면서 삼칠일(21일) 동안 금기하였더니 곰은 여자의 몸으로 변했으나, 범은 금기하지 못하여 사람의 몸으로 변하지 못했다. 웅녀는 혼인해서 같이 살 사람이 없으므로 날마다 단수(壇樹) 밑에서 아기 배기를 축원했다. 환웅이 잠시 거짓 변하여 그와 혼인했더니 이내 잉태해서 아들을 낳았다. 그 아기의 이름을 단군왕검(檀君王儉)이라 한 것이다. 단군왕검은 당고(唐高)[13]가 즉위한 지 50년인 경인년(庚寅年; 요가 즉위한 원년은 무진(戊辰)년이다. 그러니 50년은 정사(丁巳)요, 경인이 아니다. 이것이 사실이 아닌지 의심스럽다.)에 평양성(平壤城; 지금의 서경)에

---

7) 삼위(三危)는 중국 글에 산명·지명으로 많이 나온다. 『서경(書經)』 舜典 竄三苗于三危의 疏에, "竄三苗於三危 是三危 爲西裔之山也 其山必是西裔 未知山之所在"했다. 태빅(太伯)은 우리나라 山이다. 이 삼위와 관련되는 산이라는 뜻에서 삼위태백이라 한 것이 아닌가 싶다.

8) 신의 위력과 영험한 표상이 되는 부인(符印). 이것을 가지고 인간 세계를 다스리게 된다. 그 물체가 무엇인지에 대해서는 전하는 기록이 없으나 보배로운 물건이었음은 미루어 알만하다.

9) 신단에 서 있는 나무. 신단은 신에게 제사 드리는 단임.

10) 신정시대(神政時代)의 신성한 장소를 말함.

11) 천왕(天王)은 천자의 칭호이다. 중국에서는 『춘추(春秋)』의, "秋七月 天王 使宰咺來歸惠公仲子之賵"을 위시하여 천왕이란 기록이 많다. 우리나라에서는 고대에 환웅을 천왕이라 한 것이 처음이다.

12) 풍백(風伯)·우사(雨師)·운사(雲師)는 바람·비·구름을 맡은 주술사를 의미한다.

13) 당고(唐高) 당요(唐堯)를 말한다.

도읍하여 비로소 조선(朝鮮)이라고 불렀다. 또 도읍을 백악산(白岳山) 아사달(阿斯達)로 옮기더니 궁홀산(弓忽山; 일명 方忽山)이라고도 하고 금미달(今彌達)이라고도 한다. 그는 1,500년 동안 여기에서 나라를 다스렸다. 주(周)나라 호왕(虎王)[14]이 즉위한 기묘년(己卯年)에 기자(箕子)[15]를 조선에 봉했다. 이에 단군은 장당경(藏唐京)[16]으로 옮겼다가 뒤에 돌아와서 아사달에 숨어서 산신(山神)이 되니, 나이는 1908세였다고 한다."

당나라 「배구전(裵矩傳)」에는 이렇게 전한다. "고려[17]는 원래 고죽국(孤竹國; 지금의 海州)이었다. 주나라에서 기자를 봉해줌으로 해서 조선이라 했다. 한(漢)나라에서는 세 군으로 나누어 설치하였으니 이것이 곧 현토(玄菟)·낙랑(樂浪)·대방(帶方; 北帶方)이다."

「통전(通典)」[18]에도 역시 이 말과 같다(『한서(漢書)』에는 진번·임둔·낙랑·현토의 네 군으로 되어 있다. 그런데 여기에서는 세 군으로 되어 있고, 그 이름도 같지 않으니 무슨 까닭일까?).

2. 주몽신화·동명왕편

고구려(高句麗)는 곧 졸본부여(卒本扶餘)다. 혹은 말하기를 지금의 화주(和州), 또는 성주(成州)라고 하지만 이것은 모두 잘못이다. 졸본주(卒本州)는 요동(遼東)의 경계에 있었다.

『국사(國史)』「고려본기(高麗本紀)」에 이렇게 말했다. "시조(始祖) 동명성제(東明聖帝)의 성(姓)은 고씨(高氏)요, 이름은 주몽(朱蒙)이다. 이보다 앞서 북부여(北扶餘)의

---

14) 호왕(虎王)은 무왕(武王)을 말한다. 이것도 고려 혜종의 이름을 휘(諱)한 것이다.

15) 기자는 중국 은나라 삼인(三仁)의 한 사람이다. 이름은 서여(胥餘)이다. 자(子)의 작(爵)으로 기(箕)에 봉해졌다 하여 기자라 한다고 전한다. 주무왕이 주를 쳐서 이겨 기자를 맞아 조선에 봉했다고 한다. 그가 지은 「맥수가(麥秀歌)」는 유명하다. 평양에 기자의 능이 있다. 그러나 사실 여부에 의문이 많다.

16) [藏唐京] 黃海道 九月山 밑에 있던 지명.

17) 고려(高麗)는 여기에서 고구려(高句麗)를 말한다. 중국 사서에 이렇게 쓴 예가 비일비재하다.

18) [通典] 모두 200권으로, 唐의 杜佑가 지음. 여기에는 食貨·選擧·職官·禮樂·兵刑·邊方 등 여러 부문에 걸쳐 위로는 黃虞로부터 아래로는 天寶年間에 이르기까지의 政典이 기록되어 있음.

왕 해부루(解夫婁)가 이미 동부여(東扶餘)로 피해 가고, 부루가 죽자 금와(金蛙)가 왕 위를 이었다. 이때 금와는 태백산(太伯山)[19] 남쪽 우발수(優渤水)[20]에서 여자 하나를 만나서 물으니 그 여자는 말하기를, '나는 하백(河伯)의 딸로서 이름을 유화(柳化)라 고 합니다. 여러 동생들과 함께 물 밖으로 나와서 노는데, 남자 하나가 오더니 자기 는 천제(天帝)의 아들 해모수(解慕漱)라고 하면서 나를 웅신산(熊神山)[21] 밑 압록강(鴨 綠江) 가의 집 속에 유인하여 남몰래 정을 통하고 가더니 돌아오지 않았습니다. 부 모는 내가 중매도 없이 혼인한 것을 꾸짖어서, 드디어 이곳으로 귀양보냈습니다.' 했다.(『단군기(檀君記)』에는 '단군이 서하(西河)의 하백의 딸과 친하여 아들을 낳아서 부루(夫 婁)라고 이름했다.'고 했다. 지금 이 기록을 상고해 보면 해모수가 하백의 딸과 사사로이 통해서 주몽(朱蒙)을 낳았다고 했다. 『단군기』에는, '아들을 낳아 이름을 부루라고 했다.' 했으니 그렇다 면, 부루와 주몽은 배다른 형제일 것이다.)

금와(金蛙)가 이상히 여겨 그녀를 방 속에 가두어 두었더니 햇빛이 방 속으로 비쳐 오는데, 그녀가 몸을 피하면 햇빛은 다시 쫓아와서 비쳤다. 이로 인해 태기가 있어 알 하나를 낳으니, 크기가 닷 되들이만 했다. 왕은 그것을 버려서 개와 돼지 에게 주게 했으나 모두 먹지 않는다. 다시 길에 내다 버렸더니 소와 말이 그 알을 피해서 가고, 들에 내다 버리니 새와 짐승들이 알을 덮어 주었다. 왕이 이것을 쪼 개 보려고 했으나 아무리 해도 쪼개지지 않아 그 어머니에게 돌려주었다. 어머니 가 이 알을 천으로 싸서 따뜻한 곳에 놓아두었더니 한 아이가 껍질을 깨고 나왔는 데, 골격과 외모가 영특하고 기이했다. 나이 겨우 일곱 살에 기골이 뛰어나서 범인 과 달랐다. 스스로 활과 화살을 만들어 쏘는데 백 번 쏘면 백 번 다 맞히었다. 나라 풍속에 활 잘 쏘는 사람을 주몽(朱蒙)이라고 하므로 그 아이를 주몽이라 이름했다.

금와에게는 아들 일곱이 있는데 항상 주몽과 함께 놀았으나 재주가 주몽을 따르 지 못했다. 장자 대소(帶素)가 왕에게 말했다. '주몽은 사람이 낳은 자식이 아닙니 다. 만일 일찍 없애지 않는다면 후환이 있을까 두렵습니다.' 왕은 그 말을 듣지

---

19) 여기의 태백산(太伯山)은 백두산을 말하는 것이다.
20) 우발수(優渤水)는 일설에 의하면 상평지(上坪池)라고 한다.
21) 웅신산은 지금의 백두산을 말한다.

않고 주몽을 시켜 말을 기르게 하니 주몽은 좋은 말을 알아보아 적게 먹여서 여위게 기르고, 둔한 말을 잘 먹여서 살찌게 했다. 이에 왕은, 살찐 말은 자기가 타고 여원 말은 주몽에게 주었다.

왕의 여러 아들과 신하들이 주몽을 장차 죽일 계획을 하니 주몽의 어머니가 이 기미를 알고 말했다. '지금 나라 안 사람들이 너를 해치려고 하는데, 네 재주와 지략을 가지고 어디를 가면 못 살겠느냐. 빨리 이곳을 떠나도록 해라.' 이에 주몽은 오이(烏伊) 등 세 사람을 벗으로 삼아 엄수(淹水; 지금의 어딘지는 자세치 않다.)에 이르러 물을 보고 말했다. '나는 천제의 아들이요, 하백의 손자이다. 오늘 도망해 가는데 뒤쫓는 자들이 거의 따라오게 되었으니 어찌하면 좋겠느냐.' 말을 마치니 물고기와 자라가 다리를 만들어 주어 건너게 하고, 모두 건너자 이내 풀어 버려 뒤쫓아 오던 기병(騎兵)은 건너지 못했다. 이에 주몽은 졸본주(卒本州; 玄菟郡과의 경계)에 이르러 도읍을 정했다. 그러나 미처 궁실을 세울 겨를이 없어서 비류수(沸流水)[22] 위에 집을 짓고 살면서 국호를 고구려(高句麗)라 하고, 고(高)로 씨(氏)를 삼았다.(본성은 해(解)였다. 그러나 지금 천제의 아들을 햇빛을 받아 낳았다 하여 스스로 고(高)로 씨(氏)를 삼은 것이다.) 이때의 나이 12세[23]로서, 한(漢)나라 효원제(孝元帝) 건소(建昭) 2년 갑신(甲申)에 즉위하여 왕이라 일컬었다. 고구려(高句麗)가 제일 융성하던 때는 21만 508호[24]나 되었다."

『주림전(珠琳傳)』[25] 제21권에 이렇게 실려 있다. "옛날 영품리왕(寧禀離王)[26]의 시비(侍婢)가 임신했는데, 상(相) 보는 자가 점을 쳐 말하기를, '귀하게 되어 왕이 될 것입니다.'고 하자 왕은 '내 아들이 아니니 마땅히 죽여야 한다'고 했다. 시비가

---

22) 비류수에 대해 『고려사(高麗史)』에는 평양의 동북쪽으로 추측하였고, 『동국여지승람(東國與地勝覽)』에서도 이 설을 따라 평안도 성천조에 나와 있으나 모두 확실치 못하다. 만주 동가강(佟佳江) 상류로 추측하는 설이 유력하다.

23) 『삼국사기(三國史記)』에는 22세로 되어 있다.

24) 『삼국사기』에는 고구려가 망할 때 69만여 호라고 했다.

25) 『주림전(珠琳傳)』은 『법원주림(法苑珠琳)』을 이른다. 도합 120권. 당나라의 중 세도(道世)가 지었다. 전체를 백편으로 나누고 또 각 편을 다시 세부적으로 나누어 668부를 만들었다. 불교의 옛 이야기를 분류한 책으로 불전의 훈고(訓詁)를 이해하는 데 편리하다.

26) 원주(原註)에는 영품리왕을 부루왕의 이칭(異稱)이라고 했다.

말하기를 '무슨 이상한 기운이 하늘로부터 내려오더니 임신한 것입니다' 했다. 드디어 아이를 낳자 왕은 상서롭지 못한 일이라 하여 돼지우리에 내다 버리니 돼지가 입김을 불어 보호해 주고, 마구간에 내다 버리니 말이 젖을 먹여서 죽지 않게 해 주었다. 이 아이가 자라서 마침내 부여(扶餘)의 왕이 되었다."(이것은 동명제(東明帝)가 졸본부여의 왕이 된 것을 말한 것이다. 이 졸본부여는 역시 북부여의 딴 도읍이다. 때문에 부여왕이라 이른 것이다. 영품리는 부루왕의 다른 칭호이다.)

1) 동명왕편(東明王篇)

서(序)

세상에서 동명왕(東明王)의 신이(神異)한 일이 이야기되고 있는데, 비록 배운 것 없는 미천한 남녀들까지도 제법 그에 관한 일들을 얘기할 수 있을 정도이다.

내가 일찍이 이 이야기를 듣고는 웃으며 "선사(先師) 공자님은 괴력난신(怪力亂神)을 말씀하지 아니하셨는데, 이 동명왕 설화는 실로 황당하고 기궤(奇詭)하니 우리들의 논의할 바가 아닌 것이다"라고 말한 일이 있었다.

그 후 위서(魏書)·통전(通典)을 읽어보니 그 사실이 기록되어 있었다. 그러하나 간략하고 상세치 않았으니, 이는 자국내(自國內)의 일은 소상케 하고, 외국의 것은 줄인 뜻이 아니겠는가?

다음 계축년(癸丑年) 사월에 구삼국사(舊三國史)를 얻어서 동명왕본기(東明王本紀)를 보니, 그 신이한 사적(事迹)이 세상에서 이야기되고 있던 바보다 더 자세하였다.

그러나 역시 처음에는 그를 믿지 못하였으니, 귀환(鬼幻)스럽다고 생각하였기 때문이다. 여러 번 탐독(耽讀) 미독(味讀)하여 차차로 그 근원을 찾아가니, 이는 환(幻)이 아니고 성(聖)이며, 귀(鬼)가 아니고 신(神)이었다. 하물며 국사(國史)는 직필(直筆)하는 책이니 어찌 그 사실을 망전(妄傳)하겠느냐? 김공(金公) 부식(富軾)이 국사를 다시 편찬할 때 동명왕의 사적을 매우 간략하게 다루었다. 공은 국사란 세상을 바로잡을 책이니, 크게 신이(神異)한 일로써 후세에 보여줌은 옳지 않다고 생각하여 그를 간략하게 했을 것이 아니겠는가?

당(唐) 현종본기(玄宗本紀)와 양귀비전(楊貴妃傳)을 살펴보면, 한 곳에도 방사(方士)

가 하늘에 오르고 땅에 들어간 사적이 없었는데, 오직 시인 백낙천(白樂天)이 그들의 사적이 윤몰(淪沒)될까 걱정하여 노래로 지어 그 일들을 기록했다. 그것은 실로 황음(荒淫)하고 기탄(奇誕)스런 일인데도 오히려 또한 노래로 읊어서 후세에 보였는데, 하물며 동명왕의 사적은 변화신이(變化神異)하여 여러 사람들의 눈을 현혹(眩惑)시킬 일이 아니고, 실로 창국(創國)하신 신의 자취인 것이다. 이러하니, 이 일을 기술(記述)하지 않으면 앞으로 후세에 무엇을 볼 수 있으리요.

이런 까닭에, 시를 지어 이를 기념하고 천하 사람들로 하여금 우리나라의 근본이 성인(聖人)의 나라임을 알게끔 하려 할 따름인 것이다.

본시(本詩)

원기(元氣)가 혼돈 없애 천황(天皇) 지황(地皇) 태어났다.

십삼, 십일, 머리모양 체모(體貌)도 기이터라.

그 남은 어진 제왕(帝王) 경사(經史)에도 올라 있다.

여절(女節)은 대성(大星)느껴 대호지(大昊摯) 낳았고,

여추(女樞)는 전욱(顓頊) 낳되 그도 칠성(七星) 느낌이라.

복희씨(伏羲氏)는 제사법을, 수인씨(燧人氏)는 불(火)의 발명,

명엽(蓂葉)은 요제(堯帝) 상서(祥瑞), 곡우(穀雨)는 신농(神農) 서징(瑞懲)

청천(靑天)은 여와(女媧)가 깁고, 홍수(洪水)는 우(禹)의 치수(治水),

황제(黃帝) 승천시(昇天時)에 염룡(髥龍) 어찌 나타났다.

태고(太古)적 순박할 때 영성(靈聖)한 일 많았건

후세(後世)는 박정(薄情)하고 풍속은 사나와서,

성인(聖人) 간혹 탄생하나 신(神)의 출현(出現) 드물었다.

한(漢) 나라 신작(神雀) 삼 년 첫여름에 훌쩍 온 분,

해동(海東)의 해모수(解慕漱)니 참으로 천제자(天帝子)라.

공중에서 내릴 적에 오룡거(五龍車)에 몸을 싣고,

따른 이 백여 인은 고니 타고 우의(羽衣) 날려,

맑은 풍악 퍼져 가고 채운(彩雲)은 뭉게 뭉게

자고(自古)로 수명군(受命君)은 모두가 천인(天人)이나,

대낮에 하늘 내림 옛부터 드물었다.

아침에는 인간 세상 저녁에는 하늘 나라.

고인(古人)에게 들어보니 하늘나라 머나먼 길,

이억만에 팔천하고 칠백에 팔십 리라.

사다리로 어려운데 날아가기 지치거늘,

조석(朝夕) 승강(昇降) 마음대로 이런 이치 어디 있나.

성북(城北)에 청하(靑河) 있어 하백(河伯) 삼녀(三女) 예쁘더라.

압록 물결 헤쳐 나와 웅심연(熊心淵)에 떠서 놀다.

쟁그랑 패옥(佩玉) 소리 아리따운 얼굴들,

한고대(漢皐臺)로 알았다가 낙수지(落水沚)를 생각하다.

사냥 나온 왕이 보고 눈짓으로 뜻 보내니,

미색(美色) 도취(陶醉) 아니옵고 아들 둘 뜻 바빴구나.

삼녀(三女)는 임금 보자 물속으로 피하였다.

궁전(宮殿)을 잠간 지어 노는 모양 망보려고,

말채로 금 그으니 동실(銅室)이 우뚝 섰네.

금준미주(金樽美酒) 차려 두니, 과연 자래(自來)하여 대작(對酌)터니 취했구나.

이때 왕이 가로막자 놀라 뛰다 넘어지네.

장녀(長女) 이름 유화(柳花)인데 그를 왕이 잡았구나.

하백(河伯)은 크게 성나, 사자(使者)를 급히 보내

이르기를 그대 뉘요. 어찌 감히 방자(放恣)할꼬.

회보(回報)하되 천제자(天帝子)며 귀문(貴門)에 청혼(請婚)하오.

지천(指天)하여 용거(龍車)불러 해궁(海宮)으로 들어가다.

하백이 왕에게 이르기를 혼인은 막중(莫重)한 일,

매자(媒者) 폐백(幣帛) 절차 있되 어찌하여 무례한고.

진실로 상제자(上帝子)면 신통(神通)을 시험하자,

파아란 물결 속에 하백이 잉어 되자,

왕은 문득 수달 되어 몇 발만에 잡았도다.

이번엔 날개 돋아 너울거려 꿩이 되니,

왕이 또한 매가 되어 치는 솜씨 억세었다.

사슴 되어 달아나니 늑대 되어 쫓아갔다.

하백은 신통(神通) 알아 술자리로 잔치하다.

만취(滿醉)하자 혁여(革輿) 태워 딸을 곁에 실어 두다.

그의 뜻은 딸도 함께 천상(天上)으로 오르도록.

물에서 뜨기 전에 술이 깨서 놀라 일다.

황금 비녀를 뽑아 쥐고 가죽 뚫어 빠져 나가,

하늘구름 홀로 탄 뒤 적막히 소식 끊다.

하백이 딸을 책망하여 입술을 석 자 뽑아,

우발수(優渤水)에 추방하되 비복(婢僕) 둘만 주었구나.

어부가 물 속 보니 기수(奇獸)가 헤엄친다.

금와왕(金蛙王)께 고하고 철망(鐵網)을 물에 던져

돌에 앉은 여자 얻으니 모양이 사나운데,

입술 길어 말 못 하니 세 번 잘라 입 열리다.

해모수 비(解慕漱妣) 틀림없어 별궁(別宮)에 있게 했다.

햇빛 받아 주몽(朱蒙) 낳으니 이때가 계해년.

골격이 특이하고 우는 소리 또한 컸다.

처음에는 알 낳으니 보는 이 모두 놀라.

임금은 불길(不吉)타고 이것 어찌 인류(人類)될꼬.

말 우리에 던져 두니 모든 말이 밟지 않고,

깊은 산에 버렸더니 온갖 짐승 지켜준다.

어미가 거둬 길러 달포 되니 말을 하되,

파리놈이 눈에 덤벼 편안히 잠 못 자오.

활과 살을 지어 주니 백발백중하는구나.

나이 들어 차차 커서 재능(才能)이 날로 느니,

부여왕 태자(太子)들의 투기심(妬忌心)이 생겨난다.

참소(讒訴)키를 주몽 놈은 틀림없이 비상(非常)하니,

만약 일찍 꾀찮으면 그 근심 어찌하리오.

왕이 목마(牧馬)시켰음은 그의 마음 떠봄이라.

생각하니 천손(天孫)으로 말 먹이기 부끄럽다.

마음에 새기기를 나의 삶은 죽음같아,

남쪽으로 떠나가서 나라 시작하고프나,

모자연분(母子緣分) 깊었으니 이별이란 어렵구나.

그 어미 이 말 듣자 가만히 눈물 닦고,

걱정 말고 어서 가라 나도 항상 괴로웠다.

장사(壯士)가 먼 길 가매 좋은 말이 필요하다.

마구간에 같이 가서 긴 채찍 후려치니

뭇 말이 달리는데, 문채 붉은 말 한 필이

이장(二丈) 난간 뛰넘는다. 좋은 말 알아차려

바늘을 혀에 꽂으니 쓰리고 아파 먹지 못해,

며칠 만에 야위어서 못 쓸 말 같았구나.

그 뒤 왕이 돌아보고 준 것이 이 말이라.

얻은 뒤에 바늘 뽑아 밤낮으로 먹이었다.

어진 세 분 벗이 되니, 그 사람들 지혜 있다.

남행(南行)하여 엄체(淹滯)에서 건너자니 배가 없다.

말채로 지천(指天)하며 탄식하고 하는 말이,

천손(天帝孫) 하백 외손(河伯外孫) 피난하여 여기 왔소.

가엾고 외로운 몸 천지신(天地神)은 버리나요.

활을 잡아 강물 치니 자라들이 수미(首尾) 맞춰,

덩그렇게 다리 놓아 건너가게 되었도다.

조금 뒤에 추병(追兵) 와서 건너다가 무너지다.

보리 문 쌍비둘기 날아옴은 모(母)의 사자(使者).

좋은 터에 왕도(王都) 여니 울울산천(鬱鬱産川) 높디높다.

허술한 띠자리에 약정(略定)하다 군신(君臣) 자리.

한심타 비류왕(沸流王)은 선인후(仙人後)를 억지하고

하늘 사람 몰라보아, 부용(附庸)하라 우겨대고

말조차 조심 않나. 화록(畫鹿) 배꼽 못 맞히고

놀랐구나 옥지(玉指) 깨져 칠한 고각(鼓角) 와서 보고

내 것이라 말 못하네.

동명(東明)이 서수(西狩)할 제 눈빛 고라니 만나 잡아,

해원(蟹原) 위에 매달아서 저주하여 이르기를,

비류국에 비 퍼부어 물바다로 안 만들면,

내 너를 달아 둘 터이니 나의 분을 풀어다오.

사슴 우니 소리 슬퍼 천제 귀에 들리었다.

소나기 이레 오니 회수(淮水) 사수(泗水) 기울인 듯.

송양은 걱정 근심. 갈대 줄 물에 뜨니

온 백성이 기어 붙어, 부릅뜨고 버둥대네.

동명 즉시 채찍 들어 금 그으니 물이 줄다.

송양은 항복하고 그제야 복종하다.

검은 구름 골령(鶻嶺) 덮고 산들은 안 뵈는데,

수천의 사람들이 나무 끊는 소리 모양.

왕의 말은, 하느님이 그 터에 성 쌓아 주오

문득 운무(雲霧) 흩어지니 궁궐이 우뚝 섰다.

재위한 지 십구(十九)년에 승천(昇天)하고 안 오시다.

포부 크고 기절(奇節) 가진 원자(元子) 이름 유리(類利)인데,

칼을 찾아 왕위 잇고 동이 막아 욕을 면하다.

내 성품 질박하여 기탄(奇誕)한 일 싫어했다.

동명 사적 처음 보고 환귀(幻鬼)로 의심타가,

차차로 알아보곤 전의 생각 달라졌다.

하물며 직필문(直筆文)에 한 자도 거짓 없다.

신이(神異)하고 신이쿠나, 만세(萬世) 빛날 바라.

생각컨대 초창군(草創君)에 성신(聖神) 아님 어디 있나.

유온(劉媼)은 큰 못에서 신인(神人)을 꿈에 만나,

우뢰 번개 캄캄터니 교룡(蛟龍)이 서리었다.

이렇게 잉태(孕胎)하여 탄생한 이 유계(劉季)였네.

이분이 적제(赤帝) 아들, 일어날 때 많은 길조(吉兆).

세조(世祖)가 처음 날 때 밝은 빛이 집에 가득,

적복부(赤伏符) 응하여서 황건적(黃巾賊)을 쓸어낸다.

옛부터 제왕(帝王) 설 때 서징(瑞徵)이 많았거늘,

후손들이 게을러서 선왕(先王) 제사 끊게 했네.

알았노라, 수성군(守成君)은 대소사(大小事)에 조심하며,

왕위(王位)에선 관인(寬仁)하고 다스림엔 예의(禮儀) 서야,

길이길이 자손 잇고 나라 살림 무궁하리.

3. 가락국기

천지가 처음 열린 이후로 이곳에는 아직 나라 이름이 없었다. 그리고 또 군신의 칭호도 없었다. 이럴 때에 아도간·여도간·피도간·오도간·유수간·유천간·신천간·오천간·신귀간 등 아홉 간이 있었다. 이들 촌장들이 백성들을 통솔했으니 모두 100호로서 7만 5,000명이었다. 이 사람들은 거의 산과 들에 모여서 살았으며 우물을 마시고 밭을 갈아 곡식을 먹었다.

후한의 세조 광무제 건무 18년 임인 3월 계욕일에 그들이 살고 있는 북쪽 구지에서 무엇을 부르는 이상한 소리가 났다. 백성 2, 3백 명이 여기에 모였는데 사람의 소리 같기는 하지만 그 모양을 숨기고 소리만 내서 말한다. "여기에 사람이 있느냐?" 아홉 간 등이 말한다. "우리들이 있습니다." 그러자 또 말한다. "내가 있는

곳은 어디냐." "구지입니다." 또 말한다. "하늘이 나에게 명하기를 이곳에 나라를 새로 세우고 임금이 되라고 하였으므로 일부러 여기에 내려온 것이니, 너희들은 모름지기 산봉우리 꼭대기의 흙을 파면서 노래를 부르되 '거북아 거북아, 머리를 내밀라. 만일 내밀지 않으면 구워먹겠다' 하고, 뛰면서 춤을 추어라. 그러면 곧 대왕을 맞이하여 기뻐 뛰놀게 될 것이다." 구간들은 이 말을 좇아 모두 기뻐하면서 노래하고 춤추다가 얼마 안 되어 우러러 쳐다보니 다만 자줏빛 하늘에서 드리워져서 땅에 닿아 있다. 그 노끈의 끝을 찾아보니 붉은 보자기에 금으로 만든 상자가 싸여 있으므로 열어 보니 해처럼 둥근 황금 알 여섯 개가 있었다. 여러 사람들은 모두 놀라고 기뻐하여 함께 백배하고 얼마 있다가 다시 싸안고 아도간의 집으로 돌아와 책상 위에 놓아 두고 여러 사람은 각기 흩어졌다. 이런 지 12시간이 지나, 그 이튿날 아침에 여러 사람들이 다시 모여서 그 함을 여니 여섯 알은 화해서 어린이가 되어 있는데 용모가 매우 훤칠했다. 이들을 평상 위에 앉히고 여러 사람들이 절하고 하례하면서 극진히 공경했다. 이들은 나날이 자라서 10여 일이 지나니 키는 9척으로 은나라 천을과 같고 얼굴은 용과 같아 한나라 고조와 같았다. 눈썹이 팔자로 채색이 나는 것은 당나라 고조와 같고, 눈동자가 겹으로 된 것은 우나라 순과 같았다. 그가 그달 보름에 왕위에 오르니 세상에 처음 나타났다고 해서 이름을 수로라고 했다. 혹은 수릉이라고도 했다. 나라 이름을 대가락이라 하고 또 가야국이라고도 하니 이는 곧 여섯 가야 중의 하나다. 나머지 다섯 사람도 각각 가서 다섯 가야의 임금이 되니 동쪽은 황산강, 서남쪽은 창해, 서북쪽은 지리산, 동북쪽은 가야산이며 남쪽은 나라의 끝이다. 그는 임시로 대궐을 세우게 하고 거처하면서 다만 질박하고 검소하니 지붕에 이은 이엉을 자르지 않고, 흙으로 쌓은 계단은 겨우 3척이었다.

즉위 2년 계묘 정월에 왕이 말하기를, "내가 서울을 정하려 한다." 하고는 이내 임시 궁궐의 남쪽 신답평에 나가 사방의 산악을 바라보다가 좌우 사람을 돌아보고 말한다.

"이 땅은 협소하기가 여뀌잎과 같지만 수려하고 기이하여 16나한이 살 만한 곳이다. 더구나 1에서 3을 이루고 그 3에서 7을 이루니 7성이 살 곳으로 가장 적합하다. 여기에 의탁하여 강토를 개척해서 마침내 좋은 곳을 만드는 것이 어떻겠느냐."

여기에 1,500보 둘레의 성과 궁궐과 전당 및 여러 관청의 창고와 무기고와 곡식 창고를 지을 터를 마련한 뒤에 궁궐로 돌아왔다. 두루 나라 안의 장성과 공장들을 불러 모아서 그달 20일에 성 쌓는 일을 시작하여 3월 10일에 공사를 끝냈다. 그 궁궐과 옥사는 농사일에 바쁘지 않은 틈을 이용하니 그해 10월에 비로소 시작해서 갑진년 2월에 완성되었다. 좋은 날을 가려서 새 궁으로 거동하여 모든 정사를 다스리고 여러 일도 부지런히 보살폈다. 이때 갑자기 완하국 함달왕의 부인이 아기를 배어 달이 차서 알을 낳으니, 그 알이 화해서 사람이 되어 이름을 탈해라 했는데, 이 탈해가 바다를 좇아서 가락국에 왔다. 키가 3척이요 머리 둘레가 1척이나 되었다. 그는 기꺼이 대궐로 나가서 왕에게 말하기를, "나는 왕의 자리를 빼앗으러 왔소." 하니 왕이 대답했다. "하늘이 나를 명해서 왕위에 오르게 한 것은 장차 나라를 안정시키고 백성들을 편안케 하려 함이니, 감히 하늘의 명을 어겨 왕위를 남에게 줄 수도 없고, 또 우리 국민을 너에게 맡길 수도 없다." 탈해가 말하기를 "그렇다면 술법으로 겨뤄 보려는가?" 하니 왕이 좋다고 하였다. 잠깐 동안에 탈해가 변해서 매가 되니 왕이 변해서 독수리가 되고, 또 탈해가 변해서 참새가 되니 왕은 새매로 화하는데 그 변하는 것이 조금도 시간이 걸리지 않았다. 탈해가 본 모양으로 돌아오자 왕도 역시 전 모양이 되었다. 이에 탈해가 엎드려 항복한다. "내가 술법을 겨루는 마당에 있어서 매가 독수리에게, 참새가 새매에게 잡히기를 면한 것은 대개 성인께서 죽이기를 미워하는 어진 마음을 가진 때문입니다. 내가 왕과 더불어 왕위를 다툼은 실로 어려울 것입니다." 탈해는 문득 왕께 하직하고 나가서 이웃 교외의 나루터에 이르러 중국에서 온 배가 대는 수로로 갔다. 왕은 그가 머물러 있으면서 반란을 일으킬까 염려하여 급히 수군 500척을 보내어 쫓게 하니 탈해가 계림의 땅 안으로 달아나므로 수군은 모두 돌아왔다. 그러나 여기에 실린 기사는 신라의 것과는 많이 다르다.

　건무 24년 무신 7월 27일에 구간 등이 조회할 때 말씀드렸다. "대왕께서 강림하신 후로 좋은 배필을 구하지 못하였으니 신들 집에 있는 처녀 중에서 가장 예쁜 사람을 골라서 궁중에 들여보내어 대왕의 짝이 되게 하겠습니다." 그러자 왕이 말했다. "내가 여기에 내려온 것은 하늘의 명령일진대, 나에게 짝을 지어 왕후를 삼게 하는 것도 역시 하늘의 명령이 있을 것이니 경들은 염려 말라." 왕은 드디어 유천간에게 명해서 정주와 준마를 가지고 망산도에 가서 서서 기다리게 하고, 신귀 간에게 명하여 승점으로 가게 했더니 갑자기 바다 서쪽에서 붉은 빛의 돛을 단 배가 붉은 기를 휘날리면서 북쪽을 바라보고 오고 있었다. 유천간 등이 먼저 망산 도에서 횃불을 올리니 사람들이 다투어 육지로 내려 뛰어오므로 신귀간은 이것을 바라보다가 대궐로 달려와서 왕께 아뢰었다.

왕은 이 말을 듣고 무척 기뻐하여 이내 구간 등을 보내서 목련으로 만든 키를 갖추고 계수나무로 만든 노를 저어 가서 그들을 맞이하여 곧 모시고 대궐로 들어 가려 하자 왕후가 말했다. "나는 본래 너희들을 모르는 터인데 어찌 감히 경솔하게 따라갈 수 있겠느냐." 유천간 등이 돌아가서 왕후의 말을 전달하니 왕은 옳게 여겨 유사를 데리고 행차해서, 대궐 아래에서 서남쪽으로 60보쯤 되는 산기슭에 장막을 쳐서 임시 궁전을 만들어 놓고 기다렸다. 왕후는 산 밖의 별포 나루터에 배를 대고 육지에 올라 높은 언덕에서 쉬고, 입은 비단바지를 벗어 산신령에게 폐백으로 바 쳤다. 이 밖에 대종한 잉신 두 사람의 이름은 신보·조광이고, 그들의 아내 두 사람 의 이름은 모정·모량이라고 했으며, 데리고 온 노비까지 합해서 20여 명인데, 가 지고 온 금수능라와 의상필단·금은주옥과 구슬로 만든 패물들은 이루 기록할 수 없을 만큼 많았다. 왕후가 점점 왕이 계신 곳에 가까워 오니 왕은 나아가 맞아서 함께 장막 궁전으로 들어왔다.

잉신 이하 여러 사람들은 뜰 아래에서 뵙고 즉시 물러갔다. 왕은 유사에게 명하여 잉신 내외들을 안내하게하고 말했다. "사람마다 방 하나씩을 주어 편안히 머무르게 하고 그 이하 노비들은 한 방에 5, 6명씩 두어 편안히 있게 하라." 말을 마치고 난초로 만든 마실 것과 혜초로 만든 술을 주고, 무늬와 채색이 있는 자리에서 자게 하고, 심지어 옷과 비단과 보화까지도 주고 군인들을 많이 내어 보호하게 했다.

이에 왕이 왕후와 함께 침전에 드니 왕후가 조용히 왕에게 말한다. "저는 아유타 국의 공주인데, 성은 허이고 이름은 황옥이며 나이는 16세입니다. 본국에 있을 때 금년 5월에 부왕과 모후께서 저에게 말씀하시기를, '우리가 어젯밤 꿈에 함께 하늘 의 상제를 뵈었는데, 상제께서는, 가락국의 왕 수로를 하늘이 내려 보내서 왕위에 오르게 하였으니 신령스럽고 성스러운 사람이다. 또 나라를 새로 다스리는 데 있 어 아직 배필을 정하지 못했으니 경들은 공주를 보내서 그 배필을 삼게 하라 하시고, 말을 마치자 하늘로 올라가셨다. 꿈을 깬 뒤에도 상제의 말이 아직도 귓가에 그대로 남아 있으니, 너는 이 자리에서 곧 부모를 작별하고 그곳으로 떠나라.' 하셨습니다. 이에 저는 배를 타고 멀리 증조를 찾고, 하늘로 가서 반도를 찾아 이제 모양을 가다듬고 감히 용안을 가까이 하게 되었습니다." 왕이 대답했다. "나는 나면서부터 성스러워서 공주가 멀리 올 것을 미리 알고 있어서 신하들의 왕비를 맞으라는 청을 따르지 않았소. 그런데 이제 현숙한 공주가 스스로 오셨으니 이 몸에는 매우 다행한 일이오." 왕은 드디어 그와 혼인해서 함께 두 밤을 지내고 또 하루 낮을 지냈다. 이에 그들이 타고 온 배를 돌려보내는 데 뱃사공이 모두 15명이라 이들에게 각각 10석과 배 30필씩을 주어 본국으로 돌아가게 했다.

8월 1일에 왕은 대궐로 돌아오는데 왕후와 한 수레를 타고, 잉신 내외도 역시 나란히 수레를 탔으며, 중국에서 나는 여러 가지 물건도 모두 수레에 싣고 천천히 대궐로 들어오니 이때 시간은 정오가 가까웠다. 왕후는 중궁에 거처하고 잉신 내외와 그들의 사속들은 비어 있는 두 집에 나누어 들게 하고, 나머지 따라온 자들도 20여 칸 되는 빈관 한 채를 주어서 사람 수에 맞추어 구별해서 편안히 있게 했다. 그리고 날마다 물건을 풍부하게 주고, 그들이 싣고 온 보배로운 물건들은 내고에 두어서 왕후의 사시 비용으로 쓰게 했다. 어느 날 왕이 신하들에게 말했다. "구간들은 여러 관리의 어른인데, 그 지위와 명칭이 모두 소인이나 농부들의 칭호이니 이것은 벼슬 높은 사람의 명칭이 못된다. 만일 외국 사람들이 듣는다면 반드시 웃음거리가 될 것이다."

이리하여 아도를 고쳐서 아궁이라 하고, 여도를 고쳐서 여해, 피도를 피장, 오도를 오상이라 하고, 유수와 유천의 이름은 윗 글자는 그대로 두고 아래 글자만 고쳐서 유공·유덕이라 하고 신천을 고쳐서 신도, 오천을 고쳐서 오능이라 했다. 신귀의 음은 바꾸지 않고 그 훈만 신귀라고 고쳤다. 또 계림의 직제를 취해서 각간·아질간·급간의 품계를 두고, 그 아래의 관리는 주나라법과 한나라 제도를 가지고 나누어 정하니 이것은 옛것을 고쳐서 새것을 취하고, 관직을 나누어 설치하는 방법이다. 이에 비로소 나라를 다스리고 집을 정돈하며, 백성들을 자식처럼 사랑하니 그 교화는 엄숙하지 않아도 위엄이 서고, 그 정치는 엄하지 않아도 다스려졌다. 더구나 왕이 왕후와 함께 사는 것은 마치 하늘에게 땅이 있고, 해에게 달이 있고,

양에게 음이 있는 것과 같았으며 그 공은 도산이 하를 돕고, 당원이 교씨를 일으킨 것과 같았다. 그해에 왕후는 곰을 얻는 꿈을 꾸고 태자 거등공을 낳았다.

영체 중편 6년 기사 3월 1일에 왕후가 죽으니 나이는 157세였다. 온 나라 사람들은 땅이 꺼진 듯이 슬퍼하여 지귀봉 동북 언덕에 장사하고, 왕후가 백성들을 자식처럼 사랑하던 은혜를 잊지 않으려하여 처음 배에서 내리던 도두촌을 주포촌이라 하고, 비단바지를 벗은 높은 언덕을 능현이라 하고, 붉은 기가 들어온 바닷가를 기출변이라 했다.

잉신 천부경 신보와 종정감 조광 등은 이 나라에 온 지 30년 만에 각각 두 딸을 낳았는데 그들 내외는 12년을 지나 모두 죽었다. 그 밖의 노비의 무리들도 이 나라에 온 지 7, 8년이 되는데도 자식을 낳지 못했으며, 오직 고향을 그리워하는 슬픔을 품고 모두 죽었으므로, 그들이 거처하던 빈관은 텅 비고 아무도 없었다.

왕후가 죽자 왕은 매양 외로운 베개를 의지하여 몹시 슬퍼하다가 10년을 지난 헌제 입안 4년 기묘 3월 23일에 죽으니, 나이는 158세였다. 나라 사람들은 마치 부모를 잃은 듯 슬퍼하여 왕후가 죽던 때보다 더했다. 대궐 동북쪽 평지에 빈궁을 세우니 높이가 한 길이며 둘레가 300보인데 거기에 장사지내고 이름을 수릉왕묘라고 했다.

그의 아들 거등왕으로부터 9대손인 구충까지 이 사당에 배향하고, 매년 정월 3일과 7일, 5월 5일, 8월 5일과 15일에 푸짐하고 깨끗한 재물을 차려 제사를 지내어 대대로 끊이지 않았다.

신라 제 30대 법민왕 용삭 원년 신우 3월에 왕은 조서를 내렸다. "가야국 시조의 9대손 구형왕이 이 날에 항복할 때 데리고 온 아들 세종의 아들인 솔우공의 아들 서운잡간의 딸 문현황후께서 나를 낳으셨으니, 시조 수로왕은 어린 나에게 15대조가 된다. 그 나라는 이미 없어졌지만 그를 장사지낸 사당은 지금도 남아 있으니 종묘(宗廟)에 합해서 계속하여 제사를 지내게 하리라." 이에 그 옛터 사자를 보내서 사당에 가까운 상전 30경을 공영의 자로하여 왕위전이라 부르고 본토에 소속시키니, 수로왕이 17대손 갱세급간이 조정의 뜻을 받들어 그 밭을 주관하여 해마다 명절이면 술과 단술을 마련하고 떡과 밥·차·과실 등 여러 가지를 갖추고, 제사를 지내어 해마다 끊이지 않게 하고, 그 제삿날은 거등왕이 정한 연중 5일을 변동하지 않으니, 이에 비로소 그 정성어린 제사는 우리 가락국에 맡겨졌다. 거등왕이 즉위한 기묘년 동안에 사당에 지내는 제사는 길이 변함이 없었으나 구형왕이 왕위를 잃고 나라를 떠난 후부터 용삭 원년 신유에 이르는 60년 사이에는 이 사당에 지내는 제사를 가끔 빠뜨리기도 했다. 아름답도다, 문무왕이여! 먼저 조상을 받들어 끊어졌던 제사를 다시 지냈으니 효성스럽고 또 효성스럽도다.

신라 말년에 충지잡간이란 자가 있었는데 높은 금관성을 쳐서 빼앗아 성주장군이 되었다. 이에 영규아간이 장군의 위엄을 빌어 묘향을 빼앗아 함부로 제사를 지내더니, 단오를 맞아 고사하는데 공연히 대들보가 부러져 깔려죽었다. 이에 장군은 혼잣말로 중얼거렸다. "다행히 전세의 인연으로 해서 외람되이 성왕이 계시던 국성에 제사를 지내게 되었으니 마땅히 나는 그 영정을 그려 모시고 향과 등을 바쳐 신하된 은혜를 갚아야겠다." 하고, 삼척 교견에 진영을 그려 벽 위에 모시고 아침저녁으로 촛불을 켜 놓고 공손히 받들더니, 겨우 3일 만에 진영의 두 눈에서 피눈물이 흘러서 땅 위에 괴어 거의 한 말이나 되었다. 장군은 몹시 두려워하여 그 진영을 모시고 사당으로 나가서 불태워 없애고 곧 수로왕의 친자손 규림을 불러서 말했다. "어제는 상서롭지 못한 일이 있었는데 어찌해서 이런 일들이 거듭 생기는 것일까? 이는 필시 사당의 위령이 내가 진영을 그려서 모시는 것을 불손하게 여겨 크게 노하신 것인가보다. 영규가 이미 죽었으므로 나는 몹시 두려워하여, 화상도 이미 불살라 버렸으니 반드시 신의 베임을 받을 것이다. 그대는 왕의 진손이니 전에 하던 대로 제사를 받는 것이 옳겠다." 규림이 대를 이어 제사를 지내오다가 나이 88세로 죽으니 그 아들 간원경이 계속해서 제를 지내는데 단옷날 알묘제 때 영규의 아들 준필이 또 발광하여, 사당으로 와서 관원이 차려 놓은 제물을 치우고 자기가 제물을 차려 제사를 지내는데 삼헌이 끝나지 못해서 갑자기 병이 생겨서 집에 돌아가서 죽었다. 옛 사람의 말에 이런 것이 있다. "음사는 복이 없을 뿐 아니라 도리어 재앙을 받는다." 먼저는 영규가 있고 이번에는 준필이 있으니 이들 부자를 두고 한 말인가.

또 도둑의 무리들이 사당 안에 금과 옥이 많이 있다고 해서 와서 그것을 도둑질해 가려고 했다. 그들이 처음에 왔을 때는, 몸에 갑옷을 입고 투구를 쓰고 활에 살을 당긴 한 용사가 사당 안에서 나오더니 사면을 향해서 비 오듯이 화살을 쏘아서 7, 8명이 맞아 죽으니, 나머지 도둑의 무리들은 달아나 버렸다. 며칠 후에 다시 오자 길이 30여 척이나 되는 눈빛이 번개와 같은 큰 구렁이가 사당 옆에서 나와 8, 9명을 물어 죽이니 겨우 살아남은 자들도 모두 자빠지면서 도망해 흩어졌다. 그리하여 능원 안에는 반드시 신물이 있어 보호한다는 것을 알았다.

건안 4년 기묘에 처음 이 사당을 세운 때부터 지금 임금께서 즉위하신 지 31년 만인 대상 2년 병진까지 도합 878년이 되었으나 층계를 쌓아 올린 아름다운 흙이 허물어지거나 무너지지 않았고, 심어 놓은 아름다운 나무도 시들거나 죽지 않았으며, 더구나 거기에 벌여 놓은 수많은 옥조각들도 부서진 것이 없다. 이것으로 본다면 신체부가 말한 "옛날로부터 지금에 이르기까지 어찌 망하지 않은 나라와 파괴되지 않은 무덤이 있겠느냐."고 한 말은, 오직 가락국이 옛날에 일찍이 망한 것은 그 말이 맞았지만 수로왕의 사당이 허물어지지 않은 것은 신체부의 말을 믿을 수 없다 하겠다.

이 중에 또 수로왕을 사모해서 하는 놀이가 있다. 매년 7월 29일엔 이 지방 사람들과 서리·군졸들이 승점에 올라가서 장막을 치고 술과 음식을 먹으면서 즐겁게 논다. 이들은 동서쪽으로 서로 눈짓을 하면 건장한 인부들은 좌우로 나뉘어서 망산도에서 말발굽을 급히 육지를 향해 달리고 뱃머리를 둥둥 띄워 물 위로 서로 밀면서 북쪽 고포를 향해서 다투어 달리니, 이것은 대개 옛날에 유천간과 신귀간 등이 왕후가 오는 것을 바라보고 급히 수로왕에게 아뢰던 옛자취이다.

가락국이 망한 뒤로는 대대로 그 칭호가 한결 같지 않았다. 신라 제31대 정명왕이 즉위한 개요 원년 신사에는 금관경이라 이름하고 태수를 두었다. 그 후 259년에 우리 고려 태조가 통합한 뒤로는 여러 대를 내려오면서 임해현이라 하고 배안사를 두어 48년을 계속했으며, 다음에는 임해군 혹은 김해부라고 하고 도호부를 두어 27년을 계속했으며, 또 방어사를 두어 64년 동안 계속했다.

순화 2년에 김해부의 양전사 중대부 조문선은 조사해서 보고했다. "수로왕의 능묘에 소속된 밭의 면적이 많으니 마땅히 15결을 가지고 전대로 제사를 지내게 하고, 그 나머지는 부의 역정들에게 나누어주는 것이 좋겠습니다." 이 일을 맡은 관청에서 그 장계를 가지고 가서 보고하자, 그때 조정에서는 명령을 내렸다. "하늘에서 내려온 알이 화해서 성군이 되었고 이내 왕위에 올라 나이 158세나 되셨으니 삼황 이후로 이에 견줄 만한 분이 드물다. 수로왕께서 붕한 뒤 선대부터 능묘에 소속된 전답을 지금에 와서 줄인다는 것은 참으로 두려운 일이다." 하고는 이를 허락하지 않았다.

양전사가 또 거듭 아뢰자 조정에서도 이를 옳게 여겨 그 반은 능묘에서 옮기지 않고, 반은 그곳의 역정에게 나누어주게 했다. 절사는 조정의 명을 받아 이에 그 반은 능원에 소속시키고 반은 부의 부역하는 호정에게 주었다. 이 일이 거의 끝날 무렵에 양전사가 몹시 피곤하더니 어느 날 밤에 꿈을 꾸니 7, 8명의 귀신이 보이는데 밧줄을 가지고 칼을 쥐고 와서 말한다. "너에게 큰 죄가 있어 목 베어 죽여야겠다." 양전사는 형을 받고 몹시 아파하다가 놀라서 깨어 이내 병이 들었는데 남에게 알리지도 못하고 밤에 도망 가다가 그 병이 낫지 않아서 관문을 지나자 죽었다. 이 때문에 양전도장에는 그의 도장이 찍히지 않았다. 그 뒤에 사신이 와서 그 밭을 검사해 보니 겨우 11결에 12부 9속뿐이며 3결 87부 1속이 모자랐다. 이에 모자라는 밭을 어찌했는가를 조사해서 내외궁에 보고하여, 임금의 명령으로 그 부족한 것을 채워 주게 했는데 이 때문에 고금의 일을 탄식하는 사람이 있었다.

수로왕의 8대손 김질왕은 정치에 부지런하고 또 참된 일을 매우 숭상하여 시조모 허황후를 위해서 그의 명복을 빌고자 했다. 이에 원가 29년 임진에 수로왕과 허황후가 혼인하던 곳에 절을 세워 절 이름을 왕후사라고 사자를 보내어 절 근처에 있는 평전 10결을 측량해서 삼보를 공양하는 비용으로 쓰게 했다.

이 절이 생긴 지 500년 후에 장유사를 세웠는데, 이 절에 바친 밭이 도합 300결이나 되었다. 이에 장유사의 삼강이, 왕후사가 장유사의 밭 동남쪽 지역 안에 있다고 해서 왕후사를 폐해서 장사를 만들어 가을에 곡식을 거두어 겨울에 저장하는 장소와 말을 기르고 소를 치는 마구간으로 만들었으니 슬픈 일이다. 세조 이하 9대손의 역수를 아래에 자세히 기록하니 그 명은 이러하다.

처음에 천지가 열리니, 이안이 비로소 밝았네
비록 인륜은 생겼지만, 임금의 지위는 아직 이루지 않았네.
중국은 여러 대를 거듭했지만, 동국은 서울이 갈렸네.
계림이 먼저 정해지고, 가락국이 뒤에 경영되었네.

스스로 맡아 다스릴 사람 없으면, 누가 백성을 보살피랴.

드디어 상제께서, 저 창생을 돌봐 주었네.

여기 부명을 주어, 특별히 정령을 보내셨네.

산 속에 알을 내려보내고 안개 속에 모습을 감추었네.

속은 오히려 아득하고, 겉도 역시 컴컴했네.

바라보면 형상이 없는 듯하나 들으니 여기 소리가 나네.

무리들은 노래 불러 아뢰고, 춤을 추어 바치네.

7일이 지난 후에, 한때 안정되었네.

바람이 불어 구름이 걷히니, 푸른 하늘이 텅 비었네.

여섯 개 둥근 알이 내려오니, 한 오리 자줏빛 끈이 드리웠네.

낯선 이상한 땅에, 집과 집이 연이었네.

구경하는 사람 줄지었고, 바라보는 사람 우글거리네.

다섯은 고을로 돌아가고, 하나는 이 성에 있었네.

같은 때 같은 자취는, 아우와 같고 형과 같았네.

실로 하늘이 덕을 낳아서, 세상을 위해 질서를 만들었네.

왕위에 처음 오르니, 온 세상이 맑아지려 했네.

궁전 구조는 옛 법을 따랐고, 토계는 오히려 평평했네.

만기를 비로소 힘쓰고, 모든 정치를 시행했네.

기울지도 치우치지도 않으니, 오직 하나이고 오직 정밀했네.

길가는 자는 길을 양보하고, 농사짓는 자는 밭을 양보했네.

사방은 모두 안정해지고, 만백성은 태평을 맞이했네.

갑자기 풀잎의 이슬처럼, 대춘의 나이를 보전하지 못했네.

천지의 기운이 변하고 조야가 모두 슬퍼했네.

금과 같은 그의 발자취요, 옥과 같이 떨친 그 이름일세.

후손이 끊어지지 않으니, 사당의 제사가 오직 향기로웠네.

세월을 비록 흘러갔지만, 규범은 기울어지지 않았네.

4. 신화와 판타지

1) 문화콘텐츠와 환타지 신화

문화콘텐츠를 제작할 때 전통문화에서 추출한 원형자료와 내러티브(Narrative)[27]의 결합은 이야기, 즉 스토리라는 중심축을 바탕으로 다양한 문화원형을 융합하려는 것이다. 스토리가 여러 미디어를 통해 구현되는 문화콘텐츠의 원천소스로서 적용될 때만 그 콘텐츠가 소비재로서 진정한 역할을 할 수 있다. 이때 스토리는 새로 창작할 수도 있고, 기존의 이야기를 적용하거나 재창조할 수도 있다. 여기서 새로 창작하는 경우는 논외로 하고, 기존의 이야기를 활용하는 경우에 신화를 주목해야 한다.

신화는 초기 인류가 세계를 인식하는 방법을 상징과 비유로 이야기한 것이다. 그 내면에 담긴 신화적 세계관은 인간의 보편적 사유방식과 맞닿아 있다. 또한 신화에 나타난 비유와 상징을 위한 상상력은 이성과 과학으로 경계를 구획 짓고 있는 오늘날의 우리에게 흥미와 일탈을 선사한다. 신화는 오랜 기간을 거쳐 축적되고 취사선택된 텍스트이기 때문에 오늘날 우리의 정서에 부합하는 이야기이다. 그리고 익숙한 서사구조를 바탕으로 다양한 장르로 전환이 용이하다.

신화의 내러티브가 오늘날에도 유효한 것은 신화의 중요한 특징 중 하나인 환상성에서 찾아 볼 수 있다. 오늘날 대중이 원하는 문화콘텐츠는 현대인의 요구와 감각에 맞게 창조되어 현대인의 감성을 자극하는 것들이다. 대중들이 시간을 투자하고, 경제적 지출을 감내하면서 문화콘텐츠를 소비하는 것은 일상의 현실에서 일탈하여 여가를 즐겁게 보낼 수 있는 장치를 필요로 하기 때문이다.

이러한 소비 대중의 욕구에 부합하는 것이 환상(Fantasy)이다. 환상에 대한 충동은 권태로부터의 탈출, 놀이, 환영(幻影), 결핍된 것에 대한 갈망 등을 통해 현실에

---

27) 내러티브(Narrative)는 일반적으로 시간과 공간에서 발생하는 인과관계로 엮어진 실제 혹은 허구적인 사건들의 연결을 의미한다. 소설 속에서는 오직 문자언어로만 이루어지지만 영상분야에서는 이미지, 대사, 문자, 음향 그리고 음악 등으로 이루어진 것들을 포함한다. 흔히 이는 스토리텔링(storytelling)과 동일한 개념으로 간주되기도 하지만, 실제 이보다 더 큰 범위를 의미하는 것이다.

서 주어진 것을 변화시키려는 욕구에서 기인한다.[28] 즉, 환상이란 사실적이고 정상적인 것들이 갖는 제약에 대한 의도적인 일탈인 것이다. 환상의 세계에서는 현실에서 불가능한 일들이 존재할 수 있다. 단순히 우리가 살고 있는 세계관이 아닌 보다 다차원적 세계관을 그릴 수 있고, 상상할 수 있는 힘. 그것이 바로 고전소설에서 찾아볼 수 있는 환상의 세계이다.

신화는 현재와의 시간적 거리만큼 '낯선' 것이면서 또 그만큼 새로운 것이기도 할 것이다. 새로움은 미래에서만 오는 것이 아니라, 과거에서도 온다.[29] 이는 최근 판타지 소설이나 게임을 보면 쉽게 이해된다.

이러한 판타지 문학 또는 콘텐츠가 인기를 끌 수 있었던 것은 이들이 기존의 문학과는 다른 시각을 제공해준다는 점에서 흥미와 감동을 주기 때문이다. 21세기의 이상한 문화현상의 하나인 '해리포터 시리즈'의 첫 권 『해리포터와 마법사의 돌』에서 보면,

> "프리벳가 4번지에 살고 있는 더즐리 부부는 자신들이 정상적이라는 것을 아주 자랑스럽게 여기는 사람들이었다. 그들은 기이하거나 신비스러운 일과는 전혀 무관해 보였다. 아니, 그런 터무니없는 것은 도무지 참아내지 못했다."

마법사의 아들 해리포터는 부모가 모두 죽고, 이모네 집에서 성장한다. 마법사들이 사람이라면 해리포터의 이모인 더즐리 가족은 '머글'로 분류된다. 현실에서 벗어난 비정상적인 것을 추구하는 것을 마법으로 분류한다면, 우리가 살고 있는 세상은 지극히 정상적인 세상들이다. 그러나 위치를 서로 바꾸어보면, 그리하여 마법사들의 관점에서 우리를 보면 우리들 자체도 매우 비정상적인 존재에 불과한 것이다. 그들은 우리 인간을 '머글'이라고 비웃는다. 출근길의 꽉 막힌 도로에서 끝내 인내하며 앞차의 꽁무니를 물고 있는 모습이 사람들의 눈에는 얼마나 바보스럽게 느껴질 것인가. 그들은 '머글(muggle)'이 아니라 '사람'이기 때문에 길이 막히

---

28) 최기숙, 『환상』, 연세대학교 출판부, 2003.
29) 서인석, 「고전산문 연구와 국어교육」, 『고전소설 교육의 과제와 방향』, 한국고소설학회, 2005.

면 답답한 도로를 위로 날아가면 된다.

해리포터의 인기요인은 무엇보다 일상에 마법을 결합시킨 점이다. 마법을 빼고 나면, 해리포터 시리즈는 아미치스의 『사랑의 학교』, 조흔파의 『얄개전』과 같은 평범한 학교소설로 분류될 수 있다. 학교라는 닫힌 공간에서 친구를 사귀고 또한 집단을 만들어 다른 친구들과 대립하고, 선생님과 부모님의 과보호 밑에서 적당히 일탈하고 또 순응하기도 하면서 성장하는 소년소녀의 모습은 해리포터에서도 되풀이 된다. 해리포터는 론, 헤르미온느 등과 노래를 부르면서 말포이와 대립한다. 선생님들도 해리포터의 협조자와 반대자로 분류된다. 그러나 이들 사이의 갈등과 긴장은 다른 부류의 소년 소녀소설에서는 발견하기 어려운 마법의 틀에서 진행되기 때문에 가능하다.

이러한 마법과 판타지는 기타 소설에서도 마찬가지이다.

〈반지의 제왕〉이나 〈리니지〉를 들 수 있는데 이들은 서양 중세를 배경으로 한다. 이들은 상상력의 원천으로 중세와 고전을 활용하고 있는 것이다. 이 문화콘텐츠들은 오늘날의 상상과 욕망을 보다 자유롭게 풀어내기 위해 과거라는 낯설고 새로운 배경을 호명한 것이다. 이러한 측면에서 신화가 가지는 과거라는 배경은 '옛것', '고루한 것', '낡은 것'이라는 편견에서 벗어나 오늘날 현실에서 찾을 수 없는 몽환적이고 낭만적인 배경으로 전화(轉化)할 수 있다.

오늘날은 서사의 시대라고 할 만큼 이야기가 과잉 공급되는 시대이다. 그러나 문화콘텐츠의 내러티브로 적당한 이야기는 부족한 실정이다. 그렇기 때문에 다양한 서사의 기원으로서 신화가 지니는 원형성에 관심을 가져야 되고, 수많은 이야기의 난립 속에 인간의 근원에 대해 질문을 던지는 신화의 가치에 주목해야 되는 것이다. 여기서는 이러한 관점에서 신화를 소재로 한 판타지의 고전인 J.R.R. 톨킨(John Ronald Reuel Tolkien)의 『반지의 제왕(The Lord of The Rings)』을 살펴보고자 한다.

2) 톨킨과 반지의 제왕

톨킨은 1892년 1월 3일 남아프리카공화국 블룸폰테인에서 태어났으나, 4세가 되던 해 영국으로 이주해 왔다. 아버지가 열병으로 사망한 후 가족은 사레홀이라

는 버밍햄의 남서쪽 변두리 집에서 살았다. 톨킨은 시골마
을에서 행복한 유년 생활을 보냈으며, 그가 보고 자라난 시
골 경치는 그의 그림과 글 곳곳에 묻어 있다. 12세 때 어머
니마저도 돌아가셨기 때문에 그와 남동생은 버밍햄 오라토
리의 친절한 수도승의 보호를 받게 된다.

톨킨(John Ronald Reuel
Tolkien)

톨킨은 청소년기에 앵글로색슨어와 중세 영어를 공부하
여 고전에 대한 소양을 키우고, 자신만의 상상력으로 요정
들의 언어를 만들기 시작하였다. 톨킨은 옥스퍼드의 엣세
터 컬리지에서 영어영문학을 전공하여 수석으로 졸업하였고, 에디스 브렛과 결혼
했다. 톨킨은 1925년 옥스퍼드의 앵글로색슨어 교수가 되어 혼신을 다해 오랫동
안 일했다.

톨킨은 자신의 아이들을 위하여 기존의 동화로 만족하지 못하고 신화적인 상상력
을 발휘하여 이야기를 만들었다. 톨킨은 「산타할아버지의 편지(The Father Christmas
Letters)」와 몇 년 후에 출판된 「호빗(The Hobbit)」를 썼다. 후에 출판사에서 속편을
요구하자 처음에는 억지로 썼지만 곧 영감을 얻어 『반지의 제왕』을 완성하기에
이른다.

은퇴 후 톨킨은 방대한 신화적 지식과 전설을 담은 『실마릴리온(The Silmarillion)』
의 편집에 전념했다. 그러나 마무리하지 못하고 아들에게 편집을 맡기고 1973년
9월 2일 세상을 떠났다. 『반지의 제왕』은 당대의 수많은 작품 속에서도 끊임없이
인용되고 언급되는 명작으로 매년 이 책의 내용을 요약한 삽화가 곁들여진 달력이
각 국에서 간행되며 이 책을 위한 사전이 출판되는 등 대중적인 인기는 물론 그
학문적 가치를 인정받는 판타지의 고전이 되었다.

3) 반지의 제왕의 소재 북유럽 신화

『반지의 제왕』의 중심 모티브인 반지는 톨킨이 최초로 창조한 것은 아니다. 반
지설화는 북유럽 신화인 〈시구르드 이야기〉에서 그 모티브를 찾을 수 있다. 시구
르드 이야기의 줄거리는 다음과 같다.

뷜중의 아들이자, 시구르드의 아버지인 시그문드는 전투에서 사망하고 부러진 그의 칼은 아내에게 맡겨진다. 덴마크왕궁에서 고아로서 자라던 시구르드를 눈여겨 본 자는 거인족 레긴이었다. 레긴은 시구르드에게 자기 집안의 비밀을 들려준다. 오딘, 회니르, 로키는 '안드바리의 폭포' 주위를 여행하던 중, 강에서 물고기를 잡아먹던 수달을 죽인다. 그날 밤 어느 한 집에 묵게 된 신들이 수달 가죽을 펼치며 주인에게 자랑하자, 집주인은 즉시 그들을 단단히 묶고는 말한다. "이 수달은, 사실은 수달로 변신한 나의 아들이다. 살아서 돌아가고 싶으면 수달 가죽을 덮을 만큼의 금을 가져와라." 로키는 '안드바리의 폭포' 속으로 들어가, 그 속에 살고 있던 난쟁이 안드바리를 잡고서는 위협한다. 안드바리의 모든 금을 가져가려던 로키는, 안드바리가 손가락에 반지를 하나 끼고 있는 것을 발견하고 그것마저 빼앗아 버린다. 안드바리는 저주를 건다. "그 반지는 자신을 소유하는 자에게 해악이 된다." 금이 수달 가죽을 덮었으나 수달의 수염 하나가 삐져나와 있는 것을 발견한 집주인 흐레이드마르는 수염마저 덮을 것을 요구하고, 오딘은 반지를 수염 위에 놓는다. 신들이 떠난 뒤, 흐레이드마르의 아들 파프니르와 레긴이 자신들의 몫을 요구하지만 흐레이드마르는 거절하고, 파프니르는 아버지를 살해한 뒤 드래곤으로 변신하여 동굴 속에 숨어버렸다. 레긴은 자신의 몫을 찾아 줄 용사를 찾던 중 시구르드와 만난 것이다. 시구르드는 아버지 시그문드의 부러진 칼을 다시 벼려, 그 칼로 드래곤 파피니르를 죽인다. 파프니르의 심장을 불에 굽던 중 그 피가 입에 들어가 새들의 말을 알아듣게 된 그를 향해, 새들은 레긴이 배반할 것이라고 경고한다. 시구르드는 레긴마저 죽이고 용의 금을 자신이 차지한다. 이후 시구르드를 둘러싼 두 여인 브륀힐드와 구드룬의 반목, 시구르드에 대한 브륀힐드의 증오, 시구르드의 살해, 이제는 구드룬의 집안으로 넘어온 드래곤의 금(니플룽/니벨룽족의 황금)과 안드바리의 반지를 둘러싼 규키족과 아틀리의 충돌 등이 뒤따르게 된다.

4) 반지의 제왕

『반지의 제왕』은 톨킨이 『호빗』에서 영감을 얻어 이야기를 기획하기 시작해 12년 만인 1954년 제1부 『반지 원정대(The Fellowship of The Ring)』와 제2부 『두 개의

탑(The Two Towers)』을 출간하였고, 이듬해 제3부『왕
의 귀환(The Return of The King)』을 끝으로 완간한 작품
이다.

『반지의 제왕』3부작은 판타지 소설의 바이블 혹은
고전으로 불리는 명작으로 북유럽의 신화를 바탕으로
인간 세계와는 전혀 다른 세계와 다른 존재들을 창조해
냄으로써 현대 판타지 소설이라는 새로운 장르를 크게
발전시킨 계기가 된 작품이다. 이 소설은 민간에 전승되
는 유럽의 옛 설화를 바탕으로 중간계(The Middle Earth)

『반지의 제왕』 표지

를 설정하고, 그 속에서 벌어지는 신화적인 전쟁과 이 전쟁을 이끌어가는 호빗족
(Hobbit族)의 영웅 '프로도 배긴스(Frodo Baggins)'의 영웅담을 그린 장대한 규모의
작품이다.

『반지의 제왕』은 제1·2차 세계대전에 대한 정치적 비틀기(패러디)와 기독교 신
화의 재창조, 북유럽 신화의 새로운 해석 등으로 수많은 독자층을 형성하였다. 또
작가 톨킨은 이 작품으로 20세기 판타지 소설이라는 새로운 장르를 크게 발전시켰
을 뿐 아니라, 치밀한 소설적 상상력과 섬세하고 탁월한 언어적 감수성을 통해 현
대 영문학사에 큰 족적을 남겼다는 평가를 받았다.

이 작품은 2001년까지 총 1억 권 이상이 판매되었고, 미국의 『타임(The Times)』
는 20세기 영미문학의 10대 걸작으로 선정하였다. 그 외에도 여러 나라에서 '이
시대의 책'으로 선정되었으며, 2001년 말 영화로도 제작되어 세계 영화시장을 휩
쓸었다. 『반지의 제왕』의 줄거리를 요약하면 다음과 같다.

마법사 간달프는 호빗 빌보 보이트린을 평화롭게 살고 있는 아우엔랜드로까지
찾아온다. 이것으로 이 긴 이야기가 시작된다. 빌보의 조카인 프로도는 마법의 반
지를 소유하고는 간달프의 권유로 자신과 이 하나밖에 없는 절대반지인 마법의
반지를 지키기 위해서 아우엔랜드를 떠난다. 이 반지는 원래 모르도르의 어둠의
지배자인 사우론의 소유였으나 우여곡절 끝에 저 산맥 아래 동굴에서 살고 있는
골룸의 것이 된다. 호빗의 모험에서 본 바와 같이 빌보는 그의 여행길에서 골룸을

반지의 제왕의 중간계

책략을 써서 이겨서 그 반지를 얻는다.

프로도는 중간계를 가로지르는 대장정의 여행을 혼자서 떠나지 않는다. 호빗족 속인 샘, 메리, 피핀이 그를 동행한다. 그들은 돌아다니다가 엘프를 만나게 되며, 프로도를 엘프지배자인 엘로드가 거주하는 브르흐계곡으로 가게끔 한다. 가는 도중에 중간계 북쪽에서 온 인간인 "방랑자"라고 불리는 아라곤과 부딪히게 된다. 간달프와 친구인 이 신비스러운 숲 속의 방랑자는 이 무리들을 브르흐계곡으로 이끈다. 목표점에 거의 다다랐을 때 이들은 사우론의 부하인 흑기사의 공격을 받는다. 이때 프로도는 크게 다친다. 이 무리들은 겨우 고생 끝에 엘프족의 도움으로 브르흐계곡의 경계지점인 라우트 강을 건너게 된다.

브르흐계곡에서 프로도는 완쾌될 수 있었고 드디어 간달프를 만난다. 그는 자기 일로 여행 중이었다. 엘프족의 우두머리 엘론드의 지혜는 중간계 어디를 가도 잘 알려져 있었는데, 그의 궁정에서 아직 모르도르의 지배하에 들어가지 않은 나라들의 대표들이 모임을 열고 있었다. 그 회의에서는 점점 강해지는 사우론의 힘으로부터 어떻게 하면 빠져 나올 수 있는가에 대해서 논의되었다. 사우론이 거의 짐작도 할 수 없는 것을 시도하자고 결의했다. 그것은 원래 사우론이 만들었으며 그의 힘의 상징인 절대반지를 몰래 모르도르 나라의 저 멀리 남동쪽으로 가지고 가서 운명의 산의 화염 속에 던져버리기로 했던 것이다.

이 무리는 9명의 공모자로 이루어졌다. 프로도는 반지를 가진 자로서, 3명의 호빗인 샘, 메리 그리고 피핀, 마법사 간달프, 숲 속 방랑자 아라곤, 전사 보로미르, 엘프 레고라스 그리고 난쟁이 김리이 그들이다. 그들은 브르흐계곡 남쪽에 있는 고립된 땅 홀스텐을 지나갔다. 안개산맥을 넘어서 동쪽으로 가는 직통 길은 로톤재에서 갑작스레 폭설로 막혀버렸다. 남쪽으로 돌아가는 것도 불가능했다. 그 지역은 간달프의 적이 지배하는 곳이었기 때문이다.

그래도 하나의 출구가 남아 있었다. 안개산맥 아래 모리아 광산을 통해 가는 것이었다. 오래 전 이 지하왕국은 난쟁이들의 소유였다. 그러나 이제 사우론과 공동의 일을 벌이고 있는 전투적인 오크의 은신처가 되고 있었다. 오크족의 공격을 피할 수는 있었지만 간달프를 마귀와의 싸움에서 잃는다. 간달프는 마귀와 함께 모리아의 끝없는 낭떠러지로 떨어졌던 것이다. 광산을 빠져나와 그 무리들은 엘프나라를 관통하며 안개산맥의 통쪽으로의 길을 재촉한다. 엘프족의 여지배자인 갈라드리에는 그들에게 선물을 주는데 그 선물의 진가는 여행을 계속하면서 나오게 될 것이다. 그리고 또한 배의 장비를 갖추어서 안두인강으로 우선 남쪽으로 가게 해서 그들을 좇고 있는 오크족들로부터 멀어지게 했다.

라우로의 폭포에서 그 8명은 다시 한번 오크족의 공격을 받는다. 곤도르에서 온 보로미르는 전투 중에 사망하고 나머지는 흩어진다. 반지 운반자인 프로도는 샘과 함께 목숨을 건져서 맞은편 안두인 동쪽 강변으로 가서는 모르도르 가까이 간다. 메리와 피핀은 마법사 사루만의 부하인 오크족 속에게 끌려간다. 프로도를 따라가기에는 프로도가 너무나 멀리 갔기에 아라곤, 레고라스 그리고 김리는 다른 2명의 호빗의 유괴자를 좇기로 결정한다.

프로도와 샘은 이미 그들을 모리아 광산에서부터 몰래 뒤따라온 골룸과 만나게 된다. 골룸은 자신의 보물인 반지를 되찾으려고 한다. 호빗들은 그를 제압하여 오히려 그들을 죽음의 늪을 지나 모르도르까지 안내하는 맹세를 하도록 만든다. 맹세와

영화 〈반지의 제왕〉

반지에 대한 탐욕 사이를 오가며 그는 호빗을 잘 보호하여 그림자 산맥을 넘게 한다. 이 그림자산맥은 곤돌르 서쪽과 모르도르의 경계로 보로미르의 고향이다.

그러는 동안 아라곤, 레고라스 그리고 김리는 테오덴왕이 지배하는 로핸 평원을 지나 오크족을 뒤쫓는다. 그의 기마단은 그 3명의 추적자를 만났을 때 이미 오크족에게 최후의 일격을 가한다. 메리와 피핀은 이 전투 중에 가까운 숲 속으로 도망쳤다. 그곳의 강력한 엔츠의 군주인 바움바르트로부터 친절한 영접을 받는다. 거대하고 매우 담담한 나무형상을 흔들어 깨워서 사루만의 요새 이젠가르트로까지 데리고 간다.

골룸이 자신의 맹세를 완수한 뒤에 그의 비열한 본성이 드러나게 된다. 모르도르의 요새인 미나의 모르굴뒤에 그는 프로도와 샘을 함정으로 이끌고는 사라진다. 이 둘은 역겨운 형상인 칸크라와 목숨을 건 싸움을 한다. 의식을 잃은 프로도는 사우론의 오르크에 의해 유괴되는데, 샘은 칸크라를 제압한다. 샘은 그들을 몰래 뒤따라가 프로도를 구출한다.

엔츠가 마법사 사루만에 대항하기 위해 이동하는 동안 아라곤, 레고라스 그리고 김리는 또다시 죽은 줄로만 알았던 간달프를 만난다. 간달프는 그동안 바로 그를 뒤쫓아 안개산맥 최고봉까지 가서 그를 결국 죽여버렸다. 이 4명의 동반자들은 로핸의 왕 테오덴의 궁정에 가서 그의 참모를 사우만의 첩자였음을 밝히고 테오덴왕을 사기꾼 마법사와 모르도르의 어둠의 지배자와 싸울 동맹자로 만든다. 사우론은 이미 그동안 오랫동안 곤도르를 포위 공격을 감행하고 있었다. 미나의 수도 티리트가 함락되면 서쪽으로 가는 길이 사우론에게 내주게 되는 것이다. 이 어둠의 지배자는 자신의 무시무시한 무기를 투입한다. 그는 이미 흑기사로서 만났던 반지정령인 날개 달리 나쯔굴을 보낸다.

테오덴의 기마단 원병들이 도시로 오자 반지소유자인 프로도와 그의 충실한 동행자 샘은 어두운 모르도르를 가로지르는 위험천만의 여정을 계속하며 끊임없이 위험에 처하고 사우론에게 넘겨지기도 한다. 마법의 반지는 프로도의 힘과 의지를 점차로 마비시킨다. 그리고 골룸은 그를 비밀리에 뒤쫓는다. 프로도와 샘을 제외한 모두가 곤도르왕국에 도착하고, 그들을 따라온 거대한 나무들의 군대에 곤돌 국민 모두가 놀라지만 간달프와 아라곤이 자신의 신분을 밝히자 모두가 그들을 환영한다. 그러나 데네톨과 보로미르 형제는 아라곤이 북쪽에서 가져온 지식이, 자신들의 왕권을 진정한 왕인 파라밀에게 넘기게 될 것임을 알고, 그를 해치기 위한 음모를 꾸민다. 아라곤이 마왕과의 싸움에서 거의 죽게 되었을 때 로한의 여인이며 그를 사랑하는 에오윈과 메리에게 구출된다. 메리는 고대의 호빗 마법을 사용하여 마왕을 단독으로 처치하고, 자신이 지배자 다인임을 밝힌다.

모르도르의 군대는 후퇴하다가 비밀 도시 오스길리아트에서 가져온 거대한 배들에 의해 바다로 휩쓸려 가 버린다. 그 동안 샘은 타란툴라를 쫓아 거미들의 여왕인 운골리안트의 둥지로 들어가는데, 선과 악의 본질에 대해 샘과 긴 논쟁을 벌인 끝에 여왕은 샘에게 프로도를 깨어나게 해 줄 거미의 독 치료제를 내준다. 샘은 운골리안트의 자비와 지혜에 감사를 표하고 프로도를 회생시킨 후, 골룸을 찾아 같이 모르도르로 떠난다.

"때론 현자가 바보스러울 때 약한 이들이 도움을 주는 법이지"라는 간달프의 말대로 모르도르의 모든 거미들이 프로도와 샘을 도와주기로 한다. 그들이 운명의 산에 막 도착했을 때 골룸은 반지가 자신의 것이라 주장한다. 그때 암흑의 군주 사우론이 그들의 존재를 감지하고, 암흑의 탑을 떠나 그들을 파괴하기 위해 온다. 그러나 프로도와 샘은 골룸을 덮쳐 운명의 골짜기 속으로 밀어 넣는다.

제2장

귀신 이야기

1. 최치원

 최치원은 자(字)가 고운(孤雲)으로 12살에 서쪽으로 당나라에 가서 유학했다. 건부(乾符) 갑오년(874)에 학사(學士) 배찬(裴瓚)이 주관한 시험에서 단번에 괴과(魁科)에 합격해 율수현위를 제수받았다. 일찍이 현 남쪽에 있는 초현관(招賢館)에 놀러간 적이 있었다. 관 앞의 언덕에는 오래된 무덤이 있어 쌍녀분(雙女墳)이라 일컬었는데 고금의 명현(名賢)들이 유람하던 곳이었다. 치원이 무덤 앞에 있는 석문(石門)에다 시를 썼다.

> 어느 집 두 처자 이 버려진 무덤에 깃들어
> 쓸쓸한 지하에서 몇 번이나 봄을 원망했나.
> 그 모습 시냇가 달에 부질없이 남아있으나
> 이름을 무덤 앞 먼지에게 묻기 어려워라.
> 고운 그대들 그윽한 꿈에서 만날 수 있다면
> 긴긴 밤 나그네 위로함이 무슨 허물이 되리오.
> 고관(孤館)에서 운우(雲雨)를 즐긴다면
> 함께 낙천신(洛川神)을 이어 부르리.

쓰기를 마치고 관으로 돌아왔다.

이때 달이 밝고 바람이 맑아 지팡이를 짚고 천천히 거닐다 홀연 한 여자를 보았

다. 작약꽃처럼 아름다운 모습의 그 여인은 손에 붉은 주머니를 쥐고 앞으로 와서
말하였다. "팔낭자(八娘子)와 구낭자(九娘子)가 수재께 말을 전하랍니다. 아침에 특별
히 어려운 걸음 하시고 거기다 좋은 글까지 주셨으니, 각각 화답하여 받들어 바친다
하셨습니다." 공이 돌아보고 놀라며 어떤 낭자인지 재차 물었다.

　여자가 말했다. "아침에 덤불을 헤치고 돌을 쓸어내어 시를 쓰신 곳이 바로 두
낭자가 사는 곳입니다." 공이 그제서야 깨닫고 첫 번째 주머니를 보니, 이는 팔낭
자가 수재에게 화답한 시였다. 그 시에,

> 죽은 넋 이별의 한이 외로운 무덤에 부쳤어도
> 예쁜 뺨 고운 눈썹엔 오히려 봄이 어렸구나.
> 학 타고 삼도(三島) 가는 길 찾기 어려워
> 봉황비녀 헛되이 구천(九泉)의 먼지로 떨어졌네.
> 살아있을 당시는 나그네를 몹시 부끄러워하였는데
> 오늘은 알지 못하는 이에게 교태를 품도다.
> 몹시 부끄럽게도 시(詩)의 글귀가 제 마음 알아주시니
> 한번 고개 늘여 기다리고 한편으론 마음 상합니다.

라고 하였다. 이어서 두 번째 주머니를 보니 바로 구낭자의 것이었다. 그 시에,

> 왕래하는 이 그 누가 길가의 무덤 돌아보리
> 난새거울과 원앙이불엔 먼지만 일어나네.
> 죽고 사는 것은 하늘이 정해준 운명이고
> 꽃 폈다 지니 세상은 봄이로구나.
> 늘 진녀(秦女)처럼 세상을 버리기 원해
> 임희(任姬)의 사랑 배우지 않았도다.
> 양왕(襄王)을 모시고 운우(雲雨)를 나누려 하나
> 이런 저런 걱정에 마음 상하네.

라고 하였다. 또 뒤 폭(幅)에,

이름을 숨기는 것을 이상하게 여기지 마십시오.
외로운 혼백이 세속 사람을 두려워하는 것입니다.
본심을 말하려 하니
잠시 가까이할 수 있게 해주십시오.

라고 쓰여 있었다. 이미 아름다운 시를 보고 자못 기뻐한 공은 그 여자에게 이름을
물었더니, '취금(翠襟)'이라고 했다. 공은 취금이 맘에 들어 추근거렸다. 취금이 화
를 내면서 말했다. "수재께서는 답장을 주시면 되련만 공연히 귀찮게 하십니다."
치원이 시를 지어 취금에게 주었다.

우연히 경솔한 글을 오래된 무덤에 썼으나
선녀가 세상 인물일 줄 생각이나 했겠소.
취금(翠襟)조차 구슬꽃 같은 아름다움을 띠었으니,
붉은 소매 그대들은 응당 옥나무에 어린 봄기운을 품었겠지요.
성명을 숨겨서 세속 나그네 속이고
공교한 시로 시인을 괴롭히시는군요.
애가 끊어지도록 만나 즐겁게 웃기를
천령(千靈) 만신(萬神)께 기원하나이다.

그리고 끝에,

파랑새가 뜻밖의 일을 알려주어
그리움에 두 줄기 눈물 흐르네.
오늘 밤 선녀 같은 그대들을 만나지 못한다면
남은 인생 땅 속으로 들어가 구하리.

라고 썼다. 취금이 시를 얻고 회오리바람처럼 빠르게 가버리자 치원은 홀로 서서
슬프게 읊조렸다. 오래도록 소식이 없어서 짧은 노래를 읊조렸는데 마칠 때쯤 해
서 갑자기 향기가 나더니 한참 후에 두 여자가 나란히 나타났다. 정녕 한 쌍의 투
명한 구슬 같았고 두 송이 단아한 연꽃 같았다. 치원은 마치 꿈인 듯 놀라고 기뻐

절하면서 말하였다. "치원은 섬나라의 미천한 태생이고 속세의 말단 관리라, 어찌 외람되게 선녀들이 범부(凡夫)를 돌아볼 줄 생각이나 했겠습니까? 그냥 장난으로 쓴 글인데 문득 아름다운 발걸음을 드리우셨군요."

두 여자가 살짝 웃을 뿐 별 말이 없으니, 치원이 시를 지었다.

아름다운 밤 다행히 잠깐 만나뵙건만
어찌하여 말없이 늦은 봄을 마주 대하십니까.
진실부(秦室婦)라 생각했을 뿐
원래 식부인(息夫人)인 줄 몰랐구려.

이때 붉은 치마의 여자가 화내며 말하였다. "담소를 나눌 줄 생각했더니 경멸을 당했습니다. 식규는 두 남편을 좇았지만 저희는 아직 한 남자도 섬기지 못했습니다." 공이 웃으면서 말했다. "부인은 말을 잘하지 않지만 말하면 반드시 이치에 맞는군요." 두 여자가 모두 웃었다.

치원이 물었다. "낭자들은 어디에 사셨고, 친족은 누구인지요?"

붉은 치마의 여자가 눈물을 흘리며 말했다. "저와 동생은 율수현의 초성향(楚城鄕) 장씨(張氏)의 두 딸입니다. 돌아가신 아버지는 현의 관리가 되지 못하고 지방의 토호(土豪)가 되어 동산(銅山)처럼 부를 누렸고 금곡(金谷)처럼 사치를 부렸습니다. 저의 나이 18세, 아우의 나이 16세가 되자 부모님은 혼처를 의논하셨습니다. 그래서 저는 소금장사와 정혼하고 아우는 차(茶)장사에게 혼인을 허락하셨습니다. 저희들은 매번 남편감을 바꿔달라고 하고 마음에 차지 않았다가 울적한 마음이 맺혀 풀기 어렵게 되고 급기야 요절하게 되었습니다. 어진 사람 만나기를 바랄 뿐이오니 그대는 혐의를 두지 마십시오."

치원이 말했다. "옥 같은 소리 뚜렷한데 어찌 혐의를 두겠습니까?"

이어서 두 여자에게 물었다. "무덤에 깃든 지 오래되었고 초현관에서 멀지 않으니, 영웅과 만나신 일이 있을 터인데 어떤 아름다운 사연이 있었는지요?"

붉은 소매의 여자가 말했다. "왕래하는 자들이 모두 비루한 사람들뿐이었는데, 오늘 다행히 수재를 만났습니다. 그대의 기상은 오산(鰲山)처럼 빼어나서 함께 오

묘한 이치를 말할 만합니다." 치원이 술을 권하며 두 여자에게 말했다. "세속의
맛을 세상 밖의 사람에게 드릴 수 있는지요?"

붉은 치마의 여자가 말했다. "먹지 않고 마시지 않아도 배고프지 않고 목마르지
않습니다. 그러나 다행히 아름다운 사람을 만나 좋은 술을 먹게 되었는데 어찌 함
부로 사양하고 거스를 수 있겠습니까?"

이에 술을 마시고 각각 시를 지었으니 모두 맑고 빼어나 세상에 없는 구절들이
었다. 이때 달은 낮과 같이 환하고 바람은 가을날처럼 맑았다. 그 언니가 곡조(曲調)
를 바꾸자고 하였다. "달로 제목을 정하고 풍(風)으로 운(韻)을 삼지요."

이에 치원이 첫 연을 지었다.

> 금빛 물결 눈에 가득 먼 하늘에 떠있고
> 천 리 떠나온 근심은 곳곳마다 한결 같구나.

팔랑이 읊었다.

> 수레바퀴 옛길 잃지 않고 움직이며
> 계수나무꽃 봄바람 기다리지 않고 피었네

구랑이 읊었다.

> 둥근 빛 삼경(三更) 너머 점점 밝아오는데
> 한번 바라보니 이별 근심에 가슴만 상하는구나.

치원이 읊었다.

> 하얀 빛깔 펼쳐질 때 비단 장막 열리고
> 홀무늬 비추는 곳 따라 구슬 창 통과하네.

팔랑이 읊었다.

인간 세상과 멀리 떨어져 애가 끊어질 듯
지하의 외로운 잠에 한(恨)은 끝도 없어라.

구랑이 읊었다.

늘 부러워했네. 상아가 계교 많아
향각(香閣) 버리고 선궁(仙宮)에 갔음이여.

공이 더욱더 감탄하여 말하였다. "이러한 때 앞에 연주하는 음악이 없다면 좋은
일을 다 누렸다 할 수 없겠지요." 이에 붉은 소매의 여자가 하녀 취금을 돌아보고
서 치원에게 "현악기가 관악기만 못하고 관악기가 사람 소리만 못하지요. 이 애는
노래를 잘 부른답니다."라 하고 소충정사(訴衷情詞)를 부르라고 명하였다. 취금이
옷깃을 여미고 한 번 노래하니 그 소리가 청아해서 세상에 다시 없을 것 같았다.
이제 세 사람은 얼큰히 취했다.

치원이 두 여자를 꾀어 말하였다. "일찍이 노충(盧充)은 사냥을 갔다가 홀연 좋은
짝을 얻었고, 완조(阮肇)는 신선을 찾다가 아름다운 배필을 만났다고 들었습니다.
아름다운 그대들이 허락하신다면 좋은 연분을 맺고 싶습니다."

두 여자가 모두 허락하며 말하였다. "순(舜)이 임금이 되었을 때 두 여자가 모시
었고 주랑(周郎)이 장군이 되었을 때도 두 여자가 따랐지요. 옛날에도 그렇게 했는
데 오늘은 어찌 그렇지 않겠습니까?"

치원은 뜻밖의 허락에 기뻐하였다. 곧 정갈한 베개 셋을 늘어놓고 새 이불 하나
를 펴놓았다. 세 사람이 한 이불 아래 누우니 그 곡진한 사연을 이루 다 말할 수
없었다.

치원이 두 여자에게 장난스레 말하였다. "규방에 가서 황공(黃公)의 사위가 되지
못하고 도리어 무덤가에 와서 진씨(陳氏) 여자를 껴안았도다. 무슨 인연으로 이런
만남 이루었는지 알지 못하겠구나."

언니가 시를 지어 읊었다.

그대의 말 들으니 어질지 못하군요.
인연이 그렇다면 그 여자와 자야 했을 것을.

시를 마치자마자 동생이 그 뒤를 이었다.

뜻밖에 풍광한(風狂漢)과 인연을 맺어
지선(地仙)을 모욕하는 경박한 말을 들었구나.

공이 화답하여 시를 지었다.

오백 년 만에 비로소 어진 이 만났고
또 오늘 밤 함께 잠자리를 즐겼네.
고운 그대들 광객(狂客)을 가까이 했노라 한탄하지 말라.
일찍이 봄바람에 적선(謫仙)이 되었으니.

잠시 후 달이 지고 닭이 울자, 두 여자가 모두 놀라며 공에게 말했다. "즐거움이 다하면 슬픔이 오고 이별이 길어지면 만날 날이 가까워지지요. 이는 인간 세상에서 귀천(貴賤)을 떠나 모두 애달파하는 일인데 하물며 삶과 죽음의 길이 달라 늘 대낮을 부끄러워하고 좋은 시절 헛되이 보냄에랴! 다만 하룻밤의 즐거움을 누리다 이제부터 천년의 길고 긴 한을 품게 되었군요. 처음에 동침의 행운을 기뻐했는데 갑자기 기약 없는 이별을 탄식하게 되었습니다."
두 여자가 각각 시를 주었다.

별이 처음으로 돌아가고 물시계 다하니
이별의 말하려 하나 눈물이 먼저 줄줄 흐르네.
이제부턴 천년의 긴 한만 맺히고
깊은 밤의 즐거움 다시 찾을 기약 없어라.

다른 시에 읊었다.

지는 달빛 창에 비추자 붉은 뺨 차가와지고
새벽 바람에 옷깃 나부끼자 비취 눈썹 찌푸리네.
그대와 이별하는 걸음걸음 애간장만 끊어지고
비 흩어지고 구름 돌아가버려 꿈에 들어가기도 어려워라.

치원은 시를 보고 저도 모르게 눈물을 흘렸다. 두 여자가 치원에게 말하였다. "혹시라도 다른 날 이곳을 다시 지나가게 되신다면 황폐한 무덤을 다듬어 주십시오." 말을 마치자 곧 사라졌다.

다음 날 아침 치원은 무덤가로 가서 쓸쓸히 거닐면서 읊조렸다. 깊이 탄식하고 긴 시를 지어 자신을 위로하였다.

풀 우거지고 먼지 덮혀 캄캄한 쌍녀분
옛부터 이름난 자취 그 누가 들었으리.
넓은 들판에 변함없이 떠있는 달만 애달프고,
부질없이 무산(巫山)의 두 조각 구름 얽혀있네.
뛰어난 재주 지닌 나 한스럽게 먼 지방의 관리 되어
우연 고관(孤館)에 왔다 조용한 곳 찾았네.
장난으로 시귀를 문에다 썼더니
감동한 선녀 밤에 찾아왔도다.
붉은 비단 소매의 여인, 붉은 비단 치마의 여인
앉으니 난초 향기 사향 향기 스미네
비취 눈썹 붉은 뺨 모두 세속을 벗어났고,
마시는 모습과 시상(詩想)도 뛰어나네.
지고 남은 꽃 마주하여 좋은 술 기울이고
쌍으로 비단 같은 손 내밀며 묘하게 춤을 추네.
미친 내 마음 이미 어지러워 부끄러운 줄도 모르고,
아름다운 그대들이 허락할지 시험해 보았네.
미인은 얼굴을 오래도록 숙이고 어쩔 줄 몰라
반쯤은 웃는 듯 반쯤은 우는 듯하네.
낯이 익자 자연히 마음은 불같이 타오르고,
뺨은 진흙처럼 발개져 취한 듯하네.

고운 노래 부르다 기쁨 함께 누리니
이 아름다운 밤 좋은 만남은 미리 정해진 것이었으리.
사녀(謝女)가 청담한 것 듣고,
반희(班姬)가 고운 노래 뽑는 것 보았도다.
정이 깊어지고 마음이 살뜰해져 친해지기 시작하니
바로 늦은 봄날 도리꽃 피는 시절이구나.
밝은 달빛 베개 밑 생각 곱으로 더하고,
향기로운 바람 비단 같은 몸 끌어당기는구나.
비단 같은 몸 베개 밑 상념이여.
그윽한 즐거움 다하지 않았는데 이별의 근심 왔네.
몇 가락 여운의 노래 외로운 혼 끊고,
한 가닥 스러지는 등잔불 두 줄기 눈물 비추네.
새벽녘 난새와 학은 각각 동서로 흩어지고,
홀로 앉아 꿈인가 여겨보네.
깊이 생각하여 꿈인가 하나 꿈은 아니라,
시름겨워 푸른 하늘에 떠도는 아침 구름 마주 대하네.
말은 길게 울며 가야 할 길 바라보나,
광생(狂生)은 오히려 다시 버려진 무덤 찾았도다.
버선 발 고운 먼지 속으로 걸어 나오지 않고,
아침 이슬에 흐느끼는 꽃가지만 보았네.
창자 끊어질 듯 머리 자주 돌리나,
저승 문 적막하니 누가 열리오.
고삐 놓고 바라볼 때 끝없이 눈물 흐르고,
채찍 드리우고 시 읊는 곳 슬픔만 남아있도다.
늦봄 바람 불고 늦봄 햇살 비추는데
버들개지 어지러이 빠른 바람에 나부끼도다.
늘 나그네 시름으로 화창한 봄날 원망할 터인데.
하물며 이렇게 이별의 슬픔 안고 그대들 그리워함에랴.
인간 세상의 일 수심의 끝이 없구나.
비로소 통하는 길을 들었는데 또 나루를 잃었도다.
잡초 우거진 동대(銅臺)엔 천년의 한 서려 있고,
꽃핀 금곡(金谷)은 하루 아침의 봄이로구나.

완조(阮肇)와 유신(劉晨)은 보통사람이고,
진황제(秦皇帝)와 한무제(漢武帝)도 신선이 아니네.
옛날의 아름다운 만남 아득하여 쫓지 못하고,
지금까지 남겨진 이름 헛되이 슬퍼하는구나.
아득히 왔다가 홀연히 가버리니,
비바람 주인 없음을 알겠네.
내가 이곳에서 두 여인을 만난 것은
양왕(襄王)이 운우(雲雨)를 꿈 꾼 것과 비슷하도다.
대장부 대장부여!
남아의 기운으로 아녀자의 한을 제거한 것뿐이니,
마음을 요망스런 여우에게 연연해하지 말아라.

　나중에 최치원은 과거에 급제하고 고국으로 돌아오다 길에서 시를 읊었다.

뜬 구름 같은 세상의 영화는 꿈속의 꿈이니,
하얀 구름 자욱한 곳에서 이 한 몸 좋이 깃들리라.

　이어서 물러가 아주 속세를 떠나 산과 강에 묻힌 스님을 찾아갔다. 작은 서재를 짓고 석대(石臺)를 찾아서 문서를 탐독하고 풍월을 읊조리며 그 사이에서 유유자적하게 살았다. 남산(南山)의 청량사(淸凉寺), 합포현(合浦縣)의 월영대(月影臺), 지리산의 쌍계사(雙溪寺), 석남사(石南寺), 묵천석대(墨泉石臺)에 모란을 심어 지금까지도 남아 있으니, 모두 그가 떠돌아다닌 흔적이다. 최후에 가야산 해인사에 은거하여 그형인 큰 스님 현준(賢俊) 및 남악사(南岳師) 정현(定玄)과 함께 경론(經論)을 탐구하여 마음을 맑고 아득한 데 노닐다가 세상을 마쳤다.

2. 아랑 이야기

　조선 명종 때 밀양 윤 부사의 무남독녀인 아랑이란 처녀가 있었다. 아랑은 재주가 뛰어날 뿐 아니라, 용모가 남달리 아름다워 부근 총각들의 선망의 대상이 되었다.

이 고을 관노인 통인 주기가 신분도 잊은 채 아랑을 흠모하기 시작했다. 주기는 아랑을 유인해낼 방법으로 아랑의 유모를 돈으로 매수했다. 그리고 아랑의 유모는 휘영청 달이 밝은 날 아랑에게 달구경을 가자며 영남루 뜰로 데리고 나온 후 소피를 보러 간다며 사라졌다. 유모가 자리를 피하자 아랑에게로 접근한 주기는 아랑을 겁간하려 했으나 아랑의 거센 반항 때문에 뜻을 이룰 수 없게 되자 비수를 끄집어내어 아랑을 위협했다.

아랑은 정조를 지키기 위해 반항하다 결국에는 주기의 비수에 찔려 죽고 말았다. 다음날 아랑이 없어졌다는 소문이 퍼지고 아랑의 종적은 찾을 수가 없었다. 윤 부사는 눈물과 한숨으로 세월을 보내다 딸을 찾지 못한 채 서울로 올라가고 말았다.

윤 부사가 떠난 후 새로운 부사들이 부임했지만, 첫날 밤에 원인도 모르게 급사하고 말았다. 이러한 일이 몇 번 되풀이된 후로는 밀양부사로 오려는 사람이 없었다. 폐군이 될 지경에 젊은 붓장사 한 명이 죽는 한이 있더라도 부사나 한번하고 죽자는 마음으로 밀양부사를 자원했다. 밤이 되자 신임부사 앞에 피투성이가 된 처녀가 홀연히 나타났다. 그 처녀는 다름이 아닌 아랑이었다.

아랑은 모든 이야기를 한 후 내일 아침 나비가 되어 자기를 죽인 관노의 갓에 앉겠다는 말을 끝으로 하직인사를 한 후 사라졌다. 이튿날 부사는 관속들을 모두 모이도록 명했다. 흰나비 한 마리가 날아와 관노의 갓 위에 앉는 것이었다. 부사는 형방을 불러 그 관노를 묶어 앞에 앉히도록 한 후 주기를 다스렸다. 극구 부인하던 주기도 곤장에는 어쩔 수 없는 모양인지 아랑을 죽이고 영남루 앞 대숲에 던진 사실을 털어놓았다.

그곳에는 아랑의 시체가 원한에 맺혀 썩지 않고 그대로 있었다. 주기를 죽여 아랑의 원수를 갚아 주고 난 후부터는 아랑의 원혼도 더 이상 나타나지 않았고 고을도 태평해졌다.

그 후 아랑의 시체가 있던 자리에 비를 세우고 그 옆에 사당을 지었는데 지금도 아랑의 높은 정절을 추모하기 위해 해마다 음력 4월 16일 제관을 뽑아 원혼을 달래며 제향을 드리고 있다.

3. 장화홍련

세종대왕 시절에 평안도 철산군에 한 사람이 있었는데 성은 배씨요, 이름은 무룡이었다. 그는 본디 향반(鄕班)으로 좌수(座首)를 지냈을 정도로 성품이 매우 순후(淳厚)하고 가산이 넉넉하여 부러울 것이 없었지만, 다만 슬하에 일점 혈육이 없으므로 부부는 매양 슬퍼하였다.

그러던 어느 날, 부인 장 씨가 몸이 곤하여 침상을 의지하고 조는 동안, 문득 한 선관(仙官)이 하늘에서 내려와 꽃 한 송이를 주기에 부인이 받으려 할 때 홀연 회오리바람이 일며 그 꽃이 변하여 한 선녀가 되어 완연히 부인의 품속으로 들어오는지라. 부인이 놀라 깨어 보니 남가일몽(南柯一夢)이었다.

부인이 좌수를 향하여 꿈 이야기를 하며 괴이하게 여겼다. 좌수가 이 말을 듣고, "우리의 무자(無子)함을 하늘이 불쌍히 여기사 귀자(貴子)를 점지하심이오." 하며, 서로 기뻐하였다. 과연 그날부터 태기가 있어 십 삭이 차매, 하루는 밤중에 향기가 진동하더니 순산하여 옥녀(玉女)를 낳았다. 아기의 용모와 기질이 특이하여 좌수 부부는 크게 사랑하며 이름을 장화라 짓고 장중 보옥같이 길렀다.

장화가 두어 살이 되면서 장 씨 또다시 태기가 있었다. 좌수 부부는 주야로 아들 낳기를 바랐으나 역시 딸을 낳았다. 마음에는 서운하나 할 수 없이 이름을 홍련이라 하였다. 장화·홍련 자매가 점점 자라가며 얼굴이 화려하고 기질이 기묘할 뿐더러 효행이 뛰어나니, 좌수 부부는 형제의 자라남을 보고 사랑함이 비길 데 없었다. 그러나 너무 숙성함을 매우 염려하였다.

그러던 가운데 한편 시운(時運)이 불행하여 장 씨는 홀연히 병을 얻어 자리에 눕게 되었다.

좌수와 장화가 정성을 다하여 주야로 약을 썼지만, 증세가 날로 위중할 뿐이요, 조금도 효험이 없었다. 장화는 초조하여 하늘에 축수하며 모친이 회춘하기를 바랐지만, 이때 장 씨는 자기의 병이 낫지 못하리라 짐작하고, 나이 어린 두 딸의 손을 잡고 좌수를 청하여 슬퍼하며, "첩이 전생에 죄가 많아 이 세상에 오래 살지 못할 것 같습니다. 죽는 것은 슬프지 않지만, 장화 자매를 기를 사람이 없사오니 지하에 갈지라도 눈을 감지 못할 만큼 슬프니, 이제 골수에 맺힌 한을 가슴에 품고 죽으려

합니다. 외로운 혼백이 바라는 바는 다름이 아니오라 첩이 죽은 후에 다른 여인을 취하실진대 낭군의 마음이 자연 변하기 쉬울 것이니 그것을 두려워합니다. 바라건대 낭군은 첩의 유언을 저버리지 마시고 지난 날의 정의를 생각하시고, 이 두 딸을 불쌍히 여겨 장성한 후에 좋은 가문에 배필을 얻어 봉황의 짝을 지어 주신다면 첩이 비록 어두운 저승 속에서라도 낭군의 은택(恩澤)을 감축하여 결초보은(結草報恩)하겠습니다.” 하고 길이 탄식한 후, 이내 숨을 거두었다. 장화는 동생을 안고 하늘을 우러러 통곡하니, 그 가련한 정경은 보는 사람으로 하여금 철석 간장이 녹아 내리는 듯하였다.

그럭저럭 장삿날이 다다라 선산에 안장하고 장화는 효심을 다하여 조석으로 상식을 받들며 주야로 과상하였다. 세월이 여류하여 어느덧 삼상(三喪)이 지나갔다. 그러나 장화 형제의 망극함은 더욱 새로웠다.

이때 좌수는 비록 망처의 유언을 생각하였지만 후사를 안 돌아볼 수도 없어서, 이에 혼처를 두루 구하였으나, 원하는 여인이 없으므로 부득이 허 씨라는 여인에게 장가를 들었다.

허 씨의 용모를 말하자면 두 볼은 한 자가 넘고, 눈은 퉁방울 같고, 코는 질병 같고, 입은 메기 같고, 머리털은 돼지털 같고, 키는 장승만 하고, 소리는 이리 소리 같고, 허리는 두 아름이나 되는 것이 게다가 곰배팔이요, 수종다리에 쌍언청이를 겸하였고, 그 주둥이를 썰어 내면 열 사발은 되고, 얽기는 콩멍석 같으니 그 형상은 차마 바로 보기 어려운 데다가 그 심지가 더욱 불량하여 남이 못 할 노릇만을 골라 가며 행하니, 집에 두기가 단 한시인들 난감하였다.

그래도 그것이 계집이라고 그달부터 태기가 있어 연달아 아들 삼 형제를 낳았다. 좌수는 그로 말미암아 어찌할 바를 모르니 매양 딸과 더불어 죽은 장 씨 부인을 생각하며, 잠시라도 두 딸을 못 보면 삼추(三秋)같이 여기고, 돌아오면 먼저 딸의 침실로 들어가 손을 잡고 눈물을 흘리며, “너희 자매들이 깊이 규중에 있으면서, 어미 그리워함을 늙은 아비도 매양 슬퍼한다.” 하며 가련히 여기는 것이었다.

허 씨는 그럴수록 시기하는 마음이 대발(大發)하여 장화·홍련을 모해하고자 꾀를 생각하였다. 이에 좌수는 허 씨의 시기함을 짐작하고 허 씨를 불러 크게 꾸짖었다. “우리는 본래 가난하게 지내다가, 전처의 재물이 많아 지금 풍부히 살고 있소.

그대의 먹는 것이 다 전처의 재물이니 그 은혜를 생각하면 크게 감동해야 마땅한데, 저 어린 것들을 심히 괴롭게 하니, 다시는 그러지 마오." 하고, 조용히 타일렀지만, 시랑 같은 그 마음이 어찌 뉘우치겠는가. 그 후로는 더욱 불측하여 두 자매를 죽일 뜻을 주야로 생각하였다.

하루는 좌수가 내당으로 들어와 딸의 방에 앉으며 두 딸을 살펴보니, 딸 자매가 서로 손을 잡고 슬픔을 머금고 눈물로 옷깃을 적시기에, 좌수가 이것을 보고 매우 측은히 여겨 탄식하며, '이는 반드시 죽은 어미를 생각하고 슬퍼함이로다.' 하고, 역시 눈물을 흘렸다.

"너희들이 이렇게 장성하였으니, 너희 모친이 살아 있었다면 오죽이나 기쁘겠느냐. 그러나 팔자가 기구하여 허 씨 같은 계모를 만나 구박이 자심하니, 너희들의 슬퍼함을 짐작하겠다. 이후에 이런 연고가 또 있으면 내가 처치하여 너희 마음을 편안케 하리라." 하고 나왔다. 이때 흉녀 허 씨가 창틈으로 이 광경을 엿보고 더욱 분노하여 흉계를 생각하다가 문득 깨닫고, 제 자식 장쇠를 불러 큰 쥐 한 마리를 잡아오게 하였다. 그러고는 그것을 껍질을 벗기고 피를 발라, 낙태한 형상을 만들어 장화가 자는 방에 들어가 이불 밑에 넣고 나왔다. 좌수가 들어오기를 기다려 이것을 보이려고 하였는데 마침 좌수가 외당에서 들어왔다. 허 씨가 좌수를 보고 정색하며 혀를 차는지라, 괴이하게 여긴 좌수가 그 연고를 물었다.

"집안에 불측한 변이 있으나 낭군은 필시 첩의 모해라 하실 듯하기에 처음에는 발설치 못하였습니다. 낭군은 친어버이라 나오면 이르고 들어가면 반기는 정을 자식들이 전혀 모르고 부정한 일이 많으나, 내 또한 친어미가 아니므로 짐작만 하고 있었는데 오늘은 늦도록 기동치 아니하기에 몸이 불편하다고 하여 들어가 보니, 과연 낙태를 하고 누웠다가 첩을 보고 미처 수습치 못하여 쩔쩔매는 것이었습니다. 그래서 첩의 마음에 놀라움이 컸지만, 저와 나만 알고 있거니와 우리는 대대로 양반이라 이런 일이 누설되면 무슨 면목으로 세상을 살아가겠습니까."

좌수는 크게 놀라 이에 부인의 손을 이끌고 여아의 방으로 들어가 이불을 들추어 보았다. 이때 장화 자매는 잠이 깊이 들어 있었으니, 허 씨가 그 피묻은 쥐를 가지고 날뛰었다. 용렬한 좌수는 그 흉계를 모르고 놀라며, "이 일을 장차 어찌하리오." 하며 고심하였다. 이때 흉녀가 하는 말이, "이 일이 매우 중난하니 남이 모르게 죽여 흔적을 없이하면, 남은 이런 줄은 모르고 첩이 심하여 애매한 전실 자식을 모해하여 죽였다고 할 것이요, 남이 알면 부끄러움을 면치 못할 것이니 차라리 첩이 먼저 죽어 모르는 게 나을까 합니다." 하고 거짓 자결하는 체하니, 저 미련한 좌수는 그 흉계를 모르고 급히 달려들어 붙들고 빌면서, "그대의 진중한 덕은 내 이미 아는 바이니, 빨리 방법을 가르치면 저 아이를 처치하겠소." 하며 울거늘, 흉녀는 이 말을 듣고, '이제는 원을 이룰 때가 왔다.' 하고, 마음에 기꺼워하면서도 겉으론 탄식하여 하는 말이, "내 죽어 모르고자 하였더니, 낭군이 이토록 과념하시니 부득이 참거니와, 저 아이를 죽이지 아니하면 장차 문호에 화를 면치 못할 것입니다. 기세양난(其勢兩難)이니 빨리 처치하여 이 일이 드러나지 않게 하십시오." 하였다.

좌수는 망처의 유언을 생각하고 망극하나, 일변 분노하여 처치할 묘책을 의논하니 흉녀는 기뻐하며, "장화를 불러 거짓말로 속여 저희 외삼촌 댁에 다녀오게 하고, 장쇠를 시켜 같이 가다가 뒤 연못에 밀쳐 넣어 죽이는 것이 상책일까 합니다." 좌수가 듣고 옳게 여겨 장쇠를 불러 이리이리하라고 계교를 가르쳐 주었다.

이때 두 소저는 죽은 어머니를 생각하고 슬픔을 금치 못하다가 잠이 깊이 들었으니, 어찌 흉녀의 이런 불측함을 알 수 있었을까? 장화가 잠을 깨어 심신이 울적하므로 괴이하게 여겨 다시 잠을 이루지 못하고 일어나 앉아 있는데, 부친이 부르시기에 깜짝 놀라서 즉시 나아가니 좌수가 말하기를, "너희 외삼촌 집이 여기서 멀지 않으니 잠시 다녀오느라." 하였다. 장화는 너무나 이외의 말을 들었으므로 일변 놀랍고 일변 슬퍼 눈물을 머금고 말씀드렸다.

"소녀 오늘까지 문 밖을 나가 본 일이 없었는데, 부친은 어찌하여 이 깊은 밤에 알지 못하는 길을 가라하십니까?" 좌수가 대노하여 꾸짖으며, "장쇠를 데리고 가라하였거늘 무슨 잔말을 하여 아비의 명을 거역하느냐." 하므로 장화 이 말을 듣고 방성대곡하여, "부친께서 죽어라 하신들 어찌 분부를 거역하겠습니까마는 밤이 깊었기로 어린 생각에 사정을 아뢸 따름입니다. 분부 이러하시니 황송하지만, 다만 부탁이오니 밤이나 새거든 가게 해 주십시오." 하였더니 좌수 비록 용렬하나, 자식의 정에 끌려 망설이므로 흉녀 이렇듯 수작함을 듣고 갑자기 문을 발길로 박차며 꾸짖어 말하였다. "너는 어버이 명을 순수히 따라야 마땅하거늘, 무슨 말을 하여 부명(父命)을 어기느냐." 하고 호령하니 장화는 이에 더욱 서러우나 할 수 없이 울며, "아버님 분부가 이러하시니, 다시 여쭐 말씀이 없습니다. 분부대로 하겠습니다." 하고 침실로 들어가 홍련을 불러 손을 잡고 울면서, "부친의 뜻을 알지 못하거니와 무슨 연고가 있는지 이 밤중에 외가에 다녀오라 하시니 마지못해 가긴 가지만, 이 길이 아무래도 불길하구나. 다만 슬픈 마음은 우리 자매가 모친을 여의고 서로 의지하여 세월을 보내되 한시라도 떠남이 없이 지내더니, 천만 뜻밖에 이 일을 당하여 너를 적적한 빈 방에 혼자 두고 갈 일을 생각하면 가슴이 터지고 간장이 타는 내 심사는 청천일장지로도 다 기록치 못할 것이다. 아무쪼록 잘 있거라. 내 가는 길이 좋지 못할 듯하나 되도록 돌아올 것이니 그 사이 그리움이 있을지라도 참고 기다려라. 옷이나 갈아입고 가야겠다." 하고, 옷을 갈아입은 후, 장화는 다시 손을 잡고 울며 아우에게 경계하여, "너는 부친과 계모를 극진히 섬겨 잘못함이 없게 하고 내가 돌아오기를 기다리면, 내 가서 오랫동안 있지 않고 수삼 일에 다녀오겠다. 그 동안 그리워 어찌하여 너를 두고 가는 마음 측량할 길 없으니, 너는 슬퍼 말고 부디 잘 있거라."

말을 마치고 대성통곡하며 손을 붙잡고 서로 헤어지지 못하니, 슬프다! 생시에 그지없이 사랑하던 그 모친은 어찌 이런 때를 당하여 저 자매의 형상을 굽어살피지 못하는가.

이때 흉녀 밖에서 장화의 이렇듯 함을 듣고는 들어와, 시랑 같은 소리를 지르며 말하였다. "네 어찌 이렇게 요란히 구느냐?" 하고 장쇠를 불러, "네 누이를 데리고 속히 외가에 다녀오라 하였거늘 그저 있으니 어쩐 일이냐?"

그러자, 돼지 같은 장쇠는 바로 염라대왕의 분부나 받은 듯이 소리를 벼락같이 질러 어깨춤을 추며 삼간마루를 떼구르며, "누님은 빨리 나와요. 부명을 거역하여 공연히 나만 꾸지람 듣게 하니 이 아니 원통하오." 하며 재촉이 성화같으므로 장화는 어쩔 수 없이 홍련의 손을 떨치고 나오려 하였다. 이때 홍련이 언니의 옷자락을 잡고 울면서, "우리 형제 잠시도 떨어지지 않았었거늘, 갑자기 오늘은 나를 버리고 어디를 가려고 합니까?" 하며 쫓아 나오니, 장화는 홍련의 형상을 보며 간장이 마디마디 끊어지는 듯하지만, 홍련을 달래며, "내 잠시 다녀오겠으니 울지 말고 잘 있거라." 하며 설움에 잠겨 말끝을 맺지 못하니, 노복들도 이 광경을 보고 눈물 아니 흘리는 자가 없었다. 홍련이 언니의 치마폭을 잡고 놓지 않거늘, 흉녀가 들이 닥쳐 홍련의 손을 뿌리치며, "네 형이 외가에 가는데 네 어찌 이처럼 요망스럽게 구느냐." 하며 꾸짖으므로, 홍련은 맥없이 물러섰다. 흉녀가 장쇠에게 넌지시 눈짓하니 장쇠의 재촉이 성화같았다. 장화는 마지못해 홍련을 이별하고 부친께 하직하고 말에 올라 통곡하며 가는 것이었다.

장쇠가 말을 급히 몰아 산골짜기로 들어가 한곳에 다다르니, 산은 첩첩천봉이요 물은 잔잔백곡인지라, 초목이 무성하고 송백이 자욱하여, 인적이 적막한데 달빛만 휘영청 밝고 구슬픈 두견 소리 일촌간장을 다 끊어 놓는다. 장화가 굽어보니 송림 가운데 한 못이 있는데 크기가 사십여 리요, 그 깊이는 알지 못할 정도였다. 한번 보니 정신이 아득하고 물소리만 처량한데, 장쇠 말을 잡고 장화를 내리라 하니 장화는 깜짝 놀라며 큰 소리로 장쇠를 나무랐다. "이곳에 내리라 함은 어쩐 일이냐?" 장쇠가 대답하길, "누이의 죄를 알 것이니 어찌 물으오? 그대를 외가에 가라 함은 정말이 아니라, 그대 실행함이 많으되 계모 착하신 고로 모르는 체하시더니 이미 낙태한 일이 나타났으므로 나를 시켜 남이 모르게 이 못에 넣고 오라 하기에 이곳에 왔으니 속히 물에 들어가오." 하며 잡아 내리는 것이었다. 장화가 이 말을 들으니 청천벽력이 내리는 듯 넋을 잃고 소리를 지르며, "하늘도 야속하오. 이 일이 웬일이요? 무슨 일로 장화를 내시고 또 천고에 없는 누명을 씌워 이 깊은 못에 빠져 죽어 속절없이 원혼이 되게 하시는고? 하늘이여 굽어살피소서. 장화는 세상에 난 후로 문 밖을 모르거늘, 오늘날 애매한 누명을 쓰오니 전생에 죄악이 그렇게 중하던가! 우리 모친은 어찌 세상을 버리시고 슬픈 인생을 남겼던고, 간악한 사람의 모해를 입어 단불에 나비 죽듯 죽는 것은 슬프지 않지만, 원통한 이 누명을 어느 시절에 씻으며 외로운 저 동생은 장차 어찌될 것인가?" 하며 통곡하니 기절하니, 그 정상은 목석간장이라도 서러워하련마는, 저 불측하고 무정한 장쇠 놈은 서서 다만 재촉할 뿐이었다.

"이 적막한 산중에 밤이 이미 깊었는데, 아무래도 죽을 인생 발악해야 무엇하나어서 바삐 물에 들라." 하니 장화 정신을 진정하고, "나의 망극한 정지를 들으라. 너와 나는 비록 이복이나 아비 골육은 한가지라, 전에 우리를 우애하던 정을 생각하여 영영 황천으로 돌아가는 목숨을 가련히 여겨 잠시 말미를 주면, 삼촌 집에도 가고 망모의 묘에 하직이나 하고 외로운 홍련을 부탁하여 위로하고자 하니, 이는 내 목숨을 보존코자 함이 아니라, 변명하면 계모의 시기가 있을 것이요, 살고자 하면 부명을 거역하는 것이니 일정한 명대로 하려니와, 바라건대 잠시 말미를 주면 다녀와 죽음을 청하겠다." 하며 비는 소리, 애원이 처절하나 목석 같은 장쇠 놈은 조금도 측은한 빛이 없이 마침내 듣지 않고 재촉이 성화같았다.

장화는 더욱 망극하여 하늘을 우러러 통곡하며, "명천(明天)은 이 억울한 사정을 살피소서. 이 몸 팔자 기박하여, 칠 세에 어미를 여의고 자매 서로 의지하여 서산에 지는 해와 동녘에 돋는 달을 대할 때면 간장이 슬퍼지고, 후원에 피는 꽃과 섬돌에 나는 풀을 볼 적이면 비감하여 눈물이 비 오듯 지내왔는데, 십 년 후 계모를 얻으니 성품이 불측하여 구박이 자심하온지라 서러운 슬픈 마음을 이기지 못하오나, 밝으면 부친을 따르고 해가 지면 망모를 생각하며 자매 서로 손을 잡고, 기나긴 여름날과 적막한 가을밤을 장우탄탄으로 살아왔었는데 궁흉극악한 계모의 독수를 벗어나지 못하옵고 오늘날 물에 빠져 죽사오니 이 장화의 천만 애매함을 천지·일월·성신이든 바로잡아 주소서. 홍련의 일생을 어여삐 여기셔서 저 같은 인생을 본받게 하지 마옵소서." 하고, 장쇠를 돌아보며, "나는 이미 누명을 쓰고 죽거니와 저 외로운 홍련을 어여삐 여겨 잘 인도하여 부모에게 효도하고 길이 무량함을 바란다." 하며 왼손으로 치마를 걷어잡고 오른손으로 월귀탄을 벗어 들고 신발을 벗어 못가에 놓고, 발을 구르며 눈물을 비 오듯 흘리고 오던 길을 향하여 실성통곡하며, "불쌍하구나! 홍련아, 적막한 깊은 규중에 너 홀로 남았으니 가엾은 네 인생이 누구를 의지하고 살아간단 말이냐. 너를 두고 죽는 나는 쓰라린 이 간장이 굽이굽이 다 녹는다."

말을 마치고 만경창파(萬頃蒼波)에 나는 듯이 뛰어드니 참으로 애닯도다. 갑자기 물결이 하늘에 닿으며 찬바람이 일어나고 월광이 무색한데, 산중으로부터 큰 범이 내달아 꾸짖기를, "네 어미 무도하게 애매한 자식을 모해하여 죽이니 어찌 하늘이 무심하겠느냐." 하며 달려들어 장쇠 놈의 두 귀와 한 팔, 한 다리를 떼어먹고 온데간데없으니 장쇠 기절하여 땅에 거꾸러지니 장화의 탔던 말이 크게 놀라 집으로 돌아왔다.

흉녀는 장쇠를 보내고 밤이 깊도록 아니 오므로 매우 이상히 여기는데 갑자기 장화가 타고 간 말이 소리를 지르고 달려오기에, 흉녀 생각하기를 장화를 죽이고 온 줄 알고 내다본즉, 말은 온몸에 땀을 흘리고 들어오는데 사람은 없는지라, 흉녀는 크게 놀라 이에 노복을 불러 불을 밝히고 말 오던 자취를 더듬어 찾아가게 하였다.

이윽고 한 곳에 다다라 보니, 장쇠가 거꾸러졌기에 놀라 자세히 살펴보니, 한 팔, 한 다리와 두 귀가 없고 피를 흘리며 인사불성이라 모두가 놀라 어찌할 바를 몰랐다. 그때 문득 향내가 진동하며 찬바람이 소슬하므로 괴이하게 여겨 사방을 두루 살펴보니 향내가 못 가운데서 나는 것이었다.

노복이 장쇠를 구하여 오니, 그 어미 놀라 즉시 약을 먹이고 상한 곳을 동여주니, 장쇠 비로소 정신을 차렸다. 흉녀가 크게 기꺼워하며 그 사연을 물은즉, 장쇠는 전후 사연을 다 말하였다. 그 말을 들은 흉녀는 더욱 원망하며 홍련을 마저 죽이려고 주야로 생각하였다.

그러던 중 홍련이 또한 집안 일을 전혀 모르다가 집안이 소란함을 보고 괴이하게 여겨 계모에게 그 연고를 물으니, "장쇠는 요괴로운 네 형을 데리고 가다가 길에서 범을 만나 물려서 병이 중하다." 하기에 홍련이 다시 사연을 물은즉, 흉녀는 눈을 흘기며, "네 무슨 요사스런 말을 이토록 하느냐?" 하고, 자리를 떨치고 일어나므로, 홍련이 이렇듯 박대함을 보고 가슴이 터지는 듯하며 일신이 떨려, 제 방으로 돌아와 형을 부르며 통곡하다가 홀연 잠이 들었다.

비몽사몽간에 물 속에서 장화가 황룡을 타고 북해로 향하거늘, 홍련이 내달아 물으려 하니 장화는 본 체도 안하는 것이었다. 홍련이 울며, "형님은 어찌 나를 본 체도 안 하시고 혼자 어디로 가십니까?" 하니, 그제서야 장화가 눈물을 뿌리며, "이제는 내 몸이 길이 달라서 내 옥황상제께 명을 받아 삼신산으로 약을 캐러 가는데, 길이 바쁘기로 정회를 베풀지 못하지만 너는 나를 무정타고 여기지 말아라. 내 장차 때를 보아 너를 데려가마." 하며 수작할 즈음에 장화가 탄 용이 소리를 지르거늘, 홍련이 깨달으니 침상일몽이었다.

기운이 서늘하고 땀이 나서 정신이 아득한지라, 홍련은 이에 부친께 이 사연을 말씀하며 통곡하여 하는 말이, "오늘을 당하여 소녀의 마음이 무엇을 잃은 듯하여 자연히 슬프오니 형이 이번에 가서 필경 무슨 연고가 있어 사람의 해를 입었나 봅니다." 하고 실성통곡하였다. 좌수가 여아의 말을 들어 보니, 숨통이 막혀 한 마디 말도 못하고 다만 눈물만 흘리는 것이었다.

흉녀가 곁에 있다가 왈칵 성을 내며, "어린아이가 무슨 말을 해서 어른의 마음을 이다지도 슬프게 이렇듯 상심케 하느냐." 하며 등을 밀어 내기에 홍련이 울며 나와 생각하기를, '내 꿈 이야기를 여쭈니 부친은 슬퍼하시며 아무 말도 못 하시고, 계모는 낯빛을 바꾸니 이렇듯 구박하니, 이는 반드시 이 가운데 무슨 연고가 있다.' 하며 그 허실을 몰라 애쓰고 있었다.

하루는 흉녀가 나가고 없기에 장쇠를 불러 달래며 언니의 행방을 탐문하였더니, 장쇠는 감히 속이지 못하여 장화의 전후 사연을 거짓없이 말하였다. 그제야 언니가 애매하게 죽은 사실을 알고 깜짝 놀라 기절하였다가 겨우 정신을 차려 형을 부르며, "가련할사 형님이여! 불측할사 흉녀로다! 자상한 우리 형님, 이팔청춘 꽃다운 시절에 망측한 누명 몸에 쓰고 창파에 몸을 던져 천추 원혼되었으니, 뼈에 새긴 이 원한을 어찌하여 풀어 볼까, 참혹하다 우리 형님, 가련한 이 동생을 적막한 공방에 외로이 남겨 두고 어디 가서 안 오시나. 구천에 돌아간들 이 동생이 그리워서 피눈물 지으실 제 구곡간장이 다 녹았을 것으로다. 고금에 이르도록 이런 억울하고 원통한 일이 또 어디 있으리요. 하늘이시여 살피시옵소서. 소녀 3세에 어미를 잃고 언니를 의지하여 지내 왔는데, 이 몸의 죄가 많아 모진 목숨이 외로이 남았다가 이런 변을 또 당하니, 언니와 같이 더러운 꼴 보지 말고 차라리 이 내 몸이 일찍 죽어 외로운 혼백이라도 언니를 따라갈까 하나이다."

말을 마치니 눈물은 비오듯하며 정신이 아득한지라, 아무리 형의 죽은 곳을 찾아가고자 하나 규중 처녀의 몸으로 문 밖 길을 모르니, 어찌 그 곳을 찾으랴? 침식을 전폐하고 밤낮을 한탄할 뿐이었다.

하루는 청조 한 마리가 날아와서 백화가 만발한 사이를 오락가락하기에 홍련이 심중에 헤아리기를, '내 형님의 죽은 곳을 몰라 주야로 궁금하여 한이 되는데 저 청조 비록 미물이나마 저렇듯 왕래하니 필경 나를 데려가려 왔나 보다.' 하며 슬픈 정회를 진정치 못하여 좌불안석(坐不安席)하였다. 그러다가 문득 보니 청조는 간 곳이 없거늘, 서운한 마음이 비할 데 없었다.

날이 다시 밝으매 홍련이 또 청조가 오기를 기다렸으나 끝내 오지 않아 슬픔을 이기지 못하여 창을 의지하고 생각하기를, '이제는 청조가 오지 않아도 언니 죽은 곳을 찾아가려니와, 이 일을 부친께 말씀하면 못 가게 하실 테니, 이 사연을 기록하여 두고 가야하겠다.' 하고 즉시 지필을 내어 유서를 썼다.

'슬프다, 일찍이 모친을 여의고 형제가 서로 의지하여 세월을 보냈더니, 천만 뜻밖에 형이 사람의 불측한 모해를 입어 죄 없이 몹쓸 누명을 쓰고 마침내 원혼이 되니, 어찌 슬프지 않으며 원통하지 않겠습니까? 홍련은 부친 슬하에 이미 십여 년을 모셨다가 오늘날 가련한 형을 쫓아가매, 지금 이후로는 부친의 용모를 다시 뵙지 못하고 음성조차 들을 길이 없습니다. 이런 일을 생각하면 눈물이 앞을 가려 가슴이 메이는지라 바라건대 부친은 불초 여식을 생각지 마시고 만수무강하십시오.'

이때는 오경이라 월색이 만정하고 청풍이 소슬하였는데, 문득 청조가 날아와 나무에 앉으며 홍련을 보고 반기는 듯 지저귀는 것이었다. 그것을 보며 홍련이 이르기를, "네 비록 날짐승이나 우리 형님 계신 곳을 가르쳐 주려 왔느냐?"

그 청조가 듣고 응하는 듯해서 홍련이 다시 말하기를, "네 만일 나를 가르쳐 주려 왔거든 길을 인도하면 너를 따라가겠다." 하니, 청조는 고개를 조아리며 응하는 듯하기에 홍련이 말하기를, "그러하면 네 잠시 머물러 있어라. 함께 가자." 하고 유서를 벽상에 붙이고 방문을 나오며 일장통곡하여 말하기를, "가련하다, 내 신세여! 이 집을 나가면 언제 다시 이 문전을 보겠는가." 하며 청조를 따라갔다. 몇 리를 못 가서 동방이 밝아오므로 점점 나아가매, 청산은 중중하고 장송은 울울한데 백조는 슬피 울어 사람의 심회를 돋우었다.

청조가 한 못가에서 주저하기에 홍련이 좌우를 살펴보니, 물 위에 오색구름이 자욱한 속에서 슬픈 울음소리가 나며 홍련을 불러 이르는 말이, "너는 무슨 죄로 천금같이 귀중한 목숨을 속절없이 이곳에다 버리려고 하느냐. 사람이 한 번 죽으면 다시 살지 못하나니, 가련하다 홍련아 세상일은 헤아리기 힘드니 이런 일일랑 다시 생각지 말고 어서 돌아가 부모님께 효도하고 성현 군자를 만나 아들 딸 고루 낳아 기르며, 돌아가신 어머님 혼령을 위로하여라." 하는 것이었다.

홍련은 이것이 형의 소리임을 알아듣고 급히 소리 질러 말하기를, "형님은 전생에 무슨 죄로 나를 두고 이 곳에 와 외로이 있습니까? 내 형님을 버리고 혼자 살 길이 없으니 한가지로 돌아다니고자 합니다." 하고 또 들으니 공중에서 울음소리가 그치지 아니하고 슬피 울기에, 홍련이 더욱 서러워 정신을 차리지 못하다가 겨우 진정하여 하늘에 절하며 축수하여 비는 말이, "비나이다 비나이다. 빙옥같이 맑은 우리 형님 천추에 몹쓸 누명 설원하여 주십시오. 천지신명은 이 홍련의 억울하고 원통한 한을 밝게 굽어 살피십시오." 하고 방성대곡 슬피 울 때에, 공중에서 홍련을 부르는 소리에 더욱 비감하여 오른손으로 치마를 휘어잡고 나는 듯이 물속으로 뛰어드니, 슬프고도 애달프다. 일광이 무색하고 그 후로는 물 위에 안개 자욱한 속으로 슬피 우는 소리가 주야로 연속하여 계모의 모해로 애매하게 죽은 죽음을 자세히 뇌이니, 이는 원근 사람이 다 알게 하기 위해서였다.

장화 형제의 애원한 한이 구천에 사무쳐 매양 설원코자 하매 아문에 들어가 지원극통한 원정을 아뢰려하면 철산 부사가 매양 놀라 기절하여 죽어 갔다. 이렇듯이 철산 부사로 오는 사람은 도임한 이튿날이면 죽으므로, 그 후로는 부사로 오는 사람이 없어 철산군은 자연 폐읍이 되었고, 해마다 흉년이 들어 사람이 아사지경에 이르니 백성들이 사방으로 헤어져 한 고을이 텅 비게 되었다.

이러한 사연으로 여러 번 장계를 올리니, 임금이 크게 근심하여 조정에서는 의논이 분분하였다.

하루는 정동호라 하는 사람이 부사로 가기를 자원하였다. 이는 성품이 강직하고 체모가 정중한 사람이라 임금이 들으시고 인견(引見)하여 분부를 내리시기를, "철산읍에 이상한 변이 있어 폐읍이 되었다 하므로 염려하던 중 경이 이제 자원하니 심히 다행하고 아름다우나, 또한 근심이 되니 십분 조심하여 인민을 잘 안돈(安頓)하라." 하시고, 철산 부사를 제수하시니, 부사 사은하고 물러나와 즉시 도임하여 이방을 불러 말하기를, "내 들으니, 네 고을에 관장이 도임한 후면 즉시 죽는다하니 과연 옳으냐?"

이방이 대답하여 여쭈기를, "아뢰옵기 황송하오나 오륙 년 이래로 신관이 밤마다 비몽사몽간에 꿈에 깨닫지 못하고 죽으니 그 연고를 알지 못하겠나이다." 하므로 부사는 듣기를 다하고 분부하기를, "너희들은 밤에 불을 끄고 잠을 자지 말며 고요히 동정을 살피라." 하니, 이방이 청령하고 나아갔다.

이리하여 부사는 객사에 가서 등촉을 밝히고 '주역'을 읽는데, 밤이 깊은 후에 홀연히 찬바람이 일어나며 정신이 아득하여 어찌할 바를 모르는데 난데없는 한 미인이 녹의홍상(綠衣紅裳)으로 완연히 들어와 절하는 것이었다. 부사는 정신을 가다듬어 물어 가로되, "너는 어떠한 여자인데 이 깊은 밤에 와서 무슨 사정을 말하려하느냐?"

그 미인이 고개를 숙이고 몸을 일으켜 다시 절하며 아뢰기를, "소녀는 이 고을에 사는 배좌수의 딸 홍련입니다. 소녀의 형 장화는 칠 세 되었고 소녀는 삼 세 되던 해에, 어미를 여의고 아비를 의지하여 세상을 보내더니 아비가 후처를 얻었나이다. 후처의 성품이 사납고 시기가 극심하던 중 공교히 연하여 삼자를 낳았나이다. 그래서 아비는 혹하여 계모의 참소를 신청하고 소녀의 자매를 박대함이 자심하였지만, 소녀의 자매는 그래도 어미라 계모 섬기기를 극진히 하였습니다. 계모의 박대와 시기는 날로 심해졌습니다. 이는 다름 아니라 본디 소녀의 어미가 재물이 많아 노비가 수백 인이요, 전답이 천여 석이었습니다. 금은보화는 거재두량(車載斗量)이요, 소녀 자매가 출가하면 재물을 다 가질 생각으로 소녀 자매를 죽여 재물을 빼앗아 제 자식을 주고자 하여 주야로 모해할 뜻을 두었나이다. 그리하여 몸소 흉계를 내어 큰 쥐를 벗겨 피를 많이 바르고 낙태한 형상을 만들어 형의 이불 밑에 넣고 아비를 속여 죄를 씌운 후에 거짓으로 외삼촌 집으로 보낸다 하고 갑자기 말을 태워 그 아들 장쇠놈으로 하여금 데려다가 못 가운데 넣어 죽게 했습니다. 소녀 이 일을 알고 억울하고 원통하여 소녀 구차하게 살다가 또 어떤 흉계에 빠질까 두려워 마침내 형이 빠져 죽은 못에 빠져 죽었나이다. 죽음은 섧지 않으나 이 불측한 누명을 씻을 길이 없사옵기에 더욱 원통하여 사또가 오실 때마다 원통한 사정을 아뢰고자 하였는데 모두 놀라 죽으므로 뼈에 맺힌 원한을 이루지 못하였나이다. 이제 천행으로 밝으신 사또를 맞아 감히 원통한 원정을 아뢰오니, 사또는 소녀의 슬픈 혼백을 불쌍히 여기시와 천추의 원한을 풀어주시고 형의 누명을 벗겨 주십시오."

말을 맺고 일어나 하직하고 나가기에 부사는 괴이하게 여겨 생각하기를, '당초에 이런 일이 있어 폐읍이 되었도다.' 하고, 이튿날 아침에 동헌에 나아가 이방을 불러 묻기를, "이 고을에 배 좌수라는 사람이 있느냐?"

"예, 배 좌수가 있사옵니다."

"좌수 전후처의 자식이 몇이나 있느냐?"

"두 딸은 일찍 죽사옵고 세 아들이 살아 있나이다."

"두 딸은 어찌하여 죽었다 하더냐?"

"남의 일이오라 자세히는 알지 못하오나, 대강 듣사온즉 그 큰 딸이 무슨 죄가 있어 연못에 빠져 죽은 후, 그 동생은 형제의 정이 중하므로 주야로 통곡하다가 필경 형의 죽은 못에 빠져 죽어 한 가지로 원혼이 되어 날마다 못가에 나와 앉아 울며 말하기를, '계모의 모해를 입어 누명을 쓰고 죽었노라.' 하며 허다한 사연을 하여 행인들이 듣고 눈물 아니 흘리는 사람이 없다고 하옵니다." 하는 것이었다.

부사는 듣기를 다하고 즉시 관차를 보고 분부하기를, "배 좌수 부부를 잡아 들여라." 하니, 관차는 영을 듣고 삽시간에 잡아왔다. 부사가 좌수에게 묻기를,

"내 들으니 전처의 두 딸과 후처의 세 아들이 있다하는데 그것이 사실인가."

"그러하옵니다."

"다 살아 있는가?"

"두 딸은 병들어 죽었고, 다만 세 아들이 살았습니다."

"두 딸이 무슨 병으로 죽었는지 바른대로 아뢰면 죽기를 면하려니와, 그렇지 않으면 장하(杖下)에 죽으리라."

좌수 얼굴이 흙빛이 되어 아무 말도 못 하자, 흉녀는 이 말을 듣고 크게 놀라며 아뢰기를, "안전에서 이미 아시옵고 묻사온대 어찌 추호라도 기망함이 있겠나이까. 전실에 두 딸이 있어 장성하더니 장녀 행실이 바르지 못하여 잉태하여 장차 누설케 되었기로 노복들도 모르게 약을 먹여 낙태하였사오나 남은 이러한 줄도 모르고 계모의 모해인 줄 알 듯기에 저를 불러 경계하기를, '네 죄는 죽어 아깝지 않지만 너를 죽이면 남이 나의 모해로 알겠기에 짐작하여 죄를 사하겠으니, 차후로는 다시 이러한 행실을 말고 마음을 닦아라. 만일 남이 알면 우리 집을 경멸할 것이니, 그러면 무슨 면목으로 사람을 대하겠느냐.' 하고 꾸중을 하였습니다. 그랬더니 저도 죄를 알고 부모 대하기를 부끄러워하며 스스로 밤에 나가 못에 빠져 죽었습니다. 그 동생 홍련이 또한 제 형의 행실을 본받아 밤에 도주한 지 몇 해가 되었지만, 그 종적을 모를 뿐 아니라, 양반의 자식이 실행하여 나갔다고 해서 어찌 찾을 길이 있겠습니까? 이러므로 나타나지 못하였나이다."

부사가 듣기를 다하고 물어 말하기를, "네 말이 그러할진대, 낙태한 것을 가져오면 족히 알겠다."

흉녀 대답하여 여쭙기를, "소녀의 골육이 아닌 고로 이런 일을 당할 줄 알고 그 낙태한 것을 깊이 장지하였다가 가져왔나이다." 하고 즉시 품속에서 내어드리니

부사는 본즉, 낙태한 것이 분명하므로 이에 분부하기를, "말과 사실이 어긋남이 없으나 죽은 지 오래 되어 분명히 설명할 수 없으니 내 다시 생각하여 처리할 것이니 그냥 물러가 있거라."

그날 밤에 홍련의 형제가 완연히 부사 앞에 나타나서 절하고 여쭙기를, "소녀들이 천만 의외에 밝으신 사또를 만나서 소녀 자매의 누명을 설원할까 바랐었는데, 사또께서 흉녀의 간특한 꾀에 빠지실 줄 어찌 알았겠나이까." 하며 슬피 울다가 다시 여쭙기를, "일월같이 밝으신 사또는 깊이 통촉하십시오. 옛날에 순임금도 계모의 화를 입었다 하거니와, 소녀의 뼈에 사무친 원한은 삼척동자라도 다 아는 바이거늘, 이제 사또께서 잔악한 계집의 말을 곧이들으시고 깨닫지 못하시니, 어찌 애닲지 않겠나이까. 바라건대 사또께서는 흉녀를 다시 부르셔서 낙태한 것을 올리라 하여 배를 가르고 보시면, 반드시 통촉할 바가 있을 것입니다. 그러니 소녀 자매를 천만 궁측히 여기셔서 법을 밝혀 주시고, 소녀의 아비는 본성이 착하고 어두운 탓으로 흉녀의 간계에 빠져 흑백을 분별치 못하는 것이니 충분히 용서하여 주시기를 바라겠나이다."

말을 마치고 홍련의 자매는 일어나 절하고 청학을 타고 반공에 솟아갔다. 부사는 그 말을 듣고는 분명히 자기가 흉녀에게 속은 것을 깨닫고 더욱 분노하였다. 날이 밝기를 기다려 새벽에 좌기를 베풀고 좌수 부부를 성화같이 잡아들여 다른 말은 묻지 않고 그 낙태한 것을 바삐 들이라 하여 그것을 살펴본즉 낙태가 아닌 줄 분명히 알겠으므로 좌우를 명하여 그 낙태한 것을 배를 가르게 할 때 그 호령이 서리 같았다. 칼을 가져와 배를 갈라 보니, 그 속에 쥐똥이 가득하였다. 허다한 관속들이 이를 보고 모두 흉녀의 간계를 알고 저마다 침을 뱉고 꾸짖으며, 장화 자매의 애매한 죽음을 불쌍히 여겨 눈물을 흘리었다.

부사는 이를 보고 크게 노하여 큰 칼을 씌우고 소리를 높여 호령하여 말하기를, "이 간특한 것아, 네 천고 불측한 죄를 짓고도 방자스럽게 공교한 말로 속이기로 내가 생각하는 바 있어 방송하였더니, 이제 또한 무슨 말을 꾸며 변명코자 하느냐? 네 국법을 가볍게 여기고 못할 짓을 행하여 무죄한 전실 자식을 죽였으니 그 사연을 바른대로 아뢰어라."

좌수는 이 광경을 보고는 애매한 자식의 죽음을 뉘우치며 눈물을 흘리면서 아뢰기를, "소생의 무지한 죄는 성주의 처분에 있사오며 비록 하방의 용렬한 우맹인들 어찌 사리와 체모를 모르겠습니까. 전실 장 씨는 가장 현숙하더니 불쌍히 죽고 두 딸이 있었는데 부녀가 서로 의지하여 위로하며 세월을 보냈습니다. 그러나 후사를 돌보지 않을 수 없어 후처를 얻어 아들 삼자를 낳아 기꺼워했습니다. 그런데 하루 는 소생이 내당에 들어가니 흉녀가 갑자기 변생하여 하는 말이, '영감이 매양 장화 를 세상에 없이 귀히 여기시더니 제 행실이 불행하여 낙태하였으니 들어가 보라.' 하고 이불을 들추고 소생이 놀라 어두운 눈에 본즉, 과연 낙태한 것이 확실했습니 다. 미련한 소견에 전혀 깨닫지 못하고, 더욱 전처의 유언(遺言)을 잊고 흉계(凶計) 에 빠져 죽인 것이 틀림없으니 그 죄 만 번 죽어도 사양치 않겠습니다."

말을 마치고 배 좌수가 통곡하니 부사가 곡성을 그치게 하고 이에 흉녀를 형틀 에 올려 매고 문초를 하니, 흉녀는 매를 이기지 못해 여쭙기를, "소첩의 친정은 대대로 거족이오나 근래에 문중이 쇠잔하여 가세가 탕진하던 차, 좌수가 간청하므 로 그 후처가 되었습니다. 전실의 두 딸이 있었는데 그 행동거지가 심히 아름다웠 나이다. 그리하여 내 자식같이 양육하여 이십에 이르니 제 행사가 점점 불측하여 백 가지 말에 한 말도 듣지 않고 성실치 못한 일이 많아 원망이 심하였습니다. 하 루는 저희 형제의 비밀한 말을 우연히 엿들었습니다. 그 말을 듣고 보니 과연 소첩 이 매양 염려하던 바와 같이 불미한 일이므로 마음에 놀랍고 분하지만, 아비더러 이르면 반드시 모해하는 줄로 알 것이니 부득이 영감을 속이고 쥐를 잡아 피를 묻혀 장화의 이불 밑에 넣고 낙태하였다 하였습니다. 그리고 소첩의 자식 장쇠에 게 계교를 가르쳐 장화를 유인하여 연못에 넣어 죽였사온데, 그 아우 홍련이 또한 화를 두려워 밤중에 도주하였사와 법대로 처분을 기다리려니 첩의 아들 장쇠는 이 일로 천벌을 입어 이미 병신이 되었사오니 죄를 사하여 주옵소서."

장쇠 등 삼 형제가 일시에 여쭙기를, "소인 등은 다시 아뢸 말씀이 없사오나 다 만 늙은 부모를 대신하여 죽고자 바랄 뿐이옵니다." 하는 것이었다. 부사는 좌수의 처와 장쇠 등의 초사를 듣고 일변 흉녀의 소행을 이해하며, 한편 장화 자매의 원통 한 죽음을 불쌍히 여겨 말하기를, "이 죄인은 남과 다르니, 내 임의로 처리 못하겠 다." 하고 감영에 보고하였다.

감사는 이 말을 듣고 크게 놀라 즉시 이 뜻을 조정에 장계하였더니 임금이 보시고 장화 자매를 불쌍히 여기시어 하교하시기를, "흉녀의 죄상은 만만불측하니 능지처참하여 후일을 징계하며, 그 아들 장쇠는 교살할 것이며, 장화 자매의 혼백을 신원하여 비를 세워 표하여 주고, 제 아비는 방송하라." 감사 하교를 받자 그대로 철산부에 전달하였다. 부사는 즉시 좌기를 베풀고 흉녀를 능지처참하여 효시하고, 아들 장쇠는 교살하고 좌수는 훈계로 다스렸다.

부사는 몸소 관속을 거느리고 장화 자매가 죽은 못에 나아가 물을 치고 본즉, 두 소저의 시체가 자는 듯이 누워 있는데 얼굴이 조금도 변하지 않아 마치 산 사람과 같았다. 부사는 관곽을 갖추어 명산을 가려 안장하고 무덤 앞에 석 자 길이의 비석을 세웠는데 그 비석에 '해동 조선국 평안도 철산군 배무룡의 딸 장화·홍련의 불망비'라 하였다.

부사 장사를 마치고 돌아와 정사를 다스리는데 잠시 곤하여 침석을 의지하여 졸고 있을 즈음 문득 장화 자매가 들어와 절을 하며 아뢰기를, "소녀들은 밝으신 사또를 만나 뼈에 사무친 한을 풀고 또 해골까지 거두어 주시옵고, 아비의 죄를 용서하여 주셨으니 그 은혜는 태산이 낮고 하해가 얕아서 명명지중(冥冥之中)이라도 결초보은하겠나이다. 미구에 관직이 오를 것이니 두고 보옵소서."

이렇게 말하고 간 데가 없거늘 부사 놀라 깨어 보니 침상일몽이었다. 그로부터 차차 승진하여 통제사에 이르니 가히 장화 자매의 음덕이 아닌가.

배 좌수는 나라의 처분으로 흉녀를 능지하여 두 딸의 원혼을 위로하였으나, 마음에 쾌함이 없고 오직 두 딸의 애매한 죽음을 슬퍼하여 거의 미칠 듯하였다. 할 수만 있으면 다시 이 세상에서 부녀지의를 맺어 남은 한을 풀고자 매양 축원하던 중 집안에 공양할 사람조차 없어 마음 둘 곳이 없으므로 부득이 혼처를 구하였다. 그리하여 향속 윤광호의 딸에게 장가드니 나이는 십팔 세요, 용모와 재질이 비상하고 성정이 또한 온순하여 자못 숙녀의 풍도가 있으므로 좌수는 크게 기꺼워 금실이 자별하였다.

하루는 좌수가 외당에서 두 딸의 생각이 간절하여 능히 잠을 이루지 못하고 전전반측할 제 장화자매가 황홀히 단장하고 완연히 들어와 절하며 여쭈기를, "소녀의 팔자가 기구하여 모친을 일찍이 여의고 전생업원으로 모진 계모를 만나 마침내 애매한 누명을 쓰고 부친 슬하를 이별하였으니, 억울하고 원통함을 이기지 못하여 이 원정을 옥황상제께 아뢰었습니다. 상제께서 통촉하시어 이르시기를 '너희 정상이 가긍하나 이 역시 너희 팔자라, 뉘를 원망하리요? 그러나 너의 아비와 세상 인연이 미진하였으니, 다시 세상에 나가 부녀지의를 맺어 서로 원한을 풀어라.' 하시고 물러가라 하셨는데 그 의향을 모르겠나이다." 하였다. 좌수가 그를 붙잡고 반길 때에 닭소리에 놀라 깨어 보니 무엇을 잃은 듯 여취여광하여 심신을 가누지 못하였다.

후취 윤 씨 또한 일몽을 얻으니 선녀가 구름으로 내려와 연꽃 두 송이를 주며하는 말이, "이는 장화와 홍련이니 그 애매하게 죽음을 옥황상제께서 불쌍히 여기시어 부인께 점지하니 귀히 길러 영화를 보라." 하고 간 데 없기에, 윤 씨가 깨어 보니 꽃송이는 손에 쥐어 있고 향기가 방 안에 가득하였다. 윤 씨가 크게 괴이하게 여겨 좌수를 청하여 몽사(夢事)를 전하며, "장화·홍련이 어찌 된 사람이니까?" 하고 물으니 좌수는 이 말을 듣고 꽃을 본 즉 꽃이 넘놀며 반기는 듯하므로 두 딸을 다시 만난 듯해서 눈물을 흘리고 딸의 전후 사연을 말하여 주었다.

윤 씨는 그 달로부터 태기가 있어 십 삭이 되어 갈수록, 배가 너무도 드러나기에 쌍태가 분명하였다. 달이 차매 몸이 피곤하여 침상에 의지하였더니, 이윽고 순산하여 쌍태아 두 딸을 낳았다. 좌수가 밖에 있다가 들어와 부인을 위로하여 산아를 보니, 용모와 기질이 옥으로 새긴 듯 꽃으로 모은 듯, 짝이 없게 아름다워 그 연꽃과 같았다. 그들은 이것을 기이하게 여겨 '꽃이 화하여 여아가 되었다.'고 하며 이름을 다시 장화·홍련이라 적고 장중보옥같이 길렀다.

세월이 여류하여 사오 세에 이르매, 두 소저의 골격이 비상하고 부모를 효성으로 받들었다. 그들이 점점 성장하여 십오 세에 이르자 덕을 구비하고 재질이 또한 출중하므로 좌수 부부의 사랑함이 비길 데 없었다.

배필을 구하고자 매파를 널리 놓았지만, 합당한 곳이 없어 매우 근심하던 중 이때 평양에 이연호라는 사람이 있는데 재산이 누거만 있으나 다만 슬하에 일점 혈육이 없어 슬퍼하다가 늦게야 신령의 현몽으로 쌍태아 아들 형제를 두었다. 이름은 윤필·윤석이라 하는데, 이제 나이 십육 세로 용모가 화려하고 문필이 출중하여 딸 둔 사람들이 모두 탐내며 매파를 보내 청혼하는 것이었다.

그 부모도 또한 자부를 선택하는 데 심상치 않던 차에 배 좌수의 딸 쌍둥이 형제가 아주 특이함을 듣고 크게 기꺼워 혼인을 청하였더니, 양가가 서로 합의하여 즉시 허락하고 택일하니 때는 추구월 보름께였다.

이때 천하가 태평하고 나라에 경사가 있어 과거를 보일새, 윤필 형제가 참여하여 장원 급제를 하였다. 임금이 그 인재를 기특히 여기시어 즉시 한림 학사를 제수하시니, 한림 형제는 사은하고 말미를 청하니 임금이 허락하시었다. 그리하여 한림 형제가 바로 떠난 집으로 내려오니, 이공이 잔치를 베풀고 친척과 친구들을 청하여 즐기는 것이었다. 본관 수령이 각각 풍악과 포진을 보내고 감사와 서윤이 신래를 기리며 잔을 나누어 치하하니, 가문의 영화는 고금에 드물었다.

이러구러 혼인을 당하여 한림 형제는 위의를 갖추고 풍악을 울리며 혼가에 이르러 예를 마치고 신부를 맞아 돌아와 부모께 현신하였다. 그 아름다운 태도는 가위 한쌍의 명주요 두 낱의 박옥이라, 부모들은 기꺼움을 측량치 못하였다. 신부 자매가 부모를 효성으로 받들고 군자를 승순하며 장화는 이남 일녀를 낳았다. 그의 장자는 문관으로 공경 재상이 되었고, 차자는 무관으로 장군이 되었다. 홍련도 이남을 두었는데, 장자는 벼슬이 정남에 이르고, 차자는 학행이 높아 산림에 숨어 풍월을 벗 삼아 거문고와 서책을 즐겼다.

배 좌수는 구십이 되매, 나라에서 특별히 좌찬성을 제수하시었다. 그는 이것으로 여년을 마치고 윤 씨 또한 세상을 버리니, 장화 자매가 슬퍼하는 것이었다. 한림 형제도 부모가 돌아가니 형제가 한 집에 동거하여 자손을 거느리고 지냈는데 장화 자매는 칠십삼 세에 한가지로 죽고, 한림 형제는 칠십오 세에 세상을 떠났는데 그 자손이 유자생녀하여 복록을 누렸다고 한다.

4. 원귀와 공포영화

1) 우리나라의 원귀

원귀(寃鬼)는 원한을 품은 귀신이라는 뜻이다. 우리나라 사람들은 전통적으로 한을 품으면 정상적으로 저승에 가지 못하고 이승을 떠도는 원귀가 된다고 생각하였다. 이렇게 원을 품으면 맺힌 것을 풀어주어야 한다. 한을 풀어주지 못하면 그 원귀가 살아있는 사람들을 해친다고 생각하였다. 이러한 관념이 드러나는 이야기 몇 편을 살펴보겠다.

① 일월산 황 씨 부인당

신혼 첫날밤 신랑이 대나무 그림자를 다른 남자로 오인하여 부인을 의심한다. 신랑은 오해로 첫날밤도 보내지 않고 떠나고, 신부 황 씨는 신랑을 기다리다가 한을 품고 세상을 하직한다. 다른 곳에 가서 장가를 든 신랑은 그 뒤로 아이를 낳을 때마다 죽는 변고를 당하고 이것이 황 씨 부인의 원혼 때문에 그런 것을 알고 사당을 지어 위로한다.

② 이생규장전

이생과 최랑은 부모의 심한 반대를 이기고 결혼을 하였으나 홍건적의 난으로 최랑과 그 부모는 죽음을 당한다. 슬픔에 사로잡혀 있는 이생에게 죽은 최랑이 찾아와 수년간을 행복하게 산다. 인연이 다해 최랑은 떠나고 이생은 그리움에 병을 얻어 죽는다.

③ 신립장군과 새재어귀

신립 장군이 소년 시절 위기에 처한 처녀를 구해준다. 처녀는 신립 장군에게 반하여 함께 동침하기를 청하나 거절당한다. 처녀는 지붕에서 떨어져 자살하고, 후에 신립 장군의 꿈에 나타나 잘못된 길을 가르쳐주고 장군은 탄금대 전투에 패해 전사한다.

④ 잠실 부군당

송 씨 부인은 남한산성 책임자였던 남편을 만나러 가지만 죽음을 당한 사실을 알고 물에 뛰어들어 죽는다. 그 후로 여인의 환영에 이끌려 사공들이 죽음을 당하게 되고 동쪽 강변에 부군당을 세워 제사를 지내 송 씨 부인을 위로한다.

이상의 이야기를 살펴보면 인간과 귀신에 관계가 이질적으로 묘사되지 않는다는 것을 알 수 있다. 인간이 느낄 수 있는 것들을 귀신 또한 느낄 수 있으며 서로 의사소통이 가능한 존재로 귀신들을 이해하는 모습도 볼 수 있다. 귀신을 단순한 두려움과 해를 끼치는 존재로 보는 것만은 아니라는 것이다. 이와 같은 우리나라 귀신의 특징을 정리하면 다음과 같이 요약할 수 있다.

① 현세에 있는 인간과 대화가 가능하다.
② 자연물을 통해 나타나는 경우가 많다.
③ 인간들과 공존하는 존재로 인식된다.
④ 현세에 영향력을 드러낸다.
⑤ 인간과 귀신의 사랑이 가능하다.
⑥ 귀신은 주로 여성의 형상이다.

이러한 특징 중에서 원한을 품은 귀신의 경우 대부분이 여성이라는 점을 자세히 살펴보고자 한다. 전통적인 유교 사회에서는 남성과 여성의 인식이 달랐으며 여성은 삼종지도(三從之道) 등의 유교규범을 통해서 남성에게 순종해야 한다는 강압 받았다. 신분적 질서, 이념적 억압, 남녀차별 등의 고통 속에서 여성은 참고 인내하여야만 하였다. 남성 중심의 가부장제 질서에 희생당한 여성들은 원한을 표출할 방법조차 마땅하지 않았을 것이다. 사람들은 현세에서 풀지 못하는 여성의 한이 죽어서는 풀리는 구조를 차용함으로 여성들을 위로한 것으로 보인다. 과거의 우리들은 이들이 귀신이 되어 이승에서 맺힌 한을 풀 수 있도록 설정한 것이다. 이는 귀신의 존재 여부를 떠나 억울하게 당하고 비명횡사한 영혼에 대한 사람들의 연민과 동정이 반영된 결과이다.

2) 원귀의 영화화 – 영화 〈아랑〉과 〈장화, 홍련〉

① 아랑 이야기와 영화 〈아랑〉

아랑 이야기는 우리나라의 대표적인 해원(解冤) 설화이다. 억울하게 죽은 여인 '아랑'이 원귀가 되어 자신의 원한을 푼 뒤에야 변고가 사라졌다는 내용이다. 영화

〈아랑〉은 아랑 이야기의 모티브를 차용하여 제작한 공포영화이다.

영화의 줄거리는 다음과 같다. 세 번의 연쇄 살인 사건이 벌어지고 단서라고는 민정이란 소녀의 홈페이지가 유일하다. 사건을 수사하던 형사들은 이들 세 명의 피해자가 모두 '민정'이란 소녀와 관련이 있음을 알게 된다. 민정

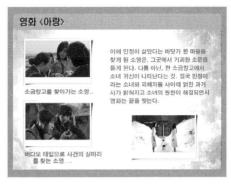

영화 〈아랑〉

에 대해 수사하던 소영과 현기는, 그녀가 10년 전에 갑자기 실종됐다는 것과 이들 4명의 피해자들과 만난 적이 있음을 알게 된다.

이에 민정이 살았다는 바닷가 한 마을을 찾게 된 소영은, 그곳에서 기괴한 소문을 듣게 된다. 다름 아닌, 한 소금창고에서 소녀 귀신이 나타난다는 것. 결국 민정이라는 소녀와 피해자들 사이에 얽힌 과거사가 밝혀지고 소녀의 원한이 해결되면서 영화는 끝을 맺는다.

영화 〈아랑〉은 과거 이야기를 반복한 것이 아니라 오늘날을 배경으로 새롭게 해석하였기 때문에 줄거리는 다르지만 기본적인 모티브는 공유하고 있다. 영화와 설화에서 나오는 공통적인 모티브로 첫째, 남자에게 능욕당해 억울하게 죽은 여인의 한이 나타난다. 둘째, 한을 품은 여인의 처절한 복수가 펼쳐진다. 셋째, 원귀의 한을 해결해주는 자는 존재가 등장한다. 넷째, 원혼이 자신의 원한을 알리려고 노력한다.

② 소설 『장화홍련전』과 영화 〈장화, 홍련〉

소설 『장화홍련전』은 전형적인 계모형 가족서사이다. 계모와 전처 소생의 딸들이 갈등하고, 전처 소생의 딸들이 살해당하는 비극적인 가족사를 바탕으로 하고 있다. 하지만 최종적으로는 억울하게 죽음을 당한 자매의 원혼이 용감하고 현명한 원님의 도움으로 해결되는 권선징악(勸善懲惡)의 내러티브를 가지고 있다.

영화 〈장화, 홍련〉은 『장화홍련전』의 분위기와 기본 인물 설정을 차용하여 만들어진 작품이다. 영화의 시작은 수연·수미 자매가 서울에서 오랜 요양을 마치고

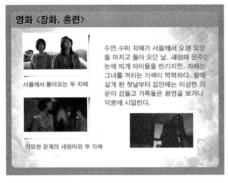

영화 〈장화, 홍련〉

돌아오던 날부터 출발한다. 새엄마 은주는 눈에 띄게 아이들을 반기지만, 자매는 그녀를 꺼리는 기색이 역력하다. 함께 살게 된 첫날부터 집안에는 이상한 기운이 감돌고 가족들은 환영을 보거나 악몽에 시달린다. 수미는 죽은 엄마를 대신해 아버지 무현과 동생 수연을 손수 챙기려 들고, 생모를 똑 닮은 수연은 늘 겁에 질려 있다. 신경이 예민한 은주는 그런 두 자매와 번번이 다투게 되고, 아버지 무현은 그들의 불화를 그저 관망만 한다. 은주는 정서불안 증세를 보이며 집안을 공포 분위기로 몰아가고, 동생을 지키기 위해 안간힘을 쓰는 수미는 이에 맞선다. 그러나 아버지의 말 한마디에 수연의 다중인격으로 인해 벌어진 사건임이 밝혀지고 영화는 끝이 난다.

영화 〈장화, 홍련〉과 소설 『장화홍련전』은 계모와 두 딸의 갈등이라는 공통점을 가지고 있다. 이 갈등의 배후에는 두 딸과 계모와의 갈등을 방치하는 무능력한 아버지가 자리 잡고 있다. 아버지의 무능력은 점차 자매를 고립된 상황으로 내몰게 된다. 그리고 자매(중 하나)가 귀신으로 등장하는 사건이 발생하고, 계모가 징벌을 받게 된다.

3) 영화 〈아랑〉과 영화 〈장화, 홍련〉의 비교

① 플롯 분석

영화 〈아랑〉은 설화 아랑 이야기의 내용을 그대로 차용하고 있다. 남성에 의해 욕보임을 당한 아랑이 저승으로 가지 못하고 원혼으로 남아 자신의 한을 풀려고 한다는 모티프가 영화에서 되풀이된다. 단지 여성 피해자의 원한을 풀어주는 이상사의 역할이 소연(송윤아)이라는 여성 주체로 바뀌고, 민영을 좋아했던 현기의 에피소드를 추가했을 뿐이다.

영화에서 소연은 강간에 대해 극도의 폭력적인 모습을 보인다. 이것은 그녀 역시 민영처럼 고등학교 시절 강간을 당한 피해자라는 서브플롯을 깔고 있기 때문이다. 하지만 이 서브플롯은 소연이 강간당하는 이미지로만 관객에게 제공되기 때문에 영화 전체적인 감정선에는 공감을 자아내지 못한다.

고전에서 차용한 강간의 모티프에 대해서도 현대적 재해석 노력의 흔적은 찾아볼 수 없다. 아랑을 욕보인 관노의 죄에 대해서는 이상사라는 국가 권력을 통한 풀이가 되지만, 영화에서는 그것조차도 여의치가 않다. 민영을 좋아했던 현기를 통해 강간범들이 응징받는다는 설정은 죄에 대한 벌의 방법에 있어서 오히려 고전보다 퇴보한 듯한 인상을 줄 뿐이다.

영화 전반에 민영이라는 귀신의 뉘앙스를 한껏 풍기다가, 사실은 귀신의 원한에 의한 살인이 아니라 현기에 의한 살인이라는 반전을 꾀한다. 하지만 모든 사건이 해결되고 영화가 끝부분 소금창고에서 다시 민영 귀신이 기어 나오는 서브플롯은 전체 플롯의 구성을 성글게 만들 뿐만 아니라 오히려 관객을 혼란스럽게 한다.

반면 〈장화, 홍련〉에서는 한적한 교외의 전원주택을 공간으로 설정한다. 주위에 아무것도 없이 호수 옆에 덩그러니 놓여있는 전원주택의 고요함은 그 존재 자체로 괴기스러운 분위기를 연출한다. 또한 전원주택 내부에 채워진 보색대비의 벽지라든가 색감, 독특한 배우들의 의상 등을 통해 안팎을 극단의 감정을 형성한다. 즉 〈장화, 홍련〉에서 보여주는 전원주택이란 계모와 두 딸 사이에서 벌어지는 외면과 내면의 심리 상태를 반영하고 있는 것이다. 더군다나 목조로 된 전원주택을 어른들의 공간인 아래층과 아이들의 공간인 위층으로 양분시킴으로써 계모 은주와 수연·수미 자매 사이의 갈등 양상을 선명하게 대립시킨다. 또한 전원의 고요함 속에서 울리는 목조 건물의 발자국 소리는 관객에게 심리적 불안감을 조성하고, 집 옆 호수의 스멀스멀한 안개는 이 불안감에 공포심까지 불러일으킨다.

〈장화, 홍련〉은 계모와 두 딸의 갈등이라는 고전의 모티프를 차용해 현대를 살아가는 중산층 내면의 불안한 심리를 포착하고 있다. 인간의 근원적인 감정-시기, 질투, 욕심 등을 통해 중산층 가족 내부에 드리워진 균열을 도드라지게 표현하는 것이다. 이 균열 역시 귀신이라는 외부자에 의한 것이 아니라 수연의 히스테릭한 망상으로 귀결시킨다. 계모 은주와 수연·수미 자매 사이에서 벌여졌던 여러 서브플롯이 마지막 반전을 통해 하나의 메인플롯으로 딱 맞아떨어지면서 영화는 더욱 탄탄해진다.

② 캐릭터 분석

영화 〈아랑〉은 소연과 현기가 주인공으로 등장한다. 고전에서 남성이 해결 주체로 등장했다면 영화에서는 여성이 해결 주체로 등장한다. 하지만 영화 속에서 표현된 소연이라는 캐릭터는 해결의 주체라기보다는 민영과 같은 또 다른 피해자일 뿐이다. 이것은 강간범을 대하는 그녀의 태도를 통해 명확하게 드러난다. 피해자임에도 불구하고 소연이 과거 강간당했다는 사실은 단지 그녀의 악몽 속 이미지로만 보이기 때문에 관객의 공감을 사는 데도 실패한다. 또한 사건의 해결 실마리를 풀어나가는 여형사의 캐릭터지만 사건 해결의 열쇠는 범인인 현기가 벌여놓은 퍼즐을 따라가는 수동적인 인물이다.

고전에 없던 현기라는 인물을 통해 변주를 꾀하지만 현기라는 캐릭터 역시 이전의 형사물에서 보여줬던 어리바리한 신참 형사 캐릭터를 벗어나지 못한다. 하지만 의문의 살인범이 신참 형사 현기라는 설정으로 반전을 주지만, 이 반전 역시 과거 민영과 현기와의 관계 때문에 그 개연성에 힘이 실리지 않는다. 민영의 강간에 2차적인 책임자이면서 응징자이기도 한 현기의 캐릭터는 오히려 혼란을 더할 뿐이다.

〈장화, 홍련〉에서는 우선 공간을 하나의 캐릭터로 형상화한다. 목조 건물이라는 점과 계단이 있는 이층이라는 점은 한국 영화의 전통에서는 보기 드문 공간이었다. 하지만 영화에서는 이러한 특이한 공간을 메인 공간으로 설정함으로써 앞서 플롯 분석에서 이야기했듯이 많은 효과를 낸다.

염정아라는 배우가 가진 날카로운 선을 이용해 계모가 풍기는 히스테릭한 캐릭터를 적절히 표현한다. 또한 짙은 색상의 의상과 음영이 많이 가는 짙은 화장을 통해 계모 은주의 히스테릭한 캐릭터를 더욱더 도드라지게 한다. 수연·수미 자매의 캐릭터에서는 우선 동생 수미의 천진난만한 모습 속에서 현실에서 지워진, 수연의 망상 속의 존재 같은 느낌을 가져온다. 수연에 있어서는 그녀의 정신분열적 상태가 계모와 동생을 대하는 상반된 태도를 통해 보여진다. 계모에게는 무서우리만치 앙칼진 태도인 데 반해 망상 속 수연에게는 한없이 자애로운 언니로 분한다. 이러한 수연의 이중적인 태도는 마지막 반전에 대한 내러티브를 더욱 탄탄하게 제공해 줄 뿐만 아니라 보이지 않는 중산층 심연의 불안감과 공포를 구체화하는 효과를 가져다준다.

③ 클라이맥스 분석

공포 영화에서 클라이맥스란 관객과의 두뇌 싸움을 통한 놀람의 타이밍이다. 어떤 이미지, 소리, 혹은 분위기를 통해 관객을 놀라게 하느냐는 것이 쟁점이다. 하지만 일본 영화 〈링〉을 정점으로 한국 공포영화는 계속적으로 〈링〉을 변주하고 있을 뿐이다. 〈아랑〉에서도 예외 없이 흰 소복을 입은 산발한 여자가 눈을 뒤집는다. 〈링〉 이후로 수많은 영화가 차용한 이 이미지는 더 이상 관객에게 정서적 긴장을 유발시키지 않는다.

반면 〈장화, 홍련〉에서는 보이는 공포가 아니다. 소리와 색채, 등장인물들 간에 벌이는 갈등을 통해 마지막 반전을 위한 클라이맥스를 준비한다. 실내의 보색대비의 벽지라든가 하얀 시트에 물든 수연의 새빨간 생리 자국. 검은 핏빛이 강한 계모 은주의 입술과 고요함 속 들려오는 발자국. 이런 심리적 정서를 켜켜이 쌓아서 수연·수미 자매의 관계에 대한 클라이맥스로 치닫는 것이다. 이러한 방식은 이전 한국영화에서 없었던 방식이었기에 〈장화, 홍련〉에서 보여준 공포 분위기가 이 영화의 흥행에 큰 몫을 했다.

④ 흥행 분석

아래의 〈표1〉과 〈표2〉에 보이는 누적관객의 기준은 다르지만, 전국 누적관객을 비교하면 〈아랑〉은 85만, 〈장화홍련〉 311만이다. 우선 〈장화, 홍련〉을 보면 2003년 만들어진 다른 공포영화보다 갑절은 많은 관객이 찾았다. 그해 여름에 경쟁했던 〈여우계단〉은 〈여고괴담〉이라는 이전의 흥행 대작을 등에 업고 있다. 그럼에도 〈장화홍련〉이 월등히 많은 관객이 찾았다는 것에서 대중은 변주에 민감하다는 것을 추측할 수 있다. 2003년 개봉영화 가운데 〈낭만자객〉을 공포영화와 함께 흥행 분석한 것은 그 해 〈낭만자객〉이 나름의 이슈를 만들었기 때문이다. 귀신이라는 소재를 차용하면서도 코믹하게 만든 〈낭만자객〉은 그 해 작은 흥행 돌풍과 이슈를 만들었다.

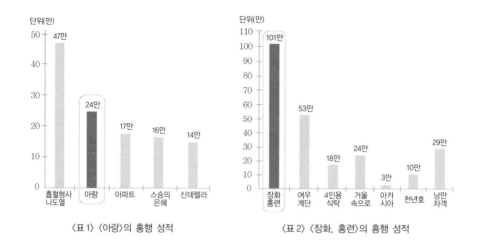

〈표 1〉 〈아랑〉의 흥행 성적　　　　　〈표 2〉 〈장화, 홍련〉의 흥행 성적

　　2006년은 그 어느 때보다 다양한 주제와 편수로 공포영화가 개봉했는데 거의 모두가 실패했다. 「씨네21」 '2006 한국 호러 영화 무엇이 문제였나'를 보면 아랑의 가장 큰 실패원인을 진부한 내러티브와 사다코의 반복으로 들고 있다. 다른 공포영화 흥행 성적을 보면 알 수 있듯이, 이것은 비단 〈아랑〉에만 국한 되는 것이 아니라 그 해 개봉한 모든 공포영화에 해당된다. 〈표1〉에서 특이한 것은 〈흡열형사 나도열〉의 흥행 성적인데, 〈표2〉에서 〈낭만자객〉을 포함시켰던 것과 같은 맥락이다. 2003년 코믹 호러 무협 사극이라는 다소 여러 장르에 걸쳐 제작된 〈낭만자객〉의 성공과 관련해서 비슷한 콘셉트로 만들어진 영화가 바로 〈흡혈형사 나도열〉이다. 〈낭만자객〉과 〈흡혈형사 나도열〉의 흥행은 귀신이라는 모티프를 가지고 공포가 아니라 다른 여러 다양한 장르의 영화를 만들 수 있다는 가능성과 성공 사례를 제시해준다.

제3장

요괴·괴물 이야기

1. 여우누이

옛날, 아주 먼 옛날에 아들 삼형제를 둔 부부가 살고 있었다. 그들 부부는 마을에서 소문난 부자로써 소와 말을 제법 많이 길렀다. 헌데 그들 부부는 딸 하나만이라도 있었으면 하는 욕심에 젖어 지극정성으로 삼신할머니께 기도하였다. 그리고 부부가 동침한 지 열 달 만에 귀여운 딸을 낳을 수 있었다. 뒤늦게 태어난 딸은 부모님과 오빠들의 귀여움을 한 몸에 받으며 자랐다. 아버지 어머니도 딸을 무척 애지중지하며 키웠다.

그런데 딸이 자라서 열 살이 되던 해부터 집안에 심상치 않은 일이 생겨났다. 바로 말이나 소가 날마다 한 마리씩 죽어 나가는 괴변이 발생한 것이다. 하지만 아버지도 어머니도 그 영문을 몰랐다. 그래서 아버지는 어느 날 아들 셋을 차례로 시켜 외양간 및 마구간을 지키게 했다.

첫째 날에는 아버지가 큰아들에게 볶은 콩을 주면서 밤중에 외양간을 잘 지키라고 하였다. 큰아들은 아버지가 시킨 대로 외양간 한 구석에서 콩을 먹으면서 밤을 새웠다. 이윽고 밤이 어두워지면서 누이동생이 외양간 근처로 나오더니 땅재주를 세 번 넘어 커다란 여우로 변했다. 여우는 외양간으로 가서 황소 한 마리를 보더니 소의 항문 속에 손을 집어넣어 간을 빼먹고는 도로 나와서 땅재주를 넘어 사람으로 변해서 방으로 들어갔다. 그리고 간이 빼인 황소는 신음소리를 내며 그 자리에 쓰러졌다.

다음날 아침에 보니 간이 빼인 황소는 쓰러져 죽어 있었고, 누이의 행동에 기겁한 큰아들은 아버지께 누이가 여우로 변하여 황소를 죽였다고 실토했으나 아버지는 그러한 줄도 모르고 도리어 큰아들을 몹시 나무랐다.

그래서 아버지는 둘째 아들에게 볶은 콩을 주면서 밤중에 외양간을 잘 지키라고 하였다. 둘째 아들이 반쯤 졸린 눈으로 외양간을 지키고 있을 무렵에 이번에도 누이가 외양간 근처로 나오더니 땅재주를 몇 번 넘어 여우로 변하여 외양간으로 들어가서 암소 한 마리를 발견하고는 항문 속에 손을 들이밀어 암소의 허파를 빼어 먹고 도로 나와서 사람으로 변해서 방으로 들어갔다.

다음날 아침에 보니 허파가 빼인 암소는 쓰러져 죽어 있었으며 누이의 기이한 행동에 기겁한 둘째는 아버지께 누이가 여우로 변하여 외양간에 들어가서 암소를 죽였다고 실토했으나 아버지는 죄 없는 여동생을 귀신으로 몰아붙인다면서 둘째를 무척 꾸짖었다.

마지막으로 아버지는 막내아들에게 볶은 콩 한 되를 주면서 한밤중에 마구간을 잘 지키게 하였다. 막내 역시 볶은 콩을 먹으면서 뜬눈으로 마구간 곁에서 밤을 새고 있을 무렵에 이번에도 누이가 마구간 근처로 나와서 땅재주를 넘어 여우로 변하더니 마구간에 들어가서 백마의 목덜미를 물어뜯고는 도로 나와서 어디론가 사라졌다. 백마도 신음 소리를 내며 그 자리에 쓰러졌다.

막내는 사실대로 말하면 아버지께 야단을 맞을까 봐 한밤중에 백마가 갑자기 쓰러져 죽었다고만 말했다. 화가 단단히 난 아버지는 큰아들과 둘째 아들을 멀리 내쫓아 버렸다.

큰아들과 둘째 아들은 이곳저곳 정처 없이 떠돌던 끝에 산속 깊은 절을 찾아갔다. 절의 주지 스님은 그들을 거두어 공부도 시켜줄 겸 절의 일도 조금시켰다. 어느덧 오 년이 지나 두 형제는 늠름한 청년이 되었다. 어느 날 두 형제는 주지에게 오랜만에 집에 돌아가보고 싶다고 청했으며, 주지 스님은 네 개의 작은 물병을 큰아들에게 주었다. "이 물병들은 위급한 일이 있을 때 사용하도록 해라. 흰 물병을 던지면 그 자리에 가시덤불이 생길 것이요, 빨간 물병을 던지면 불바다가 생기며, 파란 물병을 던지면 커다란 냇물이 생기며, 검은 물병을 날리면 그것이 화살로 변할 것이다."

형제는 네 개의 물병을 품속에 간직하고 고향 마을을 찾아갔다. 형제는 고향 마을 어귀에 이르러 보따리를 싸고 나가는 한 가족을 만났다. 그 가족으로부터 지금 마을에 밤이 되면 여우가 나타나서 사람을 해친다는 말을 들었다. 형제는 크게 놀랐으나 조금도 두려워하지 않고 자기 집을 찾아갔다.

그러나 집은 텅 비어 있었고 누이동생만 있었다. 이유를 묻자 모든 가족들이 다 죽었다는 것이다. 두 아들은 생각했다. '이년이 가족들을 다 잡아먹었구나! 괘씸한 년' 하고 생각했고 곧 누이에게 목이 마르다고 물을 달라고 말을 했다. 누이가 물을 뜨러 간 순간 두 아들은 호리병들을 챙겨서 도망갔다.

잠시 후 누이가 안방을 들여다보니 아무도 없었다. 누이는 도망치는 오빠들 뒤를 쫓아가면서 "모두들 어디 가는 거예요?" 하며 외쳤으나 형제는 아무 대응도 안하고 부리나케 달려 도망치기만 했다.

참다못한 누이가 그 자리에서 땅재주를 몇 번 넘으니 사람의 옷을 걸친 여우로 변하는 것이었다. 여우는 도망치는 두 형제 뒤를 쫓아가면서 앙칼진 목소리로 말했다. "네놈들이 어디까지 도망치겠다는 게냐?"

그때 신변에 위협을 느낀 큰아들이 품속에서 흰 물병을 꺼내어 여우가 쫓아오는 뒤쪽으로 던졌다. 그 순간 그 자리에는 가시덤불이 생기고 여우는 가시에 몸이 찔려 상처를 입으면서도 열심히 두 형제 뒤를 쫓았다.

큰아들이 품속에서 빨간 병을 꺼내어 여우가 쫓아오는 뒤쪽을 향해 던지니 빨간 병이 땅에 떨어져 깨지면서 불바다가 생겼다. 여우는 악을 쓰면서 불길을 헤치고 두 형제 뒤를 쫓아갔다.

신변에 위협을 느낀 큰아들이 파란 병을 꺼내어 여우가 있는 쪽으로 던지니 파란 병이 땅에 떨어지면서 커다란 냇물이 생겼다. 가시에 찔리고 불에 몸이 덴 여우는 물살을 헤치면서 두 형제 뒤를 쫓았다. 마지막으로 큰 아들이 검은 병을 꺼내어 뒤쫓아 오는 여우를 향해 날리자 검은 병이 화살로 변하여 여우의 몸을 명중시키고 여우는 쓰러져 죽고 말았다.

두 아들은 죽은 여우를 손가락질하면서 우리 집안을 망칠 뻔한 여우를 처치했노라고 말했다. 그러면서도 한편으로는 사랑하던 여동생이 무서운 암여우였다는 사실에 치를 떨었다. 두 아들은 가족들의 산소를 찾아가서 명복을 빌었다고 한다.

2. 두꺼비와 지네

옛날에 늙은 부모를 모시고 살아가는 방실이라는 처녀가 있었다. 이 처녀는 무척 성실하고 부지런해서 집안일은 물론 농사일까지 열심히 하여 부모를 봉양했다.

어느 날 방실이가 부엌에서 저녁밥을 짓고 있을 때의 일이었다. 어디선가 두꺼비 한 마리가 살며시 들어와서 밥 짓는 모습을 지켜보고 있는 것이 아닌가? 방실이는 모른 체하고 밥이 뜸들 때까지 기다린 후 밥상을 차리기 시작했다. 하지만 두꺼비는 집 밖으로 나갈 생각도 하지 않고 물끄러미 방실이만 쳐다보는 것이었다.

방실이는 두꺼비를 쳐다보더니 이렇게 생각했다. '저 두꺼비는 몹시 배가 고픈 모양이구나…….' 방실이는 잠시 틈을 내어 밥 한 주걱을 퍼서 두꺼비에게 주었다. "두꺼비야. 너도 몹시 배가 고팠구나. 이것 좀 먹어보렴." 두꺼비는 방실이가 주는 밥을 맛있게 먹으면서 고개를 끄덕였다.

방실이가 밥상을 들고 안방으로 들어갈 때까지 두꺼비는 방실이를 물끄러미 쳐다보았다. '저 처녀는 무척 마음씨가 곱구나. 나를 위해서 밥을 주다니…….'

다음 날 아침에 방실이가 아침을 지으러 부엌으로 나왔을 때 두꺼비는 떠나지 않고 한구석에서 잠자고 있었다. 방실이는 두꺼비를 깨우면서 물었다. "너는 왜 떠나지 않고 여기 그대로 있었니?" 두꺼비가 방실이에게 말했다. "사실은 저는 갈 데도 없는 몸이에요. 아가씨가 저를 거두어주었으면 하거든요."

방실이는 부모님의 허락을 얻어 두꺼비를 거둘 수 있었고, 두꺼비는 방실이의 집 찬마루에서 자면서 방실이와 함께 밥을 먹으며 살아갔다. 그리고 두꺼비는 비록 가난하지만 방실이네 집에서 산다는 것이 무척 행복하였다.

어느덧 세월이 흘러 방실이도 18살의 처녀가 되었다. 그런데 방실이가 사는 마을에서는 마을 뒤쪽 성황당의 신에게 해마다 18살 먹은 처녀를 제물로 바쳐야만 하였는데, 결국 방실이가 차례로 뽑혔다.

방실이는 성황당에 제물로 가기 전날 두꺼비에게 마지막으로 많은 밥을 주었다. "두꺼비야 이게 마지막이야! 나는 이제 고목당에 제물로 바쳐져야 하거든." 방실이는 색동저고리에 다홍치마를 입고서 부모님께 작별 인사를 하고는 가마를 타고서 성황당으로 떠났다.

두꺼비는 그러한 방실이의 모습이 무척 안쓰러운지 살며시 뒤쫓아갔다. 이윽고 방실이가 성황당에 도착하자 사람들은 방실이를 가마에서 내리게 한 뒤 성황당 안에 넣고서는 문을 잠그고 돌아갔다.

두꺼비는 한참을 성황당 주변에서 맴돌다가 성황당 한구석에 구멍이 뚫린 것을 발견하고 안으로 들어갔다. 방실이가 혼자 성황당 안에서 두려움에 떨고 있을 즈음에 두꺼비가 살며시 방실이 곁으로 다가왔다. "아가씨, 너무 무서워하지 마세요. 저도 아가씨를 위해서 할 일이 있답니다."

방실이는 두꺼비에게 말했다. "두꺼비야. 내가 성황당 신에게 제물로 바쳐진다는 것을 알고서 따라왔구나." 그래서 두꺼비는 방실이를 지키며 밤마다 방 안에 우글거리는 벌레를 잡아주었다.

두꺼비와 방실이가 성황당 안에서 밤을 새우고 있던 3일째 되는 날 어디선가 이상한 연기가 뭉게뭉게 퍼지면서 이상한 괴물이 나타나는 것이었다. 바로 천년을 묵은 커다란 지네였다.

지네는 커다란 몸을 꾸불거리면서 방실이가 있는 쪽으로 다가오고 있었으며 방실이는 이제 죽었구나 하면서 잔뜩 웅크리고 있었다. 그때 두꺼비는 지네의 그러한 행동을 유심히 눈여겨보고 있었다.

드디어 지네는 몸에서 이상하게 번쩍이는 빛을 발하며 방실이를 노려보기 시작했다. 지네가 커다란 입을 쩍 벌리는 순간 두꺼비는 지네를 향하여 자신의 입에서 붉은 빛을 쭈욱 내뿜었다. 지네도 두꺼비를 돌아보더니 두꺼비를 향하여 입에서 독한 기운을 뿜어냈다. 두꺼비가 지네에게 말했다. "너는 누구인데 왜 방실 아씨를 잡아먹으려 하느냐?"

지네가 대답했다. "나로 말할 것 같으면 성황당에 있는 성황신이지……." 그것을 본 방실이는 무척 두려운지 풀썩 엎드리고 말았다. 한참 동안 두꺼비와 지네는 서로 엎치락뒤치락하며 치열하게 싸웠다.

그렇지만 두꺼비가 지네에게 뿜어대는 붉은 빛이 강렬하게 지네의 몸에 파고들어 지네는 포효하며 쓰러져 죽고 말았다. 잠시 후 방실이가 정신을 차리고 눈을 뜨니 지네가 죽어있었다. 그리고 두꺼비도 헐떡헐떡 숨을 몰아쉬고 있었다.

방실이가 두꺼비에게 말했다. "두꺼비야, 네가 저 지네를 죽였니?" 두꺼비는 그

저 힘없이 고개만 끄떡였다. 방실이는 두꺼비를 품에 안고서 성황당 문을 박차고 나와 마을로 달렸다.

그리고 집집마다 향하여 말했다. "여러분~! 이 두꺼비가 성황당 신의 실체를 밝히고서 지네를 물리쳤습니다!" 마을 사람들 몇몇이 방실이에게 다가와서 말했다. "아가씨를 위해서 지네를 물리쳤다는 두꺼비는 어디 있소?"

방실이는 품에서 두꺼비를 꺼내어 보여주었다. "이 두꺼비는 지난 몇 년 동안을 저희 집에서 먹고 자면서 지냈거든요." 방실이가 두꺼비를 내려놓는 순간 두꺼비는 그만 숨이 끊어지고 말았다.

방실이는 죽은 두꺼비를 안고 하염없이 울었으며, 이러한 이야기를 들은 사람들은 두꺼비를 뒷산 좋은 곳에 묻어 주고 제사를 후하게 지내 주었다.

3. 도깨비감투

옛날 옛날, 아주 오랜 옛날에 어느 마을에 조상들의 제사를 잘 지내기로 소문난 조 서방이라는 선비(몰락한 양반 가문)가 있었다. 물론 조 서방은 마을에서도 어느 정도 밥술은 먹고 살 만큼 집안 형편이 괜찮았으며, 특히 돌아가신 조상들에 대한 정성이 지극해서 할아버지와 증조부의 제사를 지낼 때면 제사상을 푸짐하게 차리고는 하였다.

그런데 어느 날부터 이상하게도 조 서방이 아내와 딸을 시켜서 제사상을 다 차리게 하고서 잠시 후 옷을 갈아입고 아들과 함께 제사상에 절을 하려고 하면 제사상의 음식이 모조리 없어지는 것이 아닌가?

조 서방과 가족들은 제사상의 음식이 감쪽같이 사라지는 영문을 알 수가 없었다. 다만 '조상의 영혼이 오셔서 배고픈 김에 모두 잡수시고 가는 것이겠지…'라고 생각할 수밖에 없었다.

그렇게 조 서방이 제사를 지낼 때마다 눈 깜짝할 사이에 제사상의 음식이 모두 사라지는 이상한 일은 한동안 계속되었다.

그러던 어느 해 어느 날 조 서방이 여느 때와 마찬가지로 오래 전에 돌아가신

할아버지와 할머니를 위한 제사를 지내게 되었다. 그날 조 서방은 필시 제사상의 음식이 없어지는 이유를 밝히기로 마음먹었다.

'아무래도 조상의 영혼이 오랫동안 굶으셔서 1년에 한 번씩 제사상을 받는다고는 해도 이렇게 제사상의 음식을 모조리 잡수실 리는 없다. 음식이 없어지는 것은 필시 도둑이나 허깨비의 짓임에 분명하다.'

그리고 조 서방은 장에서 사온 과일과 고기, 야채 등을 손질해서 아내와 함께 제사상을 한 상 가득히 차리고서는 제사상 뒤에 설치해 놓은 병풍 뒤에 몽둥이를 들고서 몸을 숨겼다.

"여보, 오늘은 제실의 동태를 살펴서 누구인지 몰라도 제사상의 음식을 도둑질해 가는 놈들을 단단히 혼내주기로 하겠소."

이렇게 아내에게 말하고 가족들이 다른 방으로 물러가자 조 서방은 병풍 뒤에 몸을 숨기고 침묵으로 시간이 지나기를 기다렸다.

한동안 시간이 흘렀을 즈음에 한 무리의 도깨비들이 괴상한 차림으로 푸짐한 음식을 먹으려고 살며시 제사상이 있는 방 안으로 들어왔다. 도깨비들 중에는 사람이 쓰는 것과 똑같은 감투나 갓을 쓰고 온 녀석들도 있었다.

도깨비들은 집 안의 분위기가 고요함을 눈치채고는 일제히 제실 안에서 이상한 몸짓으로 춤을 추면서 노래를 불렀다. "이히히히 이히히히…… 우리는 그 이름도 유명하신 도깨비 왕국의 신하라네……" 병풍 뒤에 몸을 숨기고 있던 조 서방은 도깨비들이 요란하게 떠들어 대는 소리를 귀 기울여 들었다.

'저들의 정체를 이제야 알겠다! 저들은 필시 제삿집의 음식을 노리고 다니는 걸립패들이거나 아니면 도깨비일 거야.'

이윽고 현란한 가무를 끝낸 도깨비들은 일제히 제사상에 몰려들어 차려진 음식들을 마구 움켜 집어 먹어댔다. "으하하하, 나는 사과가 맛있는데." "무슨 소리, 난 고기전과 약과가 더 맛있으니 고기전, 약과를 먹지."

도깨비들의 떠드는 소리를 끝까지 듣고 난 조 서방은 병풍 밖으로 뛰쳐나오더니 도깨비들에게 몽둥이를 휘둘렀다. "네 이놈들! 너희들이 바로 남의 집 제사 음식을 도둑질해 가는 놈들이었구나!"

조 서방의 몽둥이세례를 받고 도깨비들은 몸을 투명하게 해서 혼비백산하여 집 밖으로 달아났다. 그런데 맨 마지막으로 나가던 도깨비가 조 서방의 몽둥이에 뒤통수를 맞아 머리에 썼던 감투가 벗겨지며 본모습이 드러나는 것이 아닌가?

도깨비들이 사라지고 난 후 조 서방은 신기한 감투-도깨비감투를 머리에 써보았다. 그 순간 조 서방의 온몸이 투명하게 변하고 말았다. '옳거니, 이 감투가 바로 복을 가져다주는 감투로세. 하하하!'

조 서방은 도깨비감투를 쓰고서 투명하게 변한 모습으로 식구들을 불렀다. "여보! 이리 좀 와요. 얘들아, 어머니 모시고 이리 온!" 방안에 들어온 아내와 아이들이 깜짝 놀랐다. "아버지, 도대체 어디에 계신 거예요?" "이상하게도 아버지 모습이 안 보이네요."

조 서방은 머리에 썼던 도깨비감투를 벗으며 식구들에게 말했다. "하하하. 이것이 바로 우리에게 복을 가져다 주는 진귀한 감투라네. 오늘 모처럼 우리 집에 제사음식을 먹으러 온 걸립패들이 선물해준 것이네."

그리고 아버지는 식구들에게 차례로 도깨비감투를 써 보게 했고, 식구들은 무척 신기해하였다.

하지만 조 서방은 그 다음날부터 마음이 점점 비뚤어져 선비의 본분인 글공부와 집안일을 제쳐 두고 도깨비감투를 쓰고 저잣거리에 나가서 도둑질을 일삼았다. 물론 조 서방은 몸동작이 날렵하여 삽시간에 이것저것 마구 훔쳤으며, 그 덕분에 조 서방은 큰 기와집을 짓고 마을에서 소문난 부자로 살게 되었다.

그러던 어느 날 조 서방의 결혼 20주년이 다가왔다. 그리고 조 서방은 아내를 위하여 금가락지와 금비녀를 선물해 주기로 마음먹고 도깨비감투를 단단히 눌러 쓰고는 금은방을 운영하는 이웃 마을 현 서방네 집에 잠입했다.

하지만 이때 조 서방은 자신의 도깨비감투가 낡아서 실나부랭이가 터진 줄 몰랐다. 현 서방이 장인들을 시켜 만들어 놓은 금패물들을 손질하여 진열하고 있을 무렵 갑자기 진열대에 두었던 금가락지 두 개와 금비녀 하나가 감쪽같이 사라졌다.

금패물을 진열하던 금은방 주인 현 서방은 무척 의아하게 생각했다. '이상하다. 도대체 누가 금가락지와 금비녀를 훔쳐갔지.' 그때 금은방 밖으로 살며시 나가려는 한 줄기의 *끄나풀*이 현 서방의 눈에 띄었다.

현 서방은 얼른 달려가서 그 *끄나풀*을 잡아당겼고, 도깨비감투가 낡아서 터진

실나부랭이 탓에 도둑의 모습이 드러나고 말았다. 바로 누가 보기에도 의젓한 선비의 복장을 갖춘 조 서방이었다.

금은방에서 잡힌 조 서방은 현 서방과 금은방 사람들에게 매를 실컷 얻어맞았다. "네 이놈! 명색이 양반가의 자손이면서도 감히 도둑질하려 들다니!" 조 서방은 금은방 주인에게 싹싹 빌면서 도깨비감투를 주고 집으로 돌아갔다.

그런데 도깨비감투를 손에 넣은 금은방업자 현 서방 역시 도깨비감투를 써보고서는 나쁜 마음을 품는 것이 아니겠는가? '역시 이 감투는 따지고 보면 재물 복을 주는 감투라니까. 헤헤헤.'

현 서방도 자기 동네에서는 남들이 부러워할 정도로 소문난 부자였다. 그렇지만 다음 날부터 현 서방은 금은방 일을 장인들에게 맡기고 자신은 도깨비감투를 쓰고서 도둑질을 하러 다녔다.

어느 날 금은방 주인 현 서방은 자신의 어머니 팔순 잔치를 위해서 과일이며 각종 떡 등을 마련하려고 장이 열린 곳으로 나섰다. 도깨비감투를 쓴 현 서방은 과일장수들에게서 각종 과일을 훔쳐 한 보따리 싸 들고서 시장 한구석에 있는 떡 가게에서 시루떡과 약과를 살며시 훔쳤다.

웬 투명한 모습의 도둑이 대낮에 시루떡과 약과를 들고 잽싸게 도망치는 것을 본 떡가게 사람들이 크게 놀랐다. "아니, 어떤 도깨비가 대낮에 남의 떡을 훔치는 게지?" 떡가게 주인과 떡 만들던 사람들이 잽싸게 날아가는 투명도둑을 발견하고서는 떡 만드는 도구로 도둑을 때려눕혔다. 그 순간 도깨비감투가 벗겨지고 떡을 도둑질해 달아나려던 금은방 주인의 모습이 드러났다.

"네 이놈! 대낮에 남이 만든 떡을 훔쳐가는 놈이 바로 너였구나!" "이런 못된 도깨비놈! 어디 한번 실컷 맞아봐라!" 금은방 주인 현 서방은 떡가게 사람들에게 죽도록 매를 맞으면서 살려달라고 빌었다. "저는 도깨비가 아니라 건넛마을에서 금은방을 하는 현 서방입니다. 그리고 이 도깨비감투는 요전에 저의 집에 들어와서 금패물을 훔치려 했던 조 서방이……."

사람들은 현 서방이 썼던 도깨비감투를 마구 짓밟아 못쓰게 만들었다. 그리고 금은방 주인은 낡아버린 도깨비감투를 들고 조 서방과 함께 관아로 출두하여 원님 앞에서 도깨비감투에 대한 자초지종을 말했다. "이 감투로 말할 것 같으면 머리에 쓰면 모습이 안보이는 '도깨비감투'입니다. 요전에 이웃 마을에 살고 있는 선비가 갖고 있었던 것으로……."

"제가 어느 날 조상의 제사를 모시다가 제사 음식을 먹으러 왔던 도깨비들을 보고서는, 그래서 제가 이 감투를 악용하여 도둑질을 했었던 것입니다."

원님은 두 범인으로부터 도깨비감투에 얽힌 사연을 듣고서는 조 서방에게는 양반 신분임을 감안하여 도둑질에 대한 벌금을 물게 했고, 현 서방은 곤장을 몇 대 때려 감옥에 가두었다. 그리고 도둑질의 화근이 된 도깨비감투는 불에 태워 없애버렸다.

도깨비감투가 없어진 후로는 그 고을에서 도깨비들이 이 집 저 집 돌면서 제사 음식을 훔쳐먹는 일이 감쪽같이 사라졌다고 한다.

4. 구미호 이야기의 영상콘텐츠화

오늘날 구미호 이야기의 현대적 변용 사례는 대단히 풍부하다. 소설로는 하성란의 〈여우여자〉가 『문예중앙』 2001년 겨울호에 발표되었고, 만화로는 한현동의 『신구미호전』이 현재 만화잡지 『팡팡』에 절찬리에 연재되었다. TV드라마로는 〈전설의 고향〉[30]과 2004년 KBS에서 방영된 〈구미호 외전〉이 있고, 영화로는 〈구미호〉와 〈구미호 가족〉을 들 수 있다. 또한 2007년 1월에 개봉한 이성강 감독의 장편 애니메이션 영화 〈천년여우 여우비〉가 있다. 그리고 가까운 일본에는 현재 〈구미호 나루토〉라는 만화가 최고의 인기를 누리면서 연재되고 있으며, TV용 애니메이션[31]과 게임으로도 보급되고 있다. 이 중 TV 드라마와 영화로 개봉된 〈전설의 고향〉과 영화 〈구미호〉, 〈구미호외전〉에 나타난 구미호에 대해 살펴보기로 한다.

---

30) 전설의 고향 구미호는 1977년 KBS에서 처음 방영된 것으로 설화를 차용하여 드라마로 새롭게 각색한 작품이다. 구미호편은 여러 번 방영되었는데 한혜숙이 주인공을 맡은 이후 장미희, 김미숙, 박상아, 송윤아, 노현희, 김지영 등의 배우가 구미호 역할을 맡았다.

31) 애니메이션 '구미호 나루토'는 케이블 TV 투니버스를 통해 우리나라에도 시청되고 있는데, 어린이를 중심으로 인기를 얻었다.

전설의 고향의 구미호는 대부분 납량특집으로 기획되었기 때문에 구미호에 대한 공포의 이미지를 보여주면서 이야기를 전개한다. 기괴한 분장을 한 구미호는 공동묘지를 배회하고, 재주를 넘어 아름다운 여인으로 변신한다. 이렇게 신이한 능력을 가진 구미호가 원하는 것은 뜻밖에도 사람이 되고자 하는 것이다. 구미호는 인간이 되려고 온갖 노력을 하지만 결국은 인간이 되지 못한다. 구미호가 때로는 인간이 되기 위해 사람의 간 대신에 공동묘지를 파헤치거나 닭장의 닭을 몰래 먹기도 하지만,

KBS 〈전설의 고향〉

인간이 되고자 하는 구미호의 시도는 인간의 배신으로 결국 이루어지지 않는다.

전설의 고향에 나타난 구미호는 인간에게 위협을 가하는 공포스러운 존재이자 아름다운 여인의 형상을 한 유혹자이고, 사람이 되지 못하고 좌절하는 체제 밖의 존재이다. 구미호는 뛰어난 능력을 가지고 있지만 인간 사회라는 경계 밖에 위치하기 때문에 타자(他者)로서 존재한다. 타자인 구미호는 경계 안으로 편입하기 위해 자신의 존재를 부정하고 인간이 되고자 한다. 구미호가 인간이 되기 위해 사람을 믿지만, 인간은 구미호에 대한 공포 때문에 결국 배신한다. 구미호는 인간의 배신에 복수하지 않고 한(恨)을 품은 채 사라진다.

전설의 고향의 구미호는 낯설고 두려운 존재로 구미호의 부정적 부분을 강조한 것이다. 전설의 고향 구미호에서 인간과 구미호는 완전한 결합에 성공하지 못한다. 인간과 구미호는 사랑의 결과로 가정을 이루거나 자식을 낳는 긍정적 결과를 얻지 못하고 파국을 맞이하게 된다. 전설의 고향 구미호에는 부정적 아니마의 형상이 확대 강조되고 있는 것이다. 여기에 인간 남성의 배신이라는 요소를 첨가하여 파국의 이유가 구미호라는 타자의 존재뿐만 아니라 인간의 불신도 중요한 원인임을 지적하고 있다. 결국 오늘날 구미호의 한(恨)을 환기시키는 것은 인간인 셈이다. 결국 전설의 고향에서 구미호는 인간을 중심으로 그 존재가 재편되고 있음을 알 수 있다.

전설의 고향에 나타나는 구미호의 한(恨)은 중심에서 벗어난 사람들이 지니는 좌절과 상실을 연상하게 한다. 90년대 이전 사회적 약자에 대한 차별의식이 아직

영화 〈구미호〉

공고할 때 구미호의 한은 많은 이들의 공감을 얻을 수 있는 요소였을 것이다. 또한 지금과 같은 다양한 매체가 발달하기 전인 70~80년대에 구미호의 기괴한 형상은 충분한 공포의 대상이었을 것이다.

그런데 〈전설의 고향〉 구미호가 90년 이후에도 대중들에게 사랑받는 것[32]에 비하여 구미호를 현대적 리메이크한 영화와 드라마는 큰 성공을 거두지 못한다. 먼저 영화의 경우는 1994년 박헌수 감독이 연출한 〈구미호〉가 있다. 이 영화는 당대의 청춘스타인 고소영과 정우성의 출연으로 화제가 되었다.

이 영화에서는 전설의 고향에 나타난 구미호에 대한 인식이 반복된다. 영화 구미호는 기술적인 면에서 크게 진보하였지만, 주된 내용과 전달하고자 하는 메시지는 배경만 현대로 바뀌었을 뿐 전설의 고향 구미호와 대동소이하다. 〈전설의 고향〉 '구미호'처럼 과거 구미호 이야기를 기반으로 부분 개작한 작품인 것이다.[33] 영화는 999년째 인간세상을 떠돌고 있는 반인간 반여우의 구미호가 1년 안에 어떻게든 한 남자의 사랑과 정기를 얻어 완전한 인간이 되고자 하지만 결국 이루어지지 못하는 내용을 다루고 있다.

이 영화는 당대의 청춘스타를 대거 기용하고, 볼거리에서도 국내 최초로 컴퓨터 그래픽(CG)을 이용했음에도 불구하고 흥행에 성공하지 못했다.[34] 그 이유로 여러 가지가 있겠지만 우선 구미호의 한(恨)이라는 요소가 이전보다 풍요로워진 90년대의 감성에 적합하지 않았기 때문이다. 90년대 중반 극장을 찾는 20-30대의 관객들은 이전과 달리 풍요로운 어린 시절을 보낸 X세대들이었다. 이들은 부정적 아니

---

32) 90년대 이후 〈전설의 고향〉이 다시 방영되면서 구미호는 큰 인기를 누린다. 96년 박상아가 출현한 〈호녀〉는 38.8%의 높은 시청률을 기록한다. 이는 역대 사극 시청률 순위 8위에 해당하는 것이다, 그 뒤 1997년 송윤아가 출현한 〈구미호〉도 높은 인기를 얻었고, 그 영향으로 이후 1998년 노현희가 출현한 〈여우골〉, 1999년 김지영이 출현한 〈구미호〉가 방영되었다.

33) 이 영화는 '여우구슬' 이야기를 현대적 배경으로 부분 개작한 작품이다.

34) 영화 〈구미호〉의 흥행성적은 서울 관객수 집계로 174,797명이다.
출처: 영화진흥위원회 홈페이지(www.kofic.or.kr) 영화연감.

마로 형상화된 구미호의 비극을 외면하였다. 새로운 관객들은 변화한 시대에 맞는 새로운 구미호를 원했지만 영화에서 등장한 구미호는 이전과 같이 남성을 유혹하는 낯선 타자였다. 또한, 할리우드 영화의 자극적인 영상 이미지에 의해 둔감해진 관객에게 기괴한 구미호의 형상은 더 이상 공포를 자아내지 못하는 식상한 과거 요괴의 모습일 따름이었다.

영화 〈구미호〉는 제작 이전에 큰 화제를 모았다. 물론 여기에는 여배우의 인기와 같은 영화 외적인 요소도 있겠지만 기본적으로 구미호 이야기에 대한 대중의 관심이 높다는 것을 반증하는 것이다. 그러나 막상 개봉 이후에는 큰 호응을 얻지 못하였다. 이 결과는 우선 구미호의 한(恨)이라는 요소가 어려운 시절을 감내한 기성세대에게는 아직도 충분히 공감을 얻을 수 있지만, 풍요로운 어린 시절을 보낸 젊은 세대의 감성에는 맞지 않다는 것을 의미한다. 그리고 구미호 형상에 대한 시각적 효과로 공포를 유발하는 것이 더 이상 유효하지 않다는 것을 보여준다.

변화한 젊은 세대의 취향을 공략하기 위해서 2004년 여름 KBS에서는 새로운 구미호이야기인 〈구미호 외전〉을 선보였다. 〈구미호 외전〉은 구미호의 한과 공포라는 요소에 새로운 재미거리를 추가하였다. 구미호를 추적하는 특수조직 SCIS와 구미호족의 액션과 스릴러, SF적인 요소와 감각적인 영상, 화려한 캐스팅[35]이 그 것이다. 〈구미호 외전〉에서는 구미호를 개인에서 종족으로 확대시켜 원래는 인간보다 우위에 있던 종족이었다는 이야기를 전체적인 설정으로 삼아 천년호[36]·적월도[37]와 같은 새로운 판타지적 개념을 만들어내었다.

〈구미호 외전〉은 인간을 사랑했으나 언제나 인간에게 배신당한다는 구미호의 한(恨)이라는 소재를, 결코 공존할 수 없는 인간과 구미호족 간의 오랜 숙명과 비극

---

35) 이 드라마에는 당시 최고 주가를 달리던 김태희, 조현재, 전진, 한예슬 등의 청춘스타들이 대거 출연하였다.
36) 천년호: 천년 만에 한 번씩 태어나는 구미호족이다. 천년호가 구미호족에 있으면 구미호족이 번성하고 붉은 달이 개기월식 할 때 천년호를 제물로 바치면 구미호족이 인간의 간을 먹지 않아도 천 년을 살 수 있다. 단, 붉은 달이 뜰 때까지 순결을 지킨 처녀의 몸이어야 하고, 계속 구미호족 전사로 남아있는 구미호여야 한다. 천년호의 간을 구미호족 개인이 먹으면 영생을 얻을 수 있다.
37) 적월도: 천년호의 사랑을 얻는 자만이 쓸 수 있는 전설의 검. 전설에 따르면 적월도는 아무나 열 수 없는데 천년호와 사랑을 하는 사람이 이 검을 쓰면 쉽게 열 수 있고, 놀라운 힘을 발휘해서 천년호를 없앨 수 있다.

KBS 〈구미호 외전〉

적인 사랑으로 재창조하였다. 〈구미호 외전〉은 21세기에 구미호에 대한 새로운 전설을 재현하고자 한 것이다.

이러한 시도는 참신하였지만 전형적인 선악(善惡)의 대결구도와 이루어질 수 없는 사랑이야기라는 점에서 〈구미호 외전〉은 이전의 구미호들이 가지고 있는 '구미호의 한 (恨)'이라는 이야기 범주를 넘어서지 못한다. 인간을 사랑하고 인간에게 우호적인 구미호와 구미호족을 추적하는 특수조직에 속한 행동대원과의 사랑은 파국을 전제로 하고 있는 것이다. 〈구미호 외전〉은 과거 전승되던 이야기에 새로운 상상력을 부여하였다는 점에 의의[38]가 있다고 할 수 있지만, 진부한 이야기에 다양한 흥미 요소를 섞어놓았을 뿐 기존의 멜로드라마와 다를 바가 없어 절반의 성공이라 할 수 있다.[39]

이상으로 구미호 이야기를 소재로 변용된 영상콘텐츠를 살펴보았다. 이들 이야기에는 공통적으로 사람이 되고 싶어하는 구미호와, 인간 남자와 사랑을 이루지 못하는 구미호가 등장한다. 이것은 구미호에 대한 부정적 관념이 현대에 이어진 결과이다. 그러나 현대의 구미호는 과거 이야기에 나오는 구미호처럼 남자의 정기를 빼앗는 부정적 존재이기만 한 것은 아니다. 구미호는 인간을 갈망하고 인간과 사랑을 이루려 한다. 그러나 인간들은 구미호와의 사랑은 인간의 생명을 앗아간다고 믿고 구미호를 부정적 아니마로만 인식한다. 결국 구미호와 인간의 파탄은 인간 자신의 문제인 것이다.

이와 같은 이야기 전개는 구미호를 바라보는 시각이 변화하였기 때문이다. 과거

---

38) 기존의 이야기를 답습하는 것이 아니라 문화원형을 바탕으로 새롭게 이야기를 창조한 것이다. 이와 같은 시도는 소재에 대한 시야를 확장하여 다양한 콘텐츠를 창출할 수 있는 전기를 마련한 것이라 할 수 있다.

39) 〈구미호 외전〉의 시청률은 1회 19.2%, 2회 14.9%, 3회 15.5%, 4회 15.7%, 5회 13.3%, 6회 14.5%로 변화하였고, 평균 시청률은 15.4%(TNS 미디어 코리아)였다. 구미호 외전의 시청률은 동일 시간대 MBC(영웅시대), SBS(장길산)에 비해 저조한 결과로 스타급 연예인을 캐스팅한 기대를 충족시키지 못하였다. 그러나 시청률과는 별개로 일부 마니아층을 형성하여 실패라고 하기엔 무리가 있는 결과라 할 수 있다.

한정되고 제한된 세계에서 구미호의 신이한 능력은 경이와 공포를 대표하였다. 구미호를 통해 인간들은 불가해한 세계에 충격을 받고, 그 충격은 공포와 흥미를 유발하였다. 자연과학의 발전으로 자연에 대한 공포가 줄어든 오늘날, 인간은 자신의 잣대로 구미호를 타자로 만들고, 인간을 사랑하고 배신당하도록 강요하고 있는 것이다. 구미호에 대한 이야기들은 한결같이 인간이 되고 싶은 구미호만을 다룰 뿐이지 구미호들의 정체성에 대한 고민은 나타나지 않는다.

어쩌면 요괴로 상징되는 타자와 조화로운 화해와 결합이 나타나기 어려운 것은 인간이 지니는 파괴적 성향 때문일지 모른다. 이제 문명의 발달과 자연의 위축으로 일그러진 부정적 아니마를 해소하고, 낯선 타자가 인간을 유혹하지 않을까 하는 의심에 찬 눈초리를 거두어들일 때가 온 것이다.

제4장

영웅 이야기

1. 김유신

호력(虎力) 이간(伊干)의 아들 서현각간(舒玄角干) 김(金)씨의 맏아들이 유신(庾信)이고 그 아우는 흠순(欽純)이다. 맏누이는 보희(寶姬)로서 소명(小名)은 아해(阿海)이며, 누이동생은 문희(文姬)로서 소명(小名)이 아지(阿之)이다. 유신공(庾信公)은 진평왕(眞平王) 17년 을묘(乙卯; 595)에 났는데, 칠요(七曜)의 정기를 타고났기 때문에 등에 일곱 별의 무늬가 있었다. 그에게는 신기하고 이상한 일이 많았다.

나이 18세가 되는 임신(壬申)년에 검술(劍術)을 익혀 국선(國仙)이 되었다. 이때 백석(白石)이란 자가 있었는데 어디서 왔는지 알 수가 없었지만 여러 해 동안 낭도(郎徒)의 무리에 소속되어 있었다. 이때 유신은 고구려와 백제의 두 나라를 치려고 밤낮으로 깊은 의논을 하고 있었는데 백석이 그 계획을 알고 유신에게 고했다. "내가 공과 함께 먼저 저들 적국에 가서 그들의 실정(實情)을 정탐한 뒤에 일을 도모하는 것이 어떻겠습니까?" 유신은 기뻐하여 친히 백석을 데리고 밤에 떠났다. 고개 위에서 쉬고 있노라니 두 여인이 그를 따라와서 골화천(骨火川)에 이르러 자게 되었는데 또 한 여자가 갑자기 이르렀다. 공이 세 여인과 함께 기쁘게 이야기하고 있노라니 여인들은 맛있는 과자를 그에게 주었다. 유신은 그것을 받아먹으면서 마음으로 그들을 믿게 되어 자기의 실정(實情)을 말하였다. 여인들이 말한다. "공의 말씀은 알겠습니다. 원컨대 공께서는 백석을 떼어 놓고 우리들과 함께 저 숲속으로 들어가면 실정을 다시 말씀하겠습니다." 이에 그들과 함께 들어가니 여인들은 문득

신(神)으로 변하더니 말한다. "우리들은 나림(奈林)·혈례(穴禮)·골화(骨火) 등 세 곳의 호국신이오. 지금 적국 사람이 낭을 유인해 가는데도 낭은 알지 못하고 따라가므로, 우리는 낭을 말리려고 여기까지 온 것이었소." 말을 마치고 신들은 자취를 감추었다. 공은 말을 듣고 놀라 쓰러졌다가 두 번 절하고 나와서는 골화관(骨火館)에 묵으면서 백석에게 말했다. "나는 지금 다른 나라에 가면서 중요한 문서를 잊고 왔다. 너와 함께 집으로 돌아가 가지고 오도록 하자." 드디어 함께 집에 돌아오자 백석을 결박해 놓고 그 실정을 물으니 백석이 말한다.

"나는 본래 고구려 사람이오(고본에 백제 사람이라고 한 것은 잘못이다. 추남(楸南)은 고구려 사람이요, 또한 음양을 역행한 일도 보장왕 때의 일이다). 우리나라 여러 신하들이 말하기를, 신라의 유신은 우리나라 점쟁이 추남(楸南; 고본에 춘남(春南)이라 한 것은 잘못임)이었는데, 국경 지방에 역류수(逆流水; 웅자(雄雌)라고도 하는데, 엎치락 뒤치락하는 일)가 있어서 그에게 점을 치게 했었소. 이에 추남(楸南)이 아뢰기를, '대왕의 부인이 음양의 도를 역행한 때문에 이러한 표징(表徵)으로 나타난 것입니다' 했소. 이에 대왕은 놀라고 괴이하게 여기고 왕비는 몹시 노했소. 왕비는 이것이 필경 요망한 여우의 말이라고 왕에게 고하여 다른 일을 가지고 시험해서 맞지 않으면 중형에 처하라고 했소. 이리하여 쥐 한 마리를 함 속에 감추어 두고 이것이 무슨 물건이냐 물었더니 그 사람은, 이것이 반드시 쥐일 것인데 그 수가 여덟입니다 했소. 이에 그의 말이 맞지 않는다고 해서 죽이려 하자 그 사람은 맹세하기를, 내가 죽은 뒤에는 꼭 대장이 되어 반드시 고구려를 멸망시킬 것이라 했소. 곧 그를 죽이고 쥐의 배를 갈라 보니 새끼 일곱 마리가 있었소. 그제야 그의 말이 맞는 것을 알았지요. 그날 밤 대왕의 꿈에 추남(楸南)이 신라 서현공(舒玄公) 부인의 품속으로 들어가는 것을 보고 여러 신하들에게 물었더니 모두 '추남이 맹세하고 죽더니 과연 맞았습니다.' 했소. 그런 때문에 고구려에서는 나를 보내서 그대를 유인하게 한 것이오." 공은 곧 백석을 죽이고 음식을 갖추어 삼신(三神)에게 제사지내니 이들이 모두 나타나서 제물을 흠향했다.

김유신의 집안 재매부인(財買夫人)이 죽자 청연(靑淵) 상곡(上谷)에 장사 지내고 재매곡(財買谷)이라 불렀다. 해마다 봄이 되면 온 집안의 남녀들이 그 골짜기 남쪽 시냇가에 모여서 잔치를 열었다. 이럴 때엔 백 가지 꽃이 화려하게 피고 송화(松花)

가 골짜기 안 숲속에 가득했다. 골짜기 어귀에 암자를 짓고 이름을 송화방(松花房)이라 하여 전해 오다가 원찰(願刹)로 삼았다. 54대 경명왕(景明王) 때에 공을 봉해서 흥호대왕(興虎(武)大王)이라 했다. 능은 서산(西山) 모지사(毛只寺) 북쪽 동으로 향해 뻗은 봉우리에 있다.

2. 홍길동전

조선국 세종대왕 즉위 십오 년에 홍화문 밖에 한 재상이 있으되, 성은 홍이요, 명은 문이니, 위인이 청렴강직하여 덕망이 거룩하니 당세의 영웅이라. 일찍 용문(龍門)에 올라 벼슬이 한림에 처하였더니 명망이 조정의 으뜸 됨에, 전하 그 덕망을 승이 여기사 벼슬을 돋우어 이조판서로 좌의정을 하이시니, 승상이 국은을 감동하여 갈충보국(竭忠報國)하니 사방에 일이 업고 도적이 없음에 시화연풍하여 나라가 태평하더라.

일일은 승상 난간에 비겨 잠깐 졸더니, 한풍이 길을 인도하여 한 곳에 다다르니, 청산은 암암하고 녹수는 양양한데 세류(細柳) 천만 가지 녹음이 파사하고, 황금 같은 꾀꼬리는 춘흥을 희롱하여 양류간에 왕래하며 기화요초 만발한데, 청학 백학이며 비취 공작이 춘광을 자랑하거늘, 승상이 경물을 구경하며 점점 들어가니, 만장 절벽은 하늘에 닿았고, 굽이굽이 벽계수는 골골이 폭포되어 오운(五雲)이 어리었는데, 길이 끊어져 갈 바를 모르더니, 문득 청룡이 물결을 헤치고 머리를 들어 고함하니 산학이 무너지는 듯하더니, 그 용이 입을 벌리고 기운을 토하여 승상의 입으로 들어오거늘, 깨달으니 평생 대몽이라. 내염(內念)에 헤아리되 "필연 군자를 낳으리라." 하여, 즉시 내당에 들어가 시비를 물리치고 부인을 이끌어 취침코자 하니, 부인이 정색 왈, "승상은 국지재상이라, 체위 존중하시거늘 백주에 정실에 들어와 노류장화(路柳墻花)같이 하시니 재상의 체면이 어디에 있나이까?"

승상이 생각하신 즉, 말씀은 당연하오나 대몽(大夢)을 허송할까 하여 몽사(夢事)를 이르지 아니하시고 연하여 간청하시니, 부인이 옷을 떨치고 밖으로 나가시니, 승상이 무료하신 중에 부인의 도도한 고집을 애달아 무수히 차탄하시고 외당으로 나오시니, 마침 시비 춘섬이 상을 드리거늘, 좌우 고요함을 인하여 춘섬을 이끌고 원앙지락(鴛鴦之樂)을 이루시니 적이 울화를 덜으시나 심내에 못내 한탄하시더라.

춘섬이 비록 천인이나 재덕이 순직한지라, 불의에 승상의 위엄으로 친근(親近)하시니 감히 위령치 못하여 순종한 후로는 그날부터 중문 밖에 나지 아니하고 행실을 닦으니 그달부터 태기있어 십삭이 당하매 거처하는 방에 오색운무 영롱하며 향내 기이하더니, 혼미 중에 해태하니 일개 기남자라. 삼일 후에 승상이 들어와 보시니 일변 기꺼우나 그 천생됨을 아끼시더라. 이름을 길동이라 하니라.

이 아이 점점 자라매 기골이 비상하여 한 말을 들으면 열 말을 알고, 한 번 보면 모르는 것이 없더라. 일일은 승상이 길동을 데리고 내당에 들어가 부인을 대하여 탄식 왈, "이 아이 비록 영웅이나 천생이라 무엇에 쓰리오. 원통하도다. 부인의 고집이여! 후회막급이로소이다."

부인이 그 연고를 묻자오니, 승상이 양미를 빈축하여 왈, "부인이 전일에 내 말을 들으셨던들 이 아이 부인 복중에 낳을 것을 어찌 천생이 되리요." 인하여 몽사를 설화(說話)하시니, 부인이 추연 왈, "차역 천수오니 어찌 인력으로 하오리까."

세월이 여류하여 길동의 나이 팔 세라. 상하 다 아니 칭찬할 이 없고 대감도 사랑하시나, 길동은 가슴의 원한이 부친을 부친이라 못하고 형을 형이라 부르지 못함에 스스로 천생됨을 자탄하더니, 칠월 망일에 명월을 대하여 정하에 배회하더니 추풍은 삽삽하고 기러기 우는 소리는 사람의 외로운 심사를 돕는지라. 홀로 탄식하여 왈, "대장부 세상에 남에 공맹의 도학을 배워 출장입상(出將入相)하여 대장인수를 요하(腰下)에 차고 대장단에 높이 앉아 천병만마를 지휘 중에 넣어두고, 남으로 초를 치고, 북으로 중원을 정하며, 서로 촉을 쳐 사업을 이룬 후에 얼굴을 기린각에 빛내고, 이름을 후세에 유전함이 대장부의 떳떳한 일이라. 옛 사람이 이르기를 '왕후장상(王侯將相)이 씨 없다.' 하였으니 나를 두고 이름인가. 세상 사람이 갈관박이라도 부형을 부형이라 하되 나는 홀로 그렇지 못하니 어떤 인생으로 그러한고."

울울한 마음을 걷잡지 못하여 칼을 잡고 월하(月下)에 춤을 추며 장한 기운 이기지 못하더니, 이때 승상이 명월(明月)을 사랑하여 창을 열고 비겼더니, 길동의 거동을 보시고 놀래 가로되, "밤이 이미 깊었거늘 네 무슨 즐거움이 있어 이러하느냐?" 길동이 칼을 던지고 부복 대왈, "소인은 대감의 정기를 타 당당한 남자로 낳사오니 이만 즐거운 일이 없사오되, 평생(平生) 서러워하옵기는 아비를 아비라 부르지 못하옵고, 형을 형이라 못하여 상하 노복이 다 천히 보고, 친척 고두도 손으로 가르쳐 아무의 천생이라 이르오니 이런 원통한 일이 어디에 있사오리까?" 인하여 대성통곡하더라.

대감이 마음에 긍측(矜惻)이 여기시나 만일 그 마음을 위로하면 일로조차 방자할까 하여 꾸짖어 왈. "재상의 천비 소생이 너뿐 아니라. 자못 방자한 마음을 두지 말라. 일후(日後)에 다시 그런 말을 번거이 한 일이 있으면 눈앞에 용납치 못하리라." 하시니, 길동은 한갓 눈물 흘릴 뿐이라. 이윽히 엎드려 있더니, 대감이 물러가라 하시거늘, 길동이 돌아와 어미를 붙들고 통곡 왈, "모친은 소자와 전생연분으로 차생에 모자 되오니 구로지은을 생각하오면 호천망극하오나, 남아가 세상에 나서 입신양명하여 위로 향화를 받들고, 부모의 양육지은을 만분의 하나라도 갚을 것이거늘, 이 몸은 팔자 기박하여 천생이 되어 남의 천대를 받으니, 대장부 어찌 구구히 근본을 지키어 후회를 두리요. 이 몸이 당당히 조선국 병조판서 인수를 띠고 상장군이 되지 못할진대, 차라리 몸을 산중에 붙여 세상 영욕을 모르고자 하오니, 복망(伏望) 모친은 자식의 사정을 살피사 아주 버린 듯이 잊고 계시면 후일에 소자 돌아와 오조지정을 이룰 날 있사오니 이만 짐작하옵소서." 하고, 언파에 사기 도도하여 도리어 비회 없거늘, 그 모 이 거동을 보고 개유(開諭)하여 왈, "재상가 천생이 너뿐 아니라. 무슨 말을 들었는지 모르되 어미의 간장을 이다지 상케하느냐? 어미의 낯을 보아 아직 있으면 내두에 대감이 처결하시는 분부 없지 아니하리라."

길동이 가로되, "부형의 천대는 고사하옵고, 노복이며 동유의 이따금 들리는 말이 골수에 박히는 일이 허다하오며, 근간에 곡산모의 행색을 보오니 승기자를 염지하여 과실없는 우리 모자를 구수같이 보아 살해할 뜻을 두오니 불구에 목전 대환이 있을지라. 그러하오니 소자 나간 후 모친에게 후환이 미치지 아니케 하오리다."

그 어미 가로되. "네 말이 자못 그러하나 곡산모는 인후한 사람이라. 어찌 그런 일이 있으리요?" 길동 왈, "세상사를 측량치 못하나이다. 소자의 말을 헛되이 생각지 마시고 장래를 보옵소서." 하더라.

원래 곡산모는 곡산 기생으로 대감의 총첩이 되어 뜻이 방자하기로, 노복이라도 불합한 일이 있으면 한 번 참소에 사생이 관계하여 사람이 못 되면 기뻐하고 승하면 시기하더니, 대감이 용몽을 얻고 길동을 낳아 사람마다 일컫고 대감이 사랑하시매, 일후 총을 빼앗길까 하며, 또한 대감이 이따금 희롱하시는 말씀이 "너도 길동 같은 자식을 낳아 나의 모년재미를 도우라." 하심에, 가장 무료하여 하는 중에 길동의 이름이 날로 자자하므로 초낭 더욱 크게 시기하여 길동 모자를 눈의 가시같이 미워하여 해할 마음이 급함에, 흉계를 짜내어 재물을 흩어 요괴로운 무녀 등을 불러 모의하고 축일왕래하더니, 한 무녀 가로되, "동대문 밖에 관상하는 계집이 있으되, 사람의 상을 한 번 보면 평생 길흉화복을 판단하오니, 이제 청하여 약속을 정하고 대감 전에 천거하여 가중 전후사를 본 듯이 이른 후에 인하여 길동의 상을 보고 여차여차 아뢰어 대감의 마음을 놀래면 낭자의 소회를 이룰까 하나이다."

초낭이 대희하여, 즉시 관상녀에게 통하여 재물로써 달래고, 대감 댁 일을 낱낱이 가르치고, 길동 제거할 약속을 정한 후에 날을 기약하고 보내니라. 일일은 대감이 내당에 들어가 길동을 부른 후에 부인을 대하여 가로되, "이 아이 비록 영웅의 기상이 있으나 어디다 쓰리요." 하시며 희롱하시더니, 문득 한 여자 밖으로부터 들어와 당하에 뵈거늘, 대감이 괴히 여겨 그 연고를 물으신대, 그 여자 복지 주왈, "소녀는 동대문 밖에 사옵더니, 어려서 한 도인을 만나 사람의 관상보는 법을 배운바 두루 다니며 관상차로 만호 장안을 편람하옵고, 대감 댁 만복을 높이 듣고 천한 재주를 시험코자 왔나이다."

대감이 어찌 요괴로운 무녀를 대하여 문답이 있으리요마는 길동을 희롱하시던 끝인 고로 웃으시며 왈, "네 아무렇거나 가까이 올라 나의 평생을 확론하라." 하시니, 관상녀 국궁하고 당에 올라 먼저 대감의 상을 살핀 후에 이왕지사를 역력히 아뢰며 내두사를 보는 듯이 논단하니, 호발도 대감의 마음에 위월한 말이 없는지라. 대감이 크게 칭찬하시고 연하여 가중 사람의 상을 의논할 새, 낱낱이 본 듯이 평론하여 한 말도 허망한 곳이 없는지라. 대감과 부인이며 좌중제인이 대혹하여 신인이라 일컫더라.

끝으로 길동의 상을 의논할새, 크게 칭찬 왈, "소녀가 열읍에 주류하며 천만인을 보았으되 공자의 상같은 이는 처음이려니와 알지 못게라, 부인의 기출이 아닌가 하나이다." 대감이 속이지 못하여 왈, "그는 그러하거니 사람마다 길흉영욕이 각각 때있나니 이 아이 상을 각별 논단하라." 하니, 상녀가 이윽히 보다가 거짓 놀라는 체하거늘, 괴히 여겨 그 연고를 물으신대 함구하고 말이 없거늘, 대감이 가로되, "길흉을 호발도 기이지 말고 보이는 대로 의논하여 나의 의혹이 없게 하라."

관상녀 가로되, "이 말씀을 바로 아뢰면 대감의 마음을 놀래일까 하나이다." 대감 왈, "옛날 곽분양 같은 사람도 길한 때 있고 흉한 때 있었으니 무슨 여러 말이 있느냐? 상법 보이는 대로 기이 말라." 하시니. 관상녀 마지못하여 길동을 치운 후에 그윽히 아뢰되, "공자의 내두사는 여러 말씀 버리옵고 성즉 군왕지상이요, 패즉 측량치 못할 환이 있나이다." 한대, 대감이 크게 놀래어 이윽히 진정한 후에 상녀를 후이 상급하시고 가로되, "이같은 말을 삼가 발구치 말라." 엄히 분부하시고, 왈, "제 늙도록 출입치 못하게 하리라." 하시니, 상녀 왈, "왕후장상이 어디 씨 있으리까?"

대감이 누누당부하시니, 관상녀 공수 수명하고 가니라. 대감이 이 말을 들으신 후로 내념에 크게 근심하사 일념에 생각하시되, "이놈이 본래 범상한 놈이 아니요, 또 천생됨을 자탄하여 만일 범람한 마음을 먹으면 누대 갈충보국하던 일이 쓸데없고 대화 일문에 미치리니 미리 저를 없애어 가화를 덜고자 하나 인정에 차마 못할 바라."

생각이 이러한즉 선처할 도리없어 일념이 병이 되어 식불감 침불안하시는지라. 초낭이 기색을 살핀 후에 승간하여 여쭈오되, "길동이 관상녀의 말씀같이 왕기있어 만일 범람한 일이 있사오면 가화 장차 측량치 못할지라. 어리석은 소견은 적은 혐의를 생각지 마시고 큰 일을 생각하여 저를 미리 없이 함만 같지 못할까 하나이다."

대감이 대책 왈, "이 말을 경솔히 할 바가 아니거늘, 네 어찌 입을 지키지 못하느냐? 도시 내 집 가운을 네 알 바가 아니라." 하시니, 초낭이 황공하여 다시 말씀을 못하고, 내당에 들어와 부인과 대감의 장자를 대하여 여쭈오되, "대감이 관상녀의 말씀을 들으신 후로 사념에 선처하실 도리 없사와 침식이 불안하시더니 일념의 병환이 되시기로 소인이 일전에 여차여차한 말씀을 아뢰온 즉 꾸중이 났는고로 다시 여쭙지 못하였거니와, 소인이 대감의 마음을 취택하온 즉 대감께서도 저를 미리 없애고자 하시되 차마 거처치 못하오니, 미련한 소견으로는 선처할 모책이 길동을 먼저 없앤 후에 대감께 아뢰면 이미 저질러진 일이라 대감께서도 어찌 할 수 없사와 마음을 아주 잊을까 하옵나이다."

부인이 빈축 왈, "일은 그러하거니와 인정천리에 차마 할 바가 아니라." 하시니, 초낭이 다시 여쭈오되, "이 일이 여러 가지 관계하오니, 하나는 국가를 위함이요, 둘은 대감의 환후를 위함이요, 셋은 홍씨 일문을 위함이오니, 어찌 적은 사정으로 우유부단하여 여러 가지 큰 일을 생각지 아니하시다가 후회막급이 되오면 어찌하오리까?" 하며, 만단으로 부인과 대감의 장자를 달래니, 마지못하여 허락하시거늘, 초낭이 암회하여 나와 특자라 하는 자객을 청하여 수말을 다 전하고 은자를 많이 주어 오늘 밤에 길동을 해하라 약속을 정하고, 다시 내당에 들어가 부인 전에 수말을 여쭈오니, 부인이 들으시고 발을 구르시며 못내 차석(嗟惜)하시더라.

이때의 길동은 나이 십일 세라. 기골이 장대하고, 총맹이 절륜하며, 시서백가어를 무불통지하나, 대감 분부에 바깥 출입을 막으심에, 홀로 별당에 처하여 손오의 병서를 통리하여 귀신도 측량치 못하는 술법이며 천지조화를 품어 풍운을 임의로 부리며, 육정육갑 신장을 부려 신출귀몰지술을 통달하니 세상에 두려운 것이 없더라. 이날 밤 삼경이 된 후에 장차 서안을 물리치고 취침하려 하더니 문득 창 밖에서 까마귀 세 번 울고 서로 날아가거늘, 마음에 놀래 해혹(解惑)하니, "까마귀 세 번 '객자와 객자와' 하고 서로 날아가니 분명 자객이 오는지라. 어떤 사람이 나를 해코자 하는고? 암커나 방신지계를 하리라." 하고, 방중에 팔진을 치고 각각 방위를 바꾸어, 남방의 이허중은 북방의 감중련에 옮기고, 동방 진하련은 서방 태상절에 옮기고, 건방의 건삼련은 손방 손하절에 옮기고, 곤방의 곤삼절은 간방 간상련에 옮겨, 그 가운데 풍운을 넣어 조화무궁하게 벌리고 때를 기다리더라.

이때에 특자 비수를 들고 길동 거처하는 별당에 가서 몸을 숨기고 그 잠들기를 기다리더니, 난데없는 까마귀 창 밖에 와 울고 가거늘 마음에 크게 의심하여 왈, "이 짐승이 무슨 앎이 있어 천기를 누설하는고? 길동은 실로 범상한 사람이 아니로다. 필연 타일에 크게 쓰리라." 하고, 돌아가고자 하다가 은자에 대한 욕심으로 몸을 날려 방중에 들어가니, 길동은 간 데 없고, 일진광풍이 일어나 뇌성벽력이 천지 진동하며 운무 자욱하여 동서를 분별치 못하며 좌우를 살펴보니 천봉만학이 중중첩첩하고, 대해 창일하여 정신을 수습치 못하는지라.

특자 내념에 헤아리되, "내 아까 분명 방중에 들어왔거늘 산은 어인 산이며, 물은 어인 물인고?" 하여 갈 바를 알지 못하더니, 문득 옥적(玉笛) 소리 들리거늘, 살펴보니 청의동자 백학을 타고 공중에 다니며 불러 왈, "너는 어떠한 사람인데 이 깊은 밤에 비수를 들고 누구를 해코자 하느냐?"

특자 대왈, "네 분명 길동이로다. 나는 너의 부형의 명령을 받아 너를 취하러 왔노라." 하고 비수를 들어 던지니, 문득 길동은 간 데 없고, 음풍이 대작하고 벽력이 진동하며, 중천에 살기 뿐이로다. 중심에 대겁하여 칼을 찾으며 왈, "내 남의 재물을 욕심하다가 사지에 빠졌으니 수원수구(誰怨誰咎)하리요." 하며, 길게 탄식하더니, 문득 이윽고 길동이 비수를 들고 공중에서 외쳐 왈, "필부는 들으라. 네 재물을 탐하여 무죄한 인명을 살해코자 하니 이제 너를 살려두면 일후에 무죄한 사람이 허다히 상할지라. 어찌 살려 보내리요." 한대, 특자 애걸 왈, "과연 소인의 죄 아니오라 공자댁 초낭자의 소위오니, 바라옵건대 가련한 인명을 구제하셔서 일후에 개과하게 하옵소서."

길동이 더욱 분을 이기지 못하여 왈, "너의 악행이 하늘에 사무쳐 오늘날 나의 손을 빌어 악을 없애게 함이라." 하고, 언파에 특자의 목을 쳐버리고, 신장을 호령하여 동대문 밖의 상녀를 잡아다가 수죄하여 왈, "네 요망한 년으로 재상가에 출입하며 인명을 상해하니 네 죄를 네 아느냐?"

관상녀 제 집에서 자다가 풍운에 쌓이어 호호탕탕이 아무 데로 가는 줄 모르더니, 문득 길동의 꾸짖는 소리를 듣고 애걸 왈, "이는 다 소녀의 죄가 아니오라 초낭자의 가르침이오니 바라건대 인후하신 마음에 죄를 관서하옵소서." 하거늘, 길동이 가로되, "초낭자는 나의 의모라 의논치 못하려니와 너 같은 악종을 내 어찌 살려 두리오. 뒷 사람을 징계하리라." 하고. 칼을 들어 머리를 베어 특자의 주검한테 던지고, 분한 마음을 걷잡지 못하여 바로 대감 전에 나아가 이 변괴를 아뢰고 초낭을 베려하다가 홀연 생각 왈, '영인부아언정 무아부인이라.' 하고, 또 '내 일시 분으로 어찌 인륜을 끊으리요.' 하고, 바로 대감 침소에 나아가 정하에 엎드리더니, 이 때 대감이 잠을 깨어 문 밖에 인적 있음을 괴히 여겨 창을 열고 보시니, 길동이 정하에 엎드렸거늘, 분부 왈, "이제 밤이 이미 깊었거늘 네 어찌 자지 아니하고 무슨 연고로 이러하느냐?"

길동이 체읍 대왈, "가내에 흉한 변이 있사와 목숨을 도망하여 나가오니 대감 전에 하직 차로 왔나이다." 대감이 상량하시되, '필연 무슨 곡절이 있도다.' 하시고 가로되, "무슨 일인지 날이 새면 알려니와 급히 돌아가 자고 분부를 기다리라." 하시니, 길동이 복지 주왈, "소인이 이제로 집을 떠나가오니 대감 기체후만복하옵소서. 소인이 다시 뵈올 기약이 망연하오이다." 대감이 헤아리되, 길동은 범류 아니라 만류하여도 듣지 아니 할 줄 짐작하시고 가로되, "네 이제 집을 떠나면 어디로 가느냐?"

길동이 부복 주왈, "목숨을 도망하여 천지로 집을 삼고 나가오니 어찌 정처 있사오리까마는 평생 원한이 가슴에 맺혀 설원할 날이 없사오니 더욱 서러워하나이다." 하거늘. 대감이 위로 왈, "오늘로부터 네 원을 풀어주는 것이니 네 나가 사방에 주류할지라도 부디 죄를 지어 부형에게 환을 끼치지 말고 쉬이 돌아와 나의 마음을 위로하라. 여러 말 아니하니 부디 겸염하여라." 하시니. 길동이 일어나 다시 절하고 주왈, "부친이 오늘날 적년소원을 풀어 주시니 이제 죽어도 한이 없사올지라. 황공무지오니 복망 아버님은 만수무강하소서." 하며, 하직을 구하고 나와 바로 그 모친 침실에 들어가 어미를 대하여 가로되, "소자가 이제 목숨을 도망하여 집을 떠나오니 모친은 불효자를 생각지 마시고 계시오면 소자 돌아와 뵈올 날이 있사오니 달리 염려 마옵시고 삼가 조심하여 천금귀체를 보중하옵소서." 하고, 초낭의 작변하던 일을 종두지미하여 낱낱이 설화하니, 그 어미 그 변괴를 자세히 들은 후에 길동을 만류치 못할 줄 알고 인하여 탄식 왈, "네 이제 나가 잠깐 화를 피하고 어미 낯을 보아 쉬이 돌아와 나로 하여금 실망하는 병이 없게 하라." 하며 못내 서러워하니, 길동이 무수히 위로하며 눈물을 거두어 하직하고 문 밖에 나서니 광대한 천지간에 한 몸이 용납할 곳이 없는지라. 탄식으로 정처없이 가니라.

이때에 부인이 자객을 길동에게 보낸 줄 아시고 밤이 새도록 잠을 이루지 못하고 무수히 탄식하시니, 장자 길현이 위로 왈, "소자도 능히 마지 못하온 일이오니 저 죽은 후에라도 어찌 한이 없사오리까? 제 어미를 더욱 후대하여 일생을 편케 하옵고, 저의 시신을 후장하여 야처한 마음을 만분지일이나 덜을까 하나이다." 하고 밤을 지내더니, 이튿날 평명에 초낭이 별당에 날이 밝도록 소식 없음을 괴히 여겨 사람을 보내 탐지하니, 길동은 간 데 없고 목 없는 주검 둘이 방중에 거꾸러져 있거늘, 자세히 보니 특자와 관상녀라.

초낭이 이 말을 듣고 크게 놀래어 급히 내당에 들외가 이 사연을 부인께 고하니,

부인이 대경하여 장자 길현을 불러 길동을 찾으되 종시 거처를 알지 못하는지라. 대감을 청하여 수말을 아뢰며 죄를 청하니, 대감이 대책 왈, "가내에 이런 변고를 지으니 화 장차 무궁할지라. 간밤에 길동이 집을 떠나노라 하고 하직을 고하기로 무슨 일인지 몰랐더니 원래 이일이 있음을 어찌 알았으리요." 하고, 초낭을 대책 왈, "네 앞 순에 괴이한 말을 자아내기로 꾸짖어 물리치고 그같은 말을 다시 내지 말라 하였거늘, 네 종시 마음을 고치지 아니하고 가내에 있어 이렇듯이 변을 지으니 죄를 의논컨대 죽기를 면치 못하리라. 어찌 내 안전에 두고 보리요." 하시고, 노복을 불러 두 주검을 남이 모르게 치우고 마음 둘 곳을 몰라 좌불안석하시더라.

이때에 길동이 집을 떠나 사방으로 주류하더니, 일일은 한 곳에 이르니 만첩산장이 하늘에 닿은 듯하고, 초목이 무성하여 동서를 분별치 못하는 중에 햇빛은 세양이 되고 인가 또한 없으니 진퇴유곡이라. 바야흐로 주저하더니, 한 곳을 바라보니 괴이한 표자 시냇물을 쫓아 떠오거늘, 인가 있는 줄 짐작하고 시냇물을 쫓아 수 리를 들어가니, 산천이 열린 곳에 수백 인가(人家) 즐비하거늘. 길동이 그 촌중에 들어가니, 한 곳에 수백 인이 모여 잔치를 배설하고 배반이 낭자한대 공론이 분운하더라.

원래 이 마을은 적굴이라. 이날 마침 장수를 정하려 하고 공론이 분운하더니 길동 이 말을 듣고 내념에 헤아리되, "내 지처없는 처지로 우연이 이곳에 당하였으니 이는 나로 하여금 하늘이 지시하심이로다. 몸을 녹림에 붙여 남아의 지기를 펴리라." 하고 좌중에 나아가 성명을 통하여 왈, "나는 경성 홍승상의 아자로서 사람을 죽이고 망명도주하여 사방에 주류하옵더니, 오늘날 하늘이 지시하사 우연이 이곳에 이르렀으니 녹림호걸(綠林豪傑)의 으뜸 장수됨이 어떠하뇨?" 하며 자청하니. 좌중제인이 이때 술이 취하여 바야흐로 공론 난만하더니, 불의에 난데없는 총각 아이 들어와 자청하매 서로 돌아보며 꾸짖어 왈, "우리 수백 인이 다 절인지력을 가졌으되 지금 두 가지 일을 행할 이 없어 유예미결하거니와, 너는 어떠한 아이로서 감히 우리 연석에 돌입하여 언사 이렇듯이 괴망하뇨? 인명을 생각하여 살려보내니 급히 돌아가라." 하고 등 밀어 내치거늘, 길동이 돌문 밖에 나와 큰 나무를 꺾어 글을 쓰되, '용이 얕은 물에 잠기어 있으니 어별이 침노하며, 범이 깊은 수풀을 잃으매 여우와 토끼의 조롱을 보는도다. 오래지 아니해서 풍운을 얻으면 그 변화

측량키 어려우리로다.' 하였더라.

한 군사 그 글을 등서하여 좌중에 드리니, 상좌의 한 사람이 그 글을 보다가 여러 사람에게 청하여 왈, "그 아이 거동이 비범할 뿐 아니라, 더우기 홍승상의 자제라 하니 수자를 청하여 그 재주를 시험한 후에 처치함이 해롭지 아니하다." 하니, 좌중제인이 응락하여 즉시 길동을 청하여 좌상에 앉히고 이르되, "지금 우리 의논이 두 가지라. 하나는 이 앞의 초부석이라 하는 돌이 있으니 무게가 천여근이라 좌중에서는 쉽게 들 사람이 없고, 둘은 경상도 합천 해인사에 누거만재이나 수도중이 수천 명이라 그 절을 치고 재물을 앗을 모책이 없는지라. 수자가 이 두 가지를 능히 행하면 오늘부터 장수를 봉하리라." 하거늘, 길동이 이 말을 듣고 웃어왈, "대장부 세상에 처하매 마땅히 상통천문하고, 부찰지리하고. 중찰인의할지라. 어찌 이만 일을 겁하리요." 하고, 즉시 팔을 걷고 그곳에 나아가 초부석을 들어 팔 위에 얹고 수 십 보를 행하다가 도로 그 자리에 놓으되 조금도 힘겨워하는 기색이 없으니 모든 사람이 대찬 왈, "실로 장사로다!" 하고, 상좌에 앉히고 술을 권하며 장수라 일컬어 치하 분분하는지라.

길동이 군사를 명하여 백마를 잡아 피를 마셔 맹세할 새 제군에게 호령 왈, "우리 수백 인이 오늘부터 사생고락을 한가지로 할지니 만일 약속을 배반하고 영을 어기는 자가 있으면 군법으로 시행하리라." 하니, 제군이 일시에 청령하고 즐기더라.

수일 후에 제군에게 분부 왈, "내 합천 해인사에 가 모책을 정하고 오리라." 하고, 서동 복색으로 나귀를 타고 종자 수인을 데리고 가니 완연한 재상의 자제이더라. 해인사에 노문하되, "경성 홍승상댁 자제가 공부차로 오신다." 하니 사중 제승노문을 듣고 의논하되, "재상가 자제 절에 거처하시면 그 힘이 적지 아니하리로다." 하고 일시에 동구 밖에 맞아 문안하니, 길동이 혼연히 절에 들어가 좌정 후에 제승을 대하여 왈, "내 들으니 네 절이 경성에 유명하기로 소문을 높이 듣고 먼 데를 헤아리지 아니하고 한 번 구경도 하고 공부도 하러 왔으니, 너희도 괴로이 생각지 말 뿐더러 절에 머무는 잡일을 일체 물리치라. 내 아무 고을 아중에 우리 집안의 백미 이십 석을 보낼 것이니 아무날 음식을 장만하라. 내 너희와 더불어 승속지분의를 버리고 동락한 후에 그날부터 공부하리라." 하니, 제승이 황공 수명하더라. 법당 사면으로 다니며 두루 살핀 후에 돌아와 적군 수십 인에게 백미 이십

석을 보내며 왈, "아무 아중에서 보내더라." 이르니라.

제승이 어찌 대적의 흉계를 알리요. 행여 분부를 어길까 염려하여 그 백미로 즉시 음식을 장만하며, 일변 사중에 머무는 잡인을 다 보내니라. 기약한 날에 길동이 제적에게 분부하되, "이제 해인사에 가 제승을 다 결박할 것이니 너희 등이 근처에 매복하였다가 일시에 절에 들어와 재물을 수탐하여 가지고 내가 가르치는 대로 행하되 부디 영을 어기지 말라." 하고, 장대한 하인 십여 인을 거느리고 해인사로 향하니라.

이때 제승이 동구 밖에 나와 대후하는지라. 길동이 들어가 분부 왈, "사중 제승이 노소없이 하나도 빠지지 말고 일제히 절 뒤 벽계로 모이라. 오늘은 너희와 함께 종일 포취하고 놀리라." 하니, 중들이 먹기도 위할 뿐떠러 분부를 어기면 행여 죄 있을까 저어하여 일시에 수천 제승이 벽계로 모이니 절 안은 텅 비었는지라. 길동이 좌상에 앉고 제승을 차례로 앉힌 후에 각각 상을 받아 술도 권하며 즐기다가 이윽하여 식상을 드리거늘, 길동이 소매로부터 모래를 내어 입에 넣고 씹으니 돌 깨지는 소리에 제승이 혼불부신하는지라.

길동이 대로 왈, "내 너희로 더불어 승속지분의를 버리고 즐긴 후에 유하여 공부하렸더니 이 완만한 중놈들이 나를 수이 보고 음식의 부정함이 이 같으니 가히 통분한지라." 데리고 갔던 하인을 호령하여, "제승을 일제히 결박하라." 재촉이 성화같은지라. 하인이 일시에 달려들어 제승을 결박할새 어찌 일분 사정이 있으리요.

이때 제적이 동구 사면에 매복하였다가 이 기미를 탐지하고, 일사에 달려들어 창고를 열고 수만금 재물을 제 것 가져가듯이 우마(牛馬)에 싣고 간들 사지를 요동치 못하는 중들이 어찌 금단하리오. 다만 입으로 원통하다 하는 소리 동중이 무너지는 듯하더라.

이때 사중에 한 목공이 있어 이 중에 참여치 아니하고 절을 지키다가 난데없는 도적이 들어와 고를 열고 제 것 가져가듯 함에, 급히 도망하여 합천 관가에 가 이 연유를 아뢰니, 합천원이 대경, 일변 관인을 보내며, 또 일변 관군을 조발하여 추종하는지라. 모든 도적이 재물을 싣고 우마를 몰아 나서며 멀리 바라보니 수천 군사 풍우같이 몰려오매 티끌이 하늘에 닿은 듯하더라. 제적이 대겁하여 갈 바를 알지 못하고 도리어 길동을 원망하는지라.

길동이 소왈, "너희가 어찌 나의 비계를 알리요? 염려 말고 남편 대로로 가라. 내 저 오는 관군을 북편 소로로 가게 하리라." 하고, 법당에 들어가 중의 장삼을 입고, 고갈을 쓰고, 높은 봉에 올라 관군을 불러 외쳐 왈, "도적이 북편 소로로 갔사오니 이리로 오지 말고 그리 가 포착하옵소서." 하며, 장삼 소매를 날려 북편 소로를 가리키니, 관군이 오다가 남로를 버리고 노승의 가리키는 대로 북편 소로로 가거늘, 길동이 내려와 축지법을 행하여 제적을 인도하여 동중으로 돌아오니 제적이 치하 분분하더라.

이때에 합천원이 관군을 몰아 도적을 추종하되 자취를 보지 못하고 돌아옴에 일읍이 소동하는지라. 이 연유를 감영에 장문하니, 감사 듣고 놀래어 각 읍에 발포하여 도적을 잡되 종시 행적을 몰라 도로 분주하더라.

일일은 길동이 제적을 불러 의논 왈, "우리, 비록 녹림(綠林)에 몸을 붙였으나 다 나라 백성이라. 세대로 나라 수토를 먹으니 만일 위태한 시절을 당하면 마땅히 시석을 무릅쓰고 민군을 도울 지니 어찌 형법을 힘쓰지 아니하리요? 이제 군기를 도모할 모책이 있으니, 아무날 함경감영 남문 밖의 능소 근처에 시초를 수운하였다가 그날 밤 삼경에 불을 놓으되 능소에는 범치 못하게 하라. 나는 남은 군사를 거느리고 기다려 감영에 들어가 군기와 창고를 탈취하리라."

약속을 정한 후에 기약한 날에 군사를 두 조로 나누어 한 조는 시초를 수운하라 하고, 또 한 조는 길동이 거느려 매복하였다가 삼경이 되매 능소 근처에 화광이 등천하였거늘, 길동이 급히 들어가 관문을 두드리며 소리하되, "능소에 불이 났사오니 급히 구원하옵소서."

감사 잠결에 대경하여 나와서 보니 과연 화광이 창천한지라. 하인을 거느리고 나가며, 일변 군사를 조발하니 성중이 물 끓는 듯하는지라. 백성들도 다 능소에 가고 성중이 공허하여 노약자만 남았는지라. 길동이 제적을 거느리고 일시에 달려들어 창곡과 군기를 도적하여 가지고 축지법을 행하여 순식간에 동중으로 돌아오더라.

이때에 감사 불을 구하고 돌아오니 창곡 지킨 군사 아뢰되, "도적이 들어와 창고를 열고 군기와 곡식을 도적하여 갔나이다." 하거늘, 크게 놀래어 사방으로 군사를 발포하여 수탐하되 행적이 없는지라. 변괴인 줄 알고 이 연유를 나라에 주문하니라.

이날 밤에 길동이 동중에 돌아와 잔치를 베풀고 즐기며 왈, "우리 이제는 백성의 재물은 추호도 탈취치 말고, 각 읍 수령과 방백의 준민고택하는 재물을 노략하여 혹 불쌍한 백성을 구제할지니, 이 동호를 '활빈당'이라 하리라." 하고, 또 가로되, "함경감영에서 군기와 곡식을 잃고 우리 종적은 알지 못하매 저간에 애매한 사람이 허다히 상할지라. 내 몸의 죄를 지어 애매한 백성에게 돌려보내면 사람은 비록 알지 못하나 천벌이 두렵지 아니하랴?" 하고, 즉시 감영 북문에 써 붙이되, "창곡과 군기 도적하기는 활빈당 당수 홍길동이라." 하였더라,

일일은 길동이 생각하되, "나의 팔자 무상하여 집을 도망하여 몸을 녹림호걸(綠林豪傑)에 붙였으나 본심이 아니라. 입신양명하여 위로 임금을 도와 백성을 건지고 부모에게 영화를 뵈일 것이거늘, 남의 천대를 분히 여겨 이 지경에 이르렀으니 차라리 이로 인하여 큰 이름을 얻어 후세에 전하리라." 하고, 초인 일곱을 만들어 각각 군사 오십 명씩 영거하여 팔도에 분발할 새, 다 각기 혼백을 붙여 조화무궁하니 군사 서로 의심하여 어느 도로 가는 것이 참 길동인 줄을 모르더라. 각각 팔도에 횡행하며 불의한 사람의 재물을 빼앗아 불쌍한 사람을 구제하고, 수령의 뇌물을 탈취하고, 창고를 열어 백성을 진휼하니, 각유소동하여 창고지키는 군사 잠을 이루지 못하고 지키나, 길동의 수탄이 한 번 움직이면 풍우 대작하며 운무 자욱하여 천지를 분별치 못하니, 수직하는 군사 손을 묶인 듯이 금제치 못하는지라.

(… 중략 …)

이때에 경상감사 길동을 잡아 올리고 심회 둘 곳이 없어 공사를 전폐하고 경사 소식을 기다리더니, 문득 교지를 내렸거늘, 북궐을 향하여 사배 후에 택견하니, 교지에 가라사대, "길동을 잡지 아니하고 초인을 보내어 형부를 착란케 하니 허망기 군지죄를 면치 못할지라. 아직 죄를 의논치 아니하나니 십일 내로 길동을 잡으라." 하시고 사의 엄절한지라.

감사 황공무지하여 사방에 지위하고 길동을 찾더니, 일일은 월야를 당하여 난간에 비겼더니, 선화당 들보 위에서 한 소년이 내려와 복지 재배하거늘, 자세히 보니 이 곧 길동이라. 감사 꾸짖어 왈, "네 갈수록 죄를 키워 구태여 화를 일문에 끼치고자 하느냐? 지금 나라에서 엄명이 막중하시니 너는 나를 원치 말고 일찍 천명을 순수하라."

길동이 부복 대왈, "형장은 염려치 마시고 명일 소제를 잡아 보내시되, 장교 중에 부모와 처자 없는 자를 가리어 소제를 압영하시면 좋은 모책이 있나이다." 감사 그 연고를 알고자 한대 길동이 대답치 아니하니, 감사 그 소견을 알지 못하나 장차를 제 말과 같이 별택하고 길동을 영솔하여 경사로 올려 보내니라. 조정에서 길동이 잡히어 온다는 말을 듣고 도감포수 수백을 남대문에 매복하여 왈, "길동이 문 안에 들거든 일시에 총을 놓아 잡으라." 분부하니라.

이때에 길동이 풍우같이 잡히어 오더니 어찌 이 기미를 모르리요. 동작리를 건너며 '비우자' 셋을 써 공중에 날리고 오더니, 길동이 남대문 안에 드니 좌우의 포수 일시에 총을 놓으되 총구에 물이 가득하여 할 수 없이 설계치 못하니라. 길동이 궐문 밖에 다다라 영거한 장차를 돌아보아 왈, "너희 나를 영거하여 이곳까지 왔으니 그 죄 죽기는 아니하리라." 하고, 몸을 날려 수레 아래 내려 완완히 걸어가는지라. 오군문 기병이 말을 달려 길동을 쏘려하되, 길동은 한양으로 가고 말은 아무리 채쳐 몬들 축지하는 법을 어찌하리요. 만성 인민이 그 신기한 수단을 측량할 이 없더라.

이날 사문에 글을 써 붙였으되, "홍길동의 평생소원이 병조판서이오니 전하의 하해 같은 은택을 드리우사 소신으로 병조판서 유지를 주시면 신이 스스로 잡히오리다." 하였더라. 이 사연을 묘당에서 의논할 새, 혹자는 "저의 원을 풀어주어 백성의 마음을 안돈하자." 하고. 혹자는 왈, "제 무도불충한 도적으로 나라에 척촌지공은 새로이 만민을 소동케 하고 성상의 근심을 끼치는 놈을 어찌 일국 대사마를 주리요?" 하여 의논이 분운하여 결단치 못하였더니, 일일은 동대문 밖의 유벽처에 가서 육갑신장을 호령하여, "진세를 이루라." 하니, 이윽고 두 집사 공중에서 내려와 국궁하고 좌우에 서니, 난데없는 천병만마 아무 곳으로부터 오는 줄 모르되, 일시에 진을 이루고 진중에 황금단을 삼층으로 묻고 길동을 단상에 모시니, 군용이 정제하고 위엄이 추상같더라.

황건역사를 호령하여, "조정에서 길동을 참소하는 자의 심복을 잡아 들이라." 하니, 신장이 이 영을 듣고 이윽한 후에 십여 인명을 철쇄로 결박하여 들이니, 비유컨대, 소리개가 병아리 채오는 모양이더라. 단하에 꿇리고 수죄 왈, "너희는 조정의 좀이 되어 나라를 속여 구태여 홍길동 장군을 해코자 하니 그 죄 마땅히 벨

것이로되 인명이 가긍하기로 안서하노라." 하고, 각각 군문 곤장 삼십도씩 쳐 내치니 겨우 죽기를 면한지라.

길동이 또 한 신장을 분부 왈, "내 몸이 조정에 처하여 법을 잡았으면 먼저 불법을 없애어 각도 사찰을 훼패하렸더니, 이제 오래지 아니하여 조선국을 떠날지라. 그러하나 부모국이라 만리타국에 있어도 잊지 못할지라. 이제로 각 사에 가 혹세무민하는 중놈을 일제히 잡아가고, 또한 재상가의 자식이 세를 끼고 고잔한 백성을 속여 재물을 취하고, 불의한 일이 많으며 마음이 교만하되 구중이 깊어 천일이 복분에 비추오지 못하고, 간신이 나라의 좀이 되어 성상의 총명을 가리우니 가히 한심한 일이 허다한지라. 장안의 호당지도를 낱낱이 잡아들이라." 하니, 신장이 명을 듣고 공중으로 날아가더니, 이시한 후에 중놈 백여 명과 경화자제 십여 인을 잡아들이는지라. 길동이 위엄을 베풀고 호령을 높혀 각각 수죄 왈, "너희는 다시 세상을 보지 못하게 할 터이로되, 내 몸이 나라의 조명을 받아 국법을 잡은 바 아니기로 고위 안서거니와, 일후에 만일 고치지 아니하면 너희 비록 수만 리 밖에 있어도 잡아다가 베리라." 하고, 엄형 일차에 진문 밖에 내치니라. 길동이 우양(牛羊)을 잡아 군사를 호궤하고, 징용을 정제하여 훤화를 금단하니, 창천만리에 백일이 고요하고, 팔진 풍운에 호령이 엄숙한지라. 길동이 술을 내어 반취한 후에 칼을 잡아 춤을 추니, 검광이 분분하여 햇빛을 희롱하고, 무수는 표표하여 공중에 날리는지라. 일지석의라. 진세를 파하여 신장을 각각 돌려보내고, 몸을 날려 활빈당 처소로 돌아오니라.

이 후로는 다시 길동을 잡는 영이 급하되 종적을 보지 못하고, 길동은 적군을 보내어 팔도에서 장안으로 가는 뇌물을 앗아 먹으며, 불쌍한 백성이 있으면 창곡을 내어 진휼하며 신출귀몰하는 재주를 사람은 측량치 못하더라. 전하 근심하사 탄왈, "이놈의 재주는 인력으로 잡지 못할지라. 민심이 이렇듯 요동하고 그 인재 기특한지라. 차라리 그 재주를 취하여 조정에 두리다." 하시고, 병조판서 직첩을 내어 걸고 길동을 부르시니, 길동이 초헌을 타고 하인 수십 명을 거느리고 동대문으로부터 오거늘, 병조하인이 옹위하여 궐하에 이르러 숙배하고 가로되, "천은이 망극하여 분외의 은택에 대사마에 오르오니 망극하온 신의 마음이 성은을 만분지일도 갚지 못할까 황공하나이다." 하고 돌아가더니, 이후로는 길동이 다시 작란하는 일이 없는지라. 각 도의 길동 잡는 영을 거두시더라.

삼 년 후에 상이 월야를 당하사 환자를 거느리시고 월색을 구경하시더니, 하늘로서 한 선관이 오운을 타고 내려와 복지하는지라. 상이 놀라사 가라사대, "귀인이 누지에 임하여 무슨 허물을 이르고자 하나이까?" 하신대, 그 사람이 주왈, "소신은 전 병조판서 홍길동이로소이다." 상이 놀라사 길동의 손을 잡으시고 왈, "그대 그간은 어디를 갔었느냐?"

길동이 주왈, "산중에 있사옵더니, 이제는 조선을 떠나 다시 전하 뵈올 날이 없사옴에 하직차로 왔사오며, 전하는 넓으신 덕으로 정조 삼천 석만 주시면 수천 인명이 살아나겠사오니 성은을 바라나이다."

상이 허락하시고 왈, "네 고개를 들라. 얼굴을 보고자 하노라." 길동이 얼굴을 들고 눈은 뜨지 아니하여 왈, "신이 눈을 뜨오면 놀라실까 하여 뜨지 아니하나이다." 하고, 이윽히 모셨다가 구름을 타고 가며 하직 왈, "전하의 덕하에 정조 삼천 식을 주시니 성은이 갈수록 망극하신지라. 정조를 명일 서강으로 수운하여 주옵소서." 하고 가는지라.

상이 공중을 향하여 이윽히 바라보시며 길동의 재주를 못내 차석하시고, 이튿날 당상에게 하교하사 "정조 삼천 석을 서강으로 수운하라." 하시니 조신이 연고를 알지 못하더라. 정조를 서강으로 수운할 새, 강상으로부터 선척 둘이 떠오더니 정조 삼천 석을 배에 싣고 가며 길동이 대궐을 향하여 사배하직하고 아무 데로 가는 줄 모르더라.

이날 길동 삼천 적군을 거느려 망망대해로 떠나더니, 성도라 하는 도중에 이르러 창고를 지으며, 궁실을 지어 안돈하고, 군사로 하여금 농업을 힘쓰고, 각 국에 왕래하여 물화를 통하며, 무예를 숭상하여 병법을 가르치니, 삼년지내에 군기 군량이 산 같고, 군사 강하여 당적할 이 없더라.

일일은 길동이 제군에게 분부 왈, "내 망당산에 들어가 살촉에 바를 약을 캐어 오리라." 하고 떠나 낙천현에 이르니, 그 땅에 만석군 부자 있으되 성명은 백용이라. 남자 없고 일찍이 딸을 두었으니, 덕용이 겸전하여 침어낙안지상이요, 폐월수화지태라. 고서를 섭렵하여 이두의 문장을 가졌으며, 색은 장강을 비웃고, 사덕은 태사를 봉받아 일언 일동이 예절이 있으니, 그 부모 극히 사랑하여 아름다운 사위를 구하더니, 나이 십팔에 당하여 일일은 풍우대작하여 지척을 분별치 못하게 하고, 뇌성벽력이 진동하더니, 백 소저가 간 곳이 없는지라. 백용의 부처가 경황실색하여 천금을 흩어 사방으로 수탐하되 종적이 없는지라. 백용이 실성한 사람이 되어 거리로 다니며 방을 붙여 이르되, '아무 사람이라도 자식의 거처를 알아 지시하면 인하여 사위를 삼고 가산을 반분하리라.' 하더라.

이때에 길동이 망당산에 들어가 약을 캐더니, 날이 저문 후에 방황하며 향할 바를 알지 못하더니, 문득 한 곳을 바라보니 불빛이 비치며 여러 사람의 두런거리는 소리 나거늘, 반겨 그 곳으로 찾아가니 수백 무리 모여 뛰놀며 즐기는지라. 자세히 보니 사람은 아니요 짐승이로되 모양은 사람 같은지라. 심내에 의혹하여 몸을 감추고 그 거동을 살피니, 원래 이 짐승은 이름이 을동이라. 길동 가만히 활을 잡아 그 상좌에 앉은 장수를 쏘니 정히 가슴에 맞는지라. 을동이 대경하여 크게 소리를 지르고 달아나거늘, 길동이 쫓아 잡고자 하다가 밤이 이미 깊었음에 소나무를 의지하여 밤을 지내고, 익일 평명에 살펴보니 그 짐승이 피를 흘렸거늘, 피 흔적을 따라 수 리를 들어가니 큰 집이 있으되 가장 웅장한지라.

(… 중략 …)

길동이 그 여자의 성명을 물으니, 하나는 낙천현 백용의 여자요, 또 두 여자 정통 양인의 여자라. 길동이 세 여자를 데리고 돌아와 백용을 찾아 이 일을 설화하니, 백용이 평생 사랑하던 딸을 찾음에 만심환희하여 천금으로 대연을 배설하고, 향당을 모아 홍생으로 사위를 삼으니, 사람들이 칭찬하는 소리 진동하더라. 또 정통 양인이 홍생을 청하여 왈, "은혜를 갚을 길이 없으니 각각 여자로 시첩을 허(許)하나이다."

길동이 나이 이십이 되도록 봉황의 쌍유를 모르다가 일조에 삼부인 숙녀를 만나 친근하니 은정이 교칠하여 비할 데 없더라. 백용 부처 사랑함을 이기지 못하더라. 인하여 길동이 삼부인과 백용 부처이며 일가 제족을 다 거느리고 제도로 들어가니, 모든 군사 강변에 나와 맞아 원로에 평안히 행차하심을 위로하고, 호위하여 제도 중에 들어와 대연을 배설하고 즐기더라.

세월이 여류하여 제도에 들어온 지 거의 삼 년이라. 일일은 길동이 월색을 사랑하여 월하에 배회하더니, 문득 천문을 살피고 그 부친 졸하실 줄 알고 길게 통곡하니, 백 씨 문왈, "낭군이 평생 슬퍼하심이 없더니 오늘 무슨 일로 낙루(落淚)하시나이까?"

길동이 탄식 왈, "나는 천지간 불효자라. 나는 본디 이곳 사람이 아니라, 조선국 홍승상의 천첩소생이라. 집안의 천대 자심하고, 조정에도 참여치 못하매, 장부 울회를 참지 못하여 부모를 하직하고 이곳에 와 은신하였으나 부모의 기후를 사모하더니, 오늘날 천문을 살피니 부친의 유명하신 명이 불구에 세상을 이별하실지라. 내 몸이 만리 외에 있어 미처 득달치 못하게 되니 생전의 부친 안전에 뵙지 못하게 됨에 그것을 슬퍼하노라." 백 씨 듣고 내심에 탄복 왈, "그 근본을 감추지 아니하니 장부로다!" 하고, 재삼 위로하더라.

이때에 길동이 군사를 거느리고 일봉산에 들어가 산기를 살펴 명당을 정하고, 날을 가리어 역사를 시작하여 좌우 산곡과 분묘를 능과 같이 하고 돌아와 모든 군사를 불러 왈, "모월 모일 대선 한 척을 준비하여 조선 서강에 와 기다리라." 하고, "부모를 모셔 올 것이니 미리 알아 거행하라." 한대, 모든 군사 청령하고 물러가 거행하니라. 이날 길동이 백 씨와 정통 양인을 하직하고 소선 일척을 재촉하여 조선으로 향하니라.

(… 중략 …)

차설, 길동이 그 형을 이별 후에 제군을 권하여 농업을 힘쓰고, 군법을 일삼으며, 그럭저럭 삼년초토를 지내매, 양식이 넉넉하고, 수만 군졸이 무예와 기보하는 법이 천하에 최강이더라. 근처에 한 나라가 있으니 이름은 율도국이라. 중국을 섬기지 아니하고, 수십 대를 전자전손하여 덕화유행하니, 나라가 태평하고, 백성이 넉넉하거늘, 길동이 제군과 의논 왈, "우리 어찌 이 도중만 지키어 세월을 보내리요? 이제 율도국을 치고자 하니 각각 소견에 어떠하냐?"

제인이 즐겨 원치 아니할 이 없는지라. 택일하여 출사할 새, 삼호걸로 선봉을 삼고, 김인수로 후장군을 삼고, 길동 스스로 대원수되어 중영을 총독하니, 기병이 오천이요, 보졸이 이만이라. 함성은 강산이 진동하고, 기치검극은 일월을 가리웠더라. 군사를 재촉하여 율도국으로 향하니, 이른바 당할 자가 없어 단사호장으로 문을 열어 항복하는지라. 수월지간에 칠십여 성을 정하니 위엄이 일국에 진동하는지라.

도성 오십 리 밖에 진을 치고 율도왕에서 격서를 전하니 그 글에 하였으되, "의병장 홍길동은 삼가 글월을 율도왕 좌하에 드리나니, 나라는 한 사람이 오래 지키지 못하는지라. 성탕은 하걸을 치고, 무왕은 상주를 내치시니, 다 백성을 위하여 난세를 평정하는 바라. 이제 의병 이십만을 거느려 칠십여 성을 항복받고 이에 이르렀으니, 왕은 대세를 당할 듯하거든 자웅을 결단하고, 세궁하거든 일찍 항복하여 천명을 순수하라." 하고, 다시 위로 왈, "백성을 위하여 쉬 항서를 올리면 일방 봉작으로 사직을 망케 아니하리라." 하였더라.

이때에 율도왕이 불의에 이름없는 도적이 칠십여 주를 항복받으매, 향하는 곳마다 당적치 못하고, 도성을 범함에 비록 지혜있는 신하라도 위하여 꾀하지 못하더니, 문득 격서를 들임에 만조제신이 아무러 할 줄 모르고 장안이 진동하는지라.

제신이 의논 왈, "이제 도적의 대세를 당치 못할지라. 싸우지 말고 도성을 굳게 지키고, 기병을 보내어 치중군량 수운하는 길을 막으면 적병이 나아와 싸움을 어찌 못하고, 또 물러갈 길이 없사오면, 수 월이 못되어 적장의 머리를 성문에 달리이다." 의논이 분운하더니, 수문장이 급고 왈, "적병이 벌써 도성 십 리 밖에 진을 쳤나이다." 율도왕이 대분하여 정병 십만을 조발하여 친히 대장이 되어 삼군을 재촉하여 호수를 막아 진을 치니라.

이때에 길동이 형지를 수탐한 후에 제장과 의논 왈, "명일 오시면 율도왕을 사로잡을 것이니 군령을 어기지 말라." 하고 제장을 분발할 새, 삼호걸을 불러 왈, "그대는 군사 오천을 거느려 양관 남편에 복병하였다가 호령을 기다려 이리이리 하라." 하고, 후군장 김인수를 불러 왈, "그대는 군사 이만을 거느려 이리이리하라." 하고, 또 좌선봉 맹춘을 불러 왈, "그대는 철기 오천을 거느려 율왕과 싸우다가 거짓 패하여 왕을 인도하여 양관으로 달아나다가 추병이 양관 어귀에 들거든 이리이리하라." 하고, 대장기치와 백모황월을 주니라.

이튿날 평명에 맹춘이 진문을 크게 열고 대장기치를 진전에 세우고 외쳐 왈, "무도한 율도왕이 감히 천명을 항거하니 나를 당적할 재주있거든 빨리 나와 자웅을 결단하라." 하며 진문에 치돌하며 재주를 비양하니, 적진 선봉 한석이 응성출마 왈, "너희는 어떠한 도적으로 천위를 모르고 태평시절을 분란케 하느냐? 오늘날 너희를 사로잡아 민심을 안돈하리라." 하고, 언필에 상장이 합전하여 싸우더니, 수

합이 못 되어 맹춘의 칼이 빛나며 한석의 머리를 베어 들고 좌충우돌하여 왈, "율왕은 무죄한 장졸을 상치 말고 쉬이 나와 항복하여 잔명을 보전하라." 하니, 율왕이 선봉 패함을 보고 분기를 이기지 못하여 녹포운갑에 자금투구를 쓰고, 좌수에 방천극을 들고, 천리대완마를 재촉하여 진전에 나서며 왈, "적장은 잔말 말고 나의 창을 받으라." 하고, 급히 맹춘을 취하여 싸우니, 십여합에 맹춘이 패하여 말머리를 돌려 양관으로 향하니 율도왕이 꾸짖어 왈, "적장은 달아나지 말고 말에서 내려 항복하라."

말을 재촉하여 맹춘을 따라 양관으로 가더니, 적장이 골 어귀에 들며 군기를 버리고 산곡으로 달아나는지라. 율도왕이 무슨 간계있는가 의심하다가 왈, "네 비록 간사한 꾀가 있으나 내 어찌 겁하리요?" 하고 군사를 호령하여 급히 따르더니, 이때에 길동이 장대에서 보다가 율도왕이 양관 어귀에 듦을 알고, 신병 오천을 호령하여 대군과 합세하여 양관 어귀를 쳐 돌아갈 길을 막으니라. 율도왕이 적장을 쫓아 골에 듦에 방포소리 나며 사면복병이 합세하여 그 세 풍아같은지라. 율도왕 꾀에 빠진 줄 알고 세궁하여 군사를 돌려 나오더니, 양관 어귀에 미치니 길동의 대병이 길을 막아 진을 치고 항복하라 하는 소리 천지 진동하는지라. 율도왕이 힘을 다하여 진문을 헤치고 들어가니, 문득 풍우대작하고, 뇌성벽력이 진동하며 지척을 분별치 못하여 군사 크게 어지러워 갈 바를 모르더니, 길동이 신병을 호령하여 적장과 군졸을 일시에 결박하였는지라.

율도왕이 아무러 할 줄 모르고 크게 놀래어 급히 도망친들 팔진을 어떻게 벗어나리요? 필마단창으로 동서를 모르고 횡행하더니, 길동이 제장을 호령하여 결박하라 하는 소리 추상같은지라. 율도왕이 사면을 살피니 군사하나도 따르는 자가 없음에, 스스로 벗어나지 못할 줄 알고 분기를 이기지 못하여 자결하는지라. 길동이 삼군을 거느려 승전고를 울리며 본진으로 돌아와 군사를 호궤 후에 율도왕을 왕례로 장사하고, 삼군을 재촉하여 도성을 에워싸니, 율도왕의 장자 흉변을 듣고 하늘을 우러러 탄식하며 인하여 자결하니, 제신이 하릴없어 율도국 세수를 받들고 항복하는지라. 길동이 대군을 몰아 도성에 들어가 백성을 진무하고, 율도왕의 아들을 또한 왕례로 장사하고, 각 읍에 대사하고, 죄인을 다 방송하며, 창고를 열어 백성을 진휼하니, 일국이 그 덕을 치하 아니할 이 없더라.

날을 가리어 왕위에 직하고, 승상을 추존하여 태조왕이라 하고, 능호를 현덕능이라 하며, 모친을 왕대비로 봉하고, 백용으로 부원군을 봉하고, 백 씨로 중전왕비로 봉하고, 정통 양인으로 정숙비를 봉하고, 삼호걸로 대사마 대장군을 봉하며 병마를 총독케 하고, 김인수로 청주절도사를 하시이고, 맹춘으로 부원수를 하시이고, 그 남은 제장은 차례로 상사하니 한 사람도 칭원할 이 없더라. 신왕이 등극 후에 시화연풍하고, 국태민안하여 사방에 일이 없고, 덕화대행하여 도불습유(道不拾遺)하더라.

태평으로 세월을 보내더니, 수십 년 후에 대왕대비 승하하시니 시년 칠십삼이라. 왕이 못내 애휘하여 예절로 지내는 효성이 신민을 감동하시더라. 현덕능에 안장하니라. 왕이 장자와 이녀를 두시니 장자 앙이 내부의 풍도 있는지라. 신민이 다 산두같이 우러르거늘, 장자로 태자를 봉하시고, 열읍에 대사하사 태평연을 배설하고 즐길 새, 왕의 시년이 칠십이라. 술을 내어 반취하신 후에 칼을 잡고 춤추며 노래하시니 왈,

> 칼을 잡고 우수에 비겨서니 남명이 몇만 리뇨.
> 대붕이 날아다니 부요풍이 이는도다.
> 춤추는 소매 바람을 따라 표표함이여,
> 우이 동편과 매복 서편이로다.
> 풍진을 쓸어버리고 태평을 일삼으니
> 경운이 일어나고 경성이 비치는도다.
> 맹장이 사방을 지키었음이여,
> 도적이 지경을 엿볼 이 없도다.

하였더라. 이날 왕위를 태자에게 전하시고 다시 각읍에 대사하니라.

도성 삼십 리 밖에 월영산이 있으되, 예로부터 선인 득도한 자취 왕왕이 머물어, 갈홍의 연단하던 부엌이 있고, 마고의 승천하던 바위 있어 기이한 화훼와 한가한 구름이 항상 머무는지라. 왕이 그 산수를 사랑하고 적송자를 따라 놀고자 하여, 그 산중에 삼간누각을 지어 백 씨 중전으로 더불어 처하시며, 곡식을 오직 물리치고 천지정기를 마셔 선도를 배우는지라. 태자 왕위에 직하여 일삭에 세 번 거동하

여 부왕과 모비 전에 문후하시더라.

일일은 뇌성벽력(雷聲霹靂)이 천지진동하며, 오색운무 월영산을 두르더니, 이윽하여 뇌성이 걷고 천지 명랑하며 선학소리 자자하더니, 대왕 모비 간 곳이 없는지라. 왕이 급히 월영산에 거동하여 보니 종적이 막연한지라. 망극한 마음을 이기지 못하사 공중을 향하여 무수히 호읍하시더라. 대왕이 양위를 현릉에 허장하니 사람이 다 이르기를, "우리 대왕은 선도를 닦아 백일승천하셨다." 하더라.

왕이 백성을 사랑하사 덕화를 힘쓰니 일국이 태평하여 격양가를 일삼으니 성자신손이 계계승승하여 태평으로 지내고, 조선 홍승상댁 대부인이 말년에 졸하시니, 장차 길현이 예절을 극진히 하여 선산여록에 장례하고 삼년초토를 지낸 후, 조정에 집권하여 초입사에 한림학사 대간을 겸하고, 연속 승차하여 병조정랑에서 홍문관 교리 수찬을 겸하고, 연하여 승직하여 승상을 지내니라. 이렇듯이 발복하여 삼태육경을 지내니 영화 일국의 으뜸이나 매일 친산을 생각하고 동생을 보고자 하되 남북에 길이 갈리어 슬퍼함을 마지 아니하더라.

미재라! 길동의 행어사여! 쾌달한 장부로다. 비록 천생이나 적원을 풀어 버리고, 효우를 완전히 하여 신수를 쾌달하니 만고에 희한한 일이기로 후인이 알게 한 바이러라.

3. 박씨전

인조대왕 때 이득춘이라는 사람이 있어 벼슬이 이조참판 홍문관 부제학에 이르렀는데 그는 부인 강 씨와의 사이에 남매를 두었으니 아들의 이름은 시백이요, 딸의 이름은 시화였다. 시백의 나이 16세요, 시화의 나이 13세가 되었을 때 왕이 이참판에게 강원 감찰사를 제수하시니 공이 부인과 시화는 집에 두고 시백만 데리고 임지로 부임하여 시백에게 시서를 강론하고 학문을 지도하였다.

이때 금강산에 박현옥이라는 선비가 있으니 별호를 유점대사라 하는데 도학에 능했다. 그는 유점사 근처에 비취정을 짓고 세월을 보내고 있었으므로 세상 사람들은 그를 비취선생이라 하고 혹은 유점처사라 부르는데, 그에게는 시집가지 않은 딸이 있었다. 이참판이 유점처사의 딸을 시백의 배필로 삼기로 했다.

세월이 흘러서 이듬해 봄철이 되자 왕께서 이공에게 벼슬을 돋우어 이조 참판 겸 세자빈객을 제수하고 조정으로 불러 '짐을 도우라'는 분부를 하셨다.

이럭저럭 박 처사와 상약한 일이 다가왔으므로 시백을 데리고 금강산에 이르러 박 처사 집을 찾아 아들의 혼례를 올리고, 박 처사와 함께 술잔을 나누며 즐거워하는데 신랑 시백이 신방에서 뛰어나왔다.

"아니 너는 왜 신방에서 뛰어나왔느냐? 그런 경거망동으로 나를 욕되게 하려느냐?" "소자가 들어갔을 때는 신부가 없더니, 나중에 들어왔는데 끔찍한 괴물 같은 여자라 경악하였습니다. 그런데 몸에서 더러운 냄새까지 진동하여 토할 것만 같아서 급히 나왔습니다."

이 판서는 깜짝 놀랐으나 아들의 경솔하고 무례함을 책망했다. 시백은 부친의 명이 엄격한지라 다시 신방으로 들어갔다. 그러나 신부를 다시 보기가 싫어서 닭 울기가 무섭게 외당(外堂)으로 달려나와서 우울하게 날을 보내었다.

하루는 박 소저가 시부모께 문안하고 절한 뒤에 엎드려서 이 판서에게 아뢰었다. "내일 아침에 노복을 종로 여각(旅閣)에 보내어, 거기서 매매되는 수십 필의 말 중에서 제일 못난 비루먹은 말의 값을 물으면 일곱 냥을 달라고 할 것이니 못 들은 체하고 삼백 냥을 주고 사오라 하십시오."

"아니 네 말이 이상하지 않느냐?" "그 곡절은 후일에 알게 되실 것입니다." 이 판서는 자부의 비범한 재주를 믿기 때문에 응낙하였다.

노복이 일곱 냥에 정해 놓고 말 거간꾼과 남은 돈을 나누어 먹기로 하고 비루먹은 말을 끌고 돌아왔다. 박 소저가 한참 보다가 말했다. "저 말을 도로 갖다 주라고 하십시오." "네 말대로 삼백 냥을 주고 사온 말인데 왜 다시 퇴하라는 거냐?" "이 말은 삼백 냥 가치의 말인데 그 값을 덜 주고 사왔으니 무슨 쓸모가 있겠습니까?"

이 판서가 놀라서 노복을 족치니 노복이 빌면서 사죄하고 다시 말 여각으로 가서 삼백 냥을 다 주고 말을 끌고 돌아왔다. 박 소저는 이 판서에게 말 기르는 법을 아뢰었다. "이 말은 하루에 깨 한 되와 백미 오 홉씩 죽으로 쑤어서 3년 동안 먹이되, 이 초당 뜰에 풀어놓고 밤에도 찬이슬을 맞게 하십시오. 그러면 3년 후에 긴하게 쓸 일이 있습니다."

박 소저 계획대로 후원에서 3년 동안 놓아 먹였다. 하루는 박 소저가 이 판서에게 여쭈었다. "내일 명나라 칙사가 남대문으로 들어올 것입니다. 믿을 만한 노자에게 분부하여 우리 말을 끌고 가서 기다렸다가 칙사가 값을 묻거든 삼만 팔천 냥에 팔아 오라 하십시오." 과연 명나라 칙사 장수는 말을 삼만 팔천 냥에 사갔다. 이 말은 천리마였던 것이다.

이 무렵에 나라에서는 과거를 시행하여 인재를 전국에서 뽑게 되니, 이시백이 과거에 응할 준비를 하고 내일이면 대궐 안 과장으로 들어가게 되었다. 그날 이시백은 박 소저의 시녀 계화가 전해 주는 박 소저의 연적을 받아 가지고 들어가서 장원에 급제하니, 그 표연한 풍채는 만인총중에 뛰어나 있었으며 그 거동은 진세의 선랑이었다.

모든 재상이 이득춘을 향하여 분분히 치하함에 공이 여러 손을 이끌어 술을 내어 즐기더니, 날이 저물어 파연곡을 아룀에 모든 손이 각각 집으로 돌아가니, 이 아들을 거느려 내당으로 들어와 석반을 마치고 촛불로 낮을 이어 즐기나, 박 소저가 외모 불미하므로 손을 보기 부끄러워하여 깊이 들어 있음을 서운히 여겨 심히 즐겨 아니하니, 부인이 말하기를,

"오늘 아들의 과거 본 경사는 평생에 두 번 보지 못할 경사이거늘 상공의 낯빛이 좋지 아니하심은 필연 추악한 박 씨, 좌석에 없음을 서운히 여기심이니, 어찌 우습지 않으리까?"

이 말에 노한 이 판서는 정색하고 말했다. "부인은 아무리 지식이 없다 한들, 다만 용모만 보고 속에 품은 재주를 생각지 아니하느뇨? 자부의 도학은 그 신통함이 옛날 제갈무후의 부인 황 씨를 누를 것이요, 덕행의 뛰어남은 태사에 비할 것이니, 우리 가문에 과분한 며느리어늘, 부인 말이 우습지 않으리요?" 말을 마침에 부인의 안색이 심히 좋지 않았다.

이때 계화는 이시백의 장원 급제함을 듣고, 소저를 향하여 기쁨을 치하하고 또 탄식하여 말했다. "소저께서 시댁에 오신 후로 상공의 자취 이곳에 한 번도 보이지 아니하고, 우리 소저의 어진 덕이 대부인의 박대하심을 당하사, 적막한 후원에 홀로 주야 거처하사, 집안의 크고 작은 일에 참여하지 못하시고, 잔치에도 나가시지 못하시며 수심으로 세월을 보내시니, 소비 같은 소견으로도 신세를 위하여 슬픔을

이기지 못하리로소이다."

그러나 소저는 태연히 웃고 대답했다. "사람의 팔자는 다 하늘이 정하신 바라, 인력으로 고치지 못하거니와, 자고로 박명한 사람이 한둘이 아니니, 어찌 홀로 나 뿐이리요? 분수를 지켜 천명을 기다림이 옳으니, 아녀자 되어 어찌 가부의 정을 생각하리요? 너는 고이한 말을 다시 말라. 바깥 사람들이 들으면 나의 행실을 천히 여기리라." 계화는 소저의 넓은 마음과 어진 말에 못내 탄복하였다.

이때 박 소저가 시가에 온 지 이미 삼 년이 되었다. 하루는 시부모께 문안 올리고 다시 옷깃을 여미고 여쭈었다. "소부, 존문에 온 지 삼 년으로, 본가 소식이 묘연하매 부모의 안부를 알고자 잠깐 다녀오려 하오니, 대인은 허락하심을 바라나이다." 하거늘 공이 듣고 크게 놀라 말했다.

"이곳에서 금강산이 오백여 리요, 길 또한 험하거늘, 네 어찌 가려하느냐? 장성한 남자도 출입하기 어렵거든 하물며 여자의 몸으로랴! 이런 망령된 생각은 행여하지 말라." "소부도 그러한 줄 아오나 이번에는 꼭 다녀오고자 하오니, 과히 염려하지 마소서."

공이 소저의 남다른 점을 아는지라 이에 허락하며 말했다. "부득불 한 번 다녀오고자 하거든 내일 근친할 제구와 인마를 차려 줄 것이니 속히 다녀오라." "소부, 수삼 일 동안에 다녀올 도리가 있사오니, 인마와 제구가 쓸 데가 없나이다."

공이 소저의 재주를 짐작하나 이렇듯 신속히 다녀올 도리가 있음은 몰랐는지라, 이 말을 듣고 더욱 신기하게 생각하여 흔연히 허락하거늘 소저는 시부모께 재배하직하고 후당에 돌아와 계화를 불러 조용히 분부하기를, "내 친가에 잠깐 다녀오리니, 너는 내 행색을 바깥 사람들에게 말하지 말라." 하고, 뜰에 내려 두어 걸음 걷다가 몸을 나려 구름에 올라 삽시간에 금강산 비취동에 다다라 부모께 재배하고 문안을 드리니, 박 처사는 이에 딸의 손을 잡고 말했다.

"너를 시가에 보낸 지 3년에 너의 박명을 슬퍼하였으나, 이는 하늘에 매인 바로 인력으로 움직이지 못할 바이어니와, 이제는 너의 액운이 다하고 복록이 무한할지라. 이달 15일에 내 올라가리니, 너는 잠깐 머무르다 먼저 가라." 소저는 부모 슬하에서 몇 해의 회포를 풀며 며칠 동안 머무르더니, 처사 부부 재촉이 성화 같았다. "너의 시댁에서 기다리실 테니, 빨리 돌아가 시부모께 뵈어라."

소저는 마지못하여 부모를 하직하고 다시 구름에 명하여 잠깐에 후당에 돌아오니, 계화, 바삐 소저를 맞아, 신속히 다녀옴을 반가워했다. 소저는 곧 의복을 갖추고 시부모께 나아가 문안드리고, 다시 꿇어 공께 여쭈오되, "소부 올 때에 가친의 말씀이, 이달 15일에 갈 것이니 너의 시부께 아뢰라 하더이다."

공이 흔연히 고개를 끄덕이고, 사람을 시켜 술과 안주를 갖추고 처사 오기를 기다렸다. 과연 15일에 이르러 달빛 맑고 바람 맑은데, 홀연 반공으로부터 학의 소리 나며, 처사가 구름을 타고 내려오거늘, 공히 황급히 뜰에 내려 처사를 맞아 방에 들어와 예를 마치고 좌정하매, 공자 또한 의관을 갖추고 처사를 향하여 절을 하고 문안을 드리니 공자의 뛰어난 풍채 일대의 영웅 호걸이라 처사는 황홀하고 귀중히 여겨, 공자의 손을 잡고 이 판서를 향하여 말했다.

"영랑이 거룩한 재주로 높은 벼슬에 올라 장원 급제하여 옥당에 참여하니 이런 경사가 또 없음을 아오나, 이 시골 사람의 천성이 졸렬하여 공께 치하를 드리지 못하였더니, 금년은 여아의 액운이 다하여 지금 저의 흉한 용모와 누추한 바탕을 벗을 때가 되었으므로, 존문에 나와 사위의 과거한 경사를 치하하고, 아울러 여아를 보고자 왔나이다."

공이 처사의 말에 무슨 뜻인가 들어 있음을 짐작하고 기쁨을 이기지 못하여, 주객이 술을 나누며 밤이 깊음을 깨닫지 못하더니, 문득 닭의 소리 요란하매 처사 비로소 소저의 침소에 들어가니 소저 급히 마루에서 내려 부친을 맞아 절을 올리고 문안하니, 처사는 흔연히 딸의 손을 잡고 마루로 올라 남향하여 소저를 앉히고 웃으며 말했다.

"금년으로 너의 액운이 다하였도다." 하고, 주문을 외며 소매를 들어 소저의 얼굴을 가리키니, 그 흉하던 얼굴의 허물이 일시에 벗어지고 옥같이 고운 얼굴이 드러나거늘, 처사는 쾌히 웃고 말했다.

"내 이 허물을 가져가고자 하나, 남의 의혹을 없앨 길이 없으리니 시부께 말씀하여 궤를 얻어다 이를 넣어 시모와 가장에게 보여 의심을 풀게 하라. 오늘 이별하면 이후 70년이 지나야 부녀가 다시 만나리라."

하고 밖으로 나가 이 판서에게 이별을 고하며 당부했다.

"이후 혹 어려운 일이 있거든 자부에게 물으소서."

뜰에 내려 두어 걸음 걷더니, 간 곳이 없었다.

이튿날 계화가 이 판서 앞으로 와서 소저의 신기한 소식을 전했다.

"어제 처사께서 다녀가신 후로 우리 소저께서 얼굴의 허물을 벗고 절색의 부인이 되었기에 이런 신기한 술법에 놀라서 대감께 아뢰옵니다."

이 판서가 기뻐하면서 후원의 초당으로 달려가 보니 그처럼 흉하던 며느리가 절세의 미소저로 변하여 있었다.

"제가 전생의 죄가 크므로 얼굴에 흉한 허물을 쓰고 세상에 태어나서 수십 년의 액운을 채웠기로 하늘이 가친께 명하여 본형을 회복하여 주셨으니 의심치 마십시오."

시부모는 반신반의하며 벗은 허물을 본 다음 확신하며 신기하게 여겼다.

이때 왕은 이시백의 재덕을 사랑하고 벼슬을 돋우어 병조판서를 제수하시니 시백이 천은을 사례하고 집으로 돌아와서 부친을 뵈옵자 부친이 꾸짖었다.

"너는 지난 일을 생각지 못하느냐? 지금 무슨 면목으로 아내를 보겠느냐? 네 위인이 그렇게 어리석으니 국가의 중임을 어떻게 감당하겠느냐?"

이시백과 박 소저가 부부 화동한 지 수 삭이 못 되어 몸에 태기가 있더니 마침내 십 삭이 되어 소저가 쌍둥이 아들 형제를 순산하였다.

이때 왕은 병조판서 이시백에게 평안감사를 제수하셨다가 또다시 조정으로 불러서 곧 상경 벼슬을 내리셨다. 그런데 명나라의 조정이 요란하여 가달 등의 외적이 변경을 침노함에 왕이 심려하시고 이시백으로 상사를 삼으시고 적당한 인물을 군관으로 삼아서 원군발정을 하라고 분부하시었다. 시백은 여러 장수 가운데서 임경업을 정하여 왕께 추천하였다.

북방의 호국에 이르니 호왕이 보고 임경업을 사위 삼기를 원하며 은근히 탄식하였다. "내가 조선을 쳐 항복받고자 하던 차, 뜻밖에 가달의 침범으로 조선에 임경업의 덕을 봄으로써 조선에 뛰어난 명장이 있음을 보고 그만큼 조선의 위세가 장엄함을 알았으니, 앞으로 조선을 깔보고 범하지 못하겠도다."

옆에서 이런 호왕의 말을 들은 공주가 뜻밖의 말을 했다. "부왕마마는 염려 마십시오. 제가 조선에 나아가서 이시백과 임경업을 없애버리고 오겠습니다."

호왕이 기뻐하면서 공주로 하여금 자기의 조선 침략의 숙원이 이루어지기를 은

근히 바랐다. 공주는 장담하고 조선을 향하여 길을 떠나 조선 남자의 행색으로 한성에 잠입하였다.

박 소저, 하루는 시부모께 저녁 문안을 드리고 침실에 들더니, 시백이 밤이 깊어 들어오거늘, 소저는 판서 이시백을 맞아 좌정하였다. 판서가 아들을 무릎에 앉히고 소저와 더불어 이야기를 하였다. 드디어 밤이 으슥하자 소저가 정색을 하고 말했다.

"내일 날이 어둑하여, 강원도 원주 기생 설중매라 일컬으며 상공의 서헌으로 올 이 있으니 그 아름다움을 탐내어 가까이 하시면 큰 화를 당하실 것인 즉, 그 계집 더러 여차여차 이르시고 내실로 들여보내시면, 첩이 마땅히 여차하리니, 상공은 첩의 말을 허수히 듣지 마소서."

시백이 웃으며 말했다. "부인의 말씀이 우습도다. 장부가 어찌 한 조그만 계집의 손에 몸을 바치리요?" "상공이 첩의 말을 믿지 아니하거든, 그 계집을 후원으로 들여보내시고 상공이 그 뒤를 쫓아 들어오사, 그 계집이 말하는 것을 살펴보면 사실을 아시리다."

판서 시백이 응낙하고 명일, 부모께 문안하고 조정에 들어가 공사를 보고 날이 늦은 후에 돌아오니 손들이 모였거늘, 이에 술을 내다 즐기다가 날이 저물어 손이 각각 돌아가거늘, 판서는 저녁을 마치고 서헌에 한가로이 앉아 있었다.

과연 밤이 깊은 후에 한 여자, 문을 열고 들어와 재배하거늘, 판서가 눈을 들어 보니 나이 20세쯤 되었는데 그 얼굴이 백옥 같아 천하의 미인이라 놀라 물었다. "너는 누구인가?"

그 여자가 대답했다. "소녀는 원주 사는 설중매이온데, 상공의 위풍이 시골에까지 유명하기로 한번 뵙고자 하여 험한 길을 왔사오니, 어여삐 여기심을 바라나이다."

판서가 말하기를, "너의 말이 기특하나, 여기는 손들의 출입이 잦으니, 후원 부인 있는 곳에 들어가 있으면, 손들이 다 흩어진 후에 너를 부르리라." 하고, 시녀를 불러 후원으로 인도하게 하였다. 설중매가 부인 처소에 들어가 박 씨께 뵈니, 박 씨가, "너는 바삐 올라오라." 하니, 설중매 사양하지 아니하고 들어오거늘, 소저는 자리를 주고 계화로 하여금 술과 안주를 가져오게 하여 부어 주었다.

설중매가, "첩은 본디 술을 먹지 못하오나, 부인이 주심을 어찌 사양하리까?" 하고 받아 마시기를 이어 사오 배하니, 두 눈이 어지러워 술기운을 이기지 못하고 자리에 쓰러져 잠들었다. 소저가 그 여자의 자는 모습을 보니, 얼굴에 살기가 어려 그 흉독한 기운이 사람을 쏘거늘, 가만히 행장을 뒤지니 삼 척 비수가 들어 있었다. 소저가 그 칼을 집으려 하니 그 칼이 변화무쌍하여 사람에게 달려들거늘, 놀라 급히 피하고 주문을 외어 그 칼을 제어하고, 잠 깨기를 기다리니, 날이 밝은 후 정신을 차리고 일어나 앉거늘, 박 씨가 말했다.

"너는 바삐 너의 나라로 돌아가라."

"첩은 강원도 원주 사는 계집으로서, 부모를 모두 여의어 의지할 곳이 없사와 가무를 배웠삽거늘, 어찌 본국으로 가라 하시나이까? 소저의 높은 이름을 듣고 왔나이다."

박 씨, 소리를 높여 꾸짖었다.

"네 끝까지 나를 업신여기어 이렇듯 속이니 어찌 통분하지 않으리요? 네 호왕의 공주 기룡대가 아니냐?"

기룡대는 혼비백산하여 사죄했다.

"부인이 밝으사 첩의 행색을 아시니 어찌 조금이나마 속이리까? 첩은 과연 호왕의 공주로, 부왕의 명을 받아 귀댁에 들어왔사오니, 부인의 너그러우신 덕으로 용서하시면 본국에 돌아가 조용히 지낼까 하나이다."

"네 본색을 바로 고하기로 용서하나니, 이 길로 곧 떠나 너의 나라로 가 너의 국왕더러 이르라. 이 판서의 부인 박 씨에게 행색이 드러나 성사를 못한 바, 박 씨의 말이 네 잠시라도 지체하면 큰 화를 만나리니 빨리 돌아가 화를 면하라하더이다 하라."

기룡대는 정신이 어지러워 엎드려 사죄했다.

"바라옵건대, 부인은 첩의 죄를 용서하소서. 무사히 고국으로 돌아가게 하옵심을 비나이다."

"너의 국왕이 분에 넘치는 뜻을 두어 우리나라를 침범하고자 하니, 이는 우리나라의 운수가 불길함이나, 너의 병력이 아무리 강하다 할지라도 마음대로 침범하지 못하리니, 너는 바삐 나가 자세히 이르라."

기룡대는 머리를 조아리고 사죄 후 하직하고 나왔으나, 길을 찾지 못하고 방황하여 사면으로 돌아다니기를 밤이 새도록 하되, 나갈 길이 없는지라, 기룡대는 하늘을 우러러 탄식했다.

"호국 공주 기룡대가 이시백의 집에 이르러 죽게 될 줄을 어찌 알았으리요?"

이때 문득 박 씨 나타나 말했다.

"네 어찌 가지 아니하고 날이 새도록 그저 있느뇨?"

기룡대는 땅에 엎드려 말했다.

"첩이 부인의 덕을 입어 돌아가려 하였사오나 사면이 층암절벽이라 갈 바를 모르오니, 바라건대 부인은 길을 인도하여 주옵소서."

소저가 말하기를,

"너를 그저 보내면, 필연 임경업 장군을 해하고 갈 듯한 고로, 너로 하여금 나의 수단을 알게 함이라."

하고 공중을 향하여 진언을 외니, 홀연히 뇌성벽력이 진동하며 폭풍우가 일더니 기룡대의 몸이 절로 날려 순식간에 호국 궁중에 가서 떨어졌다. 이것을 본 호왕이 경악했다. 공주 기룡대가 오랜 후에 정신을 차리고 일어나서 조선에 가서 겪은 자초지종의 일을 고하자 호왕은 경탄했다.

"허허, 이시백 부부가 그런 영웅인 줄은 몰랐도다. 조선이란 나라가 그런 줄 모르고, 용골대, 용홀대의 두 형제가 왕명을 받들고 군사를 교련하여 조선으로 행군을 개시하였다."

이때 이 판서의 부인 박 씨가 시백에게 심상치 않은 말을 했다.

"호국의 공주 기룡대가 쫓겨 돌아간 후에 호국의 병세가 점점 강성하여 조선 침범의 야망을 버리지 않고 군사를 내어 임경업을 죽이고 위로 상감의 항복을 받고자 금년 12월 28일에 동대문을 깨치고 물밀듯이 쳐들어올 것입니다. 부디 그날을 어기지 마시고 상감을 모시고 광주산성으로 급히 피하소서. 그 뒷일은 제가 이곳에서 알아서 하겠습니다."

그러나 영의정 김자점과 좌의정 박운학의 반대에 부딪쳐 상감은 판단을 내리지 못하고 주저하고 있었다. 이때 공중에서 홀연히 옆에 비수를 낀 선녀가 내려와서 뜰 아래 배알하고 상감에게 온 뜻을 아뢰었다.

"신은 도승지 이시백의 부인 박 씨의 시비 계화입니다. 박 부인이 저에게 지금 성상이 간신 김자점의 참소를 들으시고 유예 미결하시니 네가 가서 아뢰어 곧 산성으로 동가하시게 하라 하더이다."

계화는 빼어들고 왔던 칼을 칼집에 꽂고 앞에 있던 큰 망두석을 번쩍 들어서 피난을 반대하고 있는 재상 김자점과 박운학을 겨누고 큰소리로 꾸짖은 다음 다시 상감께 아뢰었다.

"만일 이 밤을 지체하시면 큰 화를 당할 것이니 저의 주인 박 씨의 말을 범연히 듣지 마시고 곧 피난하소서."

상감은 이시백을 이조판서 겸 광주유수로 명하시고 그의 호위 아래 산성으로 떠났다.

이때 용골대가 한성에 침입하여 보니 국왕이 이미 피난하고 대궐에 없으므로 아우 용홀대에게 서울을 점령케 하고 스스로 기병 오천을 거느리고 광주산성으로 추격하여 성중을 향해 총을 쏨에, 화살이 비 오듯 했다.

상감이 이런 혼란으로 어쩔 줄 모르고 망연실색하고 있을 때 공중에서 홀연히 큰 소리가 들려왔다.

"상감께서는 항서(降書)를 써서 용골대에게 주소서. 용골대는 세자 대군 삼 형제를 볼모로 잡아가고 난리는 일단 끝날 것입니다. 신첩은 다른 사람이 아니라 광주유수 이시백의 처입니다. 신첩이 한번 나아가 칼을 들면 용골대의 머리와 호병 삼만을 풀 베듯 할 것이나 천의를 어기지 못함이니, 신첩의 죄를 사하소서."

용골대는 항서를 받은 후에 세자 대군과 왕대비전을 데리고 광주를 떠나갔다.

한편 계화는 박 씨 집의 후원에서 용홀대의 머리를 베어 박 부인에게 드리니 부인은 그 놈의 머리를 높은 나뭇가지에 달아매어 두었다가 그 놈의 형 용골대가 와서 보고 낙망케 하라고 일렀다. 그 후 용골대가 한성으로 들어와서 동대문으로 들어오다가 용홀대가 박 씨의 시비 계화에게 죽었다는 소식을 듣고 노기 충천하여 벽력같은 호통을 치자, 박 부인은 계화를 불러서 명했다.

"네가 저 놈을 죽이지는 말고 간담을 서늘케 해서 우리 도술의 솜씨를 보여라."

계화가 맞아 싸운 지 십여 합에 용골대는 계화의 무술 실력에 당하지 못할 것을 알았으나 허세를 부리고 큰소리로 꾸짖으며 삼백 근 철퇴를 둘러메고 계화에게 달려들었다. 이때 계화가 거짓 패하여 달아나자 용골대는 의기양양하게 쫓으며 호통을 쳤다.

"이년, 네가 달아나면 안 잡힐 줄 아느냐?"

계화가 잡았던 칼을 공중에 휘저으며 진언을 외우매, 모래와 돌이 날리고 사방에서 어두 귀면의 병졸이 아우성을 치고, 에워싸 들어오고, 눈과 비가 크게 퍼부어서 순식간에 물이 한 길도 넘으니, 용골대 수족을 놀리지 못하고 혼비백산하여 살려달라고 애걸했다.

"네가 그럴 뜻이라면 왕대비전하를 이리로 모셔 오라."

박 부인이 급히 뜰에 내려 왕대비전을 맞아 통곡하며 불행을 위로하고 계화에게 명하여 용골대를 석방시키니, 계화가 박 씨의 명을 받고 나와서 용골대에게 말하기를,

"너를 여기서는 용서한다. 그러나 돌아가는 길에 의주에서 또 한 번 죽을 고비를 당할 것이니, 의주에 도달하는 즉시로 의주부윤 임경업 장군에게 배례하고 이 글을 보여드려라. 그러면 임 장군이 너를 용서하고 돌려보내리라."

용골대가 의주에 이르자 임경업이 비호같이 달려들며 벽력 같은 소리로 용골대를 질타했다.

"이 무도한 오랑캐 장수야. 어서 내 칼을 받아라!"

용골대는 황망히 말에서 내리며,

"장군은 노기를 풀고 잠깐 이 글을 보시오."

하고 이시백 부인 박 씨의 편지를 올렸다.

'이번 우리 조국의 국운이 불길하여 이런 일을 당하였으나 하늘이 호국과 조선 두 나라가 종속 관계가 되라고 정하신 운수여서 용골대가 상감의 항서를 가지고 세자 대군 삼 형제분을 모시고 귀국하는 것이니, 장군은 분한 마음을 진정하시고 이 일행을 무사히 가게 하여 삼 년 후에 세자를 무사히 환국하시게 함이 상책입니다. 장군은 부디 이 말씀을 믿고 들어주시기 바랍니다.'

상감은 산성에서 항서와 함께 왕대비전하와 세자군을 호국에 보내시고 침식이 불안하던 중 하루는 공중에서 선녀 한 명이 내려왔다.

"신첩은 광주유수 이시백의 처 박 씨로소이다."

"경의 지략을 매양 탄복하던 중 이제 경의 신형을 보게 되니 과인의 마음이 매우 기쁘오."

임금은 이시백의 호위를 받으며 서울로 향발하여 환궁하셨다.

그 후에 상감은 이시백에게 의정부 우의정에 대광보국을 제수하시고, 부인 박씨도 충렬 정경 부인으로 봉하시고 부부의 충성을 항상 칭찬하여 마지않으셨다.

어느덧 세자가 호국에 잡혀간 지도 삼 년이 되었으므로 왕대비 전과 상감이 주야로 근심하고 계시던 중 임경업이 자원하여 발정한 후 두 달 만에 호국에 이르러 왕자 삼 형제를 모시고 귀국하니 이때 전임 영의정 김자점이 이시백과 임경업을 시기하여 어명이라는 거짓말로 먼저 임경업을 잡아서 옥에 가두고 역적으로 몰아 죽였다. 이에 이시백이 김자점의 음모를 폭로하니 상감이 노하여 김자점의 목을 베고 그 처자의 목도 베어 죽이게 하고, 가장집물을 몰수해 버리셨다.

그해 가을 구월 초순에 상감이 승하하시고 세자가 19세로 즉위하니 연소한 임금을 보필하는 이시백 재상의 높은 이름이 일국에 진동했다. 그리고 그의 아들 형제가 모두 과거에 급제하여 하나는 평안감사를 하였고, 하나는 송도유수를 지냈는데 각각 애민의 정사를 하여 청렴하였다.

그 후 삼부자가 함께 조정에서 나라에 충성을 다하고 자손을 교훈하여 부귀를 더하며 가문의 영광을 빛내니 세월이 흘러 이시백 공의 나이가 팔십이 지났다.

어느 해 가을 구월 보름께 달빛이 휘황하게 밝으므로 공이 부인과 더불어 완월대에 올라서 남녀 자손을 좌우에 앉히고 즐거운 잔치를 베풀던 중 공이 손수 잔을 들어 두 아들에게 주면서 뜻밖의 유언을 했다.

"내 소년 시절의 일이 어제 같은데 어느 사이 팔십이 지났으니 세상일이 일장춘몽이로구나. 우리 부부는 세상 명분이 다하였으니, 너희들과 영결코자 한다. 금후로 너희들 형제는 조금도 슬퍼하지 말고 자손을 거느리고 길이 영화를 누려라."

그리고 모든 손자를 일일이 어루만지고 상을 물린 뒤에 부부가 나란히 누워서 자는 듯이 운명하였다.

상감이 이시백 공의 별세 소식을 들으시고 또한 비감하시며 예관을 보내어 영전에 조알하게 하고 부의를 후히 내리시는 한편 시호를 문충공이라 하고 박 씨 부인에게는 충렬비를 봉하여 추증하셨다. 박 씨 부인의 시비 계화도 상전을 따라서 역시 병 없이 자는 듯이 죽었으므로 이 판서 형제는 더욱 비감하였으나 상례를 존절하여 입관 성복하고 길일을 택하여 선산에 안장하고 여막을 짓고 살면서 조석 곡

읍으로 삼 년 상례를 지성으로 모셨다.

상감이 이러한 형제의 충효를 아름답게 여기시고 다시 중임을 맡기시니 형제가 더욱 극진한 충성으로 임금을 섬겨서 작위가 일품에 이르고 자손이 계계승승하여 대대로 충성을 다하였다.

4. 영웅소설의 게임콘텐츠화

1) 영웅소설과 게임의 만남

그동안 현대적인 서사문학의 관점에서 고소설을 바라보는 시각은 대체로 부정적인 요소가 많았다. 그것은 우리의 고소설이 가진 판타지적인 특성에서 비롯된다.[40] 고소설 작품에 흔히 설정되는 천상계나 도술의 등장은 대표적인 판타지 요소로 간주하고 있다. 그런데 서구의 판타지 소설이 유행하고, 또 그것이 영화나 게임으로 전환되면서 오히려 우리의 고소설이 판타지의 요소들과 맞닿을 수 있는 가능성이 제기되고 있다.

여기에서는 우리의 영웅소설을 독자들로 하여금 여러 번 쉽게 접할 수 있는 매력을 가진 매체로 재가공되길 바라는 마음으로 새로운 방법을 모색하고자 한다. 즉 멀티미디어 환경 속에서 영웅소설을 게임으로 재창조할 필요가 있다는 것을 제기하고자 한다. 재창조의 방법으로는 우리가 디지털 정보화 사회에서 손쉽게 접할 수 있는 게임으로의 재창작을 시도해 볼 수 있다. 게임은 경쟁을 통한 승자와 패자가 존재하며, 이를 통해서 더욱 인간의 욕망을 충족시켜나갈 수 있다는 점에서 영웅소설의 특성과 가장 적절한 문학양식이라 판단된다.

일반적으로 영웅소설의 콘텐츠가 전달하는 메시지는 '영웅의 뛰어난 활약상'이

---

40) 판타지는 경험적 현실 속에서 만나게 되는 모든 역사적 사실이나, 물리적인 대상이나 또 그러한 것들의 근거라고 할 수 있는 경험적 현실세계의 물리법칙을 초월하여 벗어나고 있으며, 오히려 이것을 역전시키거나 왜곡시키고 있는 그런 상상적인 것이다. 판타지는 개인이 설정하고 있는 특징에 따라서 창조되는 걷잡을 수 없고 종잡을 수 없는 자유분방한 세계라는 점에서 사실주의 문학과는 전혀 다른 미학을 가지고 있다고 말할 수 있다.

다. 영웅소설은 주인공이 비정상적으로 태어나서 온갖 죽을 고생을 격고난 뒤에 탁월한 능력을 발휘하여 영웅이 되어가는 상승적인 이야기를 서사구조의 핵심으로 하고 있다. 따라서 영웅소설에서 펼쳐지는 주인공의 뛰어난 활약상과 전투장면을 활용한 게임 콘텐츠화는 가능하다고 하겠다. 나아가 영웅소설의 게임화를 통해 현대인들에게 우리의 옛 소설을 쉽고 재미있게 감상할 수 있게 해주는 것은 물론, 외세와의 치열한 싸움을 통해 최후의 승리자로 형상화되면서 민족의 자긍심을 고취시키고, 교육 콘텐츠로의 활용가치를 높일 수 있다고 하겠다.[41]

따라서 정보화시대를 살아가면서 기존에 우리의 고소설은 있는 그대로 독자에게 읽혀지는 것이 아니라, 그것을 다양한 문화콘텐츠로 재가공하여 유통하고, 고소설의 가치를 다양하게 탐색하여 현대인에게 새롭게 향유될 수 있게 해야 한다. 더욱이 디지털기술이 발달할수록 전통문화의 계승과 보존이 어려운 현실을 감안해 볼 때, 우리 문화를 원천자료로 한 다양한 문화콘텐츠를 개발하는 것이 필요하다고 하겠다.

2) 영웅소설의 게임 콘텐츠화 가능성

과연 영웅소설을 게임화할 수 있는가에 대해서는 위에서 간략히 언급한 바 있다. 특히 고소설의 게임화를 논하는 과정에서 부분적으로 영웅소설을 언급한 선행연구들이 축적되었다.[42] 그러나 어떠한 게임방식으로 재창작할 것인가에 대해서는 구체적으로 연구되지 못하고 있다. 게임에도 방식이 있고, 이에 따라 게이머들은

---

41) 영웅소설의 영웅이야기는 우리의 역사적 인물도 있으며, 가상의 영웅인물이 대부분이다. 〈임경업〉과 같은 안타깝게 죽은 불운의 영웅이야기도 있다. 그러나 이들 이야기는 행운의 주인공, 출세한 영웅으로 치환하여 재창조할 수 있는 것도 게임이 주는 매력이다. 플레이어들이 놀이의 흥미만이 아니라 민족에 대한 자긍심, 승리한 역사를 플레이어 자신이 만들어 낼 수 있다는 쾌감까지 느낄 수 있게 한다. 이 점은 영웅군담소설에서 패배한 전쟁을 승리한 전쟁으로 허구화했던 일군의 작품에서 보여준 민중의 보상심리를 더욱 적극적으로 이끌어 낼 수 있다.

42) 일찍이 고소설의 문화콘텐츠화 방안은 여러 경로를 통해서 발표한 바 있다.
김용범, 「문화콘텐츠 산업의 창작소재로서의 고소설의 활용 가능성에 대한 연구」, 『민족학연구』 4, 한국민족학회, 2000.
신선희, 「고전서사문학과 게임 시나리오」, 『고소설연구』 17, 한국고소설학회, 2004.
김탁환, 「고소설과 이야기문학의 미래」, 『고소설연구』 17, 한국고소설학회, 2004.

어떤 게임을 선택할 것인가가 정해지기 때문이다.

〈스타크래프트〉

우선적으로 영웅소설을 게임으로 만드는 선행조건으로 어떠한 방식을 선택하는 것이 바람직한가를 살펴볼 필요가 있다. 이를 위해서 현재 가장 많은 사람들이 즐기는 게임 중에서 〈스타크래프트〉와 〈디아블로〉를 살펴볼 필요가 있다.

스타크래프트는 전략시뮬레이션 게임으로서 다른 사람과 게임을 할 때마다 새롭게 느껴진다는 장점이 있다. 과거에 컴퓨터가 조종하는 적과 게임을 할 경우에는 단순한 게임으로 느껴지는 반면에 스타크래프트는 다른 사람과 게임을 할 경우에 플레이를 하는 사람의 스타일과 전략에 따라 게임이 전혀 색다르게 진행되기 때문에 플레이어들에게 색다른 흥미를 유발시켜준다. 이 게임은 고도의 전략과 전술을 필요로 하는 게임이며 어떤 유닛을 얼마나 빠른 시간 안에 생산하느냐 그리고 어떤 유닛을 어떻게 사용하여 어떤 방식으로 공격을 하느냐에 승부가 갈리게 된다.

이러한 특성 때문인지 스타크래프트는 정해진 결과가 없고, 스토리가 중요하지 않다. 이 게임의 스토리는 단지 게임 유닛의 사용방법을 익히기 위한 에피소드라는 게임의 일부분에만 있으며, 실지로 게임은 스토리에 따라 진행되지 않는다. 이러한 측면에서 볼 때 영웅소설의 게임화에는 주인공이 펼치는 치열한 전투장면만을 선별하여 만든다면 가능할 수도 있다. 그러나 영웅소설의 서사방식을 게임방식으로 온전하게 바꾸어 재창조하는 데에는 무리가 따른다.

반면에 디아블로는 롤플레잉 게임(Role Playing Game)으로서 철저하게 역할을 분담하여 몇 명의 사람이 공동의 목표를 향하여 임무를 수행하는 게임이다. 역할은 각각의 캐릭터에 따라 분담하는데 한 사람은 싸움만을 전문으로 하는 전사이고, 다른 한 사람은 마법공격을 하는 마법사이며, 다른 사람은 성스러운 힘으로 동료를 위해 치료마법을 전수해주는 신관이다. 디아블로는 이들이 함께 서로의 힘을 합하여 모험을 벌이면서 목적을 달성해 내는 게임이다.

〈디아블로〉

그러므로 롤플레잉을 하는 게이머는 자신이 조종하는 캐릭터를 점진적으로 성장시켜야 게임에서 승리할 수 있다는 단서가 따른다. 캐릭터의 성장은 훈련과 경험의 축적에 의해 인위적으로 이루어지게 된다. 이 점이 게임으로서 흥미를 유발할 수 있다. 게임의 단계적 구성은 게임의 스토리에 따르게 되며, 캐릭터는 스토리에 따라 구성된 단계를 지나면서 탁월한 영웅적 능력가치를 가진 인물로 성장하게 된다. 용사들은 처음에는 아주 약한 능력을 가지고 있으나 계속적과 싸우고 단계를 하나씩 넘어가면서 캐릭터의 능력이 강해진다.

이러한 롤플레잉 게임의 형태로 우리의 영웅소설을 게임화할 경우에 큰 어려움 없이 창작할 수 있다. 영웅소설이 가지고 있는 각 인물의 캐릭터는 각기 다른 능력을 지녔으며, 이들이 사용하는 아이템도 다양하고 능력에 따라 다르게 사용할 수 있기에 캐릭터에 따른 적절한 배치가 가능하게 된다.

이러한 면에서 볼 때, 어떠한 소설보다도 영웅소설을 게임으로 재창작할 수 있는 가능성은 많다. 특히 〈조웅전〉, 〈유충렬전〉, 〈소대성전〉, 〈현수문전〉, 〈장경전〉, 〈장풍운전〉 등은 비교적 분량이 많은 영웅소설로써 주인공이 영웅화되어 가는 과정에 많은 스테이지들이 설정되어 있다. 이 경우에 많은 스테이지(배경 공간)들의 이동이 용이할 뿐만 아니라 다양한 스테이지별 공간을 만들어 주인공의 영웅담을 전략적으로 펼쳐나갈 수 있고 이에 따른 게임의 흥미를 유발시킬 수 있다.

비록 영웅소설 속의 주인공이 현실적인 인물들과 별반 차이가 없이 태어난다고 하지만 태몽을 통해서 미래를 예견해 볼 수 있고, 더욱이 그에게 닥쳐온 죽을 고비와 온갖 고난과 역경은 그가 특별한 계기를 통해서 선택받은 자로서의 능력을 자각하게 된다. 그 후 능력을 배가할 수 있는 수학과정을 거치게 되고, 전란을 통해 입공을 세우면서 이야기 구도는 영웅화되고, 그 사이 사이에 다양한 영웅담들이 조각조각 끼워 맞추어져 있어서 흥미를 배가시켜줄 수 있다.

이는 〈반지의 제왕〉에서 볼 수 있는 영웅구도와도 유사한 방법을 가지고 있다.

작품의 주인공인 프로도를 도와주는 많은 영웅들이 조력자로 등장하면서 이들이 모험을 떠나 온갖 역경을 헤치고 마침내 세상을 악에서 구원한다는 내용을 고스란히 담고 있다. 판타지라는 특성이 강하게 작용하면서 영웅담의 일부는 수정되고 변형되었지만 세부적인 요소들은 그대로 유지되고 있다.

또한 영웅소설에서는 작품 내에서 다양한 게임의 소재를 찾을 수 있다는 점에서 가능성을 찾을 수 있다. 영웅소설은 영웅이라는 주인공을 축으로 하여 상승적인 삶의 과정을 따라 서사가 진행되고 있지만 여기에는 많은 인물들이 등장하며, 각기 서로 다른 성격을 가진 인물들로 설정되어 게임에서 다양한 캐릭터로 활용할 수 있다. 게임을 구성하기 위해서는 많은 캐릭터들이 필요한데 영웅소설의 작품에서는 특별히 상상에 의해 허황된 캐릭터를 만들 필요가 없으며, 작품에 나오는 인물만으로도 게임 구성이 충분하다고 할 수 있다. 한편 영웅소설에서는 게임에서 아이템으로 사용할 수 있는 무기나 여러 가지의 장신구들이 있어서 능력을 증가시켜 주는 게임으로 활용하는 데 유용하다고 할 수 있다.

이처럼 두 가지의 게임형태 중에서 롤플레잉 게임은 게임 자체가 스토리를 따라가는 구성방식으로 진행되기 때문에 전략시뮬레이션 게임에 비해서 영웅소설을 게임으로 재창작하는데 좋은 방식이 될 수 있다. 나아가 영웅소설의 원전을 최대한 반영하여 하나의 과정과 결과를 도출해 낼 수 있는 장점이 있다. 그리고 이를 온라인 게임으로 활용할 때에도 틀이 바뀌지 않으며, 무엇보다 영웅인물이 시간적인 경과에 따라 영웅화되어 가는 것처럼 일정 캐릭터의 성장과정을 게임으로 보여줄 수 있다는 점에서 롤플레잉 게임이 영웅소설의 게임콘텐츠를 만드는 데 적절한 게임방식이 될 수 있다고 하겠다.

3) 영웅소설의 게임 시나리오 방안

게임은 중세적 서사내용을 바탕으로 한 환상성과 최첨단 기술을 바탕으로 한 사실성이 맞물린 장으로써, 특히 콘텐츠와 테크놀로지의 상보성을 입증해 볼 수 있는 영역의 하나이다.[43] 게임 시나리오는 서사의 시나리오와는 달리 기본 시나리오에다 게임에 참여하는 게이머들의 선택에 따라 다양한 시나리오가 생겨날 수 있기 때문에 나무뿌리처럼 형성된 고난도의 제작테크닉을 필요로 한다.

전통적인 서사가 시작에서부터 결말까지 작자에 의해 일방적으로 서술되고 작가의 의도대로 마련한 한가지의 서사전개가 제공되는 데 반해, 게임 시나리오는 게이머의 선택과 능력에 따라 서사의 방향을 다양하게 전개시킬 수 있음에서 비롯된다. 그러나 선택이 자유로운 듯하지만 자신이 택한 캐릭터의 능력치가 확보되지 못하면 새로운 세계로의 진행은 사실상 불가능하다.

우리의 영웅소설을 게임으로 재창작하는 데 있어서 무엇보다 중요한 것은 단선형의 시나리오를 다선형의 시나리오로 다변화시키는 것이 중요하다. 게이머들은 대체로 하나의 시나리오를 선택하여 게임화하기 때문인데, 여기에 따른 영웅소설은 몇 가지 유형의 게임 시나리오로 창작하는 것을 가정해 볼 수 있다.

제1유형 : 영웅소설의 개별 작품이 갖는 일반적인 해석과 단선형 시나리오
제2유형 : 영웅소설의 개별 작품을 재구성한 시나리오
제3유형 : 두 가지 이상의 개별 작품을 합성하여 새롭게 재구성한 시나리오
제4유형 : 영웅소설을 모티프별로 차용하여 텍스톤적으로 변용한 다선형 시나리오

영웅소설은 이러한 몇 가지의 유형의 시나리오를 재창작하여 직접 게임화할 수 있다. 이 중에서 어느 유형을 게임의 맵으로 설정할 것인가는 창작자의 의도와 게이머들의 취향과 관심의 영역이라 하겠다. 대체로 제1유형이 가장 기본적인 것으로 원작에 충실한 단선형 시나리오를 통한 게임화 방법이며, 제 4유형으로 내려올수록 작가의 독창적인 맞춤형 게임시나리오라 할 수 있다.

게임 시나리오의 맵 구성과 영웅소설의 시공간이 내포하고 있는 세계관의 연계는 가능하다. 즉 영웅소설에서는 서구의 판타지 문학에서 핵심을 이루는 무용담과 로맨스 외에도 이승/저승, 전생/차생을 넘나드는 세계이동과 재생/환생이라는 삶과 죽음의 순환론적인 인식기반을 가지고 있다.

따라서 영웅소설의 이원론적 세계관을 중심축으로 하여, 가상세계와 현실세계

---

43) 신선희, 앞의 논문, 2004.

의 뒤섞임과 주인공의 입공과정과 전투장면 등을 퀘스트(임무)로 서사화하여 게임의 시나리오를 작성할 수 있다. 그러나 게임 시나리오는 게임상에서는 시놉시스와 유사할 정도의 간략한 틀, 게임 스토리로 제공할 뿐 시나리오 전체를 공개하지 않는다. 다만 게이머들에 의해 선택된 시나리오를 조합해 가면 된다.

게임 시나리오는 컴퓨터게임 개발 및 제작에 필요한 시나리오를 일컫는다. 시놉시스를 통해 게임 전체 내용을 함축적으로 제시한 후 장르를 정하고 그래픽처리와 프로그램 방식 3D/2D 탑뷰/쿼터뷰 /1인칭시점/3인칭시점 등의 게임 시점을 확정한 후에 캐릭터와 아이템을 그래픽 디자이너들이 이해하여 그려낼 수 있게 명시해야 하고, 화면과 게임진행 중에 나타나야 하는 점수, 체력치수, 아이템 박스 등의 기본 능력치수를 각각 설정한다. 그 후에 세부 시나리오 작성에 들어가게 된다.[44]

영웅소설을 게임화하는 데 있어서 이야기의 서사전개에 따라 주인공의 행위 중심이 이동하기 때문에 서사구성이 중요하게 대두된다. 주인공이 주어진 목표나 임무를 수행하기 위해서 거쳐야하는 여러 개의 관문통과는 주인공의 능력과 적대세력의 대결구조로 연결되고 승리와 패배가 뚜렷이 결정되므로 중간 중간의 난이도에 따라 거듭되는 주인공의 배가된 능력을 삽입할 수 있다. 게임 시나리오의 서사는 적대자를 물리치고 장애물을 제거하는 고난과 고난해결, 목표설정과 달성과정을 반복해서 흥미를 배가시켜 나간다.

전통적인 서사전개와는 달리 게임의 서사는 게이머들에게 캐릭터와 서사진행의 선택권이 있기 때문에 시나리오도 단선형보다는 비선형으로 읽힌다. 그러므로 분산형 다중플롯 구조를 통해 다양한 변수의 게임을 진행할 수 있도록 설정해 주는 것이 게임화하는 데 중요한 방법이라 할 수 있다.

---

44) 신선희, 앞의 논문.

제5장

역사 이야기와 상상력의 만남

1. 만파식적

제 31대 신문대왕의 휘(諱)는 정명(政明)이요 김씨니 개요(開耀) 원년 신사 7월 7일에 즉위하였다. 부친 문무대왕을 위하여 동해변에 감은사를 세웠다(사중기(寺中記)에 문무왕이 왜병을 진압하려 하여 이 절을 짓다가 마치지 못하고 돌아가 해룡이 되고, 그 아들 신문이 즉위하여 개요 2년에 공사를 마쳤는데, 금당계하(金堂階下)를 파헤쳐 동쪽으로 향한 한 구멍을 내었으니 그것은 용이 들어와 서리게 하기 위한 것이다. 생각컨대 유조로 장골(藏骨)케 한 곳을 대왕암이라 하고 절은 감은사라 하였으며, 그 후에 용의 현신을 본 곳은 이견대(利見臺)라 하였다.). 다음해 임오년 5월 초 1일(한 본(本)에는 천수(天授) 원년이라 하나 잘못이다.)에 해관파진찬(海官波珍湌) 박숙청(朴夙淸)이 아뢰되 동해중에 소산이 떠서 감은사로 향하여 오는데 물결을 따라 왕래한다 하였다.

왕이 이상히 여겨 일관 김춘질(金春質, 혹은 春日(춘일)이라고 쓴다.)을 시켜 점을 치니 가로되 돌아가신 문무대왕이 지금 해룡이 되시어 삼한을 진호(鎭護)하시고 또 김공 유신은 삼십삼천의 일자로 지금 하강하여 대신이 되었으니 두 성인이 덕을 같이 하여 수성의 보배를 내주시려 하니, 만일 폐하가 해변에 가시면 반드시 무가의 대보를 얻으시리라 하였다.

왕이 기뻐하여 그달 7일에 이견대에 행하여 부산(浮山)을 바라보고 사람을 보내어 살펴보니 산세가 귀두와 같고 위에는 한 줄기 대나무가 있는데, 낮에는 둘이 되고 밤에는 합하여 하나가 되었다(혹은 말하되 산도 대와 같이 주야로 개합한다 하였다.).

사자가 돌아와 그대로 아뢰었다. 왕이 감은사에서 숙박하였는데, 이튿날 오시에 대가 합하여 하나가 됨에 천지가 진동하고 풍우가 일어 7일이나 어둡더니 그달 16일에 이르러서야 비로소 바람이 자고 물결이 평온하여졌다.

왕이 배를 타고 그 산에 들어가니, 용이 검은 옥대를 받들고 와서 바치는지라 영접하여 같이 앉고 물어 가로되 이 산과 대가 혹 나누어지기도 하고 혹 합해지기도 하는 것이 무슨 까닭이냐. 용이 말하되 비유컨대 한 손으로 치면 소리가 없고 두 손으로 치면 소리가 나는 것과 같으니 대란 물건은 합한 후에야 소리가 나는 법이라 성왕이 소리로써 천하를 다스릴 상서로운 징표이니 이 대를 취하여 피리를 만들어 불면 천하가 화평할 것이다. 지금 왕의 돌아가신 부친이 바닷속 큰 용이 되고 유신이 다시 천신이 되어 이성이 동심하여 이 무가의 대보를 내어 나로 하여금 갖다 바치게 한 것이라 하였다.

왕이 놀라고 기뻐하여 오색금채와 금옥을 주고 사자를 시켜 대를 베어가지고 바다에서 나오매, 산과 용이 갑자기 보이지 아니하였다. 왕이 감은사에서 자고 17일에 지림사 서쪽 시냇가에 와서 수레를 멈추고 점심을 먹었다. 태자 이공(理恭, 즉 효소대왕)이 대궐을 유수하고 있다가 이 소식을 듣고 말을 달려 와서 하례하며 서서히 살펴보고 아뢰기를 이 옥대의 여러 쪽이 다 진룡입니다.

왕이 가로되 네가 어찌 아느냐. 태자가 아뢰되 쪽 하나를 떼서 물에 넣어 보소서 하였다. 이에 왼편 둘째 쪽을 떼서 시냇물에 넣으니 곧 용이 되어 하늘로 올라가고 그 땅은 못이 되었다. 인하여 그 못을 용연이라 하였다. 왕이 돌아와서 그 대로 피리를 만들어 월성(月城) 천존고(天尊庫)에 두었는데, 이 피리를 불면 적병이 물러가고 병이 낫고 가뭄에는 비가 오고 비올 때는 개이며 바람은 가라앉고 물결도 평정하여졌다. 그래서 이 피리를 이름하여 만파식적(萬波息笛)이라 하고 국보로 지칭하였다. 효소대왕 때에 이르러 천수 4년 계사에 실례랑이 생환한 기이한 일로 인하여 다시 만만파파식적(萬萬波波息笛)이라 이름 하니 자세한 것은 그 전기에 보인다.

2. 서동요

　무왕(武王, 고본에는 무강(武康)이라 하였으나 그릇된 것이니 백제에는 무강이 없다.) 제30대 무왕의 이름은 장(璋)이다. 그 모친이 과부가 되어 서울 남지변에 집을 짓고 살던 중, 그 연못의 용과 교통하여 장을 낳고 아명을 서동(薯童)이라 하였는데 그 도량이 커서 헤아리기가 어려웠다. 항상 마를 캐어 팔아서 생활을 하였으므로, 사람들이 이에 의하여 이름을 지었다. 신라 진평왕의 셋째 공주 선화(善花, 혹은 선화(善化)라고도 쓴다.)가 아름답기 짝이 없다는 말을 듣고 머리를 깎고 신라의 서울로 가서 마를 가지고 동내 아이들을 먹이니 아이들이 친해서 따르게 되었다.

　이에 동요를 지어 여러 아이들을 꾀어서 부르게 하였는데 그 노래에 "선화 공주님은 남 그스기 얼어두고 서동방을 밤에 몰 안고 가다."라 하였다. 동요가 서울에 퍼져 대궐에까지 알려지니 백관이 임금에게 극간하여 공주를 먼 곳으로 귀양보내게 하였는데 장차 떠나려 할 때 왕후가 순금 한 되를 노자로 주었다. 공주가 귀양처로 갈 때 서동이 도중에서 나와 맞이하며 시위하고 가고자 하였다. 공주는 그가 어디서 온지는 모르나 우연히 믿고 기뻐하여 따라가며 잠통(潛通)하였다. 그 후에야 서동의 이름을 알고 동요가 맞은 것을 알았다.

　함께 백제로 와서 모후가 준 금을 내어 생계를 꾀하려 하니 서동이 대소하며 이것이 무엇이냐 하였다. 공주 가로되 이것은 황금이니 가히 백 년의 부를 이룰 것이다. 서동이 가로되 내가 어려서부터 마를 파던 곳에 황금을 흙과 같이 쌓아 놓았다 하였다. 공주가 듣고 대경해 가로되 그것은 천하의 지극한 보배이니 그대가 지금 그 소재를 알거든 그 보물을 가져다 부모님 궁전에 보내는 것이 어떠하냐고 하였다.

　서동이 좋다 하여 금을 모아 구릉과 같이 쌓아 놓고 용화산 사자사의 지명법사(知命法師)에 가서 금을 수송할 방책을 물었다. 법사가 가로되 내가 신통력으로 보낼 터이니 금을 가져오라 하였다. 공주가 편지를 써서 금과 함께 사자사 앞에 갖다 놓으니 법사가 신력으로 하룻밤 사이에 신라 궁중에 갖다 두었다. 진평왕이 그 신이한 변통을 이상히 여겨 더욱 존경하며 항상 편지를 보내어 안부를 물었다. 서동이 이로부터 인심을 얻어 왕위에 올랐다. 하루는 왕이 부인과 함께 사자사에 가다가 용화산 아래의 큰 못가에 이르자 못 가운데서 미륵 삼존이 나타나므로 수레를 멈추고 경례하였다. 부인이 왕에게 이르되 나의 소원이 이곳에 큰 절을 이룩하면 좋겠다고 하였다. 왕이 허락하고 지명법사에게 가서 못을 메울 것을 물었더니, 신통력으로 하룻밤에 산을 무너뜨려 못을 메워 평지를 만들어서 미륵 삼상과 회전·탑·낭무를 각각 세 곳에 세우고 액호를 미륵사(彌勒寺, 국사에는 왕흥사(王興寺)라 하였다.)라 하니 진평왕이 백공(百工)을 보내서 도와주었는데 지금까지 그 절이 있다(삼국사에는 이이를 법왕(法王)의 아들이라 하였는데 여기에는 과부의 아들이라 전하니 자세치 않다.).

3. 궁예

궁예는 신라인이니 성은 김씨이다. 아버지는 제47대 헌안왕이요, 어머니는 헌안왕의 후궁이었는데 그녀의 이름은 전해지지 않는다. 혹자는 궁예가 48대 경문왕 응렴의 아들이라고도 한다. 그는 5월 5일 외가에서 태어났는데, 그때 지붕에 긴 무지개와 같은 흰빛이 있어서 위로는 하늘에 닿았었다. 일관이 아뢰기를 "이 아이가 오(午)자가 거듭 들어있는 날[重午]에 났고, 나면서 이가 있으며 또한 광염이 이상하였으니, 장래 나라에 이롭지 못할 듯합니다. 기르지 마셔야 합니다."라고 하였다. 왕이 중사로 하여금 그 집에 가서 그를 죽이도록 하였다. 사자는 아이를 포대기 속에서 꺼내어 다락 밑으로 던졌는데, 젖 먹이던 종이 그 아이를 몰래 받아 들다가 잘못하여 손으로 눈을 찔렀다. 이리하여 그는 한쪽 눈이 멀었다.

종은 아이를 안고 도망하여 숨어서 고생스럽게 양육하였다. 그의 나이 10여 세가 되어도 장난을 그만두지 않자 종이 그에게 말했다. "네가 태어났을 때 나라의 버림을 받았다. 나는 이를 차마 보지 못하여 오늘까지 몰래 너를 길러 왔다. 그러나 너의 미친 행동이 이와 같으니 반드시 남들에게 알려질 것이다. 그렇게 되면 나와 너는 함께 화를 면치 못 할 것이니 이를 어찌하랴?" 궁예가 울면서 말했다. "만일 그렇다면 내가 이곳을 떠나 어머니의 근심거리가 되지 않도록 하겠습니다." 그는 말을 마치고 곧 세달사로 갔다. 지금의 흥교사가 바로 그 절이다. 그는 머리를 깎고 중이 되어 스스로 선종이라고 불렀다.

그가 장성하자 중의 계율에 구애받지 않고 방종하였으며 뱃심이 있었다. 어느 때 재를 올리러 가는 길에 까마귀가 무엇을 물고 와서 궁예의 바리때에 떨어뜨렸다. 궁예가 그것을 보니 점을 치는 산가지였는데 거기에는 왕이라는 글자가 쓰여 있었다. 궁예는 그것을 비밀에 부쳐 소문을 내지 않고 스스로 자만심을 가졌다.

신라 말기에 정치가 거칠어지고 백성들이 분산되어 왕기의 밖에 있는 주현 중에서 신라 조정을 반대하고 지지하는 수가 반반씩이었다. 그리고 도처에서 도적이 벌떼처럼 일어나 개미같이 모여 들었다. 선종은 이를 보고 혼란한 틈을 이용하여 무리를 끌어 모으면 자기의 뜻을 이룰 수 있으리라고 생각하였다. 진성왕 재위 5년, 대순 2년 신해에 그는 죽주에 있는 반란군의 괴수 기훤의 휘하로 들어갔다. 그러나 기훤이 오만무례하므로 선종의 마음이 침울하여 스스로 마음을 정하지 못하고 있다가, 기훤의 휘하인 원회, 신헌 등과 비밀리에 결탁하여 벗을 삼았다. 그는 경복 원년 임자에 북원의 반란군 양길의 휘하로 들어갔다. 양길은 그를 우대하고 일을 맡겼으며, 군사를 주어 동쪽으로 신라의 영토를 공략하게 하였다. 이에 선종은 치악산 석남사에 묵으면서 주천, 나성, 울오, 어진 등의 고을을 습격하여 모두 항복시켰다.

선종은 건녕 원년에 명주로 들어가 3천 5백 명을 모집하여, 이를 14개 대오로 편성하였다. 그는 김대검, 모흔, 장귀평, 장일 등을 사상(사상은 부장을 말한다.)으로 삼고, 사졸과 고락을 같이하며, 주거나 빼앗는 일에 이르기까지도 공평무사하였다. 이에 따라 여러 사람들이 그를 마음속으로 두려워하고 사랑하여 장군으로 추대하였다. 이에 저족, 생천, 부약, 금성, 철원 등의 성을 쳐부수니 군사의 성세가 대단하였으며, 패서에 있는 적들이 선종에게 와서 항복하는 자가 많았다. 선종은 내심 무리들이 많으니 나라를 창건하고 스스로 임금이라고 일컬을 만하다고 생각하여 내외의 관직을 설치하기 시작하였다.

우리 태조가 송악군으로부터 선종에게 가서 의탁하니, 단번에 철원군 태수를 제수하였다. 태조는 3년 병진에 승령, 임강의 두 고을을 쳐서 빼앗았으며, 4년 정사에는 인물현이 항복하였다. 선종은 송악군이야말로 한강 북쪽의 이름난 고을이며 산수가 아름답다고 생각하여 그곳을 도읍으로 정하고, 공암, 검포, 혈구 등의 성을 쳐부수었다. 당시에 양길은 그때까지 북원에 있으면서 국원 등 30여 성을 빼앗아 소유하고 있었는데, 선종의 지역이 넓고 백성들이 많다는 말을 듣고 크게 노하여

30여 성의 강병으로 선종을 습격하려 하였다. 선종이 이 기미를 알아차리고 먼저 양 길을 쳐서 대파하였다. 선종은 광화 원년 무오 봄 2월에 송악성을 수축하고, 우리 태조를 정기 대감으로 삼고, 양주와 견주를 쳤다. 겨울 11월에 팔관회를 시작하였다. 3년 경신에 다시 태조로 하여금 광주, 충주, 당성, 청주(혹은 청천이라고 한다.), 괴양 등의 고을을 공격하여 평정하도록 하였다. 이러한 전공으로 말미암아 선종은 태조에게 아찬의 위품을 주었다.

천복 원년 신유에 선종이 왕을 자칭하고 사람들에게 "이전에 신라가 당나라에 청병하여 고구려를 격파하였기 때문에, 평양의 옛 서울이 황폐하여 풀만 성하게 되었으니, 내가 반드시 그 원수를 갚겠다."고 말하였다. 아마도 자기가 태어났을 때 신라에서 버림받은 일이 원망스러웠기 때문에 이러한 말을 한 것으로 보인다. 그는 언젠가 남쪽 지방을 다니다가 흥주 부석사에 이르러 벽화에 있는 신라왕의 화상을 보고 칼을 뽑아 그것을 쳤는데 그 칼자국이 아직도 남아 있다. 천우 원년 갑자에 나라를 창건하여 국호를 마진이라 하고 연호를 무태라 하였다. 이때 처음으로 광평성을 설치하여 광치나(지금의 시중), 서사(지금의 시랑), 외서(지금의 원외랑) 등의 관원을 두었으며, 또한 병부, 대룡부(창부를 이른 것), 수춘부(지금의 예부), 봉빈부(지금의 예빈성), 의형대(지금의 형부), 납화부(지금의 대부시), 조위부(지금의 삼사), 내봉성(지금의 도성), 금서성(지금의 비서성), 남상단(지금의 장작감), 수단(지금의 수부), 원봉성(지금의 한림원), 비룡성(지금의 태복시), 물장성(지금의 소부감) 등을 설치하였다. 사대(모든 외국어의 학습을 맡은 기관), 식화부(과수 재배를 맡은 기관), 장선부(성황 수리를 맡은 기관), 주도성(기물 제조를 맡은 기관) 등을 설치하고 또한 정광, 원보, 대상, 원윤, 좌윤, 정조, 보윤, 군윤, 중윤 등의 직품을 설치하였다. 가을 7월에 청주의 민가 1천 호를 철원성에 옮겨 살게 하고, 이를 서울로 정하였다. 상주 등 30여 주를 쳐서 **빼앗았다.** 공주 장군 홍기가 항복해왔다.

천우 2년 을축에 궁예는 새로운 서울로 가서 궁궐과 누대를 대단히 사치스럽게 수축하였다. 연호였던 무태를 고쳐 성책 원년이라 하였고, 패서 13진을 나누어 정하였다. 평양 성주인 장군 검용이 항복하였고, 증성의 적의적과 황의적 명귀 등이 항복하여 왔다. 선종은 자기의 강대한 기세를 믿고 신라를 병탄하려 하였다. 그는 사람들로 하여금 신라를 멸도라고 부르게 하였으며, 신라에서 오는 사람은 모조리 죽여 버렸다. 주량 건화 원년 신미에 연호였던 성책을 고쳐 수덕만세 원년이라 하고, 국호를 태봉이라 하였다. 태조로 하여금 군사를 거느리고 금성 등지를 치게 하여, 금성을 나주로 고치고, 전공을 논하여 태조를 대아찬 장군으로 삼았다.

선종은 미륵불이라고 자칭하여, 머리에 금고깔을 쓰고 몸에 방포를 입었으며 맏아들을 청광 보살이라 하고 막내 아들을 신광 보살이라 하였다. 외출할 때는 항상 백마를 탔는데, 채색 비단으로 말갈기와 꼬리를 장식하고, 동남동녀들로 하여금 일산과 향과 꽃을 받쳐들고 앞을 인도하게 하였으며, 또한 비구 2백여 명으로 하여금 범패를 부르면서 뒤따르게 하였다. 그는 또한 스스로 불경 20여 권을 저술하였는데, 그 내용이 요망하여 모두 바르지 않았다. 선종은 때로는 단정하게 앉아서 강설을 하였다. 중 석총이 "전부 요사스러운 말이요, 괴이한 이야기로서 남을 가르칠 수 없다."고 말하였는데, 선종이 이 말을 듣고 화를 내어 그를 철퇴로 쳐 죽였다. 3년 계유에 태조를 파진찬 시중으로 삼았다. 4년 갑술에 연호였던 수덕만세를 고쳐서 정개 원년이라고 하였으며, 태조를 백선 장군으로 삼았다.

정명 원년에 그의 부인 강 씨가 왕이 옳지 못한 일을 많이 한다 하여 정색을 하고 간하였다. 왕이 그녀를 미워하여 "네가 다른 사람과 간통하니 웬일이냐?"고 하였다. 강 씨가 말하기를 "어찌 이런 일이 있겠습니까?" 하니, 왕이 말하기를 "나는 신통력으로 보고 있다."고 하면서, 뜨거운 불로 쇠공이를 달구어 음부를 쑤셔 죽이고 그의 두 아이까지 죽였다. 그 뒤로 그가 의심이 많고 곧잘 갑자기 성을 내므로, 여러 보좌관과 장수 관리로부터 평민에 이르기까지 죄없이 죽는 일이 자주 일어났다. 부양과 철원 사람들이 그 해독을 참을 수가 없었다. 이에 앞서 상인 왕 창근이란 자가 당나라에서 와서 철원 저자에 살았다. 정명 4년 무인에 그가 저자 거리에서 한 사람을 만났다. 그는 생김새가 매우 크고 모발이 모두 희었으며, 옛날 의관을 입고 왼손에는 자기 사발을 들었으며, 오른손에는 오래된 거울을 들고 있었다. 그가 창근에게 말하기를 "내 거울을 사겠는가?" 하므로, 창근이 곧 쌀을 주고 그것과 바꾸었다. 그 사람이 쌀을 거리에 있는 거지 아이들에게 나누어주고 난 후에는 간 곳이 없었다. 창근이 그 거울을 벽에 걸어 두었는데, 해가 거울에 비치자 가는 글씨가 쓰여 있었다. 그것을 읽어 보니 옛 시와 같은 것으로서, 내용이 대략 다음과 같았다.

상제가 아들을 진마에 내려보내니

먼저 닭을 잡고, 뒤에는 오리를 잡을 것이며,

사(巳)년 중에는 두 마리 용이 나타나는데,

한 마리는 푸른 나무에 몸을 감추고,

한 마리는 검은 쇠 동쪽에 몸을 나타낸다.

창근이 처음에는 글이 있는 줄을 몰랐으나, 이를 발견한 뒤에는 심상한 것이 아니라고 생각하여 마침내 왕에게 고하였다. 왕이 관리에게 명하여 창근과 함께 그 거울의 주인을 물색해 찾게 하였으나 찾을 수가 없었고, 다만 발삽사 불당에 진성 소상이 있었는데 모습이 그 사람과 같았다. 왕이 한참 한탄하고 이상히 여기다가 문인 송함홍, 백탁, 허원 등으로 하여금 그 뜻을 해석하게 하였다. 함홍 등이 서로 말했다. "상제가 아들을 진마에 내려 보냈다는 것은 진한과 마한을 말한 것이다. 두 마리 용이 나타났는데 한 마리는 푸른 나무에 몸을 감추고, 한 마리는 검은 쇠에 몸을 나타낸다는 것은, 푸른 나무는 소나무를 말함이니, 송악군 사람으로서 용으로 이름을 지은 사람의 자손을 뜻하나니, 이는 지금의 파진찬 시중을 이른 것이다. 검은 쇠는 철이니 지금의 도읍지 철원을 뜻하는 바, 이제 왕이 처음으로 여기에서 일어났다가 마침내 여기에서 멸망할 징조이다. 먼저 닭을 잡고 뒤에 오리를 잡는다는 것은 파진찬 시중이 먼저 계림을 빼앗고, 뒤에 압록강을 차지한다는 뜻이다."

송함홍 등이 서로 말했다. "지금 주상이 이렇게 포학하고 난잡하니 우리들이 만일 사실대로 말한다면 우리가 젓갈이 될 뿐 아니라 파진찬도 반드시 해를 당할 것이다." 그들은 이 때문에 거짓말을 지어 보고 하였다. 왕이 흉포한 일을 제멋대로하니 신하들이 두려워 떨며 어찌할 바를 몰랐다. 그해 여름 6월에 장군 홍술, 백옥, 삼능산, 복사귀는 바로 홍유, 배현경, 신숭겸, 복지겸 등의 젊은 시절의 이름이었는데, 이 네 사람이 은밀히 모의하고 밤에 태조의 집에 가서 말하기를, "지금 임금이 마음대로 형벌을 남용하여 아내와 아들을 죽이고, 신하들을 살육하며, 백성들이 도탄에 빠져서 도저히 살아갈 수가 없습니다. 예로부터 혼매한 임금을 폐하고 명철한 임금을 세우는 것이 천하의 큰 의리이니 공이 탕왕과 무왕의 일을 실행할 것을 바란다."고 하였다. 태조가 얼굴빛을 바꾸며 거절하여 말하기를 "나는 자신이 충성스럽고 순직한 것으로 자처하여 왔으므로 임금이 비록 포악하다고 하지만 감히 두 마음을 가질 수 없다. 대저 신하로서 임금의 자리에 바꾸어 앉는 것을 혁명이라 한다. 나는 실로 덕이 적은 데 감히 은탕과 주 무왕의 일을 본받겠는가?"라고 하였다.

여러 장수들이 말하기를 "때는 두 번 오지 않는 것으로써, 만나기는 어렵지만 놓치기는 쉽습니다. 하늘이 주어도 받지 않으면 도리어 재앙을 받을 것입니다. 지금 정치가 어지럽고 나라가 위태로워 백성들이 모두 자기 임금을 원수와 같이 싫어하는데, 오늘날 덕망이 공보다 훌륭한 사람이 없습니다. 하물며 왕창근이 얻은 거울의 글이 저와 같은데 어찌 가만히 엎드려 있다가 한 필부의 손에 죽음을 당하겠습니까?"라고 하였다. 이때 부인 유씨가 여러 장수들이 의논하는 말을 듣고 태조에게 말했다. "어진 자가 어질지 못한 자를 치는 것은 예로부터 그러하였습니다. 지금 여러분의 의논을 듣고 첩도 오히려 분노하게 되는데 하물며 대장부로서야 어떠하겠습니까? 지금 여러 사람들의 마음이 갑자기 변하였으니 천명이 돌아온 것입니다." 그녀는 자기 손으로 갑옷을 들어 태조에게 바쳤다. 여러 장수들이 태조를 호위하고 대문으로 나가면서 "왕공이 이미 정의의 깃발을 들었다"고 앞에서 외치게 하였다. 이에 앞뒤로 달려와서 따르는 자의 수가 얼마인지 알 수 없었으며, 또한 먼저 궁성 문에 다달아 북을 치고 떠들면서 기다리는 자도 1만여 명이나 되었다. 왕이 이 말을 듣고 어찌할 줄 모르다가 미천한 차림으로 산의 숲속으로 들어갔다. 그는 얼마 안 가서 부양 주민들에게 살해되었다. 궁예는 당나라 대순 2년에 일어나 주량 정명 4년까지 활동하였으니, 전후 28년 만에 망한 것이다.

고려사 세가의 궁예의 최후에 대한 부분

여러 장수들이 (태조를) 끼고 나오며 사람들로 하여금 말 달리면서 "왕공이 이미 의로운 깃발을 들었다"라고 외치게 했다. 여기서 분주히 따르는 자가 이루 다 기록할 수 없을 정도였고, 먼저 궁문으로 가서 소리치며 기다리는 자가 또한 1만여 명이었다. 예(裔)가 이를 듣고 깜짝 놀라 "왕공이 얻었으니 내 일은 끝났도다."라 말하고 어찌할 바를 몰랐다. 이에 미복 차림으로 북문을 통해 달아났다. 궁녀들이 궁을 청소하고 (태조를) 맞아들였다. 궁예는 악곡(嶽谷)으로 달아났다. 이틀 밤을 지난 후에는 몹시 배가 고파서 보리 이삭을 잘라 훔쳐 먹었다. 얼마 되지 않아 부양의 백성에게 해를 입었다.

4. 역사와 상상력의 착종, 대장금

1) 역사적 사건과 상상력의 결합

최근 드라마의 특징으로 역사적 사실을 모티브로 한 사극의 급부상을 들 수 있다. 방송 3사에서 동시에 역사 드라마를 방영함으로써 역사 드라마의 경쟁은 치열해 지고 있다. 이는 〈주몽〉, 〈태왕사신기〉, 〈대조영〉 등의 고대사를 다룬 역사 드라마부터 〈이산〉, 〈대왕 세종〉 등의 조선시대를 다룬 역사 드라마까지 그 시기를 불문하며, 〈연개소문〉, 〈사육신〉 등의 전통 사극부터 〈다모〉, 〈쾌걸 춘향〉, 〈쾌도 홍길동〉 등의 퓨전 사극까지 그 장르 또한 다양하다.

역사적인 사건은 우리의 사회 문화에서 드라마·영화·소설 등에서 여러 가지 모습으로 변화·발전되어 소재화된다. 이렇게 역사적 사실이 여러 모습으로 표현될 수 있는 것은 작가의 상상력이 어떤 방식으로 결합되느냐에 달려 있다. 역사의 시간적·공간적 제한을 뛰어넘는 보편적 가치를 현재의 가치관에 따른 상상력과 결합시킴으로써 또 다른 가치를 발견해 내는 것이다. 그러므로 역사 드라마는 기존의 실증주의적 역사를 되풀이하는 것이 아니라 작가의 상상력인 허구와 결합하여 오늘날 우리에게 새로운 스토리를 전달하는 것이다.

여기에서는 2003년 9월에 방영되기 시작하여 국내외에서 큰 인기를 얻은 〈대장금〉을 통하여 역사적 사건과 상상력의 결합이 드라마에서는 어떠한 방식으로 표현되고, 작가의 상상력과 어떻게 유기적으로 결합하는가에 대해 알아보고자 한다.

2) 대장금의 역사적 기록

대장금(大長今)에 대한 역사적 기록은 풍부하지 않다. 단지 조선왕조실록에 일부 기사로만 전해진다. 대장금은 장금이란 이름 앞에 '큰' 또는 '위대한'을 뜻하는 '대(大)'를 써서 대장금이라 칭한 것이다. 대장금은 의술뿐 아니라 요리에도 뛰어났다고 전해지지만, 출생연도, 성씨와 본관, 출생 배경이나 활동 내용은 전하지 않고 있다. 다만 조선왕조실록에 중종(中宗)의 총애를 받은 천민 출신의 의녀(醫女)로 기록되어 있어 뛰어난 의녀였음을 짐작할 수 있을 뿐이다. 아래의 글은 조선왕조실

〈대장금〉

록에 기록된 대장금에 관한 기사이다.

"대비전의 증세가 나아지자, 국왕이 약방(藥房)들에게 차등있게 상을 주었다. (…중략…) 의녀 신비와 장금(長今)에게는 각각 쌀과 콩 각 10석씩을 하사하였다." — 중종실록 17년 9월

"상에게 병환이 있어 정원(政院)에서 문안을 드렸다. (…중략…) 아침에 의녀 장금이 내전으로부터 나와서 말하기를, '하기(下氣)가 비로소 통하여 매우 기분이 좋다'고 하셨습니다." — 중종 39년 10월

전하는 바에 따르면 대장금은 중종의 어의녀, 곧 중종의 주치의 역할을 했다고 하는데, 이는 기록에 등장하는 많은 의녀 가운데 유일한 것이다. 특히 천민 신분의 의녀로서 수많은 남자 의관(醫官)을 제치고 왕의 주치의가 되었다는 것은 당시 남성 위주의 엄격한 사회체제 아래서는 불가능에 가까운 일이었다.

의녀는 양반집 부녀자가 아플 때 남자 의원에게 진찰을 받는 것을 부끄럽게 여겨 아픈 곳을 제대로 진찰받지 못하여 죽는 수가 있으므로 여자들에게 의술을 가르쳐 주어 부인들의 병을 진맥하게 한 것이 유래이다.

의녀는 태종 6년(1406)에 제생원에 설치된 후 남자 의원에게 진찰받기를 부끄러워하던 많은 부인들의 환영을 받았다. 조정에서는 의녀의 수요가 증가하자 기술을 습득한 후에 다른 정부기관이나 또는 사회적 요구에 따라 제생원에서 각처로 파견하게 되었다. 그러나 남녀의 자유로운 접촉을 금기시하던 당시에 있어서는 중서계급의 여자들은 의업에 종사하기를 원하지 않았기 때문에 창설 당시부터 천류에 속한 비자(婢子)의 여성 중에서 선발되었다.

3) 드라마 〈대장금〉의 내용과 갈등구조

드라마 〈대장금〉은 조선시대 의녀 장금의 성공담을 그린 작품이다. 장금이는 처음에 수랏간 궁녀로 입궐하여 한 상궁을 스승으로 모시고 궁중요리를 배우게 된

다. 하지만 어머니 때부터 얽혀있던 갈등과 최 상궁을 비롯한 최 씨 일가와의 암투로 제주도에 유배된다. 장금이는 제주에서 장덕을 만나 의술을 배우고 다시 궁으로 입궐해 최 씨 일가에 복수를 하게 되고, 중종의 총애를 받게 된다. 드라마는 이러한 과정 속에서 궁중 내 하층민들 중심의 애환과 갈등을 그려낼 뿐만 아니라 궁중요리를 중심으로 한 전통음식을 소개하고 조선시대 의학상식 및 의녀제도를 시청자에게 전달하였다.

〈대장금〉은 등장인물의 성격이 선악의 뚜렷하고, 드라마 전개에 있어 악에 대한 선의 승리를 그려냄으로써 시청자들에게 깊은 인상을 남기었다. 아래의 표는 대장금 등장인물들의 갈등 관계를 도식화한 것이다.

대장금의 서사 전개는 '장금의 출생-장금의 성장-궁녀가 되는 과정과 궁중 생활-장금의 사랑-최고상궁 경쟁-장금의 정체를 알게 된 한 상궁-한 상궁의 죽음-제주도 유배-의녀로서의 성장-의녀가 된 장금-새로운 스승과 친구-중종의 신임-복수와 최 상궁의 죽음-행복한 결말'로 요약할 수 있다.

이러한 전개는 역사적으로 갑자사화와 중종반정과 같은 실제 사건을 배경으로 이루어지고 있고, 극의 전개상으로는 부모의 죽음에 대한 의문과 원한이 저변에 흐르고 있다. 이와 같은 배경 속에서 권력의 횡포와 선과 악의 대결이 작품을 전체를 관통하면 서사를 견인하고 있다. 최종적으로는 악화된 상황에서도 굴하지 않는 영웅적 개인의 투쟁과 승리를 보여주고 있는 것이다.

그렇다면 대장금의 어떠한 정서와 내용이 현대인의 삶에 공감을 주는 것일까? 이전 사극의 갈등이 대부분 지배층의 정치 경제적 권력 다툼에 근거하여 양반과 왕족 중심으로 전개되었다면 〈대장금〉에서는 인물들의 평면적이지 않은 심리구조와 일상생활을 그려내어 서민과 궁궐의 하층민의 삶을 보여주었다.

그 중에서도 주목할 만한 점은 여성을 주인공으로 하여 그 성장을 보여 줌으로써 그동안 위계적인 사회에서 억눌려 있던 여성의 가치를 재발견 해줌에 있다. 대부분의 역사 드라마에 나타난 여성의 모습은 한계를 지니고 있었다. 사극에서 여성의 모습은 왕과 세자를 둘러싼 암투와 시기·다툼을 하는 부정적 형상이거나 왕의 사랑에 목말라하는 후궁, 또는 전통적 가치에 순응하는 인물들로 그려지는 경우가 대부분이었다.

그러나 〈대장금〉에서는 여성으로써 자신이 추구하고자 하는 가치를 실현하려는 강한 의지를 표출하고 성공지향적인 삶을 살아가려는 모습을 그리는데 중점을 두고 있다. 이는 현대 사회에서 커리어우먼으로서 성공하려는 여성의 욕망을 대변한다고 할 수 있다. 현대 사회가 바라는 여성의 이미지가 극 중에 투영되었다고 할 수 있는 것이다. 그렇기 때문에 드라마 〈대장금〉은 2004년 남녀 평등상 방송대상을 수상하였다. 여성의 사회적 역할 고취라는 사회적 분위기와 잘 맞은 것이다.

〈대장금〉은 '일하는 여성의 성공 신화'라는 요소 외에도 궁중 음식 문화가 한국의 다이어트 음식 문화와 웰빙 트렌드에 부합한다는 점, 경쟁적인 대결 구도가 흥미를 이끌었다는 점, 사건의 빠른 해결과 호흡 전개를 보인다는 점 등의 매력을 가지고 있어 현대인의 정서에 부합할 수 있었던 것이다.

4) 〈대장금〉의 성공과 의의

〈대장금〉은 2003년 9월 방영된 이후 최고 50.2%를 기록하는 매우 높은 시청률을 기록하였다. 이와 같은 인기에 힘입어 종영 이후 VCD, DVD 형태로 출시되어 큰

인기를 얻었고, 대장금 OST 발매가 발매되기도
하였다. 대장금은 국내의 인기를 넘어 해외에서
도 큰 반향을 일으켰다. 대만과 중국에서는 다른
프로그램에 비해 두 배가 넘는 시청률로 동일 시
간대 1위에 올랐고, 이란에서는 2005년 국영 IRIB
TV에 방영되어 무려 86%의 경이적인 시청률을
기록하였다.

〈장금이의 꿈〉

〈대장금〉은 종영 후에도 해외의 인기에 힘입어 다른 문화산업으로 영향력을 확
대하였다. 경기도 양주에 위치한 대장금 촬영현장은 '대장금 테마파크'로 변모하
여 여행패키지 관광상품으로 개발되었다. 그리고 소설 〈대장금〉과 요리책이 출판
되었고, 아시아 각국에서 한국 요리에 대한 관심이 증폭되었다.

또한 대장금 관련 캐릭터 상품이 개발되었고, MBC에서는 드라마 〈대장금〉을
모티브로 하는 애니메이션 〈장금이의 꿈〉을 제작하였다. 2007년에는 뮤지컬 〈대
장금〉이 상연되어 대장금의 인기를 이어가기도 하였다. 대장금 관련 문화 상품은
기존의 한류 상품과 달리 스타에 대한 의존도가 비교적 적고 전통 먹을거리, 한복
등 전통문화가 주가 돼 의미가 있다고 할 수 있다.

〈대장금〉의 성공은 오늘날 우리에게 새로운 관점을 시사한다. 디지털 기술의 발
달로 우리의 생활양식이 빠르게 변화하고 있고, 이에 따라 실용성과 효용성을 중
요시한다. 이러한 사회 분위기 속에서 고전과 전통은 상대적으로 그 가치를 폄하
받았던 것이 사실이다. 하지만 〈대장금〉의 성공에서 볼 수 있듯이 우리의 과거를
통해서 재현된 오늘날의 문화콘텐츠는 보편성과 흥미적 요소를 모두 갖추었다. 우
리 이야기는 무가치하며 효용성이 없는 것이 아니다. 사람들은 여전히 고전을 소
재로 한 드라마, 영화, 뮤지컬 등을 보고 즐거워한다.

최근 지식의 축적과 기술의 발달로 과거에 접근하기 어려웠던 고전들을 인터넷
이나 여러 디지털 매체에서 한 번의 클릭만으로 풀어쓴 한글로 쉽게 읽을 수 있다.
고전과 역사적 이야기는 현재 우리들의 삶을 반성하게 만들고 또 미래에 우리들이
가져야 할 모습을 예견하고 비판하는 역할을 한다. 디지털 기술 발달로 인한 고전
의 보급 확대는 문화콘텐츠에 더욱더 많은 양의 정보를 제공하고 고전이 더 많은

가치와 효용성을 발현하는 역할을 할 것이다. 우리 전통에 대한 기록을 바탕으로 만들어진 컴퓨터 게임, 애니메이션은 고전이 기술의 발달과 함께 갈 수 있음을 말해 준다.

옛 기록을 우리의 삶에 가치있게 변형시키기 위해서는 과거의 역사적인 기록에 오늘날의 상상력을 결합시켜야 한다. 문헌에 나타나 있지 않는 부분을 조연과 같은 상상력이 투영된 매개체를 통해서 표현하고, 변화하는 우리들의 가치관에 맞게 드라마의 주제의식을 재편할 필요성이 있다. 시대에 따라 그 가치를 새롭게 부여하고, 현재의 우리의 감수성을 드라마에 녹인다면 화석처럼 굳어있던 역사적 기록은 우리 생활 가까이 있는 이야기로 생명력을 얻을 것이다.

제6장

탐색과 변신 이야기

1. 지하국대적퇴치 이야기

1) 초립동이 이야기

옛날 한 사람의 한량(閑良)이 과거를 보려고 서울로 향하였다. 중도에서 그는 어떤 큰 부자가 어떤 대적(大賊)에게 딸을 잃어버리고 비탄하고 있다는 말을 들었다. '딸을 찾아오는 사람에게는 내 재산의 반과 딸을 주리라.' 하는 방(榜)을 팔도에 붙였다는 것이었다. 한량은 그 여자를 구하여 보리라고 결심하였다. 그러나 그 도적이 어디 있는지도 알 수 없었다. 방향도 없이 찾아다니던 중, 어느 날 그는 노중(路中)에서 세 사람의 초립동이를 만나서, 그들과 결의형제(結義兄弟)를 하였다.

네 사람의 한량은 도적의 집을 찾으러 출발하였다. 도중에서 그들은 다리 부러진 한 마리의 까치를 만났다. 그들은 까치의 다리를 헝겊으로 매어 주었다. 그 까치는 독수리에게 집과 알을 잃어버리고 −독수리는 종종 까치의 집을 빼앗는 일이 있다.− 다리까지 부러진 것이었다.

까치는 무사들에게 향하여 "당신들은 아마 대적의 집을 찾으시겠지요. 여기서 저 쪽에 보이는 산을 넘어가면 거기에는 큰 바위가 있고, 그 바위 밑에는 흰 조개 껍질이 있습니다. 그것을 들어내고 보면 조개 껍질 밑에 바늘귀만한 구멍이 있을 것입니다. 그곳이 바로 대적이 사는 곳입니다." 하였다.

그들은 까치와 작별하고 그 산을 넘고 바위를 발견하여 그 밑에 있는 흰 조개 껍질을 들어 보았다. 정말 거기에는 조그마한 구멍이 있었다. 그 구멍은 파 내려갈

수록 커져, 그 밑바닥에는 넓은 별계가 보였다. 그러나 그 구멍은 매우 깊었으므로 쉽게 내려갈 수 없었다. 그들은 풀과 칡을 구하여 기다란 줄을 만들었다. 그리고 제일 나이 젊은 한량에게 먼저 내려가 보라고 하였다. 내려가는 도중에 무슨 위험이 있을 때에는 줄을 흔들기만 하면 위에 있는 사람들이 곧 그 줄을 끌어올리기로 약속하였다.

제일 젊은 한량은 조금 내려가다가 무서운 생각이 나서 줄을 흔들었다. 다음 사람은 반쯤 내려갔을 때에 줄을 흔들었다. 또 그 다음 사람은 삼분의 이 정도 내려가다가 무서워 줄을 흔들었다. 마지막으로 제일 형되는 한량이 내려가게 되었다. 그는 동생들에게 말했다.

"너희들은 아직 나이 어려서 안 되겠다. 내가 내려가서 도적을 죽이고 돌아올 때까지 여기서 기다려라. 그때에도 줄을 흔들 터이니 너희들은 줄을 당겨 올려야 할 것이다." 그는 구멍이 끝나는 곳까지 내려갔다. 넓은 지하국에 훌륭한 집도 많이 있었다. 그는 대적의 집인 듯한, 그 나라에서는 가장 큰 집 옆에 있는 우물가에서 선 버드나무 위에 몸을 감추고 대적의 동정을 살피고 있었다.

조금 있으니, 한 예쁜 여자가 물을 길고자 우물까지 왔다. 그 여자는 물동이에 가득 물을 길어 가지고 그것을 들려고 하였다. 그때에 한량은 버들잎을 한줌 훑어서 물동이 위에 뿌렸다. "아이고 몹쓸 바람이구나!" 하면서 여자는 길었던 물을 버리고 다시 물을 길었다. 여자가 다시 물동이를 들려고 하였을 때에, 한량은 또다시 버들잎을 내뜨렸다. "바람도 얄궂어라." 하면서 여자는 다시 물을 길었다.

세 번 만에 여자는 나무 위를 쳐다보았다. 그래서 '이 세상 사람'을 발견하고 놀라면서 물었다. "당신은 어떻게 해서 이런 곳에 들어왔습니까?" 한량은 그가 온 이유를 말하였다. 여자는 다시 놀라면서, "당신이 찾으시는 사람이 바로 접니다. 그러나 대적은 무서운 장수이므로 죽이기는 어렵습니다. 그러니 나를 따라 오십시오." 하고 한량을 컴컴한 도장 속에 감추고 커다란 철판을 가지고 와서 그것을 한량 앞에 놓으면서, "당신의 힘이 얼마나 되는지 이것을 들어 보십시오." 하였다.

그는 겨우 그 철판을 들어 올렸다. "그래서는 도저히 대적을 당할 수 없습니다." 그렇게 말하고 여자는 도적의 집에 있는 동삼수(童蔘水)를 매일 몇 병씩 가져다 주었다. 그는 그 동삼수를 날마다 먹었다. 그래서 나중에는 대철퇴(大鐵槌) 둘을 양손에 쥐고 자유로이 사용하게 되었다. 어떤 날 여자는 큰 칼을 가지고 와서, "이것은 대적이 쓰는 것입니다. 대적은 지금 잠자는 중입니다. 그놈은 한번 자기 시작하면 석 달 열흘씩 자고, 도적질을 시작하여도 석 달 열흘 동안하며, 먹기는 석 달 열흘 동안씩 먹습니다. 지금은 자기 시작한 뒤로 꼭 열흘이 되었습니다. 이 칼로 그놈의 목을 베십시오." 하였다.

한량은 좋아라고 여자를 따라 대적의 침실로 들어갔다. 대적은 무서운 눈을 뜬 채 자고 있었다. 한량은 도적의 목을 힘껏 쳤다. 도적의 목은 끊어진 채 뛰어서 천장에 붙었다가 도로 목에 붙고자 하였다. 여자는 예비하여 두었던 매운 재를 끊어진 목의 절단부에 뿌렸다. 그러니까 목은 다시 붙지 못하고 대적은 마침내 죽어 버렸다.

한량과 여자는 대적의 창고를 검사하여 보았다. 한 곳간을 열어 보니 금은보화 가 가득 쌓여 있었다. 또 한 곳간에는 쌀이 가득 쌓여 있었다. 또 한 곳간에는 소와 말이 차 있었다. 또 한 곳간에는 사람의 해골이 가득 쌓여 있었다. 모두 대적에게 피살된 사람의 해골이었다.

또 한 곳간을 열어 보니 거기에는 반생반사(半生半死)된 남녀가 가득 있었다. 한 량과 여자는 급히 미음을 쑤어서 불쌍한 사람들을 구하여 주었다. 그리고 대적의 금은보화와 쌀, 소, 말 등을 그 사람들에게 나누어 주었다. 한량과 여자는 몸에 지 닐 수 있는 한의 보화를 가지고, 또 여자와 마찬가지로 대적에게 잡혀 온 다른 세 사람의 예쁜 여자와 함께 내려왔던 구멍 밑에까지 왔다. 그래서 줄을 흔들었다.

지상에서 기다리고 있던 세 사람의 초립동이 한량들이 형이 너무 오래 돌아오지 아니하므로, 벌써 대적의 손에 죽은 것이라고 단념하고 돌아가자고 하였을 때에, 마침 줄이 흔들리므로 좋아라고 줄을 당겨 올렸다. 한량과 네 사람의 여자들도 일 일이 끌어올렸다.

네 사람의 한량은 네 여인을 구해 가지고, 그들의 부모들에게 데려다 주었다. 여자의 양친들은 한없이 좋아하며 그들의 딸을 각각 한량들에게 주고, 그 위에 그 들의 재산을 많이 나누어주었다. 큰 부잣집 딸을 제일 형되는 한량이 얻은 것은 물론이다. 부자의 딸은 남편에게 이렇게 말했다.

"나는 도적놈에게 붙들려 가던 그날 밤부터 도적에게 몸을 바치라는 강요를 당했습니다. 그러나 나는 몸에 병이 있다고 하고 속인 뒤에 가만히 나의 허벅다리의 살을 베어서 상처를 내어 그것을 도적에게 보였습니다. 도적은 나의 상처를 치료하고자 여러 가지 약을 써서, 나의 상처는 수일 내에 낫게 되었습니다. 그러나 상처가 나을 때마다, 나는 다시 살을 베어서 상처를 만들었습니다. 그래서 지금까지 정조를 지켜왔습니다. 이것을 보아주십시오." 하고 그는 상처를 내어놓았다. 정말 큰 상처가 있었다. 한량은 약속과 같이 처녀와 부잣집 재산의 반을 얻어서 잘 먹고 잘 살았다.

2) 아귀 귀신과 무사

옛날 아귀 귀신이라는 큰 도둑이 있었다. 그는 종종 이 세상에 나와서 세상을 요란하게 하고 예쁜 여자를 도적질해 가기도 하였다. 어떤 때 아귀 귀신은 나라의 세 공주를 한꺼번에 도적질하여 갔다. 그래서 왕은 모든 신하를 모아 놓고 귀신 잡을 계획을 물어보았으나 신기한 법을 말하는 자가 없었다.

그 중에 한 사람의 무신(武臣)이 나와 말하기를, "임금님, 신의 집은 대대로 국록을 먹고 있습니다. 이러한 때에 신의 목숨을 다하여 국은의 만에 일이라도 갚고자 합니다. 모쪼록 신으로 하여금 그 귀신을 퇴치케 하여 주십시오. 반드시 세 공주님을 구하여 오겠습니다." 하였다. 임금은 그것을 허락하였다. 그리고 말하기를, "누구든지 공주를 구하여 오는 사람에게는 나의 가장 사랑하는 막내딸을 줄 것이다." 라고 하였다.

무신은 몇 명의 부하를 데리고 아귀 귀신의 소굴을 찾아 출발하였다. 그는 수년 동안 천하의 방방곡곡을 찾아 돌아다녔으나 귀신의 소굴이 어느 곳에 있는지조차 알 수 없었다.

하루는 어떤 산모퉁이에서 피곤한 몸을 잠시 쉬고 있는 동안에 꿈을 꾸었다. 한 사람의 백발노인이 나타나서, "나는 이 산의 산신령이다. 네가 찾아다니는 아귀 귀신의 소굴은 이 산의 저쪽에 있는 산의 또 저쪽에 있는 산 중에 있다. 그 산으로 가면 너는 이상한 바위를 발견할 수 있을 것이다. 그 바위를 들고 보면, 겨우 한 사람의 몸이 들어갈 만한 구멍이 있을 것이다. 그 구멍으로 내려가면 구멍은 점점 커지고 구멍 밑에서는 별세계를 발견할 수 있을 것이다. 거기가 즉 아귀 귀신의 나라다." 하고는 온데간데없이 사라졌다.

무신은 노인이 가르쳐 준 대로 산을 넘고 골을 지나 아귀 귀신 있는 산까지 왔다. 정말 이상한 바위를 발견하여 그것을 들고 보니 조그만 구멍이 있었다. 무신은 부하들에게 명하여 튼튼한 새끼를 꼬고 한 개의 광주리를 얽었다.

그리고 부하들에게, "누가 먼저 광주리를 타고 내려가서 아귀 귀신의 동정을 살피고 오겠느냐?"고 하였으나 한 사람도 응답하는 자가 없었다. 그는 부하 한 사람에게 내려가라고 명령하였다. 그리고 "만일 중도에서 위험이 있거든 줄을 흔들어라. 그러면 줄을 끌어올려 주마." 하였다. 그 자는 지상에서 조금 내려간 곳에서 줄을 흔들었다. 두려운 까닭이었다. 다음 자는 절반이나 간 곳에서 흔들었다. 또 그 다음 자는 거의 다 내려간 곳에서 줄을 흔들었다. 이번에는 할 수 없이 무신 자신이 내려가기로 했다. 그는 무사히 밑바닥까지 이르렀다.

그는 눈앞에 펼쳐진 넓고 훌륭한 세계를 보았다. 그 중에 제일 훌륭한 집이 귀신의 집 같았다. 그는 곧 귀신의 집에 들어가는 것이 어리석다는 것을 깨닫고 귀신의 집 옆에 있는 우물가의 큰 나무 위에 올라가서 모양을 보고 있었다. 조금 있으니 한 예쁜 색시가 머리에 물동이를 이고 우물에 물을 길러 귀신의 집에서 나왔다. 가까이 왔을 때에 그 여자의 얼굴을 자세히 살펴보니 분명 공주 중의 한 사람이었다. 공주가 물을 한 동이 길어서 그것을 이고자 동이의 두 귀를 잡았을 때 무신은 나뭇잎을 한 줌 훑어서 공주의 물동이 위에 떨어뜨렸다.

공주는, "바람도 몹시 분다." 하면서 길었던 물을 버리고 다시 길었다. 다시 길었을 때 그는 다시 나뭇잎을 떨어뜨렸다. 세 번 만에 공주는, "이상도 하다. 오늘은 바람도 없는데." 하면서 나무 위를 쳐다보았다. 거기에는 한 사람의 세상 사람이 있었다. "당신은 보아하니 세상 사람인 듯한데 어째서 이런 도적의 굴에 들어왔습니까?" 하고 공주는 물었다.

무신은 나무에서 내려와 그간 사정을 말하였다. "그러나 귀신의 집 문전에는 사나운 문지기가 있습니다. 어떻게 하면 그 집 안으로 들어갈 수가 있겠습니까?" 하고 공주는 걱정하였다. 무신은 이렇게 대답하였다. "제가 젊었을 때에 어떤 도사에게 배운 약간의 술법이 있습니다. 그러면 내가 수박이 될 터이니 이렇게 이렇게 하여 주십시오." 하고 무신은 약 십 보쯤 공중으로 뛰었다. 그러자 그는 한 개의 수박이 되었다. 공주는 그것을 치맛자락에 싸서 무난히 귀신 집 안에 들어가 선반 위에 올려 두었다. 문지기는 공주의 치맛자락을 조사하여 보았으나 수박이므로 별로 의심치 않고 통과시킨 것이었다.

그러나 아귀 귀신은, "사람 냄새가 나니 웬일이냐?"고 야단을 치며 공주들을 추궁하였다. 공주들은 태연하게, "그럴 리가 있습니까? 아마 병중에 계시므로 마음으로 그렇게 느끼시는 것이지요." 하고 속였다. 아귀 귀신은 그때 마침 몸이 조금 편치 못하여 누워 있던 중이었다. 공주들은 독한 술을 몇 독 만들어 두고 귀신의 병이 낫기를 기다렸다.

수일 후에 공주들은 독한 술과 세 마리 돼지를 잡아 큰 잔치를 벌이고, 아귀 귀신을 청하여, "대감의 병환이 나았으므로 우리들은 쾌차를 축하하기 위하여 이렇게 잔치를 베풀었습니다. 오늘은 우리들과 함께 재미있게 놉시다." 하면서 전에 없던 갖은 아양을 피우므로, 귀신은 속으로, '이제는 내 말을 들을 모양인가 보다.' 하고 좋아서 세 독의 독한 술을 남기지 않고 마셨다. 또 공주들은 아귀의 머리의 이까지 잡아 주었으므로 아귀는 더욱 마음을 놓고, "오늘은 그대들이 나를 위해 잔치를 벌였으니 그 대신 나는 그대들의 소원은 무엇이든지 들어주기로 하겠다." 고 했다.

공주들은 매우 기뻐서, "저희들에게는 별로 소망도 없습니다. 그러나 한 가지 알고자 하는 것이 있습니다. 대감은 이 세상에서 제일 강한 분인데 그래도 죽는 수가 있습니까?" 하고 물었다. 귀신은 방심했던 터라 의심 없이 이렇게 답하였다. "내가 아무리 강할지라도 죽는 수가 있고말고. 내 옆구리 양쪽에는 두 개씩의 비늘이 있는데 그것을 떼어 버리면 나는 죽어 버린다. 하지만 그것을 뗄 놈이 세상에는 없단 말이야, 하."

아귀 귀신은 대취하여 코를 골며 깊이 잠들었을 때, 한 공주는 귀신이 평생에 사랑하던 허리에 찬 칼을 빼려고 손을 칼자루에 댔다. 별안간 칼은 쟁쟁 울기 시작하였다. 공주는 왼발을 구르며 호령하였다. 그러자 칼은 울기를 멈추었다. 공주는 귀신의 좌우 옆구리에 붙은 비늘 네 개를 칼로 떼었다. 그랬더니 귀신의 머리가 떨어져 천장에 뛰어 붙었다가 다시 목에 붙으려고 하였다. 그때에 다른 공주가 예비하였던 매운 재를 급히 목에 뿌렸으므로 목은 다시 붙지 못하고, 아귀 귀신의 머리는 눈물을 흘리며 땅바닥에 떨어졌다. 귀신은 죽었다.

공주들과 무신은 수일 만에 구멍 있는 곳까지 왔다. 광주리는 약속대로 있었다. '공주님들부터 구해 올려야 하겠다.'고 생각한 무신은 공주를 한 사람 한 사람씩 광주리에 태워서 줄을 흔들었다. 위에서 기다리던 부하들은 좋아라고 줄을 당겨 올렸다. 세 사람의 공주들을 구해 올린 부하들은 최후의 광주리를 내려보내 주지를 않았다. 뿐만 아니라 광주리 대신 큰 바위를 굴려 떨어뜨렸다.

악한 부하들은 공주들을 데리고 고국으로 돌아가서 왕 앞에 나아갔다. 왕은 크게 기뻐하며 잔치를 벌였다. 왕은 그들이 공주들을 구하여 왔다고만 믿은 까닭이었다. 무신은 벼락치듯 떨어지는 바위에 놀라 몸을 피하였으므로 겨우 죽기는 면하였으나 구멍으로 나갈 방법이 무신에게는 없었다. 오직 탄식만 하고 있을 때, 전에 현몽하였던 노인이 다시 나타나 말 한 필을 주며, '이 말을 타면 땅 위에 올라갈 수가 있을 것이다.' 하였다.

무신은 그 말을 타고 한 번 채찍질하였다. 말은 한 번 울음과 함께 비조같이 날아 수십 길이나 되는 구멍을 단번에 뛰어올랐다. 말은 눈물을 흘리면서 무신과 작별하고 다시 구멍 속으로 뛰어들어가다가 불쌍하게도 목이 부러져 죽었다.

공주들은 수년 만에 처음으로 부모와 만났으므로 너무 기쁜 중에 모든 것을 잊어 버렸다. 임금은 간악한 자들 중의 괴수에게 약속한 바와 같이 딸을 주고자 하였다. 그래서 성대한 잔치를 베풀고 간악한 자는 왕의 총애를 한 몸에 받게 되었다. 그때에 한 사람의 무신이 왕 앞으로 나왔다. 그는 정말로 공주들을 구한 무신이었다. 자초지종을 들은 임금은 간악한 자들의 목을 베고 막내딸을 무신과 혼인시켰다. 그 뒤로 나라는 태평하고 백성들은 평안하였다고 한다.

2. 금돼지와 최치원

아득한 옛날이다. 호주(湖州)라는 고을에 검단산이 있었고 이 산에는 금빛을 한 돼지 한 마리가 살고 있었다. 이 금돼지는 몇 천 년을 묵은 것이어서 온갖 조화를 다 부렸다. 그런데 이 금돼지는 고을 원이 살고 있는 마을에 내려와 갖은 만행을 저질렀다.

그 중에서도 특히 온 고을안 사람들을 놀라게 한 것은 고을원의 부인을 잡아가는 일이었다. 이 호주 고을에 새로운 원이 부임하기만 하면 금돼지는 사람으로 변해서 읍내에 내려와 어떤 술책을 써서라도 원의 부인을 납치해 가는 것이었다. 그때마다 원은 온 고을 안에 방을 써 붙이고 현상금을 내걸었으나 조화가 무궁한 금돼지의 행방을 알아낼 도리가 없었던 것이다. 이와 같은 소문은 호주 고을은 물론 멀리 성루까지 퍼져 사람들은 호주 고을 원으로 가기를 꺼렸고 혹시 임명을 받아도 병이나 집안 일을 핑계하면서 도무지 가려고 들지 않았다. 그리하여 나라에서는 호주 고을을 폐읍시킬 수도 없고 그렇다고 고을 원을 자청하고 나서는 사람도 없는지라 무척 고심을 하지 않을 수 없었다. 마침 그때 아주 담력이 세고 힘깨나 쓰는 장수 한 사람이 호주 고을 원을 자청하게 되었다.

이 신관 사또는 호주 고을에 도착하자마자 즉시 관속들을 불러놓고 금돼지의 행패에 대하여 물어보았지만 어느 누구 한 사람도 속시원하게 대답하는 사람이 없었다. 원은 잠시 동안 이 궁리 저 궁리를 하다가 관속들을 향하여 "듣거라, 이제부터 너희들은 나가서 오늘 해지기 전까지 명주실 오천 발만 구해가지고 오너라." 하고 명령을 내렸다.

관속들은 도무지 영문을 몰라 궁금하였지만 신관 사또의 명이 지엄하므로 그날 저녁 때까지 명주실을 구해왔다. 그날 해가 지고 밤이 되자 원은 명주실을 가지고 내실로 들어가 실 한끝을 자기 아내의 치맛주름 끝에 단단히 매어 놓고 잠자리에 들었다. 아내의 곁에서 자는 체 눈을 감고 동정을 살피고 있는데 한밤 자정쯤 되었을 무렵이었다. 옆에 누워서 곤히 자던 아내가 부시시 일어나더니 사방을 두리번거려 살펴보고서는 밖으로 나가는 것이었다. 원은 정신을 바짝 차리고 옆에 끼고 있던 명주실을 슬슬 풀어 주었다. 명주실은 계속하여 풀려 나갔다. 오천 발이 다 풀리자 실은 더 당겨지지 않았다.

이튿날 새벽, 날이 밝아지자 원은 그 명주실을 따라 집을 나섰다. 그 실은 검단산 깊은 골짜기로 자꾸만 뻗어나갔다. 한참 따라가지 명주실은 어느 작은 굴 안으로 들어가 있었다. 원체 겁이 없고 담력이 큰 원인지라 컴컴한 굴 속으로 조심조심

걸어갔다. 얼마를 굴 속으로 들어가니 그 속에서 인기척이 들려왔다. 원은 몸을 구부리고 살금살금 더 들어가니 촛불이 보였고 불 아래 수십 명의 여인들이 수심이 가득한 채 앉아있고 그 중에 자신의 아내도 보였다. 원은 너무나도 반가워서 '여보' 부르면서 아내에게 뛰어갔다.

원을 본 아내는 깜짝 놀라면서 "당신이 이곳에 웬일이십니까? 만약 금돼지에게 발각되면 큰일이니 어서 돌아가세요." 하였다. 그러나 굴 속에 들어온 사람이 신관 사또라는 것을 알자 먼저 잡혀왔던 여인들이 구하여 달라고 애원하는지라 원은 궁리를 한참하다가 "자, 여러분 이렇게 하십시다. 오늘 금돼지가 들어오면 세상에서 제일 무서운 것이 무엇인가 알아보십시오. 치밀한 계획을 세우지 않고는 당신들을 구할 수 없습니다." 하고 단단히 다짐을 하고 있을 때 굴 입구 쪽에서 금돼지가 돌아오는 소리가 들려왔다.

원은 즉시 몸을 피하여 숨고 여인들은 일제히 일어나서 돌아오는 금돼지를 맞아들였다. 금돼지는 만족한 듯 코를 벌름거리면서 원의 아내의 무릎 위에 비스듬히 드러누웠다. 여인들은 시녀처럼 금돼지의 허리며 팔과 다리를 주무르고 등도 두드리자 금돼지는 흡족하여 눈을 사르르 감았다. 그때 한 여인이 금돼지에게 물어보았다. "혹시 당신도 무서운 것이 있습니까?" 금돼지는 그 소리를 듣자 벌떡 일어났다. 그리고 물어본 여인을 노려보면서 "아니 갑자기 내가 무서워하는 것을 왜 물어보느냐?" 하고 벌컥 성을 내었다.

그러나 여인은 생글생글 웃으며 "이제 우리는 당신을 평생토록 모셔야 할 터인데 혹시 모르고 당신이 싫어하고 무서워하는 것이 있다면 멀리하여야 할 것이 아니겠습니까? 그래 물어본 것이지 별 뜻이 없으니 노여워하지 말아요." 하자, 금돼지는 껄껄 웃으며 "아 고맙소. 나야 세상에 무서운 것이 어디 있겠소만은 다만 한 가지 사슴가죽만 보면 무섭단 말이오." 하였다. "아이고 별 말씀을 다 하십니다. 그까짓 사슴가죽이 무엇이 무섭습니까?" 여인들이 재미있다는 듯이 까르르 웃자 금돼지는 "그런 소리 하지 마라. 나는 사슴가죽만 보면 사지가 떨리고 정신이 아득하며 꼼짝할 수가 없다." 하면서 불쾌한 듯 얼굴을 찡그렸다. "옳지 저놈이 사슴가죽을 무서워하는구나." 원은 속으로 중얼거렸으나 사슴가죽이 있을 리가 없었다.

그런데 무엇인가 손에 잡히는 것이 있었다. 그것은 항상 허리끈에 차고 다니는 고을원 직인주머니였다. 정신을 차려 자세히 살펴보니 천만다행으로 그것은 사슴 가죽으로 만들어져 있었다. 원은 인장주머니를 들고 뛰어가면서 "이놈아, 네가 무서워하는 사슴가죽 여기 있다."라고 소리쳤다. 금돼지는 사슴가죽을 보자 정말로 벌벌 떨면서 정신을 잃고 쓰러졌다. 그리하여 금돼지를 처치하고 자기의 아내와 여인들을 구해서 돌아왔다.

그런데 그때부터 수개월이 지나자 원의 아내에게 태기가 있었다. 금돼지의 새끼를 밴 아내는 몇 번이나 죽으려 했으나 원의 간곡한 위안과 만류로 그럭저럭 만삭이 돼 옥동자를 낳았는데 그가 바로 신라 때 유명한 문장가요 학자였던 고운 최치원(孤雲 崔致遠)이라는 것이다.

이와 같은 이야기는 보은군 산외면 대원리 여동골 마을 뒷산인 높이 767m의 검단산에 얽힌 전설이다. 이 산은 백제 때 검단(儉丹)이란 중이 살았으므로 검단산이라 부르게 되었다고 하며 고운암(孤雲庵)이란 작은 암자가 있었다고 하는데 바로 최치원이 공부를 하던 곳이었다고 한다.

이 산 줄기 중에 신선봉(神仙)이 있다. 즉 대원리 마을 뒷산으로 청원군과 보은군, 그리고 괴산군 세 개 군의 경계에 있는 산봉우리다. 이 봉에 검단과 최치원이 죽어 신선으로 변하여 자주 내려와 놀다 갔다고 한다.

3. 구렁덩덩신선비

옛날 어느 마을에 아이가 없는 노부부가 살았다. 그 집 할머니 소원이 자식 하나 갖는 것이었다. 그런데 어느 날 할머니가 일흔이 넘어 덜컥 임신을 하고 말았다. 열 달이 다 차서 아이를 낳았는데 글쎄 낳고 보니 사람이 아니라 구렁이었다. 할아버지는 내다 버리라고 했지만, 할머니는 차마 내다 버릴 수는 없어서 방구석에 두고 삿갓을 씌워놓고 기르기로 했다.

일흔 먹은 할머니가 애를 낳았다는 소문을 듣고 동네 사는 부잣집 세 딸들이 보러왔다. "일흔 먹은 할머니가 아들을 낳았다고 해서 보러 왔는데 애는 어디 있나요?" 큰 딸이 물었다. "저 뒤의 삿갓을 들쳐보라." "아이쿠. 애를 낳았다더니 더럽게 시리 구렁이를 낳았네.” 큰 딸이 기겁을 하며 구렁이 오른쪽 눈을 꼬챙이로 찔렀다.

둘째 딸도 삿갓을 들쳐보고는 “세상 살다 보니 사람이 구렁이 낳는 것도 보는구나.”라며 구렁이 왼쪽 눈을 꼬챙이로 찔렀다. 셋째 딸만이 “구렁덩덩신선비는 왜 우나?” 하면서 저고리 고름으로 구렁이 눈물을 닦아주고 돌아갔다.

하루는 구렁덩덩신선비(이하 구렁이)가 할머니를 불러, 저 앞집 딸과 결혼을 하고 싶다고 졸라댔다. 할머니는 양심도 없냐며 펄쩍 뛰었지만 하도 졸라대는 바람에 말이나 해보겠다고 그 집으로 찾아갔다. 그렇지만 도저히 말이 안 떨어져 밍기적 밍기적하다 돌아오니, 구렁이가 숫돌에다 식칼을 썩썩 갈면서 하는 말이, “장가도 못 가는 데 뭐하러 계속 살겠나, 이럴 바에야 차라리 어머니 뱃속으로 돌아가리라.” 하는 것이었다. 할머니가 대경실색해 그 다음날로 부잣집에 찾아가 이러저러해서 우리 아들이 이 댁 딸과 혼인하고 싶다 하더라고 전했다.

그 집 부모들은 딸들 의견이나 물어보자 해서 세 딸들을 불러다 놓고 누가 이웃집 구렁이한테 시집을 가겠느냐고 물었다. 첫째 딸과 둘째 딸은 사람이 구렁이한테 시집가는 법은 없다며, 차라리 죽어버리겠다고 난리를 쳤다. 오직 셋째 딸만이 부모가 정해주는 데로 시집을 가겠다고 대답해서 구렁덩덩신선비에게 시집을 가게 되었다.

시집 온 첫날 밤 구렁이가 신부 앞에서 허물을 벗더니 아주 잘생긴 새신랑으로 변신을 했다. 그 모습을 보고 색시가 너무너무 좋아했다. 구렁덩덩신선비는 며칠을 색시와 보낸 다음 서울로 공부를 하러 떠나겠다고 말했다. 신부 옷고름에 자신의 뱀 허물을 채워주면서 누구한테도 보여주지 말고 잘 간수하라며 만일 허물을 없애면 자신은 영영 돌아오지 않겠다고 했다.

구렁덩덩신선비가 떠나고 언니들이 놀러왔는데, 동생 옷고름에 채워진 뱀 허물을 발견하곤 한번 보자며 갖은 난리를 피웠다. 언니들 성화에 못 이겨 허물을 건네주니, “더럽게 뱀 허물은 왜 가지고 있니?” 하며 아궁이 속에 던져버렸다.

이때 구렁덩덩신선비는 주막에서 막걸리를 마시다가 바람결에 뱀 허물 타는 냄새를 맡고 ‘이제 다시 집으로 돌아가지 못하겠구나.’ 한탄을 하며 떠나버렸다.

색시는 몇 년을 기다려도 신랑이 돌아오지 않자 마침내 신랑을 찾아나설 결심을 했다. 열두 폭 치마를 찢어 한 폭은 바지를 만들고, 한 폭은 장삼(도포)을 만들어

입고 길을 나섰다. 길을 가다 빨래하는 여자한테 혹시 구렁덩덩신선비를 보지 못했냐고 물었다. 빨래하던 여자는 흰 옷은 검게, 검은 옷은 희게 빨아주면 가르쳐주겠다고 했다.

색시가 흰옷은 검게, 검은 옷은 희게 빨래를 해줬더니, 여인이 고개를 넘어가면 커다란 굴이 있고 구렁덩덩신선비는 그 안에서 산다고 알려주었다. 색시가 굴 안으로 들어가니 거기에 커다란 기와집이 있고 구렁덩덩신선비가 여자 말대로 거기에서 살고 있었다.

신선비는 이미 다른 여자를 얻었는데, 본처가 돌아온 것을 보고 심히 고민을 했다. 결국 두 부인을 불러 놓고 '한번에 두 여자와 살 수 없으니 지금 부인은 앞산에 가서 동이에 물을 떠오고 전 부인은 뒷산에 가서 물을 떠오라. 일찍 돌아온 사람과 살겠다.'고 시켰다.

지금 부인은 은신발을 신고, 은동이를 이고 갔고, 색시는 나무신발을 신고 흙동이를 이고 갔다. 지금 부인은 오면서 물을 흘려 반 동이만 이고 왔는데, 색시는 물 한 방울 흘리지 않고 한 동이를 이고 와서, 구렁덩덩신선비와 오래오래 잘 살았다고 한다.

4. 변신이야기와 인간의 욕망

1) 변신의 개념

인간은 기본적으로 변신을 꿈꾼다. 항상 새로운 변화를 구하려는 원초적 심성은 현실의 모습에 만족하지 않고 보다 나은 미래의 삶을 희구한다. 이런 심리가 반영되어 나타난 이야기가 변신설화라고 할 수 있다.

변신(變身)이라는 말은 이 세상의 모든 것들이 순간순간 변화해 나가는 것을 포함하는 말이다. 그러나 이야기에서 변신이라고 하면 인간의 합리적인 사고로는 이해할 수 없는 신비한 힘에 의하여 한 존재가 다른 존재로 물리적인 변화를 일으키는 것을 의미한다.

　변신은 고대인들의 순환론적 사고와 관련이 있다. 고대인들은 변신을 재창조를 위한 재생의 과정이라 생각하였기 때문에 비현실적이거나 황당무계하다고 생각하지 않았다. 이렇게 새로움을 향한 변신은 불행한 현실을 폐기하고 행복한 현실을 만드는 재생적 순환의 의미를 가진다. 또한 변신은 변신의 주체 혹은 대상이 되는 동·식물의 생명을 인간의 생명과 동일시하거나 신성시하는 관념이 담겨 있다. 고대인들은 모든 물체에 영혼이 깃들어 있다고 여겼기 때문에 인간의 영혼이 다른 물체의 영혼으로 전이될 수 있고, 이렇게 변화한 대상은 인간과 마찬가지로 가치 있는 존재라고 여겼던 것이다. 이러한 변신은 그 대상에 겉으로 보이는 것 이상의 가치가 내재해 있다는 사유가 문학적 상징으로 드러난 것이라 할 수 있다. 곧 당시의 사람들은 존재 안에 감춰진 미덕의 가치를 중시하였던 것이다.

　인간은 불완전하고 유한한 존재이다. 그러므로 현재의 모습에 불만족한 인간은 언제나 이상적인 완전한 존재로의 변신을 꿈꾼다. 즉 인간은 변신을 통해서 현실의 제약을 극복하고 자유로워지고자 하는 욕망을 가진 것이다. 그리하여 변신 모티프는 고대의 신화로부터 시작해서 다양한 형태로 형상화되어 왔다.

　변신은 현실을 초월하고자 하는 욕망에서 비롯된 것인 만큼 현실에 대한 인식 없이는 불가능했을 것이며, 사회 속의 자신의 모습에 대한 자각이 없지 않았을 것이다. 미천한 신분의 주인공이 가난을 해결하기 위해 시련을 겪게 되고, 그것이 성공하거나 실패하는 것으로 결말 지은 내용이 많은 것으로 보아 이야기의 구연자나 청취자들은 사회적으로나 경제적으로 일단은 소외되어 있던 계층이었음을 짐작하게 된다. 이야기를 사회학적·심리학적 측면에서 해석해보면 현실의 부정과 초월, 소외의 극복과 인간의 자아 탐구에 대한 욕망이 나타나고 있음을 알게 될 것이다. 특히 변신이 나타난 이야기에서 이런 점들이 뚜렷이 드러난다. 즉 이야기에서 나타난 변신 모티프는 인간과 비인간 간에 교류하는 비현실적, 환상적인 요소를 통해 오락성을 보이기도 하지만 그 바탕에 사회와 인간의 근본적인 문제들에 대한 해결의 욕구가 깔려있다고 볼 수 있다.

2) 변신의 유형

이야기에 나타난 변신은 프라이(N. Frye)의 이론에 따르면 두 유형으로 나눌 수 있다. 하나는 신적인 존재가 인간이 되는 것, 또는 인간이 짐승이나 사물로 변신하는 경우인 '하강적 변신', 다른 하나는 반대로 인간이 신적인 존재가 되거나, 짐승이나 사물이 인간이 되는 '상승적 변신'이다.[45]

또한 이상일은 우리 설화에 나타난 변신을 ① 인간이 동식물이나 신으로, 또는 사물이나 자연물로 변신하는 경우, ② 인간이 또 다른 형태의 인간으로 변신하는 경우, ③ 죽은 자의 영혼이 현실에 재현되는 경우로 나누었다.[46] 그리고 변신의 지속 여부에 따라 일시적 변신과 완전 변신으로 나누기도 한다.

이러한 유형분류를 고려하여 여기에서는 아래와 같이 변신의 유형을 나누어 살펴보고자 한다.

첫째, 인간이 신으로 변신하는 경우이다. 이것은 현실적·세속적·물질적·한시적 존재인 인간이 이상적·신적·정신적·영원한 신의 세계로 나아가려는 의식을 반영한다. 건국의 영웅인 단군·혁거세·주몽·김알지·김수로 등은 천신으로 신격화되며, 무속신인 바리공주·당금아기는 각각 죽음과 출산을 담당하는 신격이 된다.

한편 역사적인 인물, 특히 불우한 장수가 인물신이 되는 경우도 있다. 곧 임경업·남이·최영장군 등은 고을이나 마을의 수호신으로 등장한다. 민중들은 이런 인물을 마을을 지키고, 풍요와 안녕을 가져다주는 수호신으로 받들게 된다.

둘째, 동물이나 식물이 인간으로 변신하는 경우이다. 동물변신은 매우 다양하고 빈도수도 많은데, 주로 뱀·여우·호랑이의 변신이 많이 나타난다. 동물의 변신은 긍정적인 변신과 부정적인 변신으로 나눌 수 있으나, 일반적으로 양면성을 나타내는 경우가 많다. 특히 여우나 지네 등은 부정적인 변신이 많이 나타난다. 변신의 시간은 주로 밤에 이루어지며, 일시적으로 변신하는 경우도 있지만, 완전 변신을 통해 인간화하는 경우도 있다.

---

45) N. Frye는 『The Secular Scripture』에서 문학의 4가지 서사 동향을 제시함으로써 민담의 변신 양상 분류의 근거를 마련해주었다.

46) 이상일, 『변신이야기』, 밀알, 1994.

변신설화는 인간과 관련된 동물을 등장시켜 우회적으로 인간의 삶을 보여주기도 하며, 경우에 따라 풍자적인 수법을 쓰기도 한다. 한편 인간과 동물 사이에 은혜를 베푸는 내용인 경우, 자연 교감 및 자연 친화사상이 밑에 깔려 있다. 드물지만 식물이 인간으로 변신하는 경우도 있는데, 가전체 소설과 꽃의 유래 이야기 등이 이에 해당된다.

셋째, 인간이 다른 인간으로 변신하는 경우이다. 이때 인간은 현실적으로 결핍 상태에 있게 되며, 어떤 계기에 의해 충족된 상태로 변모한다. 때에 따라 약자가 강자가 되거나, 가난한 자가 부자가 되며, 낮은 신분의 인물이 신분 상승을 이루기도 한다.

설화의 영향을 많이 받은 판소리계 소설의 경우, 심청이는 투신을 통해 황후로 재생하며, 춘향이는 절개를 지켜 사랑을 성취할 뿐만 아니라 신분상승을 이룬다. 그리고 가난하지만 인간적인 흥부는 부자로 변신하며, 힘이 약한 토끼는 왕권을 농락하고 사지에서 벗어나 자유를 찾는다. 유사한 형태의 설화는 매우 많은데, 대부분 긍정적이고 선한 인물이 보상을 받고, 행복한 결말을 맞이하게 된다.

3) 변신이야기의 의미

변신이 이루어지는 이유는 꿈과 이상의 실현 욕구에 있다. 비록 이야기지만, 민중이 현실의 한계를 극복하고 좌절과 고난을 이겨낸다. 그리고 선과 악의 대립 속에서 결국 선이 승리한다는 믿음을 현실화시키기도 한다.

결국 변신을 통해 꿈을 실현하고 인간의 한계를 극복하며, 신과 교감을 이루기도 한다. 이를 통해 설화의 전승집단은 현실에서 이루지 못하는 이상을 실현하며 대리 만족을 느낀다. 또한 부당한 강자의 횡포에 저항해서 상황을 반전시키며, 현실 저항적인 의식을 키우게 된다. 또한 시공과 생사를 초월한 변신이나 예측 불허의 상황 전개를 통해 이야기의 재미를 즐기기도 한다. 그리고 선악의 대립 속에서 교훈성을 획득하기도 한다.

특히 〈구렁덩덩신선비〉처럼 동물신랑의 변신이야기는 어린 소녀의 자기실현과정과 성적 성숙을 상징하는 것이라고 할 수 있다. 즉 여주인공이 자기 본성의 성애

적이며 동물적인 면과 화해하기 위해서는 아버지와의 유대로부터 해방이 되어야 된다는 의미를 갖는다. 여성의 배우자가 수많은 종류의 동물 중에서 무의식의 돌연성과 파괴력을 가장 잘 상징하는 뱀으로 표현된 것은 한국의 가부장적인 사회가 여성 속의 남성적인 내적 인격을 억압하였기 때문이다. 〈구렁덩덩신선비〉에서 구렁이는 어머니에게 옆집 대감의 셋째 딸에 장가보내달라고 조르면서 "만약 그 색시한테 장가를 보내주지 않으면 한 손에는 칼을 들고 한 손에는 불을 들고 어머니 밑으로 도로 기어들어 가겠어요"라고 위협한다. 뱀신랑이 지닌 이런 위협적인 모습은 여성의 무의식 속에 존재하는 부정적 아니무스의 난폭성을 나타낸다고 볼 수 있다.

이러한 여성의 무의식 속에 존재하는 부정적인 아니무스가 순화되어 여성이 자기의 전일성을 획득하려면 많은 인고의 시간이 필요하다. 여성이 자신 속에 존재하는 이 부정적 아니무스를 인지하고 조화로운 관계를 유지함으로써 무의식을 의식화는 것이 바람직한 자기실현의 길이라고 볼 수 있는데, 이렇게 하기란 쉽지 않다. 〈구렁덩덩신선비〉에서 아내는 아니무스와 조화로운 관계를 형성하기 위해 지난한 여행을 해야만 한다.

이와 같은 고통과 성숙의 과정을 통해 여인은 자기 아버지와의 감정적인 결속에서 벗어나서 신선비를 사랑하게 됨으로써 동물적이고 불완전하지만 순수하게 성적인 형태 속에 감추어진 인간적인 사랑의 힘을 깨닫게 되는데, 이는 곧 그녀 자신과 자신 속에 존재하는 아니무스를 구제하는 행위라 할 수 있다.

이런 변신이야기는 비현실성을 지니고 있기 때문에, 합리적 사고와 자연의 법칙을 중시하는 현대인에게 큰 흥미를 끌지 못할 수도 있다. 그러나 현대인도 현실의 한계를 극복하고 끊임없이 변신을 시도하고 있다. 특히 다양한 게임·영상·애니메이션을 통해 가상의 공간에서 뛰어난 능력을 지닌 인물을 설정해 다양한 자기 변신을 이루려고 한다. 따라서 변신이야기는 시대를 초월해 흥미를 끌고 있으며, 예전과 다른 다양한 형태의 변신이야기가 지금도 형성되고 있다고 할 수 있다.

제7장

신분과 죽음을 초월한 사랑

1. 김현감호

신라 풍속에 해마다 2월이 되면 초파일(初八日)에서 15일까지 서울의 남녀가 다투어 흥륜사(興輪寺)의 전탑(殿塔)을 도는 복회(福會)를 행했다.

원성왕(元聖王) 때에 김현(金現)이라는 낭군(郞君)이 있어서 밤이 깊도록 혼자서 탑을 돌기를 쉬지 않았다. 그때 한 처녀가 염불을 하면서 따라 돌다가 서로 마음이 맞아 눈을 주더니 돌기를 마치자 으슥한 곳으로 이끌고 가서 정을 통하였다. 처녀가 돌아가려 하자 김현이 따라가니 처녀는 사양하고 거절했지만 김현은 억지로 따라갔다. 길을 가다가 서산(西山) 기슭에 이르러 한 초가집으로 들어가니 늙은 할머니가 처녀에게 물었다. "함께 온 자는 누구냐." 처녀가 사실대로 말하자 늙은 할머니는 말했다. "아무리 좋은 일이라도 없는 것만 못하다. 그러나 이미 저지른 일이어서 나무랄 수도 없으니 은밀한 곳에 숨겨 두거라. 네 형제들이 나쁜 짓을 할까 두렵다." 하고 김현을 이끌어 구석진 곳에 숨겼다. 조금 뒤에 세 마리 범이 으르렁 거리며 들어와 사람의 말로 말했다. "집에서 비린내가 나니 요깃거리가 어찌 다행하지 않으랴."

늙은 할머니와 처녀가 꾸짖었다. "너희 코가 잘못이다. 무슨 미친 소리냐." 이때 하늘에서 외치는 소리가 들렸다. "너희들이 즐겨 생명을 해치는 것이 너무 많으니, 마땅히 한 놈을 죽여 악을 징계하겠노라." 세 짐승은 이 소리를 듣자 모두 근심하는 기색이었다. 처녀가 "세 분 오빠께서 만약 멀리 피해 가서 스스로 징계하신다면 내가 그 벌을 대신 받겠습니다." 하고 말하니, 모두 기뻐하여 고개를 숙이고 꼬리를 치며 달아나 버렸다.

처녀가 들어와 김현에게 말했다. "처음에 저는 낭군이 우리 집에 오시는 것이 부끄러워 짐짓 사양하고 거절했습니다. 그러나 이제는 숨김없이 감히 진심을 말씀드리겠습니다. 또 저와 낭군은 비록 종족은 다르지만 하루 저녁의 즐거움을 얻어 중한 부부의 의를 맺었습니다. 세 오빠의 악함은 하늘이 이미 미워하시니 한 집안의 재앙을 제가 당하려 하오나, 보통 사람의 손에 죽는 것이 어찌 낭군의 칼날에 죽어서 은덕을 갚는 것만 하겠습니까. 제가 내일 시가(市街)에 들어가 몹시 사람들을 해치면 나라 사람들은 저를 어찌 할 수 없어서, 임금께서 반드시 높은 벼슬로써 사람을 모집하여 저를 잡게 할 것입니다. 그때 낭군은 겁내지 말고 저를 쫓아 성북 쪽의 숲속까지 오시면 제가 기다리고 있겠습니다."

김현은 말했다. "사람이 사람과 사귐은 인륜의 도리지만 다른 유(類)와 사귐은 대개 떳떳한 일이 아니오. 그러나 일이 이미 이렇게 되었으니 진실로 하늘이 준 다행인데 어찌 차마 배필의 죽음을 팔아 한 세상의 벼슬을 바라겠소." 처녀가 말했다. "낭군은 그 같은 말을 하지 마십시오. 이제 제가 일찍 죽는 것은 대개 하늘의 명령이며, 또한 저의 소원이요 낭군의 경사이며, 우리 일족의 복이요 나라 사람들의 기쁨입니다. 한 번 죽어 다섯 가지 이로움을 얻을 수 있는 터에 어찌 그것을 마다하겠습니까. 다만 저를 위하여 절을 짓고 불경(佛經)을 강론하여 좋은 과보(果報)를 얻는 데 도움이 되게 해 주신다면 낭군의 은혜, 이보다 더 큼이 없겠습니다." 그들은 마침내 서로 울면서 작별했다.

다음날 과연 사나운 범이 성안에 들어와서 사람들을 몹시 해치니 감히 당해 낼 수 없었다. 원성왕(元聖王)이 듣고 영을 내려, "범을 잡는 사람에게 2급의 벼슬을 주겠다."고 하였다. 김현이 대궐에 나아가 아뢰었다. "소신이 잡겠습니다." 왕은 먼저 벼슬을 주고 격려하였다. 김현이 칼을 쥐고 숲속으로 들어가니 범은 변하여 낭자(娘子)가 되어 반갑게 웃으면서, "어젯밤에 낭군과 마음속 깊이 정을 맺던 일을 잊지 마십시오. 오늘 내 발톱에 상처를 입은 사람들은 모두 흥륜사의 간장을 바르고 그 절의 나발(螺鉢) 소리를 들으면 나을 것입니다." 하고는, 이어 김현이 찬 칼을 뽑아 스스로 목을 찔러 고꾸라졌다. 김현이 숲속에서 나와서, "범은 쉽게 잡았다."

고 말했다. 그리고 그 연유는 숨기고, 다만 범에게 입은 상처를 그 범이 시킨 대로 치료하니 모두 나았다. 지금도 민가에서는 범에게 입은 상처에는 역시 그 방법을 쓴다.

김현은 벼슬에 오르자, 서천(西川)가에 절을 지어 호원사(虎願寺)라 하고 항상 범망경(梵網經)을 강론하여 범의 저승길을 인도하고 또한 범이 제 몸을 죽여 자기를 성공하게 해 준 은혜에 보답했다. 김현은 죽을 때에 지나간 일의 기이함에 깊이 감동하여 이에 붓으로 적어 전하였으므로 세상에서 비로소 듣고 알게 되었으며, 그래서 이름은 논호림(論虎林)이라 했는데 지금까지도 그렇게 일컬어 온다.

2. 심화요탑

신라 선덕 여왕 때에 지귀(志鬼)라는 젊은이가 있었다. 지귀는 활리역(活里驛) 사람인데, 하루는 서라벌에 나왔다가 지나가는 선덕 여왕을 보았다. 그런데 여왕이 어찌나 아름다웠던지 그는 단번에 여왕을 사모하게 되었다.

선덕 여왕은 진평왕의 맏딸로, 그 성품이 인자하고 지혜로울 뿐만 아니라 용모가 아름다워서 모든 백성들로부터 칭송과 찬사를 받았다. 그래서 여왕이 한번 행차를 하면 모든 사람들이 여왕을 보려고 거리를 온통 메웠다. 지귀도 그러한 사람들 틈에서 여왕을 한 번 본 뒤에는 여왕이 너무 아름다워서 혼자 여왕을 사모하게 되었던 것이다. 그뿐만 아니라 그는 잠도 자지 않고 밥도 먹지 않으며 정신이 나간 사람처럼 선덕 여왕을 부르다가, 그만 미쳐 버리고 말았다.

"아름다운 여왕이여, 나의 사랑하는 선덕 여왕이여!"

지귀는 거리로 뛰어다니며 이렇게 외쳐댔다. 이를 본 관리들은 지귀가 지껄이는 소리를 여왕이 들을까 봐 걱정이었다. 그래서 관리들은 지귀를 붙잡아다가 매질을 하며 야단을 쳤지만 아무 소용이 없었다.

어느 날 여왕이 행차를 하게 되었다. 그때 어느 골목에서 지귀가 선덕 여왕을 부르면서 나오다가 사람들에게 붙들렸다. 그래서 사람들은 웅성거리기 시작했고 떠들썩했다. 이를 본 여왕은 뒤에 있는 관리에게 물었다.

"대체 무슨 일이냐?"

"미친 사람이 여왕님 앞으로 뛰어나오다가 다른 사람들에게 붙들려서 그럽니다."

"나한테 온다는데 왜 붙잡았느냐?"

"아뢰옵기 황송합니다만, 저 사람은 지귀라고 하는 미친 사람인데, 여왕님을 사모하고 있다고 합니다."

관리는 큰 죄나 진 사람처럼 머리를 숙이며 말했다.

"고마운 일이로구나!"

여왕은 혼잣말처럼 이렇게 말하고는, 지귀에게 자기를 따라오도록 관리에게 말한 다음, 절을 향하여 발걸음을 떼어 놓았다.

한편, 여왕의 명령을 전해 들은 사람들은 모두 깜짝 놀랐다. 그러나 지귀는 너무도 기뻐서 춤을 덩실덩실 추며 여왕의 행렬을 뒤따랐다.

선덕 여왕은 절에 이르러 부처에게 기도를 올리었다. 그러는 동안 지귀는 절 앞의 탑 아래에 앉아서 여왕이 나오기를 기다렸다. 그러나 여왕은 좀체로 나오지 않았다. 지귀는 지루했다. 그리고 시간이 흐를수록 안타깝고 초조했다. 그러다가 심신이 쇠약해질 대로 쇠약해진 지귀는 그 자리에서 그만 잠이 들고 말았다.

여왕은 기도를 마치고 나오다가 탑 아래에 잠들어 있는 지귀를 보았다. 여왕은 그가 가엾다는 듯이 물끄러미 바라보고는 팔목에 감았던 금팔찌를 뽑아서 지귀의 가슴 위에 놓은 다음 발길을 옮기었다.

여왕이 지나간 뒤에 비로소 잠이 깬 지귀는 가슴 위에 놓인 여왕의 금팔찌를 보고는 놀랐다. 그는 여왕의 금팔찌를 가슴에 꼭 껴안고 기뻐서 어찌할 줄을 몰랐다. 그러자 그 기쁨은 다시 불씨가 되어 가슴 속에서 활활 타오르고 있었다. 그러다가 온몸이 불덩어리가 되는가 싶더니, 이내 숨이 막히는 것 같았다.

가슴 속에 있는 불길은 몸 밖으로 터져 나와 지귀를 어느 새 새빨간 불덩어리로 만들고 말았다. 처음에는 가슴이 타더니 다음에는 머리와 팔다리로 옮아져서 마치 기름이 묻은 솜뭉치처럼 활활 타올랐다. 지귀는 있는 힘을 다하여 탑을 잡고 일어서는데, 불길은 탑으로 옮겨져서 이내 탑도 불기둥에 휩싸였다. 지귀는 꺼져 가는 숨을 내쉬며 멀리 사라지고 있는 여왕을 따라가려고 허위적허위적 걸어가는데, 지귀 몸에 있는 불 기운은 거리에까지 퍼져서 온 거리가 불바다를 이루었다.

이런 일이 있은 뒤부터 지귀는 불귀신으로 변하여 온 세상을 떠돌아다니게 되었다. 사람들은 불귀신을 두려워하게 되었는데, 이때 선덕 여왕은 불귀신을 쫓는 주문(呪文)을 지어 백성들에게 내놓았다.

지귀는 마음에서 불이 일어	志鬼心中火
몸을 태우고 화신이 되었네.	燒身變火神
푸른 바다 밖 멀리 흘러갔으니,	流移滄海外
보지도 말고 친하지도 말지어다.	不見不相親

백성들은 선덕 여왕이 지어 준 주문을 써서 대문에 붙이었다. 그랬더니 비로소 화재를 면할 수 있었다. 이런 일이 있은 뒤부터 사람들은 불귀신을 물리치는 주문을 쓰게 되었는데, 이는 불귀신이 된 지귀가 선덕 여왕의 뜻만 따르기 때문이라고 한다.

3. 운영전

수성궁은 안평대군의 옛집으로 장안성 서쪽으로 인왕산 아래에 있는지라, 산천이 수려하여 용이 서리고 범이 일어나 앉은 듯하며, 사직이 그 남에 있고 경복궁이 그 동에 있었다. 인왕산의 산맥이 굽이쳐 내려오다가 수성궁에 이르러서는 높은 봉우리를 이루었고, 비록 험준하지는 아니하나 올라가 내려다보면 아니 뵈는 곳이 없는지라, 사면으로 통한 길과 저잣거리며, 천문만호가 밀밀층층하여 바둑판과 같고, 하늘의 별과 같아서 역력히 헤아릴 수 없고, 번화 장려함이 이루 형용치 못할 것이요, 동쪽을 바라보면 궁궐이 아득하여 구름 사이에 은영(隱映)하고 상서(祥瑞)의 구름과 맑은 안개가 항상 둘러 있어 아침저녁으로 고운 자태를 자랑하니 짐짓 이른바 별유천지 승지(勝地)였다.

당시의 주도(酒徒)들은 몸소 가아(歌兒)와 적동(笛童)을 동반하고 가서 놀았으며, 풍류를 즐기어 노래하고 읊는 사람과 묵객(墨客)은 삼춘 화류시와 구추 단풍절에 그 위를 올라 음풍영월하며 경치를 완상하느라 돌아가기를 잊으니, 산천의 아름다움과 경치의 좋음은 무릉도원에 비할 수 있었다.

이때, 남문 밖 옥녀봉 아래에 한 선비가 살고 있었는데, 청파사인 유영이었다. 그는 나이가 이십여 세로 풍채가 준아하고 학문이 유여하되, 가세가 빈곤하여 의식을 이을 길이 없는지라, 울적한 마음을 이기지 못하여 이곳의 경개가 좋음을 익히 들었으며 한번 구경코자 하되, 의복이 남루하고 얼굴빛이 매몰하여 남의 웃음을 받는지라 머뭇거리다가 가보지 못한 지가 오래되었다.

만력(萬曆) 신축(辛丑) 춘삼월 보름에 탁주 한 병을 샀으나 동복도 없고 또한 친근한 벗도 없어, 몸소 술병을 차고 홀로 궁문으로 들어가 보니, 구경 온 사람들이 서로 돌아보고 손가락질하면서 웃지 않는 이가 없었다. 유생은 하도 부끄러워 몸둘 바를 모르다가 바로 후원으로 들어갔다. 높은 데 올라서 사방을 보니, 임진왜란을 갓 겪은 후라, 장안의 궁궐과 성안의 화려했던 집들은 탕연(蕩然)하였다. 부서진 담도 깨어진 기와도, 묻혀진 우물도, 흙덩어리가 된 섬돌도 찾아볼 수 없었다. 풀과 나무만이 우거져 있었으며, 오직 동문 두어 칸만이 우뚝 홀로 남아 있을 뿐이었다.

유생은 천석(泉石)이 있는 그윽하고도 깊숙한 서원으로 들어가니, 온갖 풀이 우거져서 그림자가 밝은 못에 떨어져 있었고, 땅 위에 가득히 떨어져 있는 꽃잎은 사람의 발길이 이르지 아니하며 미풍이 일 적마다 향기가 코를 찔렀다.

유생은 바위 위에 앉아 소동파가 지은 '我上朝元春半老 滿地落花無人掃'라는 시구(詩句)를 읊었다. 문득 차고 있던 술병을 풀어서 다 마시고는 취하여 바위 가에 돌을 베개 삼아 누웠더니, 잠시 후 술이 깨어 얼굴을 들어 살펴보니 유객은 다 흩어지고 없었다. 동산에는 달이 떠 있었고, 연기는 버들가지를 포근히 감쌌으며, 바람은 꽃잎을 어루만지고 있었다. 그때 한 가닥 부드러운 말소리가 바람을 타고 들려왔다.

유영은 이상히 여겨 일어나서 찾아가 보았다. 한 소년이 절세 미인과 마주 앉아 있다가 유영이 옴을 보고 흔연히 일어나서 맞이하니, 유영은 그 소년을 보고 묻기를, "수재(秀才)는 어떠한 사람이기로, 낮을 택하지 않고 밤을 택해서 놀고 있습니까?" 소년은 생긋이 웃으며 "옛 사람이 말한 홍개약구란 말은 바야흐로 우리를 두고 한 말이지요."라고 대답하였다.

세 사람은 솥발처럼 앉아서 이야기를 시작하였는데, 미인이 나지막한 소리로 아이를 부르니, 시종 드는 계집 아이 두 명이 숲 속에서 나왔다. 미인은 그 아이를 보고 말하기를, "오늘 저녁 우연히 고인(故人)을 만났고, 또한 기약하지 않았던 반가운 손님을 만났으니, 오늘밤은 쓸쓸히 헛되이 넘길 수 없구나. 그러니 네가 가서 주찬(酒饌)을 준비하고, 아울러 붓과 벼루도 가지고 오너라." 두 시종은 명령을 받고 갔다가 잠시 후 돌아왔으니 빠르기가 나는 새가 오락가락하는 것과 같았다. 유리로 만든 술병과 술잔, 그리고 자하주와 진기한 안주 등은 모두 세상의 것이 아닌 것 같았다. 세 사람은 석 잔씩 마시고 나서, 미인이 새로운 노래를 불러 술을 권하니, 그 가사는 이러하였다.

깊고 깊은 궁안에서 고운 님 여의나니,
천연은 미진한데 뵈올 길 바이없네.
꽃피는 봄날을 몇 번이나 울었더뇨
밤마다의 상봉은 꿈이지 참이 아니었네.
지난 일이 허물어져 티끌이 되었어도
부질없이 나로하여 눈물짓게 하누나.

노래를 마치고 나선 한숨을 '후유' 쉬면서 흐느껴 우니, 구슬 같은 눈물이 얼굴을 덮으니, 유영은 이상히 여겨 일어나 절을 하고 묻기를, "내 비록 양가의 집에 태어난 몸은 아니오나, 일찍부터 문묵(文墨)에 종사하여 조금 문필(文筆)의 공을 알고 있거니와, 이제 그 가사를 들으니, 격조가 맑고 뛰어나시나, 시상이 슬프니 매우 괴이하구려. 오늘밤은 마침 월색이 낮과 같고 청풍이 솔솔 불어오니 이 좋은 밤을 즐길 만하거늘, 서로 마주 대하여 슬피 울음은 어인 일이오. 술잔을 더함에 따라 정의가 깊어졌어도 성명을 서로 알지 못하고, 회포도 펴지 못하고 있으니 또한 의심하지 않을 수 없소." 하고, 유영은 먼저 자기의 성명을 말하고 이름을 이야기할 것을 강요하였다. 이에 소년은 대답하기를, "성명을 말하지 아니함은 어떠한 뜻이 있어서 그러하온데, 당신이 구태여 알고자 할진대 가르쳐 드리는 것이 어려우리까마는, 그러나 말을 하자면 장황합니다." 하며 수심 띄운 얼굴을 하고, 한참 있다가 입을 열어 말하였다.

"나의 성은 김이라 하오며, 나이 십 세에 시문(詩文)을 잘하여 학당에서 유명하였고, 나이 십사 세에 진사 제 이과에 오르니, 일시에 모든 사람들이 김 진사라 불렀습니다. 제가 나이 어린 호혈한 기상으로 마음이 호탕함을 능히 억누르지 못하고, 또한 여인으로 하여 부모의 유체를 받들고서 마침내 불효의 자식이 되고 말았으니 천지간 한 죄인의 이름을 억지로 알아서 무엇하리까? 이 여인의 이름은 운영이오, 저 두 여인의 이름은 하나는 녹주요, 하나는 송옥이라 하는데, 다 옛날 안평대군의 궁인이었습니다."

"말을 하였다가 다하지 아니하면 처음부터 말을 하지 않은 것만 같지 못하옵니다. 안평대군의 성시(盛時)의 일이며 진사가 상심하는 까닭을 자상히 들을 수 있겠소?"

진사는 운영을 돌아보면서 말하기를, "성상(星霜)이 여러 번 바뀌고 일월이 오래 되었으니, 그때의 일을 그대는 능히 기억하고 있소?" "신중에 쌓여 있는 원한을 어느 날인들 잊으리까? 제가 이야기해볼 것이오니, 낭군님이 옆에 있다가 빠지는 것이 있거든 덧붙여 주옵소서." 하고는 이야기를 시작하였다.

세종대왕의 왕자 팔 대군 중에서 셋째 왕자인 안평 대군이 가장 영특하였지요. 그래서 상이 매우 사랑하시고 무수한 전민과 재화를 상사하시니, 여러 대군 중에 서 가장 나았사옵더니, 나이 십삼 세에 궁에 나와서 거처하시니 수성궁이라 하였 습니다.

유업(儒業)으로써 자임하고, 밤에는 독서하고 낮에는 시도 읊으시고 또는 글씨를 쓰면서 일각이라도 허송치 아니하시니, 때의 문인재사들이 다 그 집 안에 모여서 그 장단을 비교하고, 혹 새벽닭이 울어도 그치지 않고 담론을 하였지마는, 대군은 더욱 필법(筆法)에 장(長)하여 일국에 이름이 났지요. 문종대왕이 아직 세자로 계실 적에 매양 집현전 여러 학사와 같이 안평대군의 필법을 논평하시기를, '우리 아우 가 만일 중국에 났더라면 비록 왕희지에게는 미치지 못하겠지만, 어찌 조맹부에 뒤지리오.' 하면서 칭찬하시기를 마지않았사옵니다.

하루는 대군이 저희들을 보고 말씀하시기를, "천하의 모든 재사(才士)는 반드시 안정한 곳에 나아가서 갈고 닦은 후에야 이루어지는 법이니라. 도성 문밖은 산판 이 고요하고, 인가에서 좀 떨어졌을 것이니 거기에서 업을 닦으면 대성할 수 있을 것이다." 하시고는 곧 그 위에다 정사(精舍) 여남은 간을 짓고, 당명을 비해당(匪懈 堂)이라 하였으며, 또한 그 옆에다 단을 구축하고 맹시단이라 하였으니, 다 명예를 돌아다보고 올바름을 생각한 뜻이었지요. 당시의 문장(文章)과 거필(巨筆)들이 단상에 다 모이니, 문장에는 성삼문이 으뜸이었고, 필법에는 최흥효가 으뜸이옵니다. 비록 그러하오나 다 대군의 재주에는 미치지 못하였사옵지요.

하루는 대군이 취함을 타서 궁녀 보고 말씀하시기를, "하늘이 재주를 내리심에 있어서, 남자에게는 풍부하게 하고 여자에게는 재주를 내리심에 있어서 적게 하였으랴. 지금 세상에 문장으로 자처하는 사람이 많지마는, 능히 다 상대할 수 없고, 아직 특출한 사람이 없으니, 너희들도 또한 힘써서 공부하여라." 하시고는 대군께서는 궁녀 중에서 나이가 어리고 얼굴이 아름다운 열 명을 골라서 『소학』, 『언해』, 『중용』, 『대학』, 『맹자』, 『시경』, 『통감』, 『송서』 등을 차례로 가르쳐 5년 이내에 모두 대성하였지요. 열 명의 이름이 금련, 은섬, 자란, 보련, 운영 등이니, 운영은 바로 저였어요.

그리고 항상 영을 내리시기를, "시녀로서 한 번이라도 궁문을 나가는 일이 있으면 그 죄는 죽음을 당할 것이며, 또 외인이 궁녀의 이름을 아는 이가 있다면 그 죄도 또한 죽음을 면치 못할 것이다."라고 말씀하셨습니다.

··· (중략) ···

하루는 밤에 자란이 지성으로 저에게 묻기를, "여자로 태어나서 시집가고자 하는 마음은 누구나 다 가지고 있다. 네가 생각하고 있는 애인이 누군지는 알지 못하나, 너의 안색이 날로 수척해 가므로 안타까이 여겨 내 지성으로 묻나니, 조금도 숨기지 말고 이야기하라." 저는 일어나 사례하며, "궁인이 하도 많아 누가 엿들을까 두려워 말을 못하겠거니와 네가 지극한 우정으로 묻는데 어찌 숨길 수 있겠니?" 하고는 이야기를 하여 주었습니다.

지난 가을 국화꽃이 피기 시작하고 단풍이 떨어지기 시작할 때, 대군이 칠언사운 10수를 쓰시고 있었는데, 하루는 동자가 들어와 고하기를, "나이 어린 선비가 김 진사라 자칭하면서 대군을 뵈옵겠다 하옵니다." 하니, 대군은 기뻐하시면서, "김 진사가 왔구나." 하시고는 맞아들이게 하였어. 들어오는 선비를 보니 베옷을 입고 가죽 띠 맺는데, 얼굴과 거동은 신선 세계의 사람과 같더구나. 진사님이 절을 하고 하는 말이, "외람 되어 많은 사랑을 입고 존명을 욕되게 하고 이제야 인사를 올리게 되오니 황송하기 말할 수 없사옵니다." 하니, 대군은 위로의 말을 하시었지.

　진사님이 처음 들어올 때에 이미 우리와 상면을 하였으나, 대군은 진사님의 나이가 어리고 착하므로 우리로 하여금 피하도록 하지 않으셨지. 대군이 진사님 보고 말씀하시기를, "가을 경치가 매우 좋으니 원컨대 시 한 수를 지어 이 집으로 하여금 광채가 나도록 하여 주오." 하시니, 진사가 자리를 피하고 사양하며 말하길, "헛된 이름이 사실을 어둡게 하고 말았나이다. 시의 격률도 모르는 소자가 어찌 감히 알겠나이까?"

　이때 대군은 금련으로 노래하게 하시고, 부용으로 거문고를 타게 하시고, 보련으로 단소를 불게 하시고, 나로써 벼루를 받들게 하시니, 그때 내 나이는 십칠 세였다. 낭군을 한 번 봄에 정신이 어지러워지고 가슴이 울렁거렸으며, 진사님도 또한 나를 돌아보면서 웃음을 머금고 자주 눈여겨 보았단다.

　진사님이 붓을 잡고 오언사운 한 수를 지으니 그 시는 이러하였지.

　　기러기 남쪽을 향해 가니
　　궁 안에 가을빛이 깊구나.
　　물이 차가워 연꽃은 구슬 되어 꺾이고,
　　서리가 무거우니 국화는 금빛으로 드리우네.
　　비단 자리엔 홍안의 미녀
　　옥같은 거문고 줄엔 백운 같은 음일세.
　　유하주 한 말로 먼저 취하니
　　몸 가누기 어려워라.

　대군이 읊으시다가 놀라시면서, "진실로 천하의 기재로다. 어찌 서로 만나기가 늦었던고." 하시었고, 시녀들도 이구동성으로 말하길, "이는 반드시 신선이 학을 타고 진세에 오신 것이니, 어찌 이와 같은 사람이 있으리오."라고 하였지. 나는 이로부터 누워도 능히 자지를 못 하고, 밥맛은 떨어지고 마음이 괴로워서 허리띠를 푸는 것조차 깨닫지 못했는데, 너는 느끼지 못하더라. 자란은, "그래 내 잊었었군. 이제 너의 말을 들으니 정신의 맑아짐이 마치 술 깬 것과 같구나."라고 하였습니다.

　그 후로 대군은 자주 진사님과 접촉하였으나, 저희들은 서로 보지 못하게 한 까닭으로 매양 문틈으로 엿보다가 하루는 설도전에다 오언사운 한 수를 썼습니다.

> 베옷에 가죽띠를 맨 선비는
> 신선과 같은데,
> 매양 바라보건만
> 어이하여 인연이 없는고.
> 솟는 눈물로 얼굴을 씻으니
> 원한은 거문고 줄에 우나니,
> 가슴속 원한을
> 머리 들어 하늘에 하소연하오.

　시와 금전 한 쌍을 겹겹이 봉해 가지고 진사님에게 부치고자 하였으나 방법이 없었어요. 얼마 후 진사님이 오셨는데, 얼굴은 파리해져서 더욱이 옛날의 기상은 아니었어요. 제가 벽을 헐어 구멍을 뚫고 봉서를 던졌더니, 진사님이 주워 가지고 집으로 돌아가서 펴 보고는 슬픔을 스스로 이기지 못하며 차마 손에서 놓지 않고 그리워하는 마음은 몸을 가누지 못하는 것과 같았습니다.

　한 무녀가 대군의 궁에 드나들면서 사랑과 신용을 얻고 있었는데, 이 소문을 들은 진사님이 그 집을 찾아가 보니 나이가 삼십도 못 되는 얼굴이 아주 예쁜 여자로서 일찍 과부가 되고는 음녀로 자처하고 있었는데, 진사님을 보고는 기뻐하였지요. 무녀는 진사님을 붙들어 놓고 정으로써 돋우고 밤을 새우면서 같이 자리라 마음먹고는, 다음날 목욕하고 짙은 화장을 하고 화려한 꾸밈을 하고 꽃같은 담요와 옥같은 자리를 깔아놓고 계집종으로 하여금 망을 보게 하였답니다. 김 진사가 와서 이 광경을 보고 이상히 여기니, 무녀가, "오늘 저녁은 어떤 저녁이기에 이와 같이 훌륭한 분을 뵈옵게 되었을까." 하였으나, 김 진사는 뜻이 없었기 때문에 대답도 않고 있으니, 무녀가 또 말하길, "과부의 집에 젊은이가 왜 왕래를 꺼리지 않고 자기의 번민을 말하지 않지요?" "점이 신통할 것 같으면 어찌 내가 찾아오는 뜻을 알지 못하오?"

　이에 무녀는 즉시 영전에 나아가 신에게 절하고 방울을 흔들고 몸을 떨며, "당신은 정말로 가련합니다. 그 뜻을 이루지 못할 뿐만 아니라. 삼 년이 못 가서 황천의 사람이 되겠습니다." "나도 알고 있습니다. 그러나 마음속에 맺힌 한을 백약으로도 고칠 수 없으니, 만일 당신이 다행히 편지를 전하게 될 것 같으면 죽어도 영광이겠습니다." "비천한 무녀로서 부르시지 않으면 감히 들어가질 못합니다. 그러하오나 진사님을 위하여 한번 가보겠습니다."

무녀가 편지를 갖고 궁에 들어와 가만히 전해 주었습니다. 제가 방으로 들어와서 뜯어보니, '한 번 눈으로 인연을 맺은 후부터 마음은 들떠 있고 넋이 나가 능히 마음을 진정치 못하고 매양 그쪽을 향하여 몇 번이나 애를 태웠지요. 이전에 벽 사이로 전해 주신 편지로 해서 잊을 수 없는 옥음을 황경히 받아들고 펴기를 다하지 못하여 가슴이 메이고 읽기를 반도 못하여 눈물이 떨어져 글자를 적시기에 능히 다 보지 못하였으니 장차 어찌하오리까. 이러한 후부터 누워도 자지를 못하고 음식은 목을 내려가지 않고 병은 골수에 사무쳐 온갖 약이 효험이 없으니 저승이 보이는 것 같습니다. 오직 소원은 조용히 죽음을 따를 뿐이오니, 하느님께서 불쌍히 여겨주시고 신께서 도와 주셔 혹 생전에 한 번만이라도 이 원한을 풀게하여 주신다면 마땅히 몸을 부수고 뼈를 갈아서라도 천지신명의 영전에 제를 올리겠습니다. 다시 무슨 말씀을 하오리까. 예를 갖추지 못하고 삼가 붓을 놓나이다.'라 하였고, 사연 끝에 칠언사운 한 수가 적혀 있었습니다.

> 누각은 저녁 문 닫혔는데
> 나무 그늘 그림자 희미하여라.
> 낙화는 물에 떠 개천으로 흐르고
> 어린 제비는 흙을 물고 제 집을 찾아가네.
> 누워도 못 이룰 꿈이오. 하늘엔 기러기도 없구나.
> 눈에 선한 임은 말이 없는데
> 꾀꼬리 울음소리에 옷깃을 적시네.

제가 보기를 다함에 기운이 막혀서 입으로는 능히 말할 수 없었고, 눈물이 다하자 피가 눈물을 이었습니다. 하루는 대군이 비취를 불러, "너희들 열 명이 한방에 같이 있으니 업을 전념할 수 없다." 하시고 다섯 명을 나누어 서궁에 가서 있게 하니, 저는 자란, 은섬, 옥녀, 비취와 같이 즉일로 옮겨갔습니다. 옥녀가 말하길,

"그윽한 꽃, 흐르는 물, 꽃다운 수풀이 산가나 야장과 같으니, 참으로 훌륭한 독서당이라 말할 수 있구나." 이에 제가 대답했지요. "산사람도 아니고 중도 아니면서 이 깊은 궁에 갇히었으니, 정말로 이른바 장신궁이다." 하였더니, 좌중 궁인들이 자탄하고 울적하게 여기지 않는 이가 없었습니다.

그 후로 저는 편지를 써서 뜻을 이루고자 했으며, 진사님도 지성으로 무녀를 찾아 간절히 부탁을 하였으나 그녀는 오기를 좋아하지 않았으니, 아마 진사의 뜻이 자기한테 없음을 유감으로 여겼기 때문에 그랬을 것 같기도 합니다.

그럭저럭 두어 달이 지나고 계절은 다시 가을로 접어들어 바람이 불고 국화는 황금빛을 토하고 벌레는 소리를 가다듬고 흰 달은 빛을 밝혔습니다. 이때에 시내에서 빨래하기 좋은 때라. 여러 궁녀와 같이 날짜와 빨래할 장소를 결정하려 했으나 의논이 맞지 아니하였지요. 남궁 사람들은, "맑은 물과 흰 돌은 탕춘대 밑보다 나은 데가 없단다." 그러자 서궁 사람들도 말했습니다. "소격서동의 물과 돌은 바깥에서 더 내려가지 아니하니 왜 가까운 곳을 버리고 먼 데를 구하는가." 하였으니, 남궁 사람들이 고집을 부리고서 승낙하지 않으므로 결정을 짓지 못하고 그 날 밤에는 그만두고 말았지요. 그 뒤 진사님을 그리워하는 저의 병이 위중해짐에 남궁·서궁의 궁녀들이 모여 의논 끝에 소격서동으로 정하기로 하였지요.

중당에 모였는데, 소옥이 말했습니다. "하늘은 명랑하고 물이 맑으니 정히 빨래할 때를 당하였구나. 오늘 소격서동에다 휘장을 치는 것이 좋겠지?" 이에 여러 사람은 다 반대가 없었습니다. 저는 서궁으로 돌아가서 흰 나섬에다 가슴속에 가득 찬 슬픔과 원한을 써서 품에 넣고 자란과 같이 무녀의 집에 가서 좋은 말로 애걸하며, "오늘 찾아온 것은 김 진사를 한번 만나 보고 싶은 것뿐이니, 기별해줄 것 같으면 몸이 다하도록 은혜를 갚겠어요."

무당이 그 말대로 사람을 보냈더니 진사님이 찾아왔습니다. 둘이 서로 만나니 할 말도 못 하고 다만 눈물을 흘릴 뿐이었지요. 제가 편지를 주면서 말했어요. "저녁에 꼭 돌아올 것이니 낭군님은 여기에서 기다려 주옵소서." 하고는 바로 말을 타고 갔습니다. 진사님에게 전한 편지의 그 사연은 이러하였습니다.

'일전 무산 신녀가 전해 준 편지에는 낭랑한 옥음이 종이에 가득하였습니다. 정중한 마음으로 읽고 또 읽어보니 슬프고도 기뻐서 마음을 스스로 진정하지 못하고 바로 답서를 보내고자 하였사오나 이미 전할 길이 없었습니다. 또한 비밀이 샐까 두려워서 고개를 들어 멀리 바라보며 날아가고자 하오나, 날개가 없으니 애가 끊어지고 넋이 사라져 다만 죽을 날을 기다리고 있사오니 죽기 전에 이 편지를 통하여 평생의 한을 다 말씀드리옵니다. 엎드려 바라옵건대 낭군께서는 저를 새겨 두옵소서. 저의 고향은 남쪽이옵니다. 부모님이 저를 사랑하시기를 여러 자녀 가운데에서도 편벽되게 사랑하시어, 나가 놀아도 저 하고자 하는 대로 맡겨두셨습니다. 부모님은 삼강오륜의 행길을 가르치시고 또한 칠언당음을 가르쳐 주셨습니다. 나이 열세 살 때 대군의 부르심을 받은 까닭으로 부모님을 이별하고 형제를 멀리하여 궁중에 들어오니 집으로 돌아갈 생각을 금할 수 없었습니다. 오늘 빨래하러 가는 행차에는 양금의 시녀들이 다 모였던 까닭으로 여기에 오래 머물러 있을 수 없사옵니다. 눈물은 먹물로 변하고 넋은 비단 실에 맺혔사오니 바라고 원하옵건대 낭군님께서는 한번 보아주옵소서.'

이러한 글은 가을을 맞이하여 상심하는 글이고, 그 시는 상사의 시였습니다. 제가 말을 타고 무당의 집에 돌아와 본즉 진사님은 종일 느껴 울어 넋을 잃고, 실성하여 제가 온 것도 알지 못하는 것 같았어요. 제가 왼손에 차고 있던 운남의 옥색 금환을 풀어서 진사님의 품속에 넣어 주고 말하였습니다. "낭군께서는 저를 보고 박정하다 아니하시고 천금같은 귀한 몸을 굽혀 더러운 집에 와서 기다리시니, 제가 비록 불민하오나 또한 목석이 아니오니 감히 죽음으로써 허락하리이다. 제가 만약 식언한다면 여기에 금환이 있사옵니다." 하고, 갈 길이 총총하므로 일어나 작별을 고하니, 흐르는 눈물이 비와 같았습니다. 제가 진사님의 귀에다 대고, "제가 서궁에 있으니 낭군께서 밤을 타 서쪽 담을 넘어 들어오시면 삼생에 있어서 미진한 인연을 거의 이을 수 있을 것입니다."

말을 마치고는 옷을 떨치고 나와서 먼저 궁문을 들어오니, 여덟 사람도 뒤따라 들어왔습니다. 얼마 후 제가 자란 보고, "오늘 저녁에는 나와 진사님과 금석의 약속이 있으니, 오늘 오지 않을 것 같으면 내일에는 반드시 담을 넘어 오리라. 오면 어떻게 대접할까?"

그날 밤에는 과연 오지 않았더이다. 진사님이 담을 본즉 높고 험준하여 넘지 못하고 돌아와서 근심하고 있는데, 특이라 하는 어린 종이 있어 이를 알고는 진사님을 위해 사다리를 만드니, 매우 가볍고 능히 거두었다 폈다 하기에 아주 편리하였습니다. 그날 밤 궁으로 가려고 할 때 특이 품안으로부터 털옷과 가죽 버선을 주면서 말하였습니다. "이것이 있으면 넘어가기가 어렵지 아니할 것입니다."

진사님이 입으니 빛이 낮과 같았습니다. 진사님은 그 계교를 써서 담을 넘어 숲속에 엎드리니 달빛은 낮과 같았습니다. 조금 있다가 사람이 안에서 나와 웃으면서, "이리 나오소서. 이리 나오소서." 진사님이 나아가 절을 하니, 자란이 말하였습니다. "진사님이 오심을 고대하기를 대한에 비를 바라듯 하였는데, 이제야 뵈옵게 되어 저희들이 살아났사오니 진사님은 의심하지 마옵소서." 하고는 바로 이끌고 들어가기에, 진사님이 층계를 거쳐 들어오실 제 저는 사창을 열어놓고 짐승 모양의 금화로에다 향을 사르고, 유리 같은 서안에다 〈태평광기〉 한 권을 펴들고 있다가, 진사님이 옴을 보고 일어나 맞이하고 절을 하니 진사님도 답례를 하더이다.

자란으로 하여금 진수성찬을 차려놓고 자하주를 따라 권하니, 석 잔을 마시고 진사님은 좀 취한 듯이 말하였습니다. "밤이 얼마나 깊었는가?" 자란이 마침 그 뜻을 알고는 휘장을 드리우고 문을 닫고 나가더이다. 제가 등불을 끄고 잠자리에 나아가니 그 즐거움은 가히 알 것입니다. 밤은 이미 새벽이 되고 뭇 닭은 날 새기를 재촉하기에 진사님은 바로 일어나 돌아가셨습니다.

이러한 후로부터는 어두울 때에 들어와서 새벽에 돌아가시니 그렇게 하지 않는 저녁이 없었지요. 사랑은 깊어가고 정은 두터워져 스스로 그치기를 알지 못하였어요. 이 때문에 궁중 안 눈 위에는 문득 발자취가 나게 되었습니다. 궁인들은 다 그 출입을 알고 위험하다 하지 않는 이가 없었습니다.

하루는 진사님이 좋은 일의 끝이 화기가 될까 두려워 근심하고 있는데 특이 들어와 물었습니다. "저의 공이 매우 컸는데 상을 논하지 않으시니 옳은 일이 아닙니다. 진사님의 얼굴빛을 보니 근심이 있는 것 같사와 알지 못하거니와 무슨 까닭이옵니까?" "보지 못한 즉 병이 마음과 골수에 있고, 본즉 헤아릴 수 없는 죄가 있으니 어찌 근심하지 않겠느냐?" "그러면 어찌하여 남 몰래 업고 도망가지 않으십니까?"

진사는 그렇게 하기로 하고 그날 밤 특의 계교를 저에게 말하였습니다. "특이 노비지만 지모가 많아 이 계교로써 가르치니 그 계교가 어떠하오?" 저는 허락하여 말하였습니다. "저의 부모님과 대군이 주신 의복과 보화가 많은데, 이 물건들을 버리고 갈 수 없사오니 어찌하면 좋으리이까. 말 열 필이 있다하여도 다 운반할 수 없습니다."

진사님이 돌아가서 특에게 말하니, 특은 기뻐하면서, "무엇이 어려움이 있사옵니까? 저의 벗 중에 역사 20여 명이 있사온데, 이 무리로 하여금 운반케 하면 태산도 또한 옮길 수 있을 것입니다." 밤마다 수습하여 이레 만에 바깥으로 운반하기를 마치고 난 특이 말했습니다. "이와 같은 보화는 본댁에 쌓아두면 상전께서 의심할 것이오니 산중에다 구덩이를 파고서 깊이 묻어두는 것이 좋을 것 같습니다."

그런데 특의 뜻은 이 보화를 얻은 후에 저와 진사님을 산골로 끌고 들어가서 진사님을 죽이고는 저와 재보를 자기가 차지하려는 계획이었으나, 진사님은 알지를 못하였습니다. 하루는 진사님이 대군의 궁에 갔다 돌아와서 하는 말이, "도망해야 하겠소. 내가 지은 죄로 해서 대군이 의심을 품고 있으니 오늘밤에 도망가야 하겠소. 오늘밤에 도망가지 않으면 후환이 있을까 두렵소."

"지난 밤 꿈에 한 사람을 보았는데 얼굴이 흉악하고 모돈단우라 칭하면서 말하기를 '이미 약속한 바 있어 장성 밑에 오래도록 기다렸노라.' 하기에 깜짝 놀라 깨어 일어났거니와, 몽조가 상서롭지 아니하니 낭군님도 생각하여 보옵소서." "꿈은 허망하다고 하는데 어찌 믿을 수 있겠소." "그 장성이라고 말한 것은 궁장이며, 그 모돈이라고 말한 것은 특이니, 낭군님은 그 노복의 마음을 잘 알고 있으신지요?" "그놈은 본래 미련하고 음흉하지만 전일 나에게 충성을 다하였으니 어찌 나중에 악한 일을 하겠소?" "낭군님의 말씀을 어찌 감히 거역하오리이까마는 자란이와 나의 정이 형제와 같으니 이를 말하지 않을 수 없어요." 하고는 곧 자란을 불러 진사님의 계교로써 말하였더니, 자란이 크게 놀라며 꾸짖어 말하였습니다.

"서로 즐거워한 지가 오래 되었는데 어찌 스스로 화근을 빨리 오게하느냐? 한두 달 동안 서로 사귐이 또한 족하거늘 담을 넘어 도망하는 것을 어찌 사람으로서 차마 할 수 있으리오? 천지는 한 그물 속 같으니 하늘로 올라가거나 땅으로 들어가지 않는 이상 도망간들 어디를 가리오? 혹 잡힐 것 같으면 그 화는 어찌 너의 몸만으로 그치겠느냐. 몽조가 상서롭지 못하다 하는 것은 그만 두고라도 만약 길하다고 하면 네가 기쁘게 가겠느냐. 마음을 굽히고 뜻을 누르고서 정절을 지켜 평안이 있으면 천이를 듣는 것과 같은 것이다. 너의 얼굴이 좀 쇠하면 대군의 사랑도 풀어질 것이니 사세를 보아 병이라 하여 누워 있으면 반드시 고향으로 돌아가게 허락하여 주실 것이다. 이때를 당하여 낭군과 같이 손을 잡고 가서 백년해로(百年偕老)함이 가장 큰 계교이니 이런 것을 생각하여 보지 못하였는가. 이제 그와 같은 계교를 당하여 네가 사람을 속일 수는 있으나 감히 하늘을 속일 수야 있겠느냐?"

이에 진사님은 일이 이루어지지 못할 것을 알고는 한탄하면서 눈물을 머금고 나갔습니다. 하루는 대군이 서궁 수헌에 와서 철쭉꽃이 만발하였음을 보시고 시녀에게 명하여 오언절구를 지어 올리게 하고는 대군이 칭찬하여 말씀하셨습니다. "너희들의 글이 날로 발전하므로 내 매우 가상히 여기거니와 다만 운영의 시에는 뚜렷이 사람을 생각하는 뜻이 있구나. 네가 따라가고자 하는 사람이 어떠한 사람이냐? 김진사의 상량문에도 의심할 만한 대목이 있었는데, 너는 김 진사를 생각하고 있지 않느냐?"

이에 저는 즉시 뜰에 내려 머리를 땅에 대고 울면서 고했습니다. "대군께 한 번 의심을 보이고는 바로 곧 스스로 죽고자 했으나 나이가 아직 이십 미만이고, 또 부모님을 보지 않고 죽으면 구천지하에 죽어서도 유감이 있는 까닭으로 살기를 도적하여 여기까지 이르렀다가 또한 이제 의심을 나타냈사오니 한 번 죽기를 어찌 애석히 여기리까." 하고는 바로 비단 수건으로 스스로 난간에다 목을 매었더니, 대군이 비록 크게 노하였으나 마음속으로는 정말로 죽이고 싶지 않았기 때문에, 자란에게 저를 구하라 하여 죽지 못하게 하였습니다. 진사가 그날 밤 들어오셨으나, 저는 병이 들어 일어나지 못하고, 자란으로 하여금 맞이해 들여 술 석 잔을 권하고는 봉서를 주면서 제가 말했습니다. "이후로는 다시 볼 수 없을 것이니, 삼생의 인연과 백년의 가약이 오늘 밤으로 다한 것 같습니다. 혹 천연이 끊어지지 않았으면 마땅히 구천지하(九天地下)에서 서로 찾게 되겠지요."

진사는 편지를 받고 우두커니 서서 맥맥히 마주 보다가 가슴을 치고 눈물을 흘리면서 나갔습니다. 자란은 처량하여 차마 볼 수 없어 몸을 숨기고 눈물을 흘리면서 서 있었습니다. 진사가 집에 돌아와 봉서를 뜯어보니, '박명한 운영은 두 번 절하고 엎드려 사뢰옵니다. 제가 비박한 자질로서 불행하게도 낭군님께옵서 유념하여 주시어 서로 생각하기를 몇 날이며, 서로 바라보기를 몇 번이나 하다가 다행히 하룻밤의 즐거움을 나누었을 뿐, 바다같이 크고 넓은 정은 다하지 못하였나이다. 인간사 좋은 일에는 조물주의 시기함이 많사와, 궁인이 알고 대군이 의심하시어 조석으로 화가 다가왔으니, 낭군께서는 작별한 후로 저를 가슴에 품어 두시고 상심치 마시옵소서. 힘써 공부하시어 과거에 급제하여 벼슬길에 오르고 후세에 이름을 날리시어 부모님을 기쁘게 하여 주시옵소서. 제 의복과 보화는 모두 팔아서 부처님께 바치시어 여러 가지로 기도하시고 정성을 다하여 소원을 내어 삼생의 미진한 연분을 후세에 다시 잇게 하여 주시옵소서.'

진사는 다 보지를 못하고 기절하여 땅에 넘어지니 집사람들이 뛰어나와 구하시니 다시 깨어났습니다. "궁인이 무슨 말로 대답을 하였기에 이렇게 죽으려 하시나이까?" 하고 물으니 진사는 다른 말은 하지 않고 다만 한 가지만 말할 뿐이었습니다. "재보는 네가 잘 지키고 있어라? 내 장차 다 팔아서 부처님께 숙약을 실천하리라." 특이 집에 돌아와서 생각하기를, '궁녀가 나오지 않으니 그 재보는 하늘과 나의 것이겠지.' 하며 벽을 향하여 남몰래 웃었으나, 사람들은 까닭을 알 수 없었습니다.

하루는 특이 스스로 옷을 찢고 코를 쳐서 피가 흐르게 하여 온몸을 더럽히고 머리를 흐트리고 맨발로 뜰에 엎드려 울면서 말했어요. "제가 강적의 습격을 받았나이다. 외로운 한 몸이 산중을 지키다가 수많은 도적들이 습격하여 오므로 목숨을 걸고 도망쳐 왔나이다. 만일 그 보화가 아니었더면 제게 어찌 이와 같은 위험이 있으리이까?" 하고 주먹으로 가슴을 치면서 통곡하므로 진사님은 따뜻한 말로 위로하여 주셨습니다.

얼마 후 진사님은 특의 소행을 알고 노복 십여 명을 거느리고 가서 불의에 그 집을 수색하여 보니 다만 금팔찌 한 쌍과 운남 보경 하나가 있을 뿐이었습니다. 이 말이 전파되어 궁인이 대군께 고하니, 대군이 대노하여 남궁인으로 하여금 서궁을 찾아보게 한즉 저의 의복과 보화가 전부 없어졌으므로, 대군이 서궁 궁녀 다섯 사람을 뜰에 불러놓고, 형장을 엄하게 차려놓고 영을 내리기를, "이 다섯 사람을 죽여서 다른 사람을 징계하라!" 하시고는 집장 한 사람에게, "장수를 헤아리지 말고 죽을 때까지 치렷다!"

이에 다섯 사람이 호소하였습니다. "바라건대 한 번 말이나 하고 죽겠나이다." 하고 은섬이 초사를 올리니, 대군이 보기를 마치고 나시더니 또 한 번 초사를 다시 펴고 보시는데, 노여움이 좀 풀리는 것 같으므로 소옥이 엎드려 울면서 아뢰었습니다. "전날 빨래하러 갈 때에 성안으로 가지 말자고 한 것은 저의 의견이었으나, 자란이 밤에 남궁으로 와서 매우 간절히 청하기에 제가 그 뜻을 안타까이 여겨 군의를 물리치고 따랐사옵니다. 운영의 훼절은 그 죄가 저의 몸에 있사옵고 운영에게 있지 아니하오니 저의 몸으로써 운영의 목숨을 이어 주옵소서."

이에 대군의 노여움이 좀 풀어져서 저를 별당에다 가두고 다른 궁녀들은 다 돌려보냈는데, 그날 밤 저는 비단 수건으로 목매어 죽었습니다.

진사는 붓을 잡아 기록하고 운영은 옛일을 당겨서 이야기하는데 매우 자상하였다. 두 사람은 마주보고 슬픔을 스스로 억제하지 못하다가, 운영이 진사보고 말하였다. "이로부터 다음 이야기는 낭군님께서 하옵소서." 이에 진사는 이야기를 하기 시작하였다.

운영이 자결한 후 모든 궁인들이 통곡하지 않는 사람이 없어 부모가 돌아간 것과 같이 했습니다. 저는 공불의 약속을 저버릴 수 없어 구천의 영혼을 위로해 주고자 그 금팔찌와 보경을 다 팔아 사십 석을 사서 청녕사로 보내어 재를 올리고자 하나 믿을 만한 사람이 없어 특을 불러 전일의 죄를 사하고, "내 운영을 위해 초례를 베풀고 불공을 드려 발원을 빌고자 하니 네가 가지 않겠느냐?"

특이 즉시 절로 가서 삼 일을 궁둥이를 두드리면서 누워 놀다가, 지나가는 마을 여인을 강제로 끌고 들어와 승당에서 수십 일을 지내고도 재를 올리지 않으므로 중들이 분히 여겨 재를 올리라고 하니, 특이 마지못하여, "진사는 오늘 빨리 죽고 운영은 다시 살아나 특의 짝이 되게 하여 주소서." 이와 같이 삼 일을 밤낮으로 발원하는 말이 오직 이것뿐이었답니다. 그리고 나서 특이 돌아와서 하는 말이, "운영 아씨는 반드시 살 길을 얻을 것입니다. 재를 올리던 그날 밤 저의 꿈에 나타나서 정성껏 발원해 주니 감사한 마음 이루 다할 수 없다고 하면서 절하고 울었으며, 중들의 꿈도 또한 같았다고 합니다." 하기에 저는 그 말을 믿고 있었지요.

저는 독서하고자 청녕사에 며칠 묵는 동안 중들로부터 특이 한 일을 자세히 듣고는 분함을 이기지 못하여 목욕 재계하고 부처님 앞에 나아가 절을 하고 향불을 사르면서 합장하고 빌었습니다. 그랬더니 칠 일만에 특이 우물에 빠져 죽었습니다. 이러한 후로부터 저는 세상 일에 뜻이 없어 새 옷을 갈아입고 고요한 곳에 누워 나흘을 먹지 않고 한 번 깊이 탄식하고는 다시 일어나지 못할 몸이 되고 말았습니다.

쓰기를 마치자 붓을 던지고 두 사람은 마주보고 슬피 울면서 능히 스스로 그칠 줄을 몰랐다. 유영은 위로의 말을 해 주었다. 김진사는 눈물을 흘리면서 사례하고 말하기를, "우리 두 사람은 다같이 원한을 품고 죽었기로 염라대왕이 죄없음을 가련히 여기시어 다시 인간에 태어나도록 하고자 하였습니다. 그러나 지하의 즐거움이 인간보다 못하지 않는데 하물며 천상의 즐거움은 어떠하겠습니까? 이로써 인간에 나아가기를 원치 않습니다. 다만 오늘 저녁에 슬퍼한 것은 대군이 한번 돌아가시자 고궁에 주인 없고 까마귀와 새들이 슬피 울고 사람의 자취가 이르지 않으므로 그리 했을 뿐이옵니다. 거기에다 새로 병화를 겪은 후로 아름답고 빛나던 집이 재가 되고 섬돌, 담이 모두 무너지고 오직 섬돌 위에 피어 있는 꽃만이 향기 만발하고, 뜰에는 풀만이 깔리어 그 빛을 자랑할 뿐이니, 그 찬란하던 옛날의 모습이 바뀌지 않았다고 하지만 인간사 변화가 이와 같거늘 다시 옛일을 생각하니 어찌 슬프지 아니하겠습니까."

"그러면 그대들은 천상의 사람입니까?" "우리 두 사람은 본래 천상 선인으로서 오래도록 옥황상제를 모시고 있었더니, 하루는 제가 반도를 따가지고 운영과 같이 먹다가 발각되고, 전세에 적하되어 인간의 괴로움을 골고루 겪다가, 이제 옥황상제께서 전의 허물을 용서하사 삼청궁으로 올라가서 다시 옥황상제의 향안 앞에서 상제를 모시게 하였삽기로, 돌아가는 이때를 타서 바람의 수레를 타고 다시 진세의 옛날 놀던 곳을 찾아와 보았을 뿐입니다." 하며 김진사가 말하고는 눈물을 흘리면서 운영의 손을 잡고 또 말했다. "바다가 마르고 돌이 불에 타 버린들 우리들의 정은 사라지지 않을 것이요, 오늘 저녁에 존군과 서로 만나 이렇듯 따뜻한 정을 나누었으니 속세의 인연이 없으면 어찌 얻을 수 있겠습니까? 바라옵건대 존군께서는 이 원고를 거두어 가지시고 돌아가 뭇사람의 입에 전하여 웃음거리가 되지 않도록 영원히 전해 주시오면 다행으로 생각하겠습니다." 하더니, 그리고는 김생은 취하여 운영의 몸에 기대어 시 한 수를 읊었다.

> 꽃 떨어진 궁중에 연작이 날고,
> 봄빛은 예와 같건만 주인은 간 곳 없구나.
> 중천에 솟은 달은 차기만 한데,
> 아직 푸른 이슬은 우의를 적시지 않았네.

운영이 받아서 읊었다.

> 고궁의 고운 꽃은 봄빛을 새로 띄고,
> 천년만년 우리 사랑 꿈마다 찾아오네.
> 오늘 저녁 예 와 놀며 옛 자취 찾아보니,
> 막을 수 없는 슬픈 눈물은 수건을 적시네

이때 유영도 취하여 잠깐 누워 있다가 산새 소리에 깨어났다. 구름과 연기는 땅에 가득하고 새벽빛은 창망한데, 사방을 살펴보아도 사람은 보이지 않고, 다만 김생이 기록한 책자만이 있었다. 유영은 쓸쓸한 마음 금할 수 없어 신책(神冊)을 거두어 가지고 돌아왔다. 장 속에 감추어 두고 때때로 내어 보고는 망연자실하여 침식을 전폐했다. 후에 명산을 두고 두루 찾아다니더니, 그 마친 바를 알 수 없다고 한다.

4. 말을 이해하는 꽃, 기생의 문화콘텐츠화

1) 기생 이야기에 대한 현대적 조명

새로운 문화키워드 '기녀'는 문화예술계의 뜨거운 사랑을 받으며 우리에게 다양한 시청각적 정보를 제공하고 있다. 왜 오늘날 현대인들은 '기녀'에 대해서 열광하는 것일까?

그 해답을 찾기 위하여 기생 이야기를 소재로 다룬 드라마 〈황진이〉와 영화 〈황진이〉를 살펴보고자 한다. 이 두 이야기는 황진이라는 동일한 소재를 가지고 비슷한 시기에 콘텐츠화하여 대중의 이목을 사로잡았으며 영화 〈황진이〉는 개봉 이전부터 많은 화제가 되었다. 그러나 동일한 황진이 소재를 풀어낸 방식이 달랐기 때문에 이 두 가지의 황진이 이야기는 끊임없이 비교대상이 되고 있다. 흥미로운 점은 동일한 소재를 사용했음에도 불구하고 흥행 성패에는 상반된 결과가 나왔다는 점이다. 드라마 〈황진이〉는 평균 시청률 '21.9'%로 방영되는 동안 시청자들에게 호평을 받았던 것에 반해, 영화 〈황진이〉는 관람객 119만 명의 성과를 내고 혹평과 함께 막을 내렸다. 이것은 2007년 흥행순위 36위에 해당하며, 한국 영화 100대 순위 안에 들지 못하는 저조한 기록이다.

이처럼 동일한 '기생' 소재를 사용하였지만 대중들에게 호응을 받은 드라마 〈황진이〉와 대중에게 외면받은 영화 〈황진이〉에 대한 비교를 통해 오늘날 '기생' 혹은 '황진이'를 바라보는 대중의 시선에 대해서 논의해 보고자 한다.

2) 역사 속의 황진이

우선, 오늘날 우리에게 가장 잘 알려져 있는 황진이의 삶에 대해서 살펴보도록 하겠다. 황진이의 출생과 사망에 관한 정확한 기록은 없으나 중종(1506~1544) 초엽에 태어나 명종조(1546~1564)에 기생으로서의 활약을 한 것으로 보이며, 이렇게 남자들과 함께 활동할 수 있었던 것은 그녀가 기생이라는 사회적 신분을 충분히 활용한 덕분이었을 것이다.

기생이라기보다는 조선의 최고 여류 시인이라는 칭호가 더 걸맞는 황진이는 한시뿐만 아니라 음악과 자색에도 빼어나 많은 일화를 남기고 있다. 규범과 타성을 벗어나 개성과 주체적 삶을 구가했던 그녀의 예술혼과 문학적 성과는 조선 시조 4,000여 수 가운데서도 빼어난 것으로 평가받고 있다. 그녀는 성품이 곧고 허식을 싫어해 관이 주도하는 술자리에는 화장을 진하게 하거나 옷을 요란하게 꾸미는 일이 없었고 아무리 사대부라 하더라도 더불어 시를 말할 정도가 되지 않으면 천금을 주어도 돌아보지 않았다고 할 만큼 자존심이 높았다.

그녀의 기명은 '명월', '진랑'이라고 불렸으며 그 유명한 성리학자였던 서경덕과 승려였던 지족선사, 벽계수와의 교제를 뒷받침해주는 많은 시와 이야기들이 남아 있다. 황진이의 일화 중 나이 열여섯 때의 일이다.

> 그녀가 살던 집 근처에 그녀의 미모에 반한 노총각이 살고 있었는데 너무 그녀를 사모하는 바람에 상사병에 걸려 수일을 앓다 죽었다. 그 총각의 상여가 그녀의 집 앞을 지날 때 갑자기 무거워져 움직이지 않는 기묘한 일이 일어나자 황진이가 자신의 속치마를 벗어 보황 대신 관 위에 덮어주자 거짓말처럼 상여가 움직여 구원으로 갔다는 전설이 있다.

당대의 일류 명사들과 정을 나누고 벽계수와 깊은 애정을 나누며 난숙한 시작(詩作)을 통하여 독특한 애정관을 표현했다. '동짓달 기나긴 밤을 한 허리를 둘에 내어'는 그의 가장 대표적 시조이다. 뿐만 아니라 서경덕·박연폭포와 함께 송도삼절로 불리고 있다.

3) 드라마 〈황진이〉와 영화 〈황진이〉의 비교

최근 TV 드라마에서 선을 보인 하지원의 〈황진이〉와 영화로 개봉된 송혜교 주연의 〈황진이〉는 기생에 대한 새로운 관점과 변모하는 황진이의 모습을 보여주는 콘텐츠이다.

영화 〈황진이〉와 드라마 〈황진이〉는 모두 조선시대 최고의 기녀였던 황진이의 '사랑하고 싶었으나, 사랑할 수 없었던 기구한 운명'을 그려내고 있다. 드라마 속의 '황진이'는 화려하고 생동감이 넘치지만, 영화 속의 '황진이'는 무겁고도 우아한 면을 강조하고 있다. 이러한 캐릭터 설정의 차이에 따라 극의 전체적인 분위기나 색감 또한 크게 차이가 난다.

드라마 〈황진이〉는 황진이의 요염하고 고집스러움, 그리고 그녀의 예인으로서 뛰어난 재능에 초점을 맞추었다면, 영화 〈황진이〉는 당대 양반들을 손에 쥐고 흔들었던 그녀의 카리스마와 일편단심 사랑에 초점을 맞추었다고 할 수 있다.

드라마 〈황진이〉

영화 〈황진이〉

　두 황진이는 기녀로서의 삶의 시작도 달랐으며 그 시작이 두 사람의 인생과 성격의 차이에도 많은 영향을 주었다고 볼 수 있을 것이다.

　황진이와 관계를 맺는 주변 인물의 설정에도 큰 차이가 있다. 영화 속 황진이의 주변 인물은 어릴 적부터 사랑했던 그녀의 집 노비인 놈이와 그를 질투하는 사또를 중심으로 사건이 전개된다. 사또와 맺어가는 관계는 진이의 지혜로움과 카리스마를 더욱 두드러지게 하며, 그녀를 늘 아씨처럼 모시는 유모는 양반집 자제로 자라왔던 그녀의 우아함을 돋보이게 해주고 있다.

　반면, 드라마 속 황진이는 그녀를 진정한 예인으로 길러내기 위한 백무를 중심으로 사건이 전개되고 있다. 예인은 한 사내를 맘에 품는 일이 허락되지 않음을 은호와 김정한과의 사랑을 통해 보여주고 있으며, 더불어 그 주위에 백무의 라이벌인 매향과 진이의 라이벌인 부용을 끌어들임으로써 황진이의 예인으로서의 재능을 더욱 돋보이게 해주고 있다. 뿐만 아니라 그녀를 사랑하는 김정한 역시 그녀의 예인으로서의 재능을 아끼고 존중해 주는 역할을 함으로써 그녀의 재능을 더욱 부각시켜주고 있다.

　두 황진이의 이야기에서 가장 두드러지는 차이점은 결말 부분이다. 인간 황진이를 보여주고자 하였던 영화 〈황진이〉에서는 죽은 놈이만을 사랑하는 헌신적이고 순종적인 여인으로서 황진이를 보여주고 있는 반면에, 드라마 〈황진이〉는 모든 사랑을 떠나보내고 춤꾼 예인으로서 살아가는 황진이를 보여주며 결말을 맺고 있다.

　앞에서도 언급한 바 있듯이 드라마 〈황진이〉와 영화 〈황진이〉는 흥행성과에서도 상반된 결과를 보였다. 작품의 흥행성패는 결국 대중들에게 어느 정도 호응을 얻었는가를 보여주는 가장 정확한 지표라고 할 수 있다. 지금부터 두 황진이 이야기의 흥행성패 요인을 분석하며 오늘날 대중들이 인식하고 있는 '기생'의 모습과 대중들이 원하는 '기생'의 모습에 대해서 살펴보고자 한다.

　우선, 드라마 〈황진이〉가 대중에게 큰 호응을 받을 수 있었던 이유는 무엇일까?

　첫째, 드라마에서 현대적인 색채가 가미된 주체적 여성상이 돋보이며, 이러한 매력이 부각되어 있기 때문이다. 드라마 〈황진이〉에서 황진이는 신분 제도의 억압과 차별, 남성 상위 세계에서의 주체적 여성으로서의 용기와 결단력 있는 행동을 보여준 캐릭터이다. 드라마 속 황진이는 자신의 첫사랑을 허락하지 않는 신분사회

드라마 〈황진이〉 中

와 체제를 비판하기도 하며, 양반 사대부 가문을 조롱거리로 만든다. 또한 기존의 사회질서에서 허락되지 않는 자신의 사랑을 지키기 위해 모든 것을 버리고 도망가는 적극적인 면모도 보여준다. 황진이는 주어진 체제에 순응하며 사는 것이 아니라, 비록 좌절된다 하더라도 적극적으로 부딪히는 주체적인 면모를 보여주고 있는 것이다. 뿐만 아니라 드라마 속 황진이는 자아실현을 위해 수련을 하는 적극적인 면모를 보여주고 있다. 즉, 자신의 꿈을 주체적으로 실현하기 위해 노력하고 있는 인물이다. 이처럼 황진이 적극적이고 주체적인 모습과 당당한 성격은 〈황진이〉의 흥행 성공의 첫 번째 이유이다.

둘째, 기존의 기생이 성적으로 매혹적인 여성으로서의 소재로만 사용한 것과 달리 드라마 〈황진이〉는 '예인(藝人)'이라는 전문직을 강조하고 있다는 점이다. 드라마 〈황진이〉는 황진이가 예인으로서 최고의 기생이 되기까지 노력하는 과정과 배우는 과정을 흥미 있게 그려내고 있다. 이때 등장하는 것이 바로 시와 가무이다. 특히 춤추는 황진이의 모습을 통해 드라마 〈황진이〉는 기존의 황진이와 차별화에 성공하였다.

이전까지의 미디어를 통해 보여준 기생의 모습은 대체적으로 성적인 아름다움에 치우쳐 있었으며, 대중 또한 이러한 이미지로 기생을 인식하였다. 그러나 드라마 〈황진이〉는 기존의 기생의 이미지와 달리 예인으로서의 노력과 고통을 보여주면서 기생을 예술인이라는 전문적 직업으로 승화하고 있다. 이러한 새로운 시각으로서의 접근은 기존 기생이미지에 젖어있는 대중에게 신선한 자극으로 받아들여질 수 있었던 것이다. 물론 대중들이 예인 황진이를 받아들일 수 있었던 기저에는 천하게 인식되었던 예인집단이 엔터테인먼트 산업으로 각광받는 시대 상황과 맞물렸기 때문일 것이다. 결국 드라마 〈황진이〉를 통해 기존의 기생에 대한 편견을 깨고 새로운 황진이를 신선하게 받아들일 수 있었던 것이다.

반면에 영화 〈황진이〉가 대중들에게 외면 받은 이유는 무엇일까?

우선, 영화 속 황진이 캐릭터의 문제이다. 영화 속 황진이 또한 드라마 〈황진이〉와 같이 기존의 황진이 이미지와 차별화를 시도하였다. 여기서 영화 속 황진이가 강조한 것은 인간적인 황진이의 모습이었다. '16C를 살았던 21C 여인'이라는 타이틀에서 볼 수 있듯이 양반의 삶에서 천민인 기생의 삶으로 전락하면서도 주체적으로 당당하게 살았던 황진이의 모습을 보여주고자 한 것 같다. 그러나 영화 속 황진이의 모습은 지나치게 고풍적이고 단아한 기생의 이미지이다. 뿐만 아니라 영화에서 의도하였던 카리스마 있는 기생의 모습이 뚜렷하게 부각되어 있지 않다.

즉, 황진이라는 캐릭터가 무난하고 얌전하게만 그려져서 상대적으로 영화에서 보여주고자 하였던 황진이의 당차고 도발적인 면이 축소되었으며 심지어 영화 후반부에서는 헌신적이고 순종적인 황진이의 모습이 두드러지게 나타나고 있다. 사랑하는 남자(놈이)의 목숨을 구하기 위해 사또의 수청을 허락하고, 놈이가 죽고 난 이후에도 일편단심인 자신의 마음을 강조하는 것으로 영화는 끝을 맺는다. 이처럼 헌신적인 기생의 모습은 영화의 타이틀과도 맞지 않을 뿐만 아니라 관객들에게 아쉬움으로 작용하였다고 볼 수 있다. 즉, 영화 속 황진이는 관객들이 예상하고 보고 싶은 황진이의 성격과 색깔에 부합하지 않는다.

둘째, 기존의 매혹적인 여성에서 벗어나 단아하고 고풍적인 황진이가 대중들에게 공감을 얻기 위한 역량이 부족했다는 점이다. 기생을 단아하고 고풍적으로 그린다는 것에 대한 시도 자체는 훌륭하다고 말할 수 있겠지만, 이러한 시도를 대중들과 소통하기 위한 역량이 부족하였다는 것이다. 영화 속 황진이는 그녀가 어떻게 최고의 기생이 되는지 과감하게 생략하고 축약되어 있다. 그래서 영화 속 황진이는 황진이가 양반집 규수로서 얌전하게 생활하는 평온한 한때와 최고의 기생이 되고 난 후의 활약기 이렇게 두 가지 이야기로 나눌 수 있는데, 황진이의 고난과 힘든 기생이 되기까지의 시간적으로 쌓여가는 과정이 생략되면서, 동시에 관객에게도 황진이라는 캐릭터의 변화와 그녀의 내면에 관한 관객 자신만의 공감대가

영화 〈황진이〉 中

약화될 수밖에 없는 감정적 공백이 생기게 되었다.

4) 문화콘텐츠로서의 기생(妓生)의 의미와 가치

그렇다면 오늘날 대중들이 원하는 황진이의 모습, 즉 콘텐츠화된 '기생'의 모습에서 보고자 모습은 무엇일까.

과거 우리 사회 섹슈얼리티 문화는 유교문화의 가부장적 성문화와 남성 중심의 상품화된 성문화가 혼재되어 있다. 한편으로는 은밀하고 부끄러워 금기시하는 억제, 통제의 대상이었지만, 지배층 남성들에게는 쾌락의 추구는 물론 성적 방종까지도 허용하는 이중적 성 윤리가 적용되었다. 이런 이중적 성 윤리는 남존여비사상과 여성만이 정조와 순결을 지켜야 한다는 차별적 여성관을 낳았다.

당시 조선의 여성들은 삼종지도(三從之道)라는 미화된 봉건윤리 속에서 종속적인 삶을 살 수밖에 없었다. 여기에서 제외되는 특수한 신분이 바로 기녀들이었다. 그들은 비록 천민에 속했지만 당시 여인들로서는 상상할 수 없을 정도의 자유를 가지고 있었던 것이다. 여성에게만 강요되는 갖은 규범으로부터 자유로울 수 있는 존재였다. 즉, '기생'은 국가소유물의 비천한 여성들인 관비임에도 불구하고, 그들은 국가 행사에 참여하거나 지방 관아의 공식 행사에 참여하고 주로 사대부 남성들의 유희 공간에 동원됨으로써 상류층 유교문화에 깊숙이 관여하고 있었다. 뿐만 아니라 남성과 달리 교육받을 기회가 전혀 없었던 일반 여성들에 비해 기생들은 전문가에 의해 교육을 받는 특혜를 누리며 사회의 풍속과 사대부의 사상을 익혔으며, 또한 기녀들이 향유하던 기생문학은 제2의 사대부 문학이라고 불릴 만큼 상당한 지식과 재능을 지닌 기예문학이었다.

즉, 그들은 천민이었지만 당대의 사대부와 밀접한 관계를 가지며, 다른 천민계층과 달리 호의호식의 삶을 누리며 살 수 있었을 뿐만 아니라 당시 여성들을 억압하던 규범에도 상당 부분 자유로울 수 있는 존재였다. 이 점은 당대의 일반 아녀자와 하층민에게 부러움의 대상일 수밖에 없었을 것이다.

그러나 기존의 체제에서 자유롭다는 것은 다른 말로 소외되었다는 것을 의미한다. 기생 천민이라는 계급적 귀속과 여성이라는 성적인 귀속은 사대부들의 성적인 대상이라는 사회적 구속과 더불어 기녀가 지닌 성격을 매우 복잡하게 만들었다. 일반적으로 기녀는 다른 여성들에 비해 성적으로 적극적이고 능동적이었을 것으로 여겨지지만, 기록을 살펴보면 남성들과의 관계에서 기녀들이 자신의 성적 주체성을 확보하지 못했다는 사실을 알 수 있다. 이처럼 사대부와 기녀의 관계에서 기녀들이 주체성을 갖지 못했고, 단지 사대부 남성들의 성적 대상, 혹은 소유의 대상이었다. 남성들에 의해 성적 대상물로 인식된 기녀들은 조선시대 이상적인 여성상에 부합될 수 없었으며 모성적 역할 또한 배제되었기 때문에 여성성으로부터 소외현상을 경험하게 된다.

이처럼 기생은 기묘한 존재였다. 그녀들은 아내라는 명예로운 지위를 버렸다는 점에서 사회로부터 냉대를 받았으나, 한편으로 사대부의 유희문화에 관여하며 예술의 후견인으로 인식되는 이중적인 존재이기도 하였다. 결국 기녀는 '귀족의 머리에 천민의 몸'이라는 이율배반적 성격을 지니고 있는 존재였던 것이다.

오늘날 '기녀'에 대해 관심을 가지는 이유 또한 '기생'이라는 직업 내지 신분이 갖고 있는 특수성에서 찾을 수 있을 것이다. 오늘날에도 일정한 체제에서 구속받고 있는 현대인들은 당대 유교문화의 체제 밖에서 자유롭게 존재하던 기생들의 삶을 호기심과 환상의 대상으로 바라보고 있는 것이다. 하지만 체제 밖에서 자유롭다는 의미는 그만큼 체제 안에 속해 있는 집단에게 소외되는 '주변인'이라는 의미이기도 하다. 즉 '기녀'라는 존재는 우리에게 호기심과 환상의 대상이지만 결코 우리의 집단에 들어올 수가 없는 타자화 된 대상인 것이다. 결국 오늘날 우리가 인식하고 있는 기생은 우리의 흥미와 관심의 대상으로 바라본 '타자'이다.

이렇게 타자화 된 '기생'은 현대의 상품화된 사회에서는 기생의 성적 상상력을 악용하여 공격적인 섹슈얼리티와 매혹적인 이미지만을 재현하기도 한다. 결국 오늘날 미디어를 통해 보고 있는 기생은 역사 속에 실존하는 기생이 아닌 우리의 시각과 기호로 각색되고 윤색되어 재탄생한 인물이다.

오늘날 우리는 과거의 불합리한 신분사회에서 해방되었다고 생각하지만 또 다른 이데올로기에 의해 지배되고 있다. 결국 현대인은 보이지 않는 이데올로기 속에서 살아가고 있으며 이것이 곧 일상화되어 있는 것이다. 이처럼 보이지 않는 여러 억압 속에서 살고 있는 현대인은 무의식중에 이러한 체제와 일상으로부터 일탈 혹은 도피하고자 하는 욕구가 생기게 된다. 현대인의 이러한 욕구를 충족시켜줄 수 있는 요소가 바로 '기생'이라는 콘텐츠이다. 오늘날 대중매체를 통해 보여지고 있는 기생의 모습, 즉 남성 중심 담론에서 여성의 자유가 박탈되었던 시대에 당당함과 의연함으로 맞서는 모습이나 매혹적인 성적 아름다움의 이미지를 지닌 기생의 모습은 일탈하고 싶은 현대인들이 대리만족을 느끼기에 충분한 소재인 것이다.

그래서 우리가 접하는 많은 기생 작품(영화, 만화, 소설, 드라마 등)에서의 기생은 천민 계급임에도 불구하고 높은 신분인 사대부를 농락하고, 사랑으로 좌지우지하며, 그들을 웃음거리로 만들거나 기생이 가지고 있었던 성적인 자유분방함을 강조하여 남성들에게 있어서 성적인 판타지가 되게끔 묘사되고 있다. 우리는 이러한 기생의 모습을 통해 짜릿함과 흥미를 느낀다. 이처럼 현대의 대중들은 팜므파탈 이미지와 주체적인 인간상으로 재현된 기생에 매력을 느끼게 된다.

드라마 〈황진이〉와 영화 〈황진이〉의 흥행 성패 또한 기생이라는 신분이 가지고 있는 이중적인 성격에 대한 매력과 현대인들의 일탈심리가 작용한 것이라 볼 수 있다. 즉, 일반 대중들은 자신이 살고 있던 시대의 지배체제에서 벗어나 자유롭고 주체적으로 살아가는 황진이라는 인물을 통해 대리만족을 느끼고 싶었던 것이다. 드라마 〈황진이〉가 흥행에서 성공할 수 있었던 요인은, 대중이 원하는 주체적인 기생 황진이의 모습을 구현했을 뿐만 아니라 기존에 가지고 있었던 성 상품화된 기생의 모습이 아닌 예능인으로서의 기생의 삶을 표현한 이색적인 측면이 작용한 결과이다. 즉, 대중들이 원하는 보편적인 요구와 더불어 예인(藝人)이라는 기생에 대한 새로운 시각이 신선하게 작용한 결과인 것이다.

반면에 영화 〈황진이〉는 대중이 이미 알고 있었던 기존의 황진이에서 더 이상 나아가지 못하고 있다. 영화에서 시종일관 보여준 것은 순종적이고 헌신적인 여인으로서의 황진이일 뿐이다. 이것은 '16C를 살았던 21C 여인'이라는 타이틀과도 상당한 거리가 있을 뿐만 아니라 대중의 기호에도 맞지 않는 캐릭터이다. 고풍적이고 단아한 모습의 황진이를 통해 대중들과 공감을 얻기 위한 역량이 부족했다. 영화 〈황진이〉는 대중이 기대하던 기생이라는 이미지에서 벗어나고자 노력하였으나 결국에는 여리고 순정적인 여인을 보여주었으며, 이것은 기존의 황진이를 기대한 관객에게도 색다른 황진이를 기대한 관객에게도 모두 아쉬움만 남겨주게 된 결과로 작용한 것이라 볼 수 있다.

제3부

문화콘텐츠 스토리텔링의
실습 사례

제1장

고전소설을 소재로 한 창작 뮤지컬 기획
(학생 작품)

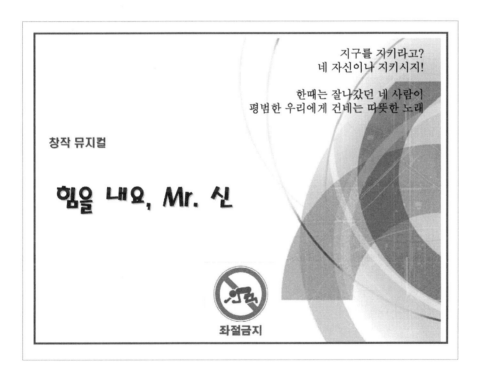

지구를 지키라고?
네 자신이나 지키시지!

한때는 잘나갔던 네 사람이
평범한 우리에게 건네는 따뜻한 노래

창작 뮤지컬

힘을 내요, Mr. 신

좌절금지

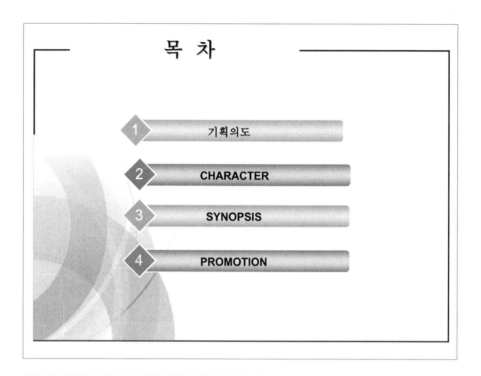

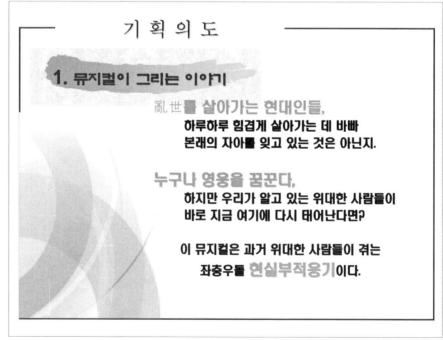

기 획 의 도

2. 미친 세상에 대처하는 우리들의 자세

21세기 서울, 당신은 안녕하십니까?

무너진 신뢰, 부정부패의 만연
늘어만 가는 청년실업,
우울증 걸리게 하는 사회 속에서
당신은 안녕하십니까?

영웅이 되길 강요하는 시대, 그러나

이 사회 속에서 고통 받는 당신에게 사람들은 말한다.
더욱 열심히 노력하라고, 당신도 영웅이 될 수 있다고.

그러나 우리는 말한다,
우리 모두가 영웅이 될 수 있다면
결국 영웅은 없다고

우리가 미친 것이 아니라,
바로 세상이 미친 것이라고

기 획 의 도

3. 웃음, 공감 그리고 위로

웃음으로 눈를 닦기

품행이 방정맞고 타의 모범이 되기에
우리가 교과서에서나 뵙던 4명의 캐릭터
그들도 현실에선 별 볼일 없는 찌질이들.
고전의 비틀기를 통한 인물설정은
〈익숙함〉속의 〈낯섦〉을 통해
관객들에게 커다란 웃음을 선사할 것이다.

힘내지 않아도 좋아, 따뜻하게 안아주기

그런데 저건 바로 나잖아
현실에 기반한 에피소드들은 관객들에게
주인공들이 결국 우리 자신이라는 것을 일깨워 줄 것이다.

그들과 함께 웃고, 공감하고, 안타까워하며
결국 위로 받는 것은 관객들 자신인 것이다.

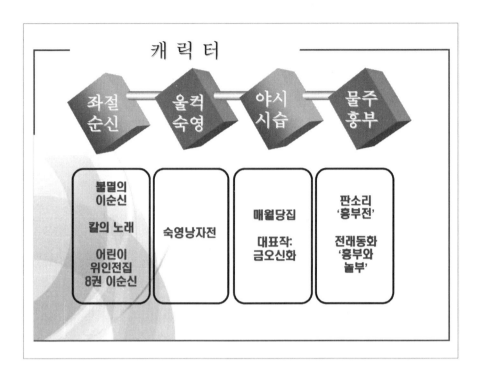

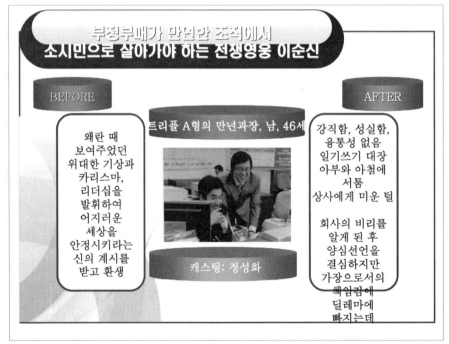

단지 사랑받고 싶었을 뿐이었는데...
우울증 자살폐인이 되버린 사랑의 여신 숙영

BEFORE

금사빠, 20대 초반, 여

AFTER

유교사회에서
당당하게
자유연애를
시작했던
그 당돌함으로
세상에 나가
'진실된
사랑'으로
세상을 아름답게
만들라는
신의 지시로
세상으로 하강

애정과잉 숙영
노는 아이들의
눈밖에 나
'왕따'를 당하고
원조교제 모함까지
받은 충격으로
우울증 증세를 보임
부족한
사회적지지를
보충하려는 듯
쉽게 사랑에 빠져
그것이 집착인지
구분조차 못하는데
...

캐스팅: 오화영

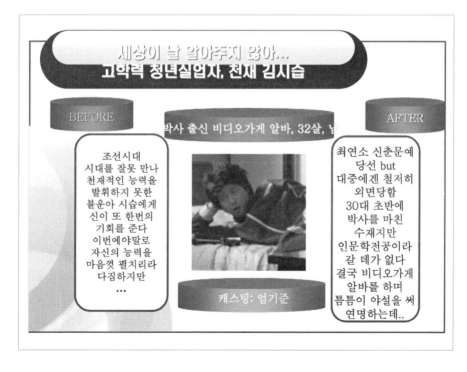

세상이 날 알아주지 않아...
고학력 청년실업자, 천재 김시습

BEFORE

박사 출신 비디오가게 알바, 32살, 남

AFTER

조선시대
시대를 잘못 만나
천재적인 능력을
발휘하지 못한
불운아 시습에게
신이 또 한번의
기회를 준다
이번에야말로
자신의 능력을
마음껏 펼치리라
다짐하지만
...

최연소 신춘문예
당선 but
대중에겐 철저히
외면당함
30대 초반에
박사를 마친
수재지만
인문학전공이라
갈 데가 없다
결국 비디오가게
알바를 하며
틈틈이 야설을 써
연명하는데..

캐스팅: 엄기준

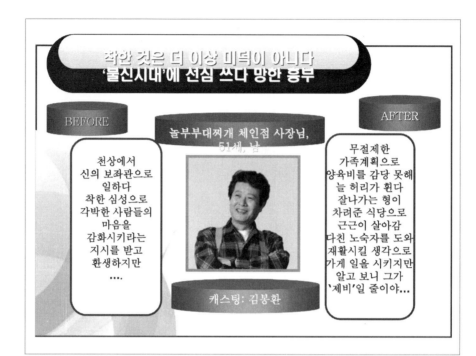

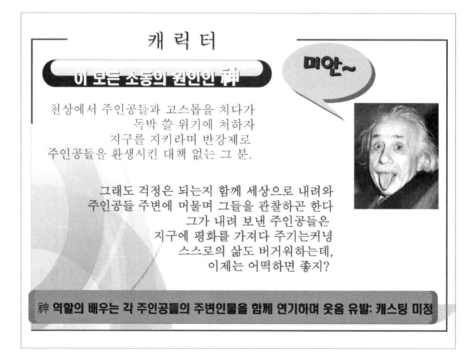

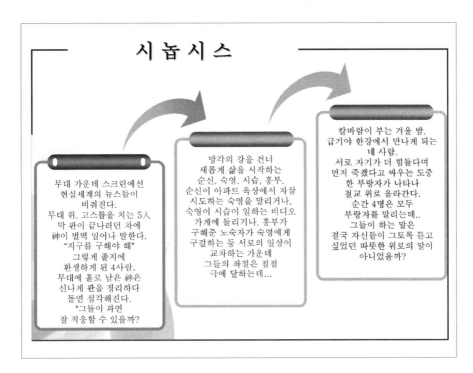

시놉시스

무대 가운데 스크린에선
현실세계의 뉴스들이
비춰진다.
무대 위, 고스톱을 치는 5人
막 판이 끝나려던 차에
神이 벌떡 일어나 말한다.
"지구를 구해야 해"
그렇게 졸지에
환생하게 된 4사람.
무대에 홀로 남은 神은
신나게 판을 정리하다
돌연 심각해진다.
"그들이 과연
잘 적응할 수 있을까?

망각의 강을 건너
새롭게 삶을 시작하는
순신, 숙영, 시습, 흥부.
순신이 아파트 옥상에서 자살
시도하는 숙영을 말리거나,
숙영이 시습이 일하는 비디오
가게에 들리거나, 흥부가
구해준 노숙자가 숙영에게
구걸하는 등 서로의 일상이
교차하는 가운데
그들의 좌절은 점점
극에 달하는데...

칼바람이 부는 겨울 밤,
급기야 한강에서 만나게 되는
네 사람.
서로 자기가 더 힘들다며
먼저 죽겠다고 싸우는 도중
한 부랑자가 나타나
철교 위로 올라간다.
순간 4명은 모두
부랑자를 말리는데..
그들이 하는 말은
결국 자신들이 그토록 듣고
싶었던 따뜻한 위로의 말이
아니었을까?

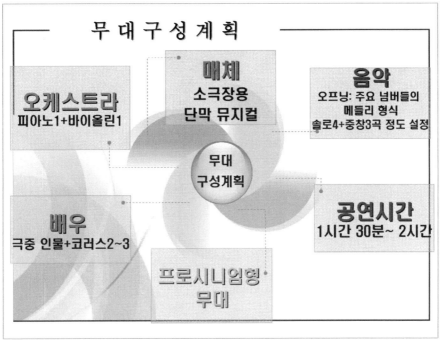

무대구성계획

오케스트라
피아노1+바이올린1

매체
소극장용
단막 뮤지컬

음악
오프닝: 주요 넘버들의
메들리 형식
솔로4+중창3곡 정도 설정

**무대
구성계획**

배우
극중 인물+코러스2~3

공연시간
1시간 30분~ 2시간

**프로시니엄형
무대**

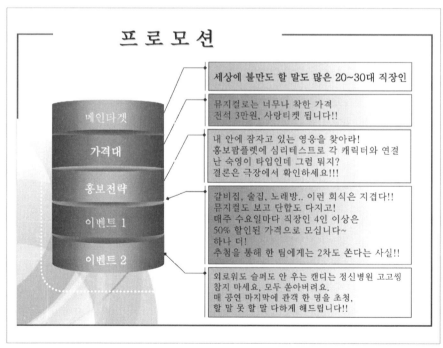

제2장

구미호를 활용한 모바일 게임 기획
(학생 작품)

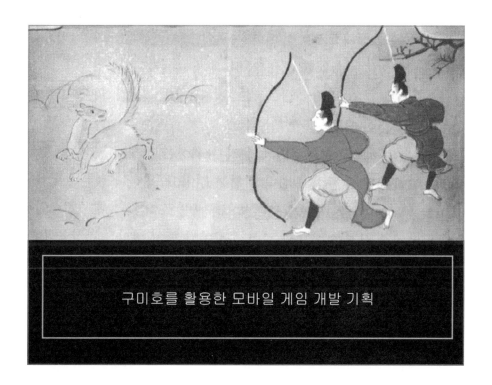

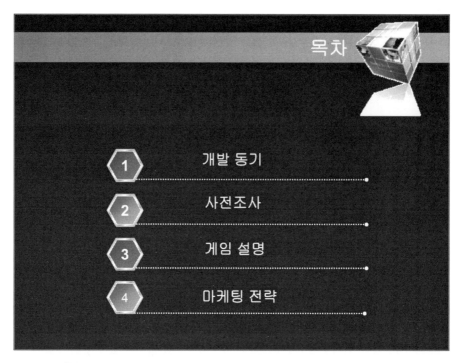

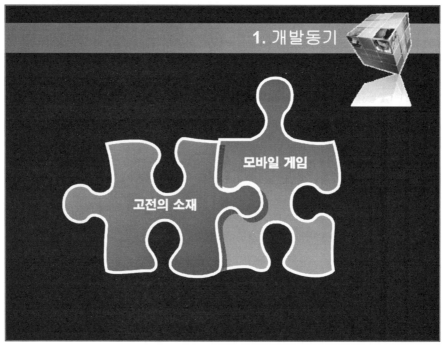

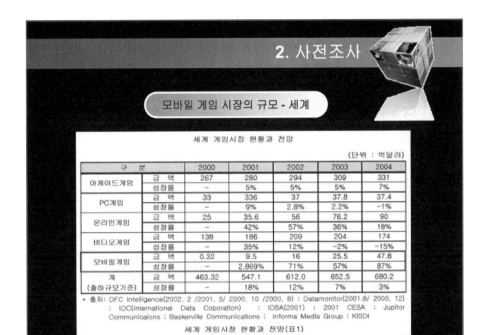

세계 게임시장 현황과 전망

(단위 : 억달러)

구 분		2000	2001	2002	2003	2004
아케이드게임	금 액	267	280	294	309	331
	성장률	–	5%	5%	5%	7%
PC게임	금 액	33	336	37	37.8	37.4
	성장률	–	9%	2.8%	2.2%	–1%
온라인게임	금 액	25	35.6	56	76.2	90
	성장률	–	42%	57%	36%	18%
비디오게임	금 액	138	186	209	204	174
	성장률	–	35%	12%	–2%	–15%
모바일게임	금 액	0.32	9.5	16	25.5	47.8
	성장률	–	2.869%	71%	57%	87%
계 (출하규모기준)	금 액	463.32	547.1	612.0	652.5	680.2
	성장률	–	18%	12%	7%	3%

• 출처: DFC Intelligence(2002. 2 /2001. 5/ 2000. 10 /2000. 8) : Datamonitor(2001.8/ 2000. 12)
  : IDC(international Data Coporation)   : IOSA(2001) : 2001 CESA : Jupiter
  Communicaions : Baskerville Communications : Informa Media Group : KISDI

세계 게임시장 현황과 전망(표1)

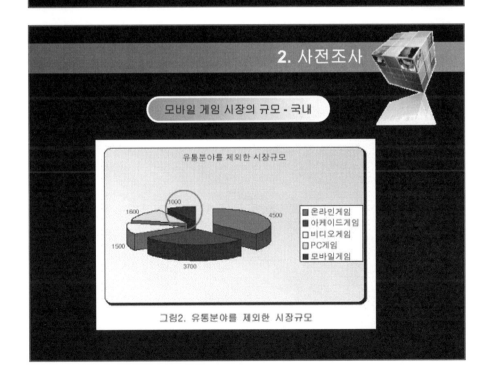

그림2. 유통분야를 제외한 시장규모

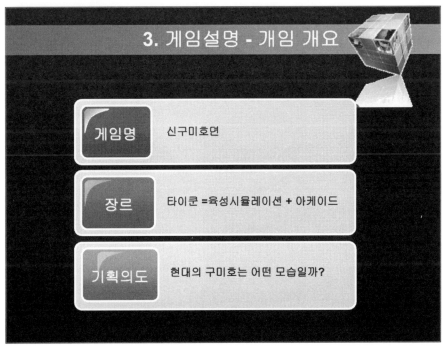

3. 게임설명 - 시놉시스

■ Back Ground Story

"전설속의 구미호, 인간과의 공존을 꿈꾼다!"

산업화에 따른 도시건설, 토목사업 등에 의한 국토 난개발로 인해 삶의 터전을 잃은 구미호들은 생존을 위해 인간세계로 숨어든다. 채보술을 사용하여 인간의 모습으로 둔갑한 구미호들은 정체를 숨긴 채로 타고난 능력을 이용해 권력과 재력을 손아귀에 쥔다. 도시 한 가운데, 아무도 눈치 채지 못하게 「구미호 사회화 프로젝트」가 시작되는데...

3. 게임설명 - 시놉시스

■ GAME STORY

어린 구미호들은 다섯 개의 꼬리를 가지고 학교에 입학하게 된다. 학교에 막 입학한 어린 구미호들의 외모는 인간과 다르다. 뾰족한 두 귀와 탐스러운 꼬리를 감추지 못하는 구미호들은 학교에서 '인간사회 적용 프로그램'을 교육받게 된다. 수업은 '채보술', '체술', '최면술', '사교술'로 이루어져 있다. 각 단계에 따라 재주를 익히면 재주마다 꼬리가 하나씩 새롭게 생기고 전 과목을 수료하여 아홉 개의 꼬리가 생기면, 보호감찰관의 일정기간 감시 하에 인간세계에서의 생활이 시작된다.

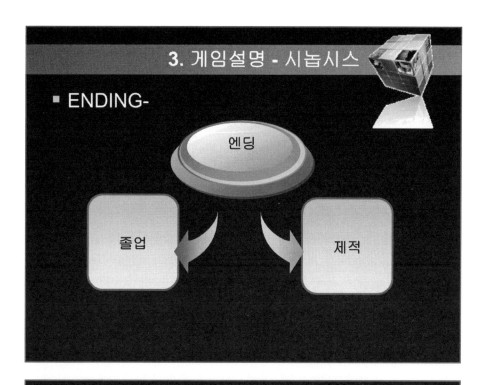

3. 게임설명 - 시놉시스

- ENDING-

엔딩

졸업 → 제적

3. 게임설명 –캐릭터 외

백미호
(주인공)

성별: 남

덜렁대고 실수를 많이 하는 성격이라
사회화를 잘 하지 못할 것이라는 부모님의
우려에 인간적응프로젝트의 수료증을 당당히
보여드리려고 고군분투한다. 순수하고 순한
성품을 가진 인물로 자신들의 종족을 위협에
빠뜨린 인간들조차도 적대시하지 않는다.

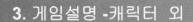

3. 게임설명 -캐릭터 외

?

백미호 부모

아들을 몹시 걱정한다. 아들을 지나치게 과보호하는 모습은 보는 이들의 웃음을 자아낸다.

?

라이벌
(호반무)

성별: 남

인간세계에 적응하기 위해 훈련을 받는 구미호들 중 가장 뛰어난 실력을 보이는 인물. 본래 차갑고 냉정한 성격으로 폭언을 서슴지 않고, 자신보다 못한 이들을 무시하는 것을 즐긴다.

3. 게임설명 –캐릭터 외

?

여호람
(친구)

성별: 남

의리 있고 믿음직스러운 성격이다. 먹을 것을 워낙 좋아해서, 간뿐만 아니라 인간들이 먹는 음식을 이것저것 즐겨 먹다가 자주 배탈이 나고는 한다. 뚱뚱한 몸집을 가지고 있지만 체력이 약하다.

?

옥호경
(친구)

성별: 여

구미호 세계에서 가장 아름답고 도도한 촉망받는 구미호로 꼽힌다. 장차 인간세계에서 연예인으로 살아갈 것을 꿈꾸고 있다. 많은 구미호들의 구혼을 받지만 정작 같이 훈련을 받는 순수하고 선한 마음을 가진 백미호에게 마음이 끌린다.

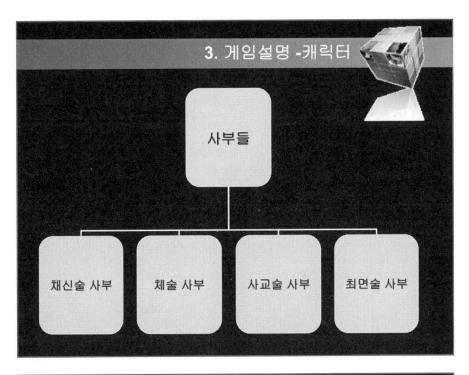

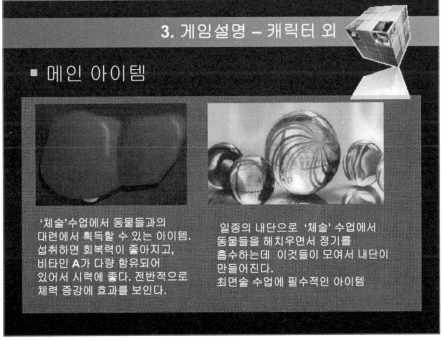

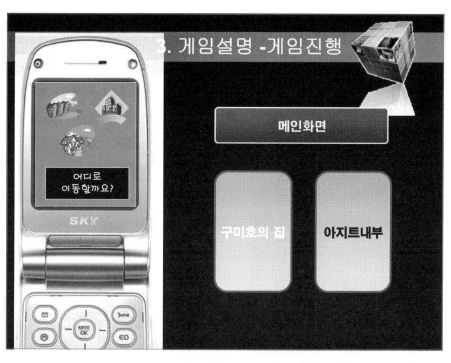

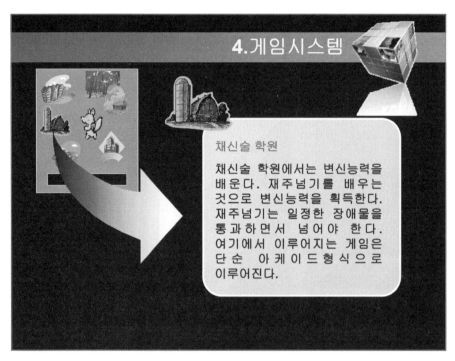

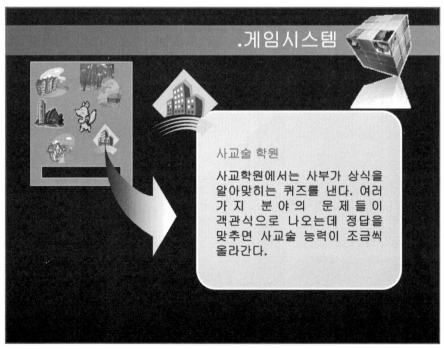

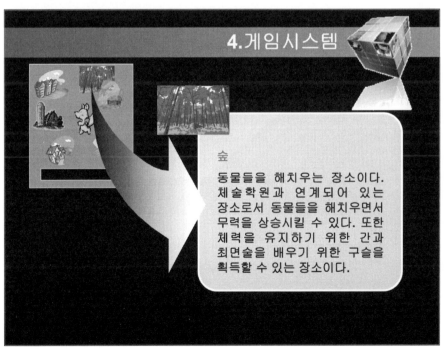

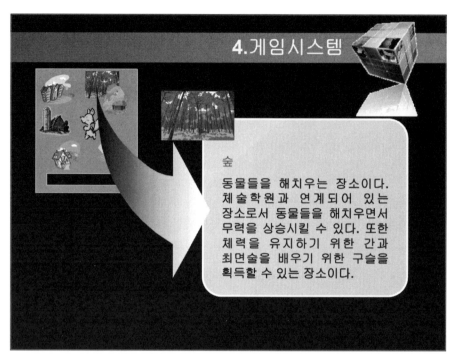

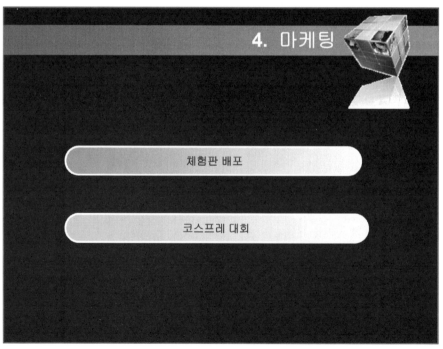

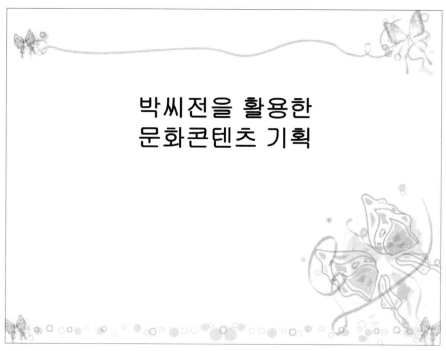

박씨전을 활용한
문화콘텐츠 기획

목　　차

- 박씨전 줄거리
- 재해석 박씨전
- 게임 소프트웨어 제안
  - – 기존 게임들의 서구적 세계관
  - – 새로운 콘텐츠 개발의 당위성
  - – 한국적(박씨전) 세계관으로써의 가능성
- 마케팅 전략 : 박씨전을 통한 스토리 텔링
  - – 여성 미용관련 산업에 스토리텔링 마케팅
  - – 화장품 / 성형

박씨전의 줄거리

인조대왕때 벼슬을 지내는 이춘득의 아들 이시백과 도학에
능한 유점대사의 딸 박소저의 결혼

박씨전의 줄거리

외모는 흉하나 도학에 재능이 있는 박소저의 부탁으로
시장에서 7냥짜리 말을 300냥을 주고 사게됨

박씨전의 줄거리

300냥을주고 사게된 말은 천리마 였고, 3년후에 청나라
상인에게 3만 8천냥에 팔게됨

박씨전의 줄거리

박소저 본가에계신 아버님뵈러 가게됨

박씨전의 줄거리

박씨의 아버지가 이참판댁에 방문해 박소저에게 액운이
다한 사실을 알리고 허물을 벗겨줌

박씨전의 줄거리

이시백과 임경업을 암살하러 호국공주 기룡대가 파견되었으
나 박소저로부터 저지당함

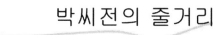

박씨전의 줄거리

용골대와 용호대 형제가 침략하였으나 결국 박소저의
술책에 의해 무마되고 마무리를 맺음

재해석 박씨전

- 실제 게임 산업에 적용이 가능한 형태로 재편집

● 게임 콘텐츠 속 세계관으로써의 박씨전.
- 호국적, 영웅적 요소를 극대화하여 부각시킴.
- 박씨전 원형의 등장인물 배경 스토리 라인 유지.
- 경쟁과 대립 구도를 위한 추가적인 가상의 NPC와 배경 설정.

- 원형의 스토리가 가지는 감각적 이미지 적극 활용.

● 마케팅 전략으로써의 박씨전
- 박씨전 스토리의 공감각적 이미지를 전면에 내세움.

게임 소프트웨어 제안

- 문제점

기존 대부분의 게임 속 세계관은 지나치게 서구적 판타지 문화에 기초하고 있다

- 요인 분석

서구적 판타지를 대체할 만한 동양적 탄탄한 스토리, 세계관의 부재 현상. 미발굴.

- 함축적 의미

최근 몇 년간 동양적 판타지 요소를 토대로 무협류의 게임이 수 차례 시도되었으
나 시장에서 성공을 거두지 못하였음.
이 역시,기존 서구적 판타지위에 눈에 보이는 시각적 요소만을 재편집 했기 때문.

- 가능성 / 기회

박씨전 이야기는 무엇보다 확실하고 탄탄한 스토리와
게임 구성할 수 있는 동양적 세계관으로써 충분한 요소들을 갖추고 있음.
등장 인물의 영웅적인 면모를 조금만 더 과장한다면
기존의 서구적 판타지 게임에 지친 유저들의 큰 관심을 불러 일으킬 수 있음.

게임 소프트웨어 제안

1	리니지
2	월드 오브 워크래프트
3	던전 앤 파이터
4	리니지 2
5	헬게이트 : 런던
6	메이플스토리
7	뮤
8	R2
9	아틀란티카 온라인
10	로한
11	데카론
12	완미세계
13	RF 온라인
14	릴온라인
15	영웅 온라인
16	열혈강호 온라인
17	아크로드
18	미르의 전설 2

● 기존 서구적 판타지 소재로 구성
된 게임 장르의 벽을 넘지 못한
동양판타지 게임 영웅온라인과
열혈강호 온라인.

● 게임 문화 콘텐츠의 다양성이라
는 측면에서 볼 때, 지나치게 서
구 의존적인 형태로 편향성을 가
지게 되는 것을 문제점으로 지적

● 탄탄한 스토리와 우리 문화적 정
체성으로 구성된 게임 소재의 발
굴 필요.

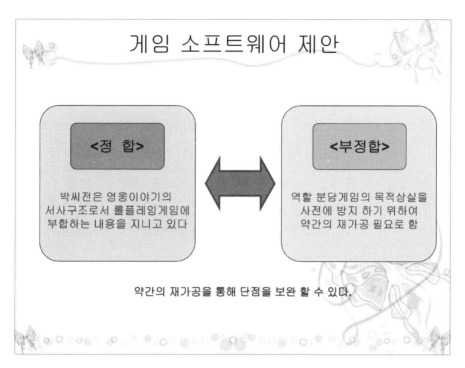

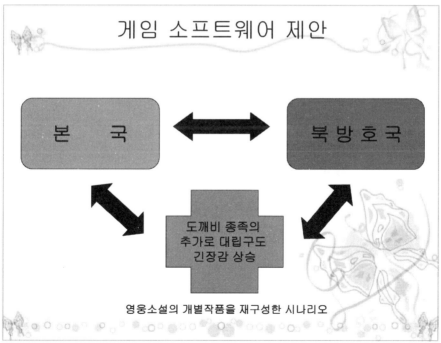

게임 소프트웨어 제안

– 등장 캐릭터 및 NPC / 몬스터류

	전　사	마법사	검　사	의　원	궁　수
본　국	임경업	박소저	이시백	박소저父	노비출신 계　　화
북방호국	용골대	호국공주 기룡대	용홀대	강시도사	망명한 김자점
도깨비 종족	몽달귀신, 언덕도깨비, 망태할아범, 처녀귀신, 염라대왕등 한국적인 캐릭터 소재				

＃ 확장성을 위하여 각종족의 직업군은 비슷하게 나열하며,
세계관은 박씨전을 따른다.

프로토 타입 : 컨셉아트

주요 인물 소개 (본 국)

전 사 : 임경업

임경업 장군의 시나리오상 성격인
강직한 성격을 반영한 캐릭터 삽화.
근접 전투 캐릭터로서,
직선적이고 거친 이미지 표현을 위
해 도끼무기사용.
근접공격력은 최고수준.

프로토 타입 : 컨셉아트

주요 인물 소개 (본 국)

마 법 사 : 박 소 저

박씨의 의상은 현대적으로 재구성 하였음,

기품을 유지하며 세련미가 넘치는 캐릭터로 재구성하였다.

원거리 공격 캐릭터로 여러 가지 마법을 시전 할 수었다.

강력한 마법은 강한 정신력으로 부 터 비롯된다.

프로토 타입 : 컨셉아트

주요 인물 소개 (본 국)

검 사 : 이 시 백

박소저 와 부부관계에 있는 이시백 은 검을 사용하는 근접캐릭터로 표 현하였다

전사인 임경업에 비해 공격력은 약 하지만 빠른 공격과 날쌘 몸놀림으 로 적들을 당황하게 한다.

프로토 타입 : 컨셉아트

주요 인물 소개 (호 국)

마 법 사 : 기 룡 대

기룡대는 박소저와 마찬가지로 게임상에서 원거리 마법을 시전하는 캐릭터이다.

날카로운 눈매가 그녀가 품은 야망을 나타낸다.

프로토 타입 : 컨셉아트

주요 인물 소개 (호 국)

궁 수 : 김 자 점

원래의 스토리상에서 김자점은 임경업을 모함하고 들통나서 죽지만,

시나리오의 재구성을 통해 김자점은 죽지 않고 호국으로 망명하여 새로운 야망을 꿈꾼다.

호국의 복장을 착용 하고 있다.

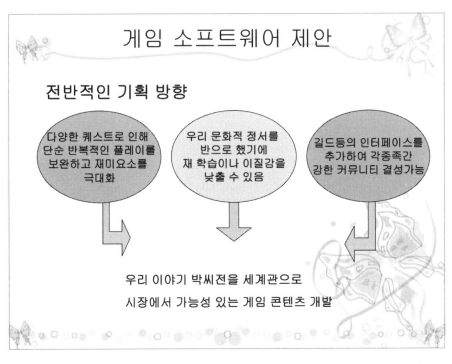

참고문헌

강진옥, 「변신설화에 나타난 여우의 형상과 의미」, 『고전문학연구』 9, 한국고전문학연구회, 1994.

강진옥, 「변신설화에서의 정체확인과 그 의미」, 『진단학보』 73, 진단학회, 1992.

강진옥, 「원혼설화에 나타난 원혼의 형상성 연구」, 『구비문학연구』 12, 한국구비문학학회, 2001.

강현구 외, 『문화콘텐츠와 인문학적 상상력』, 글누림, 2005.

경상대학교 인문학연구소, 『TV 드라마와 한류』, 박이정, 2007.

고정민, 『문화콘텐츠 경영전략』, 커뮤니케이션북스, 2007.

권덕영, 「역사와 역사소설 그리고 사극」, 『역사와 현실』 60, 한국역사연구회, 2006.

권행가, 「일제시대 우편엽서에 나타난 기생 이미지」, 『미술사논단』 12, 한국미술연구소, 2001.

김교빈, 「문화원형의 개념과 활용」, 『인문콘텐츠』 6, 인문콘텐츠학회, 2005.

김기덕, 『한국전통문화와 문화콘텐츠』, 북코리아, 2007.

김남형, 「역사극의 장르적 특성에 관한 연구: KBS 사극 '왕과 비'를 중심으로」, 서강대학교 대학원, 1998.

김만수, 『문화콘텐츠 유형론』, 글누림, 2006.

김문선, 「미디어 변화에 따른 판타지 장르 연구: 디지털 미디어 중심으로」, 국민대학교 테크노 디자인전문대학원, 2002.

김미란, 『고대소설과 변신』, 정음문화사, 1984.

김선영, 「원귀형 설화의 현대적 변용 연구 〈아랑전설〉 〈장화홍련전〉을 중심으로」, 아주대학교, 2006.

김선자, 『중국 변형신화의 세계』, 범우사, 2001.

김성룡, 「고전 서사문학을 중심으로 본 환상의 미학적 특성 연구」, 『국어교육』 102, 한국어교육 학회, 2000.

김성태, 「영화에서의 환상성의 문제」, 『사회이론』 24, 한국사회이론학회, 2003.

김수이 편, 『한류와 21세기 문화비전: 욘사마에서 문화정치까지』, 청동거울, 2006.

김연식, 「한국 귀신설화 연구」, 경남대학교 대학원, 2002.

김영석, 『멀티미디어와 정보사회』, 나남출판사, 1997.

김영순 외, 『인문학과 문화콘텐츠』, 다할미디어, 2006.

김영순·최민성 외, 『축제와 문화콘텐츠』, 다할미디어, 2006.

김용범, 「문화콘텐츠 산업의 창작소재로서의 고소설의 활용 가능성에 대한 연구」, 『민족학연구』 4, 한국민족학회, 2000.

김용범, 「문화콘텐츠 창작소재로서의 고전문학의 가치에 관한 연구」, 『한국언어문학』 22, 한국
     언어문학회, 2002.
김유리, 『문화콘텐츠 마케팅: 글로벌 마케팅 사례를 중심으로』, 한국문화사, 2006.
김윤희, 「텔레비젼 사극 태조왕건의 서사를 통해 본 남성적 가치와 현재적 해석에 대한 연구」,
     이화여자대학교 대학원, 2002.
김은진, 「한국 사극 속 여성성과 담론 분석」, 『여성연구논집』 15, 신라대학교 여성문제연구소,
     2004.
김재국, 「디지털시대의 환상문학에 관한 고찰」, 『한국문학이론과 비평』 15, 한국문학이론과 비
     평학회, 2002.
김지선, 「한·중·일 여우이야기에 대한 비교학적 고찰」, 『중국어문논총』 29호, 중국어문연구
     회, 2005.
김탁환, 「고소설과 이야기문학의 미래」, 『고소설연구』 17, 한국고소설학회, 2004.
김풍기, 「고전문학 작품의 정체성과 그 현대적 변용-〈옥루몽〉의 애니메이션 제작 과정에서의
     문제점을 중심으로」, 『고전문학연구』 30, 한국고전문학회, 2006.
라인정, 「異物交媾說話硏究」, 충남대학교 박사학위논문, 1998.
류수열 외, 『스토리텔링의 이해』, 글누림, 2007.
맹수진, 「1990년대 한국 호러 장르의 경향 연구」, 동국대학교 대학원, 1999.
미디어문화교육연구회, 『문화콘텐츠학의 탄생』, 다할미디어, 2005.
박 진, 「공포 스릴러 영화에 나타난 선악과 신성(神性)의 문제」, 『문학과영상』 8, 문학과영상학
     회, 2007.
박 진, 「공포영화 속의 타자들: 정신질환과 귀신이 만나는 두 가지 방식」, 『우리어문연구』 25,
     우리어문학회, 2005.
박기수, 「『삼국유사』 설화의 스토리텔링 전환 방안 연구」, 『한국언어문화』 34, 한국언어문화학
     회, 2007.
박기수, 「신화의 문화콘텐츠화 전환 연구」, 『한국문예비평연구』 20, 한국현대문예비평학회,
     2006.
박기수, 「한국 문화콘텐츠학의 현황과 전망」, 『대중서사연구』 16, 대중서사학회, 2006.
박상천, 「예술의 변화와 문화콘텐츠의 의의」, 『인문콘텐츠』 2, 인문콘텐츠학회, 2003.
박애경·서지영, 「소수자 문학으로서의 기녀문학」, 『고전문학연구』 29, 한국고전문학회, 2006.
박주영, 「1998년 이후 한국 귀신영화에서의 여성 재현」, 연세대학교 대학원, 2005.
박진·김행숙, 『문학의 새로운 이해』, 청동거울, 2004.
박혜숙, 「기생의 자기서사」, 『민족문학사연구』 25, 민족문학사학회, 2004.
방정배·한은경·박현순, 『한류와 문화 커뮤니케이션』, 커뮤니케이션북스, 2007.
배영동, 「문화콘텐츠화 사업에서 '문화원형' 개념의 함의와 한계」, 『인문콘텐츠』 6, 인문콘텐츠
     학회, 2005.
백문임, 「한국 공포영화 연구: 여귀의 서사기반을 중심으로」, 연세대학교 대학원, 2002.
백성과, 「문화콘텐츠시나리오 창작유형에 관한 연구」, 중앙대 석사학위논문, 2004.
백승국, 『문화기호학과 문화콘텐츠』, 다할미디어, 2004.

비디오 〈꿈〉, 감독 배창호, 안성기 황신혜 주연, 태흥영화사 제작, 1990.

서병철, 「환상문학의 텍스트성」, 연세대학교 대학원, 2006.

서유경, 「귀신 등장 이야기의 문화적 변화와 문학교육」, 『문학교육학』 19, 한국문학교육학회, 2006.

서윤순, 「변신의 귀재 여우 기쓰네(狐)」, 『일본의 요괴문화』, 중앙대학교 한일문화연구원, 한누리미디어, 2005.

서인석, 「고전산문 연구와 국어교육」, 『고전소설 교육의 과제와 방향』, 한국고소설학회, 2005.

서인숙, 「공포영화속의 여성 섹슈얼리티」, 『영화교육연구』 1, 한국영화교육학회, 1999.

서지영, 「식민지 시대 기생 연구(2)」, 『한국고전여성문학연구』 10, 한국고전여성문학회, 2005.

서지영, 「조선시대 기녀 섹슈얼리티와 사랑의 담론」, 『한국고전여성문학연구』 5, 한국고전여성문학회, 2002.

小松和彦, 『妖怪學新考』, 小學館, 1994.

송무용, 허순란, 『엔터테인먼트 산업론』, 청람, 2005.

송성욱, 「고전문학과 문화콘텐츠 연계방안 사례발표－조선시대 대하소설을 통한 시나리오 창작소재 및 시각자료 개발」, 『고전문학연구』 25, 한국고전문학회, 2004.

송성욱, 「고전소설과 TV드라마－TV드라마의 한국적 아이콘 창출을 위한 시도」, 『국어국문학』 137, 국어국문학회, 2004.

송성욱, 「문화산업시대 고전문학 연구의 방향」, 『겨레어문학』 36, 겨레어문학회, 2006.

송성욱, 「문화콘텐츠 창작소재와 문화원형」, 『인문콘텐츠』 6, 인문콘텐츠학회, 2005.

송정란, 『스토리텔링의 이해와 실제』, 문학아카데미, 2006.

신광철, 「인문학과 문화콘텐츠」, 『국어국문학』 143, 국어국문학회, 2006.

신선희, 「고전 서사문학과 게임 시나리오」, 『고소설연구』 17, 한국고소설학회, 2004.

신윤환·이한우 외, 『동아시아의 한류(韓流)』, 전예원, 2006.

신현규, 『기생 이야기: 일제시대의 대중스타』, 살림, 2007.

양평, 「중국 시청자의 한국 드라마 〈대장금〉 수용 연구」, 충남대학교, 2006.

오세정, 「한국 신화의 원형적 상상력의 구조」, 『한민족어문학』 49, 한민족어문학회, 2006.

우달님, 「판타지의 효용: J.R.R.톨킨의 『반지의 제왕』에 나타난 언어와 환상의 결합」, 경희대학교 대학원, 2003.

유재홍, 「신화와 문학: 신화의 이론적 측면을 중심으로」, 『한국프랑스학논집』 46, 한국프랑스학회, 2004.

윤재철, 「황진이 연구」, 『청람어문학』 12, 청람어문학회, 1994.

이경민, 『기생은 어떻게 만들어졌는가: 근대 기생의 탄생과 표상공간』, 사진아카이브연구소, 2005.

이능화, 『조선해어화사』, 민속원, 1981.

이동준, 「황진이 설화의 문학적 연구」, 『어문학』 60, 한국어문학회, 1997.

이명천·김요한, 『문화콘텐츠 마케팅: 공연영상 콘텐츠를 중심으로』, 커뮤니케이션북스, 2006.

이명현, 「구미호에 대한 전통적 상상력과 애니메이션으로의 재현: 〈천년여우 여우비〉를 중심으로」, 『문학과 영상』 8-3, 문학과영상학회, 2007.

이명현, 「멀티미디어 시대의 고전소설 교육의 모색과 전환」, 『문화컨텐츠기술연구원 논문집』 2-1, 중앙대 문화컨텐츠기술연구원, 2006.

이명현, 「이물교혼담에 나타난 여자요괴의 양상과 문화콘텐츠로의 변용-구미호이야기를 중심으로」, 『우리문학연구』 21, 우리문학회, 2007.

이병훈, 「TV 사극의 변천과 특성에 관한 연구」, 한양대학교 언론정보대학원, 1997.

이상일, 『변신 이야기』, 밀알, 1994.

이인화, 『한국형 디지털 스토리텔링-리니지 2 바츠 해방 전쟁 이야기』, 살림, 2005.

이인화 외, 『디지털 스토리텔링』, 황금가지, 2003.

이재성, 「일본 대중문화에 나타난 요괴 이미지」, 『일본의 요괴문화』, 중앙대학교 한일문화연구원, 한누리미디어, 2005.

이재홍, 게임스토리텔링 연구, 숭실대 박사학위논문, 2009.12.

이찬욱·이명현, 『문화원형과 영상콘텐츠』, 중앙대 출판부, 2006.

이찬욱·조미라, 『스토리텔링 창작실습』, 동인, 2009.

이하영, 「J. R. R. 톨킨의 『반지의 제왕』: 신화 역사 판타지」, 연세대학교 대학원, 2004.

이해년, 「사이버시대 한국의 환상문학」, 『비교한국학』 8, 국제비교한국학회, 2001.

이현희, 『경향의 기녀와 관기』, 명문당, 1988.

이화형, 「황진이(黃眞伊)의 시적 진실」, 『외대어문논총』 8, 경희대학교 외국어대학, 1997.

인문콘텐츠학회, 『문화콘텐츠 입문』, 북코리아, 2006.

임병희, 「판타지소설과 온라인게임의 신화구조 분석」, 한양대학교 대학원, 2001.

林辰, 『神怪小說史』, 浙江古籍出版社, 1998.

장윤선, 「조선 전기 귀신 담론 연구」, 서강대학교 대학원, 2007.

정수현, 「대중매체의 설화수용 방식」, 『한국문예비평연구』 19, 한국현대문예비평학회, 2006.

정은이, 「텔레비전 사극의 진화에 관한 연구」, 서강대학교 언론대학원, 2007.

정재서 역주, 『山海經』, 민음사, 1985.

정창권, 『문화콘텐츠 스토리텔링』, 북코리아, 2008.

정창권, 『문화콘텐츠학 강의: 쉽게 개발하기』, 커뮤니케이션북스, 2007.

정혜영, 「근대의 성립과 기생의 몰락」, 『한중인문과학연구』 20, 한중인문학회, 2007.

정혜영, 「기생과 문학」, 『한국문학논총』 30, 한국문학회, 2002.

조광국, 『기녀담 기녀등장소설연구』, 月印, 2000.

조미라, 「애니메이션 변신(變身) 모티프 연구」, 『만화애니메이션연구』 11, 한국만화애니메이션학회, 2007.

조윤희, 「전문직 여성의 이데올로기 연구: TV 역사 드라마 〈大長今〉을 중심으로」, 성균관대학교 언론정보대학원, 2004.

조은하·이대범, 『디지털 스토리텔링』, 북스힐, 2008.

조은하·이대범, 『애니메이션 스토리텔링』, 북스힐, 2007.

조정래, 「〈대장금〉의 서사적 특성 연구」, 『현대문학의 연구』 31, 한국문학연구학회, 2007.

조현설, 「원귀의 해원 형식과 구조의 안팎」, 『한국고전여성문학연구』 7, 한국고전여성문학회, 2003.

조혜란, 「다매체 환경 속에서의 고소설 연구 전략」, 『고소설연구』 17, 한국고소설학회, 2004.

조희문, 「한국고전소설 〈춘향전〉의 영화화 과정」, 『국제학술대회 논문집』, 반교어문학회·호남사범대학, 2006.

진민정, 「한국 드라마의 중국 내 수용에 관한 연구: 한류 현상과 대장금의 사례를 중심으로」, 성공회대학교 문화대학원, 2007.

처용 문화제, http://www.cheoyong.or.kr/

처용설화의 종합적 고찰, 〈대동문화연구〉별집1, 성균관대 대동문화연구원, 1972.

천천주, 『(말하는 꽃) 기생』, 소담, 2002.

최기숙, 「'여성 원귀'의 환상적 서사화 방식을 통해 본 하위 주체의 타자화 과정과 문화적 위치」, 『고소설연구』 22, 한국고소설학회, 2006.

최기숙, 「성적 인간의 발견과 욕망의 수사학」, 『국제어문』 26, 국제어문학회, 2002.

최기숙, 『환상』, 연세대학교 출판부, 2003.

최예정·김성룡, 『스토리텔링과 내러티브』, 글누림, 2005.

최은진, 「퓨전사극에서 나타난 전복적 의미생산의 가능성 연구」, 동국대학교 대학원, 2005.

최진아, 「요괴의 유혹: 唐나라 傳奇에 나타난 여성의 한 모습」, 『中國小說論叢』 21집, 韓國中國小說學會, 2005.

최혜실, 『디지털시대의 영상문화』, 소명출판, 2003.

최혜실 외, 『문화산업과 스토리텔링』, 다할미디어, 2007.

캐스린 흄(한창엽 역), 『환상과 미메시스』, 푸른나무, 2000.

캘로린 핸들러 밀러(이연수 외 역), 『디지털미디어 스토리텔링』, 커뮤니케이션북스, 2006.

크리스 브래디·타다 브레디(안희정 역), 『게임의 법칙』, 북라인, 2001.

하효숙, 「역사, 젠더, 그리고 텔레비전 역사드라마」, 『미디어, 젠더 & 문화』 2, 한국여성커뮤니케이션학회, 2004.

한규무, 「조선시대 여인상에 대한 오해와 편견」, 『인간연구』 9, 가톨릭대학교 인간학연구소, 2005.

한소진, 「드라마 콘텐츠로서의 설화 연구」, 『인문콘텐츠』 3, 인문콘텐츠학회, 2004.

함복희, 「설화의 문화콘텐츠화 방안 연구」, 『어문연구』 134호, 한국어문교육연구회, 2007.

함복희, 『한국문학의 문화콘텐츠화 방안』, 북스힐, 2007.

황도경, 「우리 시대의 처용 – 처용의 소설적 수용과 변용」, 『한국패러디소설연구』, 국학자료원, 1996.

황지연, 「『大長今』 문화단어의 고찰」, 『중국연구』 39, 한국외국어대학교 외국학종합연구센터 중국연구소, 2007.

황혜진, 「공포영화에 나타난 가족서사 연구」, 『영화연구』 29, 한국영화학회, 2006.

J.G 카웰티(박성봉 편역), 「도식성과 현실도피의 문화」, 『대중예술의 이론들』, 동연, 1994.

KOTRA 편, 『한류, 유행에서 산업으로 성장하는 아시아 문화콘텐츠 시장가이드』, KOTRA, 2006.

W.J.T 미첼(W.J.T. Mitchell), 『아이코놀로지: 이미지 텍스트 이데올로기』, 임산 역, 시지락, 2005.

안기수(安圻洙)

전북 남원에서 출생하였음.

중앙대학교 문학박사.

1997년부터 현재 남서울대학교 교수로 재직 중.

『영웅소설의 수용과 변화』(2004), 보고사.

『영웅소설의 활용과 게임 스토리텔링』(2023), 보고사.

「영웅소설의 구성원리」, 「영웅소설의 문화콘텐츠화 방안연구」 등
다수의 연구논문이 있음.

이야기의 재해석과 문화콘텐츠 스토리텔링

2024년 6월 28일 초판 1쇄 펴냄

지은이 안기수
펴낸이 김흥국
펴낸곳 보고사

책임편집 이순민
표지디자인 김규범
주소 경기도 파주시 회동길 337-15 보고사
전화 031-955-9797(대표)
팩스 02-922-6990
메일 bogosabooks@naver.com
http://www.bogosabooks.co.kr

ISBN 979-11-6587-725-5 93810
ⓒ 안기수, 2024

정가 18,000원